Melissa Foster

Gut gespielt, Mr. Perfect

www.MelissaFoster.com

Die Autorin

Mit mehr als zehn Millionen verkauften Büchern ist Melissa Foster eine preisgekrönte *New-York-Times-*, *Wall-Street-Journal-* und *USA-Today-*Bestsellerautorin. Ihre Bücher werden vom *USA-Today-Bücherblog*, vom *Hagerstown Magazine*, von *The Patriot* und vielen anderen Printmedien empfohlen. Melissas Bücher sind als Taschenbuch, digital oder als Hörbuch bei den meisten Online-Buchhandlungen erhältlich.

Besuchen Sie Melissa auf ihrer Website oder chatten Sie mit ihr auf Social Media. Sie diskutiert gern mit Buchclubs und Lesegruppen über ihre Romane und freut sich über Einladungen. Melissas Bücher sind bei den meisten Online-Buchhändlern als Taschenbuch und E-Book erhältlich.

Melissa Foster

Gut gespielt, Mr. Perfect

Die Bradens in Ridgeport

LOVE IN BLOOM – HERZEN IM AUFBRUCH

Aus dem Amerikanischen von Janet König

Die Originalausgabe erschien erstmals 2025 unter dem Titel
»Playing Mr. Perfect« bei World Literary Press, MD, USA.

Deutsche Erstveröffentlichung
2025 bei World Literary Press, MD, USA
© 2025 der Originalausgabe: Melissa Foster
© 2025 der deutschsprachigen Ausgabe: Melissa Foster
MELISSA FOSTER® ist eine eingetragene Marke.
Alle Rechte vorbehalten.
Lektorat: Judith Zimmer, Hamburg
Umschlaggestaltung: Elizabeth Mackey Designs
Cover-Foto: Cadwallader Photography

Schon seit Jahren habe ich mich darauf gefreut, die Liebesgeschichte von Clay Braden und Pepper Montgomery zu schreiben. Clay ist als Quarterback Profi-Footballer der NFL und in der Öffentlichkeit bekannt als »Mr. Perfect«. Er ist wild entschlossen, der Naturwissenschaftlerin Pepper Montgomery die Vorteile eines ganz praktischen Ansatzes bei der Forschung nahezubringen. Und zwar sehr nahe. Pepper hat jedoch andere Vorstellungen. Die Geschichte der beiden ist unterhaltsam, sexy und für beide in vielerlei Hinsicht heilsam. Ihre Reise beginnt in Paris und endet in den USA, doch ihre Liebe kennt keine Grenzen. *Gut gespielt, Mr. Perfect* ist der erste Band der Reihe *Die Bradens in Ridgeport*. Alle meine Liebesgeschichten aus der großen Sammlung »Love in Bloom – Herzen im Aufbruch« können für sich allein oder als Teil der größeren Reihe gelesen werden. Also einfach eintauchen und genießen!

Wer über Neuerscheinungen und exklusive Angebote auf dem Laufenden bleiben möchte, tritt am besten meinem Fanclub auf Facebook bei und abonniert meinen Newsletter:
www.MelissaFoster.com/Newsletter_German
www.Facebook.com/groups/MelissaFosterFans

Die Reihe »Love in Bloom – Herzen im Aufbruch«

Die Bradens in Ridgeport sind nur eine der vielen Serien-Familien aus der weitverzweigten Sammlung von Liebesromanen »Love in Bloom – Herzen im Aufbruch«. Jedes Buch kann für sich oder als Teil der jeweiligen Serie gelesen werden. Sie werden allen Figuren in späteren Geschichten immer wieder begegnen, sodass Sie keine Verlobung, Hochzeit oder Geburt verpassen. Eine vollständige Liste aller Serientitel sowie eine Vorschau auf kommende Veröffentlichungen finden Sie am Ende dieses Buches und unter:
www.MelissaFoster.com/Herzen-im-Aufbruch

Besuchen Sie auch Melissas Seite mit »Reader Goodies«! Dort gibt es – zum Teil auf Deutsch, aber auch in englischer Sprache – Serienübersichten, Checklisten, Stammbäume und vieles mehr zum Download:
www.MelissaFoster.com/Checklisten_und_Stammbaume

Eins

Clay

Ich stelle meinen Koffer ab und steuere direkt auf die Minibar in meiner Pariser Hotelsuite zu, um mir einen Whiskey einzuschenken. Es war ein verdammt langer Flug und meine Schulter tut weh. Verfluchte Verletzung. Ich will gerade den Drink herunterkippen, als mein Handy klingelt und der Name meines jüngsten Bruders auf dem Display aufpoppt. Ich trinke aus und schenke mir noch einmal nach, bevor ich das Gespräch über Lautsprecher annehme. »Hey, Noah. Was gibt's?«

»Ich habe hier Clay Braden an meiner Seite, den Quarterback der New York Giants«, verkündet er in seinem besten Sportreporter-Tonfall. »Clay, Sie haben das Playoff-Spiel für Ihr Team verloren und jetzt lässt man Sie bei Disney World nicht mehr rein. Die Fans wollen wissen, was Mr. Perfect als Nächstes bevorsteht.«

Ich kippe den Drink herunter und versuche, meine neue Abneigung gegen den Spitznamen, den die Medien mir vor einem Jahrzehnt gegeben haben, zu ertränken. Was Noah angeht, so haben wir uns immer gegenseitig geärgert, um die Stimmung aufzubessern, wenn es mal blöd läuft. Normalerweise funktioniert das auch, aber die Niederlage vom letzten Wochenende schmerzt noch.

»Bist du noch da, alter Junge?«, fragt Noah nach. »Ich würde dir ja dein Hörgerät vorbeibringen, aber ich hab keine Ahnung, wo du steckst.«

»Ich bin in Paris, Arschgesicht, und fünfunddreißig ist nicht alt.« So wahr das auch ist, meine besten Jahre in der Welt des Profi-Footballs habe ich dennoch hinter mir, und allmählich spüre ich das. Meine Regenerationszeit ist nicht mehr so, wie sie einmal war, und das wirkt sich auf meine Pass-Fähigkeit aus. Und dann ist da noch dieser junge Senkrechtstarter Russ Staley, der es auf meine Position abgesehen hat. Bei dem Gedanken daran beiße ich die Zähne zusammen. Mein Vertrag läuft zum Ende der Saison aus und meine Agentin wartet auf meine Unterschrift unter der Verlängerung. In einem Moment bin ich bereit, ihnen mein Leben für so viele weitere Jahre zu verschreiben, wie sie mich noch haben wollen, und im nächsten will ich nichts anderes, als dem Football und dem ganzen Rampenlicht und dem Druck, der damit einhergeht, den Rücken zu kehren. Der Sport, für den ich mal gelebt und geatmet habe, hat seinen Glanz verloren. Das Problem ist, dass Football so lange mein Leben war, dass ich überhaupt keine Vorstellung davon habe, wer ich ohne ihn sein könnte.

»Ey, Junge, du bist in Paris und hast mir nichts gesagt? Was soll der Mist? Du weißt doch, dass ich auf die französischen Frauen stehe.«

»Du stehst auf so ziemlich jede Frau.« Und mit der gleichen unbeschwerten Art, die Noah schon als Kind an sich hatte, zieht er sie an wie Fliegen. »Das war alles sehr kurzfristig. Dash hat mich eingeladen. Er ist mit Amber und einigen von ihrer Familie hier, um ihre Schwester Sable zu sehen, die als Vorband von Bad Intentions gerade die letzten Konzerte ihrer Europa-

Tournee spielt.« Dash Pennington ist einer meiner engsten Freunde und der beste Wide Receiver, mit dem ich je gespielt habe. Er hat den Profi-Football vor ein paar Jahren an den Nagel gehängt und Amber geheiratet, seine große Liebe – und Schwester des wahren Grundes für meinen Aufenthalt in Paris: Pepper Montgomery. Die einzige Frau auf Erden, die mich wie Luft behandelt.

»Nicht dein Ernst, oder?«, beschwert sich Noah. »Das ist die letzte Tournee von Johnny Bad. Und dann denkst du nicht an mich, Mann? Augenblick mal! Pepper ist da, oder? Aha, du hattest Angst, dass sie auf mich steht, stimmt's? Deshalb hast du mir nichts gesagt.«

Verächtliches Schnauben meinerseits. »Schwachsinn.«

Ich habe nicht einmal vorgehabt herzukommen, weil ich das Gefühl hatte, keine gute Gesellschaft zu sein. Doch Dash erwähnte, dass Pepper auch dabei wäre, und die Vorstellung, sie wiederzusehen, reichte aus, um mir einen Flug zu buchen. Ich brauche Ablenkung, und sie ist der perfekte Mensch dafür. In meinem Leben habe ich schon eine Menge schöner Frauen kennengelernt, aber diese überragende Wissenschaftlerin hat mich schon bei unserer allerersten Begegnung auf eine ganz andere Art umgehauen. Da war mehr als dieses Knistern und Brodeln, das zwischen uns jedes verdammte Mal entsteht, wenn ich sie sehe, mehr als ihr schönes Gesicht und ihre umwerfende Figur oder ihre vollen goldbraunen Haare, durch die ich in meiner Fantasie schon öfter mit den Fingern geglitten bin, als ich es mir eingestehen möchte. Da ist diese Tiefe in ihren grün-braunen Augen, die mich wie magisch angezogen hat und wegen der ich seitdem ständig an sie denke.

»Du weißt genau, dass sie abhauen wird, sobald sie dich nur sieht«, sagt Noah und reißt mich aus meinen Gedanken.

»Halt die Klappe.« Ich laufe auf und ab und weiß, dass er sehr wohl recht haben könnte.

Mit meinem Aussehen und wegen des Ruhms habe ich es generell bei Frauen ziemlich leicht, aber bei Pepper hat es mir keinerlei Türen geöffnet, und meine Geschwister ziehen mich damit nur allzu gern auf. Ich habe wirklich versucht, sie besser kennenzulernen. Ich stehe ständig unter dem Vorwand auf der Matte, Dash zu besuchen, wenn ich weiß, dass Pepper in der Stadt ist, um ihre Familie zu sehen, und melde mich fast jedes Mal bei ihr, wenn sie wegen irgendeines Notfalls bei der Arbeit überstürzt abgereist ist. Nicht, dass sie auf meine Nachrichten antworten würde. Wahrscheinlich sollte ich sie vergessen, aber Pepper Montgomery kann man nicht vergessen, und wenn sie das Spiel »Schwer zu haben« durchziehen will, nur zu. Ich liebe Herausforderungen. Insbesondere, wenn sie so schön und intelligent sind wie sie.

»Du weißt ja, dass ich dich nur ärgern will«, sagt Noah. »Also, ich meine, sie ergreift wahrscheinlich sofort die Flucht, und sie würde mir auf der Stelle verfallen, wenn ich dort wäre, aber da ich es nicht bin, kann ich dir ein paar Ratschläge geben, wenn du möchtest.«

»Noah!«, warne ich ihn.

Er lacht.

»Brauchst du etwas, Bruderherz? Oder hast du nur angerufen, um mich zu nerven?«

»Dich zu nerven, ist der größte Spaß, den ich heute hatte, aber ich rufe aus einem anderen Grund an. Wir stellen gerade unser Sommerprogramm für den *Real DEAL* zusammen, und wir haben gehofft, dass du vielleicht daran interessiert wärst, mit den Kids ein paar Tage lang ein Football-Camp zu veranstalten.« Noah ist Meeresbiologe und der einzige meiner

Geschwister, der nicht in New York lebt. Er wohnt in Colorado, wo er mit einigen unserer Cousins das *Real DEAL – Discover, Experience, Appreciate, Learn* leitet, einen erlebnispädagogischen Park für Kinder mit spannenden Ausstellungen und Mitmach-Angeboten.

»An was für einen Zeitpunkt habt ihr gedacht? Im Mai und Anfang Juni hab ich Training. Ich glaube nicht, dass Flynn und Sutton schon einen Hochzeitstermin haben, aber ich bin mir sicher, dass er zwischen dem Minicamp und dem Beginn der Vorsaison liegen wird.« Unser Bruder Flynn hat sich vor Kurzem verlobt.

»Ich habe mit ihm gesprochen«, sagt Noah. »Das zweite oder dritte Wochenende im Juli schwebt ihnen vor, aber ich bin mit allem einverstanden, was du mir anbieten kannst.«

»Dann kannst du mit mir rechnen, und wir legen die Daten fest, sobald die beiden sich entschieden haben. Ich arbeite gern mit Kindern.«

»Das weiß ich doch. Danke! Da werden viele Kids kommen.«

»Sonst noch was? Ich muss mich beeilen. Ich treffe mich gleich mit Dash und allen anderen, um vor dem Konzert was zu essen.«

»Nur noch eins: Wenn du Pepper erfolgreich verscheucht hast, gib ihr meine Nummer, okay?«

»Tschüss, Arschgesicht.« Ich drücke ihn und sein Lachen weg.

Nur damit das klar ist: Am Ende dieser Reise gehört Pepper mir. Während der Saison konnte ich mich nicht auf sie konzentrieren, aber da ich jetzt jede Menge Zeit habe, werde ich sie nirgendwo anders hin verscheuchen als in mein Bett.

Zwei

Pepper

»Bitte halte die Datenreporte nicht zurück, wenn ich nicht vor Ort bin. Ich will nicht in Rückstand geraten«, sage ich in mein leeres Hotelzimmer hinein, während ich mich über meinen Laptop beuge und auf die E-Mail meiner Mitarbeiterin Min Zhao, einer genialen Medizintechnikerin, antworte. Als Inhaberin eines Forschungs- und Entwicklungsunternehmens wäre es echt von Vorteil, wenn der Tag achtundvierzig Stunden hätte. Ich nehme mir nicht gern frei, aber meine Geschwister haben mich dazu gedrängt, mit ihnen nach Paris zu kommen, um meine Zwillingsschwester Sable, Leadsängerin der Band Surge, auf ihrer internationalen Tournee zu unterstützen. Jetzt bin ich hier und froh, dass ich mitgekommen bin. Aber nur weil ich im Urlaub bin, hört die Arbeit nicht auf.

Es klopft an der Tür.

»Pepper, mach auf!«, brüllt Brindle. Meine jüngste Schwester ist die Geduld in Person. Ich will gerade antworten, da klopft sie schon wieder. »Pepper!«

»Warte kurz«, rufe ich und tippe schnell weiter.

»Beweg deinen Hintern, Pep!«, fordert Brindle lautstark. »Wir kommen zu spät.«

»Gib ihr doch eine Minute«, sagt Amber, die ewig Vermittelnde.

»Sie hatte Stunden Zeit«, beschwert sich Brindle.

»Die Männer warten unten auf uns«, meldet sich nun auch Morgyn zu Wort, um Brindle zu verteidigen.

Ich atme kurz durch, versuche, sie auszublenden, während meine Finger über die Tastatur fliegen. Meine jüngeren Geschwister auszublenden, bin ich gewöhnt. Ich hab sie abgöttisch lieb, aber wenn ich die Tür erst einmal aufmache, werden sie mich in ihr Chaos hineinziehen, und ich werde den ganzen Abend keinen klaren Gedanken mehr fassen können.

»Hey, Pep!«, ruft nun Axsel, unser einziger Bruder und der Jüngste der Sippschaft. »Ist etwa der Typ, der dich gestern Abend abschleppen wollte, da drin?«

Als würde ich mit irgendeinem Typen schlafen, den ich kaum kenne! Axsel weiß es besser, trotzdem muss ich lächeln, während ich weiter tippe, denn auch wenn ich mich wahnsinnig freue, die letzten Tage mit meinen Geschwistern verbracht zu haben, bin ich doch ganz besonders froh über die Zeit, die ich mit Axsel hatte. Als Lead-Gitarrist der Band Inferno hat er einen irre vollen Terminkalender und wir sehen ihn nicht oft genug.

»Ja, genau! Als ob«, sagt Brindle und ihr Lachen dröhnt durch die geschlossene Tür.

Die Verspannung in meinen Schultern verstärkt sich, als ich die E-Mail mit einem Klick abschicke und daraufhin die Tür öffne. Vier Augenpaare sind auf mich gerichtet. Brindles Blick ist voller Ungeduld, in Morgyns liegt ein fröhlicher Glanz, Ambers ist entschuldigend und Axsels Grinsen spiegelt sich schalkhaft in seinen Augen.

»Wurde auch Zeit«, pampt Brindle mich an und stapft mit

ihrer schwarzen Lederjacke über einem Band-Shirt, einem roten Wildlederminirock, schwarzen Stiefeln und ihren zu einem hohen Pferdeschwanz zusammengebundenen blonden Haare an mir vorbei. Sie sieht eher aus wie eine Collegestudentin, nicht so sehr wie eine Englischlehrerin und Mutter eines Kleinkindes.

»Tut mir leid, habe gearbeitet«, sage ich, während die anderen ebenfalls hereinkommen.

»Du bist in der Stadt der Liebe«, erinnert Morgyn mich, als sie an mir vorbeirauscht. »Hier hat man Spaß, verliebt sich in diese romantische Stadt und vergisst das wahre Leben.« Ihre blonden Haare fallen ungebändigt über die Schultern, ihre grüne Samtjacke ist mit Schmucksteinen besetzt und ihre Jeans hat an strategischen Stellen Risse oder Flicken. Beide Kleidungsstücke hat sie selbst umgeändert – was ihre unglaublich kreative Seite unter Beweis stellt, um die ich sie immer ein wenig beneidet habe. Morgyn könnte eine Papiertüte in ein Schmuckstück verwandeln.

Seit zwei Tagen bin ich in Paris, und was an der Stadt so romantisch sein soll, muss ich noch herausfinden.

»Läuft mit deinem Projekt alles gut?«, fragt Amber freundlich. In den Leggings mit dem Leo-Print, dem schwarzen Rollkragenpullover und den passenden Stiefeln sieht sie richtig sexy aus. Die braunen Haare bedecken ihre gecroppte schwarze Jacke zur Hälfte. So ein figurbetontes Outfit hätte sie niemals getragen, bevor sie sich in ihren Mann Dash verliebt hatte.

Amber würde sich den ganzen Abend Sorgen machen, wenn sie wüsste, dass ich beruflichen Stress habe, und ich will sie wegen ihrer Epilepsie nicht beunruhigen, also lüge ich. »Ja, alles in Ordnung.«

»Von wegen Arbeit. Gib's zu, Schwesterherz, wo versteckt sich der heiße Kerl?« Axsel, dessen zottelige dunkle Haare unter einer verkehrt herum aufgesetzten Basecap stecken und sich um seine Ohren locken, stemmt eine Hand an die Seite seiner Lederhose. Die Ärmel seines langärmeligen schwarzen Shirts hat er hochgeschoben, sodass die Tattoos sichtbar sind, die er sich in den letzten Jahren hat stechen lassen.

»Glaubst du etwa, ich würde dich in die Nähe eines Mannes lassen, an dem ich interessiert bin?« Axsel ist gut aussehend, homosexuell, charismatisch und flirtet auf Anhieb schamlos mit allen Männern. »Ich hab ihn über den Balkon weggeschickt.«

Axsel lacht. »Sehr klug von dir.«

»Wenn das doch nur wahr wäre«, wirft Brindle ein. »Wie gern würde ich glauben, dass Pepper sich mal locker macht, aber die Beweise sprechen gegen sie.«

»Beweise?«, fragt Amber.

Ach, Amber, warum kannst du es nicht einfach auf sich beruhen lassen?

»Der Laptop ist aufgeklappt«, erklärt Brindle. »Das Bett ist gemacht, und dass sich die Finger eines Mannes in ihre perfekt gekämmten Haare verirrt haben, halte ich für vollkommen ausgeschlossen.«

Ich verdrehe die Augen. Brindle hat zu ihrer Sexualität gestanden und sie zur Schau gestellt, seit sie alt genug war, um die damit verbundene Macht zu erkennen. Sie hat sie zum größten Teil an ihrem jetzigen Ehemann Trace Jericho angewandt, mit dem sie zusammen ist, seit sie vierzehn war, aber verglichen mit ihr und Sable kann man mich fast als Nonne beschreiben. Okay, das ist übertrieben. Ich bin einfach nur vorsichtig und zurückhaltend.

»Deine verkniffene Miene sagt alles«, fährt Brindle fort. »Wenn dir jemand ein nettes Stöhnen entlockt hätte, würdest du grinsen wie ein Honigkuchenpferd.«

Ich kann mich nicht einmal mehr daran erinnern, wann mir ein Mann das letzte Mal einen Orgasmus beschert hat. »Es soll auch Leute geben, die nicht ständig an Sex denken.«

»Ach ja?«, fragt Axsel erstaunt nach.

»Damit will ich ja nur etwas verdeutlichen«, sage ich genervt und wende mich wieder Brindle zu. »Manche von uns behalten ihre sexuellen Abenteuer für sich, und andere tauchen auf Veranstaltungen mit verkehrt herum angezogenen T-Shirts auf, weil sie ihre Klamotten keine Nacht lang anbehalten konnten.«

»Das ist mir ein einziges Mal passiert«, sagt Brindle.

»Eher zwei Mal«, korrigiert Amber sie.

»Mir fallen da drei Situationen ein«, sagt Morgyn. »Nee, wartet mal, vier! Erinnert ihr euch an das Valentine's Day Festival vor zwei Jahren und im Jahr davor an das Wettrennen zu Thanksgiving?«

»Und dann war da noch die Scheunenparty im Sommer nach ihrem ersten Jahr am College«, sagt Axsel.

»Ist ja auch egal«, sagt Brindle, und wir alle lachen. »Trace und ich genießen ein großartiges Sexleben. Darauf bin ich stolz, und ich wünsche mir für Pepper, dass sie auch einen Kerl findet, von dem sie ihre Hände nicht lassen kann, damit sie keine Geschichten erfinden muss.«

»Das war ja nur Spaß, und mein Sexleben ist wunderbar, vielen Dank. Warum konzentriert ihr euch nicht auf Axsel? Er ist Single.« Diese drei Schwestern sind alle glücklich verheiratet, und seit Sable sich vergangenes Jahr mit dem milliardenschweren Geschäftsmann Kane Bad verlobt hat, haben sie es sich irgendwie zur Aufgabe gemacht, einen Partner für mich zu finden.

»Axsel sitzt aber nicht abends allein zu Hause rum«, erklärt Brindle.

»Ich auch nicht.« Okay, doch, die meiste Zeit. Aber das ist eine bewusste Entscheidung. Das mit dem Daten ist auch nicht so toll, wie immer alle behaupten, und es ist ja auch nicht so, als würde ich zu Hause nur vor der Glotze herumhängen. Ich habe meinen Job als Angestellte in einer Firma aufgegeben, um meinem Herzen zu folgen und medizinische Geräte zu entwickeln. Damit möchte ich Menschen mit Einschränkungen in Bereichen helfen, die durch die bisher auf dem Markt befindlichen Produkte nicht abgedeckt werden. Das bedeutet mehr Arbeit für weniger einträgliche Aufträge, mehr Arbeitsstunden, um das Geschäft am Laufen zu halten und voranzutreiben, und ein paar verpasste Gelegenheiten für Unternehmungen und Treffen mit Freunden und Familie. Aber unterm Strich tue ich etwas Gutes, und das macht mich glücklicher, als irgendein Mann es jemals könnte. Meine Schwester weiß das und damit ist diese Unterhaltung für mich jetzt auch beendet.

»Können wir jetzt bitte los?« Ich schnappe mir meine Schlüsselkarte und stecke sie mir im Hinausgehen in die Tasche.

Amber eilt hinter mir her. »Ich bin da vollkommen deiner Meinung, wenn es darum geht, gewisse Sachen für sich zu behalten, aber ich stimme auch Brindle zu. Ich möchte, dass du die große Liebe findest, und ich habe das Gefühl, dass du deinen Seelenverwandten schon bald treffen wirst.«

»Ich glaube, das Gefühl haben wir alle«, bekräftigt Axsel.

»Habt ihr jetzt angefangen, schon tagsüber was zu trinken, oder wie? Ihr seid noch nerviger als sonst.« Ich drücke auf die Taste am Aufzug.

»Spürst du nicht den Zauber, der in der Luft liegt, Pep?« Morgyn schaut breit grinsend an die Decke und streckt die Hände nach oben aus. »Das Universum ist endlich auf deiner Seite.«

Ich liebe Morgyns Glauben ans Universum, aber während sie sich für das Schicksal, die Liebe und allen möglichen mystischen Kram begeistern kann, glaube ich an Fakten, messbare Beweise und Ergebnisse. »Bitte lass das Universum wissen, dass es sich um seinen eigenen Kram kümmern soll.«

Brindle stößt Morgyn an. »Wie konntest du nur vergessen, dass unsere praktisch veranlagte Schwester nicht an den magischen Zauber glaubt?«

»Ah! *Die Zauberhaften Schwestern!* Ich liebe den Film«, ruft Morgyn aus.

Axsel grinst. »Da spielte doch der junge Aidan Quinn mit! Uh, ja, gern!«

Als wir den Aufzug betreten, atme ich tief durch. Ich trinke nicht oft Alkohol, aber ein Glas Wein könnte ich jetzt schon vertragen. »Tatsächlich brauche ich das Universum heute Abend doch auf meiner Seite, um mir die Kraft zu geben, euch nicht an die Gurgel zu gehen.«

Sie lachen, und die Aufzugtüren gehen zu, doch dann schiebt sich eine große Hand dazwischen, sodass sie sich wieder öffnen und den Blick auf die hünenhafte, breitschultrige, muskulöse Gestalt und das irre gut aussehende Gesicht von Dashs gutem Freund Clay Braden freigeben. Das ist der Mann, den ich seit Dashs und Ambers Hochzeit versuche zu vergessen. Das ist allerdings unmöglich, wenn er ständig bei Dash auftaucht und bei Veranstaltungen in meiner Heimatstadt herumhängt, nur um mir danach Nachrichten zu schicken, als hätte er ein Anrecht darauf. Ich könnte Dash dafür umbringen, dass er ihm meine Nummer gegeben hat.

Clay schaut mich aus seinen blauen Augen an, und ich könnte schwören, dass sein Blick wie ein Laserstrahl in mein Hirn schneidet und für Fehlzündungen meiner Neuronen sorgt.

Ein Grinsen tritt langsam in sein Gesicht und lässt seine Grübchen zum Vorschein kommen. »Wie es scheint, ist das Universum heute auf *meiner* Seite.«

Mein dämliches Herz setzt kurz aus und mein Verstand richtet sich an dieses verwirrte Organ: *Wag es erst gar nicht, dich darauf einzulassen, sonst geh ich dir auch an die Gurgel.* Ich werde mich *nicht* von diesem Mann aus der Ruhe bringen lassen, den die Medien Mr. Perfect nennen. Clay verströmt einen Charme, so wie Amber ihre süße Anmut verströmt, als wäre er ihm angeboren und er könne einfach nichts dagegen tun. Ich brauche mich aber gar nicht auf Social Media herumzutreiben oder Ahnung vom Football-Geschehen zu haben, um es besser zu wissen. Er ist ein Player sondergleichen mit einem Ego, das um ein Vielfaches größer ist als die Spielfelder, auf denen er unterwegs ist. Er ist so weit von meinem Typ Mann entfernt, wie es nur geht, und doch kann ich meinen Blick nicht von ihm abwenden, als meine Geschwister ihn mit begeisterten *Clay!*-Rufen begrüßen. Ich bestaune ihn in seiner Leder-Bomberjacke, die ihn unfassbar riesig erscheinen lässt und wahrscheinlich mehr gekostet hat, als ich monatlich von meiner Hypothek abzahle.

Sein Starkstrom-Lächeln funkelt unter dem grellen Aufzuglicht, als er die Kabine betritt und viel zu viel Raum einnimmt. »Meine Damen, Axsel«, begrüßt er uns, während sich die Türen hinter ihm schließen.

»Tut mir leid, dass du dein Playoff-Spiel verloren hast, aber es ist schön, dass du kommen konntest«, sagt Amber und umarmt ihn.

Was? Du wusstest, dass er kommt?

»Ja, richtig übel, dass wir verloren haben.« Clays Blick bleibt schon wieder auf mir hängen. »Aber wie es scheint, wendet sich mein Blatt zum Guten. Freut mich, dich wiederzusehen, Pepper.«

»Mich auch.« Die Worte bringe ich nur mit größter Mühe hervor, was für mich sehr ungewöhnlich ist. Aber das trifft auf die meisten Zustände zu, die er in mir auslöst. Bis auf mein Lächeln. Das kommt ganz natürlich, denn er ist in der Tat ein attraktiver Mann und so etwas sehe ich in meinem Labor nicht sehr oft.

Seine Augen funkeln arrogant.

Mir wird bewusst, dass ich ihn anstarre, und so zwinge ich mich, den Blick abzuwenden und geradeaus zu schauen. Aber unserem Spiegelbild in den glänzenden Aufzugtüren kann man nicht ausweichen, ebenso wenig seinem dekadenten Duft, einer Mischung aus Zedernholz und purer Männlichkeit, die mir mit einem heißen, prickelnden Schauer nur allzu bewusst wird. Clays Blick ruht in der Spiegelung auf mir, während er sich hinter mich stellt und dabei mit der Brust meine Schulter streift. Bei der Berührung kneift er verführerisch die Augen zusammen, was Stromschläge in mir auslöst, die sich durch meinen ganzen Körper schlängeln. Ich frage mich, ob sonst noch jemand das Gefühl hat, dass Flammen um uns herum lodern.

»Ist es heiß hier drin?« Ich zupfe am Kragen des T-Shirts unter meinem Blazer.

»Und wie!«, sagt er mit leiser, tiefer Stimme, während seine Mundwinkel nach oben zucken.

»Sind eben viele Leute auf engem Raum«, stelle ich klar.

»Genau. Ein heißer Körper verändert alles.«

Meine Wangen glühen, und nur vage nehme ich wahr, wie meine Geschwister sich auf dem Weg nach unten unterhalten, denn Clays Präsenz hält mich gefangen. Das Gefühl, dem Bann eines anderen Menschen ausgeliefert zu sein, ist mir so fremd, dass ich nicht genau weiß, ob ich auf der Fahrt hinab in die Hotellobby überhaupt atme.

Als sich die Türen öffnen, eile ich aus der Kabine, nehme erleichtert den Raum um mich wahr, doch gleichzeitig lechze ich nach dem Adrenalinschub, den er in mir ausgelöst hat. Und genau deshalb muss ich Abstand zwischen uns schaffen.

Clay hat so eine gewisse Art an sich, die mich zu einem schwärmenden Teenager mit verklärtem Blick macht. Wenn er bei Veranstaltungen in meiner Heimatstadt auftaucht, kann ich zumindest einen Notfall bei der Arbeit vorgeben und zurück nach Charlottesville flüchten, wo ich wohne. Dort muss ich mich nur mit Textnachrichten von ihm herumschlagen, die ich einfach ignoriere. Aber in Paris kann ich nicht einfach ins Auto springen und nach Hause fahren.

Ich schaue verstohlen zu ihm, während er mit Axsel redet. Offenbar spürt er es, denn er sieht zu mir herüber und unsere Blicke begegnen sich. Wieder kribbelt und brodelt es in meinem Körper. Ich weiß sehr wohl, dass ich mich nicht in diesen verlockenden Strudel hineinziehen lassen sollte, aber es ist so faszinierend, wie es sonst nur eine Gleichung mit mehreren Unbekannten sein kann.

»Da sind sie ja«, ruft Morgyn und holt mich in die Gegenwart zurück. Sie winkt ihrem Mann Graham Braden zu, der ein Cousin von Clay ist und mit Dash und Trace in der Nähe des Eingangs steht. Die drei sehen aus, als wären sie direkt einer Lifestyle-Zeitschrift entsprungen: groß, muskulös, gut aussehend und vollkommen unterschiedlich. Graham trägt eine ausgeblichene MIT-Basecap und ein Henley-Shirt, Dash hat ein frisch gebügeltes Button-down-Hemd an und Trace wartet mit einem Flanellhemd über einem weißen T-Shirt und seinem allgegenwärtigen Cowboyhut auf.

Als wir auf sie zugehen, packe ich Amber am Arm und zerre die Verräterin zu mir zurück, während die anderen weitergehen. Leise zische ich ihr zu: »Warum habt ihr Clay eingeladen?«

»Sein Team hat den Super Bowl verpasst. Wir dachten, das hier würde ihn auf andere Gedanken bringen.«

»Hat er nicht schon ein paar Super Bowls gewonnen?«

»Woher weißt du …?« Amber reißt die Augen auf. »Hast du ihn gegoogelt?«

»Nein!« Niemals würde ich das zugeben. Ich habe es nur einmal gemacht und mehr als ein schmachtendes Glotzen angesichts der Fotos von ihm kam dabei meinerseits nicht zustande. »Ihr alle schwärmt so von ihm, als wäre er ein Held oder so. Da bekommt man so etwas ja automatisch mit.«

»Ich weiß, dass Football nicht dein Ding ist, aber für seine Fans ist er ein Held.«

Ich verdrehe die Augen und gehe mit ihr durch die noble Hotellobby zu den anderen. »Das alles ist total lächerlich. Er kann sich über Erfolg und weltweiten Ruhm freuen, weil er ein paar Bälle wirft, und mir wird vielleicht mal auf die Schulter geklopft, wenn ich lebensrettende medizinische Geräte entwickle.«

Amber sieht mich amüsiert an. »Bist du neidisch?«

»Nein.« Mir wird bewusst, dass es sich aber so anhört, und so ersticke ich es gleich im Keim. »Mich nervt es nur, dass er hier ist. Ich wünschte, du hättest es mir vorher gesagt.«

»Ich dachte, es wäre dir egal. Du haust immer ab, wenn er in der Nähe ist.«

Beschwörend sehe ich sie an und flüstere ihr noch zu, bevor wir die anderen erreichen: »Und was schließt du daraus?«

Ein vielsagendes Grinsen tritt in ihr Gesicht. »Im Grunde

erinnert es mich daran, wie ich Dash immer aus dem Weg gegangen bin, und jetzt ist er das Beste in meinem Leben.« Sie strahlt ihren Mann an, der sie anschaut, als wäre sie seine ganze Welt.

»Da ist ja meine wundervolle Frau.« Dash zieht Amber an sich und küsst sie.

Ich schaue zu Graham und Morgyn, die Händchen halten und sich fast Stirn an Stirn unterhalten, und zu Brindle und Trace, der den Arm um sie gelegt hat, als wollte er sie nie wieder loslassen, während seine Hand auf ihrem Hintern liegt. Vielleicht bin ich nicht so verträumt romantisch wie Amber und Morgyn und auch nicht so eine Sexbombe wie Sable und Brindle, aber mitanzusehen, wie meine Schwestern sich verlieben, wie sie sich an der Seite ihres Partners verändern und mit ihm wachsen, hat eine Sehnsucht in mir geweckt, die nur schwer zu ignorieren ist.

»Wenn man die so sieht, will man es fast auch, oder?«, fragt Axsel, der sich zu mir stellt.

Ja, liegt mir auf der Zunge, aber ich bemerke, dass Clay auf uns zukommt, und dieses Kribbeln in meinem Bauch geht wieder los. Die Vergangenheit schleicht sich wie ein Gespenst heran und erinnert mich daran, wohin diese Gefühle führen können, und so verstaue ich das *Ja* tief in mir drin. »Fast. Und du?«

»Oh ja!«, sagt Axsel. »Aber nur für eine Nacht.«

Ich lache.

Clay hebt das Kinn. »Weiht ihr mich ein?«

»Und ob.« Axsel schenkt ihm einen lasziven Blick. »Auf meinem oder deinem Zimmer?«

»Junge, hätte ich was für Männer übrig, wäre ich sofort dabei«, erwidert Clay schlagfertig.

»Hab ich wohl Pech gehabt«, sagt Axsel und geht zu den anderen.

»Lasst uns aufbrechen«, ruft Brindle. »Die Limo ist da.«

Auf dem Weg zur Tür bleibt Clay neben mir. »Du weißt schon, dass du mich einfach hättest fragen können, wenn du mich als dein Date fürs Konzert haben wolltest. Es war nicht nötig, Dash das für dich machen zu lassen.«

»Ich habe ihn nicht darum gebeten, dich einzuladen.«

»Wenn du das sagst.« Was seine Arroganz angeht, kann er gut mit Axsel mithalten. »Wie lange hast du noch vor, so zu tun, als wärst du schwer zu haben?«

»Ich tu nicht so.«

»Und warum hast du dann auf keine meiner Nachrichten reagiert?«

Als wir den anderen nach draußen folgen, legt er die Hand auf meinen unteren Rücken. Die kalte Luft sticht auf meinen Wangen, doch seine Nähe wärmt den Rest meines Körpers. »Ich schreibe Leuten, denen ich meine Nummer nicht gegeben habe, in der Regel nicht.« Über seine Nachrichten zu reden, macht mich anscheinend ebenso nervös wie der Drang, auf sie antworten zu wollen.

»Ich habe deine Nummer von Dash bekommen, der sie von Amber bekommen hat«, sagt Clay. »Das muss doch etwas bedeuten.«

»Tut es auch. Schlechte Entscheidung ihrerseits.« Wir warten, während Trace und Brindle in den Wagen steigen, und der einzige Gedanke, den ich in dem Moment zustande bringe, ist, dass ich wahrscheinlich in Flammen aufgehe, wenn ich neben Clay sitzen muss. Nachdem Brindle eingestiegen ist, nutze ich das winzige Zeitfenster, um von ihm wegzukommen. »Ich steig als Nächste ein«, rufe ich und beeile mich, vor Morgyn hineinzuklettern. Ich habe ein schlechtes Gewissen, weil ich so unhöflich bin, aber meine geistige Gesundheit steht hier auf dem Spiel. Erleichtert atme ich auf, als ich neben Brindle Platz nehme, und bin stolz auf meine Strategie, dank der ich zwischen ihr und Morgyn lande.

»Clay, du kannst als Nächster rein«, bietet Morgyn ihm an.

Wollt ihr mich veräppeln? Findet hier irgendeine Verschwörung statt, damit ich mich so unwohl fühle wie nur irgendwie möglich?

Clay zeigt mir diese entwaffnenden Grübchen, als er sich neben mir platziert und die Hand auf mein Bein legt, um einmal kurz zuzudrücken, während die anderen die Limousine bevölkern. »Von allen Limos in allen Städten der Welt sitzt sie ausgerechnet in meiner. Das muss Schicksal sein.«

Als wäre es nicht schon schwer genug, meinen rasenden Herzschlag zu ignorieren, brennt sich jetzt auch noch die Hitze seiner Hand durch meine Jeans, und da mir seine Schlagfertigkeit so sehr gefällt, grinse ich wie ein schwärmender Teenager. Schlimmer ist nur noch, dass ich anscheinend gar nicht mehr damit aufhören kann. Das macht mich so wütend, dass mir ein ungläubiges Lachen herausrutscht. »Hat der Spruch etwa jemals schon funktioniert, um eine Frau abzuschleppen?«

»Keine Ahnung. Normalerweise muss ich nichts sagen, um eine Frau abzuschleppen.«

Da haben wir's. Den Durchblick, den ich brauche, um zu Mr. Perfect auf Abstand zu bleiben. Ich hebe seine Hand von meinem Bein und schaue ihn an, als ich sie auf sein Bein lege.

Großer Fehler.

Seine blauen Augen sind nicht mehr hypnotisierend.

Sie sind herausfordernd.

Verführerisch.

Gefährlich lockend, auf eine Art, die rebellischen Seelen wie

Sable und Brindle gefallen würde, aber nicht so einer rational denkenden Frau wie mir.

Mit dem Unterschied, dass sie es doch tun.

Meine Haut glüht, mein Herz pocht heftig, und plötzlich verstehe ich, was Sable und Brindle schon seit Ewigkeiten behaupten – dass es eine bestimmte Art von Chemie gibt, die so beherrschend ist, dass sie in all deine Poren eindringt und die Luft, die du atmest, vollkommen erfüllt. Es gibt kein Entkommen.

In diesem Moment wird mir klar, dass ich absolut und vollkommen in der Tinte sitze.

Drei

Pepper

Der Alkohol fließt und die Luft surrt in der VIP-Lounge der Paris La Défense Arena, wo sich Dutzende Männer und Frauen zum Beat bewegen und von meiner talentierten Schwester und ihrer Band ebenso gefesselt sind wie ich. Na ja, vielleicht sogar noch ein wenig mehr als ich angesichts der Tatsache, dass ich Clays Blick durch den prall gefüllten Raum auf mir spüre. Sein Blick hält mich schon seit dem Essen gefangen. Ich kämpfe gegen das Verlangen an, zu ihm hinüberzuschauen, und je mehr ich mich dagegen wehre, desto mehr befürchte ich, dass ich aus Versehen in seine Richtung schaue und er mich dabei erwischt. Das würde nur seinen Irrglauben nähren, ich würde die Unnahbare spielen.

Meine Nerven stehen in Flammen, so verkrampft bemühe ich mich, nicht hinüberzuschauen.

Ich weiß, dass er mit meinen Schwagern und einigen anderen Männern und Frauen zusammensteht, die schon hier waren, als wir eingetroffen sind. Eine weitere Gruppe ist direkt auf Axsel zugestürmt, aber ein paar andere haben sich um Clay und Dash geschart und waren einfach nur begeistert, die Gesellschaft der Football-Spieler genießen zu dürfen. Keine Ahnung, wie

Amber damit zurechtkommt. Dash hat seine Profikarriere beendet und dennoch sehen die Leute ihn immer noch als öffentliches Eigentum an. Zumindest hat Dash Abstand zu den Damen gewahrt. Clay dagegen hat ziemlich dick aufgetragen und den Arm um die Frauen gelegt, wenn sie Selfies gemacht haben.

Ich versuche, den Anflug von Eifersucht zu unterdrücken, den ich nicht einmal verstehe. Clay ist nichts für mich, also was schert mich das? Eine Stimme in meinem Kopf flüstert: *Weil da etwas ist, etwas Heißes, Heftiges und Verlockendes.*

Das Johlen der tobenden Menge erreicht mit der lauter werdenden Musik einen Höhepunkt, was meine Aufmerksamkeit weg von meinen Fluchtgedanken und auf die Bühne lenkt. Sable rockt und spielt ihre Gitarre, als wäre sie eins mit ihren Fingern. Im zuckenden Licht der Scheinwerfer glänzt sie wie ein Star, der sie in der Tat geworden ist. Ich bekomme eine Gänsehaut, wenn ich beobachte, wie sie so selbstbewusst und furchtlos den Traum lebt, den sie nie hatte und den nur wenige erreichen. Wir haben uns den Mutterleib geteilt, aber damit hören unsere Gemeinsamkeiten auch schon auf. Sable ist laut und rebellisch. Sie hat eine umwerfende Stimme und ein Ohr für Musik, und sie hat sich immer genommen, was sie wollte, ohne sich durch irgendeine Kritik davon abbringen zu lassen. Ich dagegen sage, was ich denke, aber ich würde einer Auseinandersetzung lieber aus dem Weg gehen, als laut zu werden. Ich sehe einfach nicht die Notwendigkeit, jeden möglichen Streit auch auszufechten. Einen Ton halten könnte ich nicht einmal, wenn man mir die Stimmbänder operieren würde, und ich nehme jede Kritik auseinander, um herauszufinden, ob irgendetwas davon zutrifft, bevor ich sie beiseiteschiebe, um später noch einmal darüber nachzudenken.

Sable wirft den Kopf in den Nacken und die langen dunklen Haare wirbeln so ungebändigt und frei um sie herum, wie sie selbst es ist. Ihre raue Stimme dröhnt mit dem Ende des Liedes durch die Arena. Die Fans und wir alle rasten jubelnd und applaudierend aus.

»Hör dir die Menge an. Sable ist so unfassbar gut!« Brindle greift nach ihrem Glas und hält es in die Höhe. »Auf Sable!«

»Auf Sable!«, stimmen wir alle ein und stoßen mit unseren Mojitos an.

Normalerweise trinke ich Wein, aber heute Abend bin ich dermaßen weit außerhalb meiner Komfortzone, dass ich Benzin trinken würde, wenn es meine Nerven beruhigen könnte.

»Kaum zu glauben, dass Sable ihr Leben nicht auf der Bühne verbringen will«, sagt Brindle.

Surge war eine Kleinstadt-Band, bevor der Milliardär Kane Bad aufgetaucht ist und der Band die Gelegenheit angeboten hat, mit der Band seines Bruders Johnny auf Tour zu gehen. Sable wollte nie Tourneen machen, aber ihrer Band zuliebe hat sie für dieses eine Mal zugestimmt. Deshalb ist das hier jetzt auch ihre erste und letzte Tour.

»Sie will Zeit mit Kane verbringen«, sagt Amber.

»Kann ich ihr nicht verdenken«, sagt Morgyn. »Dem Mann gehört die halbe Ostküste, und er sieht Sable an, als wäre sie mehr wert als all das zusammen. Außerdem ist er übertrieben großzügig.« Kane hat all unsere Zimmer in dem noblen Hôtel de Crillon bezahlt.

»Ihr wisst schon, dass er im Schlafzimmer das und noch viel mehr sein muss, wenn er Sables Herz erobert hat«, sagt Brindle.

»Wir reden hier über Sable«, merkt Morgyn an. »Er muss in jedem Zimmer ein unglaublicher Liebhaber sein, und auch auf dem Dach, im Garten und in ihrem Pick-up.«

Wir lachen alle.

Ich beuge mich vor, damit sie mich trotz der Musik hören. »Ihr wisst genau, dass sie ihr Leben nicht auf der Bühne verbringen wollen würde, auch wenn sie nicht mit Kane zusammen wäre. Sie mag es nicht, als öffentliches Eigentum angesehen zu werden.« Meine Gedanken landen wieder bei Clay, der die Aufmerksamkeit, die sein Starstatus mit sich bringt, in sich aufzusaugen scheint. Und schon muss ich wieder gegen das Verlangen ankämpfen, zu ihm zu schauen, was mich unfassbar ärgert.

Ich nehme noch einen Schluck von meinem Drink und beobachte, wie Surge die Bühne in Brand setzt, denn ich weigere mich, mich von Clays Gegenwart so durcheinanderbringen zu lassen, dass es mir die Freude an ihrem Konzert raubt. Ich konzentriere mich auf den Rhythmus der Musik und die begeisterte Menge, während die Mojitos ihre Wirkung nicht verfehlen. Während ich mit meinen Schwestern tanze, gebe ich mich der Musik hin, bis sie ein Teil von mir wird, so wie ich es schon als Jugendliche getan habe, wenn unsere Großeltern uns zu einem Konzert begleiteten. Ich hatte ganz vergessen, wie das ist, und als die Bässe in meinen Adern wummern, fühle ich mich so lebendig wie schon seit Jahren nicht mehr.

»Kommt es mir nur so vor«, sagt Amber laut, »oder ist Sables Musik noch besser geworden, seit sie sich in Kane verliebt hat?«

»Sind wir nicht alle mit der Liebe besser geworden?«, fragt Morgyn. »Ich habe in der Minute eine Veränderung gespürt, in der Graham und ich zusammengekommen sind.«

Ich schwinge meine Hüften im Takt. »Da haben sich deine Hormone bemerkbar gemacht.«

»Zum Teil vielleicht, aber ich wusste, dass er derjenige welche war, als ich ihn auf dem Festival kennengelernt habe, und das Universum wusste es auch«, behauptet Morgyn überzeugt. »Deshalb hat es auf meine Manifestation reagiert und uns auf Graces Hochzeit wieder zusammengeführt.« Grace ist unsere älteste Schwester. Sie ist im vierten Monat schwanger, und nachdem sie im letzten Jahr eine Fehlgeburt erlitten hat, geht sie jetzt auf Nummer sicher und hat beschlossen, zu Hause zu bleiben, anstatt uns zu begleiten.

»Denn es konnte ja kein Zufall sein, dass sein Freund unsere Schwester geheiratet hat«, erwidere ich sarkastisch. Manchmal denke ich, dass es doch viel leichter wäre, wenn ich etwas mehr wie meine Schwestern wäre und daran glauben könnte, dass allein meine Existenz oder irgendein Manifestieren ausreichen würde, um meine Träume wahr werden zu lassen. Als ich jünger war, hatte ich etwas von dieser Verträumtheit. Gelegentlich habe ich sogar mal entgegen aller Vernunft gehandelt, doch das war, bevor ich wusste, wie gefährlich das sein konnte.

Ich gönne mir noch einen Schluck und genieße das Gefühl, die kühle Flüssigkeit meinen Hals hinuntergleiten zu spüren.

»Oh ihr Kleingläubigen.« Morgyn zeigt auf mich, während wir tanzen. »Eines Tages wirst du verstehen, dass all die Fakten, an die du glaubst, nicht gegen die Macht des Universums ankommen. Mit Graham bin ich glücklicher und kreativer denn je und ich darf jeden Moment an der Seite meines besten Freundes erleben. Das habe ich dem Universum zu verdanken.«

»Das ist die Macht der Liebe«, stimmt Amber ein. »Dank Dash sehe ich mich und die Welt ganz anders. Ich bin stärker, weil ich weiß, dass er mich lieben wird, egal was das Leben für uns in petto hat …«

Während Amber weiter von ihrem wundervollen Gatten schwärmt, kann ich mir nicht vorstellen, dass ein Mann mich stärker machen kann. Wenn überhaupt, macht mich ein ganz bestimmter Mann schwächer, denn diese magnetische Anziehungskraft, dieser Drang, zu ihm zu schauen, ist zu stark, als dass ich sie leugnen könnte. Ich gebe nach und schaue verstohlen zu Clay hinüber. Er sieht auf die Bühne, flankiert von zwei schönen Frauen. Vielleicht liegt es am Alkohol, aber mir kommt der seltsame Gedanke, dass er schöner ist als die beiden Frauen.

Er reibt sich den Nacken, dreht den Kopf dabei leicht zur Seite und sieht, dass ich ihn beobachte.

Schon wieder.

Mist, Mist, Mist. Wenn ich mich wegdrehe, sieht es so aus, als hätte ich ihn angestarrt, was ja auch stimmt, aber ich will nicht, dass er das weiß. Er grinst und zwinkert mir zu, und ich ermahne mich, wegzuschauen, doch ich bin wie ein Reh im Scheinwerferlicht. Plötzlich sehe ich nur noch das interessierte Funkeln in seinen Augen, die verlockende Linie seiner Lippen und seine starke Hand in seinem Nacken. Ich erinnere mich noch an die Hitze, die von dieser Hand auf meinem Oberschenkel ausging, und stelle mir vor, wie gut sie sich unter dem Jeansstoff anfühlen würde. Eine Woge der Hitze erfasst meinen Körper genau in dem Moment, in dem er mir einen verzweifelten Blick zuwirft und mich damit aus meinen schlecht getimten Fantasien reißt.

Ich weiß nicht, ob dieser Blick darauf zurückzuführen ist, dass ich auf sein Augenzwinkern mit einem ausdruckslosen Starren reagiere, oder ob das ein verschwörerischer Blick sein soll. Als würde er mir ein Geheimnis anvertrauen, das ich nicht verstehe. Jedenfalls entscheide ich mich für die Hier-passiert-gerade-gar-nichts-Attitüde, schaue leicht nach links, als hätte ich an ihm vorbei Axsel angesehen, der die ganze Zeit an der Bar steht, und wende daraufhin rasch meine Aufmerksamkeit wieder

Amber zu, die noch immer über Dash redet.

»Dank ihm will ich Dinge unternehmen und Orte sehen, vor denen ich Angst hatte, bevor er in mein Leben getreten ist.« Amber schaut verträumt zu Dash.

»Du willst *ihn*«, sagt Brindle.

»An Orten, von denen du nie geträumt hast«, fügt Morgyn hinzu.

Ja, genau. Der Gedanke kommt unaufgefordert und wieder huscht mein Blick gedankenlos zu ihm. Mein Herzschlag setzt kurz aus. Er beobachtet mich noch immer, und dieses Mal lässt sich nicht verbergen, dass ich absichtlich zu ihm schaue. Ich reiße mich los, stürze den Rest meines Drinks hinunter und stelle das leere Glas ab.

Amber errötet. »Auch das liegt an der Macht der Liebe.«

»Eher wohl der Lust«, sage ich und merke erst im Nachhinein, dass sie auf Morgyns Bemerkung geantwortet hat und nicht darüber redet, wie ich schmachtend zu Clay geschaut habe. Der Mann sorgt wirklich für Fehlzündungen in meinem Hirn.

»Auf die Lust!« Brindle hebt ihr Glas, und sie alle trinken, als gerade ein weiteres Lied zu Ende geht.

Gemeinsam mit der Menge jubeln wir und als Nächstes spielt die Band einen unserer Lieblingssongs. Meine Schwestern und ich tanzen ausgelassen und schwingen die Hüften.

Brindle tanzt an mich heran. »Du und Clay habt euch in der Limo ja ziemlich aneinandergekuschelt, und seit wir hier sind, hat er dich keine Sekunde aus den Augen gelassen.«

»Da irrst du dich sicher.« Die Lüge macht mich nervös, doch dank des Alkohols lasse ich mich von der Angst nicht kleinkriegen.

»Wenn es um Lust geht, irre ich mich nie. Aber das werden

wir wohl schon bald herausfinden«, sagt Brindle, als ich auch schon die Männer hinter mir höre.

»Sable rockt mal wieder die Bühne«, sagt Trace, legt die Arme von hinten um Brindle und küsst sie auf die Wange. »Ganz wie in alten Zeiten, Mustang, oder? Sollen wir uns in eine dunkle Ecke verziehen, wie wir es früher auf Konzerten gemacht haben?«

»Auf jeden Fall!«, ruft Brindle und schaut über die Schulter zu ihrem auf raue Art gut aussehenden Cowboy. »Gleich nachdem Sable mit ihrem Set fertig ist.«

»Ich würde dich auch gern mal über eine Bühne toben sehen, Sunshine«, sagt Graham und legt die Arme um Morgyns Schulter.

»Such mir eine Bühne, dann biete ich dir eine Show.« Morgyn geht auf die Zehenspitzen und küsst ihn.

Amber wedelt mit einem Finger hin und her und sagt zu Dash: »Du brauchst mich gar nicht so anzusehen. Ich hab es nicht so mit Bühnen oder dunklen Ecken auf Konzerten.«

Dash lacht. »Und das ist nur eine Seite von den vielen, die ich an dir liebe.«

Als er seine Lippen auf ihre senkt, spüre ich, dass ich mich fast schon nach dem sehne, was meine Schwestern haben. Nicht nur die Liebe, sondern auch die Freundschaft, die sie mit ihren Männern verbindet. Dieser Teil, der ihnen anscheinend überhaupt keine Anstrengung abverlangt. Mit einem unerwarteten Anflug von Enttäuschung registriere ich, dass Clay sich nicht zu uns gesellt hat. Ich drehe mich um und will sehen, ob er noch immer bei diesen Frauen ist, da entdecke ich ihn mit einem Drink in jeder Hand. Er kommt auf mich zu und schaut mich so intensiv an, dass in mir alles zittert.

Auch als er mir ein Glas gibt, löst er den Blick nicht von

mir. Unsere Finger berühren sich leicht und ein elektrischer Schlag fährt durch meinen Arm. Er beugt sich so nah zu mir, dass sein Atem warm über meine Wange haucht, als er sagt: »Du sahst ein wenig durstig aus.«

Durstig klingt bei ihm wie eine Anspielung, und sofort muss ich daran denken, wie ich ihn gegoogelt habe und dabei auf Bilder gestoßen bin, die mit *Durstiger Donnerstag* betitelt waren. Darauf war er mit freiem Oberkörper zu sehen, hat enge Footballhosen getragen und sich nach einem Spiel Wasser über den Kopf gegossen, als würde er irgendwelche Fan-Fantasien befriedigen.

Jetzt brauche ich den Drink wirklich.

»Danke. Ich habe tatsächlich Durst.« Da ich ihn noch immer mit freiem Oberkörper vor mir sehe, klingt das flirtender als beabsichtigt, aber irgendwie gefällt es mir, wie ich mich anhöre. Ich habe schon so lange nicht mehr geflirtet, dass ich vergessen habe, wie anregend sich das anfühlt. Also lasse ich mich darauf ein, nippe an meinem Drink und ermahne mich, nicht zu viel in die Situation hineinzuinterpretieren. »Du scheinst dich gut zu amüsieren.«

»Ich musste mein angekratztes Ego wieder aufbauen, nachdem ich mich als dein Date angeboten habe und abgelehnt wurde.«

»Mir war nicht klar, dass du so empfindlich bist«, scherze ich.

»Bin ich das? Oder habe ich vielleicht versucht, dich eifersüchtig zu machen?«

»Kann mir nicht vorstellen, dass Mr. Perfect versuchen sollte, irgendjemanden eifersüchtig zu machen.«

Seine Kiefermuskeln zucken kurz, doch im nächsten Moment hebt er amüsiert eine Augenbraue. »Das heißt dann wohl, dass es nicht funktioniert hat.«

Ich schüttele leise lachend den Kopf. Er tritt näher an mich heran und legt die Hand auf meinen unteren Rücken, sodass mein Herzschlag einen Sprint einlegt. Fragend sehe ich ihn an. »Was machst du da?«

»In deine persönliche Distanzzone eindringen.«

»Das merke ich. Die Frage ist nur: Warum?«

»Weil ich möchte, dass deine persönliche Distanzzone zu meiner wird.«

Himmel, dieser Typ hat auch auf alles eine Antwort. »So funktioniert das mit der Distanzzone aber eigentlich nicht.«

»Jetzt schon.«

So billig seine Sprüche auch sind, die Tatsache, dass er immer welche auf Lager hat, finde ich doch seltsam faszinierend. »Deine Männlichkeit ist wohl unerschütterlich.«

Ein verspieltes Lächeln tritt in sein Gesicht. »Danke. Normalerweise erhalte ich solche Komplimente nicht so früh in einer Unterhaltung, aber ich freue mich, dass du das bemerkt hast.«

Meine Wangen glühen, aber ich lache. »So habe ich das nicht gemeint.«

»Oh doch, ich denke schon.« Er hebt die Augenbrauen und trinkt einen Schluck.

Um uns herum brandet Applaus auf und reißt mich aus dem Moment. Ich war so auf ihn konzentriert, dass ich um mich herum nichts mehr wahrgenommen habe.

Und irgendwie gefällt mir auch das.

Clay

Dieses leichte Zusammenzucken war so verdammt süß. Mir gefallen Frauen, die ebenso gut austeilen wie einstecken können. Ich bin froh, dass ich Dashs Angebot angenommen habe und mitgekommen bin. Selbst kurz nach dieser enttäuschenden Niederlage fühle ich mich so unbeschwert, wie ich es seit den Feiertagen bei meiner Familie nicht mehr erlebt habe. Pepper beobachtet ihre Schwester mit Stolz in den Augen, während Sable sich beim Publikum bedankt, und nicht zum ersten Mal empfinde ich Peppers Liebe für ihre Familie als äußerst anziehend. Sie steht ihrer Familie ebenso nah wie ich meiner.

»Sie waren großartig«, sage ich und lehne mich nah an sie heran, damit sie mich über die jubelnde Menge hinweg hören kann.

Sie strahlt. »Ja, das waren sie.«

»Schwer zu glauben, dass Sable all das aufgeben will.« Meine ältere Schwester Victoria, die von allen Victory genannt wird, ist die Inhaberin der PR-Agentur Blank Space Entertainment und vertritt die Band Bad Intentions. Letztes Jahr hat sie Surge einen Label-Vertrag angeboten, doch Sable hat abgelehnt. Letztendlich hat sie mehrere von Sables Bandkollegen unter Vertrag genommen, während Sable ohne ihre Band und ohne ein Label ihren Weg gehen wollte.

»Du kannst das wahrscheinlich nicht nachvollziehen, aber sie mag das Scheinwerferlicht nicht.«

»Das kann ich besser nachvollziehen, als du denkst.« Nachdenken will ich darüber lieber nicht, und so bin ich froh über die Ablenkung, als Sable die Bad Intentions ankündigt. Die Menge dreht durch, als die Band die Bühne betritt.

»Hallo, Paris!«, dröhnt Johnny Bads Stimme durch die

Arena und löst noch größere Begeisterung aus. »Dieser Song ist meiner wunderschönen Verlobten Jillian gewidmet, die zu Hause in den USA die Stellung bei unseren drei Kindern hält. Ich liebe dich, Baby!« Jillian ist Grahams Schwester.

Johnny stimmt das Lied »Star Crossed« an und die Menge tobt.

Als Peppers Schwestern und Schwager losziehen, um zu tanzen, stelle ich meinen Drink ab und nehme Pepper ihr Glas aus der Hand, um es neben meines auf den Tisch zu stellen.

»Hey«, beschwert sie sich. »Den brauche ich.«

Ich ziehe sie in meine Arme. »Nicht, während du mit mir tanzt.«

»Ich brauche ihn noch viel mehr, wenn ich mit dir tanze.« Ihr Blick huscht nervös um uns herum.

»Warum? Wir sind doch beide gute Tänzer.« Ich ziehe sie noch fester an mich, damit sie sich auf mich konzentriert.

Sie antwortet nicht, aber als ich mich verführerischer hin- und herwiege, bewegt sie sich mit mir. Ich senke den Kopf neben ihr Ohr. »Warum kämpfst du gegen unsere Verbindung? Du fühlst dich unglaublich in meinen Armen an. Fühlt es sich für dich nicht gut an?«

»Ziemlich gut«, sagt sie mit stockendem Atem, doch der Zwiespalt zwischen Begehren und Verstand ist unverkennbar in ihren Augen zu sehen.

»Es ist in Ordnung, sich einzugestehen, dass wir uns fantastisch zusammen anfühlen.«

Sie sieht mich skeptisch an. »Warum tanzt du überhaupt mit mir? Haben deine Anmachsprüche bei deinen anderen Freundinnen nicht funktioniert?«

Zähneknirschend nehme ich die Anschuldigung zur Kenntnis. Ich kann sie ihr nicht verübeln, und außerdem bestätigt sie diese leichte Eifersucht, die ich vorhin zu entdecken geglaubt habe und verdammt cool fand. »Glaubst du wirklich, dass ich die weite Reise nach Paris auf mich genommen habe, um dich zu sehen, und dann andere Frauen aufgabele, nur weil du die Unnahbare mimst?«

Sie sieht mich ungläubig an. »Du bist nicht wegen mir hier.«

»Glaubst du, ich bin so weit gereist, um mit Dash abzuhängen und ein Konzert zu besuchen? Ich mag den Kerl, aber das war ja nicht gerade ein zweistündiger Flug.«

Ihre großen Augen zeigen, dass ihr etwas klar wird.

»Nachdem wir jetzt alle Missverständnisse aus dem Weg geräumt haben, glaubst du immer noch, dass ich versucht habe, diese Frauen abzuschleppen?«

Sie bekommt ihren Gesichtsausdruck wieder unter Kontrolle. »Angesichts deines Rufes wäre es nachlässig, das nicht zu glauben.«

»Das tut weh«, gebe ich zu. »Versteh mich nicht falsch. Ich weiß deine Ehrlichkeit zu schätzen. Das ist sehr erfrischend, zumal es den meisten Frauen egal ist, solang sie ein Stück von mir abbekommen. Aber ich hätte gedacht, dass eine so intelligente Frau wie du nicht allen Gerüchten Glauben schenkt.«

»Es gibt sie zuhauf, die können nicht alle unbegründet sein.«

»Das habe ich auch nicht gesagt. Wie es scheint, muss ich dir beweisen, dass ich kein absoluter Mistkerl bin. Ich habe nicht versucht, sie abzuschleppen. Das sind Football-Fans. Ich habe ihn nur etwas gegeben, das sie auf Social Media posten können. Das ist Teil meines Berufs.«

»Tja, ich bin nicht auf Social Media unterwegs, also kannst du dir das bei mir schenken.«

»Ich weiß. Das ist einer der Gründe, warum ich dich so

faszinierend finde.«

Sie zieht die Augenbrauen zusammen und kneift die Augen etwas zu, so als würde sie über meine Antwort nachdenken.

Das Lied geht zu Ende, und sie versucht, auf Abstand zu gehen, als der Applaus einsetzt, doch ich halte sie fest und zwinge sie, sich weiter auf mich zu konzentrieren. »Genau, Pepper, ich habe nach deinen nicht existenten Social-Media-Profilen gesucht, um irgendwie mit dir in Kontakt zu treten, nachdem du meine Versuche im letzten Jahr ignoriert hast.« Ich lasse das sacken, während das nächste Lied beginnt, wiege mich wieder im Takt und genieße es, sie an mir zu spüren. »Warum bist du so entschlossen, mir aus dem Weg zu gehen?«

»Weil wir keine Gemeinsamkeiten haben.«

»Woher willst du das wissen, wenn du dich nicht auf mich einlässt?«

»Ich bin Wissenschaftlerin, du bist Sportler«, sagt sie, als würde das alles erklären.

»Und das bedeutet, dass ich engagiert meine Karriere verfolge, hart arbeite und ein Teamplayer bin. Ich bin entschlossen, der Beste zu sein, und deshalb bin ich gut in Form. Nach dem zu urteilen, was ich über dich gelesen habe und was ich gesehen habe, sind wir gar nicht so verschieden.« Ich lasse meine Hand über ihren Rücken gleiten und fasse sie um die Hüfte, um sie nah bei mir zu halten. Ein sexy klingendes Ausatmen entweicht ihr und ich spüre ihr heftig hämmerndes Herz an meiner Brust. »Macht dich meine Berührung nervös?«

»Ein wenig vielleicht«, gibt sie zu. »Ich sagte doch, dass ich meinen Drink brauche.«

»Du machst mich auch etwas nervös.« Ich nehme ihre Hand und lege sie auf mein Herz, damit sie spüren kann, wie schnell es schlägt.

Die Überraschung ist ihr anzusehen, und sie scheint etwas sagen zu wollen, doch sie beißt sich nur kurz auf die Unterlippe und sieht dabei so unschuldig und einfach zu sexy aus.

»Verdammt, Pepper, du machst mich fertig.«

»Ich habe nichts gesagt.«

»Das musstest du auch gar nicht. Ich habe so verdammt lang darüber nachgedacht, wie es wohl ist, diesen sexy Mund zu küssen.«

»Ich … Du …« Sie presst die Lippen aufeinander und versteift sich in meinen Armen. »Rede nicht so.«

»Warum nicht? Ist es dir unangenehm?«

»Was glaubst du denn?«

»Dann sollte ich dir wahrscheinlich nicht von den anderen Dingen erzählen, die ich in Gedanken mit dir angestellt habe.«

Ihre Wangen glühen. »Wenn du vorhast, so etwas zu sagen, brauche ich meinen Drink wirklich.«

Ich muss schmunzeln, bin aber erleichtert und erfreut, dass sie mir keine Ohrfeige verpasst oder mich stehen lässt.

»Ich wette, du sagst so etwas zu allen Frauen.«

»Nein«, sage ich entschieden und schlucke meinen Frust darüber hinunter, dass ich permanent gegen meinen Ruf ankämpfen muss. Wäre sie jemand anderes, würde ich vielleicht weggehen. Aber sie ist endlich hier in meinen Armen, kann nicht weglaufen, und ob sie es will oder nicht, sie sieht mich an, als wäre ich eine dekadente Torte, die sie verschlingen möchte, obwohl sie weiß, dass sie es nicht sollte. Ich werde ihr eine Gabel geben und sie füttern, wenn es notwendig sein sollte. »Wie wäre es, wenn wir eine Abmachung treffen würden?«

»Was für eine Abmachung?«

»Gib mir einen Abend, um dir zu zeigen, wer ich wirklich bin. Leg deinen Schutzpanzer ab. Erlaube dir, dich heute Abend mit mir zu amüsieren. Tu so, als wäre ich nicht so ein Sportler mit einem Ruf, der dir Angst macht, sondern einfach nur ein unfassbar gut aussehender Typ, den du über Dash kennengelernt hast.«

»Eingebildet bist du ja wohl gar nicht«, scherzt sie.

»Selbstvertrauen hat nichts mit Einbildung zu tun. Du bist eine schöne Frau. Das musst du doch wissen.«

Sie errötet. »Ich finde nicht, dass ich schön bin, aber selbst wenn, würde ich das nicht überall erzählen.«

»Du bist entweder unglaublich bescheiden, oder du siehst nicht, was ich sehe. Ich sage dir was. Du vergisst meinen Ruf für heute Abend und lässt dich auf den Mann ein, den ich dir zeige, und ich werde versuchen, hässlicher auszusehen.«

Sie lacht. »Was bin ich doch für ein Glückspilz. Erzähl mir doch bitte noch mal, was für mich bei dieser Abmachung herausspringt?«

»Du meinst, abgesehen von dem tollsten Abend deines Lebens, einem attraktiven Mann an deiner Seite und – am wichtigsten – der Widerlegung des Mythos, dass ich einfach nur ein dummer Sportler bin?«

»Ich habe nie behauptet, dass du dumm bist. Ich habe nur gesagt, dass wir keine Gemeinsamkeiten haben.«

»Freut mich, das zu hören, aber ich bleibe dabei, dass du nicht wissen kannst, ob wir Gemeinsamkeiten haben, wenn du nicht etwas Zeit mit mir verbracht hast. Wie gesagt, schenk mir den heutigen Abend, damit ich mich beweisen kann. Wenn du keinen Spaß hast, kannst du mich in die Wüste schicken.« Das Lied geht zu Ende, und wieder versucht sie, sich aus meiner Umarmung zu lösen, als Applaus und Gejohle um uns herum aufbranden, doch ich drücke sie fest an mich. »Abgemacht?«

»Warum nur habe ich das Gefühl, einen Pakt mit dem Teufel zu schließen?«

»Weil ich teuflisch gut aussehe.«

Damit handle ich mir ein aufrichtiges Lächeln und eine zögerliche Antwort ein: »In Ordnung. Ich schließe einen Pakt mit einem Teufel mit Grübchen. Lass es mich bitte nicht bereuen.«

»Du bist wirklich verdammt süß.« Bevor ich sie loslasse, raune ich ihr noch zu: »Nur damit du es weißt: Hier ist weit und breit keine Frau, die dir das Wasser reichen könnte.«

Vier

Pepper

»Okay, okay! Ich weiß eine! Ich habe noch nie …« Brindles Satz hängt unvollendet in der Luft, während sie sich schelmisch am Tisch umschaut. In erwartungsvoller Spannung warten wir auf ihre Behauptung im Spiel »Ich habe noch nie«, bei dem alle trinken müssen, auf die die Behauptung nicht zutrifft.

Wir sind im Club des Hotels zu einer privaten Party mit den Bands und ihren Crews zusammengekommen. Morgen früh brechen sie zur nächsten Station ihrer Tour auf. Musik dröhnt durch den Club, es wimmelt vor Leuten, die tanzen und trinken. Johnny war kurz da, ist jedoch schon gegangen, seine und Sables Bandkollegen sind im Club verteilt. Vom Alkohol bin ich etwas beschwipst, der aufregende Abend lässt mich irgendwie schweben, und dieser geheimnisvoll gut aussehende Mann neben mir bringt meine Nerven zum Glühen. Dass Clay und ich unsere Abmachung geschlossen haben, liegt Stunden zurück, und seitdem ist er nicht von meiner Seite gewichen, hat mich um den Verstand gebracht mit seinen verstohlenen Blicken, heimlichen Berührungen, geflüsterten Scherzen und frivolen Anspielungen, die mich überraschen und meine Fähigkeit zunichtemachen, an irgendetwas anderes zu denken als an die schmutzigen Dinge, die er von sich gibt.

»Ich hab noch nie«, wiederholt Brindle, die Dramaqueen, »Sex in der Öffentlichkeit gehabt.«

Alle außer mir greifen nach ihrem Shot-Glas.

Ich bin felsenfest davon überzeugt, dass meine Geschwister entweder darauf aus sind, mich in Verlegenheit zu bringen, oder darauf, all meine Geheimnisse in Erfahrung zu bringen, und das ist nur noch eine Sache, die mich von ihnen unterscheidet. Während Scherze gemacht werden und alle lachen, flüstert und kichert sogar Amber, meine prüdeste Schwester, mit ihrem Mann herum. Es kommt mir so vor, als wären sie alle in irgendeinem unanständig-witzigen Club, zu dem ich keinen Zutritt habe.

Clay raunt mir zu: »Ich kann dir behilflich sein, das zu korrigieren.«

Ja, bitte!, tobt es in meinem beschwipsten Hirn, und mein Körper nimmt das freudig als Versprechen zur Kenntnis, was ziemlich verrückt ist, denn ich habe *nichts* für öffentlichen Sex übrig. Ich habe keine Ahnung, was gerade mit mir los ist, doch ich würde lügen, wenn ich nicht zugeben würde, dass es ebenso aufregend ist wie der begehrende Ausdruck in Clays Augen. Keiner der Männer, mit denen ich intim war, hat meinen Körper so in Brand gesetzt wie er. Noch nie hatte ich das Gefühl, dass ich etwas verpassen würde, weil ich keine One-Night-Stands oder bedeutungslosen Affären habe, aber so wie er mich ansieht, denke ich allmählich, dass es doch so sein könnte.

»Echt jetzt, Pep? Nicht mal am College?«, fragt Brindle und reißt mich aus meinen Gedanken.

»Nicht mal am College«, sage ich genervt, weil ich nicht kapiere, warum es für sie so schwer zu verstehen ist.

»Nicht mal, als du an der Highschool mit Ravi zusammen

warst?«, fragt Morgyn.

Ravi Bhandara ist mit uns in Oak Falls aufgewachsen. Er hatte die gleiche Vorliebe für Naturwissenschaften wie ich, was uns schnell zu Freunden werden ließ und uns seitdem immer verbunden hat. Aber ich werde meinen tratschenden Schwestern keine schmutzigen Details über ihn verraten. »Nee.«

»Ich hab immer gedacht, ihr beide hättet euch in ein Feld oder sonst wohin verzogen, um herumzumachen«, fügt Morgyn hinzu.

»Meine Güte, Leute«, sagt Amber. »Ihr habt bei ihr und Ravi gleich an Sex gedacht, und ich bin immer davon ausgegangen, dass sie *Pepper Bhandara* in ihre Notizblöcke gekritzelt hat.«

»Tja, ihr habt euch alle geirrt. Können wir jetzt bitte weitermachen?« Ich trinke einen Schluck Wasser.

»So so, Ravi Bhandara?«, flüstert Clay nur für mich hörbar. »War er dein Erster?«

»Das erzähle ich dir nicht.«

»Zumindest nicht hier. Verstanden.« Er zwinkert mir zu. »Wir reden später über ihn.«

»Verlass dich nicht drauf.«

»Nachdem wir nun über eure exhibitionistische Ader Bescheid wissen«, scherzt Brindle, »ändere ich das Spiel etwas ab. Wer die beste Antwort hat, muss nicht trinken. Was war der heißeste Ort, an dem ihr je Sex hattet?«

»Mit einem Partner oder mit mehreren?«, will Axsel wissen.

»Oh mein Gott.« Kopfschüttelnd schaue ich zu meinem schamlosen Bruder und Clay schmunzelt.

»Das entscheidet ihr«, verkündet Brindle.

»Ich weiß ja nicht, was ihr heiß findet, aber ich könnte mit ein paar guten Anekdoten aufwarten«, sagt Axsel. »Auf dem

Scheunendach der Jerichos, einem Bauaufzug, bei einem Lagerfeuer am Strand mit drei anderen Typen, vor einem Konzert unter den Scheinwerfern auf der Bühne.«

»Auf dem Dach unserer Scheune?«, empört sich Trace.

»Du wärst noch überraschter, wenn du wüsstest, mit wem ich da war«, sagt Axsel.

Trace zieht die Augenbrauen zusammen. »Sag's nicht. Ich will mir nicht vorstellen, wie du mit irgendeinem Typen auf unserem Dach rummachst.«

»Ich will es wissen«, ruft Morgyn.

»Lass gut sein«, sagt Sable und beendet so das Thema.

Sable war schon immer die größte Beschützerin von allen. Ich weiß nicht, ob sie Trace davor behüten will, etwas zu erfahren, was er nicht wissen will, oder ob sie den Mann, mit dem Axsel zusammen war, beschützen will, aber Morgyn murmelt nur: »In Ordnung.«

»Auf der Bühne, Axsel? Vor anderen Leuten?«, fragt Amber mit weit aufgerissenen Augen.

Inzwischen versuche ich noch, den Teil mit den *drei anderen Typen* zu verarbeiten.

Axsel muss offensichtlich überlegen. »Ich glaube, da liefen so fünf, sechs Leute herum.«

Während Axsel und die anderen über seine verschiedenen Abenteuer reden, legt Clay die Hand auf meinen Oberschenkel und lehnt sich zu mir hinüber. »Ich kann es nicht abwarten, deine Antwort zu hören.«

»Ich werde nicht auf die Frage antworten«, zische ich ihm zu.

»Ach, komm schon, Pep. Mir kannst du es doch verraten. Ich erzähl's auch niemandem.«

Sein Charme macht süchtig. »Ich erzähle *dir* nichts.«

»Verstehe. Du bist eine Nur-Schlafzimmer-Frau. Wahrscheinlich auch eher konventionell. Das muss dir nicht unangenehm sein, ist schon in Ordnung.«

»Ich bin *nicht* konventionell. Ich hab durchaus einiges erlebt. Aber ich verspüre eben nicht das Bedürfnis, meine Erfahrungen herauszuposaunen.«

»Mhm«, sagt er ungläubig. »Wenn du das sagst.«

»Meine Güte, na gut«, flüstere ich ungehalten. »Ich verrate dir, dass ich Sirup benutzt habe.«

Er lacht. »Klingt klebrig.«

»Schokosirup.« Jetzt lache ich auch. »Es wurde viel geleckt, und ja, es war klebrig, hat aber Spaß gemacht.«

»Augenblick mal! Du meinst, ihr wart Eis essen, stimmt's? Das zählt auch schon fast. Sex. Eiscreme. Ich sehe die Verbindung.«

»Wir waren *nicht* Eis essen.« Wir beide lachen lauthals.

Ich gebe ihm einen Klaps, doch er hält meine Hand fest und zieht mich so nah an sich heran, dass sich unsere Münder fast berühren. Wir schweigen beide und die Luft zwischen uns knistert. Es kommt mir vor, als wären die anderen meilenweit entfernt. Er streicht mir mit der Rückseite der Finger über die Wange, und heiße Blitze jagen durch mich hindurch, als er sagt: »Ich würde gern deinen Eisbecher kosten. Vielleicht mit ein bisschen Schlagsahne darauf.« Er leckt sich über die Lippen. »Mmh.«

Die Lust, die in mir tobt, raubt mir fast den Atem. Ich greife nach einem Shotglas und stürze die Flüssigkeit herunter.

»Damit solltest du es vielleicht etwas langsamer angehen lassen.« Er zieht das Wasser, das er mir vorher besorgt hat, näher heran. »Wir wollen ja nicht, dass du mit einem Kater aufwachst.«

So hat er schon den ganzen Abend auf mich aufgepasst, hat dafür gesorgt, dass ich genügend Wasser trinke, und ständig gefragt, ob ich etwas brauche. Als ich zur Toilette gegangen bin, hat er darauf bestanden, mich dorthin zu begleiten. Wenn er sich so verhält, kann man leicht vergessen, wer er ist. Nicht leicht zu vergessen ist der Moment, in dem ich wieder herauskam und er auf mich wartete. Nur wir zwei befanden uns in dem schwach beleuchteten Flur, und ich habe mich so danach gesehnt, ihn zu küssen, dass es regelrecht schmerzte.

Dieser Schmerz hat mich noch immer nicht losgelassen.

»Mir wird es sicher gut gehen. Danke.«

Seine Mundwinkel zucken nach oben. »Vielleicht habe ich einen Hintergedanken. Vor allem, da ich jetzt weiß, dass dir die Idee gefällt, Eisbecher mit mir zu teilen.«

Ich entscheide mich für einen ausdruckslosen Blick, doch die Heftigkeit, mit der ich mich zu ihm hingezogen fühle, fällt mir in den Rücken, und so scheitere ich elendig. »Hatte ich dir nicht gesagt, dass du so nicht mit mir reden sollst?«

»Um auf dieses entzückende Erröten zu verzichten? Auf keinen Fall, mein Schatz.«

Vergeblich versuche ich, mein Lächeln zu verbergen. »Das zahle ich dir heim.«

»Kann es kaum abwarten.« Er greift nach seinem Shotglas und flüstert: »Auf die süße Rache.« Er sieht mir in die Augen und kippt seinen Drink hinunter.

»Hey, was geht da hinten ab?«, ruft Brindle.

Wir schauen uns um und merken, dass uns alle ansehen. In meinem Magen zieht sich alles zusammen. »Nichts«, sage ich und klinge so, als hätte man mich nackt erwischt. Oh nein, jetzt denke ich an einen nackten Clay.

»Ihr trinkt, dabei haben wir eure Antworten gar nicht gehört«, beschwert sich Brindle.

»Ich habe keine Antwort«, sage ich.

»Ach, komm schon«, drängelt Axsel. »Du hast doch bestimmt Ravi mal einen im Labor runtergeholt oder so.«

»Hab ich nicht!« Okay, vielleicht doch, aber das werde ich hier und jetzt nicht erzählen. Anscheinend ist es ohnehin egal, was ich sage, denn wieder einmal treten sie jetzt eine Diskussion über die Orte los, von denen sie *dachten*, dass Ravi und ich uns vor all den Jahren hinverzogen hätten.

Clay lehnt sich zu mir herüber und sein Atem brennt wie Feuer auf meiner Haut. »Ich muss mir merken, dass ich dich mal in ein Labor entführe.«

»Oh mein Gott! Warum spiele ich dieses Spiel überhaupt?«

»Weil du wissen willst, was der heißeste Ort war, an dem ich jemals Sex hatte.«

»Nein, mit Sicherheit nicht! Ich will nicht darüber nachdenken, wie du mit irgendeiner anderen Sex hast.«

»Gut zu wissen«, meint er grinsend.

Mir wird mein Fehler schnell klar und so rudere ich zurück: »Ich meine, ich will überhaupt nicht darüber nachdenken, wie du Sex hast.«

»Doch, willst du.« Er drückt meinen Oberschenkel und mir wird am ganzen Körper heiß. »Und nur damit du es weißt: Der heißeste Ort, an dem ich jemals Sex hatte, liegt noch vor mir. Aber keine Sorge, du wirst mit mir dort sein, also kannst du es am eigenen Leib miterleben.«

Ich blinzele einmal, zweimal, dreimal. So lange brauche ich, bis mir klar wird, dass ich im Geiste all die Orte in Paris abhake, an denen wir Sex haben könnten. Krampfhaft überlege ich, was ich sagen kann. »Viel Spaß mit deinen Fantasien.« In dem Bemühen, die Aufmerksamkeit von mir abzuwenden, lehne ich mich vor, schaue ans andere Ende des Tisches und sage: »Ich habe Sables Antwort noch nicht gehört.«

Sable und Kane schauen sich vielsagend an, bevor sie behauptet: »Ich behalte meine Bettgeschichten für mich.«

»Seit wann?«, fragt Morgyn nach.

Sable schaut zu ihrem attraktiven Verlobten. »Seit Kane.«

Kane sieht aus wie ein krasser Milliardär, und das ist er ja auch. Die Tattoos kriechen unter dem Kragen und den Ärmelaufschlägen seines weißen Hemdes hervor, als er Sable einen Handkuss gibt. »Wenn du an das denkst, an das ich gerade denke, dann war da kein Bett im Spiel.«

»Nur weil ich es bis dahin nicht mehr ausgehalten habe«, sagt Sable.

Kane beugt sich vor und küsst sie leidenschaftlich, was mit Pfeifen und Gejohle von uns allen quittiert wird.

»Unser heißester Ort war in Belize«, verkündet Morgyn und schmiegt sich an Graham. »Erinnerst du dich an die Schaukel?«

»Sunshine, was wir auf dieser Schaukel veranstaltet haben, sollte verboten sein.« Er zieht meine kichernde Schwester zu einem Kuss an sich.

Es gibt doch so etwas wie Beziehungsneid, oder? Jedenfalls erwischt der mich gerade ziemlich heftig.

»Du bist dran, Amber«, fordert Brindle sie auf.

Amber wird rot. »Bei uns war es ein Lernzimmer in der öffentlichen Bibliothek.«

»Was?«, schreie ich quasi, denn ich traue meinen Ohren kaum.

Alle lachen und Brindle sagt: »Vielleicht kann Amber dir mal zeigen, wie du lockerer wirst.«

»Ich bin locker«, behaupte ich und sorge für noch mehr Gelächter.

»Na klar«, scherzt Morgyn.

Clay packt mein Fußgelenk und hebt mein Bein auf seinen Schoß, wobei sein silbernes Armband im Licht funkelt.

»Was machst du da?«, frage ich.

»Aufpassen, dass du nicht wieder in ein Fettnäpfchen trittst.«

Wir alle lachen lauthals.

Er drückt sanft meine Wade, bevor er meinen Fuß wieder absetzt und mir ein charmantes Lächeln schenkt, das ihn so jungenhaft wirken lässt und mir einen flauen Magen beschert.

»Ich bin dran«, verkündet Morgyn und tippt mit den Fingernägeln gegen ihr Glas. »Ich habe noch nie ... einen Dreier gehabt.«

Alle halten inne.

»Du greifst lieber nicht nach deinem verdammten Glas«, sagt Sable zu Kane und wir alle lachen.

Clay nimmt sein Glas in die Hand und jetzt spüre ich einen Knoten im Magen. Die Männer sehen ihn fragend an.

»Ey, Kumpel.« Dash schüttelt den Kopf. »Mach das nicht.«

»Was soll's«, sagt Axsel und kippt seinen Drink hinunter.

Clay zuckt mit den Schultern. »Man muss alles einmal ausprobieren, oder?« Er trinkt sein Glas leer.

Jetzt frage ich mich, warum er überhaupt an mir interessiert ist. Gut kennt er mich zwar nicht, aber er weiß, dass ich nicht der Dreier-Typ bin. Noch erstaunlicher ist, dass ich mich immer noch zu ihm hingezogen fühle.

»Da hast du absolut recht, Bro«, sagt Axsel, als sie ihre Gläser wieder auffüllen.

»Meine Güte, Axsel. Gibt es irgendwas, was du noch nicht getan hast?«, fragt Amber und spornt damit unseren Bruder an, mit Dingen anzugeben, die ich gar nicht hören will.

Clay lehnt sich wieder zu mir hinüber. »Es war wirklich nur das eine Mal.«

»Du musst dich mir gegenüber nicht rechtfertigen.«

Er legt seine Hand auf meine und schaut mir in die Augen. »Du bist der einzige Mensch, dem gegenüber ich mich je rechtfertigen wollte.«

Der Aufrichtigkeit in seinem Blick ist ebenso wenig zu entkommen wie der Hitze zwischen uns.

»Ich war ziemlich betrunken, als es dazu gekommen ist«, erklärt er. »Damit man eben mal damit angeben konnte und so. Aber das eine Mal reichte aus, um zu merken, dass ich nicht gern teile.«

Und schon schwirren meine Gedanken wieder im Kreis. Vielleicht habe ich noch nicht viele interessante sexuelle Erfahrungen gemacht, doch ich brauche keinen Selbstversuch, um zu wissen, dass ich mich in einer nicht-monogamen Beziehung niemals wohlfühlen würde.

»Lasst uns alle Karten auf den Tisch legen«, schlägt Brindle vor.

»Ich glaube nicht, dass ich heute Abend noch mehr Enthüllungen vertrage«, sage ich.

»Doch! Das macht Spaß.« Brindle schaut sich am Tisch um. »Wie alt warst du, als du deine Jungfräulichkeit verloren hast? Wer am jüngsten war, trinkt.«

Ich zucke auf meinem Stuhl zusammen und wünschte, ich könnte mich in Luft auflösen.

»Und jetzt muss ich erst mal auf die Tanzfläche. Komm mit, Pep.« Sable steht auf und rettet mich.

Als ich mich erhebe, greift Clay nach meiner Hand. »Heb einen Tanz für mich auf.«

Solch eine simple Bitte sollte mein Herz nicht zum Rasen

bringen, aber als Sable und ich Richtung Tanzfläche gehen, vibriere ich praktisch innerlich bei dem Gedanken, wieder in seinen Armen zu liegen. »Danke, dass du mich vor weiterer Demütigung bei diesem Trinkspiel bewahrt hast.«

»Es gibt nichts, was dir peinlich sein muss. Ich habe dein Bedürfnis, dein Sexleben für dich zu behalten, nie verstanden, bis Kane und ich zusammengekommen sind. Jetzt kapier ich's.«

Wir finden etwas Platz auf der Tanzfläche und fangen an zu tanzen. »Heißt das, du hältst mich jetzt nicht mehr für eine Spinnerin?«

»Ich hab dich nie für eine Spinnerin gehalten. Ich konnte nur einfach nicht verstehen, warum die Meinung anderer so wichtig für dich war.«

»Es geht nicht um die Meinung anderer. Intime Momente auszuplaudern, macht sie unbedeutender.«

»Das verstehe ich jetzt. Tut mir leid, wenn ich dir jemals deswegen ein blödes Gefühl gegeben habe.«

»Danke.« Es fühlt sich gut an, das zu hören. Sable gibt mir nie wegen irgendetwas ein blödes Gefühl, aber es ist schön, dass es ihr so wichtig ist. »Wie fühlt es sich an, dass das Ende der Tour nur noch wenige Wochen entfernt ist?«

»Bittersüß. Wie fühlt es sich an, dass du vielleicht nur noch eine Stunde von einem unglaublichen Orgasmus entfernt bist?«

Ich pruste vor Lachen. »Sable!«

»Tu nicht so, als würdest du nicht das Gleiche denken. Es überrascht mich, dass du ihn noch nicht auf dein Zimmer gezerrt hast. Ich hab dich noch nie so vernarrt in einen Typen gesehen.«

»Ich bin nicht …«

»Lass gut sein. Wir wissen beide, dass du ihn willst.«

Ich tanze näher zu ihr, damit ich nicht so laut reden muss.

»Ich wollte sagen, dass ich nicht so eine bin, die einen Mann auf ihr Hotelzimmer zerrt. Aber ich wünschte, ich wäre es.« Sable ist einer von zwei Menschen, mit denen ich so ehrlich sein kann. Sie kennt die meisten meiner Geheimnisse.

»Dann werde zu so einem Menschen. Und du kannst dich auch ruhig noch für meine Runde bei ›Ich habe noch nie‹ bedanken.« Sie hat *Ich hatte noch nie eine Geschlechtskrankheit* in die Runde geworfen und niemand hat sein Glas angerührt. »Nun weißt du zumindest, dass du guten Gewissens mit ihm schlafen kannst.«

»Deswegen hast du das gesagt?«

»Warum überrascht dich das? Ich halte dir doch immer den Rücken frei.«

»Danke dafür, aber ich weiß nicht, wie ich über meinen Schatten springen soll, um *das* zu tun.«

»Tu es einfach«, sagt Sable, als wäre das so einfach. »Sieh mich an. Ich hätte nie gedacht, dass ich solide werden würde, und doch gibt es nichts, das ich mir mehr wünsche als ein Leben mit Kane. Clay ist ein Guter, Pep. Ich habe ihn beobachtet. Er passt auf dich auf und er bringt dich zum Lachen, zum Erröten und Begehren.«

»Stimmt, aber er ist auch ein Sportler, und du weißt, dass ich keine Sportler date.«

»Ja, und als du am College warst, hatte das seine guten Gründe. Aber Clay ist kein dummer College-Boy, und wer hat überhaupt etwas von Daten gesagt? Du amüsierst dich. Du bist in Paris. Wenn es je einen Zeitpunkt gab, um dich locker zu machen und Spaß zu haben, dann jetzt. Außer euch beiden wird niemand wissen, was du tust.« Wir tanzen jetzt zu einem schnelleren Song. »Wann hast du das letzte Mal so etwas für einen Typen empfunden?«

»Keine Ahnung. Noch nie. Mit ihm will ich rebellisch sein, ihm die Klamotten vom Körper reißen, und das bin so gar nicht ich. Und weil ich weiß, dass ich das nicht bin, will ich mich verstecken. Aber ich will mich eigentlich nicht verstecken.«

Sable lacht. »Mädchen, dich hat es wirklich erwischt.«

»Kannst du wohl sagen. Aber, Sable, er hat *so* viel Erfahrung.«

»Und das bedeutet, dass er weiß, wie er dir schöne Gefühle besorgen kann.«

»Klar, aber was ist, wenn ich ihm keine schönen Gefühle besorgen kann?«

»Du denkst zu viel. Für die Männer fühlt sich alles gut an. Die sind nicht so kompliziert.«

»Ich wünschte, ich hätte dein Selbstvertrauen.«

»Du kannst das. Glaub mir, wenn du mit jemandem zusammen bist, der dich wirklich anturnt, kommt das alles von allein. Sogar das Selbstvertrauen.«

Während wir tanzen, halte ich mich daran fest, hoffe, dass es wahr ist, und versuche, mich in der Musik zu verlieren. Doch trotz des Alkohols und Sables aufmunternder Worte kann ich nur daran denken, wie ich den Mut aufbringen soll, mich auf Clay einzulassen.

»Da sitzt ein wunderbarer Typ, der jede Bewegung von dir verfolgt. Wirst du ihm zeigen, aus welchem Holz du geschnitzt bist, oder wirst du aus Paris abreisen und dir wünschen, du hättest es getan?«, fragt Sable anfeuernd.

Ich wage einen Blick, und tatsächlich, diese aufmerksamen blauen Augen sind auf mich gerichtet.

Clay grinst, als hätte er jedes einzelne Wort, das wir gesagt haben, gehört. Selbst das fühlt sich gefährlich aufregend an. Auf der Tanzfläche ist es heiß und voller Körper, die sich aneinander reiben. Keine Ahnung, wie ich den Mut aufbringe, doch als »Lose Control« anfängt, schließe ich einen Moment lang die Augen und liefere mich der Musik aus. Angespornt vom Begehren öffne ich die Augen wieder und tanze verwegener, verführerischer.

»Du siehst heiß aus! So ist es richtig, Mädchen«, ermutigt Sable mich weiter.

Mit jedem wummernden Takt lösen sich meine Fesseln immer mehr, bis ich mich frei und fast ein wenig ungezähmt fühle.

Sable nimmt meine Hand und zieht mich zu sich heran. »Das ist heute dein Abend.«

Sie wirbelt mich herum und meine Hände landen auf einer harten Brust. Zedernholzduft dringt in meine Sinne ein, und als ich aufschaue, sehe ich in Clays blaue Augen. Er passt sich meinen unanständigen Bewegungen an und mir entweicht ein raues »Hallo, schöner Mann!«. Ich erkenne meine eigene Stimme nicht wieder, doch in seinen Augen lodern die Flammen, und ich weigere mich, dem Drang nachzugeben, mein Verhalten zu überdenken.

»Viel Spaß«, sagt Sable und schlendert von der Tanzfläche.

»Ich nehme an, das bedeutet, Sable heißt mich gut.« Clay legt die Arme um mich, während wir tanzen.

»Da wäre ich mir nicht so sicher«, scherze ich.

»Und wie sieht es mit dir aus?« Sein Gesichtsausdruck wird ernst. »Wie sehr stört es dich, dass ich einmal einen Dreier hatte?«

Wieder spielen meine Nerven verrückt. Ich erwarte, dass sich mein Instinkt meldet und meine Unsicherheiten die Oberhand gewinnen, doch Sable hatte recht. Das Selbstvertrauen schiebt sie beiseite. »Sagen wir, ich habe mich nie als eine gesehen, die etwas für einen Typen übrig haben könnte, der einen Dreier hatte. Und doch liege ich wieder in deinen Armen.«

Die Erleichterung ist ihm anzusehen. »Gut. Ich hatte befürchtet, es würde dich einschüchtern.«

»Hat es auch«, platzt es aus mir heraus, bevor ich es verhindern kann. *Hallo, Verstand! Bitte hau ab!* »Du hast eine Menge Erfahrung. Im Vergleich dazu verblasse ich sicher. Ich hatte nur Zweier und in letzter Zeit waren es eher Einer.«

Er zieht mich fester an sich. »Das gefällt mir an dir. Weniger Männer, die ich um die Ecke bringen muss.«

Ich lache.

»Erzähl mir mehr von diesen Einern.«

»Nein!« Himmel, er bringt mich zum Lächeln.

»War nur ein Scherz. So viel Spaß wie an dem Abend heute mit dir hatte ich schon lange nicht mehr. So wie es dir gelingt, mich zu verführen, weiß ich, dass es besser sein wird als alles, was ich je erlebt habe.«

»Wenn *ich dich* verführe?«

»Spiel nicht die Unschuldige. Mit deinem verlegenen Lächeln und den frechen Kommentaren machst du das schon den ganzen Abend. Von dem sexy Lachen und der süßen Art, mit der du nervös herumfummelst, ganz zu schweigen. Es ist mir etwas unangenehm, wie du mich mit deinen Blicken ausgezogen hast.«

Wieder lache ich.

»Im Ernst«, sagt er mit einer unglaublichen Wärme, die mich innerlich schmelzen lässt. »Karten auf den Tisch. Ich habe noch nie … Tag für Tag, Monat für Monat so an eine Frau gedacht, wie ich an dich gedacht habe. Ich habe keinerlei Zweifel daran, dass wir großartig zusammen sein werden, wenn wir machen, was wir – glaube ich – beide wollen, und ich denke, dass du es tief in deinem Inneren auch weißt.«

Die Zeit steht still, während ich versuche, die Wahrheit in seinen Worten zu verarbeiten. Sables Stimme hallt durch meinen Kopf. *Wirst du ihm zeigen, aus welchem Holz du geschnitzt bist, oder wirst du aus Paris abreisen und dir wünschen, du hättest es getan?*

Der Song »Confident« setzt ein, und als Demi Lovato vom Selbstvertrauen singt, halte ich es mit Morgyn und sehe es als ein Zeichen vom Universum. Bevor ich darüber zu viel nachdenke, löse ich mich aus Clays Armen und fange an, verführerisch zu tanzen, während sein feuriger Blick mein Selbstvertrauen anheizt. Seine Hände gleiten über meine Taille und an meinen Seiten hinauf bis knapp vor meine Brüste. Kurz kommt mir der Gedanke, dass meine Familie mich sieht, doch die Tanzfläche ist jetzt noch voller, und mein Denken kommt nicht gegen die Dinge an, die er mir gerade gestanden hat, und auch nicht gegen das Begehren, das mich erfasst hat.

Ich lasse meine Hände über seine Brust gleiten, spüre seine angespannten Muskeln unter meinen Fingern, und wir bewegen uns im Einklang zur Musik. Als der Song »Body Like a Back Road« gespielt wird, dreht er mich herum, und ich bewege die Hüften mit dem Rücken zu ihm gewandt. Er schiebt meine Haare über eine Schulter, legt einen Arm um meine Taille und zieht mich an seinen Oberkörper. Ich spüre jeden einzelnen harten Zentimeter von ihm an meinem Hintern.

»Du bist so verdammt sexy«, raunt er mir ins Ohr und jagt mir Schauer über den Rücken, als er in mein Ohrläppchen beißt. Bei dem Mix aus Schmerz und Lust stockt mir der Atem. »Das hast du davon, wenn du mich so reizt«, knurrt er. Er saugt an meinem Ohrläppchen und legt den Arm noch fester um mich.

Ich merke, dass ich feucht werde.

Dieser Mann ist mein Verderben und ich will mich dem hingeben.

Ich neige den Kopf zur Seite, damit er besser herankommt. Er senkt den Mund auf meinen Hals, küsst, leckt, knabbert und setzt meinen ganzen Körper in Brand. Der Song »A little Wicked« setzt ein und er dreht mich wieder zu sich herum. Die Begierde in seinen Augen gibt mir das Gefühl, kühn, mutig und sexy zu sein.

»Komm her, du wildes Ding.« Er zieht mich an sich.

Wir wiegen uns im Takt und reiben uns aneinander, während unsere Hände umherwandern. Seine Berührung brennt sich durch meine Kleidung und die Musik pulsiert unter meiner Haut. Die sexuell aufgeladene Stimmung verstärkt jede einzelne Empfindung. Als »Play with Fire« gespielt wird, drückt er mich fest an sich, während unsere Hände auf dem Hintern des anderen liegen und unsere Hüften aneinandergeschmiegt sind. Mit seinen Lippen streicht er über meine und setzt mich bis zu den Zehenspitzen unter Strom. Die Zeit vergeht in einem Nebel aus Begehren, während ein Lied in das nächste übergeht, bis ich gefährlich kurz davor bin, diesem Mann die Kleider gleich hier auf der Tanzfläche vom Leib zu reißen.

Ich zwinge mich, einen Schritt zurückzutreten. »Ich … äh …« Ich atme heftig. Mein Hirn funktioniert nicht. »Ich brauche einen Moment.« Eilig verlasse ich die Tanzfläche und haste Richtung Damentoilette.

Als ich die Tür aufstoße, blendet mich das grelle Licht. Ich gehe auf und ab, versuche, meinen rasenden Herzschlag zu beruhigen. Zusätzlich halte ich die Hände unter kaltes Wasser und befeuchte ein Papiertuch, das ich mir in den Nacken lege, um mir etwas Kühlung zu verschaffen. Aber diese Hitze kommt nicht nur vom Tanzen. Mein Körper ist ein einziges Flammenmeer der Lust. Noch nie habe ich so etwas empfunden. Ich werfe das Papiertuch in den Müll und schaue in den Spiegel. Meine Haare sind zerzaust, meine Wangen hochrot, und ich sehe so erregt aus, wie ich mich fühle.

Wer ist diese lüsterne Frau?

Okay, Pepper. Schalte deinen Verstand ein.

Ja, es fühlt sich gut an, zu begehren und begehrt zu werden, doch das bist nicht du.

Irgendein rebellischer Teil in mir wehrt sich dagegen, aber ich bemühe mich mit allen Kräften, ihn zu unterdrücken. Nach ein paar tiefen Atemzügen und vielen aufmunternden Worten habe ich das Gefühl, wieder etwas mehr Kontrolle zu haben. Ich verlasse die Damentoilette und renne fast in Clay hinein. Wieder sind wir in dem schwach beleuchteten Flur allein.

»Alles in Ordnung?« Seine Finger legen sich um meine.

Meine Nippel werden hart, so intensiv nehme ich ihn wahr, als er den kleinen Abstand zwischen uns auslöscht. Mein Rücken stößt gegen die Wand, die durch die Bässe der Musik vibriert und mit dem Wummern meines Herzens wetteifert. »Mhm«, bringe ich heraus, während der rationale Teil meines Hirns mit der bedürftigen Frau ringt, die von Clays maskulinem Duft eingehüllt wird.

»Sicher?« Seine kräftigen Oberschenkel drücken gegen mich und so hält er mich mit seinem muskulösen Körper gefangen.

»Jetzt besser«, sagt diese bedürftige Frau, was er mit einem Grinsen quittiert.

»Gut.« Seine harte Länge drückt an meinen Bauch und er schiebt eine Hand in meine Haare. »Ich weiß, dass dir deine Privatsphäre wichtig ist.« Er fährt mit den Zähnen meinen Kiefer entlang und jagt heiße Pfeile durch mein Innerstes. Ich schließe die Augen, genieße das Gefühl. Seine Lippen streichen über meine, sanft wie eine Feder. »Das wollte ich eigentlich dort draußen machen.«

Sein Mund senkt sich lockend auf meinen und verwöhnt mich mit einem langsamen, sinnlichen Kuss. Er drückt seinen Körper nicht mehr heftig an meinen, und ich weiß, dass er mir die Gelegenheit geben will, meine Meinung zu ändern. Zum Henker mit dem Verstand! Ich will diese Nacht mit ihm. Ich lege den Arm um seine Taille, gehe auf die Zehenspitzen und erwidere seinen Kuss voller Begehren. Er stöhnt dankbar auf und dieses sexy Geräusch löst etwas Unbändiges in mir. Er wird ungehemmter, seine Hände vergraben sich in meinen Haaren, seine Zunge dringt tiefer ein, drängender, besitzergreifender. Ja! Genau das will ich! Wir reiben uns aneinander, stöhnen und laben uns aneinander wie ausgehungerte Tiere. Unsere Küsse nehmen kein Ende, und als er sich letztlich von mir losreißt, bin ich so in uns gefangen, dass ich ihn wieder an mich ziehe. Doch er küsst mich nur eine Minute lang, bevor er sich wieder von mir löst. Ich reiße die Augen auf und die Leidenschaft in seinem Blick macht mir weiche Knie.

»Nicht hier«, sagt er rau. »Es sei denn, du willst, dass deine Familie und alle anderen hier hören, wie gründlich ich dir Lust bereiten werde. Lass uns unsere Jacken holen und von hier verschwinden.«

Fünf

Clay

Pepper erzählt den anderen, dass sie Kopfschmerzen hat, und ich biete an, sie sicher zu ihrem Zimmer zu bringen. Auf dem Weg zum Aufzug geben wir uns gelassen, aber sobald die Türen zugleiten, liegen unsere Jacken schon am Boden und wir fallen übereinander her, drängen uns aneinander, während die Stockwerke vorbeihuschen. Ich will sie schon so lange, dass ich mir vorkomme wie ein blöder Teenager, so verrückt nach ihr, dass ich keinen ordentlichen Gedanken fassen kann. Meine Hände sind überall gleichzeitig, unermüdlich darauf aus, jede einzelne köstliche Kurve von ihr zu erkunden. Ihr Mund ist heiß und süß und so verdammt willig, dass mein bestes Stück in ihm versinken möchte.

Als der Aufzug auf meiner Etage hält, lösen wir uns zögerlich voneinander, schnappen uns die Jacken und eilen den Flur entlang. In meiner Suite reiße ich ihr den Blazer zwischen gierigen Küssen vom Leib und zerre ihr das T-Shirt über den Kopf. Sie schiebt mein Hemd hoch und rasch ziehe ich es aus. Danach ist ihr BH dran und ich lasse meinen lüsternen Blick auf ihren wundervollen Brüsten und geschwollenen Lippen ruhen.

»Du bist so verdammt schön.«

»Ich? Guck dich doch mal an. Diese Brustmuskeln können nicht echt sein.«

Ich lache. »Wenn dich *die* beeindrucken, warte erst mal ab, bis ich meine Hose ausgezogen habe.«

Sie errötet und das macht sie nur noch begehrenswerter. »Sei nicht so arrogant, wenn ich halb nackt bin.«

»In Ordnung. Dann bewahre ich mir das für den Moment auf, wenn du ganz nackt bist. Aber wenn du mich fragst, ist nichts so beeindruckend wie dein unbezwingbares Lächeln.«

Ihr Blick wird sanfter, und ich sehe ihr an, dass sie mir endlich glaubt. Dieses Vertrauen befreit mich, und ich vergrabe die Hände in ihren Haaren, bringe ihren köstlichen Mund unter meinen und küsse sie gierig, während sie mit dem Rücken an die Wand stößt. Endlich sind wir Haut an Haut, ihre festen Nippel und weichen Brüste setzen mich in Flammen, doch es ist bei Weitem noch nicht genug. Ich will sie ganz besitzen und mit Lust erfüllen, aber ich kann nicht aufhören, sie zu küssen.

Während ich ihren Hinterkopf mit einer Hand genau dort halte, wo ich ihren Mund haben will, lege ich die andere um ihre Brust und streiche mit dem Daumen über ihren Nippel. Sie stöhnt und dieser Laut schießt direkt in meine Länge. »Fuck!«, stoße ich aus und senke den Mund auf ihre Brust, um sie mit Zähnen und Zunge zu reizen, was sie mit weiteren sexy Lauten belohnt. »So verdammt weich und wunderschön.«

Sie klammert sich stöhnend an mich. Ich möchte sie vollkommen nackt sehen und sie irgendwo hinlegen, wo ich jeden Zentimeter von ihr anbeten kann, aber ich bin zu ungeduldig, um das Zimmer bis zur Couch, zur Bar oder zum Schlafzimmer zu durchqueren. Ich sauge ihren Nippel tief in meinen Mund und sie schreit auf.

»Tschuldigung«, murmele ich an ihrer Haut.

»Das gefällt mir«, keucht sie.

Ich mache es noch einmal, sauge noch fester, und sie presst sich an mich, krallt die Fingernägel in meine Haut.

»Fühlt sich so gut an.« Ihre Stimme ist belegt und rau.

Ich nutze beide Hände, rolle einen Nippel zwischen Zeigefinger und Daumen, während ich den anderen streichelnd verwöhne, bis sie sich windet und nach mehr fleht. Erst dann hauche ich Küsse auf ihren Bauch, hinab bis zum Hosenbund, wo ich mit den Zähnen ihre Jeans öffne. Sie kichert. Wie ich dieses Geräusch liebe! Ich küsse die seidige Haut, die ich freigelegt habe, reibe ihre Mitte durch ihre Jeans, und sie atmet stockend ein. Ich knie mich mit einem Bein auf den Boden und küsse sie durch den Jeansstoff zwischen ihre Beine. »Ich kann es nicht abwarten, dich zu kosten«, stoße ich aus.

Ihre Wangen glühen, doch sie beobachtet mich dabei, wie ich ihr die Stiefel und Socken ausziehe. »Mir gefällt es, den Blick deiner wunderschönen Augen auf mir zu spüren.«

»Mir gefällt, dich zu spüren.«

Ich ziehe ihr die Jeans aus. »Seidenslip«, sage ich und reize sie durch den Stoff, bevor ich ihn hinunterziehe. »Du bist eine geheime Verführerin.«

»Mein heimliches Vergnügen«, keucht sie.

»Keine Heimlichkeiten mehr erlaubt.« Ich hauche Küsse auf ihre Oberschenkel und küsse auch die nackte Haut über ihrer glitzernden Perle, während ich mit den Fingern durch ihre feuchte Mitte gleite und mit einem weiteren sehnsuchtsvollen Stöhnen belohnt werde. »Weißt du, wie viele Nächte ich in meinen Fantasien meinen Mund zwischen deinen Beinen vergraben habe?« Ihre Mitte zieht sich zusammen und sie beißt sich auf die Unterlippe. »Spreiz die Beine für mich, Baby.« Sie kommt meiner Bitte nach. »Und jetzt sieh mir zu, wie ich dir Lust bereite.«

Ihre Augen glänzen vor Begehren, als ich mit der Zunge um ihre Perle kreise und dann tiefer gehe, um sie das erste Mal zu kosten. »So verdammt süß.« Ich wiederhole das einmal, und noch einmal, kreise um ihre Perle und lecke ihre süße, heiße Mitte.

»Ah … das ist so gut … Clay …« In ihrer Stimme liegt so viel Begehren, und meine Länge pulsiert vor Verlangen nach ihr, doch ich habe zu lange gewartet, um jetzt etwas zu überstürzen. Ich lecke und liebkose sie weiter, steigere die Intensität und Geschwindigkeit, bis sie sich an der Wand windet und sich der Saft ihrer Erregung auf meinen Mund legt. »Bitte! Ich halte es nicht mehr aus!«

Ich gleite mit zwei Fingern in ihre nasse Hitze und lecke über ihre geschwollene Perle. Der lange, sinnliche Laut, den sie ausstößt, schießt durch mich hindurch. »Genau, Baby, lass mich hören, wie sehr du mich willst.« Ich reize und lecke diese sensible Knospe, während ich den magischen Punkt in ihr finde, der ihre Muskeln sich zusammenziehen und ihre Beine zittern lässt. Als ich ihre Perle zwischen meine Zähne sauge, keucht sie und windet sich auf meinen Fingern. »Ich kann es nicht abwarten, in dir zu sein.«

»Clay«, stöhnt sie, am ganzen Körper zitternd. »Ich werd gleich …« Sie schreit auf, klammert sich an meinen Schultern fest, während sich ihre Mitte heftig und heiß um meine Finger zusammenzieht und ihre Hüften zucken. Ich bleibe bei ihr, labe mich an dem Köstlichsten, das ich je genießen konnte, während sie ihre Lust bis zum Ende auskostet und ich sie daraufhin gleich wieder in die Höhen katapultiere. Mein Name kommt ihr wie ein Gebet über die Lippen, und ich weiß, dass ich das noch lange nach unserem Beisammensein hören werde.

Schlaff stützt sie sich an meinen Schultern ab und keucht: »Wow! Du machst das richtig gut.«

Ich lache und hebe sie hoch. Überrascht hält sie den Atem an.

»Ich habe Beine, das weißt du schon, oder?«, sagt sie, als ich sie ins Schlafzimmer trage.

»Mir sind diese sexy Beine sehr wohl bekannt, und ich freue mich darauf, dass du sie um meinen Hals und um meine Hüfte legst, während ich gute zwanzig Zentimeter tief in dir vergraben bin.«

Ich reiße die Decke weg und lege sie auf das Laken. Der Mondschein dringt durch das Fenster und legt sich schimmernd auf sie. Sie sieht so süß und gesättigt aus, dass ich den Drang verspüre, mich zu ihr zu legen und sie einfach nur zu halten. Das ist mir ebenso fremd und neu wie die Tatsache, dass ich nicht mehr an die Niederlage im Playoff-Spiel gedacht habe, seit ich sie heute Abend das erste Mal sah.

Sie stützt sich auf einem Ellbogen ab und beobachtet mich dabei, wie ich meine Schuhe abstreife und meine restlichen Klamotten ausziehe. Als ich meine Boxershorts hinunterschiebe, liegt ihr Blick anerkennend auf meiner Länge. Sie setzt sich auf. »In der Beziehung hast du nicht gelogen.«

»Ja, ich hab's nicht so mit Lügen.« Ich lege die Hand um meine Erektion und streiche einmal kraftvoll darüber. »Ich nehme an, Morgyn hat dir nichts von dem Braden-Fluch erzählt.«

»Zum Glück nicht. Sie redet nicht mit mir darüber, wie ihr Mann bestückt ist. Warst du ehrlich bei der Frage nach Geschlechtskrankheiten?«

»Wie gesagt, ich hab's nicht so mit Lügen.«

»In dem Fall ...« Sie setzt sich auf die Bettkante und lockt mich mit einem gekrümmten Finger zu sich.

Ich habe es nicht für möglich gehalten, dass sie noch heißer werden könnte, aber eine Dame auf der Straße und ein hemmungslos erotisches Weib im Bett? Oh ja! Sie ist so was von heiß! »Will meine sexy Wissenschaftlerin zu Forschungszwecken etwa Hand anlegen?«

»Hand und Mund!« *Mund* sagt sie fast flüsternd, und es klingt so verdammt sexy, dass meine Länge zuckt. »Du bist nicht der Einzige, der sich das hier in seinen Fantasien ausgemalt hat.« Sie fährt sich mit der Zunge über ihre sinnlichen Lippen, als sie die zierlichen Finger um meine Härte legt. Sie schaut zu mir auf und verengt die Augen. »Wenn ich mir eine Nacht mit dir gönne, will ich sie genießen, also stoß bitte nicht so fest zu, dass ich würgen muss.«

Ich glaube nicht, dass mir eine Frau jemals gesagt hat, wie ich mich im Schlafzimmer zu verhalten habe. Normalerweise sind sie einfach nur froh, da zu sein. Ich liebe es, verdammt, dass sie sich nicht nur für mein Vergnügen benutzen lassen will. »Baby, ich will eine ganze Menge mit dir anstellen, aber dich damit abzuturnen, dass du dich an meinem Schwanz verschluckst, gehört nicht dazu.«

»Gut.« Sie fängt an, mich vom Ansatz bis ans Ende zu lecken, macht mich herrlich feucht und kreist mit der Zunge um die breite Spitze.

»Genau so ... Fühlt sich gut an.« Ich schiebe die Finger in ihre Haare. »Sieh mich an.« Mit ihren hungrigen grünbraunen Augen schaut sie hoch, und dann senkt sie den Mund über meine Länge, streicht fest und saugt. »Ah, ja! Stärker!« Sie packt fester zu, folgt ihrem Mund mit der Hand und treibt mich in eine entfesselnde Leidenschaft. Sie wird schneller, und ich beiße die Zähne zusammen, um mich gegen die in mir rasende Lust zu wappnen. Ich konzentriere mich vollkommen darauf, nicht die Kontrolle zu übernehmen und meine Härte in ihre Kehle zu stoßen. »Das fühlt sich so verdammt gut an. Kannst du mich tiefer nehmen, Baby?«

Mit einer Hand greift sie meine Hüfte, zieht mich näher heran und nimmt mich bis in die Kehle auf. Und noch tiefer. Die Lust schießt durch mich hindurch. »Fuck!« Sie reibt mich schneller, fester, nimmt mich so tief auf, immer wieder. Unter meiner Haut hämmert das Begehren, steigt an wie ein Vulkan kurz vor dem Ausbruch. »Zu gut«, zische ich. »Ich komme gleich, wenn du so weitermachst.«

Ihr Blick wird wild, sie wird noch schneller und nimmt mich so verdammt tief, dass ich Sterne sehe und »Fuck!« ausstoße, als ich in ihr komme. Sie schluckt alles, was ich zu geben habe. Als der letzte Schauer durch mich hindurchrollt, keuche ich nur: »Himmel, Pepper!« Ich streiche ihr über den Kiefer und ziehe mich aus ihrem Mund zurück. »Ich hab dir doch nicht wehgetan, oder?«

Mit halb geschlossenen Augen schüttelt sie den Kopf. Zärtlich packe ich sie an ihrem Schopf und ziehe sie zu mir hoch. »Ich wusste, dass dein Mund mich fertig machen würde.«

Bei dem Lächeln, mit dem sie das quittiert, wird mir ganz schwindelig. Ich schließe sie zu so einem wilden und besitzergreifenden Kuss in meine Arme, dass ich weiß, ich sollte die Verbindung kappen und vor diesen Gefühlen davonlaufen. Doch das tue ich nicht. Ich vertiefe den Kuss, jage diesen Gefühlen hinterher, will sie in mich aufnehmen. Als ich mich endlich von ihr losreiße, ist sie auf wunderschöne Art atemlos und ich bin wieder hart. »Mit deinem unglaublichen Mund bin ich noch nicht fertig. Aber erst mal ins Bett, sexy Lady. Ich werde dir so schöne Gefühle bescheren, dass du nie mehr gehen willst.«

»Eine Nacht«, sagt sie und legt sich hin. »Mehr wird das hier nicht.«

»Wir werden sehen.« Ohne Eile erforsche ich die Vertiefungen und Kurven ihres Körpers mit meinen Händen und meinem Mund, bringe sie gleich wieder in die Höhen der Leidenschaft und halte sie dort. Sie stöhnt und keucht bei jeder Berührung und fleht um mehr. Ihr Flehen lässt mich ihren Orgasmus nur noch länger hinauszögern, damit ich mich in ihrem Verlangen nach mir aalen kann. Als ich ihr schließlich gebe, was sie braucht, entweicht ihr ein »Clay!« und ich verschlinge jeden Tropfen ihres Safts, während sie sich stöhnend und wimmernd an meinem Mund windet.

Schließlich sinkt sie zurück auf die Matratze, ringt nach Luft und fährt mir durch die Haare, während ich mich an ihr aufwärts küsse. Ich genieße diese intime Berührung, bis ihre Hände von meinem Kopf gleiten und leicht auf meinen Armen landen. Ich labe mich an ihrem Anblick. Ihre Haut ist gerötet, die Augen geschlossen, und ihre Haare liegen in einem glänzenden Lockengewirr ausgebreitet auf dem Kissen. Noch nie habe ich etwas so Schönes gesehen. »Bist du noch bei mir, Liebling?« Ich habe es nicht so mit Koseworten, aber bei ihr kommt mir *Liebling* ganz natürlich über die Lippen.

»Kaum«, flüstert sie und öffnet zaghaft die Augen.

In mir zieht sich alles zusammen, als ich die Zärtlichkeit und das Vertrauen sehe, mit dem sie mich anblickt. Ich senke meine Lippen auf ihre, will es langsam angehen, kann mich aber nicht zurückhalten. Die Leidenschaft steigert sich so schnell, und ich küsse sie so lange, dass wir beide fast die Beherrschung verlieren. Ich reiße mich von ihr los. »Ich bin deinem Mund ausgeliefert«, stoße ich hervor. »Ich liebe es, dich zu küssen.«

Sie zieht meinen Mund wieder an ihren und unsere Körper verschmelzen miteinander. Ich schmiege meine Hüften an sie, sie drängt sich mir entgegen, packt mich am Rücken und stöhnt in meinen Mund. Ich gebe ihr die Reibung, die sie einfordert, und drücke meine Erektion an ihre Perle. Wir sind ein Sturm, der sich zusammenbraut, donnernd und heftig, gewinnen mit jeder Bewegung und jedem Stöhnen an Stärke. Das Verlangen, in ihr zu sein, gleicht einem Trieb. Zögernd reiße ich den Mund von ihr los, um aufzustehen, ein Kondom aus meinem Portemonnaie zu holen und es eilig über meine Länge zu streifen. Sie streckt die Hände nach mir aus, als ich mich auf sie lege.

Unsere Münder sind verbunden, als unsere Körper eins werden, und sie ist so verdammt eng, dass ich nur noch verschwommen sehe. »Oh, ja!«, wimmert sie, und ich weiß, dass sie es auch spürt. Zunächst bewege ich mich langsam, versuche, nicht der köstlichen Lust nachzugeben, die in mir tobt. Ich hebe ihr Bein am Knie an, um sie tiefer nehmen zu können. »Ah«, stöhnt sie an meinem Mund. »Das ist so gut!«

Ihre Lust steigert meine, und mit einer Mischung aus Begehren und etwas, das wie Verwirrung aussieht, schaut sie mich an. Das verstehe ich, denn wir passen zusammen wie zwei Teile eines verdammten Puzzles. Ein Gefühl von *richtig*, wie ich es noch nie erlebt habe, überkommt mich. Noch nie hat sich etwas so gut angefühlt. Bevor das meinen Verstand erreichen kann, erobere ich wieder ihren Mund und wir fangen an, uns zu bewegen. Wir finden unseren Rhythmus und perfekten Einklang. Unsere Küsse werden feurig, meine Stöße tief und entschlossen. Unsere Körper übernehmen die Kontrolle, alle Zurückhaltung ist dahin. Wir greifen, krallen und fordern, wir küssen, beißen und saugen. Ein Schweißfilm legt sich auf unsere

Haut, ihr Stöhnen und mein Fluchen umgibt uns. Das hier ist nicht nur Sex. Das ist etwas Überwältigendes. Etwas Unaufhaltsames und Ungezügeltes, und ich will mehr von ihr.

Ich schiebe die Hände unter ihren Hintern, hebe ihre Hüften an. Sie legt die Füße hinter meine Oberschenkel und nimmt mich tatsächlich noch tiefer in sich auf. »Clay!« Die Verzweiflung in ihrer Stimme spiegelt sich in der Art wider, wie sie sich an mich klammert, als wäre ich ihr rettender Anker. Unvermittelt wird mir klar, dass ich genau das sein will. Ich will ihr Anker sein, der sie so festhält, wie nichts anderes es vermag.

Als könne sie meine Gedanken hören, küsst sie mich intensiver, nimmt jeden meiner Stöße mit einer Bewegung ihrer Hüften entgegen. Die Lust ist qualvoll und zieht mich immer tiefer in diese weiche, vertrauensvolle Schönheit unter mir. Ich werde schneller, stoße immer wieder grob und gierig in sie.

Ihre Beine sind fest um mich geklammert, und ihr Kopf fällt zurück, wobei ihr Gesicht ein einziger Schleier der Lust ist. Mein Mund liegt auf ihrem Hals und ich sauge fest. Ihr Atem geht flach, ihre Fingernägel bohren sich in meine Haut, als sie sich unserer Leidenschaft ergibt. »Clay …«

Dieses Mal klingt mein Name wie ein Fluch. Ihre Mitte pulsiert eng und heiß um meine Härte, und auch meine Erleichterung bricht nun wie eine tosende Welle über mich herein. Ich vergrabe mein Gesicht in ihrer Halsbeuge, zische ihren Namen, während die Welt um mich herum verschwindet und ich mich in einem so gewaltigen und neuartigen Meer verliere, dass ich nie wieder zurück ans Ufer will.

Sechs

Pepper

Als ich wach werde, spüre ich ein Pochen in meinen Schläfen, das jedoch gelindert wird von dem luxuriösen Schmeicheln weicher Laken, irgendeinem süßen, würzigen Duft und dem glückseligen Gefühl, sexuell vollkommen und absolut befriedigt zu sein. Unvermittelt durchfährt mich Panik und ich reiße die Augen auf. Aus Angst, Clay aufzuwecken, liege ich stocksteif da, während die vergangene Nacht in lebendigen Farben und Dolby Surround wieder vor mir abläuft. Clays Gesicht zwischen meinen Beinen, seine vor Lust funkelnden Augen, als er mich zum Stöhnen, Rekeln und Flehen bringt. *Flehen! Nein, nein, nein!* Ich flehe nicht nach Sex! Ich kneife die Augen zu, um diese demütigende Realität loszuwerden, doch in meinem Inneren höre ich seine Stimme … *Spreiz die Beine für mich, Baby. Und jetzt sieh zu, wie ich dir Lust bereite.* Und mein verräterischer Körper wird bei der Erinnerung an seinen talentierten Mund, seine Hände und seinen Körper, die mir allesamt die besten Orgasmen meines Lebens beschert haben, von heißen Schauern erfasst.

Mist. Mist. Mist.

Wie konnte ich es so weit kommen lassen? Das ist allein die

Schuld meiner Schwestern mit ihren blöden Trinkspielen und ihren zur Schau gestellten glücklichen Beziehungen. Dieses ganze Küssen, Schmusen und Herumgeflüstere mit ihren Männern!

Atmen, Pepper. Einfach nur atmen.

Das war nur Sex.

Drei Runden heißer, lautstarker, unanständiger Sex, um genau zu sein.

Und ein Blowjob.

Mir fällt wieder ein, wie ich ihn an die Bettkante gelockt habe. *Oh mein Gott!* Was habe ich mir nur gedacht? Dabei mag ich Blowjobs nicht mal.

Aber mit Clay habe ich es genossen. Ich wollte es. Habe mich danach gesehnt.

So sehr, dass ich es zweimal gemacht habe.

Und geschluckt habe.

Das war eine Premiere.

Alles an gestern Abend war eine Premiere.

Meine Güte! Wer war diese Frau?

Mein Magen zieht sich zusammen, als mir das volle Ausmaß meiner Ausschweifungen bewusst wird.

Wie konnte ich entgegen all meiner Überzeugungen handeln, indem ich mich auf einen One-Night-Stand mit einem Sportler einlasse?

Ich zucke innerlich zusammen, denn ich weiß, dass ich nur eine von vielen Frauen bin, die er benutzt hat, um Befriedigung zu finden. Aber er hat so viele nette Dinge gesagt, und es fühlte sich so an, als würde er sie auch meinen. Nichts ist so beeindruckend wie mein Lächeln? Er wusste, dass mein Mund ihn fertigmachen würde? All das hat sich letzte Nacht gewaltig angefühlt. Besonders. Vertraut. Nun, mit klarerem Kopf, wird mir bewusst, dass er wahrscheinlich alles gesagt hätte, um mich rumzukriegen.

Aah! Das hilft alles nichts. Ich kann nicht ungeschehen machen, was passiert ist.

Jetzt kann ich nur noch Schadensbegrenzung betreiben.

Ich werde mich hinausschleichen, bevor er aufwacht, und anschließend so tun, als wäre es nie passiert. Sehen muss ich ihn ja nicht mehr. Wahrscheinlich hat er für heute Pläne und morgen reise ich ab. Schon fühle ich mich etwas besser. Ich versuche, mich daran zu erinnern, wo ich meine Klamotten gelassen habe, damit ich schnell und lautlos entkommen kann.

Von irgendwoher höre ich den leisen Ton einer Textnachricht, und die Erinnerung daran, wie wir uns die Kleider vom Leib gerissen haben, als wir zur Tür seiner Suite hereingestolpert sind, kommt in mir hoch. Mit der Lösung im Kopf habe ich das Gefühl, schon wieder etwas mehr Kontrolle über mein Leben erlangt zu haben. Ich öffne die Augen, traue mich aber nicht, mich zu bewegen. Stattdessen blicke ich zu Clays Bettseite. Meine Aufmerksamkeit bleibt an dem gewölbten Laken auf der Höhe seiner Hüfte hängen. Mein Körper entflammt, als weitere unanständige Erinnerungen über mich hereinbrechen.

»Guten Morgen, Pep.«

Ich drehe meinen Kopf zur Seite und habe das Gefühl, einen dieser Filme zu sehen, in denen zu schnell herangezoomt wird. Clays strahlende Augen, seine schwach machenden Grübchen und sein Honigkuchenpferdgrinsen sind alles, was ich sehe. Meine Nerven glühen. »Hallo.«

»Das hat gestern Abend ziemlich viel Spaß gemacht.« Er legt sich auf die Seite und seine Erektion landet auf meinem Bein.

Sie landet einfach so darauf! Die Hitze und das Gewicht dieses Körperteils zu ignorieren, ist ebenso unmöglich, wie das

Atmen einzustellen. »Ja, total«, bringe ich hervor. Mein Handy gibt mehrere Ping-Geräusche von sich und lässt mein Herz noch schneller schlagen. *Oh nein, meine Schwestern!* Wenn die herausfinden, dass ich die Nacht mit Clay verbracht habe, wird es mich ewig einholen. Ich fange an, mir eine Entschuldigung dafür zurechtzubasteln, dass ich ihre Nachrichten nicht beantwortet habe. »Wie spät ist es?«

Sein Arm legt sich um meine Taille. »Zeit für mein Frühstück und für deinen Orgasmus.« Er reißt das Laken weg und lässt die kühle Luft an meinen nackten Körper. Meine Nippel ragen ihm zur Begrüßung fest entgegen, als er sich zu ihnen hinunterbeugt.

»Ich hab keine Zeit.« Ich rutsche unter ihm weg, doch er zieht mich zurück und sieht mich amüsiert an, was mir ein Lächeln entlockt. *Verdammt!*

»Wir sind schnell«, verspricht er.

Mein Telefon gibt keine Ruhe, mein Herz rast und mein dämlicher Körper ist schon richtig in Wallung. »Nein. Wir können nicht schnell sein. Du fängst mit deinem Mund an, dann werde ich meinen Mund auf dir spüren wollen, und wir wissen beide, wohin das führt.«

Er lächelt mich anzüglich an. »Genau, das wissen wir. Willkommen im Nirwana.«

»Ja«, hauche ich, bevor ich es verhindern kann. »Nein! Kein Nirwana.« Ich will aufstehen, doch er hält mich fest.

»Warum so unnachgiebig, Liebling? Gestern Abend hast du dich von der Lust leiten lassen. Wenn ich mich recht entsinne, hast du gesagt, dass ich der Beste war, den du je hattest.«

Ich zucke innerlich zusammen, als sich diese Erinnerung wie ein verdammter Champion vor mir aufbaut. Das war direkt nach unserer dritten Runde Sex, als ich zu hoch auf Wolke sieben geschwebt bin, um einen klaren Gedanken zu fassen. »Ich weiß nicht einmal, wer diese Frau war. Sie war draufgängerisch und muss in irgendeinem post-orgasmischen Nebel festgesteckt haben, als sie das gesagt hat.«

Er legt die Hand fest um meine Hüfte. »Tja, wie wäre es dann, wenn ich Erinnerungen wachrufe und wir die draufgängerische Lady wieder hervorlocken?«

»Diese Frau gibt es nicht. Sie war das Ergebnis von zu viel albernen Mädelsgesprächen und Alkohol.« Ich schiebe seine Hand von meinem Körper, und als ich aus dem Bett steige, pingt mein Telefon schon wieder. »Ich muss los. Ich hab zu arbeiten und irgendjemand braucht etwas.« *Irgendjemand braucht etwas? Ich krieg die Krise.*

»Die Frau ist sehr real, Pepper. Du kannst diese Art von Leidenschaft nicht ewig verbergen.« Er folgt mir aus dem Schlafzimmer und legt von hinten den Arm um mich. Als er mich herumdreht und unsere nackten Körper aufeinandertreffen, begegnen sich auch unsere Blicke. »Wer hier etwas braucht, das bist du, und du brauchst es, zu entspannen und verwöhnt zu werden.« Er küsst mich auf die Lippen und – Himmel, steh mir bei! – ich will so viel mehr. »Angebetet zu werden.« Er küsst mein Kinn, zieht mich fester an sich, und ich spüre, dass er hart wird. »So gründlich gevögelt zu werden, dass du an nichts anderes denken kannst.«

Ich weiß genau, wie gekonnt er diese Versprechen einhalten kann. Dieses Wissen ist mir so bewusst wie seine harte Länge, sein verführerischer Blick und die Hitze seiner Hand auf meinem Rücken, und dieser Gedanke lässt mich fast verglühen. »So unglaublich das auch klingt, aber ich kann nicht.« Ich höre mich so bedauernd an, wie mein Körper sich fühlt, doch mein Hirn weiß es besser. Ich befreie mich aus seinen Armen und eile zur Tür. »Ich muss los. Es hat Spaß gemacht, ist aber nie passiert.«

»Doch, ist es«, sagt er und folgt mir.

Ich drehe mich zu ihm um. »Das weiß ich! Aber das darf niemand wissen. Ich bin kein Cowboy-Groupie.«

»Das werde ich den Jungs von den Dallas Cowboys mitteilen. Du weißt aber schon, dass ich für die gigantischen New York Giants spiele, oder?«

Natürlich, mit diesem gigantischen Teil zwischen den Beinen. »Ist mir egal, für wen du spielst«, fauche ich ihn an. »Du weißt genau, was ich meine. Ich will keine Kerbe in deinem Bettpfosten sein. Ich bin Wissenschaftlerin. Mein Name muss für Seriosität stehen, und das wird nicht der Fall sein, wenn irgendwelche Gerüchte über einen Sexskandal publik werden.«

Er lacht. »Sexskandal?«

»Ich hab miterlebt, was Sable passiert ist, und ich hab zu viel um die Ohren, um mich mit so einem Chaos abzugeben.« Während ich rede, sammele ich meine Klamotten auf. »Und wenn du mit Dash redest, hast du mich gestern Abend zu meinem Zimmer gebracht, und das war's. Es ist nichts passiert und du hast mich seitdem nicht mehr gesehen. Ich kann es nicht gebrauchen, dass meine Schwestern einen Witz daraus machen. Das werde ich nie wieder los.« Ich strecke die Hand zur Tür aus, habe aber doch ein schlechtes Gewissen, weil ich mich so ablehnend verhalte. Ich drehe mich wieder zu ihm um. »Danke für den netten Abend. Ich hoffe, du hast noch einen schönen Urlaub. Aber im Ernst, das hier ist nie passiert.«

»Ich habe Erinnerungen, Pepper. Fantastische Erinnerungen, die sich in mein Gedächtnis eingebrannt haben. Die kannst du mir nicht nehmen.«

»Dann werde ich etwas entwickeln, um sie auszulöschen.

Ich bin Wissenschaftlerin, ich kann das.« Das ist eine lächerliche Aussage, doch mit diesem gut zwanzig Zentimeter langen lustbringenden Zauberstab direkt vor mir funktioniert mein Verstand nicht so richtig. »Und bis dahin behältst du diese Erinnerungen bitte unter Verschluss.«

»Wie Sie wünschen.«

Wieder strecke ich die Hand zur Tür aus.

»Pep?«

Ich schaue über die Schulter zu ihm zurück, wie er da so hart und schön steht. Mistkerl.

»Wenn du so auf den Flur hinausgehst, bescherst du noch vielen anderen Gästen gewisse Erinnerungen.«

Ich schaue an mir hinunter und merke, dass ich noch immer splitterfasernackt bin. »Verdammt.«

Die Klamotten fallen auf den Boden und ich ziehe mich rasch an. Schließlich werfe ich noch einen letzten Blick auf ihn, denn ich weiß, dass er der schönste Mann ist, den ich je nackt sehen werde.

»Ich hatte auch einen netten Abend«, sagt er und reicht mir meinen Blazer und die Jacke. »Du darfst gern damit angeben.«

Mit finsterem Gesichtsausdruck sehe ich ihn an. »Das hier ist nie passiert.« Ich öffne die Tür und trete auf den Flur, wobei ich krampfhaft versuche, die Sehnsucht in meiner Brust zu ignorieren.

Clay

Und ob ich noch einen schönen Urlaub haben werde, sexy Lady.

Wenn Pepper glaubt, dass ich den letzten Abend vergessen werde, liegt sie richtig falsch. Ich gebe ihr Zeit genug, um auf ihr Zimmer zu kommen, bevor ich ihr schreibe.

Ich: *Hey, Draufgängerin. Meine Laken riechen nach dir. Sollen wir dafür sorgen, dass deine nach mir riechen?*

Pepper: *Diese Nummer ist nicht vergeben.*

Ich: *Ich bin deinem Mund offiziell in Lust verbunden.*

Pepper: *Denk nicht an meinen Mund.*

Ich bin überzeugt davon, dass sie sich ebenso nach mir sehnt, wie ich mich nach mehr von ihr verzehre. Die letzte Nacht war zu gut, zu lustig, zu anders. Aber offensichtlich braucht sie heute Morgen das Gefühl, die Kontrolle zu behalten, also lasse ich sie vom Haken.

Ich: *Ich vermisse dich auch.*

Während ich mich für den Tag fertig mache, muss ich immer wieder daran denken, wie unglaublich der gestrige Abend und wie entzückend durcheinander Pepper heute Morgen war. Ich konnte einen Blick hinter ihren sittsamen Vorhang werfen und habe eine ernsthaft sinnliche, witzige Frau entdeckt, und ich habe das Gefühl, dass ich kurz die wahre Pepper Montgomery gesehen habe. Ich möchte diese Seite von ihr erkunden und herausfinden, was sie sonst noch vor der Welt verbirgt.

Ich schnappe mir meine Bomberjacke und gehe nach unten ins Café, um mich mit Dash und den anderen zum Frühstück zu treffen.

Als ich das Café betrete, bin ich voller Energie und schaue mich nach Pepper um. Ich entdecke Dash und Amber an einem Tisch mit Trace und Brindle, während Morgyn und Graham gerade vom Buffet kommen und auch in die Richtung gehen. Enttäuschung erfasst mich, als mir klar wird, dass Pepper nicht hier ist. Dann fällt mir ein, dass wir bis drei Uhr morgens wach waren. Sie war so erschöpft, dass sie in meinen Armen eingeschlafen ist und dabei noch etwas darüber vor sich hin gemurmelt hat, dass Sex nicht zu unserer Vereinbarung gehörte. Bei der Erinnerung daran empfinde ich einen gewissen Stolz, komme mir unglaublich toll vor und gehe zum Tisch.

»Ah, gut, dass du da bist«, sagt Brindle. »War Pepper heute Morgen bei dir? Sie antwortet auf keine unserer Nachrichten.«

Der Höhlenmensch in mir möchte sich auf die Brust klopfen und seine Eroberung verkünden, aber ich bin ja kein vollkommenes Arschloch. Außerdem sehe ich Pepper nicht als Eroberung. Ich wollte sie schon so lange. Sie hat mir den Kopf in vielerlei Hinsicht verdreht, und nachdem ich miterlebt habe, wie offen ihre Geschwister über ihre sexuellen Abenteuer reden und wie sehr Pepper ihre für sich behält, möchte ich sie vor dem Gerede schützen.

»Nein, war sie nicht«, sage ich, als Graham und Morgyn ihre Plätze einnehmen.

»Brindle hat gesagt, dass ihr beiden gestern den Club zusammen verlassen habt«, sagt Amber.

Amber und Dash waren gerade auf der Tanzfläche, als wir gegangen sind. »Stimmt. Sie hatte ein paar Drinks, also hab ich sie zu ihrem Zimmer gebracht, um sicher zu sein, dass sie es problemlos bis dahin schafft. Wahrscheinlich schläft sie einfach aus.«

»Pepper schläft nie aus«, sagt Morgyn. »Es könnte allerdings sein, dass sie arbeitet und die Nachrichten ignoriert.«

Ich deute mit dem Daumen über die Schulter. »Ich könnte ja mal nach ihr schauen. In welchem Zimmer ist sie noch mal?«

»In 307 und ...« Brindle deutet in Richtung Eingang. »Schon gut, da kommt sie ja. Axsel ist bei ihr.«

Ich drehe mich herum und sehe Axsel, der auf das Buffet

zusteuert, und Pepper mit einem umwerfenden Lächeln, bis sie mich bemerkt. Die Haare fallen ihr in sanften Wellen über die Schultern ihres waldgrünen Rollkragenpullovers. Ihre Skinny Jeans stecken in modisch flachen Stiefeln. Ich kann gar nicht anders, als mich zu fragen, ob sie wohl wieder einen Seidenslip trägt.

Unsere Blicke treffen sich, und ihre Wangen erröten unmittelbar, während ihr Lächeln verschwindet. Sie könnte genauso gut ein Schild um den Hals tragen, auf dem sie unsere gemeinsame Nacht verkündet. Wusste sie nicht, dass man mich eingeladen hat, den Tag heute mit ihrer Familie zu verbringen?

»Hallo, Pep. Was hast du denn heute Morgen getrieben?«, fragt Brindle keck.

Pepper zeigt auf mich. »Was immer er auch gesagt hat, es stimmt nicht.« Sie legt ihre Jacke über eine Stuhllehne.

Brindle schaut zwischen uns hin und her. »Heißt das, er hat dich gestern Abend nicht bis zu deinem Zimmer begleitet?«

Alle sehen Pepper an. »Oh, ja, doch. Ich dachte nur … Ihr wisst ja, wie er immer Witze reißt und ihr Jungs Märchen verbreitet.«

Mist. Sie macht alles nur schlimmer. »Verdammt, Pepper, das tut weh. Ich würde in Bezug auf dich niemals lügen.« Das Grinsen kann ich mir nur mit Mühe verkneifen. »Es sei denn, du bittest mich darum.«

Sie verzieht das Gesicht. »Ich brauche einen Kaffee.«

»Findest du am Buffet«, sagt Morgyn hilfsbereit.

»Ich komme mit.« Ich gehe neben Pepper her. »Du siehst wunderschön aus heute Morgen.«

»Was hast du hier bei meiner Familie zu suchen?«, zischt sie mir zu.

»Freut mich auch, dich zu sehen«, sage ich, als wir das Buffet erreichen.

Sie verzieht keine Miene, als sich Axsel mit einem prall gefüllten Teller neben uns stellt.

»Mann, wir sind gerade erst gekommen. Wie hast du es geschafft, dass sie jetzt schon sauer auf dich ist?«, fragt Axsel.

»Lass dich von dem bösen Blick nicht täuschen. In Wahrheit hat sie mich gern.« Ich nehme zwei Teller und reiche Pepper einen.

Pepper verdreht die Augen und widmet ihre Aufmerksamkeit dem Buffet.

»Viel Glück dabei«, sagt Axsel und geht zurück zum Tisch.

Ich folge Pepper am Buffet entlang und lehne mich zu ihr hinüber, als sie sich Erdbeeren auffüllt. »Schon mal ein guter Anfang, aber denk daran, dir auch etwas Käse und Gebäck zu nehmen. Du brauchst später noch Energie.« Ich zwinkere ihr sicherheitshalber noch zu.

Sie findet das anscheinend nicht lustig. »Ich habe dir eine Frage gestellt.«

»Immer so auf Antworten fixiert.« Ich lege mir ein Brötchen auf den Teller. »Deshalb hätten wir heute Morgen im Bett bleiben sollen. Wir hätten dein brillantes Gehirn mit noch ein paar lustvollen Einlagen ablenken können.«

Sie seufzt genervt, doch ihre Lippen zucken und lassen fast ein Lächeln erkennen. Wir füllen weiter unsere Teller, bis wir zum Kaffee kommen, wo ich warte, während sie sich einen Vanilla Latte bestellt.

»Wir könnten jetzt wieder hochgehen«, schlage ich vor. »Und etwas schlechte Energie abbauen, bevor wir den Tag mit deiner Familie verbringen.«

Sie sieht mich ernst an. »Du verbringst den Tag mit uns?«

»Ja, ist das nicht toll? Ich freue mich darauf, dich etwas

besser kennenzulernen.« Und flüsternd: »Das gibt mir die Gelegenheit, dir zu beweisen, dass ich mehr als nur ein Orgasmusspender bin.«

Sie reißt ihre hübschen grünbraunen Augen auf, presst die Lippen fest aufeinander und schaut sich nervös um.

»Keine Sorge, Draufgängerin. Dein Geheimnis ist bei mir sicher.« Ich nehme einen schwarzen Kaffee und gehe zurück zum Tisch.

Ein wenig später scheint Pepper mit Essen im Bauch und Koffein im Blut etwas entspannter zu sein. Ich schweige, während ihre Schwestern sie nach dem gestrigen Abend und den nicht beantworteten Nachrichten vom Morgen fragen. Pepper behauptet, ihr Handy ausgeschaltet zu haben und früh ins Bett gegangen zu sein. Sie sagt, sie habe erst wieder daran gedacht, es einzuschalten, als sie auf dem Weg zum Frühstück war. Ich frage mich, ob ihre Schwestern diesen leicht erhöhten Tonfall auch hören können.

»Hey, Clay, das ist echt Mist mit den Playoffs«, sagt Trace und legt den Arm auf die Lehne von Brindles Stuhl. »Als du da am Ende noch hinter der Linie getackelt wurdest, sah das echt heftig aus.«

»Und dann auch noch von diesem Idiot Gorecky«, sagt Dash. »Dieser Typ hat es seit Jahren auf Clay abgesehen.«

»Ich hätte es erahnen müssen.« *Verdammter Gorecky.* Er hat früher für die Giants gespielt und legt sich mit mir an, seit ich ihn mal dabei erwischt habe, wie er seine Frau betrogen hat, und ich ihn anschließend deswegen zur Schnecke gemacht habe.

»Du hast ein tolles Spiel gemacht und nächstes Jahr greifst du wieder an«, sagt Trace.

»Die können ja nicht erwarten, dass du immer Mr. Perfect bist«, sagt Axsel.

Zähneknirschend widerspreche ich ihm: »Und ob sie das können.« *Und sie tun es. So wie alle anderen auch.*

Axsel fährt sich durch die Haare. »Wenn es jemals mit dem Football nicht mehr klappen sollte, kannst du ja immer noch als Unterwäschemodel arbeiten.«

»Klar.« So arrogant wie ich bin, sind diese verdammten Werbefotos mein Verderben geworden. Die bekommen mehr Aufmerksamkeit als meine gemeinnützige Arbeit und das nervt mich tierisch.

»Apropos Werbung«, sagt Dash. »Ich habe gehört, dass Hawk dein Shooting mit Under Armour macht.«

Dashs Bruder Hawk ist ein renommierter Fotograf. »Echt? Wusste ich nicht. Das Shooting findet erst in ein paar Wochen statt, aber ich freue mich darauf, ihn zu sehen.«

»Dein Vertrag läuft in diesem Jahr aus, oder?«, sagt Trace. »Stehst du in Verhandlungen wegen einer Verlängerung?«

»Ja.« Innerlich spannt sich alles an. Das ist das Letzte, woran ich gerade denken will.

»Wirst du nicht bald ein bisschen zu alt für Football, mein Lieber?«, fragt Graham. »Was bist du jetzt? Vierunddreißig?«

»Fünfunddreißig«, knurre ich.

»Genau, du hast mir ja ein paar Jahre voraus«, scherzt Graham. »Jahrzehnte am körperlichen Limit und ständig getackelt werden ... Wie alt bist du jetzt in Footballer-Jahren? Sechzig?«

Die Jungs lachen.

Als Meister im Ausweichen antworte ich mit Arroganz: »Mein Körper ist wie ein guter Whiskey. Der wird mit jedem Jahr besser.«

»Klar doch«, sagt Trace.

»Wie geht's deiner Schulter?«, will Dash wissen.

Miserabel. Meine verdammte Schulter macht mir die ganze

Saison schon Ärger, und in den letzten Monaten löst die Muskelverspannung ständig Migräneanfälle aus, aber das werde ich keinem auf die Nase binden. Ich halte Dashs fragendem Blick stand. »Der geht's gut.«

»Keine Kopfschmerzen mehr?«, hakt Dash nach.

Ich zucke mit den Schultern. »Nichts, womit ich nicht zurechtkomme.«

»Die Verletzung verfolgt dich jetzt schon eine ganze Weile«, sagt Graham. »Wann gehst du in Rente und machst dir mit einer netten Frau ein schönes Leben? Such dir einen gemütlichen Kommentator-Job und genieß die Freiheit.« Er legt den Arm um Morgyn, die sich an ihn schmiegt und ihn küsst, bevor sie weiter mit den anderen Frauen plaudert.

Trotz der Tatsache, dass mein Beruf mir in letzter Zeit mehr Stress als Vergnügen bereitet hat und ich Probleme mit der Schulter habe, kann ich mich nicht dazu durchringen, den Profisport an den Nagel zu hängen. Ich kann es mir nicht vorstellen, nach einer Niederlage aufzuhören. Die Jungs sehen mich erwartungsvoll an und hoffen auf eine Antwort. Ich versuche, meine Gedanken beiseitezuschieben, doch das ist nicht leicht. Mein Blick huscht zu Pepper. Meine wunderschöne Ablenkung. Noch nie hat etwas – abgesehen vom Football – meine Aufmerksamkeit so erregt wie sie. »Schönes Leben, meinst du?«

»Ja, mach es so wie Flynn«, sagt Graham. »Ich war von den Socken, als ich von seiner Verlobung gehört hab. Hätte nicht gedacht, dass ich es mal erleben würde, wie er zum häuslichen Typ mutiert.«

Flynn ist Überlebenskünstler und Dokumentarfilmer, der im ganzen Land bekannt wurde, nachdem er als Jüngster überhaupt die Survival-Show *Wilderness Warrior* gewann. Den

Hype, der anschließend um ihn entstanden war, hat er gehasst, und so war er viele Jahre von der Bildfläche verschwunden. Irgendwann ist er ins gesellschaftliche Leben zurückgekehrt und Programmdirektor der Sendung Discovery Hour geworden, wo er seine jetzige Verlobte, die Reporterin Sutton Steele kennengelernt hat. Das Witzige ist, dass er versucht hat, sie zu entlassen, bevor sie zusammengekommen sind.

»Damit hat wohl niemand von uns gerechnet.« Ich trinke einen Schluck Kaffee. »Sutton ist eine tolle Frau und perfekt für Flynn, aber das ist nichts für mich.«

»Da verpasst du etwas«, sagt Trace. »Es gibt nichts Schöneres, als zu deiner besten Freundin nach Hause zu kommen und zu wissen, dass sie jede Nacht in deinem Bett liegen wird.«

Pepper schaut herüber, als wäre sie daran interessiert, was ich sonst noch so zu dem Thema zu sagen habe, doch ich werde hier nicht verkünden, wie verlockend der Gedanke ist, *sie* jede Nacht in meinem Bett zu wissen.

»Wir haben heute eine Menge vor. Sind alle bereit?«, erkundigt sich Amber. »Irgendwelche Fragen zu unserem Plan?«

Ich stoße Dash an. »Plan?«

»Habe ich dir gemailt«, sagt Dash.

»Und du glaubst ernsthaft, ich hätte ihn mir angesehen?«

Dash schüttelt den Kopf. »Ich hätte ihn Doogie schicken sollen.«

»Das ist immer eine gute Idee.« Douglas Warsah, auch bekannt unter dem Namen Doogie, ist mein Assistent. Er übernimmt alles Organisatorische für mich, im Moment genießt er jedoch seine Flitterwochen auf den Malediven, die ich ihm und seiner Braut geschenkt habe. Ich wende Pepper meine Aufmerksamkeit zu und streife ihr Bein mit meinem, sodass sie mich mit ihren wunderschönen Augen anschaut.

»Möchtest du im Bus neben mir sitzen?«

Sie lacht leise. »Wir gehen zu Fuß.«

»Noch besser. Ich bin gespannt, was für ein Vergnügen uns erwartet.«

Sieben

Clay

Die Luft ist frisch, die Straßen sind belebt und der Himmel ist klar, als wir zu unserem ersten Stopp bei *Shakespeare and Company* unterwegs sind. Amber und Dash gehen voran und Amber hält uns einen kleinen Geschichtsvortrag über die historische Buchhandlung. »Die ursprüngliche Buchhandlung *Shakespeare and Company* wurde 1919 von Sylvia Beach als Treffpunkt für ausländische Schriftsteller wie Joyce, Hemingway und Stein gegründet, aber auch für berühmte französische Autoren. Der Laden, den wir uns ansehen, wurde 1951 von George Whitman gegründet und hieß ursprünglich *Le Mistral …*«

Axsel tippt auf seinem Handy herum und gibt zwischendurch Kommentare von sich, als würde er zuhören. Brindle und Morgyn unterhalten sich leise miteinander, während sie mit ihren Männern Händchen halten, und Pepper und ich bilden das Schlusslicht.

Wir sind in einer Stadt mit historischem Charme, kunstvoller Architektur und einer ganz eigenen Atmosphäre. Eigentlich sollte ich jedes einzelne von Ambers Worten in mich aufsaugen und mich in der Geschichte und der Schönheit meiner

Umgebung verlieren, aber ich schaffe es nicht einmal im Ansatz, meine Konzentration so aufrechtzuerhalten wie Pepper. In ihrer marineblauen Cabanjacke sieht sie toll aus. Ihre Wangen sind von der kühlen Luft rosa und ihr Blick wirkt leicht reserviert. Ich weiß, dass sie sich nicht sicher ist, ob sie meinem Versprechen Glauben schenken kann, dass ich unser Geheimnis für mich behalte, doch ich arbeite daran.

»Wenn du möchtest, kannst du meine Hand halten«, biete ich ihr an, was sie mit einem stechenden Blick quittiert. »Freunde können auch Händchen halten. Das muss nichts bedeuten.«

»Nein danke«, erwidert sie belustigt.

»Wie du willst. Aber deine Schwestern scheinen glücklicher zu sein, wenn sie Hand in Hand mit ihren Männern unterwegs sind, und ich wollte nicht, dass du dich ausgeschlossen fühlst.«

»Das ist außerordentlich galant von dir.«

»Falls du deine Meinung ändern solltest, lass es mich einfach wissen. Bist du schon einmal in Paris gewesen?«

»Nein, das ist das erste Mal.«

»Und wie findest du es bisher?«

Während wir weiter den Gehweg entlanglaufen, lässt sie den Blick über das Kopfsteinpflaster und die umliegenden Gebäude schweifen. »Die Architektur ist hübsch und mir gefallen die gepflasterten Straßen, aber High Heels kann man hier wohl vergessen. Wenn ich ehrlich bin, verstehe ich nicht, warum alle es hier so romantisch finden.«

»Ein Ort wird nicht durch sein Aussehen romantisch. Es kommt darauf an, mit welchem Menschen man dort ist und wie man sich in seiner Gegenwart fühlt.«

»Hm, tja, das Gefühl von Romantik ist eine chemische Reaktion auf angenehme Erfahrungen, die auf einem Belohnungssystem beruhen.«

»Nach der Definition war die letzte Nacht sehr romantisch.«

»Ich kann nichts zu Dingen sagen, die nicht passiert sind«, sagt sie verschmitzt. »Aber Lust zu empfinden, ist nicht das Gleiche wie romantische Gefühle. Natürlich gibt es Überschneidungen, doch körperliches Begehren wird durch Hormone gesteuert. Dopamin, Noradrenalin und Serotonin sorgen für die Anziehungskraft, Oxytocin für emotionale Bindung und Vasopressin ist für die körperliche Reaktion verantwortlich.«

Ich muss schmunzeln und schüttele den Kopf. Sie ist so verdammt niedlich.

»Tut mir leid«, sagt sie leise. »Manchmal vergesse ich, dass eine einfache Antwort ausreichen würde.«

»Entschuldige dich nicht. In meinen Augen ist es total sexy, was du alles weißt.«

Sie verdreht die Augen. »Findest *du* Paris denn romantisch?«

»Ich finde, die ganze Welt kann romantisch sein. Romantik ist für mich, wenn man das Parfum seiner Liebsten riecht und daran denkt, was man alles für sie und mit ihr tun möchte. Dazu gehört auch, Händchen haltend durch die Straße zu gehen, ohne sich unterhalten zu müssen, denn allein das Zusammensein ist genug. Romantisch ist es auch, wenn man Kleinigkeiten über den Menschen erfährt, der einem viel bedeutet, und sich anschließend bemüht, diese Dinge zu tun und so schöne Momente miteinander zu haben, dass man am liebsten die Zeit anhalten würde.«

Sie zieht die Augenbrauen zusammen und sieht mich an, als hätte ich sie verwirrt.

»Was?«

»Ich hätte dich nicht für einen Romantiker gehalten.«

»Ich hab doch gesagt, dass ich mehr als nur ein Orgasmusspender bin.«

Mit einem flehenden Ausdruck in den Augen sieht sie erst mich an und schaut sich daraufhin nach den anderen um.

»Keine Sorge, Draufgängerin«, sage ich leise. »Die sind alle zu sehr in ihre romantischen Gefühle füreinander vertieft, als dass sie uns hören könnten. Außer Axsel, aber der ist mit seinem Handy beschäftigt. Ich werde versuchen, mehr darauf zu achten, was ich sage.«

»Nein, wirst du nicht«, sagt sie lächelnd.

»Ja, da hast du wahrscheinlich recht.« Wir folgen den anderen um eine Häuserecke herum, und ich spüre, dass ihre Anspannung etwas nachlässt.

»Bist du schon mal in Paris gewesen?«

»Einmal mit meiner Familie, als ich noch ein Kind war. Aber wir haben nicht viel Zeit in der Stadt verbracht.«

»Nein?«, fragt sie überrascht. »Was habt ihr dann hier gemacht?«

»Wir haben hauptsächlich die Wälder in der Region erkundet.«

»Wirklich? Das ist ja mal was anderes. Ich wusste nicht einmal, dass es hier Wälder gibt. Ich glaube nicht, dass ich jemals von Leuten gehört habe, die hierherkommen, um sich Wälder anzusehen.«

»Wundert mich nicht. Meine Kindheit kann man beim besten Willen nicht als typisch bezeichnen.«

»Wie meinst du das?«

»Meine Eltern sind Wildtierökologen und meine Mutter ist auch Wildtierfotografin. Unser Zuhause ist in Ridgeport, Massachusetts, aber den Großteil meiner Kindheit sind wir mit der ganzen Familie im Ausland herumgereist. Wir haben

Monate am Stück in entlegenen Dörfern in Häusern, Zelten oder Hütten gewohnt, haben Regenwälder und Dschungel erforscht und viel über andere Kulturen gelernt.«

»Wow! Das waren sicher wundervolle Erfahrungen«, sagt sie, als wir das berühmte Buchgeschäft erreichen und die anderen anfangen, Fotos davon zu machen.

»Für einige von uns.« Ich zeige auf den Buchladen. »Willst du ein Foto davon machen?«

Sie schüttelt den Kopf. »Wir sind wegen Amber hier. Sie wollte diesen Buchladen schon ewig mal sehen, und dank Dash werden ihre Träume wahr. Aber ich brauche keine Fotos von irgendwelchen Gebäuden, die später nur auf meinem Handy in Vergessenheit geraten.«

»Dash ist der König der Romantik. Also ich würde gern ein Foto machen.« Ich hole mein Handy hervor, und noch bevor sie Einspruch erheben kann, lege ich den Arm um ihre Schulter und mache ein Selfie von uns.

»Clay!«, schimpft sie.

»Keine Sorge, ich poste es nirgends.« Ich schicke ihr das Foto und verstaue mein Handy wieder in der Tasche.

»Damit du mich nicht vergisst. Komm mit.« Ich nehme sie an der Hand und folge den anderen hinein.

Pepper entzieht sich mir nicht, und ich lasse nicht los, während wir uns in dem alten Geschäft mit seinen verwinkelten Räumen und engen Gängen umschauen. Die abgenutzten Böden und die Holzregale, die bis unter die Decken reichen und sich unter dem Gewicht der Bücher biegen, machen das Ganze zu einem literarischen Paradies. Bücher stapeln sich in verschiedenen Ecken und auf Tischen, und Grünpflanzen ranken sich um Säulen, die auf kleinen Betonblöcken stehen. An den seltsamsten Plätzen stehen Pflanzen, auf Treppenstufen und über Türrahmen sind Sinnsprüche gemalt und die Räume scheinen kein Ende zu nehmen.

Wir gehen nach oben, entdecken Leseecken und ein Labyrinth aus noch mehr Räumen. »Wie findest du es, Pep?«, frage ich, als wir von einem Zimmer ins nächste gehen.

»Riecht nach alten Büchern«, flüstert sie.

»Ist das der Geruch? Ich dachte, das wären Wollmäuse. Ich denke ständig, gleich kommt ein alter Mann mit kleiner runder Brille, der mit sich selbst redet, um die Ecke geschlurft.«

Sie lacht leise und flüstert verschwörerisch. »Ich sehe ihn vor mir mit seinen Hosenträgern und einem alten weißen Hemd, das schon ganz vergilbt ist.«

»Ich glaube, wir sind ihm drei Räume zuvor begegnet«, scherze ich.

»Bestimmt lebt hier so ein Typ. Hier könnte man wunderbar Verstecken spielen.«

»Hier kann man sich tagelang verirren«, sage ich, als wir einen anderen Raum betreten. Wir beide unterhalten uns flüsternd wie Kinder. »Ich wette, du hattest als Kind großartige Verstecke.«

»Die waren nur großartig, weil sie zu offensichtlich waren und niemand dort nachgeschaut hat.«

Ich stelle sie mir als kleines Mädchen vor, wie sie ihre Chancen, an verschiedenen Orten entdeckt zu werden, auf der Grundlage von irgendwelchen mathematischen Formeln berechnet. »Schlau. Was war dein Lieblingsversteck?«

»Ich verrate dir nicht all meine Geheimnisse.« Sie stöbert in einem Regal.

»Ah, du spielst die Geheimnisvolle, stimmt's? Ich finde das schon selbst heraus. Es muss draußen gewesen sein, denn ihr wart zu viele Kinder in eurer Familie, als dass du dich im Haus hättest verstecken können.«

»Das siehst du richtig.«

»Einen Augenblick, gleich hab ich's.« Ich denke an das Grundstück ihrer Eltern, das ich einige Male gesehen habe, wenn ich Dash und Amber besucht habe. Sie besitzen ein schönes viktorianisches Haus mit einer breiten Veranda davor, mit einem großen Garten, einer Scheune für ihre Pferde und einem weiteren Gebäude, das ihre Mutter nutzt, um ihre Assistenzhunde auszubilden. Dort steht auch ein Pavillon, in dem ich mir Pepper vorstelle, wie sie stundenlang liest, aber das wäre zu offensichtlich. Auch einige alte Bäume gibt es dort, ebenso wie ein paar gepflegte Blumenbeete. »Ist es ist der Nähe von einem Beet?«

»Es wird wärmer.«

»In deiner Nähe wird mir wärmer.« Ich streiche über ihren Rücken und bemerke ein Begehren, das in ihren Augen aufflackert. »Was sind deine Lieblingsblumen?«

»Rosen, warum?«

»Bin nur neugierig.« Im Geiste schaue ich mich im Garten ihrer Eltern um, aber ich erinnere mich nicht an ein Beet mit Rosen, weshalb sie mir wahrscheinlich die Antwort auch nicht vorenthalten hat. Dann weiß ich es. Der offensichtlichste Ort. »Ich hab's. Bei der großen Eiche hinten im Garten. Die mit den stacheligen Stechpalmensträuchern drum herum.«

Erstaunt sieht sie mich an. »Woher weißt du das denn?«

»Das war einfach. Ich kann mir nicht vorstellen, dass du unter die Veranda gekrochen bist, was das beste Versteck gewesen wäre, auch nicht, dass du dich weiter draußen im Wald versteckt hast, und Scheune und Garage sind zu offensichtlich. Aber kein Kind geht freiwillig in die Nähe von Stechpalmen.«

»Beeindruckende Kombinationsfähigkeit. Und du? Ich

wette, du warst als Kind ein ganz wilder Junge.«

»Da liegst du nicht falsch. Ich habe es gehasst, still zu sitzen, und das hat sich bis heute nicht geändert. Ich bin immer herumgerannt, hab mir vorgestellt, wie ich auf dem Football-Feld Sprints einlege. Meine älteren Geschwister habe ich wahrscheinlich in den Wahnsinn getrieben. Victory und Seth haben immer versucht, mich zu bändigen, aber mein jüngerer Bruder Flynn hat es geliebt, auf Erkundungstouren zu gehen. Wenn ich niemanden dazu bringen konnte, mit mir Football zu spielen, bin ich raus auf die Felder oder in den Wald gegangen, und ich wusste, dass Flynn mir folgen würde. Dann sind wir stundenlang herumgestreift, haben Stöcke als Schwerter benutzt und coole Plätze gefunden, an denen man sich verstecken konnte.«

»Du hast gesagt, ihr habt an entlegenen Orten gelebt. War das gefährlich?«, fragt sie, als wir in einen Raum voller literarischer Devotionalien schlendern.

»Manchmal, aber unsere Eltern hatten strenge Regeln für uns, die festlegten, wohin wir gehen und was wir tun durften. Sie hielten uns ziemlich an der kurzen Leine, und während ich einfach nur ein wilder Junge war, war Flynn wild und vorsichtig. Heute ist er ein weltweit anerkannter Survivalexperte und TV-Produzent. Er war als Kind von jeglichen Survivaltechniken fasziniert, und er hat diese unglaubliche Fähigkeit, etwas, das er einmal gelesen oder gehört hat, nie wieder zu vergessen.«

»Hat er ein fotografisches Gedächtnis?«

»Nein, er ist einfach nur unfassbar klug. Er hat uns immer in den Wahnsinn getrieben, wenn er all sein Wissen über Tiere und Pflanzen vom Stapel gelassen hat, aber ich bin mir sicher, dass er seinen Teil dazu beigetragen hat, dass mir nie etwas passiert ist. Ich war ein impulsives Kind und habe gern Grenzen ausgetestet. Wenn meine Eltern mir zum Beispiel gesagt haben, dass ich nicht in einen Teich gehen soll, war ich im Wasser, sobald sie mir den Rücken zugewandt haben, und kam später übersät von Blutegeln wieder heraus.«

»Iieeh.« Sie rümpft auf ganz entzückende Art die Nase. »Klingt, als wärst du ein kleiner Rebell gewesen.«

»Ich habe mich gelangweilt. Ich wollte Football spielen.«

»Schon als kleiner Junge?«

»So lange ich mich erinnern kann. Als ich das erste Mal ein Football-Match gesehen habe, war ich fünf Jahre alt. Wir warteten an einem Flughafen auf unseren Flug, aßen zu Mittag und im Fernsehen lief ein Spiel. Ich war fasziniert, und laut meinen Eltern habe ich gar nicht mehr aufgehört, darüber zu reden. Mein Dad hatte nicht viel für Sport übrig, aber als ihm klar wurde, dass mein Interesse nicht nachließ, hat er sich schlau gemacht und mir alles beigebracht, was er konnte.«

»Wow! Hört sich an, als wäre er ein toller Mensch.«

»Mein Dad? Ja, unsere Eltern unterstützen uns alle sehr. Sie haben meine Liebe zum Football eindeutig befeuert. Als wir klein waren, spielte es keine Rolle, wo wir gelebt haben. Wenn genug Leute da waren, um ein Football-Match auf die Beine zu stellen, habe ich sie alle zusammengetrommelt. Kinder, Eltern, sogar Großeltern, wenn es nötig war, und ich habe allen das Spiel erklärt. Es spielte auch keine Rolle, dass wir oft nicht einmal die gleiche Sprache sprachen oder dass wir in irgendeinem entlegenen Dorf in Neuguinea oder Indonesien oder Südamerika waren. Ich hab immer einen Weg gefunden, um ihnen das Spiel zu erklären.« Mit den Erinnerungen bricht ein Adrenalinschub über mich herein. »Meine Güte, ich habe seit Jahren nicht mehr daran gedacht.« Diese Art von Leidenschaft für Football habe ich schon lange nicht mehr verspürt. Ich frage mich, wo die geblieben ist, verstaue die Frage jedoch schnell wieder in meinem Innersten, um mich später damit auseinanderzusetzen.

»Klingt, als hättest du das genossen.«

»Habe ich auch. Ich habe es geliebt, allen das Spiel beizubringen und Wege zu finden, um gut genug zu kommunizieren, dass alle Spaß hatten. Ein Team zusammenzubringen, hat mich schon immer begeistert.«

»Dann warst du also ein gelangweilter wilder Waldmensch?«

»So in etwa.« Mir vergeht das Lächeln, als noch mehr Erinnerungen wach werden. »Die wilde Seite wurde allerdings gezügelt, nachdem mein jüngster Bruder Noah mir einmal in den Wald gefolgt ist, ohne dass ich es bemerkt habe. Wahrscheinlich war ich da neun oder zehn Jahre alt und er war erst vier oder fünf. Wir brauchten eine Weile, bis wir ihn gefunden haben, weil er von uns gelernt hatte, wie man sich versteckt. Ich will ja nicht angeben, aber wir hatten das verdammt gut drauf.«

»Du und angeben?«, fragt sie sarkastisch und mit einem Grinsen.

»Er hat es zu gut gelernt. Ich glaube, ich habe noch nie so eine Angst gehabt. Dieser Tag hat mich verändert. Von einem sorglosen Kind habe ich mich in jemanden verwandelt, der sich immer erst um andere kümmert.«

Peppers Gesichtsausdruck wirkt jetzt nachdenklich. »Jemandem wehzutun, den man liebt, oder ihn in Gefahr zu bringen, kann einen Menschen mit Sicherheit verändern.«

»Du sagst es, als hättest du Erfahrung damit.«

Sie wendet den Blick nicht ab, doch ihr Tonfall wird sanfter. »Als ich jünger war, habe ich etwas getan, und eine meiner Schwestern hat dafür den Kopf hingehalten. Es hatte große Auswirkungen auf uns beide.« Sie winkt ab, als würde ihr bewusst werden, dass sie etwas von sich preisgibt, und fügt rasch hinzu: »Aber das ist lange her.«

Ich möchte mehr darüber erfahren, was passiert ist, doch sie schaut sich im Raum um und weicht meinem Blick nun aus. Sie will eindeutig nicht darüber reden, daher beruhige ich sie. »Einander den Rücken freihalten, genau das machen Geschwister. Ich kann gar nicht sagen, wie oft wir uns gegenseitig gedeckt haben.«

»Genau«, sagt sie einen Tick zu munter.

Ich belasse es dabei und deute auf die Fotos an den Wänden, um die Stimmung aufzuhellen. »Wie findest du das alles?«

Sie betrachtet die Bilder. »Es ist interessant, und ich kann mir vorstellen, wie faszinierend es für Amber sein muss, weil sie auch einen Buchladen hat und sich für alles Literarische begeistert. Aber ich habe es nicht so mit berühmten Schriftstellern.«

»Ich auch nicht. Trotzdem bin ich froh, dass ich diese Zeit mit dir verbringen kann.«

Ihr Gesichtsausdruck wird fast ein wenig verlegen und das sieht unglaublich sexy an ihr aus.

»Du kannst schon zugeben, dass du Spaß hast.«

»Hatte schon schlimmere Momente«, sagt sie frech.

»Verdammt, Pep, du weißt, wie man einem Mann gute Gefühle vermittelt.«

»Ich glaube, das habe ich letzte Nacht unter Beweis gestellt«, flüstert sie, und kichert unter vorgehaltener Hand, als könnte sie gar nicht glauben, dass sie das gesagt hat. Etwas Süßeres habe ich noch nie gesehen.

Mit einem kurzen Blick versichere ich mich, dass wir allein sind, denn ich kann es mir nicht verkneifen, ihr ein bisschen einzuheizen. »Aha, die sinnliche, erotische Frau, die ich vergangene Nacht näher kennenlernen durfte, will spielen.« Ich verschränke meine Hand mit ihrer.

»Clay!«, warnt sie mich, während ihr Blick zwischen den beiden Durchgängen hin und her huscht.

»Niemand ist in der Nähe, außerdem halte ich nur die Hand einer Freundin.« Ich streiche ihr die Haare hinters Ohr und flüstere: »Sag es mir, Pep, möchtest du mich in diesem Moment ebenso gern küssen wie ich dich?«

Sie öffnet leicht den Mund und die Lust funkelt in ihren Augen, doch sie antwortet nicht.

»Du musst es nicht aussprechen«, sage ich leise und komme ihr noch näher. »Ich spüre, wie sehr du mich willst.« Ich schiebe die Hand in ihren Nacken und bringe ihre Lippen näher an meine. »Sag, dass ich mich irre, und ich hör auf.«

Sie atmet heftiger und ihr flehender Blick spricht ebenso von Begehren wie von Beherrschung. Mit jedem Atemzug streift mich ihre Brust. Ihre Finger legen sich fest um meine, als sie flüstert: »Bist du verrückt? Wir können uns hier doch nicht küssen. In aller Öffentlichkeit. Man kann uns sehen.«

Ich will ihre Grenzen austesten und sie in eine der dunklen Ecken zerren, um ihr zu zeigen, was wir hier alles tun könnten, doch etwas an Pepper macht mich noch gieriger, als ich es je gewesen bin. Dass sie mich will, reicht mir nicht. Ich möchte der Mann sein, an den sie immerzu denken muss. Der Mann, von dem sie nicht die Finger lassen kann.

Ich will, dass sie mit mir draufgängerisch sein will.

Es gibt nur einen Weg, das zu erreichen, also gehe ich ge-fühlt das größte Risiko meines Lebens ein und presse meine Lippen auf ihre, um uns den Kuss zu schenken, den wir beide wollen. Den Kuss, nach dem ich mich sehne, seit ich heute Morgen neben ihr aufgewacht bin. Sie versteift sich, doch ihr

Widerstand kann nichts gegen das Verlangen ausrichten, das zwischen uns bebt. Und so schmiegt sie sich an mich, schiebt ihre Hände unter meine Jacke auf meine Brust und krallt sich an meinem T-Shirt fest, während sie auf die Zehenspitzen geht und den Kuss ungehemmt erwidert. Zu spüren, wie sie sich unserer Leidenschaft ergibt, löst in mir das Begehren aus, es noch weiter zu treiben. Aber damit bekomme ich nicht, was ich will. Ich will, dass ihr bewusst wird, dass sie mich auch begehrt.

Mit aller Kraft kämpfe ich gegen diesen Drang an und löse mich von ihr. Sie schaut mich mit verschwommenem Blick und atemlos an. »Scheint, als hättest du dich geirrt, Liebling. Wir können uns hier küssen.«

Pepper

Mein Herz hämmert, während Clay einen Schritt zurücktritt, als hätte er nicht gerade mein Denkvermögen zunichtegemacht und mich mit dem Verlangen nach mehr einfach so stehengelassen. Dieser Mann küsst nicht nur. Er *küsst*, als wäre Küssen seine Superkraft.

Ich habe keine Ahnung, wie ich es mit meinen Puddingbeinen durch den Buchladen schaffe, doch irgendwie funktioniert es. Wir gelangen schließlich wieder nach unten und zur Tür hinaus auf die Straße. Als die kalte Winterluft auf meine Wangen trifft, schaltet sich endlich auch wieder mein Hirn ein. Mein Körper hingegen leidet noch unter dem von diesem erregenden Kuss ausgelösten Schwindel.

»Und wohin geht es jetzt, Amber?«, fragt Clay unfassbar

beiläufig, als würde er jeden Tag so küssen.

Wahrscheinlich tut er das sogar. *Halt den Mund.* Warum verteidige ich ihn überhaupt?

»Zur Kathedrale Notre-Dame«, sagt Amber freudig und nimmt Dashs Hand. »Kommt, gehen wir.«

Clay läuft neben mir, als wir den anderen folgen. »Wie geht's, Draufgängerin?«

»Du bist ja wohl der Draufgänger hier«, flüstere ich. »Wenn meine Schwestern herausfinden, was gestern Abend zwischen uns lief, und ich mich mit ihren Sprüchen abgeben muss, wirst du dafür büßen.«

»Sei vorsichtig mit solchen Versprechungen. Vielleicht habe ich eine Schwäche für Bestrafungen.«

Lächelnd schüttele ich den Kopf. *Lächelnd!* Ich sollte finster aus der Wäsche gucken, aber offensichtlich ist das seine Wirkung auf mich. Der Mann macht mich blöd und ich habe nichts dagegen.

»Da ist ja dieses entzückende Lächeln, das mich nachts wachhält.«

Ich bin mir sicher, dass mein Lächeln das Letzte ist, was ihn nachts wachhält, doch so etwas hat noch nie jemand zu mir gesagt, und es ist schön zu hören.

Die Stimmen meiner Familie vermischen sich mit den Geräuschen der Stadt, als wir auf eine Seine-Brücke zulaufen. Ich versuche, mich auf die Aussicht, die gepflasterten Straßen und den Fluss zu konzentrieren, aber ich nehme nichts anderes wahr als Clays Nähe.

Auf der Brücke bleiben wir alle stehen, um Fotos zu machen. Clay berührt meinen unteren Rücken und lehnt sich nah an mich heran, wie es ihm zur Gewohnheit geworden ist. Seine Lippen streifen mein Ohr und jagen mir heiße Schauer in den

Nacken, als er flüstert: »Wie wäre es mit hier?«

»Was hier?«

»Hier sieht es nach einem schönen Ort zum Küssen aus.« Seine Grübchen blitzen auf.

Ich lache. »Würdest du bitte mal damit aufhören?«

»Warum sollte ich aufhören, wenn es dich doch zum Lächeln bringt? Ich habe dir doch schon gesagt, wie sehr ich dieses entzückende Lächeln mag.«

Und ich mag die Dinge, die er sagt und tut, mittlerweile viel zu sehr. Er weicht nicht von meiner Seite, während wir von einer berühmten Sehenswürdigkeit zur nächsten gehen, Notre-Dame mit ihren aufwändigen Skulpturen, den Wasserspeiern, Chimären und den Zwillingstürmen erkunden, und daraufhin die Sainte-Chapelle besuchen, die ehemalige Palastkapelle, in der wir die prächtigen Szenen bewundern, die in den Buntglasfenstern dargestellt werden.

»Die Glasarbeiten sind unglaublich«, sage ich, als wir durch die Kapelle schlendern.

»Nicht annähernd so unglaublich wie mein Ausblick«, sagt Clay.

Ich drehe mich zu ihm um und sehe, wie er mich auf eine so intensive Art betrachtet, die mein Herz stolpern lässt.

Er hält mich weiterhin in diesem Zustand von freudiger Erwartung und Erregung, während wir den Rest der Kapelle erkunden und uns im Anschluss zur nächsten Sehenswürdigkeit aufmachen. Amber erzählt uns etwas über jeden Ort, den wir besichtigen, aber ich nehme kaum ein Wort wahr. Zu sehr lenken mich Clays flüchtige Berührungen und sein flirtendes Flüstern ab.

»Die Architektur hier ist wirklich nicht von dieser Welt«, sagt Trace.

Alle äußern ihre Gedanken dazu, doch unsere kurze Nacht macht sich bemerkbar und meine Worte werden von einem Gähnen verschluckt.

»Langweilt die Architektur dich?«, fragt Clay.

»Nein, ich bin nur etwas müde. Jemand hat mich gestern Abend wachgehalten.«

Er grinst. »Gern geschehen.«

So albern seine Witze auch sind, so hat er mich damit doch den ganzen Tag zum Lächeln, Erröten und Lachen gebracht. Kurz darauf sind wir auf dem Weg zu noch einer anderen Sehenswürdigkeit, als Clay sagt: »Ich gehe in dem Café, an dem wir gerade vorbeigekommen sind, schnell auf die Toilette.«

»Sollen wir warten?«

»Nein, ich hole euch leicht ein.« Er läuft zurück.

Wir bleiben an einer Häuserecke stehen und warten, bis wir über die Straße gehen können. Axsel stellt sich neben mich. »Hast du Clay schon vertrieben?«

»Nein! Er geht auf Toilette.«

»Er ist ein netter Typ.«

Axsel ist zu sehr um Beiläufigkeit bemüht. »Und …?«

»Nichts«, sagt er, als wir über die Straße gehen. »Ich finde nur, dass ihr beiden gut zusammen ausseht. Er scheint etwas für dich übrig zu haben.«

»Sonst ist ja keine hier, mit der er flirten könnte.« Ich versuche, den bitteren Beigeschmack meiner Worte zu ignorieren.

Clay holt uns ein paar Minuten später wieder ein und reicht mir einen warmen To-go-Becher.

»Was ist das?«

»Ein Caffè Latte, oder Café au lait, wie es hier heißt. Wir wollen doch nicht, dass du auf unserem Spaziergang einschläfst.«

Mein Herz stolpert nicht nur. Es rast vor Freude. »Danke.«

Er nickt, als wäre es nichts Besonderes.

»Gut aussehend und aufmerksam«, sagt Axsel. »Kein Wunder, dass du Mr. Perfect genannt wirst.«

Clays Kiefermuskeln zucken.

»Hey, Ax, komm mal her«, ruft Dash und Axsel geht nach vorne zu den anderen.

Ich nehme einen Schluck von dem Kaffee. »Mmh. Woher wusstest du, dass ich French Vanilla gern mag?«

»Wir waren zusammen beim Frühstück, weißt du noch?«

Mir war nicht aufgefallen, dass er auf solche Kleinigkeiten geachtet hat. Allmählich habe ich das Gefühl, dass dieser Mann noch andere Seiten hat als die, von denen alle reden.

Auf seinem Handy geht eine Nachricht ein. Als er es aus der Tasche zieht, ertönt wieder der Benachrichtigungston.

»Da ist aber jemand gefragt«, scherze ich, als er eine Antwort tippt.

»Das sind meine Kumpel. Eine Gruppennachricht zum Spiel.« Seine Kiefermuskeln zucken wieder, als er das Handy wegsteckt.

»Tut mir leid, dass ihr das Playoff verloren habt.«

»Danke.« Die Anspannung weicht nicht aus seinem Gesicht. »Es ärgert mich, dass ich das vermasselt hab.«

»Viel Ahnung habe ich ja nicht von Football, doch ich bin mir sicher, dass du es nicht allein vermasselt hast.«

»Ich hab es vermasselt, als es darauf ankam, und das zählt. Es ärgert mich, wenn ich mein Team enttäusche.«

»Sei nicht zu hart zu dir selbst. Sicher hat jeder mal ein schlechtes Spiel. Außerdem hast du den Super Bowl schon mal gewonnen, das kann nicht jeder Quarterback von sich behaupten.«

»Schon, aber man gewinnt nicht den Super Bowl, um sich danach auf seinen Lorbeeren auszuruhen und es gemütlich anzugehen. Man wird noch besser, arbeitet noch mehr an sich, damit man ihn noch einmal für sein Team gewinnen kann. Die Mannschaftskameraden kommen und gehen, und einige von ihnen haben es noch nie bis zum Super Bowl geschafft. Sie haben sich abgerackert, um in die Playoffs zu kommen, und sie haben sich auf mich verlassen. Und es ist auch nicht nur eine Niederlage für unser Team. Unsere Sponsoren trifft es hart und für unsere Fans, die uns die ganze Saison über angefeuert haben, ist es eine riesige Enttäuschung. Das ist …« Er beißt die Zähne zusammen. »Egal. Ich bin mir sicher, dir kommt das albern vor. Ein Haufen erwachsener Männer, die einen Ball durch die Gegend werfen.«

Er war bisher so entspannt, dass mich seine jetzt sichtbare Leidenschaft überrascht, doch mir wird klar, dass sie es nicht sollte. Er redet über seinen Beruf, und ganz offenbar geht es ihm bei dem Spiel nicht nur ums Gewinnen. »Nein, ich versteh's. Ich schaue kein Football, und ich muss zugeben, dass ich den ganzen Hype darum nie verstanden habe, aber wenn du es so darstellst wie gerade, dann kapiere ich es.«

»Wirklich?«

»Ja, es ist so, als hätte ich einen Auftrag zu erfüllen und die Forschungsarbeiten eines Kollegen würden den Qualitätsstandards nicht entsprechen. Das gesamte Projekt kann daran scheitern und jahrelange Arbeit wäre umsonst gewesen.«

»Ja, genau. Kannst du dich davon erholen, ohne dieser einen Person die Schuld zu geben?«

»Natürlich. Wir sind auch ein Team und es ist nicht unbedingt die Schuld des Wissenschaftlers. Je nach Projekt gibt es eine Vielzahl von Faktoren, die unsere Arbeit beeinflussen. Wir können uns nur die Daten ansehen und versuchen, herauszufinden, wo wir einen Fehler gemacht haben und was geändert werden muss. Das muss bei dir ähnlich sein. Wirkt sich nicht quasi alles auf das Spiel aus? Das Wetter? Die Stärken und Schwächen deiner Teamkameraden und deiner Gegner an genau diesem einen Tag? Die mentale Verfassung? Es gibt so viele Variablen. Du kannst nicht immer in Bestform sein. Das ist physisch unmöglich.«

»Während eines Spiels gibt es keinen Raum für weniger als perfekt.«

Die anderen geben *Oohs* und *Aahs* von sich und lenken unsere Aufmerksamkeit auf das Panthéon, das jetzt in Sichtweite ist. Die majestätische Kuppel und die korinthischen Säulen erheben sich über den Straßen des Quartier Latin. Aber dieser prächtige Anblick fesselt meine Aufmerksamkeit nur kurz, bevor meine Gedanken wieder zu dem Mann vor mir zurückkehren. *Mr. Perfect.* Der Mann, der – wie mir nun bewusst wird – sich seinem Beruf ebenso sehr widmet wie ich mich meinem, und der auch die Last für sein Team, seine Sponsoren und Tausende Fans auf seinen Schultern trägt. Ich habe keine Fans, doch ich unterliege anderen Arten von Druck. Ich bin finanziell für mein Team verantwortlich, muss als Führungsperson gute Arbeit leisten und stehe seitens der wissenschaftlichen und medizinischen Gemeinschaft immer auf dem Prüfstand. Das ist eine Menge und es kann einen ziemlich belasten. »Klingt nach einem unglaublich großen Druck.«

»Ach was«, sagt er grinsend. »Das ist nicht mehr Druck als in jedem anderen Beruf. Aber jetzt haben wir genug über die Arbeit geredet. Lass uns mal schauen, ob wir uns irgendwie Ärger einhandeln können.«

Dieser Mann ist für mich auch so der Ärger in Person.

Schon jetzt hat er mich dazu gebracht, dass ich mehr über ihn erfahren will. Was denkt er wirklich über den beruflichen Druck? Wie kommt er damit zurecht? Wie oft sieht er seine Familie? Stehen sie sich noch nah?

Während wir uns im Panthéon umschauen, flüstert er mir Dinge zu wie »Wie wär's hier?« und »Ich kann an nichts anderes denken als daran, dich endlich wieder zu spüren« – und das in vollkommen unangebrachten Momenten, wobei er ganz genau weiß, wie sehr er mich damit in Wallung bringt. Hinter irgendwelchen Säulen gibt er mir verstohlene Küsse, und wenn uns niemand beobachtet, verhalte ich mich wie ein alberner Teenager und sehne mich nach dieser Erregung. Als wir das Panthéon verlassen, bin ich ein einziges lustvolles Nervenbündel, das ungeduldig auf unseren nächsten heimlichen Kuss wartet.

Ich habe keine Ahnung, was schlimmer ist: Dass Clay mich zu einer Frau macht, die ich nicht wiedererkenne, oder dass es mir gefällt. Aber eines weiß ich mit Sicherheit. Wenn ich nicht aufpasse, wird Brindle unserer letzten Nacht wie ein Spürhund auf die Schliche kommen.

Acht

Clay

Wir legen in einem urigen Café eine Pause ein, um uns mit einem späten Mittagessen zu stärken, und Pepper huscht rasch auf die andere Seite des Tisches, um zwischen Morgyn und Axsel Platz zu nehmen. *Du kannst fortlaufen, meine heimliche Draufgängerin, aber du kannst dich nicht verstecken.* Ich setze mich gegenüber von ihr, und während sich alle über die Orte unterhalten, an denen wir waren und die wir noch besichtigen wollen, nehme ich mein Handy heraus und schreibe eine Nachricht.

Ich: *Ich vermisse dich.*

Pepper zieht ihr Handy aus der Gesäßtasche und liest. Mit ihren grünbraunen Augen schaut sie kurz zu mir auf, bevor sie mir unauffällig antwortet.

Pepper: *Ich sitze dir genau gegenüber!*

Ich: *Du bist zu weit weg.*

Unter dem Tisch strecke ich ein Bein aus und streiche mit dem Fuß über ihre Wade. Ich werde mit verführerisch errötenden Wangen belohnt, während sie wieder schreibt.

Pepper: *Hör damit auf! Sonst merkt es noch jemand.*

Ich: *Heißt das, es wäre jetzt kein guter Moment, um mich über den Tisch zu lehnen und dich zu küssen?*

Sie presst die Lippen aufeinander und wirft mir wieder diesen vorwurfsvollen Blick zu, doch das Begehren, das in ihren Augen funkelt, spricht eine andere Sprache.

Ich: *Ich kann es nicht abwarten, dich wieder mit meinem Mund zu verwöhnen.*

Ihre Wangen sind hochrot.

Ich: *Rendezvous bei den Toiletten?*

Während sie liest, wird das Funkeln zu einem Feuer.

Ich: *Komm schon, Baby. Sei draufgängerisch mit mir.*

Sie beißt sich auf die Unterlippe, und ich weiß, dass sie es in Erwägung zieht.

Ich: *Komm schon, Draufgängerin, du weißt, dass du es willst.*

»Pepper, arbeitest du schon wieder?«, fragt Morgyn und versucht, einen Blick auf Peppers Handy zu erhaschen.

Pepper schreckt auf und dreht den Bildschirm nach unten. »Ja, tut mir leid.« Sie steckt das Handy wieder weg und sieht kurz wütend zu mir.

»Pepper!«, schimpft Brindle, als wäre sie die Schuldige.

»Guck mal, wie angespannt du wegen dieser beruflichen Nachrichten bist«, sagt Morgyn.

»Zum Glück ist Pepper mit jemandem befreundet, der gut mit den Händen umgehen kann«, sage ich mit einem Grinsen. »Die Anspannung würde ich dir gern nehmen.«

»Jetzt kommen wir der Sache schon näher. Ein bisschen« – Brindle zuckt vielsagend mit den Augenbrauen – »hilft bei mir immer sehr, um lockerer zu werden.«

Pepper wirft mir wieder einen bösen Blick zu. »Vielen Dank dafür.«

Unschuldig hebe ich die Hände. »Du brauchst mich gar nicht so anzusehen. Ich habe nur von einer Nacken- oder

Rückenmassage geredet.«

»Eine Rückenmassage hat uns Emma Lou beschert«, sagt Trace und bezieht sich damit auf ihre entzückende kleine Tochter, was weitere Witze der anderen zur Folge hat.

Das restliche Mittagessen unternimmt Pepper alles ihr Mögliche, um mich nicht anzusehen. Jedes Mal, wenn ich ihr Bein mit meinem Fuß berühre, versucht sie, nicht zu lächeln. Ihr ist offenbar nicht bewusst, dass ich es deshalb noch öfter mache.

Nach dem Essen setzen wir unseren Spaziergang fort. Ich genieße es, mich mit Pepper und ihrer Familie zu unterhalten und flirte nur sehr diskret. Ich will nicht, dass Pepper Neckereien von ihren Geschwistern erdulden muss, aber, oh Mann, ich bin so was von bereit, sie allein zu erwischen.

»Da ist ein Souvenirladen!« Morgyn zeigt auf eines der Geschäfte.

Ich halte die Tür für alle auf, doch Axsel folgt den anderen nicht hinein. »Kommst du, Ax?«

»Nee, ich bleib hier draußen.«

»Alles in Ordnung?«

»Ja, ich habe nur meine Dosis an Touristenkram schon gehabt.«

Ich lasse die Tür zufallen und gehe zu ihm. »Gesellschaft gefällig?«

»Klar.« Er beäugt mich mit ernstem Gesichtsausdruck, was bei ihm sehr selten vorkommt. »Du und Pepper ... ihr kommt richtig gut miteinander aus, wie?«

»Deine Schwester ist der Hammer, wenn sie nicht gerade vor mir wegläuft.«

»Sie ist gut darin, Zurückhaltung an den Tag zu legen, aber nachdem, was ich so höre, verlässt sie jedes Mal die Stadt, wenn du kommst. Das habe ich bei ihr noch nie erlebt.«

Interessant. »Mist, ich hatte gehofft, das wäre immer nur Zufall. Du nimmst ihr die Notfall-bei-der-Arbeit-Ausreden wohl nicht ab?«

»Wenn ich es irgendjemandem abnehmen würde, dann ihr. Es kommt mir bloß etwas sehr zufällig vor, wie ihre Notfälle immer während deiner Besuche auftreten. Aber was weiß ich? Jedenfalls ist es schön mitanzusehen, dass sie an diesem Wochenende etwas entspannter ist. Du solltest wahrscheinlich lieber hineingehen, bevor die Mädels die Wahrheit in Bezug auf letzte Nacht aus ihr herausquetschen.«

Ich versuche, so zu tun, als hätte ich keine Ahnung, wovon er spricht. »Letzte Nacht?«

»Junge, versuch's erst gar nicht.« Er lächelt. »Die Mädels haben euch den Quatsch heute Morgen vielleicht abgenommen, aber ich hab gesehen, wie ihr beide euch am Buffet angeschaut habt.«

Ich werfe einen Blick durchs Schaufenster und entdecke, wie die Frauen sich um Pepper scharen. *Mist!* »Willst du mir die Leviten lesen oder so, bevor ich da hineingehe? Mir sagen, dass ich ihr nicht wehtun soll? Denn ich kann dir verraten, dass ich das nicht vorhabe.«

»Das ist nicht meine Angelegenheit und auch nicht meine Art, und ich mach mir um Pepper keine Sorgen. Sie ist nicht nur die Klügste von uns allen, in vielerlei Hinsicht ist sie auch die Stärkste.«

Das Gefühl habe ich allmählich auch, obwohl ich gleichzeitig denke, dass sie die Sensibelste sein könnte, auch wenn sie das gut versteckt. »Ja? Wie meinst du das?«

»Sie ist nicht dafür bekannt, dass sie in ihrem privaten Leben Fehler macht. Was immer auch gerade zwischen euch los ist, es passiert, weil sie es will.«

Das bezweifle ich keine Sekunde. Sie ist mit Sicherheit keine Frau, die sich auf der Nase herumtanzen lässt. »Danke, Kumpel.«

Als ich das Geschäft betrete, entfernen die Mädels sich von Pepper in alle Richtungen wie kleine Käfer. Die Männer sehen sich am anderen Ende des Ladens etwas an. Ich überlege, ob ich jetzt zu ihnen gehe, da Pepper nicht mehr in die Mangel genommen wird, doch ich gönne mir einen Augenblick, um sie zu bewundern, während sie sich ein paar Tücher anschaut. Ich spüre förmlich die Anstrengung, mit der sie sich zwingt, nicht zu mir herüberzusehen. Die gleiche Anstrengung, mit der die anderen Frauen versuchen, sich nicht anmerken zu lassen, dass sie sie gerade ausgefragt haben.

»Guckt mal, wie süß dieser Pulli ist«, sagt Brindle aufgekratzt und hält einen Kinderpullover hoch. »Ich glaube, den nehme ich für Emma Lou mit.«

»Darin wird sie ganz entzückend aussehen«, sagt Morgyn.

»Emma Lou sieht in allem entzückend aus«, fügt Amber hinzu.

Pepper zeigt den anderen ein buntes Tuch. »Wie findet ihr das? Es ist aus Seide. Ich glaube, das würde Mom gefallen.«

»Wann soll sie denn Seide tragen?«, fragt Brindle. »Das wäre Geldverschwendung, aber du solltest eins für dich kaufen.«

Pepper legt das Tuch wieder fort und lässt die Schultern enttäuscht hängen.

Zum Henker damit! Ich werde nicht zulassen, dass solche Vernunftentscheidungen ihr das Lächeln nehmen.

»Pep, du solltest einen von diesen Magneten mit dem Eiffelturm darauf kaufen, wo du schon nicht mit uns oben warst«, sagt Amber. »Damit du es nicht vergisst, wenn du das nächste Mal hier bist.«

»Ich brauche keinen albernen Magneten, um daran zu denken«, sagt Pepper ausdruckslos.

»Ich fasse es immer noch nicht, dass die oberste Etage geschlossen war«, empört sich Brindle.

»Ich hab euch doch vorher gesagt, dass sie die immer im Januar für Wartungsmaßnahmen schließen«, sagt Amber.

Während ihre Schwestern sich über die geschlossene Spitze des Eiffelturms beklagen, trete ich hinter Pepper und meine Brust streift ihren Rücken. Sie atmet stockend ein und ihre Finger verharren auf dem Tuch, das sie gerade wieder ins Regal gelegt hat. »Hast du Höhenangst, Draufgängerin?«

»Nein.« Ich höre das Lächeln in ihrer Stimme. »Ich hatte ein geschäftliches Telefonat zu führen. Lauschst du gern?«

»Ich wollte mir doch nicht den pikanten Tratsch über deine heiße neue Eroberung entgehen lassen.«

Ihre Finger legen sich fest um das Seidentuch.

»Den interessanten Teil habe ich anscheinend verpasst.« Flüsternd rede ich weiter: »Hast du ihnen erzählt, dass du letzte Nacht den besten Sex deines Lebens hattest?«

»Nein, habe ich nicht!«, flüstert sie ebenfalls.

»Wir können es ihnen zeigen. Was meinst du, meine Schöne? Ein richtig feuriger Kuss, genau hier und jetzt?«

»Wage es nicht.«

Das Begehren in ihrer Stimme verrät mir, wie sehr sie es will. Ich lasse diesem Verlangen etwas Raum und streiche über ihre Finger, die noch auf dem Seidentuch ruhen. »Ich glaube, deiner Mutter würde dieses Tuch sehr gefallen.«

»Nein, die anderen haben recht«, sagt sie etwas ernüchtert. »Sie hat keine Gelegenheit, so etwas zu tragen.«

»Darum geht es bei Geschenken nicht. Ich glaube, es würde sie glücklich machen, zu wissen, dass du dieses Tuch gesehen und an sie gedacht hast.« Ich greife nach einem smaragdgrünen und goldenen Tuch und lasse es über ihre Hand gleiten. »Wie wäre es mit diesem für dich? Das würde deine Augen betonen.«

Einen kurzen Moment lang schweigt sie. »Ich habe auch keine Gelegenheit, so etwas zu tragen.«

»Du kleine Flunkerin. Ich habe deinen Seidenslip gesehen«, raune ich ihr ins Ohr und sie erschaudert spürbar. Mit der Hand gleite ich über ihre Hüfte auf der Seite, die ihre Schwestern nicht sehen können. »Ich glaube, das Tuch würde gut um deine Handgelenke aussehen.«

Sie dreht sich um und sieht mich mit ihren weit aufgerissenen Augen an, in denen Lust und Beherrschung schon den ganzen Tag miteinander gerungen haben. »Ich … äh …«

»Gefällt dir die Vorstellung?«, frage ich.

»Ich schau mal da drüben weiter«, stößt sie hastig aus, bevor sie davoneilt.

Ich kämpfe gegen den Drang an, ihr zu folgen.

Später trage ich unsere Einkäufe aus diesem und anderen Geschäften, und wir verbringen den Nachmittag damit, uns noch weitere Sehenswürdigkeiten anzuschauen. Während ich mit ihrem Bruder und ihren Schwagern über Sport rede und Witze reiße, machen die Frauen Fotos und unterhalten sich. Mir gefällt es, wie Pepper mit ihnen umgeht, wie sie sich auf ihre Scherze einlässt und wie sie die Augen verdreht, wenn sie albern werden. Aber sobald sie zu mir schaut, heizt ihr Lächeln der winterlichen Luft ein.

Während die Stunden vergehen, tänzeln sie und ich um die Funken herum, die zwischen uns alles in Brand setzen könnten. Sie gibt ihr Bestes, auf Abstand zu gehen, als könne sie unserem wachsenden Begehren entkommen, doch jede einzelne unserer Interaktionen fängt sie wieder ein. Ach, was rede ich … Jede

Bemerkung, Berührung und herausfordernde Geste, mit der ich ihre Beherrschung schwächen will, macht die meine zunichte, und ich bin nicht in der Lage, damit aufzuhören.

Als wir die letzte Sehenswürdigkeit auf Ambers Plan erreichen – das Musée de Cluny, ein Museum mit mittelalterlicher Kunst in einer palastartigen Residenz im gotischen Stil –, begehre ich Pepper so sehr, dass ich sie förmlich schmecken kann. Wir nehmen mit einer großen Gruppe an einer geführten Tour teil. Wie immer treiben Pepper und ich uns eher am Ende der Truppe herum. Während wir von Raum zu Raum gehen und so tun, als lauschten wir den Erläuterungen zu den Skulpturen, Wandteppichen, Gemälden und anderen Kunstwerken, unterhalten wir uns flüsternd.

»Die Thermen hätten wir sicher sinnvoll nutzen können«, sage ich, während der Guide über die römischen Bäder aus dem dritten Jahrhundert und das noch erhaltene Frigidarium spricht, das wir auf der Führung sehen werden. »Ich wasche dir deinen Rücken, du meinen.«

Sie lacht leise.

»Wir könnten unsere eigene Geschichte schreiben. Dann hast du etwas, mit dem du nächstes Mal bei dem Trinkspiel angeben kannst.«

»Ich würde mit Nein antworten«, sagt sie, als wir der Gruppe in einen anderen steinernen Raum mit riesigen Rundbögen folgen, die in schwach beleuchtete Gänge führen.

Die Gruppe bleibt stehen, um Elfenbeinreliefs zu bestaunen, und während der Guide eine Geschichtsstunde gibt, flüstere ich: »Dieses verschlagene Grinsen verrät mir, dass du an all die Orte denkst, an die wir uns verziehen könnten.«

»Benimmst du dich überhaupt jemals?«, fragt sie mit einem verspielten Lächeln, von dem ich noch viel mehr sehen will.

»Ja, sehr oft sogar. Aber anscheinend ist das in deiner Gegenwart unmöglich.«

Klar doch, sagt mir ihr Blick.

Ich atme hörbar aus. »Du weißt, dass du mich mit diesem Rollkragenpullover aufreizt.«

»Wie kann dieser Pullover aufreizend sein?«, flüstert sie amüsiert. »Er verdeckt alles.«

»Eben. Du weißt doch, wie sehr ich deinen Hals mag.«

»Was glaubst du, warum ich den anziehen musste? Du hast mir gestern einen Knutschfleck verpasst«, zischt sie mir zu.

Eine Art wildes Gefühl der Zufriedenheit überkommt mich und ich könnte glatt den Mond anheulen.

»Wisch dir diesen Ausdruck aus dem Gesicht«, sagt sie. Wir umrunden die Gruppe. »Du hast deine Signatur auf meinen Oberschenkeln, meinen Brüsten und meinem Hals hinterlassen. Das ist lächerlich.«

»Wenn mich mein Erinnerungsvermögen nicht trügt, habe ich auch deine Pobacken gekennzeichnet.«

Sie reißt die Augen auf.

»Tu nicht so, als hätte es dir nicht gefallen.«

Sie presst die Lippen aufeinander, überlegt es sich aber anders und flüstert mir zu: »Ich hab doch gesagt, du hast einen schlechten Einfluss auf mich.«

»Soll ich aufhören?«

»Das habe ich nicht gesagt«, erwidert sie rasch und wir beide lachen.

Wir schlendern durch den Raum und tauschen hitzige Blicke. In ihren Augen liegt so viel Verlangen, dass ich einen Finger durch ihre Gürtelschlaufe schiebe und sie zurückhalte, als der Guide die anderen aus dem Raum hinausführt. »Ich will dich in diesem Moment so sehr küssen«, raune ich ihr zu.

»Nicht hier.« Fort ist die Entschlossenheit, mit der sie in den Tag gestartet ist, ersetzt durch ein atemloses, bedürftiges Flehen, dass ich einen Ort finde, an dem wir vor den Blicken der anderen sicher sind.

Mein draufgängerisches Mädchen ist zurück.

Ich nehme ihre Hand, und wir eilen wie zwei notgeile Collegestudenten durch einen der Rundbögen in einen dunklen Gang, wo ich sie hinter eine Art großen Schrank ziehe. Als ihre Arme sich ungeduldig um meinen Hals legen, prallen unsere Münder voller Begehren aufeinander. Sie reibt sich an meiner Härte, und ich greife unter ihren Pullover, um ihre herrlichen Brüste zu berühren und zu reizen. Sie drängt sich mir entgegen, stöhnt hungrig. Wahrscheinlich komme ich dafür direkt in die Hölle, aber ich schiebe meine Finger unter den Bund ihrer Jeans. Sie lehnt sich zurück, atmet heftig und sieht mich forschend an.

»Sag, dass ich aufhören soll, oder komm her mit deinem Mund.«

Sie zieht meinen Mund wieder an ihren. *So verdammt heiß!* Ich reiße den Verschluss ihrer Jeans auf und schiebe die Hand in ihren Slip. Zischend atmet sie ein, als meine Finger in ihrer feuchten Hitze versinken. Ich stöhne in unseren Kuss, stoße mit den Fingern immer wieder vor, während ich mit dem Daumen über ihre so sensiblen Nervenenden streiche und wir einander verschlingen. Sie legt die Hand um meine Härte. »Fuck!«, stoße ich aus und meine Hand bewegt sich schneller. Sie streichelt mich durch die Jeans und macht mich rasend. »Wenn du damit weitermachst, nehm ich dich gleich hier.«

Ihre Augen funkeln vor Lust, doch sie lässt meine Härte los und zieht meinen Mund wieder an ihren, während sie sich auf meinen Fingern bewegt. Meine andere Hand packt ihre Haare, hält ihren Mund fest an meinem, sodass ich ihn mit der Zunge erforschen kann, während ich über den Punkt streiche, der sie auf die Zehenspitzen gehen lässt. »Ich kann es nicht abwarten, meinen Mund wieder dort zu haben«, zische ich und drücke meine Lippen auf ihre. Es dauert nicht lang, da verliert sie die Beherrschung, und ein Stöhnen entweicht ihr, während sie von ihrem Höhepunkt mitgerissen wird. Ihre Mitte zieht sich um meine Finger zusammen und meine Erektion pocht schmerzhaft.

Als sie sich schließlich gegen mich sinken lässt, verbirgt sie ihr Gesicht an meinem T-Shirt, und ich stelle mir vor, dass die anständige Pepper sich fragt, wie sie der Draufgängerin nur das Feld überlassen konnte. Ich lasse meine Finger tief in ihr vergraben und hebe mit der anderen Hand ihr Kinn an, damit sie den Mann sehen kann, der ihr diese schönen Gefühle beschert hat.

Ich schaue ihr in die Augen und sage das, was sie jetzt braucht. »Niemand wird es erfahren.«

Ich küsse sie behutsam, sanft und beruhigend und schwöre mir in diesem Moment, dass ich alles in meiner Macht Stehende tun werde, um mein Versprechen zu halten. Genau in diesem Moment ertönt eine Stimme aus dem Raum, den wir gerade verlassen haben.

»Wohin können sie denn verschwunden sein?«, fragt Brindle.

Pepper reißt die Augen auf und schreckt zurück, doch ich halte sie fest an mich gedrückt, während ich die Hand aus ihrer Jeans ziehe und sie schnell zuknöpfe. Sie sieht zu, als ich mir die Finger ablecke, und in ihren Augen lodern trotz der Sorge Flammen auf.

»Vielleicht hat Clay sie zur Toilette begleitet«, sagt Morgyn.

Pepper kneift die Augen zusammen, und ich umarme sie, während ich eine Hand auf ihren Hinterkopf lege und mir wünsche, ich könnte ihr die Verlegenheit nehmen, die ich gleichzeitig unglaublich anziehend finde.

»Sie holen uns sicher noch ein«, sagt Brindle. »Solange sie zusammen sind, wissen wir ja, dass es ihr gut geht.«

Die Stimmen ihrer Schwestern entfernen sich wieder und Pepper atmet erleichtert auf. Ihr Herz hämmert an meinem. Ich lehne mich zurück, um ihr Gesicht zu sehen, und als sich unsere Blicke treffen, lachen wir beide.

»Was hast du nur an dir, das mich den Verstand verlieren lässt?«, fragt sie und streicht sich die Haare glatt.

»Ich nehme an, das heißt so viel wie Danke.«

Sie verpasst mir einen Klaps und tritt aus unserem Versteck heraus, doch ich ziehe sie zu noch einem Kuss an mich.

Neun

Clay

Der kühle Nachmittag geht in einen kalten Abend über. Wir sind wieder im Hotel und haben uns alle auf unsere Zimmer zurückgezogen, um kurz zu duschen und uns für das Abendessen umzuziehen. Meine Schulter macht mir zu schaffen, also versuche ich, die Schmerzen mit etwas Krankengymnastik zu lösen, was ich schon das ganze Jahr über gemacht habe. Viel hilft es nicht, also werfe ich ein paar Tabletten ein und springe unter die Dusche.

Während ich mich anziehe, gibt mein Handy zwei Mal einen Benachrichtigungston von sich. Ich hoffe, dass es nicht meine Agentin ist. Tiffany leistet großartige Arbeit, aber im Moment nervt das tierisch. Sie piesackt mich damit, dass ich über das Angebot meiner Vertragsverlängerung verhandeln soll, doch das ist eine Entscheidung, die ich jetzt nicht treffen kann. Ich schaue auf den Bildschirm des Handys, das auf der Kommode liegt, und bin bereit, die Nachricht zu ignorieren, wenn sie von ihr stammt. Erleichtert atme ich auf, als ich sehe, dass der Gruppenchat mit meinen Geschwistern aufpoppt. Nachdem wir Flynn im vergangenen Jahr fast durch einen tragischen Unfall verloren hätten, verpasse ich keine Gelegenheit, mich mit ihnen auszutauschen.

Victory: *Noah hat gesagt, dass du in Paris bist. Benimmst du dich auch?*

Noah: *Wir reden hier von Clay. Natürlich nicht.*

Noah bekräftigt seine Nachricht mit einem Teufel-Emoji.

Ich: *Noah, du bist eine schlimmere Tratschtante als das Promi-Portal TMZ.*

Ich: *Vic, in meiner Welt ist schlechtes Benehmen gleichbedeutend mit gutem Benehmen.*

Ich bekräftige das ebenfalls mit einem Teufel-Emoji.

Meine Geschwister wissen, dass ich nicht mehr der leichtlebige Frauenheld bin, für den einige mich halten, aber im Kreise unserer Geschwister hat jeder eine Rolle, die er aufrechtzuerhalten hat, und dies ist meine.

Seth: *Clay, wie geht es dir nach der Niederlage?*

Ich: *Kann nichts mehr daran ändern, also mach ich mir deswegen keinen Stress.*

Das ist eine Lüge, aber als Chef von BRI Enterprises, einem größeren Einzelhandelsunternehmen, und Miteigentümer mehrerer Luxusrestaurants hat mein Bruder als Selfmade-Milliardär alle Hände damit zu tun, sein Reich zu managen. Da muss er sich nicht noch um meine Karriere Sorgen machen.

Flynn: *Hat Pepper sich wieder aus dem Staub gemacht, sobald du aufgetaucht bist?*

Noah: *Ich bin immer noch der Meinung, ich hätte zu deiner Unterstützung mitkommen sollen.*

Flynn: *Clay braucht keine Unterstützung, wenn es um die Eroberung schöner Frauen geht.*

Ich: *Da hast du verdammt recht.*

Ich: *Und was Pepper angeht ...*

Ich schicke das Foto von uns vor dem Buchgeschäft in die

Gruppe und ihre Antworten kommen sofort.

Seth: *Wurde auch Zeit, dass ihr klar wird, wie toll du bist.*

Victory: *Ihr zwei seht süß zusammen aus.*

Noah: *Sie sieht verdammt umwerfend aus, Bruderherz.*

Flynn: *Freue mich für dich, Kumpel.*

Noah: *Darf ich das verkaufen? Ich wollte mir ein neues Boot zulegen.*

Noah muss gar nichts verkaufen. Wie die meisten von uns hat er jede Menge Geld. Und trotzdem fühle ich mich gezwungen, diesen Gedanken im Keim zu ersticken.

Ich: *Nur wenn du willst, dass ich deinem Leben ein Ende bereite.*

Noah: *Upps! Zu spät. Hab es schon an alle Klatschblätter geschickt.*

Während ich eine Antwort schicke, murmele ich »Mistkerl« vor mich hin.

Ich: *Ernsthaft, ich will das nicht vermasseln.*

Victory: *Oooh, unser kleiner Bruder wird erwachsen.*

Seth: *Geht ihr jetzt miteinander?*

Noah: *Habt ihr schon CB+PM in einen Baum geritzt?*

Flynn: *Hast du ihr deine Sportabzeichen gezeigt?*

»Nein, aber ich habe ihr einen Haufen Knutschflecke beschert.« Ich muss lachen, als ich daran denke, wie sauer sie war, als sie das erzählt hat.

Ich schicke ein lachendes Emoji ab.

Ich: *Wir sind kein Paar, aber sie ignoriert mich endlich nicht mehr.*

Victory: *Wenn du nicht willst, dass sie Reißaus nimmt, zeig ihr, wer du wirklich bist.*

Ihre Nachricht lässt mich innehalten. Ich frage mich, für wen Victory mich hält. Schon so lange bin ich der, den die ganze Welt in mir sehen will, dass ich gar nicht mehr weiß, wer ich wirklich bin.

Noah: *Ich bin sicher, das hat er schon.*

Und noch ein Teufel-Emoji von Noah.

Victory schickt ein augenverdrehendes Emoji.

Victory: *Im Ernst, du bist ein großartiger Kerl, Clay. Zeig ihr dein wahres Ich.*

Flynn: *Kann nur bestätigen, wie wichtig das ist.*

Seth: *Grundkurs »Wie finde ich meine zukünftige Frau?«: Sei du selbst.*

Was haben zurzeit alle nur immer mit Ehe und so?

Ich: *Ich bin nicht auf der Suche nach meiner zukünftigen Frau. Ich muss Schluss machen. Wir treffen uns alle zum Abendessen.*

Victory: *Viel Spaß! Hab dich lieb!*

Gerade will ich mein Handy einstecken, da poppt wieder eine Nachricht auf.

Sie ist von Seth und nicht im Gruppenchat.

Seth: *Du versuchst schon seit Langem, Peppers Aufmerksamkeit zu gewinnen. Das heißt dann wohl, dass sie mehr als nur ein kleines Abenteuer ist.*

Seth: *Ich rede nicht von Hochzeit, aber ich bin dafür, dass du du selbst bist und Mr. Perfect mal eine Auszeit lässt, wenn du mit ihr zusammen bist.*

Victory ist die Älteste von uns und sie hat alle Eigenschaften einer verantwortungsbewussten Erstgeborenen. Trotzdem hat sich Seth immer so benommen, als wäre er der Älteste. Solange ich denken kann, hat er gute Ratschläge gegeben und auf uns alle aufgepasst. Da ich dazu neige, mich allzu sehr auf meine Ziele zu konzentrieren, hat mir Seths Fähigkeit, einen Gang runterzuschalten und das große Ganze zu sehen, schon oft sehr geholfen. Auch wenn ich ihn langweilig fand, als wir Kinder waren.

Heute Abend bin ich jedoch nicht in der Stimmung, mir Lektionen erteilen zu lassen, und ich will eindeutig nicht über mich und einen Wettstreit mit dem verdammten Mr. Perfect nachdenken.

Ich: *Keine Ahnung, wovon du redest. Muss mich beeilen. Wir hören uns später.*

Ich stecke das Handy ein und ziehe die Schuhe an. So genau weiß ich nicht, was das zwischen mir und Pepper ist, und ich habe keine Ahnung, wohin es führt. Aber eines weiß ich: Ich bin noch drei Tage in Paris, und als Dash mich eingeladen hat, mich ihnen anzuschließen, sagte er, dass sie insgesamt zehn Tage bleiben. Das bedeutet, dass Pepper noch den Rest der Woche hier ist, und ich habe nicht vor, die gemeinsame Zeit damit zu verbringen, unsere Verbindung vor ihrer Familie geheim zu halten.

Jetzt muss ich nur noch Pepper davon überzeugen.

Doch während ich darauf hoffe, mit Pepper darüber reden zu können, unsere gegenseitige Anziehung nicht weiter zu verstecken, scheint sie leider andere Vorstellungen zu haben. Sie trägt ein mörderisches, mit einem silbernen Muster verziertes schwarzes Kleid, von dem ich hoffe, dass sie es mir zuliebe angezogen hat. Aber während des Essens hat sie sich distanziert verhalten, kaum Augenkontakt mit mir gehabt und meine Versuche, Humor an den Tag zu legen, mit einem leichten Lächeln quittiert, das sich fast entschuldigend anfühlte.

Ich verstehe es nicht. Ich dachte, wir hätten eine Verbindung geschaffen und dieses Katz-und-Maus-Spiel hinter uns gelassen.

Auf dem Spaziergang nach dem Essen zurück zum Hotel versuche ich, sie einen Moment allein zu erwischen, doch sie bleibt stets bei ihren Schwestern und unterhält sich permanent mit ihnen.

»Ich freue mich auf London morgen«, sagt Amber, als wir das Hotel betreten. »Leute, vergesst nicht, wir brechen pünktlich um halb acht auf.«

»Ihr reist nach London?«, frage ich Dash.

»Ja«, antwortet er. »Das stand auf dem Plan, den ich dir geschickt habe. Du weißt schon, der, den du dir nicht angesehen hast.«

Mist.

»Ich kann es nicht abwarten, nach Barcelona zu kommen«, freut Morgyn sich.

»Wir haben da mit Sicherheit eine wunderschöne Zeit, Sunshine«, sagt Graham.

Ich trete neben Pepper, während die anderen sich über ihr nächstes Ziel unterhalten, und beschließe, mich cool zu geben. »Und, wohin verschlägt es uns Singles morgen?«

»Ich reise zurück nach Charlottesville.« Der entschuldigend sanfte Ausdruck liegt wieder in ihrem Blick.

Alles scheint sich in Zeitlupe zu bewegen, während ich diese Information verarbeite und Enttäuschung sich breitmacht.

»Das hier ist Peppers erster Urlaub, seit sie ihr Studium abgeschlossen hat«, sagt Brindle. »Und sie bleibt nicht einmal eine ganze Woche. Du solltest ihr deswegen mal gehörig die Meinung geigen. Wir haben ihr sogar vorgeschlagen, eigens für sie nach Griechenland zu reisen, denn das ist der einzige Ort, an den sie wirklich mal will.«

»Brindle, es reicht«, sagt Pepper leise.

»Clay, bleibst du noch hier?«, fragt Dash.

»Ja, noch ein paar Tage«, sage ich gedankenverloren und kann den Blick nicht von Pepper abwenden, der es anscheinend ebenso ergeht.

»Möchtest du mit uns nach London kommen?«, fragt Dash.

»Oder du kommst mit uns nach Barcelona«, schlägt Graham vor.

»Nein danke. Ich glaube, ich bleibe hier.«

Pepper wendet sich von mir ab und winkt nervös in die Runde. »Dann verabschiede ich mich wohl mal. Ich gehe auf mein Zimmer und packe. Mein Flug geht morgen sehr früh. Hab euch alle lieb.«

»Wir gehen auch hoch«, sagt Amber.

Pepper umarmt alle, und die anderen versprechen, ihr Bilder vom Rest der Reise zu schicken. Sie steht verlegen vor mir und wringt nervös die Hände. Bei der Vorstellung, dass es das für uns gewesen sein soll, zieht sich in mir alles zusammen. Ich habe keine Ahnung, warum es mich derart umhaut, und es ist unerträglich für mich, dass sie sich nach allem, was wir miteinander angestellt haben, so unwohl zu fühlen scheint. Ich möchte sie beiseite ziehen und darüber reden, aber das ist keine Option, wenn ich sie nicht in Schwierigkeiten bringen will. Also breite ich die Arme aus und sage: »Lass dich umarmen, Busnachbarin.«

Die anderen lachen, und sie lächelt mich aufrichtig an, als sie in meine Arme kommt. Mann, genau hier gehört sie doch hin. Ich möchte so viel sagen, doch da die anderen zuhören, muss ich es unbeschwert klingen lassen. »Danke, dass du mit mir abgehangen hast.«

»Hat Spaß gemacht«, sagt sie etwas zu munter und will sich schon zurückziehen.

Für einen kurzen Augenblick halte ich sie noch fest und flüstere: »Du kannst weglaufen, aber du kannst dich nicht verstecken, Draufgängerin.«

Zehn

Pepper

Ich werfe meinen Koffer auf das Bett und erhasche dabei einen Blick auf mich im Spiegel. Das tief ausgeschnittene, leicht zu öffnende Wickelkleid, von dem ich gehofft hatte, dass es Clay um den Verstand bringt, klebt an meinem Körper und mein schwarzer Lieblingstanga aus Seide mit dem passenden BH war für die Katz. Seit wir uns zum Essen getroffen haben, hat mein Herz nicht aufgehört zu rasen – schmerzhaft zu rasen, denn in dem Moment wurde mir klar, dass meine Zeit mit Clay zu Ende ist und es nicht fair wäre, etwas anderes vorzugeben. Dieser Schmerz ist in meinen Augen zu sehen. Sie sind so trübe, dass ich den Blick abwenden muss.

Es war grauenhaft, mich von ihm verabschieden zu müssen, und es war grauenhaft, es vor allen anderen tun zu müssen. Eigentlich sollte es egal sein, denn ich hätte ihm ohnehin nicht gesagt, dass seine Küsse die besten waren, die ich je erleben durfte, oder dass ich nicht aufhören kann, an die letzte Nacht zu denken und daran, wie schön die Zeit mit ihm war. Ich zwinge mich, das mühsame Packen in Angriff zu nehmen, indem ich die Kommodenschublade aufziehe, geistesabwesend meine Klamotten ausbreite und wieder falte, und mir gleichzeitig einrede, dass es schon gut so ist, wie es ist. Ist ja nicht so, als wäre er mein Mann fürs Leben. Das war nur eine kleine, unbedeutende Affäre.

Mein Magen zieht sich zusammen. Es hat sich nicht unbedeutend angefühlt.

Ich kneife die Augen zu, um gegen den Schmerz anzukämpfen, und lege den Kopf mit einem Stöhnen in den Nacken. *Warum ist das so schwer?* Warum kann ich nicht so sein, wie Sable früher war? Einfach so jemandem den Rücken kehren und nicht zurückschauen. Warum hat sie all die Affärentauglichkeitsgene bekommen? Ich stelle mir meine Zwillingsschwester im Mutterleib vor, wie sie diese Gene an sich rafft und glaubt, sie würde mir damit Liebeskummer ersparen.

Oh je, jetzt werde ich wirklich zur Lachnummer.

Ich setze mich auf die Bettkante, drücke das T-Shirt, das ich letzte Nacht getragen habe, ganz fest an mich und sauge den leichten Duft von Zedernholz und den einzigartigen Geruch von Clay in mich auf. Ich weiß nicht, wie sein Duft in meine Kleidung dringen konnte, aber ich bin froh darüber. Noch einmal rieche ich daran, bevor ich mich zwinge, das T-Shirt in den Koffer zu legen und weiter meine Kleidung zu falten. Doch ich sehe immer nur sein Gesicht. Sein verschmitztes Lächeln, die Grübchen, die mir einheizen. *Sag, dass ich aufhören soll, oder komm her mit deinem Mund.* Ein heißer Schauer folgt auf seine Stimme in meinem Kopf.

Von Affären habe ich vielleicht keine Ahnung, aber ich weiß, dass mein batteriebetriebener Freund mich nie wieder befriedigen wird.

Was mache ich hier überhaupt?

Ich bin keine Frau, die Männern hinterherschmachtet. Ich bin Wissenschaftlerin. Mein Fachgebiet sind Fakten, nicht außer Kontrolle geratene Hormone. Ich muss rational denken. Morgen kehre ich in mein wahres Leben zurück, und Clay wird wahrscheinlich irgendeine andere Frau finden, mit der er sich hier in Paris amüsieren kann. Eifersucht wallt in mir auf, aber ich weigere mich, darauf einzugehen. Ich sage mir, dass es vollkommen in Ordnung ist, wenn er mit einer anderen zusammen ist. Das machen die Leute so, wenn sie eine Affäre hatten. Sie verstauen die Erinnerungen an eine nette Zeit und schauen nach vorn.

Das kann ich auch. Ich kann alles.

Im Geiste verschnüre ich diese glücklichen, leidenschaftlichen Erinnerungen und trete mit meinen spitzen Absätzen darauf herum, doch sie schnellen immer wieder hoch wie verdammte Springteufel.

»Ich bin so was von ungeeignet für Affären.«

Ich schnappe mir meinen Pullover mit dem Gürtel und lege ihn zusammen, als ich durch ein Klopfen an der Tür aufgeschreckt werde. Überzeugt, dass es meine Schwestern sind, lege ich den Pullover in den Koffer und atme tief durch, um mich in den Griff zu bekommen. Dass sie mich fragen, warum ich so frustriert aussehe, kann ich nicht gebrauchen. Es war im Souvenirladen schon schlimm genug, als sie mich dazu bringen wollten, dass ich gestehe, etwas für Clay zu empfinden. Ich habe es überspielt und gesagt, was ich immer gesagt habe, wenn sie mich auf ihn angesprochen haben. *Klar, er sieht gut aus und ist ein netter Kerl, aber ich date keine Sportler.* Wenn ich jetzt daran denke, brennt es so schmerzhaft in meiner Brust wie in dem Moment in dem Geschäft. In gewisser Weise so, als würde ich eine Aussage über eine wissenschaftliche Tatsache machen, mich dann aber fragen, ob sie wirklich so zutreffend ist.

Ich versuche, diesen unangenehmen Gedanken zu ignorieren, und gehe zur Tür, um durch den Spion zu schauen.

Clay! Mein Herz rast noch schneller, als ich seine angespannten Kiefermuskeln und den ernsten Gesichtsausdruck wahrnehme. Dass er sauer auf mich ist, kann ich ihm nicht übelnehmen. Er sieht so unverschämt gut aus in diesem schiefergrauen Hemd, dass ich ihn während des Essens kaum ansehen konnte, so groß war meine Angst, den Blick nicht wieder von ihm abwenden zu können. Ich war heute Abend nicht gerade liebenswürdig, dabei hat er sich mir gegenüber immer nur gut verhalten.

Gut ist nicht das richtige Wort.

Er war aufregend, aufmerksam und lustig. Er hat mir das Gefühl gegeben, schön zu sein, begehrenswert, sexy und lebendig. Er hat mich mehr fühlen lassen als jemals jemand zuvor. Die Wahrheit ist, dass er verdammt perfekt war.

Mir geht ein Licht auf.

Natürlich war er perfekt. Immerhin wird er nicht ohne Grund Mr. Perfect genannt, und er hat genug Erfahrung, um das Spiel der Affären zu beherrschen. Das muss ich mir immer wieder vor Augen halten. Ich darf mich nicht von meinem naiven Herzen leiten lassen. Ich öffne die Tür und bereue augenblicklich, dass ich mir nicht die Zeit genommen habe, meine Entschlossenheit zu festigen. Ohne die schützende Tür zwischen uns entfaltet die magnetische Anziehungskraft ihre volle Wirkung. Mir gefällt das Gefühl nicht, keine Kontrolle zu haben, aber gleichzeitig verspüre ich in Gegenwart von Clay das Bedürfnis nach diesem Hochgefühl.

»Hallo, Draufgängerin. Wie läuft's mit dem Packen?«

Der Spitzname weckt nicht mehr wie zu Beginn unangenehme Erinnerungen an früher. Mittlerweile habe ich ihn ebenso liebgewonnen wie Clay. Bei ihm klingt er besonders und aufregend, doch sein Blick ist ernst, was mich etwas nervös macht. »Ganz gut.«

»Ich habe dir heute ein paar Dinge besorgt.« Er reicht mir eine Geschenktüte.

»Das wäre doch nicht nötig gewesen.« Ich schaue hinein und finde zwei schmale Schachteln, eine mit einer rosa Schleife, die andere mit einer roten Schleife. Außerdem entdecke ich noch den Eiffelturm-Magneten, von dem Amber gesprochen hat. »Du hast mir einen Magneten gekauft?«

»Jeder braucht einen albernen Magneten an seinem Kühlschrank, um sich an seine Reisen zu erinnern.«

Ihm entgeht auch gar nichts. Ich kann förmlich hören, wie meine Entschlossenheit bröckelt.

»Die Schachtel mit der rosa Schleife ist für deine Mom.«

»Du hast ein Geschenk für meine Mom gekauft?« *Oh, ich schmelze dahin.*

»Nein«, erwidert er sanft. »Ich habe dir das Tuch besorgt, das du für sie ausgesucht hast, damit du es ihr geben kannst. Ich glaube, es würde ihr viel bedeuten, es von dir zu bekommen.«

Meine Entschlossenheit bröckelt in bedrohlichem Tempo weiter vor sich hin.

»Das war sehr aufmerksam. Danke. Ich habe es tatsächlich bereut, es nicht für sie gekauft zu haben.« Ich nehme die Schachtel mit der roten Schleife aus der Tüte und öffne sie. Mein Herz schlägt schneller. Es ist das smaragdgrün-goldene Tuch, das er in dem Geschäft für mich vorgeschlagen hat. *Ich glaube, es würde gut um deine Handgelenke aussehen.* Ich schaue zu ihm auf und mir stockt der Atem. Selbst mit diesen ange-spannten Kiefermuskeln hat er eine Verruchtheit an sich, die mir den Atem raubt.

»Es betont deine Augen.« Er hebt eine Augenbraue und die

Mundwinkel gehen leicht nach oben. »Bittest du mich hinein?«

»Ja, entschuldige. Wir sollten uns unterhalten.« Ich trete zurück und versuche, mein Hirn einzuschalten, damit wir die Dinge klären können. »Mein Zimmer ist nicht ganz so nett wie deine Suite.«

Er kommt herein und sein Blick wird nur ein wenig sanfter. »Es ist netter als meines, weil du darin bist.«

Er beugt sich vor, und ich schließe für einen Moment die Augen, als seine warmen Lippen meine Wange und seine Worte mein Herz berühren.

Sein Blick fällt auf den Koffer. »Wenn ich dich nicht nach morgen gefragt hätte, wärst du dann abgereist, ohne es mir zu sagen?«

»Nein. Ich wollte nur …« Ich überlege, was ich abgesehen von der peinlichen Wahrheit entgegnen könnte, will ihn jedoch nicht anlügen. »Ich habe so etwas noch nie gemacht. Ich habe keine Ahnung, wie man mit einer Affäre umgeht. Ich dachte, das machen die Leute so. Spaß haben und nicht zurückschauen.«

Er reibt sich den Nacken und sieht mich mit einer Mischung aus amüsiertem und enttäuschtem Blick an. »Ich muss schon sagen, dass ich mir dabei etwas billig vorkomme. Du hast mich also nur für ein paar Orgasmen benutzt und wolltest abhauen, als hätte es nichts bedeutet?«

»Ich hab dich nicht benutzt. Zumindest nicht mehr als du mich, aber …«

»Autsch!« Er legt die Hand aufs Herz und spielt den Schmerzgeplagten. »Ich bin vielleicht stark, doch ich bin auch ein Mensch. Mein Ego ist angeknackst.«

Ich versuche, ihn ausdruckslos anzusehen, doch er ist so verdammt süß mit diesen sexy Grübchen und dem verschmitzten Funkeln in seinen Augen. Ich kann es nicht zurückhalten und lache. »Du bist ein Idiot. Was soll ich nur mit dir anstellen?«

»Da würde mir einiges einfallen.« Er kommt auf mich zu, wie ein Panther sich seiner Beute nähert, und mit jedem seiner kraftvollen Schritte schlägt mein Herz schneller. »Es sei denn, du willst keine weitere Nacht, in der du mich küssen kannst?« Sein Atem wärmt meine Lippen und jagt ein heißes Prickeln durch meine Gliedmaßen. Seine Hand gleitet über meine Hüfte und verharrt heiß und schwer auf meinem Hintern, als er mich an sich heranzieht. »Noch eine Nacht, in der wir unsere Körper erforschen können?«

Vergiss die Unterhaltung. Ich will genau das, was er vorschlägt. Noch eine Nacht, um damit abzuschließen. »Ich habe nie gesagt, dass ich das nicht will.«

»Mein angeknackstes Ego muss hören, dass du mich willst.«

Er streicht mit seinen Bartstoppeln über meine Wange, und ich spüre, dass er hart wird. In meinem Inneren tobt die Lust heftig und heiß, als ich die Arme um ihn lege. »Dein Ego fühlt sich ziemlich intakt an.«

Er lächelt an meinen Lippen. »Vielleicht bin ich bei dir ein gieriger Mistkerl und will einfach nur hören, dass du mich so sehr willst wie ich dich.«

»Vielleicht?«, frage ich aufreizend nach, denn sein Verlangen ermutigt mich.

»Du weißt verdammt gut, wie sehr ich dich begehre.« Seine barsche Art jagt einen lustvollen Schauer durch mich hindurch. Seine Hand gleitet über meinen Bauch, als er sich hinter mich stellt und unsere Blicke sich im Spiegel treffen. »Sag mir, dass du dieses sexy Kleid nur für mich getragen hast.« Seine harte Länge drückt an meinen Hintern, während seine Hände an meinem Bauch hinaufwandern. »Dass du willst, dass ich dich berühre.«

Freudige Erwartung brodelt in mir. »Du weißt, dass ich das will«, keuche ich.

Sein Blick verharrt auf meinem Spiegelbild und die ungezähmte Lust funkelt in seinen Augen. »Sieh mir zu, wie ich dich berühre.«

Leise und rau ist seine Forderung. Noch nie habe ich mich beobachtet, wenn ich mit einem Mann zusammen war. Es fühlt sich verrucht und unanständig an, und der Nervenkitzel wird noch intensiver, als er meine Brüste umfasst, meine Nippel durch den dünnen Stoff des Kleides reizt und damit Blitze zwischen meine Beine jagt. Ich spüre, dass ich feucht werde, und er scheint es in meinem Gesicht zu lesen, denn er reibt seine Länge an meinem Hintern und flüstert: »Das gefällt dir, Draufgängerin. Du bist gern unanständig mit mir.«

Das »Ja!«, das mir lustvoll entweicht, ist nicht zu halten.

»Ich hätte wissen müssen, dass eine Nacht mit dir für keinen von uns genug wäre.« Er streicht mit den Zähnen über meine Halsgrube und mir stockt der Atem, so viel Lust löst das in mir aus. »Und dieses sexy Kleid?« Seine Hand wandert zu dem Knoten an der Hüfte.

»Habe ich nur für dich angezogen.«

Er löst den Knoten, noch bevor ich meinen Satz zu Ende gebracht habe, und mein Kleid öffnet sich. Er streicht es von meinen Schultern, und es fällt zu Boden, sodass ich nichts mehr trage außer dem Tanga, dem passenden BH und den High Heels. Rasch zieht er meinen BH aus, und sein Blick gleitet genüsslich und lustvoll an meinem Spiegelbild hinab, verharrt auf den Bissspuren, die er auf meiner Brust hinterlassen hat, sodass meine Nippel vor Begehren pulsieren. Seine alles sehenden Augen erfassen weiter unten die Spuren an meinem inneren Oberschenkel. Die pure Zufriedenheit in seinem Gesicht lässt mich noch heftiger atmen. Er tritt etwas zurück, bewundert meinen Rücken und gibt einen anerkennenden Laut von sich, als er meinen Hintern streichelt.

»Mmh, du trägst ja überall meine Spuren.« Sein Atem trifft heiß und verlockend auf meinen Hals. »Es sollte verboten sein, so sexy zu sein.«

Ich kann nichts anderes tun, als ihn im Spiegel beim Ausziehen zu beobachten. Er umfasst seine Härte und schaut mir in die Augen, als er fest darüberstreicht. Ich beiße mir auf die Unterlippe, verzehre mich danach, zu berühren und berührt zu werden, doch er tritt hinter mich und legt meine Haare über eine Schulter. »Wo ist er, Draufgängerin? Wo ist mein Knutschfleck auf deinem Hals?«

Ich berühre den zarten Fleck, den ich in meinem Nacken mit Make-up verdeckt habe.

Er fährt mit der Zunge darüber und wischt anschließend das Make-up mit der Hand fort. Der Beweis unserer Leidenschaft wird sichtbar und er lächelt anzüglich. Sanft wie eine Feder leckt er über den Fleck und jagt Hitzeschauer durch mich hindurch. Ich neige den Kopf zur Seite, damit er noch besser darankommt. Während er meinen Hals leckt und saugt, eine Brust umfasst und mich durch den Tanga mit der anderen Hand reizt, betrachtet er mich immerzu im Spiegelbild. Ein bedürftiger Laut entweicht mir, und ich versuche nicht einmal, ihn zu unterdrücken. Er soll hören, was er mit mir macht.

»Du bist so feucht für mich, dass dein Tanga ganz nass ist.« Fest saugt er an meinem Hals, während er mich weiter durch den Stoff erregt und meinen Nippel drückt. Eine Mischung aus Lust und Schmerz peitscht durch mich hindurch, ich schreie auf und packe ihn an den Handgelenken. Doch ich halte ihn nicht auf. Es fühlt sich so gut an. Sein Saugen an meinem Hals wird schwächer.

»Weiter«, flehe ich.

Er tut, worum ich ihn bitte, und meine Hüften schießen nach vorne, als die Schauer erneut durch mich hindurchpeitschen. Er fährt mit seinem meisterhaften Angriff fort, bis mein ganzer Körper unter Strom steht. Ich bin verloren in seinen liebevollen Zuwendungen, keuche und klammere mich an seine Handgelenke, um nicht zusammenzusacken. Dann schiebt er die Finger unter den Tanga, meine Beine versagen, und ich werde von einer so ungeheuren und überwältigenden Lust erfasst, dass ich die Augen zukneife und eine Flut von unverständlichen Lauten aus mir herausströmt. Er gibt nicht nach und lässt eine Woge der Lust über mich hereinbrechen. Ich schreie auf und treibe auf der hohen Welle bis zum Schluss.

»Öffne die Augen, Liebling.«

Ich öffne die zittrigen Augenlider, als ich aus den Höhen herabschwebe, und unsere Blicke begegnen sich im Spiegel.

»Wenn du wieder zu Hause bist und dir die Haare machst oder Make-up auflegst, möchte ich, dass du dich an das hier erinnerst. Ich will, dass du mein Gesicht siehst, meine Hände auf dir spürst und dich daran erinnerst, wie es sich angefühlt hat, als ich dir diese Spuren auf deinem Körper hinterlassen habe, und an die Lust, die nur ich dir bereiten kann.«

Seine Worte dringen tief in mich ein und bescheren mir eine ganz neue Art von innerem Feuer, denn ich merke mir jedes einzelne. Ich will mich an all das hier erinnern, aber ich kann nicht zulassen, dass er das erfährt. »Du bist wirklich unersättlich.«

Er sieht mich eindringlich an. »Das war ich noch nie. Nicht auf diese Art.«

Diese Worte brennen sich mir ein, als er mich sanft in seinen Armen umdreht und mir einen sinnlichen, betörenden Kuss schenkt, bei dem ich unweigerlich stöhnend nach mehr verlange. Seine Augen werden dunkler. »Diese sexy Laute machen mich verrückt.« Er beißt mir auf die Unterlippe, und mir stockt bei dem lustvollen Schmerz, der mich durchfährt, der Atem. »Fuck! Ich werde diese Laute im Schlaf hören.« Gerade, als ich die Vorstellung, dass er an mich denken wird, sacken lasse, fährt er mit der Zunge über meine Unterlippe. »Wann immer ich meinen Schwanz anfasse, werde ich diesen wundervollen Mund vor Augen haben.«

Hörbar verlässt die Luft meine Lunge.

Er geht tiefer, zieht den Tanga an meinen Oberschenkeln hinab und schaut zu mir auf. »Sieh mal an, da ist sie ja, die hübsche Muschi, die nur darauf wartet, verwöhnt zu werden.« Er leckt über meine Mitte, meine Knie zucken und ein Stöhnen entweicht mir. Er packt meine Oberschenkel und küsst meine Perle, sodass noch ein bedürftiger Laut tief aus meinem Inneren hervorbricht. Doch er macht nicht weiter. Gekonnt steigert er weiter meine Ungeduld, zieht meinen Tanga bis zu meinen Knöcheln hinunter und hilft mir, ihn über die Füße zu streifen. Dann küsst er noch einmal meine Mitte, löst weitere unfassbar schillernde Empfindungen aus und erhebt sich wieder zu voller Größe. Der Blick dieser blauen Augen bohrt sich in meinen. »Bist du in einer großzügigen Stimmung, Liebling? Ich würde dich gern auf Knien und mit deinen sexy Lippen um meinen Schwanz sehen.«

Wie er das fragt und mit welchen tiefen Emotionen er mich dabei ansieht, fühlt sich seltsam vertraut an. Ich spüre das Verlangen, ihm Lust zu bereiten, und die Kühnheit, die nur mit ihm existiert, erwacht. »Bei so einer Einladung, wie kann ich da widerstehen?« Ich streife meine Schuhe ab und will ihm so schöne Gefühle bescheren wie er mir, damit er wirklich an mich denkt, wenn ich fort bin. Ich küsse ihn auf die Brust und umspiele mit der Zunge seinen Nippel.

»Himmel, das fühlt sich gut an!«, stößt er aus.

Ich nehme seine beeindruckende Länge in die Hand und streichele ihn, während ich mit den Zähnen seinen Nippel reize. Er zischt und ich beiße sanft zu. Er packt mich an den Haaren, zieht meinen Kopf zurück und schaut mich gluterfüllt an.

»Tschuldigung«, sage ich nur. »Zu fest?«

»Nein. Verdammt gut. Sei vorsichtig, Draufgängerin, sonst kann ich mich nicht mehr zurückhalten.«

»Ich will nicht, dass du dich zurückhältst.« Die Worte platzen unaufgefordert aus mir heraus, doch sie sind wahr. Es ergibt keinen Sinn, aber ich vertraue ihm mehr, als ich je einem Mann in einer intimen Situation vertraut habe. Ich weiß, dass ich nie wieder eine Affäre haben werde, und auch keine weitere Nacht mit Clay, also gestatte ich mir, mich auszutoben und die Kontrolle abzugeben.

Er zieht die Augenbrauen skeptisch zusammen. »Was ist mit der Drohung von gestern Abend?«

»Ich weiß, dass du mir nicht wehtun wirst.« Ich küsse mich von seiner Brust abwärts über den Bauch und genieße es, wie sich seine Muskeln unter meiner Berührung anspannen und wie er mit wohligen Lauten reagiert, als ich auf die Knie gehe. Er fasst meine Haare mit einer Hand zusammen und nimmt den Blick nicht von mir, als ich seine kräftige Länge in meinen Mund führe und ihn summend verwöhne. Er flucht, ich streiche fest über seine Härte und nehme ihn tief in mir auf, während sein hungriger Blick und seine obszönen Laute mich anspornen. Ich packe ihn an den Hüften, ziehe ihn an mich heran und gebe ihm so grünes Licht. Er stößt mit nach vorne, wird immer schneller und ich sauge fester.

»Berühr dich, während ich deinen Mund vögel.«

Ohne zu zögern, komme ich seiner Aufforderung nach, und sofort packt es mich. Ich stöhne an seiner Härte und er greift noch fester in meine Haare. »Das ist so gut, Draufgängerin ... Fuck! ... Deine süße Muschi glänzt so feucht.« Ich werde schneller, während allein seine Worte mich schon fast in den Himmel katapultieren. »Genau, Baby«, zischt er und stößt noch schneller und tiefer in mich. »Dein Mund ist ein einziges verdammtes Paradies.« Mit einer Hand halte ich mich an seinem Bein fest, die andere Hand nutze ich für mich, und so überlasse ich ihm die volle Kontrolle. Ein Orgasmus baut sich in mir auf, lockt mich, ist noch nicht zu fassen. Meine Muskeln spannen sich an, in mir zieht sich alles zusammen, und ich streichele mich schneller, halte mit seinen Stößen mit. »Fuck, Pepper! Verdammt!« Mein Stöhnen wird lauter, und ich kralle mich in sein Bein, denn ich möchte mit ihm kommen. Gerade als mein Orgasmus über mich hereinbricht, stößt er meinen Namen aus, seine Erleichterung ergießt sich heiß und salzig in meine Kehle, und wir treiben gemeinsam auf unserer Welle der Lust.

Als er sich aus meinem Mund zurückzieht, schwebe ich noch zitternd in meinen Nachbeben. Er streichelt mein Kinn und zieht mich, die ich auf meinen wackeligen Beinen kaum Halt finde, zu sich hoch. Mit seinen starken Armen um mich gelegt, funkeln seine Augen voller Emotionen, die ich mit meinem von Lust vernebelten Hirn nicht zu interpretieren wage. Er küsst mich zärtlich.

»Ich habe dir doch nicht wehgetan, oder?«

Mehr als ein Kopfschütteln bringe ich nicht zustande.

»Zum Glück.« Die Erleichterung in seiner Stimme legt sich wie eine weitere Umarmung um mich, als er seine Lippen zu einem langsamen, verlockend sinnlichen Kuss auf meine senkt. Wortlos legt er meinen Koffer auf den Boden und führt mich zum Bett. Ich sehe zu, wie er nackt zur Geschenktüte geht und das grün-goldene Tuch herausholt. Mein Herz rast, als er zu mir zurückkommt und die kühle Seide über meinen Körper gleiten lässt. »Vertraust du mir genug, um dich auf ein Spielchen einzulassen, Draufgängerin?«

»Ja«, bringe ich ebenso nervös wie erregt hervor.

»Handgelenke oder Augen, Baby?«

Unentschlossen beiße ich mir auf die Unterlippe, doch dann gestehe ich: »Nichts davon habe ich je gemacht. Aber ich möchte es. Können wir beides versuchen?«

»Damit du mir vollkommen ausgeliefert bist? Uh, da wird ein Traum wahr.«

Bei seinem verwegenen Grinsen muss ich die Oberschenkel zusammenpressen, um das Ziehen in meiner Mitte erträglich zu machen. Seine Adleraugen suchen das Zimmer ab, schließlich nimmt er sich den Gürtel von meinem Pullover und hält ihn ausgebreitet mit beiden Händen hoch. »Schön lang. Perfekt.« Er schnappt sich sein Portemonnaie und legt es auf den Nachttisch.

Mein Herz rast, als ich an die Bettkante rücke und ihm meine beiden Handgelenke hinhalte. Vorsichtig bindet er sie mit einem Ende des Gürtels zusammen und lässt ein langes Ende herunterhängen. Als er fertig ist, legt er einen Finger unter mein Kinn und hebt es an, damit ich ihm in die Augen sehe. »Bist du sicher, dass du das willst?«

»Ja.« Ich bin so erregt, dass ich auf keinen Fall einen Rückzieher mache.

»Du kannst mir jederzeit sagen, dass ich aufhören soll.«

Ich nicke, schlucke einmal und bin froh, dass er an mich denkt und nicht nur an seine Bedürfnisse.

Er nimmt das Seidentuch. »Jetzt geht das Licht aus, Liebling.«

Er bindet das Tuch um meine Augen und verknotet es an der Seite meines Kopfs. Um mich herum wird es dunkel. Prickelnde Aufregung erfasst mich und in meinem Inneren lodern Flammen der Ungeduld. Ich bin mir sicher, dass er mein Herz hämmern hört.

»Bist du noch bei mir, Liebling?«

»Mhm.«

»Ich werde dich jetzt auf den Rücken legen und deine Hände nach oben führen, damit ich sie an den Metallstreben vom Kopfteil festbinden kann.«

»Oh … äh … okay.« Ich weiß nicht, was ich davon halten soll. »Ich wusste nicht, dass du das machen würdest.«

»Wir müssen nicht. Es gibt überhaupt keinen Druck, irgendetwas zu tun.«

Ich überlege kurz, weiß aber schnell ohne jeden Zweifel, dass ich es bereuen würde, wenn ich es nicht mache. »Nein! Ich will es. Ich bin bereit für unanständige Dinge.«

»Verdammt, Draufgängerin«, sagt er lachend. »Ich mag dich wirklich.«

Als es so weit ist, dass er den Gürtel am Kopfteil festbindet, fühle ich mich so verwundbar wie noch nie, doch ich weiß, dass ich bei ihm sicher bin. Die Matratze gibt unter seinem Gewicht nach und all meine anderen Sinne sind geschärft. Ich spüre seinen heißen Blick, schmecke seine Erregung jetzt viel intensiver als zuvor in meinem Mund. Die Luft schwirrt vor Erwartung, die Düfte von Sex und Lust schweben um uns herum.

»Ich spüre, dass du mich anstarrst.« Meine Stimme klingt rau und zittrig.

»Ich starre nicht, ich bewundere. Du kannst dir gar nicht vorstellen, wie umwerfend schön du bist.« Seine Hand wandert über mein Brustbein hinab. »Sieh dir diese entzückenden Brüste an.« Seine Finger streichen sanft über eine Brust, umkreisen den Nippel, und ich konzentriere mich voll und ganz auf diese eine aufreizende Berührung. Gänsehaut legt sich auf meinen Körper und meine Nippel werden zu schmerzhaften, harten Spitzen. Wieder bewegt sich die Matratze und Clays Zunge folgt dem vorgezeichneten Weg. Lust durchzuckt mich, und ich beiße die Zähne aufeinander, als seine Hand zu meiner anderen Brust wandert und um den Nippel kreist, während seine Zunge mit dem anderen spielt. In mir spannt sich alles an, mein ganzes Ich verzehrt sich nach seiner Berührung. Ich strecke mich ihm entgegen, will seinen ganzen Mund auf mir spüren, doch er zieht sich zurück. Geräuschvoll atme ich aus. »Clay!«

»Ich will, dass du brennst vor Lust.« Die Matratze bewegt sich, und ich spüre seinen Atem über meinem Nippel, wo er verharrt. Seine Finger kreisen um meinen anderen Nippel, und die beiden wettstreitenden Empfindungen bringen mich dazu, dass ich mich unter ihm winde, mich ihm entgegenwölbe, doch wieder zieht er sich zurück. Er reizt mich weiter, trägt mich bis kurz vor die Erlösung und zieht sich dann wieder zurück, bis ich fast den Verstand verliere, fast zerberste. Seine Finger wandern zu meinem Unterleib, hin zu der Innenseite meines Oberschenkels, und streichen sanft wie eine Feder darüber. Mit den Fingerspitzen berührt er leicht meine Mitte und keuchend schießen meine Hüften in die Höhe.

»Ja! Bitte!«

»Bald«, verspricht er.

Wieder kreist er mit der Zunge um meinen Nippel, während er mich mit den Fingerspitzen zwischen den Beinen reizt, doch egal wie sehr ich mich winde und recke, er dringt nicht in mich ein, berührt mich nicht dort, wo ich es am meisten brauche. Heiß brodelt es in mir, meine inneren Muskeln schwellen an, bis mir schwindelig wird vor Begehren, ich flehe, biete meine Hüften an und versuche, einfach mehr zu bekommen. Er weigert sich, und das erregt mich mehr, als ich mir je hätte vorstellen können. Ich habe keine Ahnung, wie lang er mir diese köstlichen Qualen bereitet, aber als er endlich seinen Mund auf meine Brust senkt und mit den Fingern in mich eindringt, bin ich ein einziges stöhnendes, flehendes und erregtes Nervenbündel. Als sein Daumen auf meine Perle trifft, explodiere ich. Ein Hagel von Empfindungen prasselt auf mich ein, und ich schreie so laut auf, dass mich auf unserem Flur sicher jeder hört. Clay bleibt durch jedes Pulsieren und Wimmern hinweg bei mir.

Die Matratze bewegt sich und er spreizt meine Beine. Plötzlich versucht sich ein Gefühl von Verlegenheit breit zu machen, doch es kommt gegen die Wucht der erregenden Lust nicht an.

»Wie verdammt perfekt du doch bist!« Seine kräftigen Hände gleiten an meinen Oberschenkeln entlang, schieben sie noch weiter auseinander, und dann labt er sich an mir und katapultiert mich wieder in die Ekstase. Er ist grob und irgendwie auch sinnlich, während er mich auf den Höhen treiben lässt. Ich kann nichts sehen, ich kann nichts hören, außer dem dröhnenden Begehren, das mich erfüllt, und dem Blut, das in meinen Ohren rauscht. Aber ich spüre jedes Prickeln und Brennen der quälendsten, köstlichsten Lust, die ich je durchlebt habe, und ich genieße es, flehe ihn an, nicht aufzuhören, und das tut er auch nicht, bis ich schließlich kraftlos zurück auf die Matratze sinke.

Als ich wieder zur Besinnung komme, sagt er: »Zeit für ein paar Spielchen, Liebling.«

Da kommt noch mehr?

Ich bin mir nicht sicher, ob ich das überlebe, doch er dreht mich herum, gleitet mit den Händen über meinen Rücken und streichelt meinen Hintern. Kurz frage ich mich besorgt, was er mit mir anstellen wird, doch seine Berührung setzt mich unter Strom. Ich merke, dass er sich rittlings auf meine Hüften setzt, und seine Körperwärme brennt sich in meinen Rücken, als seine Brust meine Haut streift. Seine harte Länge liegt in meiner Pospalte, und sein warmer Atem strömt über meinen Hals, als er mich dort küsst. »Du würdest mich jetzt alles mit dir machen lassen, stimmt's, Draufgängerin?«

Ich bin so in ihm verloren, dass ich in meinem Kopf ein Ja höre, doch ich wage nicht, es auszusprechen.

»Keine Sorge. Ich will dir nur schöne Gefühle schenken.« Küssend, beißend, streichelnd tänzelt er auf erregende Weise an meinem Körper hinab und murmelt an meiner Haut: »So weich … so schön … so voller Vertrauen …« Er löst sich von meinen Hüften, rückt weiter nach unten, während seine Hände drücken und streicheln und er mit seinen warmen Lippen meine Pobacken verwöhnt. Er gleitet mit den Fingern zwischen den Beinen entlang und reizt mich. »Hat dich jemals jemand hier berührt?«, fragt er und streicht federleicht über meine Pospalte.

»Nein.« Verwundert stelle ich fest, dass ich es mir von ihm wünsche, und gebe ihm grünes Licht.

»So ein wunderschöner Hintern.« Er schiebt die Finger zwischen die beiden Gesäßhälften und reizt diesen intimen Punkt. Ganz neue Empfindungen toben wie glühende Ameisen in mir. Ich stöhne, winde mich, und er schiebt die Hälften auseinander, setzt seine Hände und seinen Mund überall ein und treibt mich in den Wahnsinn. Ich stütze mich auf den Ellbogen und Knien ab, denn ich brauche einfach mehr. »Genau, Baby. Gib mir diesen Hintern.« Langsam schiebt sich sein Finger durch den engen Muskelring und ich ringe nach Luft.

»Ich brauche dich«, bettele ich.

»Noch nicht.« Er stößt vorsichtig mit dem Finger vor, mit jedem Mal etwas tiefer, während er mit der anderen Hand meine Perle reizt. Ich dränge mich gegen seine Finger. »Genau, hole es dir«, sagt er schroff und beißt mich in den Hintern, sodass ein Kaleidoskop der Lust um mich herum tobt. Er macht weiter, leckt und reizt, neckt mich mit den Fingern bis zum allerletzten Nachbeben.

Schließlich lasse ich den Kopf hängen, und er dreht mich wieder um, legt mich sanft auf die Matratze.

»Du bist so verdammt wunderbar«, sagt er mit rauer Stimme. Er küsst mich auf die Lippen, das Kinn und die Schultern, während er meine Handgelenke losbindet. Ich will das Tuch von meinen Augen nehmen, doch er hält meine Hand fest. »Lass es noch einen Moment da. So spürst du alles noch intensiver.« Er küsst mich tief und leidenschaftlich, bis ich spüre, wie die Matratze einsinkt, und höre, wie eine Kondom-Verpackung aufgerissen wird.

Er kommt über mich und ich fühle die breite Spitze seiner Härte an meiner Pforte. Er verschränkt die Hände mit meinen, drückt sie zu beiden Seiten meines Kopfes in die Matratze und schiebt mit dem Knie meine Beine auseinander. Sein Kopf ist nun neben meinem und ich höre ihn atmen. Ich genieße dieses erotische, sinnliche Geräusch, inmitten der Hitze, die von ihm ausgeht, seine Oberschenkel, die auf meinen liegen, und das unkontrollierte Hämmern unserer Herzen, als seine Hüften sich langsam vorwärts bewegen. Das köstliche Eindringen. Er hatte recht. Ich nehme intensiv wahr, wie er mich mit seiner kräftigen Länge dehnt, wie unsere Körper noch mehr Hitze produzieren, wie Clay den Atem anhält, als er tiefer in mich eindringt, und wie unsere Herzen sich beruhigen, als wir uns vollends vereinen. Als er schließlich ausatmet, höre ich sein Lächeln, und er flüstert: »Atme, Baby.«

Mir war gar nicht bewusst, dass ich auch den Atem angehalten habe, und so stoße ich geräuschvoll all die Luft aus.

Er nimmt mir das Tuch von den Augen, und ich brauche kurz, um mich wieder an das Licht zu gewöhnen. Gleich darauf spüre ich, wie ich mich ebenso in ihm und seinem gefühlvollen Blick verliere wie in all den Empfindungen, die mich überkommen. Ich ziehe seinen Mund an meinen, will nicht zu viel darüber nachdenken, will gar nicht denken. Er ist hier bei mir, dringt immer wieder in mich ein, trifft den magischen Punkt in mir. Eine so gleißende Leidenschaft treibt uns an, schmiegt sich wie geschmolzenes Metall an uns. Seine Küsse sind gnadenlos, seine Stöße ebenso. »Ich muss dich sehen«, sagt er mit kratziger Stimme, um uns sogleich herumzudrehen, ohne die Verbindung zu trennen.

Er umfasst meine Hüften und hilft mir, mich auf ihm zu bewegen. Sein Blick bohrt sich mit dem Hunger eines gierigen Löwen in meinen. Er fühlt sich groß an in dieser Position, so kräftig und unglaublich, dass er Hitzepfeile bis in meine Gliedmaßen jagt, während er an Tempo und Druck zulegt und wie eine Herde wilder Tiere in mein Innerstes eindringt. Er stößt noch fester zu, und ich weiß, dass auch er kurz davor ist. »Fuck!«, zischt er. »Du bist so eng. So verdammt schön.« Er streckt die Arme aus und zieht mich zu einem Kuss zu sich herunter.

Meine Haare fallen nach unten und bilden einen dunklen Schleier um uns herum. Mit beiden Händen umfasst er meinen Hintern und stößt unter mir in die Höhe. Lust schießt durch mich hindurch und ich schreie auf, als er sich seiner eigenen überwältigenden Erlösung hingibt. Wir reiben uns aneinander, stoßen immerzu und unsere Laute hallen von den Wänden wider. Die Lust strömt in Wogen über uns herein, und wir lassen uns darauf treiben, bis wir nichts mehr zu geben haben. Ich beuge mich über ihn, versuche, wieder zu Atem zu kommen, und unsere Körper zucken noch unter den Nachbeben.

Nachdem der letzte Schauer durch uns hindurchgeflutet ist, legt er die Arme um mich, dreht sich mit mir auf die Seite und lässt Küsse auf meine Lippen und die Wange regnen. Ich kuschele mich an ihn und kann gar nicht mehr sagen, wo mein Körper aufhört und seiner anfängt. Er hält mich ganz fest, bis sich unsere Atmung beruhigt hat. Erst dann flüstert er: »Ich bin gleich wieder da, meine Schöne.« Er küsst mich noch einmal, bevor er das Bett verlässt.

Ich kann gar nicht aufhören zu lächeln, während er ins Bad geht, mit all seinen Muskeln und dem hübschesten Hintern, den ich je gesehen habe. Als er die Tür schließt, lege ich den Arm über meine Augen und fühle mich so lebendig, so gestärkt, dass ich platzen könnte. Als wäre ein neuer Mensch in mir geboren worden. Eine abenteuerlustige und sinnliche Frau, die keine Angst hat, loszulassen. Nie hätte ich gedacht, dass ich so unbefangen sein könnte. Dass ich jemandem meinen Körper so anvertrauen könnte, wie ich es bei ihm vermochte.

Ich kneife die Augen zu, presse den Arm fester darüber, um es zu unterdrücken, doch das Gefühl bricht sich in einem Anfall von zappelnden Füßen und albern-quietschigen Lauten Bahn.

»Darf ich das als Fünf-Sterne-Rezension interpretieren?«

Ich reiße die Augen auf und drücke die Lippen fest aufeinander, doch er stürzt sich aufs Bett, hält mich unter sich gefangen und wir lachen beide lauthals los. Meine Wangen schmerzen, so sehr muss ich grinsen. »Können wir einfach so tun, als hättest du das nicht gesehen?«

»Auf keinen Fall, Draufgängerin.«

Ich beiße mir auf die Unterlippe.

»War das so etwas wie ein Freudentanz? Denn es sah so aus wie pure und absolute Begeisterung.«

»Sei still.« Ich vergrabe mein Gesicht an seinem Hals.

Er hebt den Kopf gerade so weit, dass ich mein Gesicht nicht mehr verstecken kann, und lächelt auf mich herab. »Bleib bei mir.«

»Wir sind in meinem Zimmer, falls du dich erinnerst.«

»Nein, ich meine, bleib mit mir in Paris. Ich bin noch drei Tage hier. Bleib hier! Deine Familie reist ab, wir wären ganz allein.«

Mein Herz scheint auch albern geworden zu sein, denn es schreit *Ja!* Aber mein Verstand ist lauter. »Ich muss zurück zur Arbeit. Ende der Woche starte ich ein neues Projekt und am Mittwoch haben wir eine Auftaktbesprechung.«

»Dann gib mir nur noch einen Tag. Einen Tag nur für uns.«

In Gedanken gehe ich die Vorbereitungen für das Projekt durch, die ich für den Anfang der Woche geplant habe. Meinen Part habe ich größtenteils schon erledigt, doch ich wollte die Vorbereitungen meines Teams durchsehen, um sicher zu sein, dass sie auch startklar sind.

»Denk nicht zu viel darüber nach, Pep. Ich weiß, dass du seit Jahren keinen richtigen Urlaub genommen hast, und du bist selbstständig. Ist Flexibilität nicht einer der Vorteile? Du kannst dir mit Sicherheit noch einen Tag erlauben. Ruf einfach deine Assistentin oder deinen Assistenten an und sag Bescheid, dass sie dir den Rücken freihalten sollen.«

»So etwas habe ich nicht. Vor zwei Wochen haben wir außerdem gerade unsere Mitarbeiterin vom Empfang verloren. Selbst wenn ich bleiben wollte, einen internationalen Flug kann ich nicht einfach so ändern.«

»Überlass mir das. Ich kümmere mich darum.«

»So einfach ist das nicht.«

»Für mich schon. Komm, meine Schöne. Sei draufgängerisch mit mir. Es wird wundervoll. Wann wirst du jemals wieder mit einem gut aussehenden Quarterback in Paris sein, der dich für die coolste Frau hält, mit der er je Zeit verbracht hat? Augenblick! Du hast es ja nicht so mit Sportlern. Also, wann wirst du jemals wieder mit einem ganz normalen Typen in Paris sein, der dich vergöttert?«

Ich lache, und mir ist ganz schwindelig bei all den Dingen, die er gesagt hat. *Cool? Schön? Mich vergöttert?*

»Was hältst du davon? Ich garantiere dir, dass du eine unvergessliche Zeit haben wirst.«

»Du meinst es tatsächlich ernst«, sage ich ungläubig. »Was ist, wenn du keinen Flug für mich bekommst?«

»Mein Cousin hat einen Privatjet. Wenn sein Pilot keine Zeit hat, engagiere ich einen anderen. Ich kaufe ein verdammtes Flugzeug, wenn es sein muss. Auf keinen Fall werde ich dich enttäuschen. Ich weiß, wie wichtig deine Arbeit ist.«

Pure Freude brodelt in mir. »Willst du wirklich so sehr, dass ich bleibe?«

»Ja! Mehr als alles auf der Welt. Ich bin gern mit dir zusammen.«

»Du hast gern Sex«, scherze ich.

»Stimmt, aber deswegen möchte ich nicht, dass du bleibst.

Ich habe mich in dich verguckt, als wir uns das erste Mal gesehen haben, und die Zeit hier mit dir war unglaublich. Ich bin nicht bereit dafür, dass sie zu Ende geht, und ich glaube, du auch nicht.«

»Stimmt, aber das ist verrückt. Das ist wie in einem Film. Ich will bleiben, aber kannst du mir versprechen, dass ich rechtzeitig zu Hause bin, um meine Besprechung vorzubereiten?«

»Ich kann mehr als das. Rühr dich nicht vom Fleck.« Er gibt mir einen Kuss, steht auf und holt sein Handy aus seiner Hosentasche.

Er geht auf und ab beim Telefonieren, unbeeindruckt von seiner eigenen Nacktheit, während ich davon – von ihm – fasziniert bin. Als er am Fußende des Bettes stehenbleibt, funkeln seine Augen erfreut. Ich ziehe das Laken zu mir heran, setze mich auf und mit jeder Sekunde steigt die Spannung.

»Treat?« Er schweigt, hört zu. »War keiner meiner besten Momente, aber mir geht's gut. Danke, dass du fragst. Wie geht es dir, Max und den Kindern?« Er schweigt einen Moment, bevor er lächelt und lacht. »Das ist großartig. Kann es gar nicht abwarten, sie alle wiederzusehen. Hör zu, ich bin gerade mit einer ganz besonderen Dame in Paris, und ich brauche einen Flug für sie am frühen Dienstagmorgen nach Charlottesville, Virginia. Besteht vielleicht die Möglichkeit, dass ich deinen Piloten anheuern könnte?« Während er lauscht, reibt er sich über die Mulde zwischen Hals und Schulter. »Klasse! Gut, ich schicke dir ihre Daten. Danke, Mann, das bedeutet mir viel.« Wieder lauscht er. »Wirklich? Ich wusste nicht, dass Noah gerade da ist. Ärger ihn für mich und bitte grüß deine Familie und Onkel Hal ganz lieb von mir. Danke, Treat.« Er beendet das Gespräch und legt das Handy auf den Nachttisch. »Sieht so aus, als gehörst du bis zum Dienstagmorgen mir ganz allein. Wir haben das Flugzeug.«

»Im Ernst? Das war ein echtes Telefonat? Du hast ganz einfach so einen Privatjet gebucht?« *Huch! Mache ich das jetzt wirklich?*

Er kniet sich aufs Bett. »Hab ich und du kannst jetzt keinen Rückzieher mehr machen.«

»So etwas habe ich noch nie gemacht.«

»Was sind wir doch für Glückspilze, oder? Eine Nacht voller erster Male.« Er zuckt vielsagend mit den Augenbrauen.

Meine Wangen glühen. »Ich muss meinem Team schreiben. Ich fasse es nicht, dass ich in Paris bleibe. Ich fasse es nicht, dass ich ausgerechnet mit einem Sportler in Paris bleibe.« Ein Sportler, der gerade mit seinem Gesicht und seinen Händen all meine intimsten Stellen erkundet hat.

»Ich bin nur ein ganz normaler Typ, falls du dich erinnerst.«

»Ja, klar. Normale Typen bestellen nicht einfach so einen Privatjet. Ich weiß nicht einmal mehr, wer ich überhaupt bin.«

»Zum Glück weiß ich es.« Er küsst mich und zieht mich unter sich. »Pepper Montgomery, darf ich vorstellen? Dies ist Draufgängerin, meine aufregende europäische Affäre.«

Elf

Clay

»Das waren die besten Crêpes, die ich je gegessen habe«, sagt Pepper, als wir am Montagmorgen nach dem Frühstück das gemütliche Café verlassen. »Woher wusstest du von diesem Café?« Die blonden Strähnen in ihren Haaren leuchten auf ihrer blauen Cabanjacke, zu der sie jetzt das Tuch trägt, das ich ihr geschenkt habe.

Eine aufreizende Erinnerung an unsere unglaubliche gemeinsame Nacht.

»Ein Gentleman verrät seine Quellen nicht.«

Ich komme mir vor wie bei einem ersten Date und möchte sie beeindrucken. Das ist ein neuartiges Gefühl für mich und stellt eine Herausforderung dar. Außer auf dem Football-Feld habe ich schon seit so Langem niemanden mehr beeindrucken wollen, dass ich mir gar nicht mehr sicher bin, wie das geht. Vor allem da es ihr vollkommen egal ist, dass ich einer der besten Quarterbacks der NFL bin und mehr Geld habe, als ich je ausgeben könnte. Aber ich weiß, wie bedeutsam es für sie war, sich von der Arbeit freizunehmen, und ich bin entschlossen, ihr den schönsten Tag ihres Lebens zu schenken. Heute Morgen habe ich meine Zeit gut genutzt, um Nachforschungen anzustellen, und ein paar Anrufe gemacht, während sie ihre E-Mails erledigt hat. Außer dem Fünf-Sterne-Café habe ich noch einige Dinge für uns geplant, über die sie sich freuen wird.

»In Ordnung, Mr. Geheimnisvoll.« Sie schaut nach rechts und links über den belebten Gehweg. »In welche Richtung gehen wir?«

Ich deute nach rechts, und als wir uns auf den Weg machen, geht eine Nachricht auf meinem Handy ein. Mein Grandpa hat mir ein Foto von einem wunderschönen Sonnenaufgang geschickt mit der Nachricht: *So etwas sieht man nicht auf einem Football-Feld.*

»Da hat dich aber gerade jemand glücklich gemacht«, sagt Pepper mit einem leicht neugierigen Tonfall.

»Das ist von meinem Grandpa.« Ich zeige ihr das Foto.

»Wie schön. Fast so hübsch wie unserer.«

»Fast.« Nachdem wir uns in den frühen Morgenstunden geliebt hatten, habe ich sie überzeugt, mit mir vom Balkon aus den Sonnenaufgang zu beobachten. Ich habe keine Ahnung, woher mein Wunsch danach kam, aber es war einer der spektakulärsten Sonnenaufgänge, die ich je gesehen habe.

»Wo ist er gerade?«

»Auf einer archäologischen Expedition in Alaska. Letztes Jahr hat er einen Abdruck von Dinosaurierhaut und einige fossilierte Fußabdrücke entdeckt. Die Expedition dauert immer noch an.«

»Ich glaube, davon habe ich in den Nachrichten gehört.«

»Mit Sicherheit. Er ist ein renommierter Archäologe und Paläontologe und hat in den vergangenen Jahren einige große Entdeckungen gemacht. Eigentlich müsste er schon im Ruhestand sein, aber er plant ständig das nächste Abenteuer. Meine Grandma treibt er damit in den Wahnsinn.«

»Er scheint ein toller Mensch zu sein, es sei denn, es gefällt ihr nicht.«

»Sie liebt ihn abgöttisch. Früher hat sie als seine Assistentin gearbeitet. So sind sie auch zusammengekommen. Und das Foto, das ich dir gerade gezeigt habe, das ist so ein Ding zwischen uns. Er schickt mir schon seit Ewigkeiten Sonnenaufgänge. Er erinnert mich gern daran, dass es außerhalb des Footballs eine große schöne Welt gibt, und er hofft, dass ich eines Tages einen Gang zurückschalte, um sie zu genießen.«

»Du solltest ihm ein Foto von dem Sonnenuntergang vom Eiffelturm schicken und auch das, was du heute Morgen gemacht hast, damit er sieht, dass du nichts verpasst.«

»Den Sonnenuntergang habe ich ihm schon geschickt«, sage ich, als wir die Straße überqueren. »Ich habe ihm aber auch ein Bild von dir im Schlaf geschickt und gesagt, dass du schöner bist als jeder Sonnenaufgang.«

»Clay! Sag, dass du das nicht gemacht hast!«

Ich lache. »Hab ich nicht, wäre aber witzig gewesen.«

Sie schlägt mir leicht auf den Arm. »Ich kann es immer noch nicht glauben, dass ich hiergeblieben bin.«

Es ist ungefähr das fünfte Mal, dass sie das an diesem Vormittag sagt. Ich kann es auch nicht glauben, dass sie geblieben ist, bin jedoch verdammt froh darüber. Selbst nach unserer intimen Nacht war ich nicht sicher, was heute Morgen noch Bestand haben würde. Doch ich durfte mit dieser unglaublichen Frau in meinen Armen aufwachen und verbringe jetzt einen ganzen Tag mit ihr. Ich kann mich nicht daran erinnern, wann ich mich schon mal so darüber gefreut habe, Zeit mit einer Frau verbringen zu dürfen. Augenblick mal! Doch, kann ich. Das war gestern.

»Zu deiner Verteidigung kann ich sagen, dass man mir nur

schwer widerstehen kann«, scherze ich.

Sie wirft mir einen koketten Blick zu. »Du machst es einem wirklich schwer, Nein zu sagen.«

»Das klingt, als wäre es etwas Schlechtes.«

»Es ist nicht schlecht, aber es ist *etwas*. Du bist hartnäckig und sehr überzeugend. In deiner Gegenwart fühle ich mich rebellisch.«

Ich lache und greife nach ihrer Hand, während wir über den vollen Gehweg laufen, doch sie weicht mir aus. So süß und amüsant das gestern war, so ist es jetzt doch irgendwie schade.

»Pepper, wir sind hier ganz allein, stimmt's? Deine Familie ist abgereist. Wir müssen uns vor niemandem verstecken.« Sie hat ihren Geschwistern heute früh eine Nachricht geschickt und mitgeteilt, dass sie auf dem Weg zum Flughafen ist, und wir haben gewartet, bis sie das Hotel verlassen haben, um ihre Sachen auf meine Suite zu bringen.

»Tut mir leid.« Sie schiebt ihre Hand in meine. »Ich hab dir doch erzählt, dass ich keine Erfahrung mit Affären habe. Ich kenne die Regeln nicht.«

Ich habe schon so lange nicht mehr jemandes Hand gehalten, dass es mich überrascht, wie gut es sich anfühlt und wie perfekt unsere Hände zusammenpassen. Genau wie unsere Körper. Meine Güte, sie verdreht mir wirklich den Kopf. Über so einen Kram denke ich sonst nie nach, und bei ihr kann ich gar nicht damit aufhören. »Ich glaube nicht, dass das hier eine typische Affäre ist, also wie wär's, wenn wir unsere eigenen Regeln aufstellen?«

»Du scheinst das ja oft zu machen, wenn du Vergleiche anstellen kannst. Was mich zu der Frage führt: Wenn ich deine europäische Affäre bin, hast du dann Affären in verschiedenen Ländern, Bundesstaaten oder …?«

»Mach das nicht.« Ich drücke ihre Hand.

»Was? Das ist doch eine berechtigte Frage.«

»Stimmt«, gebe ich zu. »Aber steck mich nicht in so eine Schublade.« Ich bleibe stehen, um es ihr zu erklären. »Ich habe mich zur Genüge amüsiert und mir diesen Ruf verdient, als ich Anfang zwanzig war. Doch jetzt bin ich fünfunddreißig, Pepper. So viel kannst du mir schon zugestehen. Ich bin kein sexsüchtiger Halbstarker ohne Gewissen. Viele dieser Gerüchte basieren auf erfundenen Geschichten, nicht auf Tatsachen, und werden von Leuten in die Welt gesetzt, die mich mit einer Frau beim Abendessen oder auf einem Event mit jemandem sprechen sehen. In keinem der Fälle bedeutet das, dass ich mit ihr geschlafen habe. Ich sage nicht, dass es nie passiert, aber nicht so oft, wie du denkst. Solche *Begegnungen* gibt es schon seit Langem nur noch sehr selten. Ich verbringe viel mehr Zeit mit meinen Kumpels und meiner Familie als mit irgendwelchen Frauen.«

Sie betrachtet mich schweigend.

»Das ist wahr, Pepper.«

»Ich glaube dir. Ich dachte nur gerade, dass es schwierig sein muss, so einen Ruf loszuwerden.«

Erleichterung überkommt mich. »Die meiste Zeit über ist es mir eigentlich egal. Aber nicht, wenn es dich betrifft. Wenn du also irgendwelche weiteren Fragen zu meiner Vergangenheit hast, lass sie uns jetzt aus dem Weg räumen.«

»Ich würde gern wissen, ob du irgendwelche längeren Beziehungen hattest.«

Wir gehen weiter. »Es gab ein paar, die etwas mehr waren als ein paar Dates, aber nichts, was ich als längere Beziehung bezeichnen würde. Der Sport stand immer an erster Stelle, und der lässt sich nicht so gut mit Frauen vereinbaren, die meine

Aufmerksamkeit haben wollen.«

»Das verstehe ich«, sagt sie, als wir eine Straße überqueren. »Es wäre schwer, mit deiner Liebe zum Football zu konkurrieren.«

»Ich habe mir wohl immer gedacht, dass es mit der richtigen Frau keine Konkurrenz geben würde. Wie sieht's bei dir aus? Ich weiß, dass du keine kurzen Abenteuer hast, aber wann hattest du deine letzte längere Beziehung?«

»Oh, Mann, das ist Ewigkeiten her.«

»Warum?«

Sie zuckt mit den Schultern. »Ich habe viel zu tun und Beziehungen nehmen Zeit und Aufmerksamkeit in Anspruch.«

»Heißt das, du datest nicht oft?«

»Nicht besonders oft. Du merkst sicher mittlerweile, dass ich nicht gerade eine Frau bin, die nach Männern Ausschau hält.«

»Klar, aber was ist mit Dating-Apps?«

»Meine Schwestern wollten mal, dass ich das ausprobiere, aber das gefiel mir nicht. Da herrscht ein ganz schöner Druck, und alles ist ziemlich auf das Aussehen fokussiert. Ich weiß, dass ich nie die Hübscheste im Raum sein werde, auch wenn ich vielleicht die Klügste bin, doch das erkennt man in einer Dating-App nicht.«

Ich bleibe stehen und ziehe sie in meine Arme. »Das ist das zweite Mal, dass du behauptet hast, nicht schön zu sein, also lege ich jetzt unsere erste Affären-Regel fest. Kein negatives Gerede über dich selbst.«

»Das ist kein negatives Gerede. Ich akzeptiere nur die Wahrheit. Ich bin mit wunderschönen Schwestern aufgewachsen, falls du dich erinnerst.«

»Das ist *deine* Wahrheit, Draufgängerin, nicht meine, und

ich kann dir versichern, dass es auch nicht die Wahrheit von Millionen anderer Männer ist. Die Typen haben dich abge- checkt, wo immer wir aufgetaucht sind. Aber darum geht es nicht. Negative Aussagen über einen selbst beeinflussen alles, was man tut. Stell dir vor, du würdest dir immer einreden, es nicht gut zu machen, wenn du an einem Projekt arbeitest, bevor du überhaupt angefangen hast.«

Sie schaut mich ernst an. »Das würde ich niemals tun.«

»Eben. Also säe diese Saat über dein Aussehen auch nicht in deinem genialen Hirn. Wenn du den Raum betrittst, sehe ich nur dich. Seit ich dir das erste Mal begegnet bin, war es so.«

Wieder betrachtet sie mich eingehend, was sie anscheinend sehr oft macht, und ich stelle mir vor, wie sie innerlich die Dinge, die ich sage, auseinandernimmt und auf ihre Ehrlichkeit überprüft.

Ich hebe unsere verschränkten Hände hoch und küsse ihren Handrücken, während wir an einer überfüllten Straßenecke darauf warten, auf die andere Seite gehen zu können. »Wenn du in einen Spiegel schaust, denk immer daran, wie ich dich sehe, und hoffentlich siehst du dann eines Tages auch das, was ich sehe.«

Sie errötet und tritt näher an mich heran, als sie mir zu- raunt: »Das Bild von uns vergangene Nacht wird es mir vielleicht unmöglich machen, überhaupt zu denken, wenn ich in den Spiegel schaue.«

Wir lachen beide, und ich küsse sie kurz, bevor wir die Straße überqueren.

»Wohin gehen wir?«, fragt sie.

Ich werde ihr nicht all meine Pläne verraten, aber einen kleinen Ausblick kann ich ihr geben. »Ich dachte, wir machen einen Schaufensterbummel auf den Champs-Élysées, außerdem habe ich mir überlegt, dass es dir vielleicht gefallen würde, das größte naturwissenschaftliche Museum in Paris zu besuchen.«

Sie umfasst meine Hand etwas fester. »Das ist wirklich süß von dir, aber wäre es in Ordnung, wenn wir nicht in das Museum gingen?«

»Klar.« So viel zu meinem Plan, sie zu beeindrucken. »Hattest du etwas anderes im Sinn?«

»Nein, ich habe bloß mit meiner Familie in den letzten Tagen meine Dosis an Museen gehabt. Es sei denn, du möchtest wirklich gerne hin?«

»Nein, ich wollte nur deinetwegen dorthin.«

»Das weiß ich wirklich zu schätzen, aber an dem einen Tag, an dem ich mit dir blaumachen kann, würde ich gern Dinge tun, die ich normalerweise nicht mache. Zum Beispiel, *keinen* Plan machen.«

Genau, Baby, befreie dich. Lass deine Beherrschtheit los. »Mir gefällt diese rebellische Seite.«

»Sollte sie auch. Du hast sie hervorgeholt.«

»Und darauf bin ich sehr stolz. Wonach ist dir? Einfach drauflosspazieren und spontan entscheiden, wohin wir gehen?«

»Klingt toll.«

»Hast du Lust, etwas zu riskieren und irgendwelche Leute zu fragen, wohin wir gehen sollen?«

Ihre Augen funkeln. »Ja! Und egal, was sie sagen, das machen wir. Und wir googeln auch nicht. Wir müssen nach dem Weg fragen und lassen uns überraschen.«

»Das ist großartig. Ich bin dabei.«

Sie strahlt mich an. »Warte mal. Es gibt einen Ort, an den ich möchte.«

»Das ist heute dein Tag, Draufgängerin. Ich gehe überall mit dir hin.«

»Gestern Abend beim Essen war Brindle enttäuscht, weil sie es nicht geschafft haben, in einer Art Club namens Crazy Horse eine Show zu sehen. Vielleicht bekommen wir noch Tickets.«

Ich habe für später etwas geplant, worauf ich nicht verzichten will, doch ich finde schon eine Möglichkeit, das zu vereinbaren. »Crazy Horse? Ist das so eine Art Westernshow oder so?«

»Keine Ahnung, das ist ja das Witzige daran. Außerdem haben meine Schwestern immer tolle Geschichten über irgendwelche Abenteuer parat, und ich erlebe nie Abenteuer«, sagt sie verschmitzt. »Damit hätte ich etwas, womit ich aufwarten kann.«

Ich überlege, ob das bedeutet, dass sie den heutigen Tag nicht vor ihnen geheim halten wird, frage jedoch nicht nach, denn nichts soll die Richtung, die wir eingeschlagen haben, ändern. »Du willst deine Schwestern übertrumpfen, stimmt's?«

»Ich weiß nicht, ob ich es ihnen jemals erzählen werde, aber mir gefällt der Gedanke, dass ich es könnte.« Sie kräuselt unfassbar süß die Nase. »Ist das schlecht?«

Unweigerlich hoffe ich, dass sie es eines Tages erzählen wird. »Nein, ich finde es wunderbar. Die Rezeption des Hotels kann uns sicher Tickets besorgen.« Ich nehme mein Handy heraus und rufe im Hotel an.

Nachdem ich uns Karten für ein Champagner-Dinner und eine Show im Crazy Horse bestellt habe, verbringen wir den Vormittag damit, Hand in Hand durch die gepflasterten Straßen von Paris zu schlendern. Wir fragen spontan irgendwelche fremden Leute, was wir uns anschauen sollten, und vertrauen ihnen voll und ganz, während wir uns auf jedes Abenteuer einlassen. Wir machen Fotos von den Orten, an die wir geschickt werden, erkunden interessante Läden und spannende Galerien und zeigen uns gegenseitig Dinge, die uns gefallen oder auch nicht. Wir schlagen uns den Bauch voll mit den süßesten Pralinen, die ich je gegessen habe, und Pepper mag sie so gern, dass ich noch eine extra Portion für sie kaufe, die sie den Tag über naschen kann. Wir beobachten Menschen und erfinden Geschichten über sie, und wir lachen so viel, wie ich es seit Langem nicht mehr getan habe. So etwas wie heute habe ich noch nie gemacht, und ich kann mich nicht daran erinnern, je so viel Spaß gehabt zu haben.

Als wir aus einer Galerie herauskommen, ziehe ich Pepper an mich, um sie zu küssen. Ihre Wangen und die Nase sind kalt, aber ihre Lippen sind warm. »Frierst du? Willst du eine Pause machen?«

Sie schüttelt den Kopf und ihre Augen funkeln vor Freude. »Wen sollen wir als Nächstes fragen?« Sie schaut sich um und zieht mich zu einem älteren Paar, das uns von einem Tisch draußen vor einem Café aus beobachtet. »Entschuldigen Sie, sprechen Sie Englisch?«

»Ja, ein wenig«, antwortet der korpulente Herr mit einem französischen Akzent.

»Wir sind nur für einen Tag hier«, erzählt Pepper aufgeregt. »Und wir sind auf der Suche nach Vorschlägen, was man abgesehen von Museen tun oder sich anschauen könnte.«

Das Paar sieht sich kurz an, bevor die grauhaarige Frau sagt: »So ein glückliches Paar wie Sie muss sich die Mauer der Liebe ansehen.«

Pepper zieht die Augenbrauen zusammen, als hätte sich eine Glühbirne in ihrem Kopf eingeschaltet und als hadere sie mit den Begriffen *Affäre* versus *Paar*. Ich möchte nicht, dass sie zu sehr darüber nachdenkt, also lege ich ihr den Arm um die Schulter und sage: »Hast du gehört, Schatz? Dann schauen wir uns doch mal die Mauer der Liebe an.«

»Sie befindet sich am Square Jehan Rictus in Montmartre«, ergänzt der Mann hilfsbereit. »Sie können die Métro nehmen.«

Und so fahren wir mit der Métro, in der es nach stinkigen Schuhen riecht, benehmen uns wie alberne Teenager, machen Witze über den Geruch und raten, was die Mauer der Liebe sein könnte. »Natürlich ein Wandbild von einer Orgie«, sage ich und bringe sie damit zum Lachen.

»Nur wenn es von einem Mann gestaltet wurde. Ich glaube, es ist eine Graffiti-Wand, so wie die im Stardust Café in Oak Falls.«

»Ich erinnere mich nicht daran, irgendwelche Graffiti in der Stadt gesehen zu haben.«

»Sie ist im Café. Wir nennen sie die ›Lass es raus‹-Wand. Sie ist voll mit Liebes- oder sagen wir lieber Lusterklärungen aus mehreren Jahrzehnten.«

»Und was hast du an diese Wand geschrieben?«

Sie hebt eine Augenbraue. »Nichts, was ich dir verraten würde.«

»Wirst du etwa frech, Draufgängerin?« Ich lege eine Hand auf ihren Oberschenkel und drücke leicht zu. »Ich wäre fähig, es dir zu entlocken.« Ich senke meine Lippen auf ihre, und wir gönnen uns einen langen, sinnlichen Kuss, der unseren Atem beschleunigt und uns nach mehr verlangen lässt.

Als wir aus der Métro aussteigen, müssen wir unendlich viele Treppen hochlaufen. Pepper schnauft. »Wir hätten den Aufzug nehmen sollen.«

»Viel Sport machst du nicht, oder?«

»Letzte Nacht war sehr sportlich.«

Ich lache und ziehe sie an meine Seite. »Komm schon, Montgomery. Zeig mir, was du draufhast. Wir machen ein

Wettrennen und ich gebe dir sogar etwas Vorsprung. Lauf!« Ich gebe ihr einen Klaps auf den Hintern.

Sie kreischt auf und stürmt heftig mit den Armen rudernd los.

Sie ist so süß, dass es kaum auszuhalten ist. In Sekunden habe ich zu ihr aufgeholt. »Um mich zu schlagen, musst du schon etwas schneller sein.« Ich lege die Arme um ihre Taille, hebe sie hoch und renne die restlichen Stufen mit ihr weiter, als hätte ich mir einen Football untergeklemmt. Als wir oben ankommen, prusten wir beide vor Lachen.

»Dass du das gemacht hast!«, keucht sie inmitten von Lachflashs. »Brennen deine Oberschenkel gar nicht?«

Nein, aber meine Schulter tut höllisch weh. »Nein, aber ich würde deine Oberschenkel gern zum Brennen bringen.«

Sie errötet, und ich ziehe sie wieder zu einem Kuss an mich, womit ich anscheinend gar nicht mehr aufhören kann. Und auch nicht will. Sie so unbedacht und sorglos zu sehen, ist ebenso spektakulär, wie die Entwicklung hin zu einem Touchdown auf dem Spielfeld zu beobachten. Ich lasse den Arm um sie gelegt, denn ich möchte ihr noch näher sein, als wir in den Park gehen, der von hohen Gebäuden und einem schmiedeeisernen Zaun umgeben ist. Die Pflanzen sind nicht grün und blühen auch nicht, da es Januar ist, aber man kann sich gut vorstellen, wie es hier im Frühling aussieht. Mehrere Paare machen Fotos vor der Mauer der Liebe, die letztendlich kein Wandbild von einer Orgie und auch keine Graffiti-Mauer ist. Es ist ein riesiges Kunstwerk aus dunklen Kacheln, über und über mit weißen Schriftzügen in vielen verschiedenen Sprachen bedeckt, dazwischen mit roten Flecken gesprenkelt. »Wie findest du das, Draufgängerin?«

»Wunderschön. Da ist eine Tafel.« Sie zeigt darauf. »Lass

uns mal lesen, was da steht.«

Ich nehme ihre Hand und ziehe sie zu mir zurück. »Ist das nicht wie googeln?«

Sie stöhnt auf und ich drücke meine Lippen auf ihre.

»Mir gefällt es, wenn du versuchst, die Regeln zu brechen.« Ich kann gar nicht anders, als mir noch einen Kuss zu holen, bevor ich mich an zwei Händchen haltende Frauen mittleren Alters, die eine blond und die andere braunhaarig, wende. »Entschuldigen Sie, sprechen Sie Englisch?«

Die Blonde bejaht mit britischem Akzent.

»Was hat es mit dieser Wand auf sich?«, frage ich. »Hat sie irgendeine Bedeutung?«

»Ja, eine sehr wichtige«, erklärt sie. »Sie wurde von zwei Künstlern gestaltet und darauf steht in mehr als zweihundert Sprachen ›Ich liebe dich‹. Es soll die Liebe in all ihren Formen symbolisieren.«

»Sehen Sie, wie die Worte über die Linien zwischen den Kacheln hinausgehen?«, fragt ihre Partnerin. »Normalerweise trennen Mauern Menschen voneinander. Diese hier soll uns daran erinnern, dass Liebe Grenzen überschreiten und uns alle verbinden kann.« Sie erzählt uns noch mehr über die Künstler, die über acht Jahre und auf vielen Reisen »Ich liebe dichs« in verschiedenen Sprachen zusammengetragen haben. »Die roten Flecken stellen gebrochene Herzen dar und symbolisieren, wie die Menschheit durch einen Mangel an Liebe auseinandergerissen werden kann. Wenn man sie alle zusammenfügen würde, ergäben sie ein Herz.«

»Wow, das ist stark«, sagt Pepper und betrachtet die Wand, als spürte sie die Botschaft darin.

Ich ziehe sie an mich und küsse sie auf den Kopf, während ich mich frage, ob sie an eine vergangene Liebe denkt. Der

Gedanke überrascht mich und ist unangenehm, doch jetzt möchte ich wissen, an was sie denkt.

»Sollen wir ein Foto von Ihnen vor der Wand machen?«, fragt die Braunhaarige.

»Ja, gern.« Ich gebe ihr mein Handy.

Vor der Wand schaut Pepper zu mir auf und auch ich spüre etwas Starkes. Als ich meine Lippen auf ihre drücke, ist es so natürlich wie das Atmen selbst.

»Na, das ist doch ein tolles Foto«, sagt die Braunhaarige und erinnert mich daran, dass wir Publikum haben.

Als sie mir mein Handy zurückgibt, bedanke ich mich und biete ihr an: »Soll ich auch ein Foto von Ihnen machen?«

Nachdem ich die beiden Frauen fotografiert habe, unterhalten wir uns noch ein wenig und ich frage sie, wohin wir als Nächstes gehen sollten.

»Waren Sie schon am Place du Tertre?«, fragt die Blondine.

»Nein«, antworten wir.

Sie erzählt uns, dass es einst ein Treffpunkt für berühmte Künstler wie Renoir, van Gogh und Dalí war und heute von vielen Malern und Karikaturisten genutzt wird. »Bitten Sie einen der Künstler um ein Bild von Ihnen beiden. Das ist eine wunderbare Erfahrung. Wir haben unseres von vor fünfzehn Jahren noch immer.«

»Das machen wir«, verspreche ich. »Vielen Dank.«

Auf dem Weg zu dem Platz denke ich noch immer darüber nach, wie Pepper die Mauer angesehen hat. »Hey, Draufgängerin, hast du jemals jemanden richtig geliebt?«

»Nein. Ich war ziemlich verknallt in Ravi, als wir gedatet haben, und vielleicht habe ich es damals für Liebe gehalten. Aber wir waren ja gerade mal Teenager, also …« Sie zuckt mit den Achseln.

»Du meinst den Glückspilz, mit dem du deine Unschuld verloren hast?« In der Sekunde, in der mir die Worte über die Zunge kommen, muss ich mir einen Anflug von Eifersucht verkneifen.

Sie sieht mich amüsiert an. »Das habe ich nie behauptet.«

»Musstest du auch nicht.«

Sie verdreht die Augen. »Und du? Hast du jemals die wahre Liebe kennengelernt?«

»Ja.«

»Wirklich?« Sie sieht mich ungläubig an. »Was ist passiert?«

»Nichts. Im Alter von fünf Jahren habe ich mich verliebt und ich liebe diesen Sport noch immer.« *Das Geschäft drumherum ist mittlerweile nervig, und mein Körper hat darunter gelitten, aber meine Liebe zum Spiel ist immer noch da.*

Sie drückt meine Hand. »Du bist unmöglich. Ich meine es ernst. Hast du je eine Frau geliebt?«

»Ich habe begehrt, aber nicht geliebt.« Ich ziehe sie enger an mich und versuche, dieses unvertraute Ziehen in meiner Brust zu ignorieren. »Ich nehme an, dass die chemischen Stoffe, von denen du geredet hast, diese bestimmte Reaktion noch nicht ausgelöst haben.«

Auf dem Weg zu dem Platz kommen wir an einem altmodischen Fotoautomaten vorbei und ich ziehe sie dort hinein und auf meinen Schoß. Sie lächelt brav in die Kamera, doch kurz bevor der Auslöser klickt, kitzele ich sie, und so bekommen wir einen Schnappschuss von ihr, wie sie herzlich lachend den Kopf in den Nacken wirft. Ich küsse sie, als der Blitz noch mehrere Male auslöst, sodass verschiedene Fotos von uns mit albernen Gesichtsausdrücken und verrückten Gesten entstehen.

Arm in Arm und beide mit einem Streifen von vier Schwarzweißfotos in der Hand gehen wir weiter und lachen über uns selbst. Nur wenige Minuten später haben wir den Platz erreicht, auf dem es vor Künstlern und Menschen und Geschäften drumherum nur so wimmelt. Wir beobachten, wie die Künstler malen oder zeichnen, machen Fotos von allem und auch von uns beiden. Schließlich setzen wir uns an einen Tisch vor einem Café, gönnen uns ein Croissant und ein Glas Wein und beobachten die Leute. Meine Schulter brennt und ein dumpfer Schmerz strahlt in meinen Nacken aus. Ich versuche, ihn wegzumassieren, und hoffe, dass es sich nicht ausgerechnet heute zu einem Kopfschmerz entwickelt.

»Geht's dir gut?«, fragt Pepper.

Ich nehme die Hand herunter. »Ja, alles in Ordnung.«

»Hast du dir die Schulter wehgetan, als du mich die Treppe hochgetragen hast?«

Ich winke ab. »Nein! Ich könnte dich tagelang tragen.«

»Bist du sicher? Gestern beim Mittagessen habe ich gehört, dass die Jungs sagten, du hättest eine Schulterverletzung.«

»Ach was. Die haben nur Quatsch erzählt. Mir geht's gut, wirklich.« Ich schaue auf das Getümmel und versuche, sie abzulenken. »Dieser Platz ist wirklich unglaublich, oder?«

»So etwas habe ich noch nicht gesehen, seit ich in Paris bin. Mir gefällt die Atmosphäre hier. Wie ein ganz eigenes verstecktes Dorf.« Ihre Augen funkeln schöner denn je im Sonnenlicht. »Irgendwie magisch.«

Ich spüre auch etwas Magisches, doch ich bin mir ziemlich sicher, dass ich das im Beisein von Pepper überall spüren würde.

»Kaum zu fassen, dass ich das gerade gesagt habe.« Sie lacht leise. »Worte wie *magisch* benutze ich sonst nie.«

»Das Magische steht dir gut, Draufgängerin.«

Sie schenkt mir ein unglaublich süßes Lächeln, und ich kann gar nicht anders, als sie noch einmal zu küssen. Ich nehme ihre Hand. »Komm, meine Schöne! Es ist an der Zeit, dass wir uns zeichnen lassen.«

Bei den meisten Künstlern haben sich Schlangen gebildet, doch wir finden einen älteren Herrn, der Karikaturen anfertigt, und müssen nicht allzu lange warten, bevor wir uns setzen dürfen. Der Künstler spricht gebrochen Englisch und erzählt uns die Geschichte von diesem Platz. So erfahren wir unter anderem, dass es eine Warteliste von zehn Jahren gibt, um hier einen Stand zu ergattern.

Als er mit der Zeichnung fertig ist, bewundern wir das Bild und bedanken uns bei ihm. Wir entfernen uns und versuchen, nicht zu lachen. Es ist nicht nur eine Zeichnung. Es ist eine Mischung aus Formen und Winkeln und langen Haaren, die über nackte Schultern fallen. Wir haben spitze Nasen, große, lüsterne Augen und dicke Lippen.

»Kommt mir das nur so vor oder lässt er mich so aussehen wie Michael Jackson?«

»Stimmt!« Pepper lachte. »Das muss man ihm lassen, du bist der heißeste Michael Jackson, den ich je gesehen habe. Aber warum hat er uns nackt gemalt?«

»Weil das besser zu diesen Blowjob-Lippen passt, die er dir gezeichnet hat.«

Wir brechen beide in schallendes Gelächter aus.

»Ich wünschte, ich hätte so volle Lippen, wie er sie gemalt hat.«

»Deine Lippen sind perfekt.«

»Ich bin froh, dass sie dir gefallen.«

»Sie gefallen mir nicht nur, ich bin besessen von ihnen.« Ich streiche mit meinen Lippen über ihre. »Ich glaube, ich bin vielleicht auch ein bisschen besessen von dir, Draufgängerin.« Ich belege meinen Standpunkt mit einem weiteren Kuss, und bevor einer von uns weiter darüber nachdenken kann, sage ich: »Weiter geht's.«

Bevor wir den Platz verlassen, halten wir eine große, elegant gekleidete Frau an und lassen uns von ihr sagen, wohin wir als Nächstes gehen sollten.

Ihr Blick gleitet abschätzend an Pepper hinab. »Diese entzückende Frau sollte Dior tragen. Sie müssen mit ihr zur Avenue Montaigne gehen und ihr etwas Schönes kaufen.« Daraufhin betrachtet sie mich ebenso eingehend. »Sie haben ein attraktiv geschnittenes Gesicht. Bei Ihnen sollte es Armani sein.«

»Sie haben einen guten Geschmack«, sage ich. »Vielen Dank. Einen schönen Tag noch.«

Als sie weitergeht, fragt Pepper lachend: »Dior?«

»Ganz genau, Draufgängerin. Zeit für ein Taxi.« Ich nehme ihre Hand und gehe zur Straße, wobei ich mich unbändig freue, sie wie eine Prinzessin verwöhnen zu können und zuzusehen, wie sie sich windet und schließlich aufblüht. Ganz wie zuvor im Schlafzimmer.

»Wir werden jetzt nicht so viel Geld ausgeben!«

»Stimmt, das machen wir nicht. *Ich* mache es.«

»Clay!« Sie sieht mich streng an.

»Du hast die Regeln aufgestellt und wir werden sie nicht brechen. Außerdem brauchen wir für heute Abend etwas zum Anziehen.«

Zwölf

Pepper

Die Stunden vergehen wie im Fluge. Ich kann mich nicht erinnern, wann ich das letzte Mal so viel Spaß hatte. Bei Dior werde ich wie eine Königin behandelt, und obwohl ich mich die ganze Zeit über mit Clay streite, gebe ich mich letztendlich geschlagen und bekomme ein schwarzes Cocktailkleid und passende High Heels – allesamt sündhaft teuer. Ich entschuldige mich ein Dutzend Mal dafür, dass ich das Spiel mit diesen Regeln initiiert habe, doch er lächelt nur, küsst mich und bringt die Schmetterlinge in mir zum Toben, wie schon den ganzen Tag. Er lässt mein Outfit ins Hotel liefern, und im Anschluss gehen wir zu Armani, wo Clay sich mehr als wohl zu fühlen scheint. Jemanden wie ihn habe ich noch nie kennengelernt. Er gleicht einem Chamäleon, wie er sich in einem Moment wie ein sorgloser Teenager benimmt und im nächsten in einem Armani-Anzug wie ein noch größerer Frauenschwarm als James Bond aussieht. Auch seine Einkäufe lässt er ins Hotel liefern.

Als wir mit dem Shoppen fertig sind, ist es schon nach zwei Uhr, und wir merken, dass wir noch gar kein Mittagessen hatten. Clay fragt den Verkäufer nach unserem nächsten Ziel, und so gelangen wir zum Hôtel Plaza Athénée, einem berühmten Luxushotel und -restaurant, in dem wir einen eleganten Champagner-Lunch genießen.

»Was meinst du, Draufgängerin? Bist du froh, dass du geblieben bist oder machst du dir Sorgen wegen der Arbeit?«

Es ist so einfach, mit ihm zusammen zu sein, wenn wir uns nicht vor meiner Familie verstecken, und mir wird bewusst, dass ich nicht ein einziges Mal an die Arbeit gedacht habe, seit wir das Hotel verlassen haben. Na ja, es war einfach – abgesehen von den Momenten, in denen er mich gezwungen hat, sein Geld auszugeben. Das war nicht einfach für mich. Auch wenn wie eine Königin behandelt zu werden fast so viel Spaß gemacht hat wie mit Clay zusammen zu sein. Er gibt mir das Gefühl, etwas Besonderes zu sein, und ist so ganz anders als der Mann, für den ich ihn gehalten habe.

Diese Erkenntnis raubt mir kurz den Atem. Doch er sieht mich erwartungsvoll an, und er soll die Wahrheit wissen, also finde ich meine Stimme wieder: »Ich bin wirklich froh, dass ich geblieben bin.«

Er legt seine Hand auf meine und drückt sie sanft. »Gut. Ich will dich nicht an die Arbeit erinnern, aber ich möchte gern mehr über dich erfahren und darüber, wie du im Bereich Forschung und Entwicklung gelandet bist. Hattest du schon immer ein Faible für Naturwissenschaft?«

»Ja, ich bin schon immer neugierig gewesen und die Naturwissenschaft beantwortet viele Fragen. Als ich klein war, haben meine Eltern mir Experimentierkästen gekauft, damit habe ich Stunden verbracht. Mein Vater hat den Heuboden in unserer Scheune zu einem Labor für mich umgebaut, als ich in der sechsten Klasse war. Ich musste ihm hoch und heilig versprechen, dass ich ohne ihn nie Feuer oder entflammbare Chemikalien benutzen würde, aber dafür war ich sowieso zu schlau.«

»Ich hätte nichts anderes erwartet. Deine Eltern scheinen dich sehr zu unterstützen.«

»Ja, das haben sie schon immer, uns alle. Mein Vater war vor seiner Pensionierung als Professor für Ingenieurswissenschaften tätig, und ihm sind immer Sachen eingefallen, die wir zusammen bauen konnten.«

»Das kann ich mir bei deinem Dad gut vorstellen. Was habt ihr so gebaut?«

»Alles Mögliche. Roboter und Boote und kleine Vorrichtungen, die wir im Haus gebrauchen konnten.«

»Was zum Beispiel?«

»Das klingt jetzt vielleicht nicht nach etwas Großem, weil wir heutzutage überall so viel Technologie nutzen, aber wir haben einen Bewegungsmelder entwickelt, der das Licht eingeschaltet hat, wenn ich in mein Zimmer ging, und auch ein Bewässerungssystem für Pflanzen. Das hat auch gut funktioniert, war jedoch zu unhandlich, um es langfristig zu benutzen.«

»Das ist toll. Dash hat mir erzählt, dass du schon als Studentin die Notrufhalskette, die Amber trägt, entwickelt hast und dass die jetzt weltweit vertrieben wird. Wirklich beeindruckend. Bist du so dazu gekommen, medizinische Geräte zu entwickeln?«

»In gewisser Weise ja. Ich wollte Gutes für die Menschen bewirken, und in der Forschung und Entwicklung kann ich das. Das passte wohl einfach. Wahrscheinlich wie bei dir mit Football. Was hast du am College studiert?«

»Biologie und Sport. Ich dachte mir, wenn das mit dem Profi-Football nichts wird, könnte ich Biologie-Lehrer werden und an der Highschool die Football-Mannschaft trainieren.«

»Biologie? Echt?«

»Warum klingst du so überrascht? Du hast mich tatsächlich

für einen einfältigen Sportler gehalten, oder?«

»Nein! Du bist offensichtlich klug. Es ist nur so, dass ein Biologie-Abschluss eine Menge Arbeit und Einsatz erfordert, und die Sportler, die ich am College kannte, hatten außer Football nichts im Sinn und haben ihre anderen Kurse gerade mal so bestanden.«

»Das wäre Zeit- und Energieverschwendung gewesen. Ich habe gern Klarheit und Struktur im Leben und ich habe immer gern gelernt. Das ist einer der Gründe, warum ich dafür gekämpft habe, nicht mehr dauernd zu reisen, als wir noch jünger waren. Das und natürlich Football.«

»Mir war nicht klar, dass du dafür gekämpft hast.«

»Ich musste, sonst wäre ich durchgedreht. Konkurrenz und Wettstreit waren für mich schon immer wichtig, und auch wenn meine Eltern meine Liebe zum Football unterstützt haben, mich immer und überall, wenn es möglich war, in Mannschaften gesteckt und manchmal Trainer für mich organisiert haben, hat es nicht gereicht. Ich wollte hervorragend werden und alle übertreffen. Das galt auch fürs Lernen. Ich wollte auch für den Unterricht klare Erwartungen und Ziele haben, damit ich überragend werden konnte. Wir wurden oft zu Hause unterrichtet, doch ich wollte mich lieber mit anderen Kindern als mit meinen Geschwistern messen. Wie sich herausstellte, gefielen mir die Naturwissenschaften. Was glaubst du denn, warum ich deine Erklärung von chemischen Reaktionen so sexy fand?«

»Ich dachte, du hast nur mit mir geflirtet.«

»Stimmt.« Er trinkt einen Schluck. »Aber jetzt weißt du, dass mehr dahintersteckt.«

»Ich habe das Gefühl, dass bei dir in vielerlei Hinsicht mehr dahintersteckt, als ich gedacht habe. Fühlst du dich zum

Intellekt anderer hingezogen?«

Er schüttelt den Kopf. »Nein, ich halte Intelligenz nicht für die wichtigste Eigenschaft bei einer Partnerin, aber bei dir ist das verdammt sexy.«

»Bei dir ist das auch ziemlich sexy.« Unsere Blicke versinken eine ganze Weile ineinander, bis mir wieder einfällt, dass wir mitten in einer Unterhaltung waren, zu der ich versuche, zurückzukehren. »Wie alt warst du, als deine Familie aufgehört hat, herumzureisen?«

»Wir sind zurück nach Ridgeport gezogen, als ich zwölf Jahre alt war, aber in den Schulferien sind wir weiterhin unterwegs gewesen.«

»Wie fanden deine Geschwister das? Waren sie sauer auf dich, weil du deine Eltern gebeten hast, nicht mehr zu reisen?«

»Nein. Victory und Seth wollten auf eine normale Highschool gehen, also haben wir an einem Strang gezogen. Flynn fand es blöd, das Reisen aufzugeben, und Noah war zu jung, um wirklich zu wissen, was er wollte. Aber wir wurden auch in anderer Hinsicht etwas anders erzogen, und ich glaube, das hat Flynn davor bewahrt, allzu sauer auf uns zu sein.«

»Wie meinst du das?«

»Meine Eltern waren wohlhabend, das haben wir allerdings erst im Erwachsenenalter erfahren. Wir haben bescheiden gelebt, unser ganzes Hab und Gut passte in wenige Taschen, und wir wurden so erzogen, dass die Familie und Großzügigkeit anderen gegenüber immer im Vordergrund standen. Wenn einer von uns also etwas bekam, was ihm wichtig war, freuten sich die anderen aufrichtig mit, auch wenn das bedeutete, dass wir nichts bekamen. Wir wussten, dass wir irgendwann an der Reihe sein würden. Natürlich gab es Situationen, in denen wir durchdrehten, aber im Großen und Ganzen haben wir uns füreinander gefreut. Flynn wusste, dass Football mein Leben war, dass Vic beständige Freunde brauchte und Seth mehr Möglichkeiten. Er nahm es uns nicht übel, und meine Eltern haben dafür gesorgt, dass er ebenfalls bekam, was er brauchte.«

»Und wie?«

»Flynn hat unserem Grandpa immer sehr nahegestanden. Sie sind sich unglaublich ähnlich und als Teenager hat Flynn unsere Großeltern gelegentlich auf Expeditionen begleitet.«

»Wahnsinn. Klingt, als wären deine Eltern wirklich ganz besondere Menschen. Und deine Großeltern auch.«

»Das sind sie. Ich habe großes Glück. Aber du ebenso. Ich habe ja deine Eltern kennengelernt. Sie würden für dich und deine Geschwister anscheinend auch bis ans Ende der Welt gehen.«

»Ja, das stimmt. War es schwierig am College, gute Noten zu bekommen und gleichzeitig im Football das Niveau zu halten?«

»Ja, sehr. Doch wie mein Grandpa immer sagt, ist alles, was leicht ist, nichts wert.« Er steckt sich das letzte Stück seines Croissants in den Mund. »Hat einer von den Sportlern, die du erwähnt hast, etwas damit zu tun, dass du keinen von der Sorte datest?«

Ich fummele an meiner Serviette herum. »Vielleicht.«

»Was ist passiert?«

»Ich war naiv. Einer der Football-Stars am College hat so getan, als wäre er in mich verliebt, und ich war so blöd, ihm das zu glauben, dabei wollte er im Grunde nur, dass ich die Hausaufgaben für ihn erledige, damit er die Kurse besteht und nicht sein Stipendium verliert.«

Clay zieht die Augenbrauen zusammen. »Er hat dich benutzt.«

»Mhm.« *Warum tut das noch immer weh?* »Bevor wir gedatet haben, wurde ich von anderen nicht so sehr wahrgenommen, und das gefiel mir gut so. Ich hatte einen kleinen Freundeskreis und war glücklich damit. Doch plötzlich wussten alle, wer ich war, und als die Abschlussprüfungen hinter uns lagen und er mich sitzenließ, wurde ich zur Zielscheibe des Spotts. Ich hatte nicht einmal den Mumm, ihn zur Schnecke zu machen. Das Schlimmste war, dass alle seine Freunde wussten, dass er mich benutzte, und ich war zu naiv, um das auch nur zu ahnen.«

»Aber das ist nicht deine Schuld, sondern seine!«, empört er sich. »Kein Wunder, dass du Sportlern nicht vertraust. Wie gut war er? Ist er Profi geworden?«

Die Antwort lautet Ja, doch das will ich lieber nicht vertiefen, also zucke ich mit den Schultern und fummele weiter an meiner Serviette herum.

Clays Kiefermuskeln zucken. »Sag mir, wie er heißt.«

»Nein«, erwidere ich lachend und bin von seiner vehementen Reaktion überrascht.

»Komm schon, Draufgängerin. Wer war es?«

»Das ist ein Jahrzehnt her. Es ist egal.«

Mit ernstem Blick sieht er mir in die Augen. »*Mir* ist es nicht egal.«

Das fühlt sich so gut an, aber trotzdem. Ich will keinen Ärger. »Wir waren jung. Es ist Schnee von gestern. Können wir das bitte einfach vergessen? Ich will nicht an diese unangenehme College-Zeit denken.«

Ein kurzes Schweigen folgt, während seine Kiefermuskeln auf Hochtouren laufen. Er trinkt einen Schluck und wendet den Blick einen Moment lang ab, und als er mich wieder ansieht, ist die Anspannung zum Teil verschwunden. »Du warst mit Sicherheit entzückend damals. Ich hätte mich in dich verknallt.«

Ich lache. »Du hättest mich gar nicht beachtet. Außerdem hattest du das College schon hinter dir, als ich angefangen habe zu studieren. Ich bin erst dreißig.«

»Willst du damit sagen, ich bin alt?«, fragt er scherzend.

»Nein, ich halte nur eine Tatsache bezüglich unseres Alters fest.« Ich esse das letzte Stück meiner Quiche, die himmlisch schmeckt.

Er lehnt sich – nun wieder mit ernstem Gesichtsausdruck – zurück. »Es tut mir leid, dass dieser Mistkerl dir wehgetan hat. Ich kenne eine Menge Sportler, und einige von ihnen sind richtige Arschlöcher, aber in der Liga gibt es auch eine Menge guter Jungs.«

Ich glaube, er hat recht, wenn er sagt, unsere Affäre ist anders als andere, denn laut Sable sind Affären meist einmalige Angelegenheiten, bei denen keinerlei Gefühle eine Rolle spielen. Ich habe alle möglichen Gefühle für Clay. »Wenn die Jungs, von denen du redest, annähernd so sind wie du und Dash, dann könnte ich dir glauben.«

»Gut. Apropos Dash, er hat mir erzählt, dass du im vergangenen Jahr dein eigenes Unternehmen gegründet hast. Wie war das, dich selbstständig zu machen?«

»Furchterregend. Es hat mir Angst gemacht, die Sicherheit eines regelmäßigen Gehalts und eines Marketingteams, das die Verträge an Land zieht, aufzugeben. Als Angestellte gab es immer Leute, an die ich mich mit Fragen und bei Problemen wenden konnte, und ich musste mich auch nicht mit den betriebswirtschaftlichen Dingen befassen, die mich heute eine Menge Zeit kosten. Ehrlich gesagt war ich kurz davor, mich nicht selbstständig zu machen.«

»Ich kann mir vorstellen, dass das einschüchternd ist. Es klingt wie der Quarterback zu sein und gleichzeitig das Team zu managen.«

»Meine Firma ist wesentlich kleiner als eine Footballmannschaft. Ich habe nur ein paar Angestellte.«

»Was hat dich dazu gebracht, den Schritt dennoch zu gehen?«

»Mein Vater hat etwas gesagt, das mir bewusst gemacht hat, es *nicht* zu versuchen, wäre einfach unmöglich, und ich bin froh, dass ich keinen Rückzieher gemacht habe.«

»Was hat er gesagt?«

»Nichts Spektakuläres. Er hat mir geraten, mir vorzustellen, in zwanzig Jahren noch immer für jemand anderen zu arbeiten, und mich gefragt, wie sich das anfühlte. Mit der Perspektive habe ich überlegt, was mir wirklich wichtig ist. Ich habe dabei geholfen, einige großartige medizinische Geräte zu entwickeln, ich bin stolz darauf und dankbar für die Möglichkeit, aber ich bin nicht darauf aus, die Welt zu verändern. Mein Herz schlägt dafür, *Leben* zu verändern. Menschen mit Einschränkungen zu helfen, die Probleme in ihrem Alltag haben, weil sie keinen Zugang zu den richtigen Hilfsmitteln haben. An solchen Projekten könnte ich nicht selbstbestimmt arbeiten, wenn ich für jemand anderen tätig bin. In dem Moment wurde mir bewusst, wenn ich nicht das Risiko eingehe, würde ich später mit Sicherheit auf meine berufliche Laufbahn zurückblicken und mir wünschen, ich hätte es getan.«

»Das war ein großartiges Argument von deinem Vater. Du und ich haben übrigens mehr gemeinsam, als du denkst. Ich kann nicht so viel Gutes bewirken wie du, aber ich unterstütze einige wohltätige Organisationen, und eine Sache, die mir wirklich sehr am Herzen liegt, ist meine Stiftung Fast Friendships, die Menschen mit geistigen und körperlichen Beeinträchtigungen hilft.«

»*Deine* Stiftung?« Ich hätte wohl etwas tiefer eintauchen

sollen, als ich ihn gegoogelt habe.

»Ja, Ronnie, der Sohn meines Highschool-Coachs, ist kognitiv beeinträchtigt. Er hat immer mit den Spielern abgehangen, und mitzubekommen, wie er von einigen Leuten behandelt wurde, wenn wir unterwegs waren, hat mich auf die Idee gebracht. Ich habe die Stiftung gegründet, gleich nachdem ich Profi-Spieler geworden war, und ein tolles Team dafür zusammengestellt. Unser Ziel ist es, die soziale Ausgrenzung, die Menschen mit Beeinträchtigungen erfahren, zu beenden. Wir unterstützen Betroffene bei der Vermittlung von Arbeitsstellen und Mentoren, und wir haben Gruppenangebote für die Familien.«

»Wie großartig. Ich hatte keine Ahnung, dass du dich in dem Bereich engagierst. Die Stigmatisierung in der Gesellschaft ist nur schwer zu überwinden. Besonders für Kinder. Ich habe es bei Amber miterlebt, als bei ihr Epilepsie diagnostiziert wurde. Die Leute haben Angst vor dem, was sie nicht verstehen. Du machst da etwas sehr Gutes.«

»Wie gesagt, ich bin mehr als nur ein Orgasmusspender. Aber wir wollen jetzt nicht über mich reden. Du solltest nur wissen, dass wir das gemeinsam haben.«

Wir scheinen viel mehr gemeinsam zu haben, als ich dachte.

»Und jetzt, wo du mittendrin in der Leitung deines eigenen Unternehmens steckst, wie gefällt es dir, deine eigene Chefin zu sein?«

Ich gehe auf den Themenwechsel ein und lehne mich mit einem Seufzer zurück. »Es ist ein zweischneidiges Schwert. Die Verantwortung dafür, dass meine Leute ihr Gehalt bekommen, ist aufregend und furchteinflößend. Und wie gesagt, die betriebswirtschaftlichen Aufgaben sind wahre Zeitfresser und halten mich von meiner eigentlichen Arbeit ab. Aber ich liebe es, Verträge für die Geräte auszuhandeln, die ich wirklich gerne machen will, auch wenn es schwieriger ist, die Finanzierung dafür sicherzustellen.«

»Warum ist das schwieriger?«

Ich nippe an meinem Champagner. »Die Nachfrage nach Produkten, die einer größeren Anzahl von Menschen helfen, ist höher. An dem kabellosen Gerät zur Überwachung bei möglichem Herzversagen zum Beispiel oder an dem tragbaren Ultraschall, an deren Entwicklung ich beteiligt war, sind auch die größeren Firmen interessiert.«

Clay lächelt und schüttelt den Kopf. »Dein wundervolles Hirn haut mich um. Während ich da draußen mit einem Ball spiele und Fans meinen Namen rufen, entwickelst du lebensrettende Technologien, und die breite Öffentlichkeit hat keine Ahnung, wer dahintersteckt. Das ist nicht richtig.«

»Das war ich nicht allein, sondern ein ganzes Team von Leuten, und wir waren auch nicht die Ersten, die diese beiden Geräte entwickelt haben. Aber unsere werden heute am meisten angewendet.«

»Einfach unglaublich. Ich nehme an, du hast die Finanzierung für die Projekte, an denen du mit deiner Firma arbeiten willst, erfolgreich auf die Beine gestellt, denn sonst hättest du ja kein Unternehmen.«

»Bisher hat es geklappt«, sage ich stolz.

»Ich würde gern mehr über deine Arbeit hören.«

»Ich will dich nicht langweilen.«

»Pepper, ich würde nicht fragen, wenn ich glauben würde, dass es mich langweilt.«

Wow, das gefällt mir. »In Ordnung. Wir arbeiten an zwei Aufträgen, die von Risikokapital-Anlegern finanziert werden. Der Smart Glove, ein intelligenter Handschuh, soll Menschen mit neurologischen Erkrankungen helfen, die Handfunktion wiederzuerlangen, und das zweite Projekt ist ein tragbares Gerät für Menschen mit Sehbehinderungen, damit sie keinen Stock benutzen müssen. Und wir haben einen Vertrag mit dem Nationalen Gesundheitsinstitut über die Entwicklung eines Stimulators des Vagusnervs, der bei Menschen mit medikamentenresistenter Epilepsie Anfälle verhindern soll.«

»Diese Ideen klingen unglaublich. Ist das die Art von Epilepsie, unter der auch Amber leidet?«

»Nein, bei ihr wirken die Medikamente sehr gut. Aber mitzuerleben, wie sehr die Epilepsie ihr Leben im Laufe der Jahre beeinflusst hat, hat in mir den Wunsch geweckt, anderen zu helfen, die nicht das Glück haben.«

Er stellt mir noch ein Dutzend weitere Fragen. Sein aufrichtiges Interesse und sein Wissen darüber, wie der Körper funktioniert, treiben mich dazu an, noch weiter im Detail über meine aktuellen Projekte zu reden. Das wiederum führt zu einem Gespräch über meine Niederlagen und Erfolge und über einige Projekte, die ich hoffentlich in der Zukunft angehen kann. Mit einem Mann zu reden, der nicht nur Interesse zeigt, sondern auch die wissenschaftlichen Zusammenhänge hinter dem, was ich tue, versteht, ist so erfrischend. Die meisten Männer, mit denen ich ausgegangen bin, stellen die typischen Fragen über meine Arbeit, und innerhalb der ersten drei Minuten schwindet ihr Interesse. Clay und ich reden fast eine Stunde lang, und als wir aufbrechen, fühle ich mich ihm so nah wie schon seit langer Zeit niemandem mehr. Selbst meine eigene Familie zeigt nicht so viel Interesse an meiner Arbeit wie Clay.

Wir folgen dem Rat des Kellners und machen einen Spaziergang entlang der Seine. Am Wasser weht ein kühler Wind, und als Clay mich an sich zieht, kuschele ich mich an seine Seite. Sein Duft vermischt sich mit dem Geruch des Flusses, und mir wird bewusst, dass mir nicht einmal aufgefallen ist, wie das Wasser riecht, als wir gestern mit meiner Familie am Ufer waren.

Ich bin nie eine Frau gewesen, die von frivolen Dingen träumt. Ich habe mich nie nach Romantik gesehnt oder mir rosarote Vorstellungen von einer Hochzeit in Weiß oder einem Heim mit Mann und zwei Kindern gemacht. Aber in diesem Moment, mit diesem unerwartet interessanten und überraschend aufmerksamen Mann, weiß ich vielleicht, warum ich nicht von diesen Dingen geträumt habe.

Ich wusste einfach nicht, wie Romantik sich anfühlt – bis jetzt.

Heute war alles – vom gemeinsamen Lachen in der Metro und den Küssen in den Kopfsteinpflasterstraßen über die von Fremden bestimmten Ziele bis hin zu unserem Essen und den guten Unterhaltungen – romantisch. Es ist, als würde ich alles mit anderen Augen sehen. Die Gebäude, die ich zuvor für hübsch und interessant gehalten habe, sind nun zauberhaft, wie Schlösser in einem Märchen. Der sanft dahinfließende Fluss ist entspannend, schön und löst weitere warme, wohlige Gefühle aus. Mein rationales Hirn möchte all das sezieren, doch ich erlaube mir nicht, es zu analysieren.

Ich will in dem Besonderen und in der Vertrautheit schwelgen. Nur heute einmal will ich frei davon sein, zu viel nachzudenken.

Die Angst versucht, sich gegen meine Bemühungen, rationales Denken abzuschalten, in den Vordergrund zu drängen, doch mein Vertrauen in Clay ist wie ein schützender Puffer dazwischen. Vor was, weiß ich nicht, und auch darüber denke ich bewusst nicht nach, sondern erlaube mir einfach, in all diesen bemerkenswerten und unerklärlichen Gefühlen zu schwelgen.

Leider lässt sich mein Verstand nicht so einfach abschalten, und in den hintersten Winkeln meines Kopfes höre ich ein Geflüster, dass das hier vergänglich ist, nicht echt, eine Affäre. Ich weiß, dass es nicht mehr sein kann. Wir leben in unterschiedlichen Welten, die in jeglicher Hinsicht sehr weit voneinander entfernt sind. Doch zum ersten Mal in meinem Erwachsenenleben fühlt sich etwas zu gut an, als dass ich es mit der Realität zerstören wollte, und so klammere ich mich mit aller Kraft daran fest.

Eingehüllt in angenehmes Schweigen, begleitet vom sanften Rauschen des Flusses und den Geräuschen des Lebens um uns herum, schlendern wir weiter. Immer, wenn Leute an uns vorbeigehen, zieht Clay mich etwas fester an sich, und auch das mag ich. Affäre hin oder her, es ist ein herrliches Gefühl, so zufrieden zu sein, sich so sicher und besonders zu fühlen.

Als er mir einen Kuss auf die Schläfe gibt und mich loslässt, um sein Handy herauszuholen, sehne ich mich danach, ihm näher zu sein. Er schreibt eine Nachricht, und als er das Telefon wieder einsteckt, sagt er: »Zeit für unseren nächsten Stopp, Liebling.«

Liebling fühlt sich jetzt auch anders an. Größer, vertrauter. »Wen sollen wir fragen, wohin wir gehen sollen?« Ich schaue mich um.

»Ich habe schon einen Typen gefragt.«

»Wann? Wir haben doch mit niemandem geredet.«

Seine Grübchen zeigen sich. »Hast du nicht gesehen, wie ich mit diesem tollen Kerl mit dem attraktiv geschnittenen Gesicht geredet habe?«

Himmel, meine Wangen tun schon weh, so sehr bringt er mich ständig zum Grinsen. »Hört der zufällig auf den Namen Mr. Perfect?«

»Nur sehr ungern. Komm mit, Draufgängerin. Deine Überraschung wartet auf dich.«

Mein Herzschlag setzt kurz aus. »Überraschung?«

Sein Lächeln haut mich um, als er meine Hand nimmt und mit mir zu der Treppe eilt, die vom Uferweg zur Straße hinaufführt. Ich lasse mich von dem Wirbelwind Clay Braden mitreißen. Bald erreichen wir ein Karussell. Ein Karussell! Auch wenn die Sonne noch nicht untergeht, funkeln die Lichter des Karussells unter dem dämmrigen Himmel. In der Ferne steht der Eiffelturm und wacht romantisch über uns. Jetzt wünschte ich mir, ich wäre vorgestern mit den anderen hinaufgegangen, wenn auch nur um zu wissen, wie all die Orte, an denen ich heute war, von oben aussehen.

»Ich habe nicht mehr auf einem Karussell gesessen, seit ich ein kleines Mädchen war«, sage ich, als wir uns zwei Pferde aussuchen.

Clay hilft mir beim Aufsteigen. »Ich glaube, ich war noch nie auf einem.«

»Noch nie? Ich dachte, Karussells sind obligatorischer Teil des Erwachsenwerdens.«

Er schüttelt den Kopf. »Ich hatte ja keine gewöhnliche Kindheit, wie du weißt.«

Als er mir von seiner Kindheit erzählt hat, habe ich mich so auf die Dinge konzentriert, von denen er berichtet hat, dass ich nicht an all das gedacht habe, was er verpasst hat. »Ich freue mich, dass ich dieses erste Mal mit dir erleben darf.«

»Ich mich auch.« Er steigt auf ein Pferd und streckt den Arm aus. »Gib mir deine Hand, Draufgängerin.«

Es ist einfach nur lächerlich, wie mein Herz hüpft, als ich seine Hand ergreife. Das Karussell setzt sich in Gang, und ich halte mich mit der anderen Hand an der Stange fest, während mein Herz sich auf und ab bewegt.

»Guck mich mal an, meine Schöne.«

Ich schaue zu ihm und er macht ein Foto. »Hey!« Ich bin sicher, er hat mich mit einem albernen Grinsen festgehalten.

»Ich will mich an das Lächeln in deinen Augen erinnern, und bevor du jetzt sagst, dass ich kitschig klinge, solltest du wissen, dass es mir egal ist, denn es ist wahr.«

Er hält sein Handy hoch, um noch mehr Fotos zu machen, während ich alberne Grimassen ziehe und mich wie ein verknallter Teenager fühle. Als wir vom Karussell steigen, küssen wir uns, bevor er mich in Richtung Eiffelturm zieht.

»Gehen wir hinauf?«, frage ich.

»Ja, vorgestern hast du es nicht geschafft, und du kannst doch nicht abreisen, ohne den besten Blick auf die Stadt gehabt zu haben.«

Die Aufregung packt mich. »Wir brauchen Tickets.«

»Schon erledigt.«

»Wir können nicht auf die Spitze.«

»Ich kenne die Regeln.« Am Turm angekommen, führt er mich an einer Schlange wartender Leute vorbei zu einem dunkelhaarigen Mann in einem schwarzen Mantel.

»Mr. Blanchet?«, fragt Clay.

Der Mann nickt und ein warmherziges Lächeln tritt in sein hageres Gesicht. »Mr. Braden.« Er gibt Clay die Hand und wendet sich mir mit dem freundlichen Lächeln zu. »Miss Montgomery.«

Vollkommen verwirrt sage ich nur »Hallo« und schaue Clay fragend an.

»Hier entlang, bitte«, sagt Mr. Blanchet. »Wir müssen noch durch die Sicherheitskontrolle, bevor wir nach oben können.«

Clay legt eine Hand auf meinen Rücken, als wir ihm folgen, und ich flüstere: »Was passiert hier gerade?«

»Wir folgen Mr. Blanchet.«

»Das weiß ich.«

Er zeigt mir nur seine Grübchen und geht weiter.

Nach einer kurzen Sicherheitskontrolle werden wir zu einem Aufzug gebracht, den wir allein mit unserem Begleiter betreten. Ich habe nie Höhenangst gehabt, aber mein Herz pocht bereits vor Aufregung, und ein Anflug von Beklemmung überkommt mich, während die Welt kleiner wird und wir im Inneren des eisernen Turms nach oben fahren.

Von hinten legt Clay den Arm um mich und zieht mich an seine Brust. »Geht es dir gut, Draufgängerin?«

Jetzt schon besser. »Ja.«

Auf der zweiten Etage verlassen wir den Aufzug und treffen dort auf viele herumschlendernde Leute. Mr. Blanchet rät uns, uns Zeit zu lassen.

»Warum sind wir allein hinaufgefahren?«, frage ich Clay, als wir an ein Geländer treten.

»Weil ich dich mit niemandem teilen wollte.«

Er küsst mich, als hätte er nicht gerade das Romantischste gesagt, was ich je gehört habe. Während wir an der Balustrade entlanglaufen und den grandiosen Blick auf die Stadt auf uns wirken lassen, hält er mich – wie schon den ganzen Tag – fest an sich gedrückt. Wir machen Fotos, wie ich auf den Louvre, Montmartre oder Notre-Dame und andere Sehenswürdigkeiten zeige. »Schau dir den Fluss an«, sage ich. »Er sieht aus wie ein Band, das sich durch die Stadt zieht.« Ich mache ein Bild davon und sehe zu Clay, der gerade Fotos von mir macht. »Du verpasst den Ausblick.«

»Ich verpasse gar nichts. Ich habe den besten Platz überhaupt.«

Ich schüttele den Kopf, doch je öfter er solche Dinge sagt, um so mehr glaube ich, dass er wirklich so empfindet. Während wir um den Turm herumgehen, liegt die Sonne direkt über dem Horizont, wie eine Mutter, die auf ihre Kinder aufpasst, als der Abend kommt.

»Es wird Zeit zu gehen, Liebling.« Clay nimmt wieder meine Hand.

»Aber die Sonne geht gleich unter. Meinst du, es würde Mr. Blanchet etwas ausmachen, wenn wir uns das noch ansehen?«

»Ihm nicht, aber mir.« Er führt mich zu einem anderen Aufzug, wo Mr. Blanchet auf uns wartet.

»Warum?«, frage ich, als sich die Aufzugtüren schließen.

»Weil du den besten Blick auf den Sonnenuntergang verdient hast«, sagt Clay. Und schon setzt sich der Aufzug in Bewegung – nach oben.

Mein Herz rast wie wild. »Ich dachte, die Spitze wäre geschlossen?«

»Ist sie auch. Aber ich habe dir eine unvergessliche Zeit versprochen und ich halte stets mein Wort.«

Die Magie des Abends scheint sich auf mich auszuwirken, denn ich gerate nun vollends in schwärmende Verzückung. Mein Herz fühlt sich zu groß an für meinen Brustkorb, mein Körper kribbelt vor Glück und mir ist ein wenig schwindelig.

Ich halte mich an Clay fest, als wir oben aussteigen und von einem kalten Wind begrüßt werden. Er legt den Arm um meine Schultern und gibt mir einen Kuss, um mich dann fest an sich zu drücken. Wir beobachten vom besten Platz aus den Sonnenuntergang. Während die Sonne sich sanft verabschiedet und wunderschöne rosa-, orange- und lilafarbenen Streifen an den Himmel zeichnet, tauchen unter uns immer mehr Lichter auf, bis die ganze Stadt golden und weiß funkelt.

Die Pracht, die sich uns darbietet, ist überwältigend. »Clay«, bringe ich fast flüsternd heraus, »das ist unübertrefflich.«

»Oh ja«, sagt er mit rauer Stimme. Der durchdringende Blick seiner blauen Augen liegt auf mir.

Ich möchte diesen Rausch von Emotionen, der mich erfüllt, für immer verinnerlichen, doch es scheint mir etwas zu gefährlich, denn unsere gemeinsame Zeit, unsere Affäre, wird bald vorbei sein. Wieder versuche ich, den rationalen Teil meines Hirns abzuschalten, doch ohne das Tageslicht und in Gegenwart von Clay, der mich ansieht, als hielte er *mich* für unübertrefflich, stecke ich irgendwo inmitten irgendwelcher Bedenken und dem Wind fest.

Doch dann senkt er die Lippen auf meine, hält mich besitzergreifend fest und küsst mich so intensiv, dass ich ihm mit jeder Faser meiner Selbst noch näher sein möchte, und so machen sich all meine Bedenken mit dem Wind davon.

Dreizehn

Pepper

Ich nehme alles zurück, falls ich jemals gesagt haben sollte, dass Paris nicht romantisch ist.

Ich fühle mich wie in einem Märchen. Clay stockte nicht nur der Atem, als er mich in meinem neuen Dior-Cocktailkleid sah, sondern er hatte auch einen Fahrer organisiert, der uns in einem Oldtimer-Bentley zum Crazy Horse fuhr. Auf dem Rücksitz dieses noblen Autos habe ich mich gefühlt wie im siebten Himmel, noch dazu mit diesem gutaussehenden Mann neben mir, der den ganzen Tag über mein Herz in Schwingungen versetzt hat. Und meine Überraschung erst, als wir vor dem Gebäude anhielten und ich diese knallroten erleuchteten Lippen gesehen habe! Wie sich herausstellt, sehen wir keine Western-Show, sondern ein Varieté mit nackten Tänzerinnen, und Clay wusste schon den ganzen Tag, was genau das Crazy Horse ist.

Da ist es kaum der Erwähnung wert, dass er sich über meinen Schock köstlich amüsiert hat.

Zum Glück haben wir vor der Show noch zu Abend gegessen. So konnte ich mich langsam an die Vorstellung, eine Nackt-Show zu sehen, gewöhnen. Auch wenn ich zu nervös war, um viel von dem aufwändigen Mahl zu essen, habe ich mich beim Champagner nicht zurückgehalten, um meine Nerven zu beruhigen. Unsere gemeinsame Zeit bringt wahrhaft interessante erste Male mit sich. Nie hätte ich mir vorstellen können, nackten Tänzerinnen zuzusehen, doch jetzt sitze ich hier inmitten von funkelnden Lichtern und bin vollkommen fasziniert von der aufregenden Darbietung der perfekt geformten langbeinigen Frauen auf unfassbar hohen High Heels mit nichts weiter am Körper als rotem Lippenstift und wenigen strategisch platzierten Lederriemen, die absolut nichts verbergen. Bis auf ihre knallbunten Perücken sehen die atemberaubenden Tänzerinnen alle gleich aus.

»Das ist unglaublich«, flüstere ich Clay zu und bin überrascht, wie sehr ich die Show genieße.

»Ja«, sagt er etwas angestrengt.

Ich schaue zu ihm und sehe, dass er sich den Nacken massiert. Auch beim Essen habe ich das bemerkt. Als ich ihn gefragt habe, ob es ihm gut geht, sagte er, dass das einfach eine Angewohnheit sei. Aber nach dieser dürftigen Antwort frage ich mich, ob mehr dahintersteckt.

»Hey«, flüstere ich und schaue ihm in die Augen. Sie wirken ein wenig trüb und das beunruhigt mich ebenso. »Bist du sicher, dass es dir gut geht?«

»Ja, ich genieße nur die Show.« Er grinst mich verwegen an und drückt meine Hand. »Ich hoffe, du machst dir Notizen, denn ich hätte später gern eine Privatvorstellung von der heißesten Frau hier im Raum.« Während ich noch überlege, ob er mich oder eine der Tänzerinnen meint, sagt er: »Denk nicht so viel nach. Ich rede von dir.«

Er kann wirklich meine Gedanken lesen.

Wir sehen ein paar Tanzdarbietungen, unterbrochen von kurzen Zaubershows, während sich die Tänzerinnen umziehen und ein aufreizendes Kostüm nach dem anderen präsentieren. Im Moment besteht ihre Kleidung aus Lederriemen, die sich über ihren Schultern und den Rippen überkreuzen und den restlichen Körper unverhüllt lassen. Netzstrümpfe bis zum Oberschenkel und wadenhohe High-Heel-Stiefel vervollständigen das knappe Outfit.

Nachdem wir eineinhalb Stunden ihre Rücken verrenkenden, Körper entblößenden und provokativen Tänze verfolgt haben, stelle ich verlegen fest, wie erregend ich das alles finde. Am Ende der Vorstellung brandet Applaus auf, und als die Lichter angehen, bemerke ich, wie Clay sich die Schläfen reibt, doch seine Augen strahlen. Hand in Hand strömen wir mit der Menge hinaus auf die Straße.

Zurück im Bentley fragt er: »Wie fandest du es?«

Seine Stimme klingt angestrengt, doch ich erkundige mich nicht, wie es ihm geht. Es ist offensichtlich, dass er nicht über das reden will, was ihn belastet. »Es war fantastisch. Diese Frauen waren umwerfend und so fit. Die trainieren wahrscheinlich pausenlos. Hat es dir gefallen?«

»Ja, es war gut.« Die Augenbrauen hat er zusammengezogen, doch er lächelt mich matt an und zieht mich zu einem Kuss an sich. Er schiebt die Finger in meine Haare, was ich genieße, und zwischen den Küssen streicht er mit den Lippen über meine Wange und flüstert: »Ich bin so froh, dass du geblieben bist.«

Als wir seine Suite erreichen, strecke ich die Hand nach dem Schalter aus, doch er hält mich zurück und zieht mich in seine Arme. »Kein Licht.«

Das Unbehagen ist ihm so deutlich anzuhören, dass ich es nicht ignorieren kann, und in seinen Augen sehe ich Schmerz. »Clay, was ist los?«

Seine Hand gleitet auf meinen Hintern hinab. »Wir haben

eine unvergessliche Nacht vor uns.«

Zu wissen, dass er für *mich* versucht, seine Schmerzen zu verdrängen, macht mich fertig. »Der Abend war bereits unvergesslich. Der ganze Tag war schöner, als ich es mir je hätte erträumen können, doch dir geht es offenkundig nicht gut, und das macht mir Sorgen. Wenn du mir nicht erzählen willst, was los ist, ist das dein gutes Recht. Aber was auch immer du für mich zu überspielen versuchst – das ist nicht nötig.«

»Mir geht es gut!«, behauptet er weiter.

Ich sehe ihm an, dass es ihm nicht annähernd gut geht, und in dem Moment wird mir etwas auf heftige und ungewollte Art und Weise klar. »Wenn du so tun willst, als sei alles in Ordnung, damit niemand deine Männlichkeit infrage stellt, dann brauchst du dir keine Sorgen zu machen. Ich werde niemandem erzählen, dass du nicht liefern konntest.« Es tut weh, aber mein rationales Hirn weigert sich, die Wahrheit weiter zu ignorieren. Das hier ist eine Affäre und das darf ich nicht vergessen.

Er reibt sich den Nacken. »Das glaubst du?«, bringt er nur mühsam hervor.

»Ich habe keine Ahnung, was ich glauben soll. Ich habe mich dir voll und ganz anvertraut, und ich sehe, dass du Schmerzen hast, doch anscheinend vertraust du mir nicht genug, um ehrlich zu sagen, was los ist.«

»Es ist nicht so, dass ich dir nicht vertraue.« Er schweigt kurz und seine Kiefermuskeln zucken angespannt. »Ich habe lange dafür gebraucht, dich dazu zu bekommen, mich überhaupt wahrzunehmen. Ich will dich einfach nicht enttäuschen.«

»Mich enttäuschen?« Ich lache ungläubig. »Wie kannst du das nach diesem wundervollen Tag sagen?«

»Ich will nicht, dass du unzufrieden nach Hause gehst und bereust, geblieben zu sein.«

»Wie kann ich unzufrieden sein, wenn ...« Die Erkenntnis trifft mich wie ein Schlag. »Du meinst *unbefriedigt?*« Du meine Güte! Was stimmt mit den Männern nicht? »Ich hatte mehr Sex mit dir als im ganzen letzten Jahr und besseren Sex als in meinem ganzen Leben. Ich bin mehr als befriedigt. Aber selbst wenn nicht, sollte dein Wohlergehen wichtiger sein als meine sexuelle Befriedigung.« Mein Tonfall wird sanfter. »Bitte, sag mir, was mit dir los ist. Ich weigere mich, das zu ignorieren.«

»Es ist nur eine Migräne. Die bekomme ich manchmal wegen meiner Schulterverletzung. Ich nehme ein paar Schmerztabletten und bin gleich wieder fit.«

Er geht ins Schlafzimmer, während ich ihm nur ungläubig hinterherschauen kann. Gleich wieder fit? Migräne ist meistens nicht so nett, und ich habe das Gefühl, seine hat sich den ganzen Tag schon zusammengebraut.

Ich hole eine Flasche Wasser aus der Minibar und gehe zum Badezimmer, in dem kein Licht brennt. Er stützt sich mit einer Hand am Waschbecken ab und reibt sich mit der anderen über die Schläfe. Sobald er mich bemerkt, richtet er sich auf, nimmt Tabletten aus seiner Kulturtasche und schüttet sich ein paar Pillen in die Handfläche.

»Ich hab hier Wasser für dich.« Ich gebe ihm die Flasche.

»Danke.« Er nimmt die Medikamente. »Geht gleich weiter mit mir.«

»Clay, du bist hier nicht auf dem Spielfeld. Deine Fans sehen nicht zu.«

Er schafft es gerade so, eine Augenbraue hochzuziehen. »Schade. Hatte gehofft, du würdest heute zum Fan werden.«

»Das bin ich schon, aber du musst mich nicht mit deiner Männlichkeit beeindrucken. Die Lichter in der Show haben anscheinend deinem Kopf zugesetzt.«

»War nicht so schlimm.«

»Warum bist du so dickköpfig? Wir haben uns doch darauf geeinigt, dass es dir nicht gut geht, und ich stelle nur eine Tatsache fest. Ich wünschte, du hättest mir vorher schon gesagt, dass es dir schlecht geht. Wir hätten früher gehen oder ganz auf die Show verzichten können.«

»Ich würde dich niemals derart enttäuschen. Es ist wirklich keine große Sache. Das wird schon wieder.« Er legt einen Arm um mich.

Sein Bemühen rührt mich, aber nun, da ich es weiß, ist die Anspannung in seinem Gesicht und dem ganzen Körper nicht zu übersehen. Ich will ihm einfach nur seinen Schmerz nehmen, und so wie er sich benimmt, frage ich mich, ob jemals jemand ein Auge bei ihm zugedrückt hat und ihn weniger als sein Bestes hat geben lassen. Der Gedanke allein tut mir schon weh.

»Wir machen einen Deal.« Ich lege die Hände auf seine Brust und lasse sie sanft reibend bis zu seinen Schultern gleiten. »Du vergisst den Sex für heute Abend, legst dich hin und ich kümmere mich um dich.«

Er runzelt die Stirn. »Dabei kommst du ziemlich schlecht weg.«

»Ich komme dabei besser weg, als du denkst. Das ist praktische Forschung. Ich habe an einem neuen Akkupressur-Gerät gearbeitet, das Migränen abwenden soll.«

»Nein, hast du nicht.«

»Doch, und wenn du dich hinlegst, erzähle ich dir davon.«

Er nimmt mich in den Arm und spricht so leise, wie Menschen mit Migräne es tun, wenn der Schmerz überwältigend wird. »Das mit dem Sex ist noch nicht abgehakt, aber ich werde nicht ablehnen, dass du bei mir Hand anlegst.« Er legt seine Lippen auf meine und zwickt mich in den Hintern. »Wie wäre es, wenn wir dieses Kleid mal ausziehen?«

Ich ziehe seine Hände von meinem Hintern hin zu meiner Taille. »Wenn dein Blutdruck steigt, hilft das nicht unbedingt gegen deine Migräne.«

»Dich zu berühren, hilft mit Sicherheit.«

»Clay!«

Einige Verhandlungsrunden später habe ich ihn davon überzeugt, sich hinzulegen. Ich schminke mich ab, putze mir die Zähne und ziehe mir meine seidene Pyjamahose samt passendem Camisole an. Als ich mit einer Lotion aus dem Badezimmer komme, liegt er in seinen schwarzen Boxershorts auf dem Bett. Den Arm hat er über die Augen gelegt, Decke und Laken liegen am Fußende. Er hat eindeutig eine neue Art von Gelüsten in mir geweckt, denn ich lasse seinen breiten, muskulösen Körper und die Wölbung zwischen seinen Beinen auf mich wirken und schon werde ich von sexueller Begierde erfasst.

Er liegt so reglos da, dass ich mir ziemlich sicher bin, dass er eingeschlafen ist. Also klettere ich vorsichtig aufs Bett und versuche, ihn nicht zu wecken.

Doch er streckt die Hand nach mir aus, öffnet mühsam ein wenig die Lider und trotz des Schmerzes, der ihm ins Gesicht geschrieben ist, gehen seine Mundwinkel leicht nach oben. »Was für ein sexy Anblick für meine empfindlichen Augen!«

Die Anstrengung, die aus seiner Stimme herauszuhören ist, verwandelt die Begierde, die ich gerade noch empfunden habe, in ein tiefes Bedürfnis, seine Qualen zu lindern. Ich bin nie so eine fürsorgliche Seele gewesen wie Amber oder Grace, die anscheinend immer ganz genau wissen, wie sie anderen helfen können. Doch es fühlt sich ganz natürlich an, als wäre ich auch schon immer so jemand gewesen, als ich mit den Fingern durch seine Haare gleite und sage: »Danke. Wie wär's, wenn du mir erzählst, wo es dir wehtut?«

Er zuckt halbherzig mit den Augenbrauen und legt die Hand auf meine Hüfte.

»Ich bezweifle, dass das wehtut. Komm, lass mich dir helfen.« Meine Finger streichen über seine Schulter. »Ich weiß, dass dein Nacken und deine Schultern schmerzen, aber beschreibe mir deine Migräne. Sitzt der Schmerz in einer Stelle, an den Schläfen zum Beispiel? Auf einer Seite? Oder …?«

»Keine Ahnung. Es tut überall weh.«

Mein Herz zieht sich zusammen. »Okay. Es gibt einige Druckpunkte, die helfen könnten, aber ich könnte auch versuchen, zuerst ein wenig die Spannung in deinen Schultern und im Nacken zu lindern. Kannst du dich umdrehen?«

»Bist du sicher, dass es dir nichts ausmacht?«, fragt er, als er sich umdreht, und ich sehe, dass ihm sogar diese Bewegung Schmerzen bereitet.

»Es ist tatsächlich eine sehr lästige Aufgabe, dich zu berühren«, scherze ich und hocke mich dicht neben ihn. »Aber ich glaube, ich komme damit zurecht.« Ich gebe etwas von der Lotion in meine Hand und wärme sie etwas, bevor ich anfange, seine Schultern zu massieren. Seine Muskeln sind so angespannt, dass ich mich frage, wie viel von seinem Schmerz durch den unermesslichen Druck verursacht wird, dem er durch seinen Beruf ausgesetzt ist. »Du bist wirklich vollkommen angespannt.«

»Mich berührt gerade eine wunderschöne Frau, die mir sagt, dass ich sie nicht berühren darf. Natürlich bin ich angespannt.«

Ich will nicht, dass er weiter versucht, den Schein aufrechtzuerhalten, und so reagiere ich nicht darauf, sondern bearbeite die Knoten mit den Daumen. Er stöhnt auf. »Tut mir leid. Bist du immer so verspannt?«

»Nicht, wenn ich tief in dir bin.«

»Netter Versuch.« Ich erhöhe den Druck, knete und massiere und arbeite mich durch seine Schultern und seinen Nacken.

»Das ist herrlich.« Er schweigt eine Weile. »Du kannst dich rittlings auf meine Hüften setzen, wenn das angenehmer für dich ist.«

»Dann spannen sich nur deine Rückenmuskeln an, und ich bin mir sicher, dass andere Regionen auch reagieren könnten.«

»Glaub mir, Liebling, in der Sekunde, in der deine Hände mich berührt haben, hat sich mein ganzer Körper in Alarmbereitschaft versetzt.«

Mit einem Lächeln intensiviere ich die Massage.

»Oh, Pep«, sagt er dankbar. »Ich glaube, deine Hände mag ich ebenso sehr wie deinen Mund.«

Ich lache leise und knete weiter seine Schultern. »Wie hast du dich an der Schulter verletzt?«

»Das war keine einmalige Sache. Jahre der Überbelastung und einige direkte Zusammenstöße, die es schlimmer gemacht haben.«

»Wann haben deine Kopfschmerzen angefangen?«

»Vor ein paar Monaten.«

»Hast du Physio gehabt und Medikamente gegen die Migräne ausprobiert?«

»Hab ich alles gemacht. Es ist schon in Ordnung, wirklich. Mach dir um mich keine Sorgen. Das ist nur ein kleiner Rückschlag.«

Ich finde einen Knoten und übe Druck darauf aus. Er atmet zischend ein.

»Das hört sich nicht so an, als wäre es in Ordnung«, sage ich leise.

»Normalerweise drückt auch nicht jemand so auf mir herum.«

»Tut mir leid. Durch den Druck wird der Blutstrom unterbunden. Wenn man wieder loslässt, strömt wieder mehr Blut, und das sollte den Muskel entspannen.«

»Versteh schon, Dr. Pepper. Das klingt süß: *Dr. Pepper.*«

Ich wurde schon so oft so genannt, dass ich gedacht hätte, es würde ganz und gar nicht mehr süß klingen. Doch aus seinem Mund gefällt es mir irgendwie. »Du solltest aufhören zu reden und dich entspannen, sonst gehen deine Kopfschmerzen nicht weg.«

Er schweigt, während ich die Knoten in seinen Schultern, dem Nacken und Rücken massiere. Ich lasse mir Zeit, berühre ihn liebevoll. Ich spüre, dass er genau das braucht, und ich selbst möchte es auch genauso. Als er leichter atmet und augenscheinlich entspannter ist, bitte ich ihn, sich umzudrehen, und fange an, die Migräne-Druckpunkte abzuarbeiten. Ich beginne mit dem einfachsten und finde die Stelle zwischen dem Daumenansatz und dem Zeigefinger.

»Das zwickt.«

»Ich weiß. Tut mir leid. Der hier hilft nicht immer, aber einen Versuch ist es wert.« Ich will nicht, dass er sich unwohl fühlt, und so überspringe ich ein paar der anderen und rücke nach oben, um mich gegen das Kopfteil zu lehnen. »Leg dich auf den Rücken und komm mit dem Kopf zwischen meine Beine.«

»Das funktioniert normalerweise besser, wenn ich auf dem Bauch liege, aber ich bin mal mutig.« Er legt sich hin und schaut zu mir auf. »Hallo, meine Schöne. Willst du nicht mal öfter kommen?«

Ja, sage ich insgeheim. »Ich will nur, dass du die Augen

schließt und dich entspannst.«

»Sollten wir das Tuch holen und mir die Augen verbinden?«

»Wenn du nicht aufhörst zu flirten, benutze ich es vielleicht als Knebel. Jetzt mach die Augen zu.« Diesmal hört er auf mich und mit den Daumen massiere ich sanft sein Gesicht. Ich beginne auf dem Nasenrücken, drücke leicht und gleite dann an den Seiten hinunter und über seine Wangen.

»Fühlt sich gut an.«

»Schsch.« Ich bearbeite sein ganzes Gesicht, löse die Spannungen in seinem Kiefer und um seinen Mund und widme mich ganz besonders der Stelle, wo der Nasenrücken in die Augenbrauen übergeht, seinen Schläfen und seiner Stirn.

»Du bist richtig gut darin. Es hilft.«

»Das freut mich«, sage ich leise. »Aber du solltest versuchen, nicht zu reden.«

»Mache ich, wenn du mir von dem Migräne-Gerät erzählst, an dem du arbeitest.«

»Das ist nur etwas, an dem ich in meinen freien Stunden arbeite. Es ist ein Gerät, das die Muskelanspannung lindert und gleichzeitig die Nerven stimuliert, die Migränen auslösen. Es gibt bereits Geräte, die die Nerven getrennt voneinander stimulieren, aber ich will sie verbessern und vielleicht verschiedene Funktionen kombinieren für die Menschen, die auf die einzelnen Stimulationen gut reagieren.«

»Klingt kompliziert.«

Ich beende die Massage des Gesichts und gehe zum Schädel über. »Wie dein Grandpa so schön sagt, ist das, was leicht ist, nichts wert.«

»Warum machst du es außerhalb der Arbeitszeiten?«

»Weil ich an den Projekten arbeiten muss, die finanziert werden, und dies gehört nicht dazu.«

»Wirst du es irgendwann umsetzen?«

»Das ist der Traum.«

»Warum nicht die Realität?«

»Weil ich dafür Geld und Zeit brauche, was ich beides nicht habe, und Gelder aufzutreiben, ist schwer. Ich freue mich, dass du an meiner Arbeit interessiert bist, aber hör bitte auf zu reden!«

»Mir geht es gut. Du hast den schlimmsten Schmerz gelindert. Danke.« Er will sich aufsetzen.

Ich lege eine Hand auf seine Brust, um ihn aufzuhalten. »Ich bin noch nicht fertig. Kannst du etwas nach unten rutschen?« Er macht, was ich ihm sage, und ich massiere ihn am Hinterkopf.

Er stöhnt auf. »Das tut weh. Als hätte ich blaue Flecken am Schädel.«

»Weil du dort starke Verspannungen hast. Ich versuche mal, die Triggerpunkte aufzulösen. Das kann zuerst etwas wehtun.« Ich lege die Zeige- und Mittelfinger auf die Triggerpunkte an seinem Schädelansatz und halte sie dort. »Entspann den Kopf und den Nacken. Lass deinen Kopf einfach fallen.«

Er stöhnt, als sein Kopf schwer zurückfällt und meine Finger in die Triggerpunkte drücken.

»Ich weiß, dass das unangenehm ist, aber der Schmerz, den du fühlst, kommt von der Lösung der Verhärtung.«

»Woher weißt du, wie das geht?«

»Ich habe mich mit Reflexologie beschäftigt. Du bist ein schwieriger Patient. Bitte hör auf zu reden und entspanne dich.« Ich löse den Druck und fahre mit den Fingern leicht über seine Stirn.

»Das tut so gut«, flüstert er fast.

»Schsch.« Ich wiederhole die Triggerpunkttherapie noch

zwei Mal, und er atmet so erleichtert aus, dass ich es spüren kann. Als er die Augen öffnet, sieht er fast trunken aus, und ich weiß, dass er auf dem Weg der Besserung ist. Sanft massiere ich noch einmal seinen Kopf und seine Schultern. »Ich möchte, dass du die Augen schließt und einfach nur atmest. Lass jegliche Spannung, die noch da ist, aus dir herausfließen.«

Ich erwarte, dass er sich weigert, doch zu meiner Überraschung fragt er: »Kann ich den Kopf auf deinen Schoß legen?«

»Klar.«

Er legt sich neben meine Beine und lässt den Kopf auf meinem Schoß ruhen. Einen Arm schiebt er hinter meinen Rücken und den anderen legt er auf meine Hüfte, als würde er mich festhalten und nie wieder gehen lassen wollen. »So ist es besser«, murmelt er.

Es *ist* besser.

»Siehst du? Es ist in Ordnung, nicht so ganz perfekt zu sein«, sage ich leise und streiche ihm durch die Haare. Er brummt genüsslich. Die Freundschaft, die wir entwickelt haben, und der unglaubliche Sex, den wir haben, ist wunderbar, aber ich mag es auch sehr, mit ihm zusammen zu sein und mich um ihn zu kümmern. Mir wird bewusst, dass ich noch nie gesehen habe, wie er sich einfach entspannt. Er ist immer in Aktion, enthusiastisch, sorgt dafür, dass es mir gut geht und ich glücklich bin. Mir fällt der Caffè Latte ein, den er mir gestern besorgt hat, als wir mit meiner Familie unterwegs waren. Er hat mein Gähnen bemerkt! Selbst beide Male, als wir morgens gemeinsam aufgewacht sind, war er von dem Moment an, in dem er die Augen geöffnet hat, voller Energie. Ich frage mich, ob er weiß, dass es in Ordnung ist, manchmal einfach nur *zu sein.*

Sein Griff um mich lockert sich und sein Kopf auf meinem

Schoß wird schwerer.

Er ist eingeschlafen und auch das finde ich unfassbar schön. Ich streiche weiter durch seine Haare, lausche dem friedvollen Rhythmus seiner Atmung und werde von einem Gefühl der Zufriedenheit erfüllt, das ich meiner Erinnerung nach noch nie empfunden habe. Ich möchte mehr davon.

Doch dies ist nicht das wahre Leben. Es ist nur eine Affäre.

Ein dumpfer Schmerz breitet sich in meiner Brust aus. So aufregend es auch ist, mit ihm zusammen zu sein, so ist die Person, die ich in seiner Gegenwart bin, nicht *ich*. Ich bin nicht so eine, die sich für einen aufregenden Tag in Paris vor ihrer Verantwortung drückt und spontan die Arbeit sausen lässt. Das hier ist irgendeine veränderte Version von mir, die einzig und allein auf Clays Energie, seine Berührung, seine Stimme und die Dinge, die er sagt, reagiert.

Der Gedanke, dass unsere Zeit hier zu Ende geht, lässt eine Woge der Sehnsucht über mich hereinbrechen, und ich muss mich zwingen, nicht darin zu ertrinken. So dumm bin ich nicht. Gedanklich erforsche ich mein Inneres, suche nach dem wahren Ich.

Ich weiß, dass diese Person da ist. Sie steht immer in den Startlöchern.

Doch dieses Mal wurde sie in den Hintergrund gedrängt. Ich versuche, diese veränderte Version von mir zum Rückzug zu zwingen. Es ist nicht leicht, doch irgendwann tritt sie einen Schritt zurück – und lässt Kummer zurück. Es dauert ein paar Minuten, bevor mein wahres Ich nach vorne tritt und sich wieder an Ort und Stelle einrichtet. Als das passiert, tue ich das, was nötig ist, um es dort zu behalten.

Ich nehme mein Handy und scrolle die E-Mails von der Arbeit durch, aber in meinem Bauch lodert nicht wie sonst ein

Feuer, wenn ich das mache. Ich öffne einen Bericht von Min und versuche, mich zu konzentrieren, doch nachdem ich denselben Absatz drei Mal gelesen und nichts davon verstanden habe, weiß ich, dass die Mühe vergeblich ist.

Ich wenigen Stunden werde ich mehr als genug Zeit für die Arbeit haben.

Es ist nur eine Nacht.

Mir wird bewusst, dass ich noch immer mit den Fingern durch Clays Haare gleite, und lege das Handy weg. Ich schaue hinab auf sein schönes Gesicht, so entspannt und ruhig. Ich frage mich, ob ich so ausgesehen habe, als ich in den beiden vergangenen Nächten in seinen Armen eingeschlafen bin. Der erste Morgen, an dem wir zusammen aufgewacht sind, scheint mir Monate her zu sein. Ich wünschte, ich wäre nicht vor ihm davongelaufen.

Zu viele Emotionen bauen sich in mir auf, und ich spiele mit der Idee, noch einen weiteren Tag zu bleiben. Ich sehe uns, wie wir träge den Morgen begrüßen, die Stadt noch weiter erkunden oder den Tag im Bett verbringen und uns gegenseitig Lust bereiten. Dann merke ich, dass ich lächle und meine Hand noch immer in Clays Haaren verweilt.

Habe ich den Verstand verloren? Ich hätte mir nicht einmal heute freinehmen dürfen.

So gefährlich ist Clay für mich. Ich brauchte nur kurz darüber nachzudenken, mehr Zeit mit ihm zu verbringen, und schon überlege ich, mich noch mehr vor meiner Arbeit zu drücken.

Ich nehme die Hand aus seinen Haaren, doch das Bedürfnis, ihn zu berühren, ist zu stark. Ich lege die Hand auf seinen Rücken, spüre den sicheren und beständigen Herzschlag, schließe genussvoll die Augen und akzeptiere die harte Wahrheit.

Dieser wunderbare Mann ist viel gefährlicher, als ich dachte. Nicht nur für mein Herz, sondern auch für die Firma, die ich mühevoll aufgebaut habe. Zu mühevoll, um sie in Gefahr zu bringen.

Vierzehn

Clay

Ich wache in einem dunklen Zimmer auf, den Kopf immer noch in Peppers Schoß gebettet, und bleibe ganz ruhig liegen, während ich darauf warte, dass das Hämmern in meinem Kopf anfängt. Als es nicht geschieht, bin ich *so* erleichtert. Ich wende meine Aufmerksamkeit der unglaublichen Frau in meinen Armen zu und habe ein schlechtes Gewissen wegen des Endes unseres Abends. Gleichzeitig bin ich ihr für ihre Fürsorge unendlich dankbar. Niemand hat sich je so um mich gekümmert wie sie.

Sie regt sich ein wenig, und der Mond erhellt ihr wunderschönes Gesicht, als sie träge die Augen öffnet.

»Hallo, Liebling«, flüstere ich und ziehe sie sanft herunter auf die Matratze neben mich, wobei ich einen Blick auf die Uhr auf dem Nachttisch erhasche: 3:45 Uhr. »Ich bin froh, dass du noch da bist.«

»Wohin sollte ich denn gehen?«, fragt sie schläfrig und berührt meine Wange. »Wie geht es deinem Kopf?«

»Besser, dank dir. Tut mir leid wegen gestern Abend.«

»Muss es nicht. Ist nicht deine Schuld, wenn du Migräne hast.«

»Nein, aber ich kann es jetzt wiedergutmachen.« Ich senke meine Lippen auf ihre und küsse sie zärtlich.

»Ja, bitte«, flüstert sie.

Sie legt die Arme um mich, während wir uns einem langen, sinnlichen Kuss hingeben. Ich genieße es, sie zu kosten, verinnerliche das Gefühl ihrer weichen Kurven an mir und weiß, dass dies unser letzter gemeinsamer Morgen ist. Je länger wir uns küssen, umso stärker wird unsere Leidenschaft, und schon bald berühren wir uns hemmungslos, greifen zu, krallen uns aneinander. Ihr begieriges Stöhnen spornt mich an, mir mehr davon zu holen.

»Ich bekomme nie genug von dir«, stoße ich aus, als ich ihr das Oberteil über den Kopf ziehe. Ich reize ihre Brust, während ich ihre Pyjamahose nach unten schiebe und sie sich davon befreit.

Sie zerrt an meinen Boxershorts. »Weg damit!«

Ich ziehe sie eilig aus, die Begierde rast durch meine Adern, und rasch nehme ich ein Kondom aus meinem Portemonnaie und streife es mir über. Unsere Blicke tauchen ineinander ein, als ich mich auf sie lege. Sie packt mich an den Unterarmen, und ihre grün-braunen Augen schauen mit so vielen Emotionen tief in mich hinein, dass ihnen nicht zu entkommen ist. Ohne Umschweife, ohne Alkohol, der meine Sinne verfälscht, fühlt sich dies hier so unfassbar intim an, und alle prickelnden Empfindungen werden vervielfacht, als ich langsam, Zentimeter für Zentimeter, in sie eindringe. Ich beobachte sie, will sehen, wie ihre Leidenschaft brodelt, wenn unsere Körper eins werden. Sie öffnet leicht den Mund, ihre Finger krallen sich fester in meine Unterarme, und kurz darauf reißt sie die Augen weit auf, als ich mich vollends in ihr vergrabe. Wieder werde ich von diesem Gefühl der Vollkommenheit übermannt, und das

Staunen in ihren Augen verrät mir, dass sie es auch fühlt.

»Clay!«, entweicht ihr voller Leidenschaft im gleichen Moment, wie ein raues Knurren aus mir herausbricht.

Noch einmal dringe ich in sie ein und genieße das Begehren in ihren Augen. Wie ein wildes Tier donnert unser beider unbändiger Herzschlag zwischen uns. Mit jedem Stoß meiner Hüften krallt sie die Fingernägel in meine Haut. Die Lust ist so intensiv, so unerträglich perfekt, dass sie mich überwältigt und meine Beherrschung zerbersten lässt. Immer wieder stoße ich in sie und küsse sie hemmungslos. Sie überlässt sich uns genauso, hebt ihre Hüften unerlässlich und stöhnt laut, während wir uns ganz unserer Begierde hingeben.

»Komm für mich.« Meine Forderung ist grob und unerbittlich, und die überwältigende Lust in ihren Augen lässt mich ihren Hintern so fest umklammern, dass ich sicher Spuren hinterlassen werde. Wahrscheinlich komme ich für diesen Gedanken direkt in die Hölle, aber ich liebe es, verdammt noch mal, mich auf ihr zu verewigen, und als sie meinen Namen ausstößt und ihre Mitte sich fest um mich zusammenzieht, weiß ich, dass sie es auch liebt. Ich erobere ihren Mund, als sie von ihrem Höhepunkt mitgerissen wird, und spüre jeden Herzschlag und jedes Keuchen.

Sie zittert und bebt, als sie aus ihren Höhen herabgleitet, und doch jage ich sie gleich wieder hinauf. Ewig möchte ich in ihr vergraben bleiben, so verdammt gut fühlt sie sich an. Ich lege ihre langen Beine um meine Taille, dringe noch tiefer in sie ein und beiße die Zähne zusammen, um gegen den Höhepunkt anzukämpfen, der auf mich zurast.

»Ja! Oh mein Go…«

Ihre Worte verlieren sich in einem lustvollen Schrei, der alles um uns herum in einen wirbelnden Sog verwandelt und uns beide in eine Besinnungslosigkeit mitreißt. Wir stoßen und reiben, klammern uns aneinander, geben uns alles, was wir haben, bis wir zu erschöpft sind, um uns zu regen.

Ich vergrabe mein Gesicht an ihrem Hals, atme sie ein. Noch nie habe ich mich – weder im Schlafzimmer noch außerhalb – so in Einklang mit jemandem gefühlt, und irgendwie weiß ich, dass diese unaufhaltsame Verbindung erst der Anfang ist.

»Himmel, Draufgängerin! Du machst mich absolut fertig.«

Sie gibt ein süßes, zufriedenes Brummen von sich.

Ich lege mich neben sie und ziehe sie fest an mich. Sie hat die Augen halb geöffnet und ihr süßes, erfülltes Lächeln stupst etwas tief in mir an. »Noch bei mir, Baby?«

»Mhm.« Sie kuschelt ihren Kopf in meine Halsbeuge.

Ich küsse sie auf die Stirn. »Ich bin wirklich froh, dass wir diese Zeit zusammen hatten.«

»Ich auch«, sagt sie leise.

Mit den Fingern gleite ich durch ihre Haarspitzen und wünschte, dass sie nicht in wenigen Stunden aufbrechen würde. »Ich weiß, dass du viel zu tun hast, wenn du nach Hause kommst, aber ich würde dich gern weiterhin sehen.«

Sie schweigt eine ganze Weile, bevor sie den Kopf auf meinen Arm legt und mit der Hand meine Wange umfasst. »Ich glaube nicht, dass das eine gute Idee ist.«

»Ja, klar. Weil der Sex zu gut ist?«

Sie beißt sich auf die Unterlippe, und das Bedauern, das ich in ihren Augen lesen kann, versetzt mir einen Stich.

»Du meinst es ernst?«

Sie zieht die Augenbrauen zusammen und nickt.

»Das verstehe ich nicht. Ich dachte, wir hatten eine schöne Zeit zusammen.«

»Hatten wir auch. Du bist ein wunderbarer Mann, und es war ein einzigartiges Abenteuer, aber alles, was ich zu Anfang gesagt habe, gilt immer noch. Mein Leben findet in Charlottesville statt, dort betreibe ich Forschung, arbeite in meinem Labor, und dein Leben ist … Ich weiß nicht einmal, wo es ist. Du spielst Football, reist umher und bist berühmt.« Ihre Augen sind traurig, der Tonfall klingt angespannt. »Ich mag dich wirklich. Es macht mir Angst, wie sehr ich dich mag. Aber langfristig würde das mit uns gar nicht funktionieren. Ich habe so viel zu tun, jeden Tag muss ich bei der Arbeit sein und wir leben nicht einmal in derselben Stadt. Ich bin nicht dieser sorglose Mensch. Es war die Wahrheit, als ich gesagt habe, dass ich nicht weiß, wer ich in deiner Gegenwart bin. Ich glaube einfach, es wäre besser, wenn wir mit all unseren schönen Erinnerungen auseinandergehen, anstatt sie zu zerstören, indem wir versuchen, eine Beziehung hinzukriegen und am Ende nur unglücklich sind und uns verabscheuen.«

Ich bin für den Moment sprachlos.

»Es tut mir leid«, sagt sie flehend.

In meiner Brust breitet sich ein niederschmetternder Schmerz aus, doch ich überspiele ihn, denn ich sehe und höre, wie schwer ihr diese Entscheidung gefallen ist, und ich will ihr nicht noch mehr zusetzen. »Das muss es nicht. Es ist in Ordnung und ich verstehe es.«

»Du bist nicht sauer?«, fragt sie zögerlich.

»Wie könnte ich sauer sein? Ich kann mich glücklich schätzen, diese Zeit mit dir gehabt zu haben. Außerdem … ›Uns bleibt immer Paris.‹«

Ihr Lächeln bringt ihre Augen kein bisschen zum Leuchten. »Ja, das bleibt uns.«

»Bald wird es hell. Glaubst du, du kannst mir noch einen

letzten gemeinsamen Sonnenaufgang schenken?«

»Das würde ich sehr gern.«

»Bin gleich wieder da, meine Schöne.« Ich gebe ihr einen Kuss auf die Wange, steige aus dem Bett und gehe ins Bad, während ich zu begreifen versuche, was gerade geschehen ist.

Fünfzehn

Pepper

Das Bürotelefon klingelt gerade in dem Moment, in dem ich auf *Drucken* klicke, um einen Artikel für heute Abend mit nach Hause zu nehmen.

»Ich bin dann weg«, sagt Chris Wharton, der auf meiner Türschwelle auftaucht. Seine kurzen braunen Haare sind so verstrubbelt wie immer, sein Bart ist ungepflegt und seine Klamotten zerknittert, aber sein unordentliches Erscheinungsbild ist ein kleiner Preis für seine herausragenden wissenschaftlichen Fähigkeiten.

Das Telefon klingelt erneut. »Augenblick.« Ich halte einen Finger in die Höhe und nehme das Gespräch an. »SynTech.«

»Ich muss los. Ich schick dir die Daten von der Simulation per Mail«, sagt Chris gehetzt, während der Typ am anderen Ende der Leitung stutzt. »Ist da … Wie bitte? Was sagten Sie, welche Firma ist da?«

Ich zeige Chris den gehobenen Daumen und antworte dem Anrufer: »SynTech Research and Development.«

»Tut mir leid. Anscheinend habe ich die falsche Nummer gewählt«, sagt der Mann und legt auf.

Als ich nach den Dokumenten auf dem Drucker hinter

meinem Schreibtisch greife, klingelt das Telefon erneut. Ich drehe mich um und werfe dabei einen Stapel Papiere zu Boden. Nach einem tiefen Atemzug nehme ich den Hörer in die Hand. »SynTech.«

Am anderen Ende der Leitung ist ein Grummeln zu hören. »Ich bin es noch einmal«, sagt der Mann. »Tut mir leid. Ich versuche, die Firma Westerly Appliance Repair zu erreichen.«

»Deren Nummer unterscheidet sich nur durch eine Ziffer von unserer. Ich nehme an, Sie haben eine drei statt der fünf gewählt.« Es kommt so oft vor, dass es nervt.

»Entschuldigen Sie, passiert nicht wieder.«

Ihnen vielleicht nicht. »Kein Problem. Schönen Abend.« Ich lege auf und öffne meinen Account bei der Online-Jobbörse, bei der ich die Stelle für die Rezeption ausgeschrieben habe. Zufrieden stelle ich fest, dass drei Antworten eingegangen sind, und überfliege sie schnell. Meine Hoffnungen werden enttäuscht. Die erste Bewerberin ist überqualifiziert und verlangt das Doppelte des gängigen Gehalts. Der zweite Kandidat hat keine Erfahrung, und bei der dritten Bewerbung ist das Anschreiben so miserabel geschrieben, dass sie gar nicht in Betracht kommt.

Ich lösche alle drei.

So weit zu den Vorzügen, seine eigene Chefin zu sein. Wenn ich noch einen einzigen Anruf entgegennehmen muss, raste ich aus. Als würden die Götter mich einer Prüfung unterziehen, geht nun auch noch auf meinem Handy bimmelnd eine Nachricht ein. Ich schwöre, wenn das wieder eine meiner Schwestern ist, landet mein Handy im Klo. Seit sie von ihrem Urlaub zurück sind, nerven sie mich wegen Clay und fragen mich ständig, ob ich von ihm gehört habe, obwohl ich ihnen wiederholt mitgeteilt habe, dass wir nur miteinander Zeit verbracht haben, weil sie alle pärchenweise unterwegs waren. Ich habe keine Ahnung, ob sie merken, dass ich lüge, aber zum Glück haben sie nicht herausgefunden, dass ich noch eine weitere Nacht mit ihm in Paris geblieben bin. Damit würden sie mich nie in Ruhe lassen.

Ich greife nach meinem Handy, und mein Herz macht einen Sprung, während mich gleichzeitig ein schmerzhafter Stich durchfährt, als ich Clays Namen auf dem Display sehe. So wie bei den letzten Malen, als er mir geschrieben hat. Eine Woche ist es her, dass ich ihn gesehen habe und einen Tag seit seiner letzten Nachricht. Doch in meinen Gedanken ist er permanent anwesend. Nicht nur, dass unsere gemeinsame Zeit wie in Dauerschleife vor meinem geistigen Auge abläuft wie mein verdammter Lieblingsfilm, er schickt mir auch noch Geschenke. Zwei Tage nach meiner Rückkehr habe ich ein Päckchen mit Pralinen aus dem Geschäft in Paris erhalten, in dem wir uns den Bauch vollgeschlagen haben. Beigefügt war die Notiz: *Damit du nicht vergisst, wie süß es war.* Zwei Tage später erhielt ich sein Football-Trikot mit der Nachricht: *Ich dachte, du würdest es gern zum Schlafen tragen, denn ich bin mir sicher, du träumst von mir.*

Er ist nicht einmal im selben Bundesstaat wie ich, und doch spüre ich seine Gegenwart, als wäre er ständig bei mir. Und ja, ich trage sein dämliches Trikot jede Nacht, und verdammt noch mal, seine Stimme begleitet mich in den Schlaf und sein Gesicht taucht in meinen Träumen auf. Ich bin mir ziemlich sicher, dass ich mit Hochgeschwindigkeit auf den Wahnsinn zusteuere.

Ich atme tief durch und bereite mich innerlich auf die Flut von Emotionen vor, die über mich hereinbrechen wird, wenn ich seine Nachricht lese.

Clay: *Ich spüre, wie sehr du mich vermisst.*

Ich will seinen Humor nicht mögen, aber ich kann nicht anders. Ich lächle, während ich meine Antwort eingebe.

Ich: *Entschuldigung, wer ist da?*

Clay: *Der Typ, der immerzu an dich denken muss.*

Es prickelt in meiner Brust.

Ich: *Ben oder Jerry?*

Ein Foto von uns, wie wir uns vor der Mauer der Liebe küssen, poppt auf. Ich schmelze dahin, und der dumpfe Schmerz, der mit der Sehnsucht nach ihm verbunden ist, kämpft sich an die Oberfläche. Es ist die reinste Folter, doch ich weiß, wie es enden würde. Im Moment hat er frei, doch bald reist er wieder mit seinem Team durch die Gegend, und ich werde nie die Art von Frau sein, die ihre Arbeit zurücklässt, um einem Typen quer durchs Land zu folgen. Nicht einmal einem so wunderbaren Typen wie Clay. Und ich weiß, dass es diesen Druck geben und er uns auseinanderreißen würde.

Ich: *Tut mir leid. Sagt mir nichts.*

Ein weiteres Foto folgt. Wir vor einer Galerie. Clay hat den Arm um meinen Hals gelegt und küsst mich auf die Wange, während er mit strahlenden Augen in die Kamera schaut und das Selfie macht. Der Schmerz wandelt sich in ein qualvolles Pochen. Ich flirte unheimlich gern mit ihm, aber es ist keinem von uns gegenüber fair. Mein Leben ist schon zu prall gefüllt. Ich könnte niemals eine Fernbeziehung so in meinen Terminkalender einbauen, dass es funktioniert, und er hat eine Frau verdient, die dazu in der Lage ist.

Ich: *Ach ja, jetzt erinnere ich mich an dich. Der nervige Typ, den ich über meinen Schwager kennengelernt habe.*

Ein Teufel-Emoji poppt auf.

Mein Herz rast, und ich bin versucht, weiter zu flirten, doch es wird genau dahin führen, wo seine letzten Nachrichten hingeführt haben. Er wird fragen, wann er mich wiedersehen kann, und ich werde antworten, zu viel zu tun zu haben. Diese emotionale Achterbahnfahrt kann ich nicht wieder und wieder durchleben, denn ich weiß ganz genau, dass es am Ende wehtun wird. Also kämpfe ich gegen den Kloß an, der in meiner Kehle immer größer wird, und zwinge mich zu tun, was getan werden muss. Ich schreibe: *Hab irre viel Arbeit und muss mich beeilen, aber uns bleibt immer Paris.* Ich lese es noch einmal und weiß, dass es nicht stark genug ist, um meine Sichtweise deutlich zu machen. Ich muss hart bleiben. Daher lösche ich die Nachricht und fange noch mal von vorne an, wobei ich jedes einzelne getippte Wort einfach nur hasse.

Ich: *Ich habe wirklich viel zu tun, und ich weiß, dass es dir wahrscheinlich ebenso geht. Keiner von uns kann es gebrauchen, von etwas abgelenkt zu werden, das nicht gut enden wird, also sollten wir wahrscheinlich aufhören, uns zu schreiben. Aber uns bleibt immer Paris.*

Ich füge ein Herz-Emoji hinzu.

Während ich versuche, den Kloß, der mir jetzt die Kehle zuschnürt, hinunterzuschlucken, stehe ich auf und verstaue das Handy in meiner Tasche, die ich vom Sideboard reiße, um eilig das Büro zu verlassen, bevor er noch einmal schreibt.

Nicht weinen. Wag es nicht, zu weinen.

Meine Hände sind zu Fäusten geballt. Für gewöhnlich weine ich nicht. Bis letzte Woche hatte ich seit dieser unsäglichen Episode mit dem Mistkerl am College nicht mehr geweint. Doch als ich luxuriös hoch zehn im Privatjet von Clays Cousin von Paris nach Hause flog, habe ich etliche Tränen vergossen, bevor ich mir geschworen habe, dass es keine weiteren geben würde.

Ich verziehe mich auf die Toilette, um den drohenden Tränen zu entkommen.

Während ich auf und ab tigere, erinnere ich mich daran, dass ich diejenige bin, die der Sache ein Ende bereitet hat. Clay würde unsere Affäre gern fortführen. Bis er sich langweilt oder die Football-Saison wieder anfängt, was ein weiterer Grund dafür ist, dass ich mein Herz beschützen muss. Ich bleibe stehen, schaue in den Spiegel und staune zum zigsten Mal seit meiner Rückkehr aus Paris über die Frau, die mich anstarrt. Etwas an mir ist anders. Als hätte ich einen unsichtbaren Teil von mir zurückgelassen, und dadurch hat sich die Art, wie ich mich sehe, verändert.

Das wäre ein gefundenes Fressen für meine Schwestern.

In meinem Leben gibt es keinen Platz für derlei Ablenkungen. Ich habe eine Firma, die geführt werden muss, und unterm Strich treffe ich auch keine guten Entscheidungen, wenn ich mit Clay zusammen bin. Ich bereue es nicht, mit ihm in Paris geblieben zu sein. Das war der glücklichste Tag meines Lebens, doch es war nicht die klügste Entscheidung. Als ich letzte Woche nach Hause kam, hatte ich so einen heftigen Jetlag, dass ich drei Tage gebraucht habe, um wieder in die Spur zu kommen, und bei der Auftaktbesprechung war ich alles andere als fit. Ich kann es mir nicht leisten, nicht in Bestform zu sein.

Ich straffe die Schultern und verstaue zum hundertsten Mal in dieser Woche all diese Gefühle tief in mir. Es erfordert eine unmenschliche Anstrengung, meine Gedanken weg von Clay und wieder hin zur Arbeit zu lenken.

Mit dem Gefühl, wieder etwas mehr Kontrolle über mich zu haben, verlasse ich die Toilette und gehe auf die Suche nach meinen Mitarbeitern, denn wenn ich in mein Büro zurückkehren würde, könnte der Deckel, unter dem ich meine Gefühle verborgen habe, wieder aufspringen.

Ravi fährt gerade einen Computer in dem Labor herunter, in dem wir an Prototypen und Simulationen arbeiten. Im Gegensatz zu Chris hat Ravi einen tadellosen Stil und ist immer gut gekleidet. Heute trägt er ein schmal geschnittenes Anzughemd und eine Hose, die seine schlanke Läuferfigur betont. Mit den vollen schwarzen Haaren, einem gepflegten Dreitagebart und den rabenschwarzen Augen ist Ravi überaus gutaussehend und könnte glatt als Doppelgänger des Schauspielers Manish Dayal durchgehen. Doch sein gutes Aussehen ist lediglich ein Hintergrundgeräusch für mich, denn wenn ich ihn anschaue, sehe ich den Freund, der in den schlechtesten und besten Zeiten meines Lebens für mich da war. Den schlaksigen Teenager, der genau wie ich herausfinden wollte, was hinter diesem ganzen Hype steckte, und der Sex als ein Experiment ansah. Ich sehe meinen besten Freund und die perfekte Ablenkung von dem Riss in meiner Brust.

Er schaut auf, als ich den Raum betrete, und seine perlweißen Zähne blitzen auf. »Hey, Pep, was gibt's?«

»Ich dachte, ich guck mal, wie der Stand der Dinge ist. Hast du Dr. Bowry erreicht?« Dr. Bowry ist ein Neurologe, der uns bei einem unserer Projekte berät.

»Ja, wir haben eine Besprechung für Freitagnachmittag ausgemacht. Ist schon im Gruppenkalender vermerkt.«

»Großartig. Bis dahin habe ich alles fertig. Konnte Min dir bei dem Programmierproblem helfen?«

»Natürlich.«

»Sehr gut. Ich würde den Wochenbericht gern sehen, bevor …«

»Bevor wir ihn rausschicken, ich weiß.« Er sieht mich amüsiert und leicht genervt an, was nicht anders zu erwarten ist, wenn ich darum bitte, einen Blick auf die Daten zu werfen, bevor sie an unsere Geldgeber gehen.

Ich schaue mich im Labor um und bin beim Anblick der Arbeitsbereiche, Computer und perfekt organisierten Vorratsregale von Stolz erfüllt.

»Nichts ist am falschen Platz«, sagt Ravi gereizt und stellt sich neben mich.

»Das wollte ich auch nicht überprüfen.«

Er hebt eine Augenbraue. »Seit du aus Paris zurück bist, verhältst du dich total neurotisch.«

»Gar nicht. Wir haben nur eine Menge um die Ohren.«

»Wir haben immer eine Menge um die Ohren. Vielleicht solltest du Clay besuchen, um etwas Stress abzubauen?«

Ich verdrehe die Augen und bereue, dass ich ihm die Sache mit der Affäre anvertraut habe, aber Ravi war ein Hauptgrund dafür, dass ich überhaupt nach Paris gefahren bin. Bei der Arbeit war viel los, und ich hätte meine Reise fast abgesagt, doch er hat das nicht zugelassen. »Ich hätte dir niemals davon erzählen sollen.«

»Du musstest unbedingt mit jemandem darüber reden, und du wusstest, dass dein kleines schmutziges Geheimnis bei mir in Sicherheit ist.«

Das stimmt. Ravi kennt mehr Geheimnisse von mir als Sable. Sable weiß nicht, was zwischen mir und Clay war. Seit wir uns in Paris gesehen haben, konnten wir noch nicht miteinander reden. Ihre Tournee wurde verlängert, und ich versuche verzweifelt, nicht an Clay zu denken. Hoffentlich hat sie mehr Erfolg mit ihren Konzerten als ich mit meinen Vorsätzen.

Ravi stößt mich an. »Und? Noch mehr Geschenke von deiner heißen europäischen Affäre?«

»Nein, aber er hat ein paar Mal geschrieben«, sage ich lockerer, als ich mich fühle.

»Und?«, fragt er nach.

»Ich habe ihm das Gleiche gesagt, was ich dir gesagt habe. Ich habe keine Zeit für das, was ihm vorschwebt. Warum reden wir überhaupt über ihn? Wir haben zu tun.«

»Seit der Auftaktbesprechung sind wir jeden Abend bis nach neun Uhr hier gewesen. Meine Augen fühlen sich an wie Schmirgelpapier. Ich zieh los und besorge mir etwas zu essen. Komm mit. Min und Chris sind schon weg, also ist niemand mehr hier, den man herumkommandieren kann.«

»Danke, aber ich habe keinen Hunger. Ich habe erst nach drei zu Mittag gegessen. Ich will noch ein paar andere Jobseiten heraussuchen, auf die ich den Rezeptionsjob einstellen kann, und später will ich mir die Daten angucken, an denen Chris arbeitet und so.«

»All das kannst du gemütlich bei dir zu Hause erledigen, nachdem wir gegessen haben.«

Ja, aber zu Hause denke ich noch mehr an Clay. Im Büro habe ich zumindest visuelle Anreize, die mich unbewusst auffordern, mich auf das Geschäftliche zu konzentrieren. »Das geht hier besser.«

»Soll ich bleiben?«

»Nein. Geh nur und genieß deinen Feierabend.«

»In Ordnung, aber nur fürs Protokoll: Ich finde, du solltest deiner Affäre noch eine Chance geben.«

Ich verschränke die Arme. »Wieso sagst du das? Du kennst ihn ja nicht einmal.«

»Nicht nötig.« Er grinst. »Jeder Typ, der dich dazu bringt, die Arbeit sausen zu lassen, und der die unerschütterliche Dr. Montgomery aus der Fassung bringt, der muss deine Welt auf den Kopf gestellt haben.«

»Habe ich dich um deinen Rat gebeten?«, fauche ich.

»Das ist das Großartige an unserer Freundschaft. Du musst nicht bitten. Aber diese Gereiztheit ist ein eindeutiger Indikator dafür, dass es dir guttun würde, noch etwas mehr durchgeschüttelt zu werden.«

»Raus!« Ich zeige auf die Tür und versuche, keine Miene zu verziehen.

»Ich will damit nur sagen …«

»Zehn, neun.« Ich trete einen Schritt auf ihn zu, wie damals, als wir Jugendliche waren und er Sachen gesagt hat, nur um mich aufzuziehen.

Er schnappt sich seine Jacke vom Stuhl und geht lachend rückwärts. »Er hat dich tatsächlich schon richtig durchgeschüttelt.«

»Acht.« Ich gehe schneller. »Sieben.«

Er stolpert in den Flur und beschleunigt ebenfalls, als ich ihm näherkomme. »Kannst du mir nur bitte seine Nummer geben?«

»Warum? Stehst du plötzlich auf heiße Typen?«

»Nein. Aber ich habe dich seit unserer Teenagerzeit nicht mehr so aufgebracht gesehen. Ich wollte ihm danken.«

»Ich schwöre bei allem, was mir heilig ist, Ravi Bhandara, dass ich dich malträtieren werde, wenn du noch ein Wort über diesen Mann verlierst.« Noch ein Spruch aus Kindertagen. Mein Lieblingsspruch, weil er ihn hasst.

»Okay, schon gut«, gibt er nach. »Ich lasse mir die Nummer von Dash geben!« Er dreht sich um und stürmt durch den Flur davon, während sein Lachen noch hinter ihm her hallt, als er schon zur Bürotür hinaus ins Freie flieht und die Glocken darüber bimmeln lässt.

»Idiot.« Ich lache und gehe zurück in mein Büro.

Als ich um meinen Schreibtisch herumgehe, trete ich fast auf den Inhalt meiner Tasche, der über den Boden verstreut liegt. Das Chaos ähnelt in letzter Zeit viel zu sehr meinen Gedanken. Ich knie mich hin und sammle alles zusammen. Mein Blick fällt auf den Streifen von Bildern, die Clay und ich in der Fotobox gemacht haben.

Ich hebe ihn auf und betrachte die Schwarzweißfotos, auf denen wir lachen, uns küssen und Grimassen schneiden. Er fehlt mir so sehr, dass es wehtut. Ich verstehe nicht, wie das so schnell passieren konnte. Tränen schießen mir in die Augen und schon hat er meine Welt wieder auf den Kopf gestellt.

Sechzehn

Clay

»Du gehst mir aus dem Weg«, sagt Tiffany, als ich am Mittwochabend ans Handy gehe.

Ich schaue aus dem Fenster eines New Yorker Taxis, auf dem Weg, mich mit Seth, Victory, Flynn und Sutton in einem von Seths Restaurants zum Essen zu treffen, und stelle mir vor, wie meine toughe Agentin auf ihren zehn Zentimeter hohen Absätzen in ihrem Büro auf und ab tigert, während ihr die blonden Haare über die Schultern wehen. »Ebenfalls hallo, Tiff.«

»Komm mir nicht mit Tiff. Ich schreibe dir seit Tagen Nachrichten.«

»Hat Doogie dir nicht zurückgeschrieben?«

»Lass diesen Quatsch, Braden. Du weißt verdammt gut, dass Doogie erst nächsten Freitag aus seinen noblen Flitterwochen zurückkehrt, die du ihm spendiert hast.«

Mist. »Würdest du mir glauben, wenn ich sage, dass ich so mit meinem Sponsorendasein beschäftigt war, dass ich es total vergessen habe?«

»Nein. Ich würde eher glauben, dass du jetzt in wilder Ehe mit einem jungen heißen Ding zusammenlebst, mit dem du dich in Paris amüsiert hast.«

Ich wünschte, es wäre so. Aber die einzige Frau, die mich interessiert, ignoriert mich wieder einmal.

»Was ist los mit dir, Clay?«, fragt Tiffany. »Du bist normalerweise einer meiner verlässlichsten Klienten und plötzlich ghostest du mich einfach.«

Es war leichter, ihren Anrufen zu entgehen, als ich in Paris abgelenkt war, aber Tiffany ist schon seit Jahren meine Agentin. Sie ist eine der Besten im Geschäft, und sie verdient es, besser behandelt zu werden. »Tut mir leid, dass ich nicht zurückgeschrieben habe.«

»Wir müssen über deine Verlängerung reden.«

Ich massiere die Verspannung in meinem Nacken. »Mir ist in den letzten Monaten viel durch den Kopf gegangen. Ich bin noch nicht bereit zu unterschreiben.«

»Endlich ein Hauch von Kommunikation. Danke. Ich weiß, dass bei dir eine Menge los ist mit dem jungen Staley im Nacken, deiner Schulter, die dir zu schaffen macht, und der Niederlage in den Playoffs. Lass uns einen Termin ausmachen, um darüber zu reden. Dazu bin ich da.«

»Ich bin noch nicht so weit. Du musst mir mehr Zeit verschaffen.« Das Taxi hält vor dem Restaurant. Ich zahle, bedanke mich bei dem Fahrer und steige aus.

»Clay –«

»Tut mir leid, Tiff, ich muss Schluss machen. Ich brauche einfach noch ein paar Wochen, um mir darüber Gedanken zu machen. Ich melde mich.« Ich beende das Gespräch und fühle mich mies, verdränge dieses ungute Gefühl jedoch und lege ein gewinnendes Lächeln auf, als ich das Restaurant betrete.

Ein Strahlen tritt in das Gesicht der jungen Hostess, als wäre ich ihre Lieblingsspeise. »Schön, Sie wiederzusehen, Clay.«

»Ebenfalls, Gretchen.« Ich lasse den Blick durch den Raum mit seinen eleganten Kronleuchtern und den hohen Backsteinwänden schweifen, bis ich Seth und die anderen an Seths üblichem Tisch hinten in der Nähe des gewölbten Durchgangs zur Bar entdecke.

»Melanie ist sicher gleich zurück, um dich zu den anderen zu bringen«, sagt Gretchen. »Sie bringt nur gerade eine Gruppe an ihren Platz.«

»Das ist schon in Ordnung. Ich finde den Weg. Schönen Abend noch.« Als ich zum Tisch gehe, höre ich Geflüster um mich herum. *Ist das Clay Braden?* und *Ist das der Quarterback der Giants?*

Diese Art der Aufmerksamkeit hat mir in Paris nicht gefehlt. Den erwartungsvollen Fans zuliebe lächle ich. Ich bin dankbar dafür, dass es sie gibt, doch während es mir früher einen Kick verschafft hat, erkannt zu werden, setzt sich jetzt eher der Frust über den Mangel an Privatsphäre durch.

Seth steht als Erster auf, um mich zu begrüßen. Er trägt eine schmal geschnittene graue Hose und einen seiner eigenwilligen Altherren-Pullover in olivgrün mit Aufschlägen und Streifen in Orange und Grau über dem Bauch und den Ärmeln. Wie ich und unsere anderen Brüder ist Seth über eins fünfundachtzig groß und sportlich gebaut. Seine Haare sind dunkel und wellig, wie die von Victory, sehen aber immer zerzaust aus, während Flynn und Noah hellere Haare haben und meine irgendwo dazwischen liegen. Wir werden Noah heute Abend schmerzlich vermissen, aber Colorado ist weit weg.

»Bonjour, kleiner Bruder.« Seth zieht mich an sich und umarmt mich. »Auf eine weitere großartige Saison.«

Ich schnaube verächtlich. »Wir haben eine miese Niederlage erlitten.«

»Das war eine gute Niederlage und wir sind alle stolz auf dich«, sagt er.

»Und wie. Willkommen zurück«, sagt Victory und umarmt mich. »Hast du mich vermisst?«

»Wie die Pest. Du siehst toll aus.« Sie und Sutton sind Fashionistas und immer perfekt gekleidet. Wie ich hält Flynn es mit einem Henley-Hemd und Jeans gern zwanglos. Ich schaue zu Sutton und deute auf Flynns Haare, die auf seinem Kragen aufliegen. »Besorg dem Typen mal einen Friseurtermin, okay, Sut?« Ich schiebe ihn beiseite und umarme sie.

»Im Leben nicht«, sagt Sutton. »Schön, dich wiederzusehen.«

»Ebenfalls. Du siehst so wundervoll aus wie immer. Behandelt mein kleiner Bruder dich ordentlich?«

»Wie eine Königin, die er feuern will«, scherzt sie.

»Auch eine Art, das Feuer am Leben zu erhalten, Bruderherz.«

»Gewusst wie, oder?« Flynn umarmt mich. »Gut, dich zu sehen.«

Als wir alle Platz genommen haben, nimmt die Kellnerin unsere Getränkebestellung auf. Ich warte, bis sie gegangen ist, und frage dann: »Bringt mich mal auf den neuesten Stand. Was ist so bei euch los?«

»Oh, nein, so nicht«, sagt Victory. »Wir haben darauf gewartet, dass du kommst. Wir wollen wissen, was bei dir und Pepper Sache ist.« Sie beugt sich vor, verschränkt die Arme auf dem Tisch und sieht mich erwartungsvoll an. »Spuck's aus, kleiner Bruder.«

Sie sehen mich alle an, warten auf Einzelheiten, doch ich bin nicht in Stimmung dafür, dass sie unsere Beziehung analysieren. Und ja, ich weiß, dass Pepper glaubt, wir haben gar keine, aber da irrt sie sich. »Wir hatten eine großartige Zeit miteinander. Sie ist ein wundervoller Mensch.«

»Das muss sie wohl sein«, sagt Victory. »Das war schon eine krasse Aktion, Treat anzurufen, um seinen Piloten zu engagieren und seinen Privatjet zu nutzen.«

Seth zieht die Augenbrauen hoch.

»Wow, das ist ja heftig«, sagt Flynn.

»Schreib mit, Flynn«, sagt Sutton. »Meine Ansprüche sind gerade gestiegen.«

Meine Güte! Ich schaue Victory an. »Woher weißt du das?«

»Noah hat es mir erzählt.«

»Verfluchter Noah.« Er hat mich letzte Woche angerufen und mir deswegen die Hölle heiß gemacht. »Ich hätte ja Seth angerufen, wenn er ein dämliches Flugzeug hätte.« Neben all dem, was mein schrecklich ambitionierter Bruder gemacht hat, ist Seth vor ein paar Jahren auch noch Inhaber einer Fluglizenz geworden und kann jetzt Hubschrauber und Flugzeuge fliegen. Ein Jahr später hat er einen Heli gekauft, aber ein Flugzeug muss er sich noch aussuchen.

Seth grinst selbstgefällig. »Ich habe einige in der engeren Wahl.«

»Du hast seit drei Jahren schon welche in der engeren Wahl, du wählerischer Mistkerl.« Ich schüttele den Kopf.

»Und? Jetzt erzähl schon. Was ist mit dir und Pepper?«, fragt Flynn.

»Nichts. Sie ist wieder in Charlottesville, und ich bin hier, um mich um meinen eigenen Mist zu kümmern.« *Beziehungsweise ich tue alles, was ich kann, um nicht an sie und meinen eigenen Mist zu denken.*

»Ich hatte fast erwartet, dass du heute Abend hier mit ihr auftauchst«, sagt Victory.

Ich wünschte, sie wäre hier, doch heute habe ich ihr nicht einmal geschrieben. Ihre Entscheidung respektiere ich, aber ich vermisse die Verbindung, und ich hoffe, dass es ihr genauso ergeht und sie merkt, dass sie die falsche Entscheidung getroffen hat.

»Ich hatte auch gehofft, dass sie kommt«, fügt Sutton begeistert hinzu. »Ich würde sie gern wiedersehen.«

»Du kennst Pepper?«, frage ich, und erst jetzt fällt mir ein, dass Dashs jüngere Schwester Andi als Suttons Assistentin bei Discovery Hour arbeitet.

»Es ist eher so, dass ich von ihr gehört habe«, sagt Sutton. »Amber und ich haben am College im gleichen Wohnheim gewohnt, und ich habe Pepper ein paar Mal gesehen, wenn sie zu Besuch war. Soweit ich mich erinnere, war sie schön, etwas ruhig und unfassbar klug.«

»Das ist sie immer noch«, sage ich und vermisse sie gleich noch mehr.

»Und was ist jetzt mit euch beiden?«, fragt Seth. »Wirst du sie wiedersehen?«

»Das hängt wohl davon ab, wen du fragst«, sage ich, als die Kellnerin unsere Getränke bringt. Sie erläutert uns, was es heute Abend Besonderes gibt, und wir bestellen unser Essen.

Anschließend nimmt Victory den Faden wieder auf: »Wir fragen dich.«

Ich brauche einen Augenblick, um mich an die Frage von Seth zu erinnern. »Ich würde sie gern weiterhin sehen, aber sie findet, dass unsere Leben zu weit voneinander entfernt stattfinden, und sie sagt, dass sie zu viel zu tun hat.«

»Autsch! Sie hat Mr. Perfect abgewiesen?«, fragt Flynn. »Das tut bestimmt weh.«

»War nicht mein schönster Augenblick«, murmele ich.

»Vor allem, nachdem du ihr einen Privatjet von Paris nach Hause organisiert hast«, sagt Victory.

»Glaubst du, dass es für sie nur eine flüchtige Affäre war?«, fragt Sutton.

»Nein!«, sage ich entschieden. »Es war mehr als das. Das habe ich gespürt, und ich bin mir sicher, dass sie es auch gespürt hat.«

»Das ist echt übel«, sagt Seth. »Tut mir leid.«

»Ja.« Ich nehme einen Schluck. »Ich verstehe es nicht. Wir haben uns in jeder Hinsicht richtig gut verstanden, hatten eine echte Verbindung. So etwas habe ich noch nie erlebt.«

»Darf ich kurz mal des Teufels Advokat spielen?«, fragt Victory, wartet eine Antwort jedoch nicht ab. »Fairerweise muss ich sagen, dass ich sie verstehe, selbst wenn sie diese Verbindung ebenfalls gespürt hat. Eine Firma zu leiten, nimmt viel Zeit und Energie in Anspruch. Ich könnte mir nicht vorstellen, Zeit für eine Beziehung zu finden und gleichzeitig noch Blank Space zu leiten. Ein Tag hat nur eine gewisse Anzahl von Stunden.«

Und das sagt unsere Schwester, die sich im Alter von nur sechsundzwanzig Jahren in ihren sechzehn Jahre älteren Chef Harvey Bauer verliebt und nichts unversucht gelassen hat, bis sie zusammengekommen sind. Ein Jahr später haben sie geheiratet, und Harvey hat sie wie einen Schatz behandelt – bis zu dem Tag, an dem wir ihn durch einen Herzinfarkt verloren haben. Wenn jemand verstehen kann, was ich empfinde, dann sie.

»Vic, erinnerst du dich noch daran, wie es war, als du mit Harvey zusammengekommen bist?«

»Als wäre es gestern gewesen«, sagt sie mit einem leicht traurigen Lächeln.

»Wir haben alle versucht, ihn dir auszureden, aber du warst so verliebt, so fest davon überzeugt, dass er die größte Liebe deines Lebens war. Wie sich herausstellte, war er das auch, und obwohl ihr beide Workaholics wart, habt ihr euch Zeit füreinander genommen.«

»Immer«, sagt sie. »Egal, was bei der Arbeit los war, wir haben es hinter uns gelassen und jeden Freitagabend in unserem Lieblingsrestaurant gegessen. Wir haben nie etwas dazwischenkommen lassen. Denn wenn dir jemand wichtig ist, findest du Zeit für diesen Menschen. Das hat Gramps mir beigebracht.«

Zufällig weiß ich, dass sie immer noch jede Woche dort isst. »Genau. Ich bin sicher, dass Pepper ebenso viel für mich empfindet wie ich für sie.« *Das spüre ich tief in mir drin.* »Also, ja, sie hat viel zu tun, aber irgendwie ergibt es trotzdem keinen Sinn. Ich glaube, da steckt mehr dahinter.«

»Glaubst du, dass sie einen Freund hat?«, fragt Flynn.

»Nein, sie ist nicht der Typ Frau, der betrügt.«

»Augenblick mal. Willst du damit sagen, dass sie diejenige welche ist?«, fragt Victory.

Himmel! Will ich das?

Mit angehaltenem Atem sehen sie mich an.

»Keine Ahnung. So habe ich noch nicht darüber nachgedacht. Ich weiß nur, dass es zwischen uns etwas Echtes gibt.«

»Das freut mich so sehr für dich!«, ruft Sutton aus. »Seit ich dich kenne, bist du immer Mr. Cool gewesen, und plötzlich organisierst du einen Privatjet und schmachtest einer Frau hinterher. Ich bin dabei. Lasst uns herausfinden, wie wir dir deine Liebste an Land ziehen. Ich kann mit Andi reden und sie kann mit Amber reden.«

Flynn lacht. »Clays ganz persönliche Cheerleaderin.« Er zieht Sutton zu einem Kuss an sich.

»Danke, Sutton. Ich brauche keine Cheerleaderin«, sage ich. »Ich muss nur herausfinden, was los ist.«

»Besteht die Möglichkeit, dass Pepper Angst hat?«, überlegt Seth.

»Wovor? Wir hatten eine tolle Zeit miteinander.«

»Vielleicht ist das der falsche Ausdruck«, sagt Seth wie immer so verdammt ruhig, dass es schon nervt. Er ist der Meister der Ruhe. Die Stimme der Vernunft. »Könnte sie eingeschüchtert sein?«

»Wovon?«

»Dir«, sagen meine Geschwister einstimmig.

Ich sehe sie an, als hätten sie den Verstand verloren. »Was zum Teufel soll das denn heißen?«

Seth bedenkt mich mit dem Großer-Bruder-Blick, den er schon angewendet hat, als wir noch Kinder waren. Dieser Blick, der bedeutet, dass er etwas Wichtiges zu sagen hat und ich ihm lieber gut zuhören sollte. »Du neigst dazu, in Situationen hineinzupoltern und die Dinge so zu gestalten, wie du sie haben willst.«

»Ja, weil ich strategisch denke und Dinge schnurstracks angehe. Du weißt verdammt gut, dass ich eine Frau nie in eine Situation bringen würde, in der sie nicht sein will. So ein Mistkerl bin ich nicht.«

»Natürlich weiß ich das«, stimmt Seth zu. »Ich sage nur, dass Geduld nicht gerade zu deinen Stärken zählt, und das kann einschüchternd sein.«

Ich beiße die Zähne zusammen, denn ich weiß, dass er recht hat.

»Zu Clays Verteidigung muss ich sagen, dass das oft damit einhergeht, eine Person des öffentlichen Lebens zu sein.« Victory wendet sich mir zu. »Dennoch ist es wahr. Du betrittst einen Raum und die Menschen bemerken dich, und zum Teil ist das der Grund dafür, dass du immer erwartest zu erreichen, was du willst. Der andere Grund dafür ist, dass du eben so bist. Wenn du etwas im Auge hast, bekommst du deinen Tunnelblick und erreichst es. Weißt du noch, wie du früher auf Reisen immer die Football-Teams zusammengestellt hast?«

»Die Hälfte der Zeit hat er nicht einmal deren Sprache gesprochen«, fügt Seth hinzu.

Bei der Erinnerung muss ich lächeln. »War nicht leicht.«

»Alles, was leicht ist, ist nichts wert«, sagen wir alle gleichzeitig und lachen.

Flynn hebt sein Glas. »Auf Gramps und seine weisen Worte.« Wir stoßen alle auf ihn an.

»Ich will damit nur sagen«, erklärt Victory, als sie ihr Glas abstellt, »dass diese totale Fokussierung einschüchternd auf Personen wirken kann, die Zeit zum Nachdenken brauchen.«

»Ich bin mir sicher, die Tatsache, dass Mom und Dad eigens Trainer für dich engagiert haben, hat zu diesem Sinn für Privilegien beigetragen«, sagt Seth ruhig.

»Die haben für uns alle solche Sachen gemacht«, erinnere ich ihn. »Oder hast du bequemerweise den ganzen Investitionskram vergessen, den Dad für dich auf die Reihe gebracht hat, als wir Kinder waren und im Ausland gelebt haben? Ich sage nicht, dass du unrecht hast, aber wir sind erfolgreich, gerade weil sie uns unterstützt und uns beigebracht haben, dass es immer einen Weg gibt, wenn der Wille da ist.«

»Ich bin vollkommen deiner Meinung«, sagt Seth. »Ich sage nur, dass es jenseits der Berühmtheit Gründe dafür gibt, dass du und wir alle so sind, wie wir sind.«

»Was du nicht sagst. Und wie soll mir das jetzt dabei helfen?«

»Darf ich etwas sagen?«, fragt Sutton vorsichtig.

»Ja«, sage ich und bin dankbar für die Verschnaufpause.

»Ich glaube nicht, dass irgendeiner von euch den Grad an Erfolg gehabt hätte, wenn ihr nicht so extrem selbstbewusst wärt«, sagt Sutton.

»Genau das sage ich ja.« Ich nehme einen Schluck.

»Dennoch«, fährt sie fort, »hat Victory recht. Du bist ein charmanter, kontaktfreudiger Kerl, Clay, und das an sich kann auf eine Person, die das nicht gewöhnt ist, einschüchternd wirken. Wenn Pepper dir vor Paris aus dem Weg gegangen ist, dann plötzlich in deinem Bett landet und mit einem Privatjet nach Hause geflogen wird, davon kann ihr schon schwindelig werden. Als Flynn und ich zusammengekommen sind, dachte ich zuerst auch: *Was zum Teufel passiert hier gerade? Kann ich dem vertrauen? Will ich das?*«

»Du wolltest es«, sagt Flynn selbstbewusst.

»Ja, stimmt, aber es war verwirrend. Das weißt du«, sagt Sutton. »Und wenn Pepper so eine tiefe Verbindung gespürt hat, wie Clay behauptet, stimme ich Vic zu. Wahrscheinlich muss sie das erst mal verarbeiten.«

Ich beiße die Zähne zusammen und wünschte, es wäre so. *Sie versucht nicht, es zu verarbeiten. Sie versucht, es zu beenden.* Doch ich habe nicht vor, das zuzulassen und Pepper diesen Fehler machen zu lassen. »Vielleicht habt ihr alle ja recht, aber ich bin nicht gekommen, um mein Privatleben analysieren zu lassen, also können wir das Thema bitte beenden?«

»Wir sind auf deiner Seite, Clay«, sagt Seth.

»Immer«, bestätigt Flynn.

»Das weiß ich und ich bin euch dafür dankbar. Ich bin allerdings selbst noch dabei, alles zu verarbeiten, also lasst uns von etwas anderem reden. Was habe ich während der Playoffs verpasst? Flynn, ich habe gehört, der Start von *Heart Stories* wurde um eine Woche verschoben. Freut ihr euch auf die

Ausstrahlung?« *Heart Stories* ist eine investigative Dokumentarfilmreihe, die Flynn und Sutton produzieren.

»Ja«, bestätigen sie beide erfreut.

»Zu schade, dass ihr es nicht schafft, für den Start der Ausstrahlung zu Mom und Dad zu kommen«, sagt Flynn.

»Ja, echt blöd. Tiffany will, dass ich an dem Wochenende auf einer Wohltätigkeitsveranstaltung eine Rede halte, aber ich schaue die Sendung auf jeden Fall an. Ich freue mich schon drauf.« Seth und ich tauschen angesichts meiner kleinen Notlüge einen verstohlenen Blick. Flynn und Sutton haben keine Ahnung, dass wir vorhaben, sie im Haus unserer Eltern zu überraschen.

»Ich mich auch«, sagt Victory. »Seth und ich werden sie uns zusammen anschauen. Wir sind beide in der Woche in Los Angeles.«

»Tut mir leid, dass ich sie nicht mit euch zusammen ansehen kann, aber ich bin schon ganz gespannt«, sagt Seth.

»Kein Problem. Wir wissen ja, dass ihr alle viel zu tun habt.« Flynn nimmt Suttons Hand. »Wir hoffen nur, dass es den Zuschauern gefallen wird.«

»*Er* hofft das«, sagt Sutton. »Ich hoffe, dass sie es lieben werden.«

»Schlaumeier.« Flynn zieht sie zu einem Kuss an sich.

Wenn ich die beiden so glücklich sehe, vermisse ich Pepper nur noch mehr. »Natürlich werden sie es lieben. Ganz genau so, wie sie auch die Folgen über den Regenwald geliebt haben.« Letztes Jahr hatten Flynn und Sutton die Aufgabe, für *Discovery Hour* drei Tage Survival-Abenteuer im Amazonas-Regenwald zu überstehen, wo sie letztendlich auch ein Paar geworden sind, und die Zuschauer schwärmen noch immer davon.

»Hoffen wir das Beste«, sagt Sutton.

»Wie sieht's aus mit einem Datum für die Hochzeit? Habt ihr schon einen Termin?«, frage ich.

»Wir haben uns gerade gestern Abend festgelegt.« Sutton schaut Flynn liebevoll an. »Wir haben das letzte Juniwochenende auf dem Weingut meiner Familie auf Silver Island gebucht.«

»Großartig. Das schreibe ich mir sofort in den Kalender.« Ich weiß vielleicht noch nicht, wie meine berufliche Zukunft mit dem Team aussieht, aber darüber brauchen die beiden sich keine Sorgen zu machen.

»Ich habe Doogie die Info schon geschickt«, sagt Flynn.

»Danke, Kumpel.«

»Flynn, ich buche dir und Sutton die Honeymoon-Suite im Silver House, falls du es noch nicht getan hast«, bietet Seth an.

»Danke, aber die Silvers überlassen sie uns als Hochzeitsgeschenk«, sagt Flynn.

»Wie nett von ihnen. Dann lass ich meinen Kumpel T die anderen Zimmer für uns reservieren«, überlegt Seth.

»Seth, dir ist schon klar, dass es seltsam ist, einen Assistenten, den du noch nie getroffen hast, *Kumpel* zu nennen, oder?«

Verwirrt zieht er die Augenbrauen zusammen. »Taylor ist definitiv mein Kumpel. Er arbeitet seit Jahren für mich und hält mir immer den Rücken frei.«

»Ja, aber du bist ihm noch nie begegnet, geschweige denn hast du mit ihm telefoniert«, ergänze ich.

Seth sieht mich unbeeindruckt an und trinkt einen Schluck. Als er das Glas abstellt, sagt er: »Soll er dir ein Zimmer besorgen oder nicht?«

»Natürlich. So kann Doogie sich die Arbeit sparen. Ich wollte nur darauf hinweisen, dass es etwas komisch ist.«

Seth ignoriert meine Bemerkung und schaut über den Tisch zu Sutton und Flynn. »Um welche Uhrzeit sollen wir zum

Probe-Essen da sein?«

»Das haben wir noch nicht festgelegt«, sagt Flynn.

»Wir überlegen noch, ob wir es im Silver House oder im Rock Bottom machen«, erklärt Sutton.

»Im Rock Bottom?« Seth schaut amüsiert zu Victory hinüber. »Ist das nicht das Restaurant, das deinem *Freund* gehört, Vic?«

Victory wirft ihm einen warnenden Blick zu.

»Stimmt!«, rufe ich aus und erinnere mich wieder an den Kerl, der unermüdlich mit ihr geflirtet hat, als wir Flynn und Sutton letztes Jahr zu Weihnachten auf Silver Island besucht haben. »Wie hieß der Typ noch mal?«

»Wells Silver«, sagt Seth.

»Genau. Der hatte eindeutig ein Auge auf dich geworfen, Vic«, sage ich.

»Ich habe das Gefühl, der wirft ein Auge auf alle willigen Frauen, und ich gehöre mit Sicherheit nicht dazu.« Victory nimmt einen Schluck und sieht uns über den Glasrand hinweg an.

Wir alle würden uns freuen, wenn sie die Liebe noch einmal findet, aber ihr finsterer Blick bringt uns zum Schweigen, und in diesem Moment kommt auch schon die Kellnerin mit unseren Bestellungen. Flynn und Sutton berichten beim Essen noch mehr über ihre Hochzeitspläne, und bevor wir auf andere Themen zu sprechen kommen, hebt Victory ihr Weinglas. »Auf Sutton und Flynn, die nach den Sternen greifen und jede Sekunde des Glücks genießen wollen, wann immer sie sich ihnen bietet.«

Ich höre das Ungesagte heraus, das sie uns stets eingebläut hat – *Es gibt keine Garantien für morgen* –, und ich bin sicher, dass Seth und Flynn es ebenfalls hören, doch meine Gedanken kehren wieder zu Pepper zurück. Ich frage mich, ob hinter ihrer Entscheidung mehr steckt als nur die Tatsache, dass wir zu weit voneinander entfernt leben oder sie zu beschäftigt ist. Könnte Seth recht haben? Fühlt sie sich von mir eingeschüchtert? Unsere Verbindung ist magisch und aufregend, und sie war aufrichtig, was ihre Skepsis gegenüber Sportlern angeht.

Ich denke an unsere vorletzte gemeinsame Nacht. *Handgelenke oder Augen, Baby?* Peppers Stimme wispert in meinem Kopf. *Nichts davon habe ich je gemacht. Können wir beides versuchen?* Das Bild von ihr mit verbundenen Augen und gefesselten Handgelenken taucht vor mir auf.

Du vertraust mir, Draufgängerin.

Die Frage lautet: Vertraust du dir selbst?

Siebzehn

Pepper

Konzentrier dich, ermahne ich mich am Donnerstagabend zum tausendsten Mal, während ich auf meine Notizen starre.

Ravi und ich haben in zwanzig Minuten eine Konferenzschaltung mit den Führungskräften einer großen Firma für medizinische Hilfsmittel, um ihnen das Konzept für unser Migräne-Gerät vorzustellen und sie hoffentlich von einer Investition zu überzeugen. Diese Besprechung muss gut laufen, auch wenn ich mit Sicherheit nicht in bester Verfassung bin. Ich habe in letzter Zeit nicht gut geschlafen. Immerzu muss ich an Clay denken, und ich frage mich, ob ich die richtige Entscheidung getroffen habe. Jedes Mal, wenn ich meine Notizen für die Präsentation durchgehen will, wandern meine Gedanken zurück zu unserer letzten Nacht in Paris, in der er Migräne hatte. Dass er die unerträglichen Schmerzen herunterspielen wollte, nur um mich nicht zu enttäuschen, haut mich immer noch um.

Ich schaue auf mein Handy und tippe auf den Bildschirm. Es zeigt ein paar ungelesene Nachrichten von meiner Familie an, aber keine von Clay. Zwei Tage ist es her, dass ich von ihm gehört habe, und auch wenn ich diejenige bin, die die Verbindung gekappt hat, so verspüre ich doch einen schmerzhaften

Stich. Ich rede mir ein, dass die Sehnsucht mit der Zeit weniger wird. Das muss sie. So kann ich nicht funktionieren. Ein weiteres Mal schaue ich auf meine Notizen, versuche, mich zu konzentrieren, doch ich sehe nur Clays lächelnde Augen, und in meinem absonderlichen Hirn werden sie immer intensiver, so wie an dem Wochenende, als er mich angesehen hat, als würde er nur mich sehen. Niemand hat mich je so angeschaut, wie er es tut.

Getan hat. Wie er es getan hat.

Ich schnaufe einmal durch und versuche, einen klaren Kopf zu bekommen. Wahrscheinlich bin ich vollkommen erschöpft, denn es ist so, als wäre sein Gesicht in mein Hirn eingebrannt. *Kaffee.* Den brauche ich jetzt. Ich stehe auf und verlasse mein Büro. Die Glocke über der Eingangstür klingelt, also schaue ich nach, wer da ist.

Ein Mann in einer schwarzen Jacke steht mit dem Rücken zu mir in der Tür. »Kann ich Ihnen helfen …«

Er dreht sich herum und mir stockt der Atem. Es ist Clay, mit einem Strauß bezaubernder roter Rosen samt Vase in der Hand.

Ein Lächeln, das so viel sagt wie *Da bist du ja*, breitet sich auf seinem attraktiven Gesicht aus. »Draufgängerin.«

Meine Gedanken geraten durch die Mischung aus Sehnsucht und Erleichterung in seiner Stimme ins Trudeln.

Er kommt auf mich zu. »Die sind für dich.« Er gibt mir die Rosen.

»Danke.« Ich klinge ebenso verblüfft und verwirrt, wie ich mich fühle. Er legt eine Hand auf meine Hüfte und gibt mir einen Kuss auf die Wange. Zedernholz, Vanille und der einzigartige Duft von ihm umhüllen mich wie eine Lieblingsdecke. »Was machst du hier?«

»Du hast mir gefehlt«, sagt er, als wäre das offensichtlich. Als würde jeder, dem ich gefehlt habe, einfach so spontan in meiner Firma auftauchen.

Seit Jahren hat mein Herz keinerlei Notiz von irgendeinem Mann genommen, und bei ihm schlägt es nun jedes Mal Purzelbäume. »Du bist den ganzen Weg von New York hergekommen, nur um mich zu sehen?«

»Ich wohne in Jersey City, aber ja. Außerdem wollte ich dir das hier geben.«

Er überreicht mir ein gerahmtes Bild, das ich vorher gar nicht bemerkt habe. Mir bleibt erneut die Luft weg. Es ist die Zeichnung von uns aus Paris. Diesen gemeinsamen Tag bin ich in Gedanken unzählige Male durchgegangen, und ich habe mich gefragt, was er wohl mit der Zeichnung gemacht hat. Wieder schaut er mich so an, als würde er nur mich sehen, sodass ich mich kaum konzentrieren kann. Trotzdem bringe ich gerade noch heraus: »Willst du es nicht behalten?«

»Ich hoffe, dass ich es trotzdem weiterhin sehen kann.«

In meinem Kopf dreht sich alles, doch die Besprechung mit Ravi sitzt mir im Nacken und nichts ergibt mehr einen Sinn. »Ich wünschte, du hättest mir eine Nachricht geschickt. Ich habe gleich eine wichtige Telefonkonferenz.«

»Mit Nachrichten komme ich bei dir nicht weit, aber keine Sorge. Ich weiß, dass du zu tun hast. Lass dir Zeit, ich kann warten.«

Er zieht seine Jacke aus und sieht so verdammt gut aus in dem taillierten marineblauen Button-down-Hemd und der dunklen Hose, als er die Jacke über die Armlehne eines der Stühle in der Lobby legt und sich setzt. Er legt ein Fußgelenk auf das andere Knie, nimmt sich eine Zeitschrift und fängt an, darin zu blättern, während ich versuche, mich ans Atmen zu erinnern.

»Bist du gleich so weit, Pep?«

Ravis Stimme lässt mich zusammenzucken und ich drehe mich um.

Wahrscheinlich sehe ich ebenso durch den Wind aus, wie ich mich fühle, denn Ravi stellt sich neben mich und schaut neugierig und beschützend zwischen mir und Clay hin und her. »Alles in Ordnung?«

Nein. Meine Welten prallen aufeinander und ich habe das Gefühl, mich übergeben zu müssen. »Ja, alles gut. Das hier ist Clay. Er ist gerade hier aufgetaucht ... so aus dem Nichts.«

Ravi wirkt erleichtert – und amüsiert, was mich wahnsinnig ärgert.

Clay steht auf und streckt ihm die Hand entgegen. »Clay Braden.«

»Ich erkenne dich.« Ravi ergreift seine Hand. »Ich bin Ravi Bhandara, ein großer Fan. Schade wegen der Playoffs, aber du hast ein tolles Spiel gemacht.«

»Danke, *Ravi*.« Sein Blick huscht kurz zu mir, dann wieder zu Ravi. »Das ist sehr nett. Pepper hat mir viel von dir erzählt.«

»Nur Gutes, hoffe ich.« Er legt mir einen Arm um die Schulter. »Pep und ich kennen uns schon lange.«

»Hab ich gehört.« Clay betrachtet Ravis Arm um mich skeptisch und mit sichtbar angespannten Kiefermuskeln. »Sie und ich sind seit Kurzem miteinander bekannt.«

Warum fühlt sich das so an, als versuche er, Ravi zu überbieten? Er ist doch nicht eifersüchtig, oder? Warum macht mich das an? Meine Wangen glühen. *Omeingott!* Was passiert hier gerade? Das darf nicht sein. Ich ducke mich unter Ravis Arm weg. »Tja, also, Ravi und ich haben jetzt eine Konferenzschaltung. Clay, soll ich dir schreiben, wenn ich mit der Arbeit fertig bin? Könnte spät werden.«

»Das ist in Ordnung. Wie gesagt, ich warte. Viel Glück bei der Besprechung. Schön, dich kennengelernt zu haben, Ravi.« Clay nickt ihm zu, setzt sich und schnappt sich wieder die Zeitschrift.

»Im Pausenraum, einfach den Flur entlang, findest du Kaffee.« Ravi zeigt in Richtung des Pausenraums.

Flehend sehe ich Ravi an. *Sag das doch nicht! Sonst geht er niemals und ich habe für immer diesen Hirnbrei im Kopf.*

»Danke«, sagt Clay.

»Können wir loslegen, Pep?«, fragt Ravi und reißt mich aus meiner Starre.

»Ja.« Ich marschiere absolut verwirrt zu meinem Büro.

Ravi hält mit mir mit, doch er sagt kein Wort, bis wir die Tür hinter uns geschlossen haben. »Wow! Das war heiß.«

»Wovon redest du? Das ist ein wahrer Albtraum.« Ich stelle die Vase und das Bild auf den Tisch und knete meine Finger.

Er lacht. »Eher eine wahrgewordene Fantasie. Die Funken zwischen euch haben nur so gesprüht, dass ich dachte, die Lobby geht in Flammen auf.«

»Das ist nicht witzig. Da gibt es keine Funken.«

Er lacht.

»Okay, da sind Funken. Aber er darf nicht hier sein. Sieh mich an.« Ich strecke meine zitternden Finger aus. »Er sorgt dafür, dass ich einfach nur blöd bin.«

»Das nennt man angeturnt, Kleine.«

»Ich bin nicht angeturnt.«

»Versuchst du, dir das einzureden? Denn so, wie ihr zwei euch angesehen habt, ist es für mich offensichtlich, dass ihr in Paris die Betten in Brand gesetzt habt.«

Ich schließe die Augen, balle die Hände zu Fäusten und

stöhne auf. Als ich die Augen wieder öffne, wirkt Ravi noch amüsierter. »Ich kann es nicht ausstehen, wie gut du mich kennst. Was soll ich machen?«

»Mach es mit ihm.«

Genervt sehe ich ihn an. »Du bist keine große Hilfe.«

»Pepper, wo ist das Problem? Ist irgendetwas Schlimmes passiert, von dem du mir nichts erzählt hast? Denn dann sage ich ihm meine Meinung.«

Ich atme tief durch und versuche, mich zusammenzureißen. »Nein. Er hat sich wundervoll verhalten. Aber ich habe es doch gesagt. Bei ihm vergesse ich meinen gesunden Menschenverstand.«

»Ein bisschen weniger davon würde dir ganz guttun.«

»Du verstehst es nicht. In seiner Gegenwart erkenne ich mich kaum wieder.« Ich gebe ihm die Zeichnung. »Wer ist das? Hm? Das bin nicht ich. Das ist irgendeine nackte Tussi mit sexy Lippen und umwerfenden Augen. Selbst der Künstler hat gesehen, dass ich nicht ich selbst war.«

Er betrachtet die Zeichnung, legt sie auf den Tisch und sieht mich an. »Hör zu, du weißt, dass ich dich lieb habe.«

»Was hat das mit ihm zu tun?« Ich schäume.

»Dir wird nicht gefallen, was ich zu sagen habe, aber ich werde es trotzdem sagen, und daher möchte ich, dass du dich daran erinnerst, dass du mich auch lieb hast.« Er spricht sanfter weiter. »Wenn du mit Männern ausgegangen bist und ihnen kurz darauf eine Abfuhr erteilt hast, habe ich dich zu hundert Prozent unterstützt. Ich fand nicht, dass irgendeiner von denen gut genug für dich war. Sie haben sich nicht genug bemüht, und du schienst von keinem besonders angetan gewesen zu sein. Ich weiß nicht, was für ein Mensch Clay ist, doch eines weiß ich. Du hast die Arbeit sausen lassen, um mit ihm zusammen zu sein – dabei kann man eigentlich gar nicht von *sausen lassen* reden, denn wir wissen beide, dass du wesentlich mehr freie Zeit verdienst als nur diesen einen Tag. Trotzdem: Du bist anders, seit du aus Paris zurück bist. Du bist abgelenkt und gereizt. Ich glaube, er hat ein Feuerwerk in dir entfacht, und das jagt dir eine Heidenangst ein, denn es erinnert dich daran, wer du *davor* warst.«

Ich muss schlucken. *Vor dem Unfall, der alles verändert hat, oder vor dem Mistkerl am College oder vor beidem?*

»Ich erkenne die Frau in der Zeichnung und sie hat etwas ganz Besonderes an sich. Ich bin froh, dass du die Gelegenheit hast, sie wieder kennenzulernen. Auch wenn sie dir Angst macht.«

Ich schlucke erneut und kämpfe gegen die Tränen an. Ob es Wuttränen sind oder ob ich um das Mädchen weine, von dem ich mich vor vielen Jahren verabschiedet habe, oder ob ich aus purem Frust heulen könnte, weiß ich nicht, aber ich kämpfe mit aller Macht dagegen an und versuche, einen klaren Gedanken zu fassen.

»Hier aufzutauchen, ist ein offensiver Schachzug von einem Mann, der jede Frau haben kann«, sagt Ravi. »Und das heißt, er weiß auch ganz genau, dass du ebenfalls jeden Mann haben kannst. Das Risiko will er nicht eingehen und das gefällt mir.«

Ich höre, was er sagt, bin jedoch zu schlecht aufgelegt, um mich damit abzugeben. »Dann date du ihn doch.« Wutschnaubend stapfe ich um meinen Schreibtisch herum.

»Pepper …«

»Nicht!« Ich hebe die Hand, damit er nicht weiterredet. »Wir haben eine Besprechung anstehen und mir schwirrt der Kopf. Vielleicht sollten wir einen neuen Termin machen.«

»Willst du mich verarschen?«

»Nein«, fauche ich.

»Wir haben sechs Wochen daran gearbeitet, diese Telefonkonferenz anzuberaumen.« Wie wir es schon unzählige Male füreinander getan haben, mutiert Ravis Verhalten in diesem Moment von dem des besten Freundes zu dem des entschlossenen Geschäftspartners. Sein Blick wird ernst, die Gesichtszüge angespannt, und er stützt sich mit beiden Händen auf meinem Schreibtisch ab, lehnt sich vor und sieht mir in die Augen. »Du bist Dr. Pepper Montgomery, führend in unserer Branche. Du hast diese Firma mit dem Ziel gegründet, medizinische Geräte zu entwickeln, die dir wichtig sind. Willst du wirklich zulassen, dass irgendwelche kleinen chemischen Reaktionen das verhindern?«

»Nein?«

Er schüttelt lächelnd den Kopf. »Dann lass den Unfug jetzt und zeig denen, dass du ein großes Mädchen bist. Es ist Showtime!«

Über eine Stunde später beenden wir die Konferenzschaltung, und Ravi und ich lehnen uns zurück, um die Ablehnung sacken zu lassen. »Tja, das ist echt mies«, jammere ich. »Ich dachte, ich hätte mich zusammengerissen und eine gute Präsentation abgeliefert. Habe ich irgendetwas Fragwürdiges gesagt oder so geklungen, als hätte ich kein Vertrauen in unsere Fähigkeiten?«

»Natürlich nicht. Sie hätten nicht so viel Zeit mit uns verbracht, wenn sie nicht an dem interessiert wären, was wir tun. Der Ressortleiter ist eben nur einer von der alten Schule. Du hast ja gehört, was er gesagt hat. Er gibt ungern Geld an eine

Firma, die noch nicht so lange besteht.«

»Ich bin froh, dass es nicht an mir lag, aber die Niederlage ärgert mich total. Unser Ruf sollte für sich sprechen.« Während ich das sage, fällt mein Blick auf die Rosen und die Zeichnung von mir und Clay in Paris, und ich muss daran denken, wie falsch ich ihn einzig aufgrund seines Rufes eingeschätzt habe. »Obwohl ... Ich nehme das zurück. Ein Ruf kann manipuliert werden. Aber unserer ist es nicht. Mit der Zeit werden unsere Produkte für sich sprechen und letztlich werden sie ihre Entscheidung bereuen.«

»Ganz genau. Wir werden die richtigen Investoren noch finden.« Einer seiner Mundwinkel zuckt nach oben. »Andere Mütter haben auch schöne Töchter.«

»Manchmal muss man eine Menge Frösche küssen.«

Wir lachen beide über die Ratschläge, die wir uns im Laufe der Jahre gegeben haben und bei denen wir insgeheim die Augen verdreht haben.

»Was glaubst du, wer sich diese lächerlichen Redewendungen ausgedacht hat?«, fragt Ravi.

»Eine Männer-Selbsthilfegruppe und eine sehr kluge Frau.« Wir stehen beide auf. »Wir haben eine großartige Präsentation abgeliefert.«

»Ja, stimmt, und zwar obwohl Mr. Perfect dich direkt davor daran erinnert hat, dass du eine sexy Lady mit Bedürfnissen bist.«

Ich sehe ihn finster an. »Hast du in letzter Zeit einen Schlag auf den Kopf bekommen? Denn ich kann mich nicht daran erinnern, dass du Todessehnsüchte hast.«

Er lacht.

Leiser spreche ich weiter, während ich zur geschlossenen Bürotür spähe. »Es ist Viertel vor sieben. Glaubst du, er sitzt noch immer da draußen?«

»Möchtest du das?«

Ich schaue den Mann an, der seit Kindheitstagen mein bester Freund ist, der mich in meinen besten und schlimmsten Momenten gesehen hat und der all meine Geheimnisse kennt. Dankbar dafür, dass ich ihm dieses verraten kann, flüstere ich: »Ich glaube schon.«

Er flüstert: »Warum flüstern wir?«

»Weil ich weiß, dass es nicht klug ist, und ich habe Angst, dass ich es mir anders überlege, wenn ich es zu laut sage.«

Er zieht mich an seine Seite. »Für ein so kluges Mädchen kannst du ziemlich dumm sein.«

»Das ist nicht sehr nett.«

»Was soll ich sagen? Manchmal ist die Wahrheit schmerzhaft. Bist du bereit dafür?«

Bin ich nicht, aber ich nicke, und meine Nerven sind angespannt, als wir zur Lobby gehen. Gelächter dringt über den Flur, der zum Labor führt. Das ist hier ein so seltenes Geräusch, dass Ravi und ich stehenbleiben und uns verwirrt anschauen. Clays Stimme ist über das Gelächter hinweg zu hören.

In meinem Bauch verknotet sich alles, als wir weitereilen. Über mein Privatleben rede ich mit Min und Chris nicht, und ich hoffe, dass Clay ihnen nichts von uns erzählt hat.

Vor dem Labor bleibe ich stehen und versuche, mich zu sammeln, während ich nach Hinweisen darauf lausche, worüber geredet wurde. Clay sitzt auf der Kante eines Arbeitstisches und unterhält sich mit meinen Mitarbeitern. Ich sehe sie nur von der Seite, kann aber erkennen, dass Chris und Min, eine zierliche Brünette mit glatten schulterlangen Haaren und einer Brille, ihn fasziniert anblicken.

»Ich möchte euch eine ernstgemeinte Frage stellen«, sagt

Clay. »Wie weit und schnell muss ich den Ball werfen, damit ihr wissenschaftlich belegen könnt, dass ich ein Superheld bin?«

Chris und Min lachen, und als wir den Raum betreten, drehen sich alle zu uns um.

»Da sind sie ja«, sagt Clay und springt vom Tisch herunter.

»Wie ich sehe, hast du den Rest meines Teams kennengelernt.« Eingehend mustere ich ihre Gesichter, um Hinweise auf irgendwelche Offenbarungen zu finden, kann sie jedoch nicht deuten.

»Ich war auf der Suche nach der Toilette und habe Chris getroffen.« Clay legt eine Hand auf Chris' Schulter, als wären sie langjährige Kumpels, und Chris strahlt. »Er war so nett, mir den Weg zu zeigen, und wir haben ein bisschen gequatscht.«

»Du hast uns etwas vorenthalten, Pepper«, sagt Chris und mir stockt der Atem. »Du hast uns ja gar nicht erzählt, dass du einen der besten Quarterbacks der NFL kennst.«

Eine Welle der Erleichterung überkommt mich.

»Weil sie Besseres zu erzählen hat, wie zum Beispiel über die wichtige Arbeit, die ihr hier macht«, sagt Clay und rettet mich damit. »Wie lief eure Besprechung?«

»Das passte nicht so recht zusammen«, sage ich so munter wie möglich. »Aber wir werden die richtige Förderquelle schon noch finden.«

»Schade«, sagt Chris.

»Das bezweifle ich keine Sekunde.« Clay deutet um sich. »Hier also finden die Wunder statt.«

»Eher Wissenschaft als Wunder, aber ja«, sage ich möglichst ungezwungen.

»Lass dir von der Chefin nichts erzählen«, sagt Ravi. »Hier geschehen jede Menge Wunder.«

»Wissenschaftliche Wunder«, stimmt Min lebhafter als

üblich zu.

»Seid ihr für heute fertig? Wir haben gerade überlegt, alle zusammen essen zu gehen«, sagt Clay.

»Oh.« Die Überraschung in meiner Stimme kann ich nicht verbergen. Ich habe keine Ahnung, was ich heute Abend erwartet habe, doch die anderen hatte ich sicher nicht mit eingerechnet.

»Das ist wahrscheinlich das einzige Mal in meinem Leben, dass ich die Gelegenheit habe, mit einem meiner Sporthelden essen zu gehen«, sagt Min aufgeregt.

»Du hast Sporthelden?« Ich wusste nicht einmal, dass sie etwas für Sport übrighat.

»Hat das nicht jeder?«, fragt Min, als hätte ich eine lächerliche Frage gestellt.

»Chris hat sie vor ein paar Jahren für Football begeistert. Sie schauen alle Spiele zusammen. Und sie kennt all meine Statistiken«, sagt Clay. »Ziemlich cool, oder?«

»Ja.« Ich wusste ebenso wenig, dass Chris und Min außerhalb der Arbeit Zeit miteinander verbringen. Wieso weiß Clay so viel über die beiden?

»Wenn wir Clays Team sehen, trägt Min sein Trikot«, sagt Chris.

Was zum …? Die Eifersucht bringt mein Hirn auf Trab. Kein Wunder, dass sie ihn so anschmachtet. »Echt? Das ist ja witzig.«

»Wer hätte gedacht, dass du die ganze Zeit über einen Giants-Fan unter deinem Dach hattest«, sagt Clay. »Es soll hier um die Ecke einen guten Italiener geben, zu dem wir gehen könnten. Was meint ihr? Könnt ihr schon Feierabend machen?« Er schaut mich *und* Ravi an und richtet die Einladung eindeutig an uns beide.

»Wir haben ihm erzählt, dass du normalerweise an deinem Schreibtisch isst und selten vor acht Uhr das Büro verlässt«, erklärt Min mir.

»Heute Abend liegt nichts Dringendes an«, verkündet Ravi und drängt mich mit einem Blick, die Einladung anzunehmen. »Das wäre eine nette Pause und ich würde Clay gern kennenlernen.«

»Klar«, sage ich, fühle mich bei der Vorstellung jedoch nicht wohl. Bevor ich mich mit allen an einen Tisch setze, muss ich herausfinden, was Clay ihnen von uns erzählt hat. »Ich muss nur noch meine Jacke holen. Clay, komm doch einfach kurz mit in mein Büro, dann können wir kurz quatschen, und wir treffen die anderen gleich in der Lobby.

Sobald wir außer Hörweite sind, flehe ich ihn an: »Bitte sag, dass du ihnen nichts von Paris erzählt hast.«

»Sie wissen, dass wir beide in Paris waren, aber so weit solltest du mir schon vertrauen. Glaubst du wirklich, dass ich ihnen erzählen würde, wie ich dich ans Bett gefesselt und es mit dir getrieben habe?«

Mein gesamter Körper geht in Flammen auf und ich eile in mein Büro. Clay schließt die Tür hinter sich und dreht sich mit einem ernsten Blick zu mir um. »Du hast vergessen, zu erwähnen, dass du mit Ravi zusammenarbeitest. Seid ihr beide noch ein Paar? Wolltest du mich deshalb nicht sehen?«

Meinen Schock kann ich nicht verbergen. »Glaubst du wirklich, ich würde mit dir schlafen, wenn ich in einer Beziehung mit Ravi oder sonst jemandem wäre?«

»Im Moment weiß ich überhaupt nicht, was ich glauben soll. Viele Frauen vergessen in meiner Gegenwart bequemerweise, dass sie in einer Beziehung sind.«

Mir bleibt die Spucke weg. »Du hast mit Frauen geschlafen,

die ihre Freunde oder Ehemänner betrügen?«

»Nicht absichtlich, aber ja. Das geschah zu einer Zeit, als ich zu jung und zu dumm war, um mir dessen bewusst zu sein. Ich habe meine Lektion gelernt. Ich bin nicht stolz darauf, dass ich ein Playboy war oder dass man mit mir gespielt hat. Diese Art von Verhalten billige ich nicht. Ich respektiere Beziehungen. Meine Eltern und Großeltern sind seit Ewigkeiten verheiratet und genau das will ich auch irgendwann haben.«

Seine Ehrlichkeit rechne ich ihm hoch an. Was mich stutzig macht, ist das, was er zuletzt gesagt hat. »Wirklich?«

Er fährt sich durch die Haare, wendet den Blick ab und gibt einen ungläubigen Laut von sich. »Ja, das will ich, und wenn ich dich so ansehe, überrascht es dich ebenso sehr wie mich. Mir war bis zu diesem Moment nicht bewusst, wie sehr ich das will.« Er reibt sich über das Gesicht und sein Ausdruck wird sanfter und auch ein wenig verwirrt. »Was stellst du nur mit mir an, Draufgängerin?«

Mein Herz zieht sich zusammen, doch ich ermahne mich, klug zu sein. »Das Gleiche könnte ich dich fragen, wenn du hier einfach so unangekündigt auftauchst und mir Blumen mitbringst. Die sind übrigens wunderschön. Danke.«

»Das bist du auch.« Er kommt auf mich zu, legt den Arm um meine Taille und zieht mich an sich, wobei er mich so leicht hält, dass ich ausweichen könnte, falls ich wollte.

Was ich nicht will.

»Als ich dachte, dass du und Ravi ein Paar seid, bin ich fast durchgedreht.« Sein Tonfall ist barsch, doch gleichzeitig auch zärtlich. »Ich habe versucht, aus Chris und Min so viel wie möglich über euch beide herauszuquetschen, ohne zu offensichtlich zu sein, aber zu hören, wie nah ihr beide euch steht, hat es nur noch schlimmer gemacht.«

»Du warst eifersüchtig?«, frage ich ungläubig.

»Ja. Das ist ein neuartiges Gefühl für mich, und ich muss sagen, dass ich kein Fan davon bin, in Gedanken einem Typen, den ich nicht einmal kenne, körperliche Schmerzen zuzufügen.«

Ich lache auf. »Entschuldige, ich wollte nicht lachen. Du solltest Ravi nichts Böses wünschen. Wir sind seit der Highschool nicht mehr zusammen, aber er ist mein bester Freund. Auf ihn kann ich immer zählen und ich vertraue ihm absolut.«

Er legt seine Stirn an meine. »Warum stößt du den Dolch nicht gleich noch etwas tiefer?«

»Wie meinst du das?«

Er hebt den Kopf und schaut mir tief in die Augen. »Ich möchte der Mann sein, dem du vertraust.«

Mein Herz schlägt schneller, und die Ehrlichkeit und die Sehnsucht, die ich in seiner Stimme höre, lassen mich innerlich schmelzen. Ich habe keine Ahnung, was das hier ist, und ich weiß, dass es unmöglich funktionieren kann, aber ich will *ihn*. Ich will die Freude und das Schöne, was wir hatten, und ich will nicht mehr dagegen ankämpfen. Mein Herz rast, als ich die Arme um ihn lege. »Du bist der einzige Mann, der mich je fesseln durfte. Das sollte dir schon einiges sagen.«

»Dass ich der größte Glückspilz weit und breit bin?« Er streicht mit seinen Lippen über meine und flüstert: »Du hast mir gefehlt«, und dann küsst er mich langsam und zärtlich und bei Weitem nicht lang genug.

»Du hast mir vielleicht auch irgendwie gefehlt.«

Er lächelt. »Eines Tages werde ich dir beibringen, dass Worte wie *irgendwie* und *vielleicht* blöde kleine Mistkerle sind.«

Ich lache leise.

»Wir sollten lieber zu den anderen gehen, bevor sie herausfinden, dass wir mehr als nur Freunde sind, die in Paris Zeit miteinander verbracht haben.«

»Ravi weiß von uns.«

Er zieht die Augenbrauen zusammen. »Du hast es ihm erzählt?«

»Er kennt all meine …« Ich rede nicht weiter, denn mir wird bewusst, dass Ravi nicht mehr all meine Geheimnisse kennt. »Er weiß, dass wir zusammen waren, aber die schmutzigen Einzelheiten habe ich ihm nicht erzählt. Bei Min und Chris würde ich Privates gern von Beruflichem getrennt halten. Ich will es nicht komplizierter machen als nötig.«

»Das habe ich nicht anders erwartet, aber nur damit du es weißt, es wird schwer für mich, so zu tun, als sehnte ich mich nach der langen Zeit nicht danach, dich zu küssen.«

»In dem Fall … Hier ist noch einer zum Durchhalten.« Ich schmiege mich an ihn, küsse ihn und weiß genau, dass es für mich genauso schwer werden wird.

Achtzehn

Pepper

Seit Jahren gehe ich fast täglich zu Fuß zur Arbeit, doch jetzt mit Clay und meinen Kollegen über den Gehweg zu laufen, fühlt sich ein wenig so an, als hätte man mich in irgendeiner Parallelwelt ausgesetzt. So erstaunt und glücklich ich darüber bin, dass Clay hier ist, so ist Charlottesville doch mein sicherer Hafen, und Ravi, Min und Chris sind meine Gang. Außerhalb der Arbeit unternehmen wir vielleicht nicht sehr viel, aber wir arbeiten meistens lange, und wahrscheinlich verbringe ich mehr Zeit mit ihnen, als die meisten verheirateten Paare miteinander verbringen. Wir sind ein gutes Team, und ich möchte nicht, dass das durch irgendetwas auf den Kopf gestellt wird.

Ich bin nervös, als wir am Tisch Platz nehmen, und hoffe, dass das gemeinsame Abendessen nicht unangenehm wird. Doch es kommt sofort eine ungezwungene Unterhaltung in Gang, und ich werde an all die Gründe erinnert, warum ich mich zu Clay hingezogen fühle. Er ist witzig und interessant, und er gibt jedem das Gefühl, etwas Besonderes zu sein. Das waren auch einige der Gründe dafür, dass ich ihn vor Paris gemieden habe. Nachdem ich nun weiß, wer er ist, erkenne ich, dass sein Bemühen aufrichtig ist. Mir gefällt es, dass er sich die

Zeit nimmt, meine Freunde kennenzulernen, indem er sie nach ihren Familien und nach unserer Arbeit fragt. Aber die wenigen Leute, die verstohlen zu ihm blicken und zum Teil flüsternd herüberschauen, sind auch nicht zu übersehen. So ist das anscheinend, wenn man als Profi-Quarterback in einer College-Stadt auftaucht, in der sich alle für Football begeistern. Ich fühle mich dabei etwas unwohl und gebe mein Bestes, um es zu ignorieren. Ich kann mir nicht vorstellen, wie es sich für Clay anfühlt, aber man muss ihm anrechnen, dass seine Aufmerksamkeit stets nur unserer Gruppe gilt.

Während des Essens berührt sein Bein meines und er hält unter dem Tisch meine Hand. Diese simplen Berührungen habe ich so vermisst und nun möchte ich einfach nur noch mehr.

Er übernimmt am Ende die Rechnung, und als wir zurück zum Büro gehen, stehe ich vollkommen unter Spannung und möchte unbedingt mit ihm allein sein. Die wohlmeinenden Blicke, die ich von Ravi bemerke, machen mich nur noch nervöser. Wir erreichen den Parkplatz, wo Ravi, Chris und Min sich bei ihm noch einmal für das Essen bedanken und sich verabschieden.

Während sie zu ihren Autos gehen, wendet Clay sich mir zu. »Das haben wir gut gemacht, Draufgängerin. Ich glaube nicht, dass sie mich für deinen jugendlichen Liebhaber halten.«

Ich muss lachen. Auch das hat mir gefehlt. Es ist herrlich, wie leicht er mich zum Lächeln und Lachen bringt.

»Im Ernst, sie sind großartig, und sie haben eindeutig großen Respekt vor dir. Ich hoffe, du weißt, dass ich nie etwas tun würde, was das gefährden würde.«

»Dafür bin ich dir sehr dankbar.« Mir wird bewusst, dass ich noch etwas anderes wissen muss. »Weiß Dash, dass du hier bist?«

»Nein, warum?«

»Meine Schwestern haben immer wieder Fragen gestellt. Ich habe ihnen nichts von Paris erzählt, und ich habe einfach keine Lust, mich mit ihrem Tratsch auseinanderzusetzen oder mich von ihnen unter Druck setzen zu lassen. Würde es dir etwas ausmachen, es Dash gegenüber nicht zu erwähnen, bis wir wissen, was genau das hier ist?«

»Ich weiß bereits, was es ist, aber klar.« Er deutet Richtung Büro. »Musst du noch mal hinein, um etwas fertigzumachen?«

Ich habe immer etwas zu tun, aber er hat den ganzen Weg auf sich genommen, um mich zu sehen, und ich will Zeit mit ihm verbringen. Ich überlege, ob ich die Rosen holen soll, entscheide mich jedoch dafür, sie dort zu lassen, damit ich sie morgen sehen kann. »Nein.«

»Gut, dann bringe ich dich zu deinem Auto.«

»Das ist nicht hier. Ich fahre nicht gern abends, also laufe ich normalerweise zur Arbeit.«

»Wirklich? Was stört dich daran, abends zu fahren?«

»Nichts Besonderes. Hab ich noch nie gern gemacht und außerdem wohne ich nur ein paar Straßen weiter.«

Er zieht die Augenbrauen zusammen. »Was machst du, wenn es schneit?«

»Ich ziehe Stiefel an.«

Er lacht und schaut sich um. »Ist es hier sicher genug, um nachts allein herumzulaufen?«

»Sonst würde ich es nicht tun.«

»Also gut, Pep, wie ist jetzt die Lage? Stört es dich, abends bei anderen Leuten mitzufahren?«

»Überhaupt nicht.«

»Also dann, darf ich Sie nach Hause fahren, Dr. Montgomery?« Er bietet mir seinen Arm an.

»Überaus gern, Mr. Braden.« Ich nehme seinen Arm und lasse mich von ihm zu einem schwarzen Land Rover führen.

»Der Standort hier ist super für ein Unternehmen. Deine Firma ist nicht auf dem Wegweiser des Gebäudekomplexes eingetragen und du hast kein Schild in deiner Lobby. Seid ihr erst kürzlich eingezogen?«

Du bemerkst auch wirklich jede Kleinigkeit.

»Nein, wir sind schon eine Weile hier. Irgendwann besorge ich noch ein Schild für die Lobby. Als wir eingezogen sind, hatte ich wahnsinnig viel um die Ohren, und danach hatte ich einfach nicht die Zeit, mich darum zu kümmern. Was das Schild mit dem Wegweiser angeht, so hatte ich es irgendwann satt, dem Immobilienmanager hinterherzulaufen, damit unser Name da auftaucht. Aber das ist nicht weiter schlimm. Wir haben nicht viele Besucher. Hattest du Probleme, meine Räumlichkeiten zu finden?«

»Eigentlich nicht. Ich bin einfach nur von Tür zu Tür gelaufen und habe gefragt, wo ich die heiße Wissenschaftlerin finde, mit der ich in Paris geschlafen habe.«

Ich lache und steige in seinen Land Rover ein. Drinnen ist es sauber und luxuriös, und es riecht nach Leder und Clay. Nachdem ich ihn durch die Straßen gelotst habe, halten wir ein paar Minuten später vor meinem gemütlichen kleinen, historischen Haus.

Er hilft mir beim Aussteigen und legt eine Hand auf meinen Rücken, als wir zur Veranda gehen. »Das ist süß. Mir gefällt das Gelb.«

»Danke. Ich hätte gern ein größeres Grundstück gehabt, aber das Wohnen ist hier teuer, und in fußläufiger Entfernung zum Büro gab es nichts anderes.« Die Nachbarhäuser stehen kaum mehr als eine Autobreite entfernt und hinter dem Haus habe ich nur einen winzigen Garten. Ich bin nervös, als wir die Stufen hinaufgehen, und ich konzentriere mich darauf, die Tür aufzuschließen, und nicht darauf, wie sehr ich ihn küssen möchte. »Ich kann mich glücklich schätzen, das Häuschen gefunden zu haben. Die Alternative wäre eine Eigentumswohnung gewesen. Die hätte nicht so viele Fenster und keinen Garten. Darin wäre es mir so vorgekommen, als würde ich im Büro wohnen.« Mir wird bewusst, dass ich unsinnig herumplappere, daher schweige ich.

»Mache ich dich nervös?«

Ich stecke die Schlüssel in meine Tasche und sehe ihn an. »Ist das so offensichtlich?«

»Auf entzückende Weise, ja.« Er legt die Arme um mich und küsst mich auf die Stirn. »Es hat Spaß gemacht, deine Freunde kennenzulernen und Zeit mit euch zu verbringen. Danke, dass du dir die Zeit für mich genommen hast.«

»Ich danke *dir*, dass du den ganzen Weg auf dich genommen hast, obwohl ich gesagt habe, ich hätte zu viel zu tun, um dich zu sehen, und auch für die Blumen und dafür, dass du alle eingeladen hast.«

»Ich würde die ganze Stadt zum Essen einladen, um Zeit mit dir zu verbringen.« Er küsst mich sanft. »Ich habe deine Lippen vermisst.« Wieder findet sein Mund den meinen zu einem längeren, intensiveren Kuss. Zögerlich löst er sich und flüstert: »Du bist so süß, Draufgängerin«, und küsst mich erneut, diesmal fordernder. Himmel, wie habe ich es vermisst, ihn zu küssen. In mir wächst das Begehren heiß und beharrlich. Ich gehe auf die Zehenspitzen und nehme mir mehr. Seine Arme schließen sich fester um mich, und er gibt einen begierigen Laut von sich, der mein Denkvermögen lahmlegt. Ich klammere mich an ihn, fühle mich wie eine Sektflasche, deren

Korken gleich springt, und dränge mich an seine Erektion. Ohne mich von ihm zu lösen, greife ich nach dem Türknauf, um ihn ins Haus zu zerren, doch er reißt sich los.

Ein bedürftiger Laut entweicht mir.

Seine Lippen sind viel zu weit weg, als er lächelnd sagt: »Gute Nacht, meine Schöne.«

Ich brauche eine Sekunde, um zu kapieren, dass er die Stufen hinabgeht. »Du gehst?«

»Ja.« Er deutet mit dem Daumen über die Schulter. »Ich schlafe in meinem Bett.«

»Du hast hier ein Bett?« Ich befinde mich eindeutig in einer anderen Realität.

»Du hast gesagt, dass wir zu weit voneinander entfernt wohnen, also bleibe ich in der Nähe.« Er zieht die Augenbrauen hoch. »Du hast doch nicht geglaubt, dass ich nur herkomme, um mit dir zu schlafen, oder?«

»Willst du denn nicht mit mir schlafen?« Meine Stimme klingt merkwürdig.

»Natürlich will ich das. Aber Regel Nummer eins, wenn du erreichen willst, dass eine Frau sich in dich verliebt, besagt, dass sie mehr wollen muss, wenn du gehst. Schlaf gut, Liebling. Ich melde mich.« Er geht zu seinem Land Rover.

In dich verlieben?

Verdutzt schaue ich ihm nach, als er davonfährt, und bin überzeugt, dass er jeden Moment kehrtmacht, zu mir zurückkommt und sagt, dass es nur ein Scherz war. Ich habe keine Ahnung, wie lange ich da stehe und darauf warte, dass die Scheinwerfer wieder auftauchen, aber die Zeit reicht aus, dass die Lust aus meinem Hirn schwindet und die Verlegenheit sich breitmacht. Ich schaue zu den Häusern meiner Nachbarn und hoffe, dass sie nicht Zeuge davon wurden, wie ich mich Clay quasi an den Hals geworfen habe.

Nachdem ich vergeblich versucht habe, mich mit Arbeit, Fernsehen und Eis abzulenken, liege ich im Bett, trage Clays Trikot und grübele vor mich hin. Ich fasse es nicht, dass er hier in Charlottesville ist, und schon gar nicht, dass er mich gerade auf der Veranda hat stehenlassen. Warum ist er gegangen, wenn er nur diese Nacht hier ist? Selbst wenn er übers Wochenende bleibt, warum würde er die Zeit mit mir nicht nutzen wollen? In Paris wollte er mehr Zeit mit mir verbringen, nicht weniger. Das ergibt überhaupt keinen Sinn. Wartet er darauf, dass ich ihn bitte, zurückzukommen?

Omeingott! Ich bin so blöd. Natürlich! Er hat riesige Mühen auf sich genommen. Jetzt bin ich dran.

Ich nehme mein Handy und tippe los. *Willst du rüberkommen?* Das klingt verzweifelt. Ich lösche es und schreibe: *Was treibst du so?* Das ist zu kumpelhaft. Ich fange noch einmal an. *Das Essen war großartig. Lust auf einen Nachtisch?*

Uah. Ich lösche das abgedroschene Angebot.

Stattdessen tippe ich: *Es war ein schöner Abend. Willst du ihn noch besser machen?* Doch das ist auch nicht weniger abgedroschen. Nach einem halben Dutzend weiterer schlechter Versuche gebe ich mich schließlich mit etwas zufrieden, das sich nicht so aufdringlich anfühlt.

Ich: *Hallo.*

Clay: *Hallo, meine Schöne. Denkst du an mich?*

Ich: *Zerdenken trifft es eher.*

Clay: *Ja, an mir gibt es eine Menge zu bedenken.*

Ich: *In der Tat.*

Ich: *Was machst du gerade?*

Clay: *Trainiere aufgestaute Energie ab.*

Meine Finger schweben über der Tastatur und ich überlege, ob ich *Dabei kann ich dir helfen* schreiben soll.

Ein Foto von ihm taucht auf – in Shorts und T-Shirt vor einem Spiegel in einem Fitnessraum. Er hat mich stehen lassen, um zu trainieren? Das fühlt sich nicht besonders gut an.

Ich: *Ich wusste nicht, dass Fitnessstudios so spät noch geöffnet sind.*

Clay: *Es ist ein privater Fitnessraum.*

Ich: *Du meinst im Hotel?*

Clay: *Nein, ich habe ein Haus gemietet. Es hat ein voll einge-richtetes Fitnessstudio.*

Er hat ein ganzes Haus für das Wochenende gemietet? Wenn man ein berühmter Quarterback ist, macht man das wohl so.

Ich: *Bist du wirklich nur hier, um mich zu sehen?*

Clay: *Ja.*

Clay: *Du hast gesagt, du hast zu viel zu tun, um eine Fernbe-ziehung zu führen. Jetzt wohnen wir in derselben Stadt.*

Clay: *Du kannst deiner Arbeit nachgehen, und wenn du Frei-zeit hast, bin ich nur einen Katzensprung entfernt.*

Verblüfft lese ich seine Nachrichten noch einmal. Er hat das für mich getan. Für *mich*. Nachdem ich versucht habe, es zu beenden. Zwei Mal. Ich brauche einen Moment, um das zu verarbeiten, doch kurz darauf wächst in mir die Freude.

Ich: *Wie lang bleibst du?*

Clay: *So lange es eben dauert.*

Mein Herz schlägt immer schneller.

Ich: *So lange was dauert?*

Clay: *Bis dir bewusst wird, dass wir mehr als nur eine Wo-chenendaffäre sind.*

Neunzehn

Clay

Nach einer Nacht mit unruhigem Schlaf, in der ich mich davon überzeugen musste, nicht zurück zu Pepper zu fahren, stehe ich im Dunkeln auf und bringe meine Krankengymnastik und das Krafttraining hinter mich. Noch vor Sonnenaufgang breche ich zu einer Joggingrunde auf. Die kühle Luft fühlt sich belebend an und schnell finde ich meinen Rhythmus. Nur wenige Dinge verschaffen mir so eine innere Ruhe wie das Laufen, und an diesem Morgen brauche ich genau das. Mich gestern Abend von Pepper zu verabschieden, war nicht leicht, aber es war richtig. Sie muss erkennen, dass sie es mir in ihrer Gesamtheit angetan hat, nicht nur ihr Körper, und dass ich ihren Beruf und ihre Bedenken respektiere.

In der Sekunde, in der ich sie in ihrem Büro sah, wusste ich, dass die Entscheidung, zu ihr zu fahren, die richtige gewesen war. Nicht nur, dass das Chaos der letzten Woche in dem Moment von mir abgefallen ist. Ich konnte auch sehen und fühlen, wie sehr auch sie mich vermisst hat. Ich weiß nicht, ob sie das zwischen uns beenden wollte, weil sie so viel Arbeit hat und wir an verschiedenen Orten leben, weil unsere Chemie ihr Angst einjagt oder aus einem ganz anderen Grund, doch nach gestern Abend weiß ich, dass sie sich ebenso wenig wie ich einreden konnte, dass es mit uns vorbei ist.

Das Haus, das ich gemietet habe, liegt nicht weit entfernt von der University of Virginia, und die Sonne geht gerade auf, als ich den Campus erreiche. Mein erster Gedanke ist, dass ich den Sonnenaufgang jetzt gern mit Pepper erleben würde. Ich habe nie viel darüber nachgedacht, wenn mein Grandpa mich drängte, hinauszugehen und alles zu genießen, was die Welt zu bieten hat, aber nachdem ich Zeit mit Pepper verbracht habe, hat sich das geändert.

Ich hole mein Handy hervor, mache ein Foto und schicke es ihm. Worte sind nicht nötig. Ich überlege, es auch Pepper zu schicken, fürchte jedoch, dass es uns beide ablenken könnte, denn auch ich habe heute Morgen einen Plan einzuhalten. Also verstaue ich das Telefon wieder im Sportarmband und mache mich auf den Weg zur Laufbahn. Ich dachte, ich hätte sie so früh am Morgen für mich allein, doch da läuft schon ein junger Typ. Keine dreißig Sekunden nachdem ich auf der Bahn bin, zieht er schon an mir vorbei und sagt lässig: »Morgen.«

Der ehrgeizige Mistkerl in mir wird wach, und so lege ich an Tempo zu und winke, als ich an ihm vorbeisprinte und rufe: »Morgen.«

Ich höre ihn lachen und kurz darauf rennt er mit einem frechen Grinsen auch schon wieder an mir vorbei.

Herausforderung angenommen.

Das Adrenalin schießt durch meine Adern, während wir die Runden drehen und bei jedem Überholen überheblich grinsen. Doch er ist kaum älter als achtzehn oder neunzehn Jahre und mir geht vor ihm die Puste aus. Ich werde langsamer, um wieder zu Atem zu kommen, und gebe ihm mit einem Wink zu verstehen, dass er allein weiterlaufen soll, aber er macht kehrt, sieht mich bewundernd an, und da weiß ich, dass er mich erkannt hat.

»Hey! Du bist ja Clay Braden.«

»Stimmt. Und du bist?« Ich strecke ihm meine Hand entgegen, die er begeistert schüttelt. Er ist groß, schlank und schnell, mit einem festen Händedruck. In ein paar Jahren wird dieser Junge schneller als der Blitz über das Feld sausen.

»Ben Clauson. Wide Receiver.«

»Den Namen hab ich schon gehört. Hattest eine tolle Saison.«

»Bro!« Er fasst sich mit beiden Händen an den Kopf und schaut gen Himmel, wobei seine kurzen Dreadlocks zwischen den Fingern herausschauen, als er fast schreit: »Das ist total surreal. Du kennst meinen Namen!«

Ich lache und erinnere mich an das Gefühl, zum ersten Mal Spieler der NFL getroffen zu haben.

»Mann, ich komm gar nicht drauf klar!«, ruft Ben. »Clay Braden! Was machst du hier?«

»Ich versuche, meinen Aufenthalt hier unterm Radar zu halten.« Ich habe keine Ahnung, wie ich dazu komme, die Wahrheit zu sagen.

»Klar, Mann. Kannst dich auf mich verlassen.«

»Ich besuche meine Freundin.«

»Du datest jemanden von meiner Uni?« Er zieht die Augenbrauen zusammen. »Ey Bro, wie alt bist du?«

»Dafür jedenfalls viel zu alt.« Ich lache. »Sie wohnt hier in der Gegend. Warum läufst du so früh?«

»Ich muss meine Noten im Griff behalten und arbeite Vollzeit, um meiner Mom mit den Rechnungen zu helfen, also baue ich das Training ein, wann immer es geht. Ich hab ein Vollstipendium und will nächstes Jahr noch stärker einsteigen. Da kann ich mir keine Durchhänger erlauben. Ich bin der Erste in meiner Familie, der aufs College geht, und will meine Mom stolz machen.«

»So ist es richtig. Was ist mit deinem Vater? Ist der präsent?«

»Nee, aber meine Mom und ich schaffen das auch so.«

Das ist mies. Oder vielleicht auch besser so, wenn sein Vater ein Versager ist.

»Ich weiß noch, wie schwer es war, Schule und Football unter einen Hut zu kriegen.« Abgesehen vom Unterricht und dem Training war meine größte Sorge, zu welcher Party ich wann gehen sollte. »Kann mir nicht vorstellen, wie es ist, dann auch noch Vollzeit zu arbeiten.«

Er zuckt mit den Schultern. »Wir haben die Saison überstanden, und wenn ich Profi werde, muss sie sich nie wieder Sorgen machen.«

»Bist ein guter Kerl, Ben.«

Wir reden über unseren Sport, und er erzählt mir, in welchen Bereichen er versucht, besser zu werden. Er stellt mir unzählige Fragen darüber, wie es ist, in der NFL zu spielen. Ich mag den Jungen. Er weiß, wo seine Prioritäten liegen, und er lebt den Football.

»Wenn du ein paar Trainingseinheiten durchziehen willst, solange ich hier bin, kann ich dir gern etwas unter die Arme greifen«, biete ich ihm an.

Er reißt die Augen auf. »Im Ernst? Das wäre super!«

»Absolut, aber du musst mir einen Gefallen tun.«

»Alles! Was du willst.«

Ich denke an Pepper, als ich sage: »Glaubst du, du könntest das aus Social Media raushalten?«

»Du hast mein Wort. Du hast ja gesagt, dass du unterm

Radar bleiben willst.« Ergeben hält er die Hände in die Höhe. »Botschaft ist angekommen, Bro. Du kannst dich auf mich verlassen.«

»Danke. Ich habe keine Ahnung, wie mein Zeitplan aussehen wird, während ich hier bin, aber wenn du mir deine Nummer gibst, schreibe ich dir und lass dich wissen, wenn ich etwas Zeit habe. Wenn es bei dir gerade passt, super. Wenn nicht, dann eben nicht.«

»Das wäre genial. Ich arbeite morgen von vier bis elf und am Sonntagmorgen. Meine Kurse gehen von …«

Er erläutert mir weiter seinen Unterrichts- und Arbeitsplan, doch ich unterbreche ihn. »Das kann ich mir gar nicht alles merken. Lass uns doch einfach mit einer Telefonnummer anfangen und dann sehen wir weiter, okay?«

Nachdem er mir seine Nummer gegeben hat, versichere ich ihm, dass ich mich melden werde, und mache mich auf den Weg – voller Ungeduld, weil ich Pepper sehen werde, und mit Vorfreude auf das künftige Training mit Ben.

Ich laufe direkt zu Peppers Haus. Sie wohnt in einer malerischen Wohngegend, mit alten Bäumen und gepflegten Häusern, die wie ihres oft eine große Veranda zur Straße hin haben. Ich weiß nicht, um welche Uhrzeit sie zur Arbeit aufbricht, aber mein Plan war, um halb acht da zu sein. Jetzt ist es fünf vor halb und ich steige die Stufen zu ihrer Veranda hinauf. Ich wische mir den Schweiß von den Augenbrauen und klopfe.

Mein verdammtes Herz schlägt gleich schneller, als ich die Schritte höre, die sich der Haustür nähern. Sie späht durch das Türfenster und – *oh Mann!* – ihr Lächeln strahlt heller als die Sonne. Sie öffnet die Tür und sieht in dem kamelhaarfarbenen Strickkleid mit den kniehohen Stiefeln atemberaubend und professionell aus. Doch es ist ihr heißer Blick, mit dem sie mich von oben bis unten mustert, der das Herz in meiner Brust fast zum Bersten bringt.

»Hallo!«, sagt sie überrascht.

»Guten Morgen, Nachbarin. Du siehst wunderschön aus.«

»Danke. Bist du hergejoggt?«

»Ja, ich wollte meine Süße zu Fuß zur Arbeit begleiten.«
Sie strahlt mich an. »Wirklich?«

»Wirklich.« Ich beuge mich vor und küsse ihre lächelnden Lippen. »Aber nur, wenn es dir nichts ausmacht, mit einem verschwitzten Typen gesehen zu werden.«

»Ich mag dich verschwitzt.« Wieder gleitet ihr Blick an meiner Brust herab.

»Vorsichtig, Draufgängerin.« Ich lege den Arm um sie und ziehe sie an mich. »Wenn du weiter so redest, sorge ich dafür, dass du zu spät zur Arbeit kommst.«

»Erzähl mir nicht so etwas, nachdem ich die ganze Nacht an dich gedacht habe.« Schnell und erregt platzen die Worte aus ihr heraus, bevor sie sich aus meiner Umarmung löst.

»Komm her, du entzückendes Ding.« Ich trete über die Schwelle und ziehe sie wieder an mich.

Sie stöhnt. »Warum musst du dich nur so gut anfühlen?«

»Das Gleiche könnte ich dich fragen.« Leiser füge ich hinzu: »Soso, du hast also an mich gedacht?«

»Clay!«, warnt sie mich, allerdings mit belegter Stimme und nur halbherzig ernst.

»Was? Ich denke bloß daran, dass du an mich gedacht hast, und ich frage mich, ob du daran gedacht hast, wie wir uns küssen.«

»Daran habe ich mit Sicherheit gedacht.« Sie errötet und flüstert: »Unter anderem.«

Will meine Draufgängerin etwa spielen? »Hast du dich

daran erinnert, wie gut sich meine Hände auf deinem Körper anfühlen?« Ich lasse meine Hände an ihrem Rücken hinabgleiten, umfasse ihren Hintern und schiebe meine Hüften vor.

»Ja.«

Ich streiche mit den Lippen über ihre und sie atmet stockend ein. »Hast du es vermisst, dass ich dich hier berühre?« Meine Hand findet ihre Brust, ich lasse den Daumen über ihren Nippel gleiten und ich spüre unter ihrem Kleid, wie er hart wird.

»Himmel, ja!«

Ich küsse ihren Mundwinkel und genieße das Wimmern, das ich damit auslöse. »Hast du daran gedacht, wie gut sich mein Mund zwischen deinen Beinen anfühlt?«

»Oh, ja! So gut!« Sie packt mich an den Armen und hält mich fest. »Hast du an mich gedacht?«

Da ist ja mein draufgängerisches Mädchen. »Jede Sekunde, die wir getrennt waren.« Ich küsse ihren Hals und sie stöhnt auf. »Du machst mich fertig, Liebling.«

»Geht mir genauso«, flüstert sie.

Erneut entweicht ihr ein bedürftiger Laut, während sich ihre Finger in meine Arme bohren. Ich hatte nicht vor, heute Morgen Unanständiges mit ihr zu treiben, aber das zählt jetzt nicht mehr. Ich bin steinhart und dem Begehren in ihren Augen kann ich nicht entkommen. Mit der Zunge gleite ich an ihrer Ohrmuschel entlang und raune ihr zu: »Hast du dich daran erinnert, wie sich mein Schwanz angefühlt hat, als ich dich Zentimeter für Zentimeter genommen hab und unsere Körper eins wurden?« Noch ein Wimmern kommt ihr über die Lippen. »Und wie gut es sich angefühlt hat, als ich tief in dir vergraben war und deine süße Muschi sich fest um mich zusammengezogen hat, als du gekommen bist?«

»Clay!« Das gehauchte Flehen ist voller Begehren.

»Fuck, Baby, ich versuche, mich zu benehmen, aber das ist mit dir ganz unmöglich. Bist du feucht für mich, Draufgängerin?«

»Ja!«

»Kannst du zehn Minuten zu spät zur Arbeit kommen?«

»Ja!«

Ich knalle die Tür zu, schiebe sie mit dem Rücken dagegen und drücke meinen Mund auf ihren, um dem Begehren nachzugeben, das ich verzweifelt versucht habe zu ignorieren. Ich zerre ihren Rock hoch, schiebe meine Hand unter ihren Seidenslip und fluche, als meine Finger über ihre Mitte gleiten. »Du bist so feucht, meine sexy Lady.« Wieder erobere ich ihren Mund, bevor ich mit den Fingern in sie eindringe, mit dem Daumen ihre Perle reize und sie in eine fieberhafte Ekstase treibe. Sie stöhnt, windet sich an meiner Hand und es reicht nicht annähernd. »Ich will meinen Mund auf dir spüren.«

Ich ziehe ihren Slip so auf ihre Oberschenkel hinunter, dass ich sie gerade weit genug auseinanderschieben kann, um meinen Mund dazwischen zu bekommen. Dann gebe ich ihr, was wir beide brauchen. Sie keucht und stöhnt, während ich lecke und sauge und Zähne und Zunge einsetze. Ihre begierigen Laute schießen wie Pfeile durch mich hindurch. »So verdammt süß«, stoße ich aus, während ich mich danach verzehre, in ihr zu sein. Mit Händen und Mund treibe ich sie in die Höhen und ihre sündigen Laute erschallen um uns herum.

Als die letzten Schauer der Lust ihren Körper erzittern lassen, lecke ich die Tropfen fort und küsse die Innenseiten ihrer Schenkel. Ich küsse ihre geschwollene Perle, sie atmet harsch ein, und ich kann gar nicht anders, als für Nachschlag zu sorgen. »Oh Gott, Clay!« Sie klammert sich an meine Schultern und schon bald schreit sie: »Ja! Ja!« Ich bleibe bei ihr, fingere sie, lecke und sauge und verinnerliche jeden einzelnen lustvollen Laut. Als sie schließlich aus ihren Sphären herabschwebt, bricht sie über mir zusammen und ringt nach Luft.

Ich ziehe ihren Slip nun ganz nach unten und helfe ihr, ihn über die Füße zu streifen. Mit diesem sexy Slip in der Hand stehe ich auf. Sie öffnet zögerlich die Augen, berauschend satt und unfassbar schön. »Fühlst du dich besser, meine Schöne?«

»Mhm«, gibt sie nur von sich.

»Du kannst den so nicht zur Arbeit tragen.« Ich zeige ihr den Slip und lecke ihren Saft davon ab. Mit großen Augen sieht sie mich an. »Mein Lieblingsgeschmack.«

Ich stecke ihn in die Tasche meiner Jogginghose und zupfe ihr Kleid zurecht, bevor ich diesen süßen, willigen Mund noch einmal zügellos küsse. Verträumt sieht sie mich danach an. »Trag heute keinen Slip auf der Arbeit, Baby.«

Sie zwinkert einige Male. »Das kann ich nicht. Min und ich arbeiten an einem Prototyp, ich habe eine Schulung für mein neues Buchhaltungssystem und außerdem noch eine Besprechung mit einem Neurologen, der uns bei unserem Projekt berät.«

»Befürchtest du, dass die dich heiß machen?«

»Nein, aber ich bin noch nie ohne Unterwäsche zur Arbeit oder sonst wohin gegangen.«

»Noch ein erstes Mal.« Ein Grinsen breitet sich auf meinem Gesicht aus. »Ich werde den ganzen Tag über hart sein, wenn ich daran denke, dass du nackt und bereit für mich bist und auf deinem Stuhl herumrutschst, wenn du an mich denkst.«

Sie errötet, doch das Feuer in ihren Augen verrät mir, dass ihr die Idee gefällt.

»Es ist natürlich völlig in Ordnung, wenn du es nicht willst, aber du sollst wissen, dass es auch in Ordnung ist, wenn du es machst.« Ich lege die Hände um ihr Gesicht und streiche mit dem Daumen über ihre Unterlippe. »Was meinst du, Liebling? Willst du draufgängerisch sein? Das wäre unser schmutziges kleines Geheimnis. Niemand wird es erfahren.«

»Du hast so einen schlechten Einfluss auf mich.«

»Du kannst Nein sagen.«

»Ich will nicht Nein sagen«, zischt sie. »Deswegen hast du ja so einen schlechten Einfluss. Ich würde niemals auf den Gedanken kommen, so etwas zu tun, und jetzt kann ich an nichts anderes mehr denken.«

Das gefällt mir, verdammt. »Wenn es dir hilft, ziehe ich nach der Dusche auch keine Unterwäsche an. Nur für dich.«

»Sag so etwas nicht. Jetzt kriege ich es nicht mehr aus meinem Kopf heraus und muss den ganzen Tag daran denken.«

Ich lache.

»Lach nicht!«, sagt sie, lacht aber ebenfalls.

»Tut mir leid. Du bist einfach so süß, und ich kann nicht verhehlen, wie sehr mir die Idee gefällt, dass du den ganzen Tag an mich denkst.«

»Das kann ich mir vorstellen. Ich muss mich frisch machen.« Sie gibt mir einen Kuss. »Du musst dein Gesicht waschen, sonst riechen die Leute mich überall an dir. Du meine Güte! Ich fasse es nicht, dass ich das gerade gesagt habe.« Kopfschüttelnd geht sie nach oben und murmelt: »Das ist echt schlimm.«

Ich lache wieder und nehme mir einen Augenblick Zeit, um mich umzusehen. Der Flur führt in ein sonnendurchflutetes und einladendes Wohnzimmer mit einer hohen Decke, gelben Wänden und weißen Zierleisten. Der Boden ist mit hellem Parkett ausgelegt, das Sofa ist korallenrot mit gelben und hellgrauen Kissen darauf, und zu beiden Seiten eines Kamins mit Marmoreinfassung stehen bequem aussehende, geblümte Sessel. Hinter einem der beiden befindet sich ein Regal voller Bücher und Krimskrams. Fotos von ihrer Familie, der Universität und des viktorianischen Hauses ihrer Eltern zieren die Wände, die sich so vollkommen von den kahlen Wänden in ihrem Büro unterscheiden.

Den Flur entlang, kurz vor dem Eingang zur Küche, finde ich eine Gästetoilette. Ich wasche mir das Gesicht mit kaltem Wasser und zwinge meinen besten Freund, sich zu entspannen. Als ich das Bad verlasse, kommt Pepper gerade die Treppe herunter. Sie hat die Haare frisch gekämmt und ihre Wangen werden augenblicklich rot. Daran erkenne ich, dass sie keinen Rückzieher gemacht hat und weiterhin keinen Slip trägt.

»Sieh mich nicht so an«, sagt sie mit einem nervösen Lachen.

»So, als wärst du die schönste Frau, die ich je gesehen habe?«

Sie zieht die Augenbrauen zusammen. »So, als wüsstest du, dass ich keine Unterwäsche trage.«

»Oh, entschuldige. Ich werde mich bemühen.« Ich lege eine Hand auf ihren Rücken und küsse ihren nach Pfefferminz schmeckenden Mund. »Du hast es hier sehr schön.«

»Danke.« Sie nimmt ihre Jacke und ihre Tasche aus dem Schrank in der Diele. »Woher wusstest du, wann ich zur Arbeit gehe?«

Ich nehme ihr die Jacke ab und helfe ihr hinein. »Ich wusste es nicht, aber ich habe gehofft, Glück zu haben.«

»Ich glaube, ich bin diejenige, die heute Morgen Glück hatte«, sagt sie, als wir hinausgehen.

Auf der Veranda ziehe ich sie in meine Arme. »Ich glaube, wir haben beide Glück. Du hast mir gestern Abend gefehlt,

Liebling.«

»Du hast mir vielleicht auch gefehlt.«

»Vielleicht?« Ich küsse sie noch einmal und nehme ihre Hand, als wir die Stufen hinunter und auf den Bürgersteig gehen.

»Darf ich dich etwas fragen?«, fragt sie vorsichtig.

»Natürlich.«

»Hast du wirklich dein Leben auf unbestimmte Zeit auf Eis gelegt, um in meiner Nähe zu sein?«

Ein Hund bellt in einem Haus, als wir daran vorbeigehen, und ich sehe sein entzückend wuscheliges Gesicht im Fenster. Mir wird bewusst, dass ich mich nicht daran erinnern kann, wann ich das letzte Mal in einer Wohngegend spazieren gegangen bin. Es ist schön, mit ihr hier entlangzulaufen. »Ich glaube, dies ist das erste Mal seit Jahren, dass ich mein Leben *nicht* auf Eis lege.«

»Wie meinst du das?«

»Meine Welt dreht sich um Football. Entweder ich bereite mich auf die Saison vor oder die Saison läuft. Ich versuche, gelegentlich Familie und Freunde zu sehen und kümmere mich um Sponsoren, Wohltätigkeitsveranstaltungen und Fan-Events.« Wir biegen um eine Ecke. »In diesem Zyklus lebe ich schon seit Langem und bisher war es großartig. Das ist alles, was ich immer wollte. Erst als wir beide zusammengekommen sind, wurde mir bewusst, dass ich außerhalb von all dem nichts dafür getan habe, mein Leben zu leben.«

»Warum nicht?«

»Weil es vor dir niemanden gab, den ich so dringend sehen wollte, dass ich mich darum bemüht habe.«

»Wirklich?«

»Das fragst du oft. Hoffentlich wird dir irgendwann klar,

dass ich nie etwas sage, wenn ich es nicht so meine.« Ich hebe unsere verschränkten Hände hoch und küsse ihren Handrücken. »Hier bei dir« – *fühlt es sich richtiger an, als ich mich in letzter Zeit auf dem Football-Feld gefühlt habe* – »ist der einzige Ort, an dem ich sein möchte. Und um ehrlich zu sein, kommt es mir nicht so vor, als hätte ich die Wahl gehabt. Mir kommt es so vor, als sollte ich hier sein. Als hätte ich es nicht nur gewollt, sondern als hätte ich es gebraucht. So etwas habe ich noch nie empfunden, und ich konnte nicht zulassen, dass du das zwischen uns wegwirfst.«

Ihr Gesichtsausdruck strahlt pure Wärme aus. »In dem Fall gestehe ich, dass ich wirklich froh bin, dass du hier bist.«

»Der Orgasmus hat dir das nicht entlockt, aber meine Ehrlichkeit schon?«

»Psst.« Sie schaut sich um, als wir die Hauptstraße erreichen, doch sie strahlt übers ganze Gesicht.

Ich ziehe sie fester an mich. »Es ist ja nicht so, als hätte ich laut verkündet, dass du keinen Slip trägst.«

Sie sieht mich finster an, und ich widerstehe der Versuchung, sie noch einmal zu küssen.

»Ich bin froh, dass du hier bist, aber wir müssen an unserer verbalen Diskretion arbeiten.« Sie lächelt. »Es tut mir leid, dass ich so viel zu tun habe. Ich wünschte, ich könnte mir heute freinehmen.«

»Ich weiß, wie wichtig deine Arbeit ist. Deshalb bin ich ja hier. Damit ich verfügbar bin, wenn du Zeit hast.«

»Nicht, dass dir das zu Kopf steigt oder so, aber das ist ziemlich toll von dir, dass du hier einfach so wegen mir auftauchst.«

»Ich weiß«, scherze ich, was sie mit einem Augendrehen quittiert.

Wir gehen weiter, bis sie sagt: »Würde es dir etwas ausmachen, wenn wir in dem Café einen Latte holen? Ich besorge mir immer einen vor der Arbeit.«

»Klar, aber ich glaube, ich habe gestern hier gleich um die Ecke einen Coffeeshop gesehen.«

»Stimmt, aber ich mag den Latte von dem Café lieber.«

»Die Geheimtipps einer Kleinstadt, das gefällt mir.«

Wir betreten das Café und stellen uns an. Eine korpulente rothaarige Kellnerin eilt von einem Tisch zum anderen, nimmt Bestellungen auf und räumt Tische ab, während eine schlanke Brünette zwischen der Kasse und den Gästen, die am Tresen sitzen, hin und her saust. Ein entzückendes kleines Mädchen mit lockigen Zöpfen sitzt auf einem Hocker links von der Kasse am Tresen, malt und beobachtet die Frau, die hinter dem Tresen werkelt.

»Riecht gut hier drin«, sage ich. »Das erinnert mich an das Café in Paris, in dem wir gefrühstückt haben.«

»Da war alles so lecker.«

Erinnerungen kommen in mir auf und Bilder der nackten Pepper tauchen vor meinem inneren Auge auf.

»Was hat das Grinsen zu bedeuten?«, fragt sie.

Ich flüstere ihr ins Ohr: »Ich erinnere mich gerade an die Stunden davor, in denen ich *dich* zum Frühstück verspeist habe.«

Sie windet sich und sieht mich flehend an. »Das ist jetzt kein guter Moment, daran zu denken.«

Ich muss schmunzeln. »Tut mir leid.«

»Tut es dir nicht.«

Ich umarme sie und gebe ihr einen Kuss auf die Schläfe. »Ich hatte nicht die Absicht, dich zu erregen, aber da du es jetzt schon mal bist ...«

Wenn Blicke töten könnten ...

In der Schlange geht es schnell vorwärts, und als wir die Kasse erreichen, sagt die Frau dahinter: »Bin gleich wieder da.« Schon eilt sie zu einer Durchreiche zur Küche, um zwei Teller entgegenzunehmen.

Während sie sie den Gästen am anderen Ende des Tresens bringt, schaut das kleine Mädchen von ihrem Malbuch auf und sagt: »Hallo.«

»Hallo«, erwidern Pepper und ich gleichzeitig.

Die Kleine strahlt uns an. »Heute haben wir keine Schule. Die Lehrer sprechen miteinander.«

»Da hast du aber Glück.« Ich schaue zu dem Paar neben ihr und frage mich, ob das ihre Eltern sind, aber sie scheinen nicht zu bemerken oder sich daran zu stören, dass sie mit uns redet.

»Ich sollte eigentlich gestern Abend bei meiner Freundin übernachten und heute mit ihr spielen, aber sie ist krank geworden«, sagt das kleine Mädchen.

»Das tut mir leid«, sage ich.

»Mein Bruder Sammy hat bei seinem Freund übernachtet«, sagt sie, als die Frau hinter dem Tresen zur Kasse zurückkehrt. »Ich wollte mit ihm mitgehen, aber Mommy hat das nicht erlaubt.« Mit einem Schmollmund schaut sie zu der brünetten Kellnerin, auf deren Namensschild *Clare* steht.

Während Clare das kleine Mädchen anlächelt, merke ich, dass sie etwa in meinem Alter sein muss. »Trina, wir haben doch darüber geredet. Sammy braucht etwas Zeit allein mit seinen Freunden.« Sie schaut uns an. »Tut mir leid. Meine Tochter hat starke Überzeugungen.«

»Das ist schon in Ordnung. Ich wäre auch sauer, wenn meine Übernachtungspläne zunichtegemacht werden.« Ich sehe Pepper an, die das Mädchen sanft anblickt. Sie kann so gut mit Kindern umgehen. Zumindest mit ihrer Nichte. Ich frage mich, ob sie eines Tages selbst Kinder haben will.

Clare lächelt Pepper an. »Wie immer? Ein French Vanilla Latte?«

»Ja. Den macht niemand besser«, sagt Pepper.

»Danke.« Clare schaut mich an. »Darf es auch etwas sein?«

»Vier Blaubeermuffins, bitte.«

»Kommt sofort.«

Während Clare unsere Bestellung fertig macht, sagt Pepper: »Joggen macht dich anscheinend sehr hungrig.«

»Die Muffins sind nicht für mich. Die kannst du für dich und dein Team mitnehmen.«

»Du musst ihnen keine Muffins spendieren. Sie frühstücken bestimmt, bevor sie zur Arbeit kommen.«

»Schon in Ordnung. Es ist eine kleine Anerkennung und sorgt für gute Stimmung. Kleine Dinge können viel ausmachen. Du magst Blaubeermuffins doch noch, oder?«

»Ja, aber woher weißt du das?«

»Wir haben einmal bei deinen Eltern gefrühstückt, als ich Dash besucht habe, und du hast dir einen Blaubeermuffin geschnappt, bevor du wegen einer dringenden Angelegenheit bei der Arbeit losmusstest.«

»So, bitte schön.« Clare stellt den Kaffee und die Schachtel mit den Muffins auf den Tresen und ich zahle.

»Danke, Clare. Einen schönen Tag noch.« Ich wende mich an Trina. »Sei lieb zu deiner Mama. Sie arbeitet viel.«

»Mach ich. Tschüss.« Trina winkt uns nach.

»Was für eine Süße«, sage ich, als wir nach draußen gehen.

»Das ist sie wirklich und auch so lieb. Ich habe sie hier schon ein paar Mal gesehen.« Wir gehen noch ein Stück die Straße hinunter bis zu ihrem Büro, wo sie das Gesicht in die Sonne hält. »Was für ein schöner Tag.«

»Absolut.« Ich gebe ihr die Schachtel mit den Muffins. »Ich wünsch dir einen guten Tag bei der Arbeit.«

Sie legt den Kopf zur Seite. »Was machst du heute?«

»Ich hab wahnsinnig viel zu erledigen. Aber keine Sorge, wir sehen uns später.«

»In Ordnung. Danke für die Begleitung, und auch für den Latte und die Muffins. Ich bin mir sicher, sie freuen sich darüber.«

»Gern geschehen. Bis nachher, Girlboss.« Ich gebe ihr einen Kuss und öffne ihr die Tür. Sie schenkt mir noch ein süßes Lächeln, bevor sie hineingeht.

Ich jogge zurück zu meinem gemieteten Haus. Auf der langen Auffahrt klingelt mein Handy. Doogies Name poppt auf dem Display auf. »Hey, Kumpel! Wie waren eure Flitterwochen? Ich hab nicht damit gerechnet, so früh von dir zu hören.«

»Es gibt eine Menge aufzuarbeiten, und ich dachte mir, ich fange früh damit an. Die Reise war fantastisch.« Er erzählt mir von dem Resort und ihren Unternehmungen.

»Hört sich an, als hättet ihr eine schöne Zeit gehabt. Das freut mich.«

»Danke noch mal. Ich rufe wegen deiner letzten Nachricht an. Du hast gesagt, du bist erst mal weg und weißt nicht, wann du zurückkommst. Was ist los? Wo bist du?«

»Ich bin in Charlottesville, Virginia, und ich bin mir nicht sicher, wie lange ich hierbleiben werde. Aber ich habe meinen Terminplan dabei. Ich werde nichts Wichtiges verpassen.«

»Junge, erzähl mir bitte nicht, dass du Pepper stalkst.«

»So gut solltest du mich schon kennen.«

»Wenn es um sie geht, bin ich mir da nicht so sicher. Ist es in Paris so gut gelaufen, oder bist du ihr hinterhergereist, als sie vor dir abgehauen ist?«

»In Paris lief es sehr gut. Ich besuche sie hier.«

»In dem Fall freue ich mich für dich. Du schmachtest sie ja schon ziemlich lange an.«

»Pass auf, was du sagst.«

»Aber das ist so witzig! Ich meine, sei mal ehrlich, wie oft muss Mr. Perfect sich schon ein ganzes Jahr lang ins Zeug legen, um die Aufmerksamkeit einer Frau zu bekommen? Ich glaube, Pepper Montgomery hat gerade Geschichte geschrieben.«

Ich fahre mir durch die Haare. »Du weißt schon, dass ich dir kündigen kann?«

»Aber das machst du nicht. Okay, zurück zum Geschäftlichen. Ich habe eine Menge zu tun, während du damit beschäftigt bist, deinem Mädchen den Hof zu machen. Tiffany ist ziemlich sauer auf dich. Soll ich ein Treffen mit ihr wegen deines Vertrages ansetzen?«

»Nein. Ich habe ihr schon gesagt, dass ich ein paar Wochen Zeit brauche. Ich kümmere mich darum.«

»Du siehst sie aber am Montagabend.«

»Wieso?«

»Sie hat ein Geschäftsessen mit *In the Zone Sportswear* geplant wegen eines Sponsorenvertrags, und zwar nach deinem Fotoshooting für *Under Armour*, das um elf Uhr stattfindet. Soll ich dir einen Flug für Sonntagabend buchen?«

Verdammt. »Nein.« Ich will nicht mehr Zeit mit Pepper verpassen als irgendwie nötig. »Buch mir einen für Montagmorgen und einen Rückflug am selben Abend, bitte.«

»Das wird spät. Das Dinner ist erst um sieben.«

Mist. »Dann nimm einen früh am Dienstagmorgen.«

»Wird erledigt. Ich habe es noch nicht in den Kalender eingetragen, aber Johnson & Johnson hat dich für den Dreh eines Werbespots in der Woche vor dem Charity Bowl, der

Wohltätigkeitsveranstaltung, gebucht.«

»Großartig.« Sie gehören zu meinen größten Sponsoren.

Wir gehen noch ein paar Termine durch, und nachdem wir das Gespräch beendet haben, schreibe ich Pepper – *Ich kann dich noch immer schmecken* – und gehe mit dem Wissen, dass sie sich auf ihrem Stuhl windet, hinein zum Duschen.

Zwanzig

Pepper

Ich lege gerade die Muffins auf den Tisch im Pausenraum, als Ravi hereinkommt. Merkwürdig aufmerksam schaut er mich an und mein nicht vorhandener Slip wird mir noch bewusster. Ich tue so, als würde sich mein Innerstes angesichts des kleinen schmutzigen Geheimnisses nicht verkrampfen, und versuche, mich normal zu benehmen. Auch wenn ich überhaupt nicht mehr weiß, was dieses »normal« sein soll.

»Hallo, Ravi. Clay hat Muffins für alle gekauft.« Ich öffne die Schachtel und zeige sie ihm.

»Jetzt mag ich ihn gleich noch mehr.« Er nimmt sich einen Muffin heraus und beißt hinein. »Das Essen gestern Abend hat Spaß gemacht. Er scheint ein wirklich netter Typ zu sein.«

Erleichterung überkommt mich. Wenn Ravi irgendwie geahnt hätte, dass ich keine Unterwäsche trage, hätte er mich ohne Zögern darauf angesprochen. »Ist er auch. Glaubst du, Chris und Min haben gemerkt, dass da zwischen uns etwas läuft?«

»Natürlich. Diese Funken kann man nicht verstecken.« Er beißt noch einmal in seinen Muffin und lehnt sich mit dem Hintern gegen die Arbeitsplatte.

»Habe ich mir schon gedacht. Ich will nur einfach nicht, dass sie mich jetzt anders sehen.«

»Weil du ein Privatleben hast? Komm schon, Pep. So schlau bist du schon und sie auch. Da ihr beiden heute Morgen zusammen wart, darf ich davon ausgehen, dass der gestrige Abend so gut war wie in Paris?«

Ich nehme zwei Teller, gebe ihm einen und lege einen Muffin für mich auf den anderen. »Gestern Abend war anders, aber nicht auf schlechte Art.«

Verwirrt zieht er die Augen zusammen. »Magst du das etwas ausführen?«

»Er hat mich nach Hause gebracht und mir einen der besten Küsse meines Lebens beschert. Dann hat er gesagt, er sei nicht nur wegen Sex hier, und hat mir erzählt, dass er hier ein Haus gemietet hat, und zwar so lange, wie es eben dauert, bis mir klar wird, dass wir mehr als nur eine Affäre miteinander haben. Anschließend ist er gegangen und heute Morgen wieder aufgetaucht, um mich auf dem Weg zur Arbeit zu begleiten.« Ich habe nicht vor, ihm von den anderen Dingen zu erzählen, die wir heute Morgen getan haben, und auch nicht, dass er mit meinem Slip in der Tasche gegangen ist.

Er runzelt die Stirn. »Er ist nach nichts weiter als einem Kuss gegangen?«

»Ja. Ich war auch schockiert, aber irgendwie ist es auch toll, oder?« Clays Stimme hallt raunend durch meinen Kopf. *Eines Tages werde ich dir beibringen, dass Worte wie* irgendwie *und* vielleicht *blöde kleine Mistkerle sind.* »Es war wirklich toll. Er hat seinen Standpunkt klargemacht, und ich war ihm dafür dankbar ... nachdem ich mir deswegen den Kopf zermartert habe.«

Ravi grinst. »Da ist sie ja, die kleine Grüblerin, wie ich sie kenne und liebe. Hört sich so an, als würde er es ernst mit dir meinen.«

»Das sagt er.«

»Warum klingst du so skeptisch?«

Ich seufze. »Keine Ahnung! Es ist so schön, dass er diesen riesigen Aufwand betreibt, und ich möchte ihm glauben, allerdings ist es jetzt gerade außerhalb seiner Saison. Wenn er wieder spielt, könnte es vollkommen anders aussehen.«

»Das stimmt, aber ist es nicht etwas zu vorschnell, das anzunehmen?« Er legt den Rest seines Muffins auf den Teller, verschränkt die Arme und betrachtet mich eingehend. »Was sagst du noch gleich immer über Männer und Pfennige?«

»Dass ein Mann eine Frau wie einen Diamanten behandeln soll, bevor er so behandelt wird, als wäre er einen Pfennig wert?«

»Genau. Die Funken sprühen nur so um euch herum, Pep. Ich weiß, dass es dir Angst einjagt, weil er Sportler ist. Aber Morgyn würde sagen, du hättest dir deinen perfekten Mann manifestiert, und außerdem hat er einen guten Muffin-Geschmack.«

»Für all meine Schwestern wäre das hier ein gefundenes Fressen. Und du weißt, dass ich nicht ans Manifestieren glaube.«

»Vielleicht wird's mal Zeit dafür.« Er drückt sich von der Arbeitsfläche ab und geht in Richtung Tür. »Vergiss nicht, dass ich von zehn bis ein Uhr nicht im Büro bin und wir uns heute Nachmittag mit Dr. Bowry treffen.«

»Ich weiß. Ich bin dann bereit.«

Während ich meinen Muffin aufesse, denke ich darüber nach, was er gesagt hat. Clay weckt Seiten an mir, von denen ich gar nichts wusste, und er macht mich sexuell regelrecht wild. Mir gefällt, wer ich mit ihm bin, auch wenn ich es nicht verstehe. Aber ich hätte niemals einen Mann manifestiert, der so etwas mit mir anstellt.

Und dann hätte ich einen wirklich besonderen Mann und den besten Sex meines Lebens verpasst.

Warum ist das so verwirrend? Ich spüle meinen Teller ab und gehe zurück in mein Büro.

Dort werde ich vom süßen Geruch meiner wunderschönen Rosen begrüßt und schon merke ich, wie ich wieder vollkommen in Verzücken gerate. Gerade als ich auf die Zeichnung von uns in Paris schaue, geht eine Nachricht auf meinem Handy ein.

Clay: *Ich kann dich noch immer schmecken.*

Innerlich entflammt mein Körper, was mir noch stärker bewusst macht, dass ich unter meinem Kleid nackt bin. Vielleicht glaube ich nicht an Manifestierungen, aber ich weiß, dass ich fortan mit nichts weniger als dem schlechten Einfluss von Clay Braden zufrieden sein werde.

Es gibt an diesem Vormittag viel zu tun, und immer wenn ich einen meiner Mitarbeiter sehe, überkommt mich kurz Panik wegen meines fehlenden Slips. Jede Begegnung mit den anderen löst einen Adrenalinschub aus, weil ich Angst habe, entlarvt zu werden. Dass dies nicht geschieht, ermutigt mich, und das dadurch entstehende Hochgefühl macht mich produktiver. Und das ist nicht schlecht, denn ich habe eine mehrstündige Schulung zum Buchhaltungssystem auf dem Plan.

Um Viertel vor zwölf gehe ich zur Lobby, um dort auf die Software-Trainerin Jeanette Woods zu warten. Am Empfangstresen nehme ich noch schnell einen Anruf an und leite ihn an Mins Anrufbeantworter weiter, weil sie und Chris gerade Simulationen im Labor durchführen. Eine akkurat gekleidete, dunkelhaarige Frau mittleren Alters kommt zur Tür herein, als ich den Hörer gerade wieder auflege.

»Jeanette?« Ich gehe um den Tresen herum, um sie zu begrüßen.

»Ja.«

»Hallo, ich bin Pepper.« Ich gebe ihr die Hand. »Danke, dass Sie sich die Zeit für uns nehmen.«

»Sie sind eine vielbeschäftigte Frau. Ich freue mich, dass Sie mich einplanen konnten.« Wir haben seit mehreren Wochen versucht, einen Termin für die Schulung zu finden.

»Tut mir leid, dass es bei uns etwas hektisch zuging. Aber jetzt haben Sie meine ganze Aufmerksamkeit.«

Hinter ihr geht die Tür auf, Clay kommt mit einer Einkaufstasche herein – und sieht dabei mit einem grauen Pullover, den Jeans und der sexy Bomberjacke, die er auch in Paris getragen hat, unverschämt gut aus. Er zeigt diese verflixten Grübchen und lässt meinen Bauch Purzelbäume schlagen. Ich kämpfe gegen den Drang an, meinen Blick abwärts gleiten zu lassen, um herauszufinden, ob er – wie versprochen – ebenfalls unten ohne unterwegs ist, doch allein der Gedanke daran lässt meine bedürftige Mitte zucken. *Nein, nein, nein!* »Tut mir leid, Jeanette, würden Sie mich eine Minute entschuldigen?«

»Sicher«, sagt sie und tritt beiseite.

Ich gehe zu Clay und begrüße ihn leiser: »Hallo, ich habe nicht mit dir gerechnet.«

»Ich weiß. Ich dachte nur, ich schaue mal, ob du Zeit zum Mittagessen hast.«

Eine Stimme in meinem Kopf sagt: *Du hättest schreiben*

sollen, aber mein Herz bringt sie zum Schweigen, denn ich freue mich wirklich, ihn zu sehen. Auch wenn ich nicht mit ihm essen kann, gefällt es mir, dass er an mich gedacht hat.

»Es war den Versuch wert. Ich habe deinem Team auch eine Kleinigkeit mitgebracht.« Er hält die Einkaufstasche hoch. »Ist es in Ordnung, wenn ich es ihnen gebe?«

Sie haben sich so über die Muffins gefreut, dass ich ein schlechtes Gewissen hatte, weil ich nicht selbst auf die Idee gekommen bin. Es sind wirklich die kleinen Dinge …

»Klar, aber …« Das Telefon klingelt. »Einen Moment.«

Ich gehe an den Apparat und leite den Anruf an Ravis Anrufbeantworter weiter, als Chris vorbeikommt und Clay entdeckt. Ein Strahlen tritt in sein Gesicht. »Clay, schön, dich wiederzusehen.«

»Ebenfalls, Chris. Ich hab euch etwas mitgebracht.«

»Entschuldigt, Jungs. Chris, dies ist Jeanette Woods von der Softwarefirma. Wir machen gleich eine Schulung für das Buchhaltungssystem. Ich warte noch darauf, dass sich MedForce wegen des Angebots meldet, das wir letzte Woche gemacht haben, und Dr. Bowry kommt heute Nachmittag zu einer Besprechung mit mir und Ravi. Könntest du dich ums Telefon kümmern, falls er später kommt oder absagen muss?«

»Na klar«, sagt Chris.

Ich wende mich wieder Clay zu. »Danke für das Angebot mit dem Mittagessen. Ich schreibe dir nach der Arbeit.«

»Klingt gut«, sagt er nickend.

Schließlich widme ich mich Jeanette. »Tut mir leid. Lassen Sie uns doch in mein Büro gehen und loslegen.«

Auf dem Weg den Flur entlang höre ich, wie Chris und Clay munter drauflos quatschen, und ich wünschte, ich könnte mich auch mit Clay unterhalten.

Jeanette ist geduldig und geht sehr methodisch vor, wofür ich ihr dankbar bin. Ich mache jede Menge Notizen, während wir uns durch das Programm arbeiten, und irgendwie schaffen wir es, ein paar Stunden ohne Unterbrechung durchzuarbeiten.

Nachdem wir fertig sind, bringe ich sie zurück zur Lobby und stolpere fast über meine eigenen Füße, denn ich erblicke Clay, der gerade eine Paketlieferung annimmt. »Vielen Dank noch mal für Ihre Hilfe, Jeanette.«

»Sehr gern. Melden Sie sich jederzeit, wenn Sie Probleme haben oder wenn ich noch einmal kommen soll, um andere Mitarbeiter zu schulen.«

Nachdem Jeanette und der Paketbote gegangen sind, drehe ich mich zu Clay um und frage ihn leise: »Was ist hier los? Warum nimmst du meine Pakete an?«

»Ich habe Chris und Min ihre Geschenke gegeben, sie haben mir einige eurer Projekte gezeigt und dann klingelte das Telefon, also habe ich meine Hilfe angeboten.«

Ich sehe ihn mit großen Augen an. »Du hast Anrufe entgegengenommen?«

»Ja, aber keine Sorge. Chris hat mir gezeigt, wie ich sie zu der richtigen Durchwahl weiterleite.«

Du meine Güte! Dieser Kerl! »Du hast doch gesagt, du hättest viel zu tun. Du solltest deine Pläne nicht aufschieben, um meine Telefonanlage zu bedienen.«

»Habe ich auch nicht. Chris hat mich auf dem Computer eingeloggt, damit ich die Videoausschnitte von meinem Coach ansehen konnte.«

»Videoausschnitte?«

»Das gehört zum Training. Der Coach analysiert unser Spiel und wir sehen uns die Videos mit seinen Kommentaren dazu an. Das hilft uns dabei, unsere Stärken und Schwächen zu erkennen. Aber du hast jetzt dafür keine Zeit, Baby. Dr. Bowry ist früher gekommen. Er ist in Ravis Büro und sie warten auf dich.«

»Er ist schon da?«

»Ja. Ist auch ein netter Typ. Ein riesiger Footballfan. Ich glaube, ich konnte ein paar Bonuspunkte für dich herausschlagen. Jetzt geh und mach dein Ding. Du packst das.«

»Clay! Du musst nicht bleiben. Es wird einige Zeit dauern.«

»Ich helfe meiner Lady gern.«

Meine Lady lässt mein Herz hüpfen, und diese Parallelwelt, in die ich gestern gestürzt bin, zieht mich in halsbrecherischem Tempo immer tiefer in ihren Bann.

Er tritt näher an mich heran, lässt eine Hand über meinen Rücken hinunter bis zu meinem Hintern gleiten und flüstert: »Soll ich dir etwas von der Anspannung nehmen, bevor du dort hineingehst? Fünf Minuten in deinem Büro und schon bist du entspannter.«

Mein Innerstes wird zu heißer Lava und ich presse meine Oberschenkel zusammen. »Nein. Nein, nein. Ich gehe jetzt.« Sein Lachen hallt auf dem Flur hinter mir her.

Einundzwanzig

Pepper

Es ist nach sechs Uhr, als wir Dr. Bowry zum Ausgang begleiten, und Clay ist nicht mehr da. Ich versuche, meine Enttäuschung zu verbergen, und konzentriere mich darauf, wie gut das Treffen lief. Dr. Bowry hat meine Firma gegenüber der MS Enterprises erwähnt, einer Gruppe von Investoren, die Finanzierungen im Gesundheitswesen und in der Forschung und Entwicklung im pharmazeutischen und medizinischen Bereich übernehmen, und sie sind bereit, einen Antrag auf Finanzierung zu überprüfen.

»Das hätte nicht besser laufen können«, sage ich zu Ravi. »Ich werde mich sofort an den Antrag für MS Enterprises setzen. Heute Abend überarbeite ich noch einmal die Berichte und am Wochenende gehe ich ein letztes Mal die Budgets und die Dokumentation durch, damit wir uns gleich Anfang der Woche wegen eines Termins bei ihnen melden können.«

»Willst du nicht Zeit mit Clay verbringen?«

»Natürlich will ich das, aber das ist eine Gelegenheit, bei der wir es uns nicht leisten können, sie zu verspielen, indem wir uns zu spät melden. Ich finde schon eine Möglichkeit, das einzuschieben. Er hat sicher auch andere Dinge zu tun, während er hier ist. Er weiß, dass ich eine Firma zu führen habe und dass meine Mitarbeiter darauf vertrauen, dass ich keinen Mist baue.«

»Wir vertrauen auf dich, aber nicht, wenn es auf Kosten deines Glücks geht.«

»Du kennst mich besser. Mein Glück war noch nie von einem Mann abhängig.«

»Vielleicht nicht, doch ich glaube nicht, dass du schon mal so ein Glück empfunden hast wie in den Momenten, in denen du mit ihm zusammen bist.«

»Was bist du, ein Gedankenleser?«

»Glaubst du, ich hätte nicht bemerkt, wie enttäuscht du warst, dass er nicht mehr hier war, als wir Dr. Bowry hinausbegleitet haben? Die Enttäuschung waberte um dich herum wie die Staubwolke um Pig Pen von den Peanuts.«

»Oh.«

»Hey, Leute.« Chris und Min betreten mit ihren Jacken und bereit zum Gehen die Lobby. »Guckt mal, was wir von Clay bekommen haben.« Beide halten einen signierten Football in die Höhe.

»Wir besorgen uns Vitrinen dafür«, sagt Min stolz.

»Das ist ja klasse«, sagt Ravi. »Er hat mir eine Wackelkopffigur für meine Sammlung geschenkt.«

»Seid ihr jetzt beste Freunde, oder wie?«, scherze ich. »Woher weiß er von deiner Sammlung?« Ravis Sammlung von Wackelkopffiguren reicht von Star-Wars-Puppen bis hin zu Sportlern.

»Das habe ich beim Essen erwähnt, weißt du nicht mehr?«

Nein, aber ich war auch etwas abgelenkt.

Clay dagegen ist nie zu abgelenkt, um sich die kleinen Dinge zu merken. Er ist wirklich in mein Leben gestürmt, als gehöre er hierhin, und innerhalb von zwei Tagen hat er jeden glücklicher gemacht. Ist er wirklich so aufmerksam? Oder spielt er nur den Mr. Perfect für seine Fans?

Ich schaue zu Ravi, der gerade Mins signierten Football in Augenschein nimmt. Alle drei strahlen. In dem Moment wird mir klar, dass es egal ist, ob Clay für Fans eine Rolle spielt oder nicht. So oder so war es aufmerksam von ihm, an meine Freunde zu denken, und das sagt eine Menge über ihn aus.

Doch dass er unsere Anrufe entgegennimmt, muss ich gleich im Keim ersticken. »Wo wir gerade von Clay sprechen«, sage ich und lenke ihre Aufmerksamkeit auf mich. »Chris, du kannst nicht einfach irgendjemanden an unser Telefon setzen.«

»Clay ist ja nicht gerade *irgendjemand,* und ich habe ihn auch nicht einfach da hingesetzt«, widerspricht Chris. »Ich habe versucht, es ihm auszureden, aber er wollte wirklich helfen.«

»Ich war dabei«, sagt Min. »Clay war sehr überzeugend.«

Ich weiß genau, wie überzeugend er sein kann.

»Was ist denn schon dabei?«, sagt Ravi. »Als Chris' Schwester zu Besuch war und ausgeholfen hat, war das ja nicht anders. Außerdem war Dr. Bowry sehr erfreut, ihn kennenzulernen. Als wir in meinem Büro waren, hat er noch zehn Minuten lang über Clay geredet.«

»Ich hätte es mit dir besprochen«, sagt Chris. »Aber ich dachte mir, deswegen brauche ich dich bei der Schulung nicht zu stören.«

»Schon gut, Ravi hat recht. Es ist eigentlich nicht anders als bei deiner Schwester.« *Außer dass Clay berühmt ist und hundert Firmen wie meine einfach kaufen kann, wenn ihm danach ist, und dass ich mit ihm schlafe und herauszufinden versuche, warum er so viel für mich tut.* »Es hat mich nur überrascht. Hoffentlich finden wir bald jemanden für den Empfang.«

»Mich hat es auch überrascht«, sagt Chris. »Doch ich habe

schnell gemerkt, dass er ein toller Kerl ist. Es hat Spaß gemacht, ihn herumzuführen. Er hat übrigens auch eine Menge verstanden von dem, was wir hier machen.«

»Das ist großartig. Danke, dass du ihn herumgeführt hast.«

»Alles gut zwischen uns?«, fragt Chris.

»Ja. Zieht los und besorgt euch eure Vitrinen.« Als Chris und Min hinausgehen, atme ich hörbar aus. »Ich habe überreagiert, stimmt's?«

Ravi hält Zeigefinger und Daumen in die Höhe und sagt leise: »Ein kleines bisschen.«

»Warum wollte Clay unsere Anrufe entgegennehmen?«

»Frag ihn doch.« Ravi deutet in Richtung Tür.

Durch die Scheibe sehe ich Clay mit zwei großen Tüten den Flur entlangkommen. Unsere Blicke treffen sich und schon ist da dieses Da-bist-du-ja-Lächeln. Plötzlich kommt es mir unsinnig vor, sich über diese Frage weiter den Kopf zu zerbrechen. Ich öffne ihm die Tür. »Hallo. Ich dachte, du wärst schon weg.«

»Ich wusste, dass ihr beiden vielleicht eine Nachtschicht einlegt, also habe ich für uns alle etwas zu essen mitgebracht.«

Mein Herz droht zu bersten. Wenn er hier nur eine Rolle spielt, könnte er glatt den Oscar gewinnen.

»Danke, Clay, aber mir ist gerade eingefallen, dass ich heute Abend ein Basketballspiel habe«, sagt Ravi. »Ich hole nur noch meine Jacke und bin weg.«

»Du spielst doch freitagabends nie«, sage ich.

»Das ist ein Nachholspiel.«

»Warte. Nimm dir das für später mit.« Clay gibt ihm eine Schachtel.

»Danke, Mann.« Ravi nimmt sie und wirft mir einen wohlwollenden Blick zu, bevor er geht.

»Dann sind wir wohl nur zu zweit, Liebling. Wo soll ich das hinbringen?«

»Lass uns in meinem Büro essen.«

Wir stellen die Sachen auf den Tisch in meinem Büro, auf dem die Rosen in der Mitte stehen. »Das Marsala-Hähnchen riecht köstlich«, sage ich, während Clay noch eine Flasche Pinot Noir, eine Kerze und ein Feuerzeug aus der Tasche holt. »Du meine Güte, wie vornehm.«

»Nur weil du viel zu tun hast, heißt das noch lange nicht, dass du keine Romantik verdient hast.« Er zündet die Kerze an, schaltet die Deckenlampe aus und nimmt meine Hand, um mich zu einem Kuss an sich zu ziehen. »Wie ist es nur möglich, dass du mir heute so sehr gefehlt hast?«

Wieder erobert er meine Lippen, küsst mich noch tiefer, noch intensiver und hält mich eng an sich gedrückt. Ich habe keine Ahnung, was es ist, das uns innerhalb von zehn Sekunden von null auf hundert bringt, doch genau so ist es, und wir stöhnen gierig. Schließlich weicht er mit einer Reihe von zart gehauchten Küssen zurück und ich unterdrücke ein Wimmern.

»Himmel, Baby, bei dir verliere ich jegliche Beherrschung. Wir müssen aufhören, sonst bist du mein Abendessen.«

Ein Kichern entweicht mir, als er meinen Stuhl herbeizieht. »Versuchst du, Dash den Titel des Königs der Romantik abzuluchsen?«, frage ich, als ich mich setze. »Denn du machst das ziemlich gut.«

Er setzt sich neben mich. »Ziemlich gut ist nicht annähernd gut genug. Ich muss mich offensichtlich etwas mehr ins Zeug legen.«

Weiß er denn nicht, dass er mich so schon umhaut? Jedes Mal, wenn wir zusammen sind, versuche ich, mit beiden Beinen fest auf dem Boden zu bleiben. »Du bist sehr ehrgeizig.«

»Und noch mehr, wenn es um dich geht.« Er schenkt den Wein ein und reicht mir ein Glas. »Auf eine Fortsetzung von Paris.«

So viel zu dem Vorhaben, mich nicht umhauen zu lassen. Wir stoßen an und küssen uns. Es ist nur eine sanfte Berührung unserer Lippen, nicht mehr, und doch so absolut perfekt.

Wir probieren unser Essen. »Es ist köstlich«, sage ich. »Danke, dass du an mich und Ravi gedacht hast, und danke dafür, dass du die Anrufe entgegengenommen und allen Geschenke mitgebracht hast.«

»Das war doch keine große Sache.«

»Es ist sogar eine sehr große Sache. Warum hast du überhaupt am Empfang ausgeholfen?«

»Weil ich dich unterstützen wollte. Die eigentliche Frage lautet doch, warum benutzt du keine automatisierte Anlage, die deine Anrufe weiterleitet, so wie es die meisten Firmen tun?«

»Ich mag sie nicht.« Ich nippe an meinem Wein. »Ich halte es für wichtig, eine persönliche Note zu behalten. Besonders für eine so junge Firma. Es ist doch frustrierend, wenn man niemanden erreicht oder einem noch nicht einmal gesagt wird, wie lange man warten muss, um zurückgerufen zu werden. Es braucht nur eine Weile, um die richtige Person dafür zu finden.«

»Wieso?«

Ich spieße mit der Gabel ein Stück Hähnchen auf. »Keine Ahnung. Meine Anzeige ist sehr detailliert, aber die, die sich bewerben, sind entweder über- oder unterqualifiziert.«

»Wonach suchst du?«

»Nach einer klugen Person, mit Erfahrung in einem Bereich wie unserem. Der- oder diejenige soll mehr können, als nur das Telefon zu bedienen, muss es aber neben anderen Tätigkeiten gern machen. Wir brauchen hier Teamplayer, die … Weißt du was? Ich zeige dir einfach mal die Anzeige.« Ich hole mein Handy hervor und gehe zu der Anzeige auf der Website der Arbeitsvermittlung. »So jemanden brauchen wir.«

Während er liest, wird sein Gesichtsausdruck ernst. »Ich glaube, ich weiß, was das Problem ist.«

»Wirklich? Was denn?«

»Man braucht einen Masterabschluss, um diese Anzeige zu entschlüsseln. Sie ist zu umständlich. Versuch mal, das aus der Perspektive einer Bewerberin oder eines Bewerbers zu sehen.« Er liest die Anzeige laut vor. »*Nahtlose Koordination der Anforderungen eines Front Office innerhalb eines dynamischen Umfeldes mit Fokus auf innovative technologische Lösungen und datenbasierte Methodologie.*«

»Okay, das ist wohl tatsächlich etwas umständlich«, gebe ich zu.

Er schaut noch einmal auf die Anzeige. »Du sprichst hier von branchenspezifischer Lingo und Projektinitiativen. Komm schon, Pep. Benutzt überhaupt irgendjemand den Begriff Lingo?«

»Ich offensichtlich.«

»Es klingt so, als wolltest du überhaupt keine Empfangskraft. Du willst einen Wissenschaftler, der deine Anrufe entgegennimmt«, scherzt er. »Ich werde dir den Gefallen erweisen und diese Anzeige neu verfassen. Wir finden eine kluge und qualifizierte Person für dich.«

»Du hast schon genug getan.« Ich nehme ihm mein Handy weg. »Hast du nichts Besseres zu tun, als dich mit meiner Arbeit abzugeben?«

»Hör auf, dir über mich Gedanken zu machen, und erzähl mir von dem Treffen mit Doc Bowry. Wie lief es?«

Und wie überzeugend er sein kann. »Es lief großartig. Er hat unsere Firma einer Investorengruppe vorgeschlagen. Was mich daran erinnert … Es tut mir leid, aber ich muss heute Abend noch ein paar Berichte durchgehen, damit ich am Wochenende an meinem Pitch arbeiten kann, und zwar für das Migräne-Gerät und für ein Gerät, das für Menschen mit körperlichen Beeinträchtigungen die Maus ersetzen kann, weil es durch Kopfbewegungen und Mimik gesteuert wird.«

»Entschuldige dich nicht. Ich finde es großartig, und ich finde, dass du absolut erstaunlich bist. Arbeitest du oft am Wochenende?«

Ich schiebe mein Essen auf dem Teller hin und her. »Wenn ich Ja sage, macht mich das dann zu einer Langweilerin?«

»Nein, das macht dich zu einer Frau, die sich sehr für ihre sehr wichtige Arbeit engagiert. Ich arbeite normalerweise auch am Wochenende.«

»Stimmt, Sonntag ist Footballtag. Aber nicht außerhalb der Saison.« Ich nehme einen Happen.

»Außerhalb der Saison trainiere ich trotzdem, und ich habe andere Verpflichtungen, von denen einige auch am Wochenende stattfinden. Im März habe ich ein Wohltätigkeitsspiel an einem Wochenende, und ich hoffe, du begleitest mich dorthin.«

Das überrascht mich. Er denkt, dass wir im März zusammen sind? »Wo findet das Spiel statt?«

»In Las Vegas.«

»Las Vegas, wie in Elvis-Imitatoren, Spielautomaten, laute Bars und blinkende Lichter? Das ist nicht so mein Ding.«

»Nein, das ist es nicht. Aber vielleicht ist es etwas für meine Draufgängerin.« Er legt seine Hand auf meine. »Entscheide jetzt nichts. Lass uns warten, bis du merkst, dass du ohne mich nicht leben kannst.«

Ich lache, aber ich glaube nicht, dass er scherzt, und irgendwie mag ich dieses Selbstbewusstsein in Bezug auf uns.

»Also, erzähl mal, Pep, was machst du, wenn du nicht arbeitest?«, fragt er. »Hast du Hobbys?«

»Eigentlich nicht. Ich lese gern, das führt jedoch meistens dazu, dass ich mir ein neues Projekt ausdenke und recherchiere. Aber ich schaue gern *Jeopardy!*«

»Ach was! Ich auch! Ich hab doch gesagt, dass wir einiges gemeinsam haben.« Er isst ein wenig. »Was sonst noch? Du scheinst handwerklich geschickt zu sein.«

»In technischen Sachen schon, aber nicht in künstlerischer Hinsicht. Und du?«

»Ich bin nicht schlecht darin. Als wir aufgewachsen sind, haben wir uns immer gegenseitig Geschenke gebastelt, anstatt sie zu kaufen, und dazu war ein gewisses Geschick vonnöten. Obwohl meine Geschwister sagen würden, dass sie zu viele Truthahnbilder bekommen haben.«

»Truthahnbilder?« Ich nehme noch einen Happen.

»Ja, du weißt schon, wenn man die Umrisse der Hand nachzeichnet und aus den Fingern Federn macht. Das haben sie jedes Jahr zu den Feiertagen bekommen.«

»Dein Weihnachtsgeschenk für deine Geschwister war ein Truthahnbild?« Ich muss lachen.

»Das Truthahnbild war viele Jahre lang mein Lieblingsgeschenk, aber wir feiern kein Weihnachten. Meine Eltern haben ein Familien- und Freundefest daraus gemacht, anstatt ein religiöses Fest zu feiern, weil wir in so vielen verschiedenen Kulturen gelebt haben, als wir aufgewachsen sind.«

»Die Idee gefällt mir. Das ist wie die Mauer der Liebe. Feiertage, die alle miteinbeziehen, ohne zu trennen oder Grenzen zu setzen. Ich glaube, ich mag deine Eltern.«

Er neigt den Kopf und sieht mich skeptisch an. »Jetzt legst du es aber darauf an, dir Zutritt zu meinem Herzen zu verschaffen, oder?«

Mir schwant, dass meine Wangen sehr wehtun werden, weil dieser Mann mich permanent zum Lächeln bringt. »Du bist geschickt. Du machst aus allem das, was du hören willst.«

»Wenn deine Eltern ausgeklügelte Schatzkarten anfertigen, die du gemeinsam mit deinen Geschwistern entschlüsseln musst, um deine Geschenke zu finden, erlernst du jede Menge verschiedene Arten von Geschicklichkeit.«

»Im Ernst? Das ist eine tolle Art, seinen Kindern beizubringen, zusammenzuarbeiten. Das haben sie wirklich gemacht?«

Er trinkt von seinem Wein. »Ja, und sie machen es noch immer. Ich freue mich jedes Jahr darauf.«

»Das ist wunderbar, obwohl ich mir denken kann, dass viel Arbeit damit verbunden ist, all diese Karten zu koordinieren.«

»Spiel deine Trümpfe richtig aus, dann lasse ich dich dieses Jahr mit mir auf Schatzsuche gehen.«

Meint er das ernst? »Wie wäre es, wenn wir erst einmal ein Wochenende überstehen, bevor wir über Pläne für die Feiertage nachdenken?«

Er beugt sich zu mir herüber und küsst mich. »Wir werden viel mehr überstehen als dieses Wochenende.« Er lehnt sich wieder zurück. »Aber ich muss dich warnen. Die Karten zu entschlüsseln ist kompliziert, da meine Geschwister und ich nicht alle am selben Ort wohnen. Und wenn einer von uns oder meine Großeltern oder Eltern auf Reisen sind, landen wir für gewöhnlich dort. Du musst dir also rechtzeitig Platz in deinem Terminkalender freihalten.«

»Werde ich mir merken.« Ich trinke einen Schluck Wein.

»Das meine ich ernst. Letztes Jahr haben wir Flynn auf

Silver Island überrascht, wo seine Verlobte Sutton herkommt. Die Insel würde dir bestimmt gefallen.« Er erzählt mir von den kleinen Orten dort und von Flynn und Sutton, die zusammen bei Discovery Hour arbeiten und Dokumentarfilme machen.

»Beziehungen zwischen Chef und Angestellter sind wohl ein Familientrend bei euch. Arbeiten Flynn und Sutton noch immer zusammen? Ich kann mir nicht vorstellen, mit dem Menschen, mit dem ich eine Beziehung führe, beruflich zusammenzuarbeiten.«

»Sie arbeiten noch zusammen und sind ein großartiges Team. Ihre aktuelle Reihe heißt *Heart Stories* und startet im Februar. Wir werden sie alle zu Hause bei meinen Eltern überraschen.«

»Ihr scheint euch alle sehr nahe zu stehen. Das gefällt mir. Ist sonst jemand von deinen Geschwistern verlobt?«

»Nein. Vic war mit Harvey Bauer, einem tollen Kerl, verheiratet. Er war ihr Chef und sechzehn Jahre älter als sie.«

»Wow, das ist ein großer Altersunterschied.«

»War es auch. Sie hat sich richtig schwer in Harvey verliebt und sich erbarmungslos um ihn bemüht. Es hat geklappt. Sie haben die Liebe zu ihrer Firma geteilt und waren wirklich glücklich. Leider haben wir ihn vor einigen Jahren durch einen Herzinfarkt verloren.«

»Wie schrecklich. Deine arme Schwester.« Ich fühle mit ihr. »Ihre Trauer muss unfassbar gewesen sein.«

»Ist sie immer noch, glaube ich. Nachdem er gestorben ist, hat sie Blank Space Entertainment übernommen und sich mit der gleichen unermüdlichen Entschlossenheit in die Arbeit gestürzt, mit der sie sich früher um seine Aufmerksamkeit bemüht hat, und sie hat nie einen Gang runtergeschaltet.«

»Sich in der Arbeit zu vergraben, ist eine einfache Möglichkeit, sich vor dem zu verstecken, was einem fehlt.«

»Machst du das auch?« Er hält meinen Blick gefangen.

Etwas an Clay löst in mir den Wunsch aus, ihm all meine Geheimnisse zu erzählen. Ich trinke einen Schluck, überlege, was ich antworten soll, und entscheide mich, nicht allzu tief zu gehen. »Machen wir das nicht alle?« Ich hoffe, dass es locker klingt, und wechsle schnell das Thema. »Dieses Unermüdliche scheint in deiner Familie zu liegen.«

»Du hast ja keine Ahnung, wie recht du hast.« Clay erzählt mir von seinen anderen unermüdlichen Geschwistern – Seth, ein Geschäftsmogul mit einer ernsthaften Seite, der schon zwei Mal vom Forbes Magazine zum begehrtesten Junggesellen ernannt wurde, und Noah, ein Meeresbiologe mit einer Liebe zu allem Weiblichen, der einen erlebnispädagogischen Park für Kinder leitet. »Ich brauche wohl nicht zu erwähnen, dass ich dich nicht in Noahs Nähe lasse.«

»Das heißt, Seth wäre zu haben?«, scherze ich.

Er sieht mich finster an und gibt mir einen Stupser in die Seite. Ich muss lachen. »Keine Sorge. Ein unermüdlicher Braden in meinem Leben ist mehr als genug.«

»Da hast du verdammt recht.« Er küsst mich. »Wie sind wir von Hobbys und Feiertagen auf dich und meine Brüder zu sprechen gekommen?«

»Keine Ahnung, aber ich erfahre gern mehr über deine Familie.«

»Das freut mich. Bevor du jedoch versuchst, mich dazu zu bringen, dich zu heiraten, solltest du wissen, dass meine Familie gern am Lagerfeuer Geschichten erfindet und von dir erwarten wird, dass du daran teilnimmst. Es wird gesungen, Musik gemacht und einfach die Zeit miteinander in der Natur genossen.«

»Das behalte ich im Kopf, während ich versuche, dich an Land zu ziehen«, scherze ich. »Lagerfeuer liebe ich. Spielst du ein Instrument?«

»Nicht besonders gut. Mein Dad hat uns allen Gitarrespielen beigebracht, aber Seth und Vic sind die Einzigen, die auch wirklich gut darin sind. Und du?«

Ich schüttele den Kopf. »Darin wäre ich mit Sicherheit noch schlimmer als beim Singen. Was hast du sonst noch für Hobbys?«

»Abgesehen von Laufen und Trainieren und den Momenten, die ich mit Familie und Freunden verbringe, habe ich keine Hobbys.«

»Du läufst und trainierst für deinen Job, das zählt nicht. Sonst noch etwas?«

»Bei Flynn habe ich mal das Angeln ausprobiert. Er wohnt an einem See in Port Hudson in New York. Doch dafür fehlt mir die Geduld. Ich liebe Snowboard- und Skifahren, mache das aber nicht oft, weil ich keine Verletzung riskieren kann. Fährst du Ski?«

»Nein, ich bin nicht sehr sportlich.«

»Du würdest in Skihosen ziemlich heiß aussehen.« Er lehnt sich herüber und küsst mich. »Aber an einem Kaminfeuer, während es draußen schneit, würdest du noch heißer aussehen.«

»Du verdienst eindeutig die König-der-Romantik-Krone.«

Während wir essen und Wein trinken, reden wir weiter über unsere Familien, Hobbys, die wir nicht haben, und Dinge, die wir getan haben oder gern tun würden. Immer wieder küssen wir uns zwischendurch, lachen und necken uns. Mit jedem Kuss möchte ich mehr und mit jedem Lachen verfalle ich ihm mehr.

»Abgemacht«, sagt er, als wir alles wegräumen. »Morgen machen wir eine Tour durch die Stadt und schauen mal, ob wir

Hobbys für uns beide finden.«

»Okay.« Ich habe keine Ahnung, was er glaubt, finden zu können, doch wir hatten so viel Spaß in Paris, dass wir mit Sicherheit eine tolle Zeit haben werden.

»Apropos, eine Sache mache ich noch gerne«, sagt er, während wir aufräumen. »Also, abgesehen von dem, was ich mit *dir* machen möchte.«

Ein Schauer läuft mir über den Rücken. »Und das wäre?«

Er verstaut den restlichen Müll in der Tüte und stellt sie beiseite. »Ich hatte es nie so mit Videogames, bis ich selbst zu einer Figur darin gemacht wurde. Das spiele ich ab und zu, um mal an etwas anderes zu denken, aber es ist kein richtiges Hobby.«

»Es muss cool sein, sich selbst in einem Videospiel zu sehen.«

»Etwas seltsam, aber doch auch cool. Ich zeige es dir irgendwann einmal.«

»Ich habe keine Ahnung von Football und ein Videospiel habe ich in meinem ganzen Leben noch nicht gespielt.« Ich trinke meinen Wein aus, stelle das Glas ab und lehne mich mit der Hüfte gegen den Tisch.

»Ich bringe dir alles bei, was du wissen musst. Das wird bestimmt witzig.«

»In Ordnung, aber gib mir nicht die Schuld, wenn ich mit dem Joystick nicht zurechtkomme.«

Er legt die Arme um mich. »Ich sorge schon dafür, dass du mit meinem Joystick kommst.«

Sein Dirty Talk heizt mir ein. Ich gehe auf die Zehenspitzen, als er seine Lippen auf meine senkt, und unsere Zungen setzen zu einem sinnlichen Tanz an. Er schiebt die Hände in meine Haare, seine Zunge forscht und sucht, erinnert mich an das, was er heute Morgen mit mir angestellt hat, und ich dränge mich an ihn. Er schmeckt nach süßem Wein und glühender Leidenschaft. Er ist steinhart, und ich bebe vor Begehren, doch sein Kuss wandelt sich von berauschender Hingabe hin zu süßer Zärtlichkeit. Kaum folge ich ihm, da weicht er auch schon zurück und flüstert: »Verdammt, Liebling!«, und legt seine Stirn an meine. »Du musst diesen Bericht fertig machen.«

Mein Magen zieht sich zusammen. Ich will nicht aufhören, doch ich weiß, wenn ich meine Arbeit nicht erledigt bekomme, denke ich die ganze Nacht darüber nach, und das wird für uns beide nicht witzig. »Ja, stimmt. Es wird nicht lang dauern.«

»Schon gut. Lass dir Zeit. Deshalb bin ich ja hier, damit du deine Arbeit schaffst und uns dazwischenschiebst, wenn es für dich passt. Kann ich den Computer in der Lobby benutzen? Ich gucke mir diese Anzeige noch mal an, und wenn du fertig bist, können wir noch etwas unternehmen.«

»Ja, aber du brauchst die Anzeige nicht neu schreiben.«

Er hebt amüsiert eine Augenbraue. »Doch, falls du jemanden für den Empfang finden willst.« Er tritt einen Schritt zurück und mustert meinen Körper langsam, womit er einen Pfad glühender Hitze hinterlässt. Als er mir wieder ins Gesicht sieht, sind seine Augen tiefblau. »Ich muss zusehen, dass ich von hier wegkomme, sonst lege ich dich noch auf diesen Schreibtisch.« Nach einem schnellen Kuss verlässt er mein Büro.

Ich stehe da wie erstarrt, während in mir ein Wirbelsturm tobt. Wie schafft er es nur, mich so schnell auf Touren zu bringen? Noch nie in meinem Leben *wollte* ich etwas so sehr, wie ich ihn will. Mit chemischen Reaktionen und Hormonen kenne ich mich bestens aus, doch wie ich mit zittrigen Beinen hier stehe, fühlt sich das alles viel zu groß an, als dass es nur daran liegen könnte. Ich atme tief ein und wieder aus und zwinge mich, an die Arbeit zu gehen, damit ich nicht zu lange hierbleiben muss.

Am Schreibtisch öffne ich die Berichte für die Geräte, für die wir uns um Finanzierung bewerben wollen. Nicht nur die Lust hat mich überwältigt. Ich habe auch ein schlechtes Gewissen, weil ich arbeite, nachdem er den ganzen Weg auf sich genommen hat, um mich zu sehen. Er hat mich so sehr unterstützt.

Und dann diese Küsse …

Ich presse meine Oberschenkel zusammen, um gegen das Ziehen anzukämpfen, das er auslöst.

Ich kann nicht einfach die Arbeit beiseitelegen, weil ein Typ mich heißmacht. Ich trage Verantwortung.

Doch Clay ist nicht einfach nur irgendein Typ. Er ist alles, von dem ich gar nicht wusste, dass ich es wollte.

Und er wird noch hier sein, wenn ich mit der Arbeit fertig bin.

Seine tiefe Stimme flüstert in meinem Kopf: *Ich muss zusehen, dass ich von hier wegkomme, sonst lege ich dich noch auf diesen Schreibtisch.*

Und jetzt stelle ich mir vor, wie er genau das macht.

Clay

Ich gehe in der Lobby auf und ab und versuche, meinen Schwanz verdammt noch mal unter Kontrolle zu bekommen. Dafür bin ich nicht hier.

Dann hättest du vielleicht nicht ihren Slip mitnehmen sollen.

Allein bei dem Gedanken zuckt er schon wieder, und ich beiße die Zähne zusammen, während ich auf die verräterische Wölbung meiner Hose schaue. *Krieg dich in den Griff. Du bist wie ein blöder Teenager.*

Ich schließe die Augen, denke an meine Vertragsverlängerung, meine schmerzende Schulter und den anderen Quarterback, der es auf meinen Job abgesehen hat. Das tut seine Wirkung, zumindest teilweise.

Erleichtert fahre ich mir durch die Haare und gehe zu dem Computer, denn ich brauche eine Ablenkung, um nicht an meine schöne, sliplose Lady am Ende des Flurs zu denken. Ich öffne ein Worddokument und merke, dass ich überhaupt keine Erfahrung damit habe, eine Stellenausschreibung zu verfassen.

Es ist an der Zeit, schweres Geschütz aufzufahren. Ich nehme mein Handy heraus und rufe Seth an. Beim zweiten Klingeln geht er ran.

»Hallo, Clay. Was gibt's?«

Einen Ständer. »Ich brauche Hilfe bei einer Stellenanzeige für einen Empfangsjob.«

»Warum?«

»Weil ich Pepper helfe, jemanden zu finden.«

Seth lacht. »Du bist bei Pepper und hast an einem Freitagabend nichts Besseres zu tun? Junge, du hast es eindeutig nicht mehr drauf. Vielleicht brauchst du tatsächlich Unterstützung.«

»Halt den Mund, verdammt, und hilf mir.«

»Ich bin ein wenig besorgt«, sagt Seth amüsiert. »Sie ist eine kluge Frau. Warum vertraut sie dir das an?«

»Weil ich es ihr angeboten habe. Hilfst du mir jetzt oder …« Ich halte mitten im Satz inne, als Pepper wie eine verführerische Katze auf Beutezug über den Flur schleicht. Ihre grünbraunen Augen sind auf mich gerichtet, während sie hinter den Tresen kommt und den Stuhl, auf dem ich sitze, zu sich herumdreht.

»Clay?«, fragt Seth, während sie nach dem Knopf meiner Jeans greift und die Hose aufreißt.

»Ja, egal. Ich muss Schluss machen.« Ich beende das Gespräch, und sie zieht den Reißverschluss ganz hinunter, während ich das Handy auf den Schreibtisch lege. »Schon fertig mit der Arbeit?«

Sie schüttelt den Kopf. »Ich mache das morgen früh fertig. Ich war zu sehr vom Gedanken daran abgelenkt, wie du mich über den Schreibtisch legst.« Sie sagt das auf eine so unschuldige Art, dass mein bester Kumpel schon wieder zuckt. »Unten ohne«, schnurrt sie. »Wie ich sehe, stehst du zu deinem Wort.«

»Daran darfst du niemals zweifeln.«

»Du solltest für deine Ehrlichkeit wohl belohnt werden.« Sie geht auf die Knie und leckt sich über die Lippen.

»So eine verdammte Verführerin.« Ich schiebe die Jeans hinunter und sie legt die Hand um meine Härte. Dann verwöhnt sie mich mit ihrem sündigen Mund, leckt und saugt, streichelt und nimmt mich tief in sich auf. »So ist es gut«, zische ich mit zusammengepressten Zähnen, als sie fester zupackt. »So verdammt gut.« Ihre Augen funkeln vor Lust. »Rutsch zurück, Baby. Ich muss deinen Mund vögeln.«

Sie macht mir Platz, damit ich aufstehen kann, und ich streichele ihr Kinn. Sie beißt sich auf die Unterlippe und sieht so unschuldig und gleichzeitig so sexy aus. »Du bist so verdammt schön, für mich auf den Knien … Sag, wenn ich zu grob bin.«

»Das bist du nicht.« Sie führt meine Härte in ihren Mund.

Ich packe ihre Haare und stoße immer wieder in ihren heißen, willigen Mund. Sie geht auf meinen Rhythmus ein, den

Blick immerzu auf mich gerichtet wie in meinen kühnsten Fantasien. Ich stoße härter zu, schneller, bis ich kurz davor bin. »Dein Mund ist so verdammt perfekt.« Ich lege die Hand um den Ansatz meiner Länge und ziehe mich zurück. »Ich will dich befriedigen und ich will in dir kommen.«

Ihr verschlagenes Lächeln verursacht meinem besten Kumpel wahre Schmerzen, als ich ihr aufhelfe und sie um den Verstand küsse. Dann drehe ich sie herum. »Hände auf den Tresen, Baby.« Als sie tut, was ich sage, schiebe ich ihr Kleid hoch, lege ihren wunderschönen Hintern frei, und gehe auf die Knie, denn ich muss sie einfach schmecken. Ich lecke über ihre Mitte. »Himmel, du bist so verdammt süß.«

Mit feurigem Blick schaut sie über die Schulter. »Vögel mich«, fordert sie außer Atem und bedürftig.

Diese Worte aus dem süßen Mund zu hören, erledigt fast den Rest. Ich nehme ein Kondom aus meinem Portemonnaie, streife es schnell über und komme hinter sie. Mit den Händen an ihren Hüften stoße ich in sie. »Ja!«, schreit sie auf, und ihre lusterfüllte Stimme jagt mich in einen Wahn aus Begehren. Immer wieder stoße ich vor und greife dabei um sie herum, um ihre Perle zu reizen, was sie mit Stöhnen und Flehen beantwortet. »Fester … Oh mein Gott … Schneller … Ja …« Wie ein Schraubstock legt sich ihre Mitte um meine Härte, und mein Name bricht aus ihr hervor, während sie auf den Wellen der Lust gleitet. Ihr Stöhnen hallt um uns herum, und ich presse die Zähne zusammen, um nicht zu kommen und bei ihr zu bleiben, bis sie um mich herum bebt.

»Ich brauche deinen Mund.« Ich ziehe mich heraus und drehe sie um, um sie wieder zu einem erbarmungslosen Kuss an mich zu reißen, während ich sie auf den Tisch hebe. Schnell führe ich ihre Beine um meine Taille und dringe mit einem harten Stoß tief in sie ein. Fluchend genieße ich die qualvolle Lust, und sie schreit: »Noch mal!«

Meine Beherrschung bricht zusammen, und wir geben uns dem Sex hin, als bekämen wir nie wieder eine Gelegenheit. Wir sind grob und animalisch. Als sie zerbirst, ihre Mitte um meine Härte pulsiert und ihre Hüften zucken, erobere ich ihren Mund mit einem gnadenlosen Kuss. Ich bin von ihr überwältigt, verloren in einem Hagelsturm aus Empfindungen, doch der Unersättliche in mir muss ihr Gesicht sehen. An den Haaren ziehe ich sie zurück und löse ihren Mund von meinem. Ihr Blick ist wild, und während ihr Körper sich um meine Härte zusammenzieht, bricht ein sündiger Laut aus ihr heraus und schießt wie ein Blitz durch mich hindurch, nur um mich in eine pure, atemberaubende Ekstase zu katapultieren.

Wir stoßen und reiben, klammern uns aneinander, während unsere Körper unter den Nachbeben zucken und wir beide heftig atmen. Als wir schließlich zur Ruhe kommen, löse ich mein Gesicht aus ihren zerzausten Haaren. Unsere Blicke treffen sich mit einem Aufwallen von Hitze, und ich könnte schwören, dass ich etwas Tiefes, Berührendes zwischen uns entstehen fühle. Aber mit dem nächsten Atemzug lachen wir beide und sie verbirgt ihr Gesicht an meiner Schulter. Ich verfalle dieser unglaublichen Frau so heftig und bin so von uns erfüllt, dass mir fast *Ich liebe dich* herausplatzt. Doch mein Blick fällt auf die Überwachungskamera in der Nähe der Tür und so bricht die Realität schnell über mich herein. »Draufgängerin?«

»Hm?«

»Hat euer Gebäudemanagement hier drinnen Überwachungskameras oder sind die von euch? Denn ich glaube, wir haben gerade ein Sexvideo gemacht.«

Sie hält den Atem an und schaut zu der Kamera. »Mist. Die

ist von uns, aber Ravi hat Zugriff darauf.«

»Hallo, Ravi!«, rufe ich und winke in die Kamera.

»Clay!« Sie gibt mir einen Klaps auf die Brust. »Wir müssen das löschen!«

»Auf keinen Fall. Ich nehme die Aufnahme mit nach Hause.«

Sie lacht. »Das machst du nicht!«

»Und ob ich das mache. Die kann ich für gutes Geld verkaufen.« Ich liebe es, wenn sie sich vor Verlegenheit windet. »Eine Sache weniger auf deiner Ich-hab-noch-nie-Liste.«

»Oh mein Gott! Wer bin ich nur geworden?« Sie legt das Gesicht an meine Schulter.

Sanft ziehe ich sie an den Haaren zurück, um in diese leuchtenden Augen zu blicken. »Die Frau, die du schon immer sein solltest. Meine sexy Wissenschaftlerin.«

Zweiundzwanzig

Pepper

Am Samstagmorgen wache ich in einem leeren Bett, jedoch nicht in einem leeren Haus auf. In der Luft hängt der Duft von Kaffee, und die Klamotten, die wir in der Eile überall auf dem Boden verstreut haben, liegen ordentlich auf einem Stuhl am Fenster, gleich neben der Zeichnung von uns aus Paris. Es kommt mir vor wie ein Traum, dass Clay hier ist und meine Komfortzonen eine nach der anderen sprengt. Noch nie hat ein Mann die Nacht in meinem Haus verbracht. Ich liege regungslos da, umgeben von seinem Duft in meinen Laken und an meinem Körper, und erwarte fast schon, dass es sich seltsam oder beängstigend anfühlt, dass er hier ist, doch so ist es nicht. Mir gefällt es, seine Kleidung auf meinem Stuhl zu sehen, und zu wissen, dass er unten ist. Auch das sollte mir Angst machen, aber das tut es nicht. Und genau das verwirrt mich.

Ich steige aus dem Bett, ziehe das T-Shirt an, das er gestern unter seinem Pullover getragen hat, und gehe ins Badezimmer. Ich erleichtere mich, und als ich mir die Zähne putze, sehe ich in dem roten Fleck, der unter dem Kragen hervorlugt, den Beweis für unsere wilde Nacht. Geistesabwesend berühre ich ihn und denke an den vergangenen Abend.

Nach vielem Hin und Her überzeugte Clay mich irgendwie davon, ihn die Aufnahmen von unserer leidenschaftlichen Bürobegegnung herunterladen zu lassen – *Wenn wir alt und grau sind, werden wir darüber lachen* –, um anschließend das Original und das Backup zu löschen. Er redet, als sei das zwischen uns und unsere gemeinsame Zukunft selbstverständlich, und er macht es einem leicht, sich mitreißen zu lassen. Ich weiß, dass wir gewisse Dinge besprechen und herausfinden müssen, aber ich habe mich noch nie so gefühlt wie jetzt und bin nicht bereit, Staub aufzuwirbeln.

Ich schlüpfe in meine Plüschpantoffeln und gehe nach unten. Aus der Küche dringt Motown-Musik. Als ich um die Ecke spähe, sehe ich Clay in seinen schwarzen Boxershorts beim Herd tanzen und zu »Ain't Too Proud to Beg« singen, während er Eier in die Pfanne schlägt. Holla, der Mann kann tanzen, aber er singt genauso falsch wie ich! Er schlägt noch ein Ei auf, dreht sich herum – und ertappt mich, wie ich ihn beobachte.

Er grinst und singt lautstark mit, während er zu mir herübertanzt. Er greift nach meiner Hand, wirbelt mich herum und bringt mich zum Lachen. »Sing mit, Draufgängerin.«

»Glaub mir, das willst du nicht. Ich singe noch schlechter als du.«

»Unmöglich.« Er singt noch lauter, hält meine Hand und tanzt um mich herum. »Komm schon, Baby. Lass mich hören, wie du singst.«

Ich schüttele den Kopf.

Als das Lied zu Ende ist, stellt er den Herd ab und zieht mich an sich. »Du siehst in meinem T-Shirt entzückend aus.«

»Du siehst in meiner Küche entzückend aus.«

»Ich habe für dich ein Foto vom Sonnenaufgang gemacht.«

Traurigkeit erfasst mich. »Du hättest mich aufwecken sollen, damit ich ihn mit dir anschauen kann.«

»Ich habe dich lange wachgehalten, und du brauchtest deinen Schlaf, damit dein geniales Hirn heute bei der Arbeit funktioniert.«

Es rührt mich, dass er daran gedacht hat.

Seine Lippen finden meine, als das Lied »My Girl« läuft. Wir tanzen, küssen uns, lachen, und er singt mich mit jedem Wort an. Ich fühle mich wie sein *Girl* und es gefällt mir. Der nächste Song ist »Last Night« von Morgan Wallen, eines meiner Lieblingslieder, und ich muss ihn einfach fragen: »Welchen Sender hörst du da, auf dem Motown und Country Music gespielt wird?«

»Das ist eine meiner Playlisten. Meine Eltern lieben Motown. Als Kind habe ich sie immer dazu tanzen gesehen.« Er fängt an, das Country-Lied mitzusingen, in dem es darum geht, dass er mich durchschaut und meine Liebe gegen nichts eintauschen würde. Es ist nur ein Lied, aber es reißt mich mit – er reißt mich mit, so wie bei allem, was er tut. Und so fange ich an zu singen, dass es zwischen uns noch nicht zu Ende ist.

»So ist es richtig!« Er feuert mich an und wirbelt mich herum, und meine Unsicherheit wegen meiner Gesangskünste schwinden. Als ein anderes Lied anfängt, zieht er mich an sich und streicht mit dem Finger am Kragen des T-Shirts entlang. »Du hast schon wieder einen Fleck.«

»Mhm. Ich habe einen übereifrigen …« Ich suche nach dem richtigen Wort. *»Bekannten.«*

Er runzelt die Stirn. »Von wegen! Ich bin dein übereifriger Freund.«

»Bist du nicht etwas zu alt für dieses Wort?«, scherze ich.

»Du nennst mich gefälligst nicht alt.« Er gibt mir einen Klaps auf den Hintern und küsst mich. Wir bewegen uns langsam und sexy zur Musik. »Mir ist es egal, wie du mich nennst, solange ich weiß, dass du zu mir gehörst und für andere Kerle tabu bist.«

»Das gilt dann aber für uns beide.«

»Vollkommen in Ordnung. Ich stehe nicht auf Kerle.«

Ich verdrehe die Augen.

»Du weißt, dass ich es nicht anders will.« Erneut küsst er mich, während seine Hände an meinem Rücken unter das T-Shirt gleiten. Ein verschlagenes Grinsen tritt in sein Gesicht. »Du bist nackt darunter. Versuchst du, mich verrückt zu machen?«

Ich lache, als er mich rückwärts an die Arbeitsfläche schiebt. »Das war der Plan.«

»Du freches Mädchen.« Er streicht mit den Bartstoppeln über meine Wange. »An solche Vormittage könnte ich mich gewöhnen.«

Ich auch, aber …

Die Wahrheit dahinter erinnert mich an die Realität. »Mach es dir nicht zu gemütlich, Braden. Jetzt hast du Zeit, aber wenn die Football-Saison wieder anfängt, sieht es anders aus.«

»Machen wir uns darüber keine Sorgen. Lass uns Schritt für Schritt überlegen, wie es funktionieren kann.«

»Ich bin nicht besonders gut darin, keinen Plan zu haben«, sage ich ehrlich.

»Wenn ich mich recht erinnere, warst du in Paris nicht nur außerordentlich gut darin, keinen Plan zu haben, es war sogar deine Idee.«

»Aber das war eine eintägige Affäre. Das hier ist … etwas anderes.«

»Ja, das sind wir.« Er küsst meinen Hals und jagt einen kitzelnden Schauer über meine Brust. »Schritt für Schritt zu überlegen, wie es funktionieren kann, ist ein Plan. Das hier ist für uns beide neu. Es gibt kein Drehbuch, und ich weiß, dass es nicht das ist, was du gewohnt bist, aber das war der Sex in deiner Lobby auch nicht, und du hast es genossen.«

Und wie!

»Mach dir keinen Stress, Baby. Genießen wir uns einfach und schauen, wohin es uns treibt. Glaubst du, dass du das kannst?«

»Ich kann es versuchen.«

»Braves Mädchen.« Er küsst mich und dreht sich wieder zum Herd um. »Ich hoffe, du magst Rühreier.«

»Unbedingt. Möchtest du Toast dazu?«

»Klar. Wie lange musst du heute Vormittag arbeiten?«

Ich stecke das Brot in den Toaster. »Nur ein paar Stunden.«

»Perfekt. Schreib mir doch, wenn du fertig bist, dann hole ich dich von deinem Büro ab. Du kannst mich in der Stadt herumführen und wir können uns auf die Suche nach Hobbys machen.«

»Hobbys …«, wiederhole ich und denke daran, wie viel ich gestern über ihn erfahren habe.

»Ja, du weißt schon, diese Dinge, die wir nicht haben. Vielleicht finden wir etwas, das uns beiden Spaß macht.«

»Die Idee gefällt mir. Was machst du, während ich bei der Arbeit bin?«

»Ich habe gestern auf der Laufbahn einen Jungen kennengelernt, der in der Uni-Liga Football spielt. Er heißt Ben. Ich habe ihm gesagt, dass ich ein bisschen mit ihm trainiere, wenn ich Zeit habe. Ich schreibe ihm und frag, ob er noch Lust dazu hat.«

»Das ist wirklich nett von dir.«

»Ich arbeite gern mit den Kids, und er hat sich gefreut, mich kennenzulernen. Ich kann mir vorstellen, dass ihm das den Tag versüßt.« Er zieht mich wieder in seine Arme. »Wie wäre es, wenn ich jetzt deinen versüße?«

»Ja, bitte«, flüstere ich und ziehe seinen Mund an meinen.

Er hebt mich auf die Arbeitsfläche, küsst mich, als bekäme er nie genug, und ich bin mir sicher, dass ich nie genug von ihm bekommen werde, denn so wie er küsst, will ich einfach nur immer mehr. Er zieht mir das T-Shirt über den Kopf, senkt seinen Mund auf meine Brust und jagt heiße Blitze bis tief in mein Innerstes. Ich umfasse seinen Kopf und dränge mich ihm entgegen. »Clay!«

»Ich bin bei dir, Baby.« Er schiebt eine Hand zwischen meine Beine und drückt seinen Mund fest auf meinen. Die Fähigkeit, zu denken, ist dahin. Unsere Küsse sind heiß und gierig, während seine Finger zaubern, mich hoch, höher und in so hohe Sphären treiben, bis mein ganzer Körper vibriert und brennt und mein Orgasmus über mich hereinbricht. Ich schreie auf, und dann ist er mit seinem Mund zwischen meinen Beinen, nutzt Zähne, Zunge und Finger, um mich vollkommen um den Verstand zu bringen. Vor mir verschwimmt alles, als die Wogen der Lust mich mitreißen. Ich keuche und stöhne und jede einzelne Welle ist intensiver als die zuvor.

Der Geruch von verbrannten Eiern dringt zu mir durch. »Clay«, keuche ich, doch er ist unerschütterlich in seinem Streben nach meiner Lust, er kostet und reizt mich, jagt mich gleich wieder in die Höhe. Ich schreie auf, als Rauch vom Herd aufsteigt, doch wir hören nicht auf. Er wird schneller, gröber, und ich vergrabe meine Hände in seinen Haaren, dränge seinem Mund entgegen und will mich nicht davon abbringen lassen, das zu genießen, was er zu geben hat.

Dreiundzwanzig

Clay

Ben wartet am Feld auf mich, als ich eintreffe, und er wirkt ebenso aufgeregt wie gestern. »Hallo, Ben, wie geht's?«

»Wie es geht? Ich stehe hier neben dir. Was glaubst du, wie es geht? Ich fass es immer noch nicht, dass du geschrieben hast.«

Ich stelle die Hütchen ab, die ich im Sportgeschäft gekauft habe, als ich die Bälle für Chris und Min besorgt habe. »Ich hab doch gesagt, ich melde mich.«

»Ja, aber bei den meisten Leuten hat das nichts zu bedeuten.«

»Ich bin nicht wie die meisten. Wenn ich etwas verspreche, kann mich nur höhere Gewalt davon abhalten. Du siehst etwas müde aus. Hast du gestern Abend lange gefeiert?«

»Nein. Meine Mutter musste zur Arbeit und mein kleiner Bruder ist krank geworden. Ich bin dageblieben, damit meine Mutter etwas Schlaf bekommen konnte, als sie nach Hause kam.«

»Deine Mom arbeitet nachts?«

»Manchmal. In einem Club, wenn die sie brauchen.«

»Hört sich so an, als könnte deine Familie von Glück sagen, dass du für sie da bist. Geht's deinem Bruder besser?«

»Ja, er hat sich nur etwas eingefangen und hatte das Gefühl, sich übergeben zu müssen, sobald er sich hingelegt hat.«

Ich betrachte ihn genauer. »Geht es dir gut?«

»Ja, bin nur etwas müde. Das wird schon besser, sobald ich anfange zu laufen. Das ist immer so.«

Er erinnert mich an mich selbst in seinem Alter. »In dem Fall sollten wir loslegen und zum Aufwärmen ein paar Runden drehen.«

»Du läufst mit mir?«, fragt er.

»Zumindest am Anfang.« Wir gehen auf die Laufbahn. »Aber ich werde dich sicher schnell hinter mir lassen.«

Er schnaubt verächtlich. »Träum weiter.«

Ben und ich trainieren fast zwei Stunden, machen Laufübungen, arbeiten an seiner Fähigkeit, die Flugbahn des Balls vorherzusehen und an seiner Geschwindigkeit. Als ich die letzte Einheit Fußarbeit anpfeife, sprintet er los zum ersten Hütchen, wendet dort, rennt zum zweiten und nach rechts zum dritten.

»Genau so!«, rufe ich, als er umdreht und zum vierten Hütchen sprintet.

Dort angekommen, stoppt er im Sekundenbruchteil, rennt im rechten Winkel weiter, simuliert eine Drag-Route, bei der ein Receiver ein paar Yards nach vorn läuft, dann Richtung Feldmitte und anschließend parallel zur Linie des Scrimmage rennt. Seine Richtungswechsel können noch verbessert werden, sind aber schon stark.

»Am Ende noch mal richtig durchziehen!«, brülle ich, als er zum nächsten Hütchen rennt, stoppt und die letzte Kurve zieht, bevor er die Übung mit einem Sprint beendet. »Gut gemacht!«

Ben läuft aus und kommt mit den Händen in die Hüften gestemmt zurück, um wieder zu Atem zu kommen. »Danke, Mann. Ich weiß, dass ich an den Richtungswechseln arbeiten muss.«

»Die sind etwas holprig, aber durchaus schon gut. Wir können noch Jab Steps trainieren, ein paar Shuffle-Übungen machen und andere Sachen, die dir dabei helfen.«

Mit großen Augen sieht er mich an. »Du trainierst noch einmal mit mir?«

»Wenn wir es zeitlich hinkriegen. Glaubst du immer noch, dass ich dich hängen lasse?«

»Nee, Mann, aber … Du bist ein Profi, und ich bin nur …«

»Da unterbreche ich dich lieber gleich mal. Mach dich nicht selbst schlecht. Ich koche auch nur mit Wasser. Keiner wird als Profi geboren. Dazu gehört harte Arbeit und Hingabe und du bist zu beidem bereit. Ich hatte Personal Trainer, die mich in Form gebracht haben.« Kaum spreche ich die Worte aus, bereue ich es auch schon. Diesem Jungen muss man nicht unter die Nase reiben, was ich alles hatte und was er nicht hat. »Die habe ich gebraucht, weil ich nicht in Kinderteams gespielt hab und in den Ligen aufsteigen konnte. Ich bin im Ausland groß geworden und hab immer Mühe gehabt, Mannschaften zu finden, in denen ich spielen konnte.«

»Ich weiß. Ich hab alles über dich gelesen und auch, wie du in Hütten gelebt hast und so'n Kram. Das war bestimmt echt krass.«

»Ja, das war es, aber dadurch war es nicht einfach, den Sport zu erlernen. Hör zu, ich muss gleich los. Ich weiß, dass du mit deinem Unterricht und der Arbeit viel um die Ohren hast, aber hast du auch tagsüber mal Zeit, ein Training einzuschieben? Oder willst du bei den frühen Morgenstunden bleiben?«

Wir gehen unsere Kalender durch und finden ein paar passende Termine. Ich habe gerade noch genug Zeit, um zu duschen und meinen Tag mit Pepper zu planen, bevor ich mich auf den Weg in die Stadt mache, um sie zu treffen.

»Hör auf, dich zu entschuldigen. Ich bin froh, dass du am Vormittag arbeiten musstest«, sage ich, als Pepper und ich ihr Büro verlassen und uns zu den Geschäften aufmachen. Nachdem ich neulich Abend im Restaurant und gestern im Sportgeschäft zu viele Blicke wahrgenommen habe, versuche ich nun, mich etwas anzupassen. Die letzten beiden Tage habe ich mich nicht rasiert, und außerdem trage ich eine Basecap und ein altes Sweatshirt statt meiner teuren Jacke. Wenn wir unterwegs sind, will ich nicht unnötig die Aufmerksamkeit auf mich ziehen.

»Brauchtest du jetzt schon eine Auszeit von mir?« Sie zieht die Stirn in Falten.

»Nachdem ich dich derart wild genommen und unser Frühstück angebrannt habe, wie kannst du da so eine Frage stellen?« Ich ziehe sie an meine Seite und küsse sie auf die Schläfe. »Also, ich meine dein Frühstück. Ich war ja mit meinem beschäftigt.«

»Clay!«, sagt sie auf ihre so entzückend unschuldige und aufgebrachte Art.

Ich muss schmunzeln. »Ich war froh, dass du arbeiten musstest, weil ich viel Spaß beim Training mit Ben hatte. Mir fehlt die Arbeit mit Jugendlichen und er ist unglaublich. Er hat ein Vollstipendium an der Uni, und trotzdem arbeitet er, damit seine Mom über die Runden kommt. Außerdem will er unbedingt zu den Besten gehören. Er ist jeden Tag da draußen und trainiert. Wir versuchen, uns diese Woche noch mal zu treffen.«

»Großartig. Du klingst begeistert.«

»Bin ich auch. Ich hatte vergessen, wie aufregend es war, auf dieser Seite des Spiels zu stehen.«

»Das ist toll, aber was meinst du mit *dieser Seite*?«

»Vor dem Profi-Dasein. Wenn Football dein persönlicher Hauptgewinn ist, du nur dafür lebst und atmest. Allein seine Begeisterung und Entschlossenheit mitanzusehen, ist regelrecht belebend.«

»Heißt das, dass es für dich nicht mehr so ist?«

Wir biegen um eine Ecke, und ich sehe die Galerie, zu der ich mit ihr gehen wollte. »Ich liebe den Sport noch immer, aber es ist kompliziert. Wenn du Profi wirst, ändert sich vieles. An einem gewissen Punkt geht es nicht mehr nur um Football, sondern um Football und das Geschäft damit, um Sponsorenverträge und andere Verpflichtungen. Wahrscheinlich trifft das in gewisser Weise auf jeden Beruf zu. Sieh dir an, wie viel du jetzt als Inhaberin der Firma zu tun hast.«

»Ja, es ist eine Menge.«

»Also, wenn du lang genug die Hände von mir lassen kannst, kümmern wir uns heute Abend um deine Stellenausschreibung und finden hoffentlich schnell jemanden für den Empfang.«

»Ich werde versuchen, mich zu benehmen«, scherzt sie.

»Bitte nicht.« Ich küsse sie, als wir die Kunstgalerie erreichen. »Dies ist unser erster Stopp.« Ich halte ihr die Tür auf und folge ihr hinein.

»Ich dachte, wir wollten uns Hobbys überlegen.«

»Machen wir auch noch. Ich habe jede Menge Ideen für einen ganzen Tag, aber an den Wänden in deinem Büro hängen keine Bilder. Ich dachte, wir könnten uns hier mal danach umschauen.«

»Du bemerkst auch wirklich jede Kleinigkeit, oder?«

»Wenn es dich betrifft, ja.« Wir schlendern durch die Galerie und zeigen uns gegenseitig ein paar Gemälde, doch ich merke, dass Pepper keines davon so richtig gefällt. »Wie kommt es, dass dein Büro so kahl ist, während du es bei dir zu Hause so hübsch eingerichtet hast?«

»Keine Ahnung. Ich habe mich nach Kunstwerken umgeschaut, aber nichts spricht mich an. Guck mal, dieses Bild.« Sie zeigt auf eine Landschaft. »Es ist schön, aber ich spüre keine Verbindung. Ich weiß nicht, wo das ist. Ich bin dort nicht aufgewachsen, dort ist nichts Bedeutungsvolles passiert, und ich träume auch nicht davon, irgendwann einmal dorthin zu reisen. Es ist einfach nur ein hübsches Gemälde.«

Aha, sie hat mir gerade einen weiteren Blick hinter ihre Kulissen gestattet. »Die meisten Leute kaufen Kunst, weil sie schön ist, doch du möchtest sie in deinem Herzen fühlen. So wie es bei der Mauer der Liebe der Fall war. Warum hast du bei der Mauer so eine Verbindung gespürt?«

»Weil sie für die eine Sache steht, die mir wichtig ist, glaube ich.«

»Liebe?«

»Im weitesten Sinne, ja. Genauer gesagt war es der Gedanke, Grenzen zu überwinden und Menschen vor allem dafür zu lieben, wer sie wirklich sind.«

Mir fällt wieder ein, was sie über Dating-Apps gesagt hat, und mir wird klar, dass dies der wahre Blick hinter die Kulissen ist. Ich frage mich, ob der Schmerz, den sie am College erfahren hat, mehr in ihr ausgelöst hat als keine Sportler mehr zu daten. Ob er auch ihre Einstellung zur Liebe verändert hat. Oder ob ihre Ansichten durch das beeinflusst werden, was Amber durchgemacht hat, die mit Epilepsie aufgewachsen ist. Ich habe das Gefühl, dass dies nur zwei Teile eines viel komplizierteren Bildes sind.

»Die Welt wäre ein viel schönerer Ort, so viel ist sicher. Was ist für dich so besonders, dass es in einem Gemälde oder Foto für die Ewigkeit festgehalten werden sollte?«

Sie strahlt mich an. »Das ist leicht. Das Lächeln meiner Mutter, wenn ich ihre Küche betrete, denn es macht mich immer glücklich, und die Hand meines Vaters, weil sie mir immer das Gefühl von Sicherheit gegeben hat, wenn ich sie halten durfte. Der See in der Nähe von meinem Elternhaus, weil mein Dad und ich dort immer die Boote fahren ließen, die wir gebaut haben, und das Labor, das mein Vater mir oben in der Scheune eingerichtet hat. Ich kann mich noch gut daran erinnern, wie es sich angefühlt hat, mich dorthin zu schleichen, wenn ich einen Zufluchtsort brauchte. Und das Stardust Café, wegen all der großartigen Erinnerungen an die Momente, die ich mit Freunden und Familie dort verbracht habe. Der Bach, zu dem Sable und ich immer gegangen sind, an dem sie Gitarre gespielt und mir all ihre Geheimnisse verraten hat, die immer viel aufregender waren als meine. Ich habe mich ihr dort wirklich sehr nah gefühlt.« Sie betrachtet das Gemälde, als würde sie eine Szene beobachten, die sich gerade darauf abspielt. »Und der Baum auf dem Hügel neben der alten Kirche im Ort.«

»Warum dieser Baum?«

»Wenn meine Mutter einkaufen war, sind meine Schwestern, Axsel und ich immer dort herumgerannt, haben Fangen und andere alberne Spiele gespielt.« Ihr Gesicht spiegelt die Wärme wider, die sie bei dem Gedanken erfüllt. »Bei diesem alten Baum spielte es keine Rolle, ob Gracie zu ernst war oder Sable und Brindle zu frech. Morgyn konnte vor sich hin träumen, Amber unter dem Baum lesen und ihre vorsichtige Art ausleben, so wie Axsel das kleine Plappermaul sein konnte, das er schon immer war.«

»Und du?«

Sie schaut mich mit sanftem Blick an. »Ich erinnere mich nur daran, mich so gefühlt zu haben, wie ich mich in Paris gefühlt habe. Als könnte ich einfach ich selbst sein.«

»Du warst im Beisein deiner Schwestern und Axsel ziemlich angespannt. Du hattest Angst, sie könnten das mit uns erfahren.«

Sie senkt kurz ihren Blick, doch als sie mir in die Augen schaut, erscheint dieses leicht verschämte Lächeln wieder. »Ich meinte nicht die Zeit, die ich mit ihnen in Paris verbracht habe. Ich meinte die Momente, in denen es nur dich und mich gab.«

Plötzlich habe ich das Gefühl, mein Brustkorb sei zu klein für all die Emotionen, die ich darin gefangen halte. »Oh, Liebling.« Ich nehme sie in den Arm. »Genau das empfinde ich, wenn ich mit dir zusammen bin. Als könne ich einfach ich selbst sein und nicht der, der ich für alle anderen sein muss. Ich möchte, dass du dich mit mir immer so fühlst.«

»Das tue ich, meistens.« Sie flüstert verspielt: »Aber du weckst eine Seite in mir, von der ich gar nicht wusste, dass es sie gibt, und daran muss ich mich erst gewöhnen.«

»Meine heimliche Verführerin?« Ich sehe ihr in die Augen. »Diese Seite an dir gefällt mir zufälligerweise sehr.«

»Mir auch.«

Das fühlt sich an wie ein Sieg. Ich küsse sie, nehme ihre Hand und ziehe sie zum Ausgang. »Komm, Draufgängerin. Wir müssen in den Bastelladen, bevor wir unser erstes mögliches Hobby ausprobieren.«

»Warum der Bastelladen?«

»Um einen Bausatz für ein Boot zu kaufen. Das war früher vielleicht kein Hobby für dich, aber es macht bestimmt Spaß. Wir können es gemeinsam bauen und morgen auf dem See fahren lassen.«

»Wir haben unsere Boote nicht aus Bausätzen gebaut«, sagt sie auf dem Gehweg. »Wir haben sie auf Papier entworfen und von Grund auf selbst gebaut, mit Styropor und anderen Sachen, die bei uns herumlagen. Das Einzige, was wir gekauft haben, waren der Motor, die Batterien, ein Batteriefach mit Kabeln und ein paar andere Dinge, die wir nicht zu Hause hatten.«

»War ja klar, dass ihr das so gemacht habt«, sage ich lachend. »Okay, es gibt doch nichts Besseres als Schritt für Schritt zu sehen, wie es funktionieren kann. Komm, wir schauen mal, was wir finden.«

Sie strahlt mich an. »Wie wär's, wenn wir es noch spannender machen?«

»Indem wir nackt basteln?« Ich hebe vielsagend eine Augenbraue. »Ich glaube nicht, dass wir so sehr weit mit dem Bau kommen, aber ich bin dabei.«

Sie lacht. »Das glaube ich dir sofort. Da du auf eine schon lächerliche Art ehrgeizig bist, dachte ich mir, wir könnten einen Wettstreit daraus machen. Wir bauen beide ein Boot und sehen dann, welches besser funktioniert.«

»*Ich* bin auf lächerliche Art ehrgeizig? Du warst Jahrgangsbeste in der Abschlussklasse an der Highschool und an der Uni. Du bist mindestens so ehrgeizig wie ich. Du täuschst mit deiner süßen Art nur darüber hinweg.«

»Hast du mich gegoogelt?«, fragt sie schockiert.

»Ich habe vielleicht ein oder zwei Dinge nachgeschaut, als ich überlegt habe, wohin ich heute mit dir gehe. Ich dachte mir, du hättest hierbei vielleicht einen kleinen Vorteil, meine liebe Erfinderin.«

»Hast du Angst vor einem kleinen Wettstreit, Mr. Perfect?«

»Niemals.« Ich ziehe sie an mich. »Aber wenn du mich noch

einmal so nennst, muss ich dir vielleicht zeigen, wer hier der Boss ist. Und dabei wirst du nackt sein.«

»Ich weiß nicht, ob mir das Angst machen oder mich heiß machen soll.«

»So wie du es in Paris genossen hast, mir ausgeliefert zu sein, würde ich sagen, es sollte dich heiß machen.«

In ihren Augen lodern Flammen auf. »In dem Fall … Was immer Sie wünschen, Mr. Perfect.«

»Draufgängerin!«, zische ich und küsse sie um den Verstand.

Vierundzwanzig

Pepper

Clay hat es ernst gemeint, dass er recherchiert hat, wo wir heute hingehen könnten. Unser erstes potenzielles Hobby ist Bowling, und dort wimmelt es vor Kindergeburtstagsgruppen und chaotisch lauten Kids, die zum Kiosk rennen, kichern und rufen. Ich wusste nicht einmal, dass es hier eine Bowlingbahn gibt.

Wir essen auf die Schnelle Hot Dogs und Nachos, und als wir unsere Bowlingschuhe anziehen, bin ich von unserem Ausflug in den Bastelladen noch immer ganz taumelig. Wir hatten unglaublich viel Spaß mit unseren getrennten Einkaufswagen auf Beutezug nach Material, immer darauf bedacht, unsere Ideen geheim zu halten. Aber mein ehrgeiziger Kerl hat nicht fair gespielt. In dem Gang mit Verpackungsmaterialien hat er mich festgesetzt, dazu roch er auch noch zum Anbeißen gut, hat anzügliche Dinge gesagt und mich geküsst, bis meine Knie ganz weich wurden. Ich war *so* kurz davor, ihm den Plan für mein Boot anzuvertrauen, doch ich bin standhaft geblieben und habe mich aus seiner Umarmung befreit.

Clay hat Glück. Er braucht nur das T-Shirt, das er unter seinem Kapuzenpulli trägt, weit genug herunterzuziehen, um seine Erektion zu bedecken, während ich mit meinem feuchten Slip herumlaufen muss.

Zum Teufel mit ihm!

Ich muss zugeben, dass ich seine Neckereien liebe und auch die Art, mit der er meine Intelligenz würdigt und gleichzeitig das sexuelle Wesen in mir weckt. Ich wusste nicht, dass das möglich ist. Meiner Erfahrung nach blieb meine Intelligenz unbemerkt, wenn ich als sexuelles Wesen wahrgenommen wurde, und umgekehrt ebenfalls. Mir wird langsam bewusst, dass ich zwischen beidem eine klare Linie gezogen hatte, aber Clay gibt mir das Gefühl, mich als Ganzes mit meinen beiden Seiten zu wertschätzen. Noch erstaunlicher ist, dass er erkannt hat, wie sehr ich den Wettstreit mag, obwohl ich dachte, es so gut versteckt zu haben. Außer Ravi hat das noch nie jemand bemerkt, und er sieht es nur im Hinblick auf meine Arbeit. Meine Familie glaubt, dass ich in der Schule und an der Universität so gut war, weil ich eben so bin.

Die Wahrheit ist viel komplizierter.

Da die ehrgeizige Katze jetzt aus dem Sack ist, besteht keine Notwendigkeit, sie zurückzuhalten. Nachdem ich die Schuhe angezogen habe, stehe ich voller Energie auf. »Bereite dich darauf vor, haushoch zu verlieren, Braden.«

»Ich dachte, du hättest gesagt, dass du seit deiner Jugend nicht mehr gebowlt hast.«

»Hab ich auch nicht, trotzdem werde ich dich schlagen.«

»Das werden wir ja sehen.« Er steht ebenfalls auf und sieht unrasiert und mit seiner Basecap noch wilder aus. Ich habe nie so viel übrig gehabt für bärtige Typen, aber ich habe das Gefühl, Clay könnte sich einen struppigen langen Bart wachsen lassen und einen Bierbauch haben, und ich würde ihn immer noch unfassbar heiß finden. Seine Scharfsinnigkeit, Aufmerksamkeit und Intelligenz sind nicht von seinem Aussehen abhängig. Natürlich schaden seine charmanten Grübchen und stechend blauen Augen auch nicht.

Er legt eine Hand auf meinen Rücken und reißt mich aus meinen Gedanken, als er sich zu mir herüberlehnt. »Wenn du mich weiter so ansiehst, bekommen diese kleinen Kinder Dinge zu sehen, die sie nicht sehen sollten.«

Die unschuldigen Gesichter der kleinen Mädchen, die auf der Bahn neben uns spielen, sollten Grund genug für mich sein, ihm die Hölle heiß zu machen, weil er so etwas überhaupt sagt. Doch um ehrlich zu sein, liebe ich die Art, wie er meine geheimen Gedanken errät und mich sogar in unangebrachten Momenten begehrt. Nicht nur, dass ich ihm nicht die Hölle heiß mache, ich kann nicht einmal das Grinsen, das in meinem Gesicht zuckt, verhindern.

Oh mein Gott! Ich werde noch zu Brindle.

»Was hat das Grinsen zu bedeuten, Draufgängerin?« Verschlagen lächelt er mich an. »Denkst du an all die netten Dinge, die ich mit dir anstellen könnte?«

Ich versuche, meinen Gesichtsausdruck unter Kontrolle zu bringen. »Du solltest mit deinen Gedanken vielleicht mal aus der Gosse herauskommen, sonst endet dein bestes Stück noch dort.«

»Schön zu wissen, dass du an mein bestes Stück denkst.« Er gibt mir einen Klaps auf den Hintern. »Du bist zuerst dran.«

Er setzt sich und gibt unsere Namen in das Gerät ein, das die Punkte zählt – Draufgängerin und Gewinner.

Ich suche mir eine Kugel aus und brauche eine Minute, um mich an die richtige Stellung zu erinnern.

»Komm schon, Pep. Du schaffst das«, feuert Clay mich an.

Ich atme tief durch, blende die Geräuschkulisse aus, die

anderen Spieler, das Klappern der Pins und das Gerumpel der Kugeln. Mein Blick ruht auf der Mitte der Bahn, als ich den Arm zurückschwinge, einen Schritt nach vorne mache und die Kugel loslasse. Sie rollt mittig geradeaus und haut neun Pins um. Clay jubelt und die kleinen Mädchen neben uns klatschen. Ich drehe mich um und lächele sie an.

»Bist du sicher, dass du seit deiner Teenagerzeit nicht mehr gebowlt hast?«, fragt Clay, als ich noch eine Kugel nehme.

»Ja. Das war ja jetzt kein Strike, oder?«, stelle ich sachlich fest.

Er sieht mich ungläubig an. »Hast du mich veräppelt, Pep? Hast du in einer Liga gespielt?«

»Nein. Ich bin nicht gern auf Partys gegangen, also war ich oft mit Ravi und einigen von unseren Freunden von der Technik-AG beim Bowling.« Als ich mich für den nächsten Wurf hinstelle, bemerke ich, dass das blonde Mädchen neben mir versucht, meine Haltung nachzuahmen. »Hey«, sage ich freundlich, sodass sie mich anschaut. »Die Kugel geht immer in die Richtung, in die dein Daumen zeigt, wenn du loslässt, aber verrate ihm das nicht.« Mit dem Kopf deute ich auf Clay.

Das Mädchen kichert. »Mache ich nicht. Danke.«

»Viel Glück.« Ich warte, bis sie wirft.

Vier Pins fallen um.

»Super gemacht! Das war großartig«, rufe ich.

Sie strahlt mich an, während die anderen Mädchen und die Frau, die bei ihnen ist, ihr zujubeln.

Ich gehe wieder in Position, werfe und lasse den letzten Pin fallen. Clay und die kleinen Mädchen jubeln alle. Jetzt bin ich diejenige, die strahlt, und verlasse die Bahn.

»Gut gemacht«, sagt Clay und steht auf. »Zu schade, dass ich dich schlagen muss.« Er nimmt eine Kugel, stellt sich an die

Bahn und wirft die Kugel mit furchtbar ernstem Gesichtsausdruck. Anfangs läuft sie geradeaus, driftet jedoch kurz vor den Pins nach links und stößt fünf von ihnen um.

»Das war super«, rufe ich.

»Ich wärme mich nur gerade etwas auf.« Er reibt sich die Hände und greift nach der nächsten Kugel.

»Schon gut. Irgendwie mag ich dich nicht ganz so perfekt.«

»Mach dir keine Hoffnungen, Draufgängerin.«

Ein braunhaariges Mädchen mit Zöpfen macht sich neben uns bereit und das blonde Mädchen von eben flüstert ihr etwas ins Ohr. Die Braunhaarige schaut zu Clay und sagt zu ihrer Freundin: »Okay, mach ich nicht.« Die drei anderen Mädchen rennen zu dem blonden und betteln darum, dass sie ihnen das Geheimnis auch verrät.

Clay lächelt mich wissend an und zwinkert.

Während wir spielen, wechseln sich gute und schlechte Würfe ab. Wir lachen mit den Mädchen, jubeln uns und ihnen zu und erfahren, dass das blonde Mädchen ihren siebten Geburtstag feiert. Nachdem ich gewinne, von den Mädchen bejubelt und von Clay gelobt werde, spendiert er der ganzen Gruppe ein Eis und alle verabschieden sich mit einer Umarmung von uns.

»Das hat so viel Spaß gemacht«, sage ich, als wir vom Parkplatz fahren.

Er greift nach meiner Hand. »Ich habe das Gefühl, dass alles, was wir zusammen erleben, Spaß machen wird, meine kleine Sportskanone.«

»Bowling ist wohl kaum als Sport zu bezeichnen.«

»Mach dir nichts vor, Sporty Spice. Dafür braucht man Kraft und Können.« Er küsst mich auf den Handrücken. »Bist du bereit für unser nächstes Abenteuer?«

»Ich kann es kaum erwarten.«

Wir arbeiten uns durch Clays Liste mit potenziellen Hobbys. Beim Minigolf und Frisbee bin ich richtig mies, er dagegen spielt wie ein Champion. Aber es macht Spaß. Im Park zeigt er auf Vögel, die über uns hinwegfliegen, und schlägt Vogelbeobachtung als Zeitvertreib vor. Wir müssen beide herzlich lachen. Keiner von uns kann sich vorstellen, stundenlang Vögel anzuglotzen. Schließlich landen wir bei »Paint and Sip«, wo wir einander gegenübersitzen und Wein trinken, während wir versuchen, eine Vase mit bunten Blumen zu malen.

»Wie läuft's? Wirst du eine van Gogh?«, fragt Clay.

Ich nehme gerade etwas Farbe mit dem Pinsel auf. »Malwettbewerbe werde ich nicht gewinnen, und ich habe gerade einen Flashback in die Zeit, als ich fast ein B in Kunst bekommen habe, aber es macht trotzdem Spaß.«

»Du sagst das, als wäre ein B etwas Schlechtes.«

»War es für mich auch. Ich brauchte ein A.« Ich mache mich an das letzte Blütenblatt. »Ich habe meinen Lehrer angefleht, mich das Projekt noch einmal machen zu lassen, und ich hab mich auf den Hosenboden gesetzt, bis es perfekt war.«

»Was für ein Projekt war das?«

»Wir sollten ein dreidimensionales Bild nur aus Wörtern anfertigen, ganz ohne Linien zu zeichnen. Alles musste einzig und allein aus Wörtern bestehen. Alle anderen fertigten hübsche Bilder von ihren Haustieren an, von Scheunen oder Landschaften oder was weiß ich nicht alles. Ich habe mich so bemüht, etwas Hübsches zu malen, wie die anderen alle, aber mein Gehirn funktioniert einfach nicht mit weichen, fließenden Bildern. Als ich noch einmal von vorne anfing, fiel es mir unglaublich schwer, mir irgendetwas bildlich vorzustellen, um es zu zeichnen. Irgendwann hat mein Dad mich weinend vorgefunden und meinte, dass ein B gut genug wäre, doch ich wusste, dass ich ohne ein A nicht Jahrgangsbeste werden würde.«

»Und du findest, ich bin ehrgeizig?« Er hebt eine Augenbraue. »Und was hast du also gemacht?«

»Auf meinen Vater gehört.« Ich tupfe meinen Pinsel in Farbe, um die letzten Feinheiten an meinem Bild zu korrigieren. »Er sagte, ich sollte mich nicht darauf versteifen, etwas Hübsches zu malen, sondern das zeichnen, was ich wollte, auch wenn es den anderen vielleicht nicht gefallen würde.«

»Dad, der Helfer in der Not. Und was hast du letztendlich gezeichnet?«

»Das Labor, das er mir in der Scheune eingerichtet hat. Dort war ich immer glücklich, und ich musste es nicht mit einem Hund oder einer Landschaft von jemand anderem vergleichen, weil niemand sonst mein Labor gezeichnet hat.«

»Wie ist es geworden?«

»Ziemlich spektakulär, wenn ich das von mir selbst behaupten darf. Ich habe ein A bekommen, aber viel wichtiger war die wertvolle Lektion, mich nicht mit anderen zu vergleichen. Das Labor hat *mich* glücklich gemacht, und ich bin mir sicher, dass ich es genau aus dem Grund so gut mit Worten zeichnen konnte. Zuerst war die Zeichnung für mich der blanke Horror gewesen, doch mit dieser Idee lief es richtig gut. Ich habe ein Wirrwarr aus Drähten aus dem Wort *Draht* gemacht, das ich unzählige Male geschrieben habe, und ein Mikroskop aus den Buchstaben des Wortes.« Ich lege den Pinsel ab. »Aber *dafür* bekomme ich kein A.« Ich halte mein Bild hoch.

»Was redest du da? Es ist fantastisch. Das Ding rahme ich

ein und hänge es bei mir auf.«

»Ja, klar.« Ich lege es wieder hin. »Jetzt zeig mir deins.«

»Okay, aber es ist bei Weitem nicht so gut wie deins.«

Er hält sein Werk hoch und mir bleibt die Spucke weg. Er hat *mich* gemalt, und zwar richtig gut. Auf dem Bild lächle ich, und es sieht so aus, als würden meine Augen auch lächeln. Meine Haare sind leicht zerzaust und fallen in verschiedenen goldbraunen Tönen, die genau wie meine echten Haare aussehen – sogar mit den natürlich blonden Strähnen –, über meine Schultern.

»Clay, du hast wirklich Talent, aber du solltest Blumen malen.«

»Ich habe gemalt, was mich glücklich macht.«

Mir wird ganz warm und weich ums Herz. »Wo hast du gelernt, so zu malen?«

»Meine Mom hat es mir beigebracht. Wohl eher aus einer Not heraus.«

»Warum?«

»Sie hat erzählt, dass ich Noah immer aus seinem Mittagsschlaf gerissen habe, weil ich zu wild war. Schon sehr früh hat sie herausgefunden, dass ich an einem Projekt, das viel Konzentration verlangt, dranbleibe, bis ich es perfekt zu Ende gebracht habe.«

»Noch etwas, das wir gemeinsam haben.«

»Ganz genau. Wenn Noah seinen Mittagsschlaf machte, war das meine Malzeit. Sie hat Bilder von Football-Feldern, Football-Spielen und Sportlern aufgestellt, die ich dann abgemalt habe.«

»Erstaunlich, dass du es noch immer so gut beherrschst.«

»Ich habe nie damit aufgehört. Wenn ich nicht schlafen kann, schaffe ich es, damit abzuschalten.«

»Wie kommt es, dass du es nicht als Hobby erwähnt hast, als ich gefragt habe, ob du handwerklich geschickt bist?«

Er zuckt mit den Schultern. »Ich sehe es nicht als Hobby. Eher als Laster.«

»Ein ziemlich beeindruckendes Laster.« Ich gehe zu ihm hinüber, um sein Bild zu bewundern. »Kann ich das haben?«

»Du wirst dafür bezahlen müssen.« Er zieht mich zu einem Kuss an sich. Eine Nachricht geht auf seinem Handy ein, er holt es heraus und schaut auf den Bildschirm. »Das ist Seth. Ich habe gestern Abend gerade mit ihm telefoniert und ihn um Tipps für deine Stellenausschreibung gebeten, als du in die Lobby gekommen bist. Ich habe vergessen, ihn zurückzurufen.«

»Du hast deinen Bruder angerufen, damit er bei meiner Anzeige hilft?«

»Ja. Ich wollte die bestmögliche Anzeige und er ist Experte.«

Ich bin ganz gerührt. »Das hast du für mich getan? Das ist so lieb.«

»Ich würde alles für dich tun.« Er liest die Nachricht und dreht das Handy anschließend zu mir um.

Mir schwirrt noch im Kopf herum, was er gerade gesagt hat, doch ich zwinge mich dazu, mich zu konzentrieren und die Nachricht seines Bruders zu lesen.

Seth: *Brauchst du noch Hilfe bei der Anzeige, oder ist Pepper klar geworden, dass du kaum deinen Namen schreiben kannst?*

»Was? Gib mal her.« Ich nehme sein Handy und schreibe: *Hi, Seth, Pepper hier. Clay ist nicht nur klug. Guck mal, was er gemalt hat.* Ich mache ein Foto von Clays Bild und schicke es mit der Nachricht ab. Eine Minute später kommt eine Antwort.

Seth: *Wie viel hat er dir dafür bezahlt, dass du sagst, er ist klug?*

Clay schmunzelt.

Ich überlege, was Sable wohl antworten würde, und tippe drauflos.

Ich: *Er bezahlt mich nicht, aber ich bin sicher, er wird sich später bedanken.*

Ich füge noch ein Zwinker-Emoji an und warte mit klopfendem Herz auf die Antwort.

Seth: *Du solltest Geld verlangen, ich bin mir sicher, davon hast du länger etwas.*

Das ist so weit außerhalb meiner Komfortzone, dass mir der Kopf schwirrt. Ich halte Clay das Handy hin. »Nimm du das lieber. Ich habe versucht, irgendwie kokett zu sein, aber darin bin ich nicht gut. Ich kenne ihn ja nicht einmal. Was denkt er bloß von mir?«

»Er wird dich ebenso entzückend finden wie ich.« Clay liest die Nachricht und antwortet.

Clay: *Hör auf, mit meinem Mädchen zu flirten.*

»Im Übrigen ist es mir vollkommen egal, was er denkt. Dass du mich so verteidigst, finde ich heiß.« Er zieht mich zu einem ungestümen Kuss an sich.

»In dem Fall … Gib mir dein Handy, ich hab noch mehr zu sagen.«

»Da ist sie ja, meine freche Verführerin.«

Als er seine Lippen auf meine senkt, bemerke ich, dass die Person, die hier arbeitet, uns beobachtet, und sage: »Benimm dich. Wir haben Zuschauer.«

Ein frustriertes Knurren entweicht ihm, und so räumen wir schnell unsere Sachen auf, gehen mit unseren Kunstwerken hinaus und küssen uns, während wir zum Auto eilen. Wir legen die Bilder auf den Rücksitz, und Clay drückt mich an den Wagen, um mich ungestüm zu küssen. Jede einzelne Faser meines Körpers steht in Flammen. Seine Härte ist herrlich verlockend, seine Bartstoppeln kitzeln auf meiner Haut und ich sehne mich danach, sie zwischen meinen Beinen zu spüren. Fast vergesse ich, dass wir uns mitten auf einem Parkplatz befinden.

Ich stecke in einem mentalen Tauziehen fest, will mehr, weiß aber genau, dass ich mich zurückziehen sollte, um nicht zu einem noch größeren Spektakel zu werden. Bevor ich die Kraft aufbringe, den Kuss zu beenden, macht er es, und unsere Blicke tauchen ineinander ein. Das Begehren und die Beherrschung, die in seinen Augen miteinander ringen, hauen mich fast um.

»Ich glaube, wir haben ein Hobby gefunden, das uns beiden gefällt«, sagt er.

Ich lache leise und klammere mich an sein Sweatshirt, während ich mich gleichzeitig ermahne, ihn loszulassen. Doch angesichts des Begehrens, das in seinen Augen lodert, werfe ich alle Bedenken über Bord und dränge mich ihm entgegen.

»Nicht hier, Liebling«, stößt er aus. »Du hast einen Ruf zu bewahren und den werde ich nicht ruinieren.«

»Stimmt. Klar«, stammele ich und bin dankbar, dass zumindest einer von uns klar denken kann.

Auf dem Weg nach Hause halten wir noch einmal an, um eine Spielekonsole und Pizza zu kaufen, denn Clay ist fest entschlossen, mir das Videogame zu zeigen, in dem er eine Figur ist, und außerdem haben wir beide Hunger. Wir machen Feuer im Kamin, legen eine Decke und Kissen auf den Boden und essen dort die Pizza. Im Anschluss bringt er mir bei, wie das Videospiel funktioniert.

Zumindest versucht er, es mir beizubringen.

Seit einer halben Stunde spielen wir und lachen uns kaputt, denn ich bin darin genauso schlecht, wie ich es ihm vorausgesagt hatte. Tausende Sachen muss man sich merken, und es ist einfach zu viel, um da mitzukommen.

»Wirf den Ball«, sagt er ach so hilfreich, als sein Spieler meinen Quarterback bedrängt.

»Versuche ich ja!« Hektisch drücke ich an den Tasten herum. »Hör auf, meinen Typen anzugreifen.«

»So geht das Spiel aber.«

Sein Spieler tackelt meinen Quarterback und ich schreie auf: »Nein!« Er lacht lauthals und ich werfe mit einem Kissen nach ihm. »Das ist so schwer.«

»Du machst das großartig!«

Ich verdrehe die Augen. »Von wegen.«

»Hör zu, ich bin für zusätzliche Anreize. Wir spielen Touchdown gegen Klamotten. Immer, wenn einer von uns einen Touchdown schafft, muss der andere etwas ausziehen.«

»Das ist ja wohl ziemlich unfair. Ich hatte bisher einen Touchdown und du fünf.«

»In Ordnung. Ich mache es einfacher.« Er steht auf und zieht sein Sweatshirt samt T-Shirt darunter aus.

»Was machst du da?« Mein Blick huscht über seine Brust hin zu dem festen Bauch, als er seine Jeans aufknöpft und hinunterschiebt.

»Ich sorge für Fairness.« Er zieht Jeans und Socken aus und setzt sich in Boxershorts wieder hin.

»Wie soll das fair sein? Du weißt, dass ich nicht klar denken kann, wenn du praktisch nackt hier sitzt.« Ich stecke einen Finger unter den Ausschnitt von meinem Pullover und ziehe ihn von meinem Hals weg.

»Was ist los, Pep? Wird dir ein wenig heiß?«

»Wenn ich hier in Unterwäsche sitzen würde, könntest du dich auch nicht konzentrieren.« Kaum habe ich das ausgesprochen, geht mir ein Licht auf. »Genau das war deine Absicht, oder? Tja, Pech gehabt, Kumpel.«

Er lacht und hebt ergeben die Hände. »Ich versuche nur, es fair zu machen. Jetzt brauchst du nur einen Touchdown, um das Spiel zu gewinnen.«

Ich sehe ihn streng an. »Das würde dir gefallen, oder?«

»Ist das eine Fangfrage?« Er zeigt mir sein verschlagenes Grinsen, das er aber schnell wieder aus seinem Gesicht verscheucht. »Konzentrier dich aufs Spiel, Montgomery. Das ist deine Chance zu punkten.«

Ich hebe eine Augenbraue.

»Beim Spiel! Du denkst auch nur an das eine, oder?«

»Das ist deine Schuld. Wegen dir bin ich jetzt so sexbesessen.«

»Vielleicht ist es eher umgekehrt«, sagt er mit einem seltsam ernsten Gesichtsausdruck.

»Das glaube ich kaum.« Ich versuche, mich zu konzentrieren, und bin fest entschlossen zu gewinnen, denn … *Clay nackt? Ja, bitte!* Mein Spieler jagt seinen übers Feld.

»Um ehrlich zu sein, war ich noch nie so unfähig, die Hände oder meinen Mund von einer Frau zu lassen, wie bei dir.«

So viel zu meiner Konzentration. Mein Typ tackelt seinen Läufer und ich jubele: »Ja!«

»Du hast mich abgelenkt, weil ich daran denken musste, wie ich dich berühre.«

»Hör auf, darüber zu reden«, sage ich und jage seinen Spieler übers Feld. Doch sein Typ schlägt einen Haken nach rechts, und ich schaffe es nicht, ihn einzuholen, bevor er in die Endzone läuft.

»Ja, Baby!« Clay hebt die Faust und sieht mich selbstgefällig an. »Ein Kleidungsstück ist fällig.«

Ich ziehe meinen Pullover aus, werfe damit nach ihm und sitze nun in BH und Leggings da.

Er fängt den Pullover auf. »Dein Slip wäre mir lieber, aber immerhin ist es ein Anfang.«

»Konzentrier dich aufs Spiel, Braden. Ich bin kurz davor, dich fertigzumachen.«

»Das werden wir ja sehen.«

Ich führe den Snap aus, mein Quarterback wirft ihn zu einem Läufer, der ihn fängt. »Jawoll!« Ich lasse meinen Läufer über das Feld ziehen, vorbei an Clays Jungs. »Ich schaffe das!« Einer seiner Spieler will sich auf meinen Typen stürzen, doch ich weiche aus. »Ha! Von wegen, du Trottel!« Mein Spieler rennt um einen Gegner herum, und Clays Jungs jagen ihn über das Feld bis in die Endzone hinein. Ich springe auf, wackele mit der Hüfte und recke bei meinem Siegestanz stolz die Fäuste in die Luft. »Ja! Touchdown! Ich hab's geschafft! Ich hab's geschafft!« Ich schaue genau in dem Moment zu Clay, als er seine Boxershorts fallen lässt.

»Sieht so aus, als würden wir beide punkten.« Er tackelt mich, wir landen auf den Kissen und können uns vor Lachen kaum halten.

»Du hast mich gewinnen lassen!«

»Ich bin doch nicht blöd.« Er küsst meine lächelnden Lippen und wir beide lachen weiter.

Ich schaue zu dem Mann auf, der meine Welt rasanter verändert, als ich verarbeiten kann, und der meine Augen für ein glücklicheres Leben geöffnet hat. *Und für eine große, neue Liebe* flüstert es in meinem Kopf. Ich beiße mir auf die Unterlippe und versuche, diesen Gedanken einzusperren.

»Was ist?«, fragt er.

Ich schaue in seine wunderschönen blauen Augen und eine Wahrheit platzt aus mir heraus. »Ich habe jahrelang in Charlottesville gelebt und nie etwas von den Dingen getan, die wir heute gemacht haben.«

»Siehst du? Du brauchst mich in deinem Leben.«

Brauchen, da bin ich mir nicht so sicher, aber ich *will* ihn darin haben. Immer, wenn wir zusammen sind, fühle ich mich ihm näher als das Mal zuvor. Ach was, als in der Stunde zuvor. Ich komme mir blöd vor, weil ich so lange vor ihm davongelaufen bin, wenn wir doch die ganze Zeit über hätten zusammen sein können. Ich möchte ihm erzählen, was ich empfinde. Die Worte liegen mir auf der Zunge – warten darauf, ausgesprochen zu werden. Ich habe Angst davor, mein Herz so offenzulegen. Aber ich weiß nicht, wie lange er bleiben wird, und ich habe noch mehr Angst davor, dass er abreist, ohne wirklich zu wissen, was ich fühle. Ich suche verzweifelt nach einem Mittelweg, einer Komfortzone außerhalb meiner eigenen, aber noch nah genug, um notfalls zurückrennen zu können. Eine ohne *irgendwie* und *vielleicht*.

Mein Herz rast, und Schmetterlinge toben in meinem Bauch, als ich die Hand ausstrecke und seine Wange berühre, denn ich brauche seine Sicherheit, um den Mut aufzubringen, ihm mein Herz zu offenbaren. Er schaut mir so tief in die Augen, dass er ganz bestimmt meine Gedanken lesen kann, als ich sage: »Ich mag dich wirklich.«

Sein Lächeln wird noch strahlender. »Ich mag dich auch wirklich, Draufgängerin.«

Meine Hand gleitet in seinen Nacken, als er seine Lippen auf meine senkt, und ich gebe mich den Emotionen hin, die sich wie eine Schleife um uns legen und uns zusammenbinden, während der Rest der Welt um uns herum verschwindet.

Fünfundzwanzig

Clay

Eine kühle Brise weht über den Observation Hill, auf dem Pepper und ich es uns unter einer Decke gemütlich gemacht haben, um den Sonnenaufgang über dem Campus zu beobachten. Sie zittert, ich ziehe sie an meine Seite und lege die Decke noch enger um sie, während wunderschöne Streifen in verschiedenen Gelb-, Orange- und Rosatönen den Himmel durchziehen.

»Wir brauchen ein Foto für deinen Grandpa.«

Es rührt mich, dass sie an ihn denkt, und so mache ich ein Foto vom Sonnenaufgang und eines von uns, das ich ihm später schicken werde.

Pepper legt den Kopf auf meine Schulter. »Glaubst du, Sonnenaufgänge zu beobachten geht als Hobby durch?«

»Dem großartigen Bradshaw Braden zufolge ist das Beobachten von Sonnenaufgängen der wichtigste Teil des Tages und sollte eine Gewohnheit für alle großen und kleinen Menschen sein.«

»Allmählich denke ich, dass er recht hat. Kaum zu glauben, dass ich mir nie die Zeit genommen habe, einen Sonnenaufgang anzuschauen, bevor du und ich zusammengekommen sind. Es ist eine beruhigende Art, den Tag zu beginnen.«

»Abgesehen von denen, zu denen mein Großvater mich gedrängt hat, war ich nie in der Lage, lang genug stillzusitzen, um einen zu genießen. Aber mit dir kann ich das. Ich glaube, du hast einen beruhigenden Einfluss auf mich.«

»Das ist witzig, denn umgekehrt bringst du mich dazu, mehr zu unternehmen, als ich die ganzen letzten Jahre gemacht habe. Das hat in gewisser Weise wohl auch eine beruhigende Wirkung, denn mein Gehirn läuft normalerweise zu sehr auf Hochtouren, als dass ich mich auf irgendetwas anderes als Arbeit konzentrieren könnte. Mit dir aber kann ich Spaß haben und mich vergnügen.«

Ich küsse sie auf die Schläfe. »Dein Vergnügen ist meine Art, Spaß zu haben.«

Sie lächelt, und ich weiß, dass sie auch an unseren leidenschaftlichen Abend vor dem Kamin denkt. Wir haben die ganze Nacht dort verbracht und uns geliebt. Meine Schulter zahlt jetzt den Preis für den Schlaf auf dem harten Boden, doch das war es wert. Ich würde auf einem Nagelbrett schlafen, wenn es bedeutete, Zeit mit Pepper zu verbringen, ich hoffe nur, dass ich am Ende nicht noch Kopfschmerzen bekomme.

»Zu Hause haben wir auch so einen Hügel. Von dem aus schaut man auf die Scheune der Jerichos hinunter. Brindle und Morgyn haben sich immer gern hinausgeschlichen, um den Jericho-Brüdern bei ihren mitternächtlichen Rodeos zuzuschauen. Sie haben uns jedes Mal alle mitgeschleppt. Sable hat versucht, sie unter Kontrolle zu behalten, und Grace wollte dabei sein, weil sie und Reed in ihrer Highschoolzeit heimlich ein Paar waren und er immer dort war. Amber kam nur aus schwesterlicher Solidarität mit, und Axsel war ohnehin überall, wo es heiße Typen zu sehen gab.«

Es ist schön, zu hören, wie gut sie ihre Geschwister kennt. »Und du?«

»Ich bin nur mitgegangen, wenn sie mich gezwungen haben. Das entsprach nicht meiner Vorstellung von Spaß. Nicht, dass daran etwas falsch wäre. Ich habe einfach schon früh gelernt, dass man in Schwierigkeiten gerät, wenn man sich zu sehr auf Jungs einlässt.«

»Das stimmt in vielerlei Hinsicht, aber inwiefern bist du in Schwierigkeiten geraten?«

»Nicht in diesen Nächten, in denen wir ihnen beim Rodeo zugeschaut haben.«

»Sondern …?« Als sie nicht antwortet, fängt in mir das Kopfkino an. »Bist du mit Ravi in Schwierigkeiten geraten?«

»Nicht *mit* ihm. Ich habe mich damals von Sable überreden lassen, zu einer Party zu gehen, damit sie Tuck sehen konnte …«

»Den Gitarristen ihrer Band?«

»Ja, die beiden waren damals zusammen. Er hat ihr wirklich viel bedeutet. Zu dem Zeitpunkt habe ich Ravi gedatet. Er war mit seiner Familie auf Reisen und ich habe auf eine Nachricht von ihm gewartet. Ich wollte nicht zu der Party. Ich konnte Partys ebenso wenig leiden wie Autofahren im Dunkeln, aber Sable wollte unbedingt hin wegen Tuck, also bin ich mitgegangen. Es wurde allmählich spät und ich wollte heim. Ich habe Sable angefleht, zu gehen oder mich zumindest nach Hause zu fahren, doch sie wollte bei Tuck bleiben und hat mir gesagt, dass ich allein nach Hause fahren soll. Auf dem Weg habe ich dann eine Nachricht bekommen. Ich wusste, dass sie von Ravi sein musste, und ich war verrückt nach ihm. Du weißt schon, wenn man jung ist und sich alles anfühlt, als ginge es um Leben und Tod? So hat es sich angefühlt, als die Nachricht kam, aber ich konnte mein Handy auf dem Beifahrersitz nicht finden.«

Ein flaues Gefühl breitet sich in meinem Magen aus und ich lege den Arm noch fester um ihre Schulter.

»Ich hab den Blick nur wenige Sekunden von der Straße abgewandt, doch als ich aufschaue, steht da ein Hirsch, mitten auf der Straße. Ich war zu schnell unterwegs, um auszuweichen.« Tränen steigen ihr in die Augen. »Ich erinnere mich nicht an den Unfall, und ich habe keine Ahnung, wie ich aus dem Wagen herausgekommen bin. Ich war gegen einen Baum gekracht und überall war Blut. Auf der kaputten Windschutzscheibe, auf der Motorhaube und ich war auch voll davon.« Die Tränen laufen ihr über die Wangen. »Danach weiß ich nur noch, dass ich neben dem Hirsch im Gras hocke, zitternd, von Blut bedeckt, und dass Sable schreiend über die Straße zu mir rennt.«

Meine Brust zieht sich zusammen und ich lege die Arme um sie. »Es ist alles in Ordnung, Baby.«

Sie schüttelt an meiner Brust den Kopf. »Nie werde ich die Angst in ihren Schreien vergessen.« Ihre Stimme stockt. »Sie ist immer furchtlos gewesen. Aber in der Nacht ...« Ein Schluchzer raubt ihr die Luft.

»Das war ein Unfall, Liebling.« Ich ziehe sie an mich und sie verbirgt ihr Gesicht an meinem Hals. »Alles gut. Ich bin bei dir.«

»Nichts ist gut!«, sagt sie wütend, drückt sich von mir weg und wischt sich die Tränen fort. »Ich hätte sterben können und das hätte meine Familie nie durchgestanden.«

»Aber das bist du nicht, Baby. Alle Kinder haben irgendwann einmal einen Unfall. Meine Mutter hat immer gesagt: *Es geht nicht darum, ob dein Kind in einen Autounfall verwickelt ist, sondern wann, denn junge Menschen sind einfach jung. Sie lassen sich immer ablenken und denken an tausend andere Sachen.«*

»Aber ich war normalerweise nicht so. In dieser Nacht war ich rücksichtslos und das hat den Lauf unser beider Leben verändert.« Wieder steigen ihr Tränen in die Augen. »Ich habe Sable angelogen! Ich habe ihr erzählt, der Hirsch wäre einfach so aus dem Nichts aufgetaucht, von der Nachricht habe ich nichts gesagt. Sie hat die Schuld auf sich genommen, weil sie ein schlechtes Gewissen hatte, nachdem sie mich gedrängt hatte, nachts zu fahren. Und ich habe das zugelassen! Ich wusste nicht, dass es sie verändern würde.«

»Das konntest du nicht wissen«, sage ich sanft. »Du warst noch so jung.«

»Aber ich habe ihr nie die Wahrheit gesagt. Erst letztes Jahr, nachdem eine Freundin mir von etwas Ähnlichem erzählt hat, und wie es sie beeinflusst hat.«

Ich lege die Hände um ihr Gesicht und wische die Tränen mit meinen Daumen fort. »Kinder lügen ständig, um ihren Arsch zu retten, und so, wie ich Sable kennengelernt habe, passt sie sehr gut auf dich auf. Ich bin sicher, sie vergibt dir.«

»Das tut sie, ja.« Pepper schnieft und bringt ein kleines Lächeln zustande. »Doch sie hat sich selbst die Schuld gegeben, weil sie mit Tuck zusammen sein wollte. Noch an dem Abend hat sie mit ihm Schluss gemacht und nie wieder einen Mann an sich herangelassen. Bis Kane kam, und er musste sich quasi mit ihr anlegen, um bis zu ihrem Herzen vorzudringen. Es ist schrecklich, dass ich sie zu diesem Menschen gemacht habe und ihr all diese Jahre gestohlen habe.« Die Tränen laufen ihr weiter über die Wangen.

»Du hast sie zu gar nichts gemacht, Liebling.« Ich wische die neuen Tränen fort. »Sie hat die Entscheidung getroffen, dich zu beschützen, und sie ist zu dem Menschen geworden, der sie werden sollte. Hast du das gemeint, als du in Paris gesagt hast, dass es einen verändern kann, wenn man jemanden, den man liebt, verletzt oder in Gefahr bringt?«

Sie atmet zittrig durch und nickt. »Ich war nie besonders abenteuerlustig, doch ich war auch nicht so vorsichtig oder steif, wie ich jetzt bin.«

»Du bist nicht steif, Baby. Du bist diszipliniert, und vorsichtig zu sein, ist etwas Gutes. Ich bestreite nicht, dass du dich dadurch vielleicht verändert hast, aber du bist so ein besonderer Mensch. Ich will nicht, dass du das aus den Augen verlierst. Ich mag den Menschen, der du jetzt bist.«

Sie muss schlucken und atmet tief durch. »Danke. Die Sache hat mich wirklich verändert. Du weißt ja, dass alle denken, dass ich so gut in der Schule war, weil ich klug bin und weil ich eben einfach so jemand bin?«

»Ja.«

»So einfach ist das allerdings nicht. Ich war immer eine gute Schülerin, doch ich habe meine Rücksichtslosigkeit darauf zurückgeführt, dass ich zu vernarrt in Ravi war. Also habe ich mit ihm Schluss gemacht und mich in die Arbeit für die Schule gestürzt, um nicht an ihn oder irgendeinen anderen Jungen zu denken. Es lag nicht daran, dass ich klug war. Es lag daran, dass ich Angst hatte. Als ich am College wieder jemanden an mich heranließ und verletzt wurde, hat es meine Entschlossenheit erneuert, die Mauer aufrechtzuerhalten und mich darauf zu konzentrieren, etwas aus mir zu machen, damit ich das fehlende Privatleben nicht bemerke.«

»Und dann bin ich in deinem Leben aufgetaucht und hab all das zunichtegemacht.«

Sie lächelt. »So ungefähr.«

»Es tut mir leid, dass du das durchmachen musstest. Es

muss schwer gewesen sein, all diese Gefühle so lange in Schach zu halten. Ich wünschte, ich könnte die Zeit zurückdrehen und für dich da sein, dir helfen, das durchzustehen. Es tut mir leid, dass ich dich Draufgängerin genannt habe. Ich werde dich nicht mehr so nennen.«

»Das ist in Ordnung«, sagt sie ernst. »Ich mag es, wenn du mich so nennst. Du gibst mir das Gefühl, eine Draufgängerin zu sein, und das hat mir Angst gemacht, als ich aus Paris abgereist bin, weil ich so sehr daran gearbeitet habe, nicht draufgängerisch und rücksichtslos zu sein. Aber du gibst mir auch ein Gefühl der Sicherheit, und dadurch möchte ich bei dir auch ein wenig die Draufgängerin sein. Mir gefällt, wer ich in deiner Gegenwart bin.«

»Das ist gut, denn mir gefällt auch, wer ich in deiner Gegenwart bin.«

Ich werde wieder mit einem Lächeln belohnt. »Das Zusammensein mit dir hat mir klar gemacht, dass ich entweder viel von mir unterdrückt habe oder dass ich mir vielleicht nie zugestanden habe, so zu wachsen, mich zu verändern und zu entdecken, wie ich es mit dir kann. Ich glaube, du hattest recht, als du gesagt hast, ich werde die, die ich schon immer sein sollte. Doch das ist nur möglich, weil ich mich dank dir sicher genug fühle.«

Ich umarme sie wieder und versuche, der Emotionen Herr zu werden, die sich in mir zusammenbrauen. »Ich liebe alles an dir, Pepper. Von der Art, wie du herumzappelst, wenn du nervös bist, bis hin zu der Art, so umsichtig zu kommunizieren, bis du wirklich vollkommenes Vertrauen aufgebaut hast. Und du teilst die intimsten Seiten von dir deutlich und zielgerichtet, als stünde alles auf dem Spiel. Und so ist es ja auch, denn du offenbarst dein Herz. Ich bin froh, dass du dich bei mir sicher fühlst, Baby, und ich werde alles in meiner Macht Stehende tun, dass es immer so sein wird.«

»Danke«, flüstert sie. Sie blinzelt noch ein paar Tränen weg und wischt sich über die Augen. »Es ist ein wenig beängstigend, sich so zu öffnen. Ich weine eigentlich auch nie, entschuldige.«

»Entschuldige dich niemals dafür, dass du mir zeigst, wie du dich wirklich fühlst. Ich möchte dein wahres Ich kennenlernen, das Gute, Schlechte, Glückliche oder Traurige, das du erlebst. Was wir beide haben, Baby, ist gewaltig, und es entwickelt sich schnell. Das macht auch mir Angst. Nie hat mir jemand außerhalb der Familie so viel bedeutet wie du. Du bist für mich ebenso wichtig wie der Sport.«

»Gemessen an der Tatsache, wer du bist, nehme ich das als Kompliment. Allerdings habe ich mein Innerstes offenbart und bin jetzt etwas im Hintertreffen. Du bist hier in meiner Welt und weißt alles über mein Leben, aber ich weiß nicht viel über deines. Du bist seit Tagen hier. Wann musst du zurück?«

»Versuchst du, mich loszuwerden, Montgomery?«

»Nein, ich bin nur neugierig.«

»Deine Neugier kommt zum richtigen Zeitpunkt. Ich wollte gerade erwähnen, dass ich morgen früh zu einem Fotoshooting wegmuss. Morgen Abend habe ich ein Essen mit meiner Agentin und einem potenziellen Sponsor, doch Dienstagmorgen geht schon mein Flug zurück.«

»Oh, okay«, sagt sie leicht überrascht. »Wie lang kannst du danach bleiben?«

»Solange wir es wollen. In Jersey gibt es nichts, was nicht warten kann, und mir gefällt es hier. Ich bin in großartiger Gesellschaft, habe einen volleingerichteten Fitnessraum ganz für mich allein, und da ist ein Junge, den ich betreuen kann, was mir sehr viel Spaß macht. Wenn du mich leid bist, musst du es mich wissen lassen.«

»Ah, gut, dann habe ich dich also nicht permanent am Hals«, sagt sie scherzend und kuschelt sich an meine Seite. »Ich bin froh, dass du zurückkommst. Ich will dich nur nicht von irgendetwas abhalten, was du zu tun hast. Ich weiß nicht einmal, wann deine Saison startet.«

»Mitte April müssen wir uns zurückmelden und wir spielen bis Januar.«

»Es ist bestimmt schön, so viel Urlaub zu haben. Vielleicht ist das eine blöde Frage, aber gibt es eine Art Lebensdauer für deine Position? Tackelt man euch noch, wenn ihr fünfundvierzig seid? Und was kommt danach? Wie kann man ein Leben als Mr. Perfect überhaupt toppen?«

Wenn ich diesen Namen aus ihrem Mund höre, zieht sich in mir alles zusammen. »Bitte, nenn mich nicht so.«

»Magst du den Namen nicht?«

Ich schüttele den Kopf. »Nein. Früher fand ich ihn gut. Ich habe mich toll gefühlt mit all dem Ruhm und der Bekanntheit. Jahrelang habe ich mich abgestrampelt, um das zu erreichen, und ich habe das Scheinwerferlicht geliebt.«

»Das würde den meisten wohl so gehen.«

»Da bin ich mir nicht sicher. Flynn wurde landesweit bekannt, als er mit einundzwanzig als Jüngster überhaupt den *Wilderness Warrior* gewonnen hat, aber er hat das Scheinwerferlicht so verabscheut, dass er für einige Jahre abgetaucht ist. Damals war ich gerade mittendrin im Trubel. War auf den Titelseiten der Zeitschriften, habe mehr Aufmerksamkeit bekommen, als ich mir je erhofft hatte, und konnte seine Abneigung dagegen überhaupt nicht verstehen. Doch die letzten Jahre haben das verändert. Das Ganze ist zu einem einzigen Werbezirkus geworden. Ich kann nicht mal mehr in ein

Restaurant gehen, ohne dass die Leute mich anstarren.«

»Das habe ich gemerkt. Du bist ziemlich gut darin, so was zu ignorieren.«

»Das geht mit einer Menge Schuldgefühle einher. Ich bin Mr. Perfect. Von mir erwartet man, dass ich auf dem Feld fehlerfrei spiele und jenseits davon dieser charmante, liebenswürdige und zugängliche Typ bin. Aber ich bin nicht mehr dieser unzerstörbare Junge. Mein Körper braucht länger, um gesund zu werden, und mein Wurf ist auch nicht mehr das, was er einmal war. Bisher hat das niemand bemerkt, doch ich spüre den Unterschied, und meine Geduld für diesen Mist, rund um die Uhr Mr. Perfect sein zu müssen, geht langsam zu Ende.«

»Vollkommen verständlich. Und was ist mit deinem Wurf?«

»Ach, nichts.«

»Spiel mir gegenüber nicht den Macho.« Sie stößt mich mit der Schulter an.

»Es ist einfach nur schwerer geworden, den perfekten Wurf hinzukriegen. Früher war es so, als würde ein Schalter in meinem Kopf umgelegt werden, da wusste ich genau, wann ich den Ball loslassen muss. Seit meiner Schulterverletzung ist das verkorkst und jetzt verpasse ich leicht den richtigen Zeitpunkt. *Nachdem* ich losgelassen habe, weiß ich genau, ob ich den Zeitpunkt verpasst habe, auch wenn es nur eine Millisekunde ist.«

»Gibt es Übungen oder sonst etwas, was du daran machen kannst?«

»Abgesehen von einem Signal, das losgehen müsste, wenn ich in der perfekten Position bin, gibt es da wohl nichts. Aber das gehört einfach dazu, wenn der Sport irgendwann seinen Tribut fordert. Das regelt sich schon irgendwie. Ich bin nur einfach so lange der gewesen, den alle in mir sehen wollten, dass ich mir gar nicht sicher bin, ob ich weiß, wer ich ohne das Ganze wäre.«

»Heißt das, das hier«, sie deutet auf uns beide und der Blick ihrer schönen Augen wirkt plötzlich verhalten, »ist alles Teil eines Schauspiels?«

»Um Himmels willen, nein! Du bist einer der wenigen Menschen, bei denen ich nicht Mr. Perfect sein muss. Das ist eines der Dinge, die mich von Anfang an zu dir hingezogen haben. Dir könnte meine Bekanntheit kaum unwichtiger sein.«

»Das stimmt nicht«, widerspricht sie heftig. »Mir ist es egal, ob du reich oder berühmt bist, aber ich bin stolz auf dich, weil du deine Träume verfolgst und einen Grad an Erfolg erreicht hast, den nicht viele Menschen erreichen können.«

»Danke, Baby.«

»Es tut mir leid, dass es anstrengend für dich geworden ist, doch ich verstehe das. Ich habe meine Träume ebenfalls verwirklicht und bin stolz darauf. Aber ich will auch eines Tages eine Familie haben, und ich habe keine Ahnung, wie ich das je erreichen und Zeit mit meinen Kindern verbringen kann, ohne alles zu verlieren, wofür ich gearbeitet habe.«

»Heutzutage arbeiten Frauen und haben Familien. Sicher stellt es eine Herausforderung dar, wenn man Inhaberin einer Firma ist, doch wo ein Wille ist, ist auch einen Weg.«

»Das sage ich mir auch immer wieder, und ich weiß, dass ich noch jede Menge Zeit habe, mir darüber Gedanken zu machen. Allerdings tickt die Uhr immer lauter, wenn ich Emma Lou sehe. Wie sieht es bei dir aus?«

»Emma Lou könnte bei jedem den Wunsch auslösen, eine Familie zu gründen. Sie ist entzückend.«

»Da stört es auch nicht, dass sie vollkommen in dich vernarrt ist. Sie läuft dir immer direkt in die Arme.«

»Ich bin für Frauen jeglichen Alters unwiderstehlich«, scherze ich.

Sie schüttelt den Kopf.

»Ich denke auch oft darüber nach, eine Familie zu gründen. Einige meiner Kumpels haben Kinder, und die meisten Familien begleiten uns auf den Reisen, aber unter den Ehefrauen wird auch viel gezickt.«

»Ich kann mir kaum vorstellen, wie schwierig so eine Tour mit Kindern wäre. Andererseits ist es mir ein völliges Rätsel, wie ich mit Kindern meine Firma am Laufen halten sollte.«

»Wie gesagt, wo ein Wille ist, ist auch einen Weg.«

Sie seufzt. »Klingt so, als würden wir beide im selben Boot sitzen. Nicht, was die Bekanntheit angeht. Aber wir machen beide gerade einen Prozess durch und versuchen neu zu entdecken, wer wir sind und was wir eigentlich wollen. Seltsames Gefühl, oder? Dieses Alter zu haben und gerade herauszufinden, wer wir wirklich sind?«

»Absolut. Doch ich bin froh, dass ich es gemeinsam mit dir herausfinden kann.«

Sie schenkt mir ihr süßestes Lächeln. »Bin ich auch.«

Ich lehne mich zu ihr hinüber, um sie zu küssen, bevor ich zur Sonne schaue, die am Himmel aufsteigt. »Der Sonnenaufgang ist fast so hübsch wie du«, sage ich und dehne meine verletzte Schulter mit kreisenden Bewegungen.

»Tut deine Schulter weh von all den Dingen, die wir gestern angestellt haben?«

»Nein, sie ist nur verspannt nach der Nacht auf dem Fußboden. Mir geht's gut.«

»Ich habe Tabletten mitgebracht, denn ich habe befürchtet, dass du heute Schmerzen haben könntest.« Sie holt ein Fläschchen aus ihrer Tasche.

Wie kann es sein, dass so etwas Kleines wie zwei winzige Pillen dafür sorgen, dass ich mich noch mehr in sie verliebe? »Danke, dass du an mich gedacht hast.« Ich nehme die Tabletten mit meinem heißen Kakao ein.

»Du hast dich in jeden Bereich meines Lebens gedrängt, und es mir so unmöglich gemacht, nicht an dich zu denken.« Der Schalk in ihren Augen ist unübersehbar. »Außerdem steht heute unser Bootsbau-Wettstreit an, und ich will nicht, dass du irgendeine Entschuldigung hast, wenn du verlierst. Ich werde dir sogar noch Schultern und Nacken massieren, und hinterher wirst du hier mit dem Gesicht in der Sonne liegen, während ich dir eine Kopfmassage verpasse und die Druckpunkte bearbeite, die dir bei der letzten Migräne gutgetan haben.« Sie geht hinter mich. »Vielleicht können wir das im Keim ersticken und du bekommst erst gar keine Migräne.«

»Ich habe das Gefühl, dass meine Schulter von nun an jeden Tag wehtun wird.«

Sie lacht leise und macht sich daran, meine Schultern zu massieren, womit sie in vielerlei Hinsicht ihren Zauber wirken lässt.

Sechsundzwanzig

Pepper

Am Montagvormittag bin ich voller Energie und alles scheint gut für mich zu laufen. Ravi und ich schaffen es, den Pitch für MS Enterprises fertigzustellen, und ich mache einen Termin mit ihrem Akquise-Team für nächste Woche aus, womit genug Zeit bleibt, um ihre bisherigen Investitionen zu recherchieren. Doch zuerst stürze ich mich in die Recherche für ein neues Projekt.

Am Nachmittag bin ich in Zeichnungen vertieft und arbeite an Entwürfen, als eine Nachricht von Clay eingeht. Allein seinen Namen auf meinem Handy zu sehen, beschleunigt meinen Herzschlag schon. Gestern Morgen hatte er nur leichte Kopfschmerzen. Nachdem wir den Sonnenaufgang beobachtet hatten, haben wir uns zu Hause noch etwas entspannt, und als seine Kopfschmerzen verschwunden waren, haben wir unsere Boote gebaut und sie auf dem See um die Wette fahren lassen. Am Nachmittag fielen die Temperaturen, aber davon ließen wir uns den Spaß nicht nehmen. Mein Boot hat das Rennen gewonnen, ich habe mich an meinem Sieg geweidet und mit einem Freudentanz gefeiert, der den beim Touchdown vom Vorabend bei Weitem in den Schatten stellte.

Clay bringt wirklich das Kind in mir zum Vorschein und ich habe nichts dagegen. Später am Nachmittag haben wir Seth angerufen. Ich hatte befürchtet, dass unser Schlagabtausch per Textnachricht vom Samstag womöglich für eine seltsame Stimmung zwischen uns sorgen könnte, doch wir haben uns auf Anhieb wunderbar verstanden. Er ist wie ich eher ernst, aber er ist auch witzig. Er und Clay haben sich während des Gesprächs gegenseitig auf den Arm genommen, was mich an meine Geschwister erinnert hat. Seth war unglaublich hilfsbereit und zusammen haben wir drei eine geniale Stellenausschreibung verfasst. Heute Morgen habe ich sie veröffentlicht, und ich bin gespannt, wie gut sie funktionieren wird.

Ich freue mich auch darauf, Clay morgen zu sehen. Nachdem wir das Wochenende zusammen verbracht haben, war ich mir nicht sicher, wie sehr er mir heute fehlen würde. Aber die gemeinsame Zeit hat die schmerzhafte Sehnsucht nach ihm nur noch verstärkt.

Ich öffne die Nachricht und sehe ein Bild von Clay in greller Studiobeleuchtung mit nichts als einem verschlagenen Grinsen und hautengen schwarzen Boxershorts von Under Armour am Leib. Mein Magen schlägt Purzelbäume, doch bei der Erinnerung an unsere leidenschaftliche Nacht und seine Stimme, die mir durch den Kopf hallt – *Ich werde es dir so gründlich geben, dass du nicht an mich denken kannst, ohne feucht zu werden* –, muss ich meine Oberschenkel fest zusammenpressen. Wieder einmal hat er recht behalten.

Noch ein Foto poppt auf. Eine perfekte Aufnahme von seinem Hintern, die er über die Schulter hinweg im Spiegel gemacht hat.

Ich: *Ich arbeite hart daran, mich zu konzentrieren.*

Clay: *Und ich bin hart, passt doch.*

Noch ein Schauer überkommt mich.

Ich: *Du weißt genau, was du mit mir anstellst.*

Ein Tropfen-Emoji poppt auf.

Ich: *Musst du nicht los, für die Kamera lächeln oder so?*

Clay: *Wollte nur nicht, dass du mich vergisst.*

Ich: *Unmöglich.*

Ich schicke noch ein Herz-Emoji hinterher und widme mich wieder meinen Zeichnungen.

Ravi kommt in mein Büro. »Ich gehe jetzt los und treffe mich mit den anderen. Alles in Ordnung bei dir? Ich habe dich den ganzen Nachmittag nicht gesehen.«

Ich schaue von den Zeichnungen auf. »Mir geht's wunderbar. Ist es schon Zeit zu gehen?«

»Für normale Leute schon. Ich nehme an, Clay kommt nicht zurück?«

»Er kommt morgen wieder. Kann ich kurz deine Meinung hierzu hören, bevor du gehst?« Ich gehe um den Schreibtisch herum und gebe ihm die Zeichnungen.

»Was ist das? Eine Art sensorischer Handschuh?«

»Ja. Sprich bitte mit niemandem darüber, aber Clay hat erwähnt, dass sein Wurf ihm Probleme bereitet.«

»Aufgrund seiner Schulterverletzung?«

»Woher weißt du davon?«

Die Frage scheint ihn zu amüsieren. »Weil ich den Sport verfolge. Das ist ja kein Geheimnis. Er hatte die ganze Saison über Schulterprobleme, aber es wurde nie darüber geredet, dass sein Wurf nicht in Ordnung ist.«

»Weil es noch nicht so schlimm ist, doch er merkt einen Unterschied. Er sagt, es ist schwerer, einen perfekten Wurf hinzukriegen als früher und dass vor seinem Unfall quasi ein Schalter in seinem Kopf umgelegt wurde und er genau wusste, wann er den Ball loslassen muss.«

»Muskelgedächtnis.«

»Ja, und wegen der Verletzung funktioniert es nicht mehr.«

»Das ergibt Sinn. Sicher bewegt er sich jetzt anders, um den Schmerz zu kompensieren.«

»Genau. Er sagt, dass er nach dem Loslassen des Balls innerhalb einer Millisekunde sagen kann, ob er den richtigen Augenblick verpasst hat. Außer einem Signal, das ausgelöst wird, wenn er in der richtigen Position zum Loslassen ist, fiel ihm nichts ein, wie er das Problem in den Griff bekommen könnte. Also hatte ich eine Idee. Ich habe den ganzen Vormittag damit verbracht, zu recherchieren, welche Muskeln beim Werfen benutzt werden, wie die isometrische Kontraktion zur Stabilisierung funktioniert und was passiert, wenn bestimmte Muskeln nicht kräftig genug sind. Ich weiß, dass er die besten Sportärzte und Therapeuten hat. Doch ich glaube, wenn man die Bewegung seiner Muskeln von den Fingern über den Arm und den Rücken bis in die Brust nachverfolgt, kann ich ihm das Signal verschaffen, das er braucht. Deshalb erstreckt sich das Gerät über die rechte Seite seiner Brust und die Schulter.«

»Aber jeder Wurf ist anders.«

»Stimmt. Ich versuche auch nicht, jeden Wurf zu definieren, und das Gerät würde nicht im Spiel zum Einsatz kommen. Es soll ihm nur dabei helfen, im Training herauszufinden, wo sein neuer Loslass-Punkt ist. Wenn wir den bestimmen können, kann er hoffentlich ein neues Muskelgedächtnis aufbauen.«

»Das ist eine interessante Idee.« Ravi runzelt die Stirn, und ich kann praktisch mitverfolgen, wie sein Hirn rattert. »Indem du die Sensoren auswertest und mit ihm arbeitest, kannst du herausfinden, wo und wann er an diesen Punkt kommt.«

»Ja! Und genau dafür setzen wir ein Signal ein. Ein Vibrieren oder so. Das habe ich mir noch nicht überlegt. Ich weiß nicht, was hilfreich wäre, ohne ihn aus dem Konzept zu bringen. Die Technologie haben wir jedenfalls mit unserem Smart Glove schon erarbeitet.«

»Du spielst aber nicht mit dem Gedanken, aus dem Projekt etwas abzuzwacken, oder?«

»Mach dich nicht lächerlich. Du weißt, dass ich das niemals machen würde. Ich meinte damit nur, dass wir das grundlegende Wissen haben, um das hier zu entwickeln. Die Daten und die Analysemethoden sind anders, ebenso das eigentliche Gerät, aber es ist kein großer Aufwand nötig, um einen Prototypen anfertigen zu lassen. Du weißt, dass Kenji mir ein gutes Angebot machen wird.« Kenji ist einer unser Zulieferer für das Project Smart Glove. Wir entwickeln die Technologie und er fertigt den Handschuh an. »Er arbeitet gern mit uns und er ist schnell. Sobald ich die technischen Daten und Sensoren fertig habe, wird er nicht lange brauchen.«

»Sofern er es terminlich einschieben kann.«

»Ja, klar. Mit Clay habe ich darüber noch nicht gesprochen, aber das mache ich morgen Abend. Wenn er die Idee gut findet, wird er wohl kein Problem damit haben, mir beim Finanziellen unter die Arme zu greifen und notfalls Kenji einen Bonus anzubieten.«

Ravi betrachtet noch einmal die Zeichnungen. »Das könnte funktionieren.«

In mir macht sich eine freudige Aufregung breit. »Das glaube ich auch.«

»Er bringt dich anscheinend nicht mehr ganz so aus der Fassung, oder?«

»Ach, halt doch den Schnabel. Er hat mir so viel geholfen. Ich freue mich einfach, auch etwas für ihn tun zu können.«

»Und wenn es nicht funktioniert?«

»Dann finden wir heraus, warum, und verbessern das Gerät.«

Er lächelt. »Bis es funktioniert. Willkommen zurück.«

Ich verdrehe die Augen, als er mir die Zeichnungen zurückgibt und mein Handy mehrmals nacheinander Töne von sich gibt.

»Entweder eine deiner Schwestern hat herausgefunden, dass sie schwanger ist, oder Clay vermisst dich wirklich.«

»Das ist nicht Clay. Er hat heute Abend ein wichtiges Essen mit Sponsoren.«

»Okay, ich überlasse dich also dem Familiendrama. Bleib nicht zu lange.«

»Nur lange genug, um noch etwas von der Arbeit nachzuholen, die ich heute aufgeschoben habe. Viel Spaß mit den anderen.«

Ich lege die Zeichnungen auf meinen Schreibtisch und schon wieder gibt mein Handy Töne von sich. In der Hoffnung, dass meine Schwestern das Getexte nicht den ganzen Abend fortsetzen, schnappe ich mir mein Telefon und öffne die Familiengruppe.

Brindle: *Was soll das denn, Pepper? Du bist mit Clay zusammen und die ganze Welt erfährt vor uns davon?*

»Was?« Mein Magen zieht sich zusammen, als ich mir die Screenshots ansehe, die sie von irgendwelchen Promi-Schlagzeilen von Social Media gemacht hat: ALLES, WAS DU ÜBER CLAY BRADENS HEISSE WINTER-AFFÄRE WISSEN MUSST und IST DR. PEPPER DIE LIEBLINGSSORTE DES MONATS VON MR. PERFECT? Das Wort Affäre bohrt sich wie ein Messer in mich hinein. Mit zittrigen Händen scrolle ich durch Fotos von mir und Clay beim Bowling und küssend auf dem Parkplatz. »Nein. Neinneinnein. Das kann nicht sein«, flehe ich in mein menschenleeres Büro hinein und lese die anderen Nachrichten.

Morgyn: *Ich wusste, dass sich das Universum irgendwann bei dir meldet!*

Amber: *Warum haltet ihr das geheim? Dash wusste auch nichts davon.*

Mom: *Pepper, geht es dir gut, mein Schatz?*

Axsel: *Ihr geht's wunderbar, Mom. Sie hat was mit dem heißesten Junggesellen auf Erden am Laufen.*

Dad: *Ich bin für dich da, wenn du reden willst, Prinzessin.*

Bei dem Kosewort aus meiner Kindheit zieht sich mir das Herz zusammen. Ich werde zum Gesprächsthema Nummer eins in Oak Falls werden und meine Eltern werden sich damit auseinandersetzen müssen. Die Vorstellung, sie so in Verlegenheit zu bringen, ist grauenhaft.

Brindle: *Habt ihr schon in Paris was miteinander gehabt?*

Dad: *Brindle, ich glaube, wir müssen solche Details nicht im Gruppenchat besprechen.*

Grace: *Pepper, du siehst so glücklich aus. Bist du es?*

Sable: *Soll ich die Leute ausfindig machen, die die Fotos gemacht haben, und ihnen die Finger brechen?*

Meine Hände zittern, als ich hektisch eine Antwort tippe.

Ich: *Ja, wir waren in Paris zusammen. Ich kann jetzt nichts dazu sagen. Bitte, hört auf, dazu Nachrichten zu schicken, und lasst mich erst mal überlegen.*

Eine Flut von Nachrichten mit *Hab dich lieb* und *Bin für dich da, falls du mich brauchst* geht ein. Ich tigere im Büro auf und ab, bekomme kaum Luft. Warum hat Clay nichts gesagt? Als ich auf unseren Chat gehe, klingelt mein Handy und Sables Name steht auf dem Bildschirm. Ihre Tour ist am Wochenende zu Ende gegangen, und ich weiß, dass sie gestern Abend nach Oak Falls zurückgekehrt ist. Wenn ich nicht rangehe, steht sie demnächst vor der Tür.

Zögernd hebe ich das Handy ans Ohr. »Ich kann jetzt nicht reden.«

»Ich weiß, dass es sich so anfühlt, als würde die Welt gerade um dich herum einstürzen, aber glaub mir, so ist es nicht.«

»Soll das ein Witz sein, Sable? Ich bin gerade von einer anerkannten Wissenschaftlerin zur verdammten Lieblingssorte des Monats geworden.«

»Wen interessiert's, was diese Idioten denken?«

»Mich!«, schnauze ich und laufe den Teppich platt. »Meine Kunden werden das sehen!«

»Deine Kunden wissen, dass du hochprofessionell bist.«

»Jetzt nicht mehr!« Mir schwirrt der Kopf.

»Was sagt Clay dazu? Er kann doch eine Erklärung für die Presse abgeben und so alle mundtot machen.«

»Ich hab noch nicht mit ihm geredet. Er ist geschäftlich in New York.«

»Er hat dich nicht angerufen? Was soll der Scheiß denn? Du weißt, dass er einen PR-Agenten oder Assistenten oder sonstwas hat, der auf so etwas ein Auge hat.«

Ihre Wut jagt einen schmerzhaften Stich in meine Brust, denn genau das geht mir auch durch den Kopf. »Ich habe keine Ahnung, was er hat, aber es ist gut, dass er nicht angerufen hat. Ich will mit niemandem reden«, fauche ich. »Das ist alles meine Schuld. Ich hab gesehen, wie die Leute ihn an seinem ersten Abend hier angeglotzt haben. Ich hätte es besser wissen müssen, als mich auf einen Promi einzulassen.«

»Zumindest hättest du nicht auf dem Parkplatz rumknutschen sollen.«

Ich stöhne auf. »Ich kann jetzt nicht darüber reden. Ich … Es geht nicht.«

»Gut. Ich kann in einer Stunde da sein.«

»Nein. Bitte lass mich einfach in Ruhe.« Tränen steigen mir in die Augen, doch sie weiß, dass ich gewisse Dinge allein besser verarbeiten kann. »Bitte!«

»Verdammt, Pepper!«

»Bitte, Sable.«

»In Ordnung. Verkriech dich unter deinem Stein, aber wenn ich morgen früh keine Nachricht mit einem Lebenszeichen bekomme, stehe ich noch vor acht Uhr auf deiner Türschwelle. Und jetzt erzähl mir, wo Clay steckt, damit ich ihm in den Allerwertesten treten kann.«

»Sable! Ich kann das jetzt nicht gebrauchen. Ich muss Schluss machen.« Ich beende das Gespräch und kämpfe gegen die Tränen an.

»Jetzt sind wir wohl offiziell ein Paar.«

Clays Stimme lässt mich zusammenfahren und mein Magen spielt verrückt. »Wie können wir offiziell ein Paar sein, wenn ich noch nicht einmal weiß, was wir sind?« Da ich zu durcheinander bin, um ruhig herumzustehen, tigere ich wieder auf und ab.

»Doch, du weißt es«, sagt er ruhig. »Wenn es nicht so wäre, hättest du mir niemals erlaubt zu bleiben.«

»In Ordnung! Ich weiß es, aber ich kann im Moment keinen klaren Gedanken fassen! Ich habe mir den Arsch aufgerissen, um mir in meiner Branche einen Platz zu erarbeiten und in meinem Bereich ein wenig Anerkennung zu erlangen, und dann kommst du für ein Wochenende in die Stadt, und plötzlich bin ich auf der ganzen Welt als deine verdammte Lieblingssorte bekannt. Genau deshalb hätten wir das, was immer das auch ist, in Paris lassen sollen. Aber nein! Du musstest herkommen und mir den Hof machen.«

»Dir gefällt es, wenn ich dir den Hof mache«, sagt er ruhig.

»Clay! Versuchst du, mich auf die Palme zu bringen?« Ich weiß, dass ich vollkommen unlogisches Zeug rede, trotzdem kann ich nicht aufhören. »Sieh mich nur an! Ich schreie! Eigentlich schreie ich nicht! Das bin nicht ich!«

»Doch, das bist du. Du bist eine leidenschaftliche Frau.«

Wütend sehe ich ihn an. »Das ist jetzt nicht der richtige Zeitpunkt, um mit mir zu flirten!«

»Ich flirte nicht. Du bist leidenschaftlich, wenn es um deine Arbeit geht, um deine Familie, und du bist leidenschaftlich, wenn es um uns geht.« Er breitet die Arme aus. »Komm her.«

»Ich will nicht zu dir kommen.«

»Doch, willst du. Komm her.« Die Arme weiterhin ausgebreitet, winkt er mich mit den Fingern herbei.

Ich schüttele den Kopf und versuche, meine außer Kontrolle geratenen Gefühle in den Griff zu bekommen.

Er kommt mit offenen Armen auf mich zu.

»Clay!«, warne ich ihn, doch er legt einfach nur die Arme um mich. Ich stehe da wie ein bockiges Kind, fühle mich aber sofort sicherer.

»Alles wird gut«, verspricht er und küsst mich auf den Kopf.

Die Tränen, die ich zurückgehalten habe, bahnen sich ihren Weg. »Nichts ist gut«, sage ich leise. »Warum bist du überhaupt hier? Du solltest doch bei einem Geschäftsessen sein.«

»Ich bin in den Flieger gestiegen, kaum dass ich von dem Aufruhr im Netz gehört habe.«

»Du kannst dich nicht einfach wegen mir vor deinen Verpflichtungen drücken.« Ich versuche, ihn wegzustoßen, doch er legt die Arme fester um mich.

»Nichts ist wichtiger als du. Als wir in Paris waren, hast du absolut deutlich gemacht, dass du nicht Teil eines Skandals werden wolltest. Ich hätte nicht gedacht, dass es dazu kommen würde, und habe es nicht ernst genug genommen. Vor allem, als wir hier waren. Die Leute schienen meine Privatsphäre zu respektieren. Aber ich hätte es wissen müssen. Es tut mir leid, Pepper. Ich wollte dir niemals wehtun.«

Ich schaue zu ihm auf. In seinen Augen zeigt sich die Sorge und das nimmt mir die Wut. »Das ist ja nicht deine Schuld. Ich habe nur einfach so viel dafür getan, ernst genommen zu werden, und das alles ist mir peinlich.«

»Weil du dabei erwischt wurdest, wie du deinen Freund küsst, oder wegen der fiesen Schlagzeilen?«

»Hauptsächlich wegen der Schlagzeilen. Aber hast du die Fotos gesehen? Ich bespringe dich da quasi auf dem Parkplatz.«

Er lächelt und antwortet zärtlich: »Ich habe dir doch gesagt, dass du leidenschaftlich bist.«

»Aber dass die ganze Welt das sieht, kann ich nicht gebrauchen.« Ich lege die Stirn an seine Brust. »Ich verliere den Kopf, wenn ich mit dir zusammen bin.«

»Das ist etwas Gutes, Liebling.« Er schiebt einen Finger unter mein Kinn und hebt mein Gesicht an, damit ich ihm in die Augen sehe. »Es tut mir leid, dass das passiert ist. Ich finde es schlimm, dass dir wegen meines Rufes wehgetan wurde. Wenn ich die Zeit zurückdrehen könnte, würde ich es tun.«

»Das weiß ich«, gestehe ich.

»Wenn ich die Wahl gehabt hätte, wären wir nie auf diese Weise geoutet worden, trotzdem bin ich froh, dass die Leute jetzt von uns wissen. Wir stehen das gemeinsam durch. Ich will mich nicht vor deiner Familie oder sonst jemandem verstecken. Ich bin stolz darauf, mit dir zusammen zu sein, und ich dachte, du wärst auch stolz darauf, mit mir zusammen zu sein. Aber ich verstehe, warum du so aufgebracht bist, und ich weiß auch, dass diese Art von Öffentlichkeit nicht für jeden etwas ist. Wenn es für dich etwas ändert, sollte ich Doogie wahrscheinlich bitten, meinen Post zu löschen.«

»Welchen Post?«

Er nimmt sein Handy heraus, öffnet eines seiner Social-Media-Konten und zeigt mir das Foto, das er gestern Morgen von uns beim Sonnenaufgang gemacht hat. Mein Kopf liegt auf seiner Schulter und sein Kopf berührt meinen. Die aufgehende Sonne legt einen romantischen Schimmer auf unsere Gesichter und unser Lächeln funkelt in unseren Augen. Wenn Glück in einem einzigen Foto festgehalten werden könnte, wäre es dieses.

Unter dem Foto steht einfach nur »die Meine« und ein Herz.

Ein Kloß im Hals verschlägt mir die Sprache.

»Solange wir zusammen sind, wird es immer irgendeine Form von öffentlicher Aufmerksamkeit geben«, sagt er sanft. »Die wird mich begleiten, bis ich alt und grau bin. Leider liegt das in der Natur der Sache. Ich kann die Leute nicht davon abhalten, Sachen über uns zu posten, aber ich werde mich *immer* schützend vor dich stellen.«

Er küsst mich auf die Stirn, und der Kloß in meinem Hals wird noch größer, denn ich weiß, dass er das tun wird. Es ergibt keinen Sinn, dass der Mann, der mich zu einer Draufgängerin macht, mir auch das Gefühl von Sicherheit und Ganzheit vermittelt, doch es ist so.

»Ich habe mit meinem PR-Agenten Nolan Kenard darüber

gesprochen, wie man im Sinne deiner Firma am besten damit umgeht.«

»Das hast du?« *Oh, mein Herz …*

»Natürlich. Du kannst mit ihm reden, wenn du die Sache mit einem Profi besprechen möchtest. Er findet, wir sollten es ignorieren und warten, bis der Sturm vorüber ist. Aber es gibt auch andere Optionen. Ich kann eine Erklärung abgeben und um Wahrung unserer Privatsphäre bitten, oder du kannst ein Statement herausgeben, damit deine Kunden es sehen. Oder wenn du willst, können wir auch gemeinsam eine Erklärung abgeben, um alles auf einmal abzudecken. Das könnte ich arrangieren. Sag mir nur, was du brauchst, Pep, und ich sorge dafür, dass du es bekommst, aber bitte wirf das mit uns nicht weg, weil irgendein Typ aufgeregt Fotos von uns gepostet hat, die zufällig viral gegangen sind. Das ist einfach Social-Media-Quatsch. Das ebbt wieder ab, doch meine Gefühle für dich sind real, und sie werden nur noch stärker.«

»Hör auf, mich in dein Märchen hereinzuziehen«, flehe ich ihn halbherzig an. »So bin ich überhaupt erst in diesen Schlamassel geraten. Ich verliere mich in deinem Charme und deiner Aufmerksamkeit, und vergesse, dass ich Realistin bin.«

»Du bist eine Realistin, die ein Märchen verdient, Baby. Ich weiß, dass es sich im Moment nicht so anfühlt, aber es ist in Ordnung, bei dem Kerl, der dir wichtig ist, eine Draufgängerin zu sein.«

Er küsst mich sanft. In der Sicherheit seiner Arme, weit weg von der realen Welt, die aus meinem Büro ausgesperrt ist, kann ich etwas leichter durchatmen.

»Ich will über nichts davon nachdenken«, sage ich leise. »Ich will einfach nur nach Hause, ein Glas Wein trinken und mit dir zusammen sein.«

»Ich habe eine bessere Idee.«

Kurze Zeit später liegen wir nackt im Whirlpool auf der Veranda des exklusiven Hauses, das Clay gemietet hat, und trinken Wein. Das Haus kommt mir eher wie ein privater Luxuszufluchtsort vor mit seinen großzügig geschnittenen Räumen, hohen Decken, breiten Dielen, zwei Kaminen, einer Garage für zwei Autos und einem anderthalb Hektar großen Grundstück mit alten Bäumen.

Dampf steigt vom Wasser auf, während ich in den Garten blicke, der endlos zu sein scheint. »Das war eine großartige Idee.« Ich stelle mein Weinglas ab und kuschele mich an seine Seite. »Warum hast du bei mir übernachtet, wenn du das alles hier zur Verfügung hast?«

»Weil du dort bist.« Er küsst mich auf die Schulter. »Ich hätte dich in der ersten Nacht hierher entführt, aber ich hatte das Gefühl, dass du die Sicherheit deiner eigenen Umgebung gebraucht hast.«

»Damit hattest du recht, doch vielleicht sollten wir das Haus hier ein paar Nächte ausprobieren.«

»Klingt gut.«

»Ich bin froh, dass du hier bei mir bist, trotzdem … Verlierst du jetzt die Möglichkeit auf ein Sponsoring, weil du das Essen verpasst hast?«

»Ich glaube nicht, und wenn doch, dann ist es eben Pech. Ich wollte nicht, dass du mit der Sache allein zurechtkommen musst. Wenn sie das nicht verstehen, will ich deren Marke sowieso nicht repräsentieren.«

»Dafür bin ich dir wirklich dankbar, aber ich will nicht, dass du wegen mir wichtige Gelegenheiten verpasst.«

»Mach dir deswegen keine Sorgen. Auch wenn ich nie wieder einen Sponsorenvertrag bekäme, würde ich gut zurechtkommen. Machst du dir noch Sorgen wegen deiner Kunden?«, fragt er aufmerksam.

»Ein wenig. Vor allem, weil ich mir vorkomme wie ein Teenager, der auf dem Rücksitz des Autos seiner Eltern erwischt wurde.«

Das lockt seine Grübchen hervor. »Warum ist das so?«

»Keine Ahnung«, sage ich und drehe mich zu ihm um. »Vielleicht weil es gar nicht meine Art ist, so in der Öffentlichkeit herumzuknutschen, oder weil meine ganze Familie auf diese Weise von uns erfahren hat. Zu hören, wie mein Dad mich *Prinzessin* nennt, nachdem er die Schlagzeilen darüber gelesen hat, dass ich deine Lieblingssorte des Monats bin, ist etwas peinlich.«

»Ich werde mich bei ihnen entschuldigen.«

»Das ist wirklich nett von dir, aber das brauchst du nicht. Etwas sagt mir, dass ich mich an diese Art der Aufmerksamkeit gewöhnen muss, denn anscheinend bin ich tatsächlich diese Person, wenn ich mit dir zusammen bin. Das muss ich akzeptieren, sonst würde es mich in den Wahnsinn treiben, wenn ich mich immer zurückhalten muss, sobald wir zusammen sind.«

»Halt dich bloß nicht zurück! Wie kann jemand erwarten, dass du dich zurückhältst, wenn du mit *mir* zusammen bist? Also echt, guck mich doch mal an!« Es klingt ebenso arrogant wie humorvoll.

Ich bin dankbar für die Unbeschwertheit und den darauffolgenden Kuss.

»Im Ernst, Baby, der Sturm wird sich legen.«

»Ich weiß. Das Gefühl der Verlegenheit schwindet schon.

Tja, du musst jetzt allerdings mit mir zum Valentine's Day Festival nach Hause kommen, um allen zu beweisen, dass ich nicht deine Lieblingssorte des Monats bin.«

»Ist das deine Art zu fragen, ob ich dein Valentinsdate sein möchte? Denn ich bin schon etwas mehr Romantik gewöhnt. Ein paar schokoladenüberzogene Erdbeeren, vielleicht ein paar Blumen.«

Himmel, ich liebe ihn.

»Du solltest dich einfach nur geehrt fühlen, dass ich überhaupt gefragt habe. Ich habe kein Valentinsdate mehr gehabt, seit Ravi und ich zusammen waren.«

»Aha, Konkurrenz.«

»Kaum«, sage ich lachend.

»Wir werden auf dem Festival so viel Spaß haben und schon nächstes Jahr wirst du dich an keinen Valentinstag vor mir mehr erinnern.« Er küsst mich.

»Das Versprechen wirst du einlösen müssen.« Ich nehme noch einen Schluck vom Wein und stelle das Glas wieder ab. »Bei dem ganzen verrückten Trubel habe ich vergessen, dir zu erzählen, dass ich mir etwas überlegt habe, was dir vielleicht bei deinem Problem mit dem Werfen helfen könnte.«

Er hebt eine Augenbraue. »Toller Sex hilft.«

»Merke ich mir, aber vielleicht habe ich noch etwas Besseres. Du hast mir doch erzählt, dass du normalerweise fühlst, wenn du den Ball loslassen musst, und dass das im Moment nicht richtig funktioniert.«

»Ja.«

»Also, ich habe nachgedacht. Deine Verletzung besteht ja schon eine gewisse Zeit lang, und du versuchst, genau so zu werfen, wie du es all die Jahre vor der Verletzung getan hast. Da der Schmerz permanent da ist, passt sich dein Körper an und bewegt sich anders, um dem Schmerz auszuweichen. Deshalb bemerkst du einen Unterschied. Du bist vielleicht in der Lage, dich so weit anzupassen, dass du alle anderen hinters Licht führst, aber nicht dich selbst. Dieser mentale Druck macht es noch schwerer, die Leistung auf dem Level zu bringen, der notwendig ist, oder?«

»Wahrscheinlich, ja.«

»Ich glaube, der Schlüssel liegt darin, mit deiner Verletzung zu arbeiten und nicht dagegen.«

»Ich bin nicht sicher, ob ich dich verstehe.«

»Jedes Mal, wenn du den Schmerz in der Schulter spürst, wirkt sich das auf deine Art zu werfen aus, und das beeinträchtigt deine Psyche, die sich wiederum auf deine Fähigkeit auswirkt, dich auf den Wurf zu konzentrieren. Wenn wir einen neuen Loslass-Punkt finden oder aus einem leicht veränderten Winkel zu dem alten kommen können, wie du gesagt hast, könnte das den Druck nehmen und zu einem besseren Wurf führen. Das hieße weniger Stress und stattdessen das nötige Selbstvertrauen und die Konzentration, die du brauchst.«

»Das wäre großartig, aber wie? Redest du hier über Psychotherapie?«

»Nein, wobei das bei dem Druck, den du aushalten musst, auch helfen könnte. Ich habe etwas recherchiert und an der Idee für einen sensorischen Handschuh gearbeitet, der eine Lösung sein könnte.« Ich erkläre ihm das Gerät mit dem Handschuh und dem Brustteil und wie es funktionieren würde. »Die Hoffnung ist, dass wir die Daten und dein Feedback nutzen können und daraus deinen neuen Loslass-Punkt definieren. Dafür überlegen wir uns ein Signal. Du hast von einem akustischen Signal geredet, aber das ist vielleicht zu viel des Guten, also eventuell eine Vibration oder etwas anderes, das dich veranlasst, bei jedem Wurf an dem Punkt loszulassen. Wenn es funktioniert, käme es nur darauf an, dass du ausreichend damit trainierst und diesen Punkt beständig triffst, ohne deine Schulter weiter zu verletzen.«

Er zieht die Augenbrauen zusammen. »Das hast du dir einfach so überlegt?«

»Nicht einfach so. Du hast gesagt, dass du Probleme hast, und ich dachte, das könnte helfen. Ich bin nicht einmal sicher, ob es über dein Handgelenk hinausgehen muss. Vielleicht ist es nur eine Frage der richtigen Positionierung, sodass wir deine Schulter- und Armhaltung nicht analysieren müssen. Ich habe zwar recherchiert, aber für diese Art von Entscheidung bräuchte ich deinen Input.«

Er betrachtet mich mit einem fast ungläubigen Gesichtsausdruck.

»Wenn du nicht interessiert bist oder glaubst, dass es nicht funktioniert, will ich nicht deine Zeit damit vergeuden.« Er erwidert so lange nichts, dass ich Angst habe, etwas verpasst zu haben, und dass meine Idee töricht ist. »Liege ich vollkommen daneben?«

»Nein! Du bist genial. Es haut mich nur um, dass du dir bei deinem vollen Terminkalender Zeit genommen hast, darüber nachzudenken, wie du mir helfen kannst, und dann auch noch so schnell so etwas ausgearbeitet hast.«

»Es geht um deine Karriere und das macht dir ganz offensichtlich Angst. Natürlich helfe ich dir. Heißt das, du glaubst, es könnte funktionieren?«

»Nicht nur das.« Er kommt vor mich und führt meine Beine um seine Taille. »Du hast auch gerade noch das Unmögliche vollbracht.«

Ich lege die Arme um seinen Hals. »Noch habe ich gar

nichts vollbracht.«

»Doch. Ich dachte nicht, dass du noch sexyer werden könntest.« Er streicht mit den Lippen über meine. »Aber ich habe mich geirrt.« Er knabbert an meiner Unterlippe und jagt heiße Schauer durch mich hindurch. »Dein unglaubliches Hirn hat mir gerade richtig eingeheizt.«

»Dann lass ich mir schnell noch ein paar andere schlaue Sachen einfallen.«

Seine Lippen treffen zu einem feurigen Kuss auf meine, und wie immer, wenn wir zusammen sind, breitet sich die Begierde Funken sprühend in mir aus. Ich schließe die Arme fester um ihn, umschlinge ihn mit den Beinen. Er knurrt in unseren Kuss, wird wilder und seine Härte drückt an meine Pforte. Das Begehren in mir schwillt an, während unsere Küsse drängender werden. Unsere Hände sind überall, während wir uns in einen Wahn küssen, beißen und saugen. »Ich brauche dich!«, flehe ich ihn an. Er will mich loslassen, doch ich klammere mich an ihn. Ich weiß, dass er an Verhütung denkt. »Ich nehme die Pille.«

Der Laut, den er von sich gibt, ist eine Mischung aus Stöhnen und Knurren, als er meinen Mund wieder erobert und ich auf seine Härte sinke. Wie Pfeile schießt die Lust durch mich hindurch und setzt jedes Nervenbündel in Flammen. Wir reißen uns kurz voneinander los, als ein Stöhnen aus mir hervorbricht und ein Fluch aus ihm. Doch mit dem nächsten Atemzug verschlingen wir uns wieder, stoßen und reiben mit allem, was wir haben. Ich klammere mich an seiner Schulter fest und er packt mit beiden Händen meine Taille, wobei sich seine kräftigen Finger in meine Haut krallen, während er mich härter und fester über seine Länge gleiten lässt.

»Nicht aufhören«, bettele ich und jage den prickelnden Empfindungen nach, die sich zwischen der kalten Luft, die auf meine Brüste trifft, und dem warmen Wasser um meinen Körper wie ein Lauffeuer in mir ausbreiten.

»Niemals«, zischt er. »Niemals werde ich aufhören.« Er stößt härter in mich, vor meinen Augen verschwimmt alles. »Du fühlst dich so gut an. So eng, so verdammt perfekt.« Die pure Leidenschaft in seiner Stimme bringt mich an den Rand der Ekstase. »Komm auf meinem Schwanz, Baby.« Seine grobe Forderung raubt mir die Beherrschung, und ich schreie auf, als sich mein Körper um ihn herum zusammenzieht. Immer wieder stößt er in mich, hält mich auf meinem Gipfel der Lust. Ich treibe orientierungslos in dem Gefühl von seiner Härte in mir, und sein Stöhnen und Fluchen lassen mich jede Empfindung noch intensiver wahrnehmen. Gerade als ich aus den Wolken herabschwebe, presst er seinen Mund zu einem erbarmungslosen Kuss auf meinen. Ich erwidere ihn ebenso heftig, sehne mich nach mehr und will, dass er jeden Zentimeter von mir besitzt. Als hätte er meine Gedanken gelesen, gleitet seine Hand an meinem Körper hinab, und er schiebt einen Finger in meinen Hintern, während er weiter gnadenlos in mich stößt und uns beide in einen Strudel der Besinnungslosigkeit treibt.

Wir stoßen und stöhnen, geben und nehmen mit rücksichtsloser Hingabe. Und schließlich klammern wir uns aneinander, schwer atmend, während die Welt um uns herum wieder klarer wird. Er lockert ein kleines bisschen seinen Griff, doch ich umarme ihn fester. »Können wir einfach für immer so bleiben?«

»Nichts, was ich lieber möchte.« Er hält mich fest, und in diesem Moment weiß ich, dass keine noch so große Verlegenheit mich von dem Mann fernhalten könnte, der mich draufgängerisch, sicher und vollkommen ganz macht.

Siebenundzwanzig

Clay

»Das Meeting mit *In the Zone* habe ich auf Dienstag gelegt. Die Einzelheiten habe ich Doogie schon geschickt und du lässt mich besser nicht noch einmal sitzen«, höre ich Tiffany über die Freisprechanlage sagen, während ich in die Stadt fahre, um Pepper zu treffen, damit sie für den sensorischen Handschuh Maß nehmen kann.

Ich bin mit meiner Lady im Arm und mit Sonnenschein im Gesicht aufgewacht, es ist drei Tage her, dass die Neuigkeit über meine Beziehung zu Pepper an die Öffentlichkeit gekommen ist, und so langsam kehrt wieder Ruhe ein. Ich werde mir von Tiffanys schlechter Laune nicht den Tag vermiesen lassen.

»Tut mir leid, dass ich das letzte Mal absagen musste, aber ich habe dich nicht sitzen lassen. Du weißt genau, wie das Internet Beziehungen kaputt machen kann. Ich habe endlich einen besonderen Menschen in meinem Leben, sie hat ihre eigene Karriere und kann so ein Theater nicht gebrauchen. Ich wollte mir von diesen Aasgeiern nicht das zerstören lassen, was wir haben.« Zum Glück hat das Foto und der Kommentar, den ich gepostet habe, sich gegen den Tratsch durchgesetzt, und die verdammte Lieblingssorte-Schlagzeile wurde von Überschriften wie *Hat Mr. Perfect seine perfekte Partnerin gefunden?* abgelöst. Zusätzlich zu dieser guten Nachricht hat sich dadurch natürlich auch herumgesprochen, dass ich hier bin, und so trainiere ich mit Ben und seinen Freunden vor einer kleinen Ansammlung von Zuschauern und Fans, die uns anfeuern. Ich freue mich darauf, sie später für eine weitere Trainingseinheit zu treffen.

»Das ist sehr galant von dir«, sagt Tiffany nicht unfreundlich. »Wusstest du, dass Peppers Zwillingsschwester mit Dylans Cousin Kane verlobt ist?«

»Ja. Die Welt ist klein.«

»Hör zu, Clay. Ich bin froh, dass du einen besonderen Menschen gefunden hast, aber hat deine neue Beziehung irgendetwas damit zu tun, dass du noch mehr Zeit brauchst, um deine Verlängerung zu verhandeln?«

»Nein«, stoße ich zwischen zusammengepressten Zähnen hervor und halte an einer roten Ampel.

»Dann lass uns darüber reden. Die Zeit läuft uns davon und die Sache sieht nicht gut aus. Sie haben erwartet, dass du ohne Zögern annimmst.«

Ein Anruf von Dash geht piepend dazwischen und gibt mir eine Entschuldigung, um Tiffany abzuwürgen. »Tut mir leid, Tiff, aber im Moment geht es nicht. Ich muss Schluss machen. Wir sehen uns am Dienstag.« Ich nehme Dashs Anruf an, als die Ampel auf Grün springt. »Hey, Kumpel. Entschuldige, dass ich dich neulich Abend nicht zurückgerufen habe. Ich musste Schadensbegrenzung betreiben.«

»Das dachte ich mir. Peppers Familie hat sich wirklich Sorgen um sie gemacht.«

»Ich weiß, das ging mir genauso. Und es geht mir auch immer noch so.« Pepper hat am Dienstagmorgen mit ihrer Familie gesprochen und die Situation erklärt. Meine Familie hat sich mehrere Male seitdem gemeldet. Sie freuen sich für mich und Pepper, aber alle – einschließlich Grandpa – machen sich Sorgen und fragen sich, wie sich diese Art von Aufmerksamkeit auf Pepper auswirken wird.

»Wie geht es dir bei all dem? So wie Amber gesagt hat, klingt es, als würde das zwischen dir und Pepper etwas Ernstes werden.«

»Wird es auch.« Ich fahre auf den Parkplatz bei Peppers Büro. »Du weißt, wie lange sie es mir schon angetan hat. Als wir in Paris zusammengekommen sind und sie einverstanden war, noch eine weitere Nacht mit mir dazubleiben, hatte ich das Gefühl, im Lotto gewonnen zu haben. Kurz darauf hat sie versucht, es zu beenden, und ist abgereist. Da bin ich fast verrückt geworden. Endlich kann ich verstehen, wie du dich so schnell in Amber verlieben konntest. So etwas habe ich noch nie empfunden. Deshalb bin ich hier. Ich weiß, wie wichtig ihre Arbeit ist, und ich will der Mann sein, auf den sie sich in guten und schlechten Zeiten verlassen kann. Ich will der Mann sein, der sie glücklich und ihr Leben einfacher macht. Und dann taucht dieser Mist im Internet auf und ihr ganzes Leben wird zu einem Spektakel.«

»Verstehe. Nur damit du es weißt, sie hat ihrer Familie gesagt, dass sie über die Schlagzeilen nicht glücklich ist, mit dir aber schon.«

Ich parke und schalte den Motor aus. »Das weiß ich, aber du weißt, wie der gesellschaftliche Druck auch zu viel werden kann. Nolan tut, was er kann, um alle negativen Kommentare zu unterbinden, und Kanes Team ebenfalls, weil Sable ihre Zwillingsschwester ist. Ich bin nur froh, dass wir gerade in Virginia sind. Hier hängen keine Paparazzi rum.«

»Einer der Vorteile einer Kleinstadt. Übrigens habe ich Shea auch gebeten, ein Auge auf Social Media zu haben.« Shea Steele ist Dashs PR-Agentin. »Ich will nicht, dass sich irgendwas von dem Ganzen negativ auf Amber auswirkt.«

»Dafür bin ich dir echt dankbar und das alles tut mir leid. Wie habt ihr beiden es geschafft, unter dem Radar zu bleiben, als ihr zusammengekommen seid?«, frage ich, als ich aus dem Auto aussteige.

»Ich war nie so ein Playboy wie du. Dein Ruf sorgt für Aufmerksamkeit.« Es gibt einen Grund dafür, weshalb Dash nie so ein Typ war. Nachdem sein Vater seine Familie verlassen hatte, wurde Dash für seine Geschwister zu einem Vaterersatz und half seiner Mutter, auf jede erdenkliche und mögliche Weise – ganz so wie Ben. In unserer Clique war Dash immer die Stimme der Vernunft, genau wie Seth, aber mit einer ungestümeren Persönlichkeit.

»Wenn ich in die Vergangenheit reisen und mein jüngeres Ich warnen könnte …« Ich winke innerlich ab. »Wem will ich denn was vormachen? Seth, mein Vater und mein Großvater haben mich gewarnt und mir geraten, mich nicht so auszutoben, wie ich es getan habe. Ich war einfach zu arrogant, um auf sie zu hören.«

»Ich erinnere mich auch daran, dir so was gesagt zu haben, aber geh nicht so hart mit dir ins Gericht. Die meisten Typen, die plötzlich berühmt werden, gehen diesen Weg. Du hast deine Richtung geändert und bist schon lange nicht mehr so. Der ganze Aufruhr geht vorbei. Etwas anderes ist dagegen nicht in den Nachrichten.«

»Was?«

»Informationen über deine Verlängerung. Was ist damit? Ich dachte, du hättest das mittlerweile unter Dach und Fach.«

»Nicht mal annähernd.«

»Was meinst du damit? Spielst du mit dem Gedanken, aufzuhören?«

»Nein, verdammt!«, platzt es automatisch aus mir heraus.

»Wirklich nicht?« Er klingt etwas überrascht.

»Nein! Doch! Ich weiß nicht, was ich denken soll, Mann.« Ich fahre mir durch die Haare und beiße die Zähne zusammen, um gegen all die Sorgen anzukämpfen, die mich innerlich zerfressen. Football ist alles, was ich kenne, doch die Öffentlichkeit und das Geschäftliche können anstrengend sein, mein Arm wird zum Problem, und so bescheuert und egoistisch es auch sein mag, ich will als Sieger vom Platz gehen, nicht als verdammter Verlierer. Und das Schlimmste ist, dass meine Entscheidung Auswirkungen auf mein Team und meine Fans hat. Und auf Pepper. Ich weiß, dass ich mit Dash darüber reden kann, doch selbst der Gedanke, auch nur zu versuchen, eine Lösung zu finden, macht mich fertig.

»Weißt du noch, wie viel Angst ich hatte, als ich zum ersten Mal übers Aufhören nachgedacht habe?«, erinnert Dash mich. »Mich zur Ruhe zu setzen, war die schwierigste Entscheidung, die ich je treffen musste. Ich hatte keine Ahnung, was ich machen sollte, nachdem ich dieses Buch geschrieben hatte. Aber dann sind Amber und ich zusammengekommen und das Leben hat sich selbst einen Weg gebahnt. Ich bereue absolut nichts, und jetzt hoffen Amber und ich darauf, auch bald eine Familie zu gründen.«

Der unerwartet schmerzhafte Neid, den ich plötzlich empfinde, überrascht mich. Nicht unbedingt in Bezug auf die Gründung einer Familie, auch wenn ich irgendwann eine eigene haben möchte und viel über die tickende Uhr nachgedacht habe, die Pepper erwähnt hat, sondern eher, weil Dash sich über sein Leben im Klaren ist. Er hat es in die Endzone geschafft und ich stecke im Mittelfeld fest. Als hätte ich den Ball bekommen, wäre jedoch unsicher, ob ich ihn passen oder selber über die Linie bringen soll.

»Das ist fantastisch, Dash. Ich freue mich für dich und Amber. Ihr werdet großartige Eltern sein. Tut mir leid, Mann, aber ich muss Schluss machen. Danke, dass du angerufen hast, und mach dir keine Sorgen, Pepper ist in guten Händen.«

Nachdem wir das Gespräch beendet haben, gehe ich hinüber zum Café, um einen Latte für meine Lady zu holen.

Die rothaarige Kellnerin ist mit einer Gruppe von redseligen älteren Damen an einem Tisch beschäftigt, von denen jede das gleiche Buch vor sich liegen hat, und Clare bedient ein Paar am anderen Ende des Tresens. Bei der Kasse sitzt ein vielleicht acht oder neun Jahre alter Junge alleine und trinkt einen Milkshake, während er auf einer Konsole ein Videospiel spielt. Ich erinnere mich noch daran, wie ich ein kleiner Junge war und mich wie ein Großer fühlte, wenn ich woanders als bei meinen Eltern sitzen konnte.

»Was für ein Footballspiel ist das?«, frage ich.

»Wild Card«, sagt er, ohne aufzuschauen mit konzentriert zusammengezogenen Augenbrauen.

»Cool. Scheinst gut darin zu sein.«

»Mhm. Spiele auch Football.«

»Wirklich? Welche Position?«

»Running back.« Seine Aufmerksamkeit gilt weiter dem Spiel. »Mein Bruder sagt, ich bin so schnell wie der Blitz.«

»Darauf wette ich. Macht es dir Spaß?«

»Mhm. Wenn ich groß bin, werde ich Profi.«

Clare kommt in meine Richtung und bleibt vor dem Jungen stehen. »Trink das aus, Sammy. Wir gehen bald.«

Ich erinnere mich daran, dass Clares Tochter Trina ihren

Bruder Sammy erwähnt hat, und mir wird klar, dass er Clares Sohn sein muss.

»Mhm«, sagt Sammy.

»Hallo.« Clare zeigt ein strahlendes Lächeln. »Heute allein unterwegs?«

Pepper und ich haben am Sonntag hier zu Mittag gegessen. »Ich bin auf dem Weg zu meiner Freundin und dachte mir, ich bringe ihr einen French Vanilla Latte und ihren Teamkollegen ein halbes Dutzend Chocolate-Chip-Muffins mit.«

»Das ist sehr nett.«

»Ist das Ihr Sohn?«

»Ja. Sammy ist mit Ohrenschmerzen aufgewacht. Wirklich, Grundschulen sind die reinsten Bakterienherde.«

Mir fällt ein, dass auch ihre Tochter mit ihr zur Arbeit gekommen war, und frage: »Kein Babysitter?«

»Haben Sie eine Ahnung, was Babysitter heutzutage verlangen? Entweder ein Babysitter oder eine Arztrechnung. Wir gehen zum Arzt, sobald mich jemand hier ablöst.«

»Ihrem Chef macht es nichts aus, wenn Sie Ihre Kinder mit zur Arbeit bringen?«

»Er hat keine Wahl. Er hat drei Geschäfte, und normalerweise arbeite ich im Büro und kümmere mich um die administrative Seite des Ganzen, Gehälter, Bestände und was sonst alles anfällt. Aber der Mann ist ein Geizhals und die Mitarbeiter hier sind schneller wieder weg, als sie gekommen sind. Deshalb arbeite ich auch als Kellnerin, und er muss nehmen, was er kriegen kann.«

Ihr Arbeitgeber scheint ein Arsch zu sein. »Wie lange arbeiten Sie schon für ihn?«

»Zu lang«, murmelt Sammy.

»Du hast nicht unrecht, Schatz, aber das behalten wir für

uns, okay?«

»Ja,«, sagt er zögerlich.

Der Blick ihrer freundlichen Augen liegt wieder auf mir. »Ich arbeite seit sieben Jahren in dem einen oder anderen Laden von ihm. Habe als Kellnerin angefangen und bin danach immer dorthin gegangen, wo er mich gebraucht hat.«

»Das ist eine lange Zeit. Warum bleiben Sie?«

»Kann es mir nicht leisten, zu gehen.«

»Clare!«, ruft der Koch von der anderen Seite der Durchreiche aus der Küche. »Der Lieferant braucht deine Unterschrift.«

»Kann er nicht eine Minute warten?«, fragt sie genervt.

»Nein, kann ich nicht. Bin schon zu spät dran für meinen nächsten Kunden«, ruft ein Mann, der anscheinend der Lieferant ist, hinter dem Koch.

Sie wendet sich wieder mir zu. »Tut mir leid. Entschuldigen Sie mich nur für eine Minute?«

»Lassen Sie sich Zeit. Ich hab's nicht eilig.« Ich beobachte, wie sie nach hinten geht und angespannt mit dem Lieferanten und dem Koch spricht, während sie unterschreibt, was wohl so wichtig war.

Gestresst kommt sie zurück. »Entschuldigen Sie, dass Sie warten mussten. Ein Latte und ein halbes Dutzend Muffins kommen sofort.«

Während sie sich um die Bestellung kümmert, sehe ich überrascht, wie Ben das Café betritt. »Hey, ich dachte, du hättest heute Morgen Unterricht.«

»Hab ich auch, aber meine Mom muss mit meinem kleinen Bruder zum Arzt, also übernehme ich ihre Schicht. Keine Sorge. Ich habe mit meinem Professor geredet. Für ihn ist das in Ordnung.«

Sammy dreht sich herum, als er die Stimme hört. »Ben!« Er rennt zu Ben und schlingt die Arme um seine Taille.

»Hey, Kumpel.« Ben klopft ihm auf den Rücken. »Wie geht's deinem Ohr?«

»Tut scheiße weh.«

Ben sieht ihn missbilligend an. »Was habe ich dir über solche Wörter gesagt, Sammy?«

Sammy schaut zu Boden. »Dass ich sie nicht benutzen soll.«

»Ganz genau, kleiner Mann«, sagt Ben streng und der kleine Junge schmollt. »Weißt du eigentlich, wer dieser Mann ist?« Er zeigt auf mich, und Sammy schüttelt den Kopf, als Clare gerade mit meiner Bestellung wiederkommt.

»Hallo, mein Schatz«, sagt sie.

»Mom, das hier ist der Typ, von dem ich dir gestern Abend erzählt hab. Clay Braden. Der Quarterback der Giants.«

Mom? Teile von Bens Leben finden in meinem Kopf wie Puzzleteile zueinander.

»Du bist ein echter Quarterback?«, ruft Sammy. »Kann ich ein Autogramm haben?«

»Sammy!«, ermahnt Clare ihn.

»Das ist schon in Ordnung«, sage ich. »Ich gebe ihm gern eines.«

»Ja!« Sammy streckt die Faust in die Luft und rennt hinter den Tresen. »Ich hole einen Zettel!«

»In Ordnung, immer mit der Ruhe«, sagt Clare, als Sammy durch die Küchentür stürmt. »Das ist sehr nett von Ihnen, Mr. Braden.«

»Clay, bitte.«

»Okay, Clay«, sagt sie freundlich. »Ben hat mir erzählt, dass Sie jeden Tag mit ihm trainieren. Danke, dass Sie so viel Zeit mit ihm verbringen.«

»Das mache ich gern. Ben ist ein guter Junge und hat wirklich Talent. Er wird es sicher weit bringen.«

»Apropos weit, Mom«, sagt Ben. »Du solltest dich lieber auf den Weg machen, wenn du es rechtzeitig zu Sammys Termin schaffen willst. Ich kassiere bei Clay ab.«

»Sei nicht albern, Schatz«, sagt sie. »Das geht aufs Haus.«

»Danke, das ist sehr nett.«

Sammy kommt mit einem Zettel aus der Küche gerannt. »Warte! Er muss mir doch noch ein Autogramm geben!« Er gibt mir den Zettel und einen Stift. »Sammy schreibt man S-A-M-M-Y.«

»Alles klar.« Schon früh habe ich gelernt, meine Bekanntheit zu nutzen und zu versuchen, Kindern das Wesentliche mit auf den Weg zu geben. Ich schreibe: *Sammy, lerne fleißig, sei ein guter Freund und höre auf deine Mutter und deine Trainer. Ich freue mich darauf, dich spielen zu sehen.* Ich unterschreibe es und gebe ihm den Zettel.

Sammy strahlt, als er es laut vorliest, und Clare gibt lautlos ein *Danke* von sich.

Als sie hinausgehen, sagt Ben: »Danke, Mann. Du hast meinem kleinen Bruder gerade eine Freude fürs Leben gemacht.«

»Mach ich doch gern. Springst du oft für deine Mom ein?«

Er hebt eine Schulter. »Eigentlich nicht. Bleibt es noch bei unserem Treffen später mit mir und den Jungs?«

»Unbedingt. Ich freue mich drauf.«

Pepper

»Da ist ja meine Lady«, sagt Clay, als er mit einer Schachtel vom Café und einem eindeutig erkennbaren Latte in mein Büro kommt.

Mein Herz macht jedes Mal, wenn ich ihn sehe, einen Sprung, und heute Morgen hat es noch einen zusätzlichen Grund zum Hüpfen. »Hallo!« Ich gehe um den Schreibtisch herum und strahle vor Glück. Als er mich küsst, atme ich ihn förmlich ein. »Vor etwa einer Stunde hatte ich eine nette Überraschung, du Geheimniskrämer.«

»Was für eine Überraschung?«

»Ich habe einen Anruf bekommen, in dem mir mitgeteilt wurde, dass mein Firmenname dem Verzeichnis unten am Eingang hinzugefügt wurde. Wie hast du das denn so schnell organisiert?«

Seine Lippen zucken, als würde er ein Grinsen unterdrücken. »Wer sagt denn, dass ich etwas damit zu tun habe?«

»Der Gebäudeverwalter.«

»Mist. Ich hatte versucht, das nicht an die große Glocke zu hängen.«

»Du bist wunderbar. Wie hast du das geschafft?«

»Wo ein Wille ist …«

»Ist auch einen Weg. Ja, ich weiß.« Ich gehe auf Zehenspitzen und küsse ihn noch einmal. »Danke, das war wirklich süß von dir.«

»Ich will nur sichergehen, dass meine Lady den Respekt bekommt, den sie verdient.« Er gibt mir den Latte. »Wie läuft dein Tag?«

»Jetzt noch besser.« Ich spähe in die Schachtel. »Du musst nicht jedes Mal, wenn du herkommst, Leckereien mitbringen.«

»Aber wenn ich es mache, bekomme ich dieses Lächeln zu sehen.«

»Jetzt verrate ich dir mal ein kleines Geheimnis. Ich lächele nicht wegen der Leckereien.«

»Ich schon«, sagt Chris, der gerade an meinem Büro vorbeigeht.

»Hey, Chris«, rufe ich ihm hinterher.

Er macht in seiner zerknitterten Hose und dem halb aus dem Bund hängenden Hemd kehrt und zeigt uns sein herzliches Lächeln. »Was gibt's?«

»Könntest du diese Muffins mit in die Küche nehmen?«

»Sehr gern, ich kann allerdings nicht dafür garantieren, dass sie es alle bis dorthin schaffen.« Er nimmt Clay die Schachtel ab. »Danke, dass du uns mit diesem guten Zeug versorgst.«

»Sehr gern«, sagt Clay.

Chris dreht sich zu mir um. »Ich hatte eine Idee. Da Clay auf Social Media so präsent ist, dachte ich, er könnte ein bisschen über unsere Arbeit reden. Das könnte dabei helfen, mehr Investoren zu finden.«

Es war eine große Erleichterung, dass wir vonseiten unserer Geldgeber wegen dieser wenig schmeichelhaften Schlagzeilen unter keinerlei Druck geraten sind. Obwohl ich letztendlich den Anrufbeantworter der Telefonanlage einschalten musste, weil so viele Presseleute versucht haben, mich zu erreichen. Ob ich etwas zu sagen hätte? Nein danke! Die Aufmerksamkeit hat auch für eine Vielzahl von unqualifizierten Bewerbungen auf die Stelle am Empfang gesorgt. Positiv jedoch war, dass sich Ravi, Chris und Min am Morgen, nachdem die Neuigkeit an die Öffentlichkeit gelangt war, geschlossen hinter mich gestellt haben, und meine Familie hat sich in den letzten Tagen auch oft bei mir gemeldet. Als sie gemerkt haben, dass ich den

Wunsch, mich in einem Loch zu verstecken, hinter mir gelassen habe, haben sie die Situation heruntergespielt. Das wiederum hat mir dabei geholfen, dem Ganzen den schmerzhaften Stachel zu ziehen. Die neuen Schlagzeilen sind nicht so widerwärtig und sprechen eher von einer ernsten Beziehung. Nervös machen sie mich trotzdem noch. Wenn es zwischen mir und Clay nicht funktioniert, werde ich wohl weiteren Schmähungen ausgesetzt sein. Das habe ich auch zu Sable gesagt, aber sie hat mir geraten, mir von der Öffentlichkeit nicht mein Glück nehmen zu lassen. Ein Blick zu Clay bestätigt mir, wie recht sie hat.

»Chris, Clay ist nicht unser Marketingmanager.«

»Das ist keine schlechte Idee«, sagt Clay. Er zieht seine Jacke aus und hängt sie an meinen Kleiderständer. »Ich könnte bei der Finanzierung helfen.«

»Nein, oh nein! Ich werde dich nicht zu einer Reklametafel für meine Firma machen. Chris, wir sind im Labor.« Ich nehme Clay am Arm und verlasse das Büro.

»Warum bist du so dagegen, dass ich dir helfe?«

»Ich bin nicht gegen deine Hilfe. Ich bin dagegen, dich zum Vorteil meiner Firma zu benutzen. Die Schlagzeilen kann ich mir schon vorstellen: *Nutzt sie Mr. Perfect nur aus?* Nein danke!«

Wir gehen ins Labor, wo ich meinen Kaffee auf den Tisch stelle, auf dem ich schon die Messgeräte bereitgelegt habe.

Clay nimmt meine Hand und zieht mich in seine Arme. »Ich weiß, dass du mich niemals für irgendwelche Zwecke ausnutzen würdest, aber du leistest eine wichtige Arbeit und mein Gesicht ist tatsächlich verkaufsfördernd. Vielleicht sollten uns in dem Fall die Schlagzeilen egal sein.«

»Wenn es um meine Firma geht, sind sie es nicht. Ich finde einfach nur, dass es das Beste ist, unsere Beziehung aus meiner Arbeit herauszuhalten. Und jetzt zieh dein T-Shirt aus.«

Er grinst verschlagen. »Ist das hier ein privater Besuch, Dr. Montgomery? Denn wenn du mich im Privaten bittest, mich auszuziehen, und nicht um zugunsten der Forschung Maß zu nehmen, würde ich das Ganze etwas anders angehen.«

Mein ganzer Körper verfällt in einen *Und-ob!*-Modus. Meine Nippel werden hart, in mir lodert es, und mir läuft bei dem Gedanken an all die köstlichen Dinge, die wir tun könnten, quasi das Wasser im Mund zusammen.

»Hat es dir die Sprache verschlagen, Liebling?«, sagt er frech.

»Es ist wirklich unfair, dass du einfach nur etwas Unanständiges sagen musst, und schon setzt mein Hirn aus.« Das quittiert er mit einem noch breiteren Grinsen. Ich gebe ihm einen Klaps auf die Brust. »Hör auf, so zu grinsen.«

»Ich kann nichts dafür, wenn du so süß bist.«

»Du machst es mir unmöglich, ernst zu sein.«

»Glaub mir, Draufgängerin, ich weiß, dass du es ernst mit mir meinst.«

Ich schüttele den Kopf, doch jetzt bin ich es, die idiotisch grinst. »Zieh dein verdammtes T-Shirt aus, Braden.«

»Genau, Baby, ich liebe es, wenn du so mit mir redest«, sagt er, folgt aber brav meiner Anweisung.

Lässig legt er das T-Shirt auf den Tisch, stemmt die Hände in die Hüften, zieht die Schultern zurück und erinnert mich mit der Show, die er abzieht, an unsere letzten gemeinsamen Nächte. Wir haben sie in seinem gemieteten Haus verbracht und nicht nur den Whirlpool eingeweiht, sondern auch die Küche, das Wohnzimmer, den Esstisch und den Fitnessraum. Wer hätte gedacht, dass eine Hantelbank so vielseitig sein kann? Aber nicht nur diese Dinge versetzen mein Herz in Schwingungen. Sondern auch die kleinen, unerwarteten Sachen. Die Nähe beim Kuscheln auf dem Sofa, während wir zusammen einen

Film schauen, die Intimität, wenn ich in den Armen des Menschen aufwache, der mich immer glücklich macht, und das angenehme Gefühl, Hand in Hand die Straße entlangzulaufen.

Er fasst sich an den Knopf seiner Jeans und reißt mich aus meinen Träumereien.

»Wage es nicht!«, warne ich ihn.

»Immer alles unter Kontrolle haben wollen, wie?«, sagt er leiser. »Ganz genau so wie in Paris, als du versucht hast, mich davon zu überzeugen, dass unsere erste gemeinsame Nacht nie passiert ist.«

»Clay, wenn du nicht aufhörst, hole ich einen von den anderen, um bei dir Maß zu nehmen.«

»Ich will dich doch nur ärgern. Ich werde mich benehmen.« Er setzt sich auf den Tisch.

Ich atme tief durch. »Danke. Also, wenn mein Herz sich etwas beruhigt hat, können wir loslegen.«

Er lacht und zieht mich zwischen seine Beine. »Du machst es einem unmöglich, dir nicht vollkommen zu verfallen.«

Mein Herzschlag setzt kurz aus. »Und du machst es meinem Herzen unmöglich, regelmäßig zu schlagen.«

»Tja, Dr. Montgomery, du bist einfach umwerfend, wenn chemische Stoffe in dir wirken. Die Frage ist nur, lösen sie romantische oder lustvolle Gefühle aus?«

»Ich verweigere die Aussage.«

Einige Zeit später bin ich fast damit fertig, seine Hand und sein Handgelenk auszumessen, und kann mit seiner Brust anfangen. »Zuerst dachte ich, wir würden die Schulter und den Brustbereich auslassen, aber ich glaube, wir brauchen doch beides noch, zumindest für den Anfang. Wir werden eine inertiale Messeinheit an deinem Handgelenk anbringen, die die Sensoren an deinen Fingern ausliest, und eine weitere an einer

Stelle, wo sie dich am wenigsten einschränkt, die die Sensoren an der Schulter und der Brust ausliest. Diese Messungen werden analysiert und geben uns eine Reihe von Finger- und Armpositionen, Bewegungsverläufen und Beschleunigungsdaten, mit denen wir anschließend die Ergebnisse ausarbeiten.«

»Ich habe keine Ahnung, was du gerade gesagt hast, aber es klang unfassbar sexy.«

Ich frage mich, ob ihm bewusst ist, dass für mich nichts so sexy ist wie seine Art, meine Intelligenz zu würdigen. »Was für ein Charmeur. Wie war dein Vormittag?«

»Gut. Mein Training lief großartig und Tiffany hat angerufen. Sie hat einen neuen Termin für unser Treffen mit dem potenziellen Sponsor festgelegt. Am Dienstag muss ich wieder nach New York.«

»Das ist großartig! Ich bin froh, dass du die Gelegenheit nicht verpasst hast.«

»Sie brauchen mich mehr, als ich sie brauche.« Er grinst. »Wie du weißt, ist dieses Gesicht eine sehr begehrte Ware.«

»Zum Glück ist Arroganz nicht vererbbar, sonst hätten deine zukünftigen Kinder ein Problem.«

Er gibt mir einen Klaps auf den Hintern und lacht.

»Ach, übrigens, du kommst nie darauf, wer Bens Mutter ist?«

»Wer denn?«

»Clare, vom Café.«

»Wirklich? Das ist ja verrückt. Woher weißt du das?«

»Ben kam rein, um sie abzulösen, als ich dort war. Er schwänzt den Unterricht, damit sie mit ihrem kleinen Sohn wegen Ohrenschmerzen zum Arzt kann. Sie hat erzählt, dass sie sich zwischen einem Babysitter und einer Arztrechnung entscheiden muss.«

»Ich kann mir gar nicht vorstellen, in so einer Situation zu sein. Schlimm, dass Ben den Unterricht verpassen muss, um für sie einzuspringen. Im Café gibt es seit Monaten zu wenig Personal.«

»Der Arbeitgeber sollte sich schämen.«

»Warum sucht sie sich nicht einen neuen Job?«

»Sie sagt, dass sie es sich nicht leisten kann. Ich habe nicht weiter nachgefragt, aber ich möchte ihnen wirklich gerne helfen. Ich weiß ja nicht, welches Gehalt du für deine Stelle an der Rezeption eingeplant hast, doch ich frage mich, ob es mehr ist als das, was sie im Moment verdient. Sie hat erzählt, dass sie normalerweise im Büro arbeitet und die Buchhaltung und administrative Aufgaben erledigt.«

»Ich biete ein branchenübliches Gehalt, aber wenn sie die Buchhaltung übernimmt, könnte ich mehr bezahlen. Dann bräuchte ich es nicht selbst zu machen und hätte mehr Zeit für meine eigentliche Arbeit.«

»Das ist ein gutes Argument.«

»Ich frage mich, ob sie über ihre jetzige Anstellung eine Krankenversicherung hat, denn das kann ich ihr anbieten, zusätzlich zu einer Altersvorsorge, wodurch sie auch Geld sparen könnte.«

»Keine Ahnung, aber das hört sich so an, als solltet ihr mal miteinander reden.«

»Du bist wirklich eine Nummer, Mr. Braden. Wahrscheinlich habe ich Clare im letzten Jahr hundert Mal gesehen und mir nie die Zeit genommen, sie kennenzulernen. Was bin ich nur für ein Mensch!«

»Sei nicht zu streng mit dir. Du bist eben ein Girlboss und hast viel um die Ohren.«

»Das ist keine Entschuldigung. Sie macht mir jeden Tag

meinen Latte, und dafür bin ich ihr dankbar und deswegen gehe ich auch dorthin, aber ich sehe *sie* nicht. Ich sehe eine Frau, die mir einen leckeren Latte macht. So wurde ich nicht erzogen und so möchte ich nicht sein. Ich werde das ändern.«

»Den Fehler machen wir alle.«

»Dadurch wird es nicht besser. Ich werde morgen mit ihr reden, und wenn sie Interesse hat, organisieren wir ein Treffen.« Ich halte seinen Arm hoch, um weiter Maß zu nehmen. »Weißt du, was traurig ist?«

»Dass du dafür gesorgt hast, dass ich meine Hosen anbehalte?«

»Ja, du armer, sexuell ausgehungerter Mann«, scherze ich. »Wenn du mal über diesen schrecklichen Zustand hinwegsehen könntest, denk mal darüber nach, wie viele Familien in so einer Lage sind. Familien, die gerade so über die Runden kommen. Dann zieht ein Kind den Jackpot wie Ben mit seinem Stipendium und muss doch weiterhin die Last tragen und seine Familie mit unterstützen. Ich wette, viele Familien sind in so einer Situation.« Ich messe den letzten Bereich an seiner Schulter aus und gehe zu seinem Rücken über.

»Das öffnet einem auf alle Fälle die Augen. Und es macht mir bewusst, wie privilegiert ich in dem Alter war. Und noch immer bin. Ich würde ihnen gern Geld geben, doch das habe ich mal gemacht, als ich groß herausgekommen bin, und es war ein riesiger Fehler.«

»Warum? Was ist passiert?« Ich bewege seinen Arm in eine andere Position. »Halt den Arm ruhig, wenn's geht.«

»Ich wurde von einem jungen Kerl und seiner Familie über den Tisch gezogen. Es hat mich viel Zeit und Geld gekostet, aber ich habe meine Lektion gelernt. Nicht alle Menschen sind gut oder ehrlich. Deshalb habe ich das Stipendium *Playing it*

Forward Sports eingerichtet. Da haben wir Regeln und Kriterien, die erfüllt werden müssen, um dafür infrage zu kommen, und es ermöglicht mir, jungen Sportlern unter die Arme zu greifen, ohne verarscht zu werden.«

»Ich wusste nicht, dass du ein Stipendium anbietest. Das ist eine tolle Art, um etwas zurückzugeben.«

»Ich bin froh, dass ich dazu in der Lage bin. Pro Jahr vergebe ich ein Dutzend Stipendien, und ich verpflichte mich, es die vier Jahre zu zahlen, die die Kids an der Uni verbringen, sofern sie die akademischen und sportlichen Ziele erreichen.«

»Das ist wunderbar. Könntest du etwas Ähnliches mit einer Stiftung oder so für Familien mit geringem Einkommen wie der von Ben machen? Du könntest Kriterien aufstellen, die erfüllt werden müssen, so wie bei dem Stipendien-Programm, nur dass es für Familien mit Kindern wäre, die Sportstipendien erhalten, damit die Kinder sich auf den Unterricht und ihren Sport konzentrieren können.«

Er sieht mich nachdenklich an. »Du hast da, glaube ich, eine gute Idee. Die Familien könnten eine Unterstützung von der Stiftung bekommen, die dem entspricht, was die Kinder zum Familienunterhalt beitragen. Oder auch mehr, falls es sinnvoll ist. Ich muss mit meinen Jungs reden, die das Finanzielle und Rechtliche für mich regeln, damit sie sich etwas überlegen.«

Ich nehme die letzten Maße und lege schließlich die Geräte weg. »Hast du wirklich genug Geld, um so etwas zu machen?«

»Mehr als genug, und nachdem ich Clare, Ben und ihren anderen Sohn kennengelernt habe, wird mir wirklich klar, wie viel ich *übrighabe*.« Er zieht mich wieder an sich. »Ich liebe dein geniales Hirn, Draufgängerin.«

Die Gefühle, die ich unterdrückt habe, versuchen, sich zu

befreien und klammern sich an das Wort *liebe*. Er sieht mich auf eine Art an, mit der er mich so oft ansieht. Als wäre ich das Einzige, was er sieht oder will, und ich weiß, dass es wahr ist, denn er sagt es mir ständig. Aber das heißt nicht, dass er mich liebt. Er liebt mein Hirn, so wie ich seinen Körper oder seinen Mund liebe. Und nicht so, wie ich ihm verfalle – mit jedem Augenblick mehr, während sein großzügiges Herz den Teil in mir berührt, der mich dazu getrieben hat, mein Leben damit zu verbringen, anderen zu helfen.

In dem Bemühen, mein hoffnungsvolles Herz nicht zu offenbaren, sage ich: »Da bin ich aber froh, denn ich habe nur das eine.«

Achtundzwanzig

Clay

Am Dienstagmorgen sitze ich in Seths Büro in Manhattan und rede mit ihm und meinem Vater, der uns über Video zugeschaltet ist. Ich habe ihnen gerade von Ben und seiner Familie erzählt und das Konzept für die Stiftung erklärt, mit der ich Familien von Athleten, die ein Sportstipendium haben, unterstützen will. »Meine Rechts- und Finanzteams sind schon so weit, dass wir die nächsten Schritte gehen können, aber vorher wollte ich noch wissen, was ihr von der Idee haltet.«

Mein Vater zieht die Augenbrauen zusammen und ich sehe seinen ernsten Blick hinter seiner Brille. Er hat in meinem Leben immer einen starken Einfluss ausgeübt. Er ist geduldig, handelt systematisch und ist hilfsbereit, und wie Seth durchdenkt er alles gründlich, bevor er reagiert. Sie könnten fast als Zwillinge durchgehen, nur dass die vollen welligen Haare meines Vaters mittlerweile eher grau als meliert sind und er einen besseren Sinn für Mode hat als Seth. Was er mit seinem blauen Button-down-Hemd beweist, während Seth einen dunkelbraun gemusterten Pullover über einem blaukarierten Hemd trägt.

Seth sitzt nach vorne gelehnt am Schreibtisch, die Ellbogen

auf der Tischplatte und die Finger zu einem Dach aneinandergelegt. Sein Blick wandert zwischen mir und meinem Vater hin und her, während er die Fingerspitzen aneinander klopft. Ich weiß, dass er auf die Antwort meines Vaters wartet.

»Mir gefällt das Konzept«, sagt mein Vater schließlich. »Es ist gut durchdacht, und es kann vielen Familien helfen, die nicht so viel Glück haben, wie ihr Jungs es hattet.«

»Das ist die Idee dahinter«, sage ich.

Seth lehnt sich zurück und nickt. »Ich finde es auch gut. Du hast die Auswahlkriterien erwähnt. Ich nehme an, das Einkommen der Kinder und der Erwachsenen wird überprüft, aber sollte nicht auch festgehalten werden, wie lange sie sich schon in dieser Situation befinden?«

»Ja, wir wollen nicht, dass jemand das System ausnutzt. In dem Punkt wollte ich eure Meinung hören. Mein Anwalt hat Einkommensnachweise über die letzten drei Jahre für die Erwachsenen und zwei Jahre für die Kinder vorgeschlagen.«

»Das halte ich für vernünftig«, sagt Seth.

»Das heißt, das Kind hätte während der beiden letzten Jahre auf der Highschool gearbeitet und gleichzeitig den Sport ausgeübt?«, fragt mein Vater.

»Genau. Pepper und ich haben das ganze Wochenende überlegt, wie man den Familien helfen kann, ohne dass sie stagnieren, und sie hatte die interessante Idee, Anreize anzubieten, damit die Erwachsenen die Möglichkeit haben, ihre Situation zu verbessern.«

Mein Vater lächelt. »Mir gefällt ihre Art zu denken. An was für eine Art von Anreizen habt ihr dabei gedacht?«

»Wir haben überlegt, eine Partnerschaft mit einer Firma für berufliche Weiterentwicklung einzugehen, um Fortbildungen anzubieten, doch das wäre vielleicht nur beschränkt möglich und in bestimmten Gegenden nur schwer zu koordinieren. Was haltet ihr davon, den Eltern Kurse zu bezahlen und die Kosten für Kinderbetreuung zu übernehmen, wenn die im Zusammenhang mit diesen Kursen oder Fortbildungen stehen?«

»Ich finde, das klingt nach etwas, das eurer Mutter hätte einfallen können«, sagt mein Vater. »Sie sagt immer, wenn man anderen hilft, muss man ihnen auch das Werkzeug an die Hand geben, sich selbst zu helfen.«

»Ich weiß. Sie und Pepper ähneln sich in der Hinsicht sehr, denn sie versuchen immer, anderen zu helfen.«

»Das ist eine exzellente Idee«, sagt Seth. »Die meisten Menschen, von denen ich weiß, dass sie in einer solchen Situation waren, haben nie die Chance erhalten, sich daraus zu befreien.«

»Wirst du die Unterstützung aufkündigen, wenn sie ein bestimmtes Einkommen überschreiten?«, erkundigt sich mein Vater.

Ich schüttele den Kopf. »Nein, das fühlt sich falsch an. Als würden wir sie bestrafen, wenn sie ihre Situation positiv verändern.«

»Gramps würde dich gefühlsduselig schimpfen«, sagt Seth lächelnd.

»Gramps schimpft jeden gefühlsduselig.«

»Ja, das stimmt«, sagt mein Vater. »Und dann klopft er einem auf die Schulter und sagt, wie stolz er auf dich ist, während er das Geld an die Familien verteilt, die es brauchen.«

Wir alle lachen.

»Wir haben von den Besten gelernt«, sage ich. »Ich dachte mir, ihr wollt vielleicht bei dieser Sache mit einsteigen, um die *Fielding Futures Foundation* zu einem Familienunterfangen zu machen. Was meint ihr?«

»Guck dir nur diesen Typ an, Seth«, sagt mein Vater fröhlich. »Hat Verträge über zig Millionen eingesackt und bettelt uns trotzdem noch um Geld an.«

»Ich nehme an, er hat die Verlängerung noch nicht unterzeichnet«, fügt Seth hinzu.

»Ich brauche euer Geld nicht, und nein, ich habe noch nicht unterschrieben. Ich dachte nur, es wäre vielleicht nett, wenn wir das zusammen machen. Vergesst, dass ich gefragt habe. Ich frage Dash, ob er mitmachen will.«

»Einen Teufel wirst du tun. Du weißt, dass ich dabei bin, Junge, und mir gefällt der Name, den du dir überlegt hast.«

»Danke. Das war Peppers Idee.«

»Ich schicke Taylor eine Nachricht und lasse ihn ein Treffen mit meinem Anwalt organisieren«, sagt Seth.

»Wenn du ihm schon schreibst, bitte ihn auch gleich darum, dir eine Frau zu besorgen und vielleicht noch einen Hauch von Modeverstand«, scherze ich.

»Die Damen lieben meinen Sinn für Mode«, erwidert Seth gelassen. »Nur weil ich mit meinen Affären nicht angebe, heißt das nicht, dass ich keine habe.«

Ich schnaube verächtlich.

»Okay, Jungs, jetzt kommt mal runter.« Lachend schüttelt mein Vater den Kopf. »Ihr benehmt euch, als wärt ihr wieder Teenager.«

»Ihn zu ärgern, bringt einfach mehr Freude in meinen Tag«, sage ich.

»Apropos Freude«, sagt mein Vater, »wie ich höre, machst du in Charlottesville noch mehr, als nur eine ganz besondere Dame zu besuchen.«

»Ja, hat sich so ergeben. Es macht mir unglaublich viel Spaß, mit Ben und seinen Freunden zu arbeiten. Sie sind unfassbar engagiert. Dass ich den Rest von Bens Familie kennengelernt habe, war purer Zufall, und es hat mir wirklich vor Augen geführt, wie gut ich es immer hatte. Ich wollte ihnen helfen, wusste aber nicht genau wie. Pepper war diejenige, die den Einfall mit der Stiftung hatte. Sie hat die Saat gesät, und zusammen haben wir uns darum gekümmert, bis *Fielding Futures* herangewachsen ist.«

Mein Vater hebt eine Augenbraue. »Klingt so, als treibt dich und Pepper das Gleiche an. Es ist schön, so etwas gemeinsam zu haben.«

»Stimmt. Übrigens hat Bens Mutter morgen mit ihr ein Vorstellungsgespräch für einen Job in ihrer Firma.«

»Die Stelle als Rezeptionistin?«, fragt Seth.

»Ja, aber Clare bringt auch noch andere Erfahrung mit, was für Pepper wertvoll sein könnte. Sie überlegt, die Stelle auf andere Aufgabenbereiche auszuweiten. Danke auch noch mal für deine Hilfe bei der Anzeige. Sie hat schon drei andere Bewerber interviewt, die sich darauf gemeldet haben, und heute hat sie auch noch ein Gespräch, aber wir hoffen beide, dass Clare die beste Bewerberin für den Job sein wird.«

»Sie muss von ihrer Situation ebenso berührt gewesen sein wie du«, sagt Seth.

»Das war sie wirklich. Sie hat es zu ihrem Beruf gemacht, Menschen zu helfen, und mir hilft sie auch. Auf eine Art und Weise, die ich nicht erwartet habe.«

»Inwiefern?«, fragt mein Vater.

Ich erzähle ihnen davon, wie Pepper mir in Paris mit meiner Migräne geholfen hat. »Am Samstag hatte ich wieder eine und sie hat sich um mich gekümmert. Ich bin das nicht gewohnt, doch sie hat auf dem Sofa gesessen, mein Kopf in ihrem Schoß, und ist zwei Stunden lang die Präsentation durchgegangen, die sie morgen vor einer Investorengruppe hält, während ich weggeschlummert bin und sie versucht hat, den Migräneanfall zu durchbrechen. Es hat ihr nichts ausgemacht, dass ich außer Gefecht gesetzt war, und ich kann euch sagen, dass sie zaubernde Hände hat, unter denen sich alles besser anfühlt.«

»Das hört sich so an, als wärst *du* ihr wichtig und nicht nur das, was du mitbringst«, sagt mein Vater.

Seth lacht laut auf. »Sie hat ihn wegen seiner Bekanntheit und seines Rufes nicht mal mit dem Hintern angeschaut.«

»Ich habe mich schon gefragt, warum sie immer verschwunden ist. Das ist doch mal eine nette Abwechslung«, sagt mein Vater.

»Das kannst du laut sagen. Sie ist vollkommen anders als jede Frau, mit der ich je zusammen war. Sie ist lieb und witzig und so verdammt klug, dass ich kaum mit ihr mithalten kann. Ich habe ihr gegenüber erwähnt, dass meine Schulter mir beim Werfen Probleme macht, und jetzt arbeitet sie an einem Prototyp für einen sensorischen Handschuh, der mir helfen soll.«

Seth zieht die Augenbrauen zusammen. »Deine Schulter beeinträchtigt deinen Wurf?«

Mist. Das hatte ich nicht preisgeben wollen. »Nur gerade so, dass ich es bemerke. Nichts, worüber man sich Sorgen machen muss.« Ich spüre, dass er meine Reaktion genau beobachtet. »Der Punkt ist, dass abgesehen von meinen Trainern, ein paar Kumpels und meiner Familie sich nie wirklich jemand um mich und das, was ich vielleicht durchmache, geschert hat oder so für mich da sein und mir durch den schwierigen Kram hindurch helfen wollte. Pepper sorgt sich um mich, meine Gefühle, meine körperliche Verfassung, meinen Stress.«

»Du hast vor ihr nie jemanden nah genug an dich herangelassen, um dein wahres Ich zu sehen«, bemerkt Seth.

»Es hat nie eine Frau gegeben, für die ich meine Mauern einreißen wollte.«

»Sie scheint eine absolut bemerkenswerte Frau zu sein«, sagt mein Vater. »Ich gehe davon aus, dass du auch nette Dinge für sie tust? Ihrem Leben Positives hinzufügst, nicht nur Schlagzeilen in den Medien?«

»Abgesehen von den sexuellen Freuden«, stichelt Seth.

Ich grinse und trage dick auf: »Ich bringe Vergnügen in ihr Leben, im Schlafzimmer und außerhalb.« Er muss nicht wissen, dass ich auch ihre draufgängerische Seite im und außerhalb des Schlafzimmers hervorlocke und sexuelle Lust in unser Leben und Glück in unsere Herzen bringe. Ich lächle in mich hinein, als ich an den Spaß denke, den wir am Sonntagmorgen gehabt haben, als ich sie überzeugt habe, eine kleine Runde mit mir im Park zu joggen, gefolgt von einem Eisbad im See. Die Joggingrunde glich eher einem schnellen Spaziergang gespickt mit kurzen Sprints und Küssen, doch ich habe sie noch nie so lächeln gesehen wie in dem Moment, in dem sie nach dem Eisbad bibbernd in meine Arme gerannt kam und sagte, dass sie das unbedingt wiederholen wolle.

Gestern Abend waren wir mit Ravi, Chris und Min in einer Kneipe. Wir hatten viel Spaß und diesen Sonntag werden wir den Super Bowl mit ihnen schauen. Mir gefällt dieser Weg der Entdeckungen, den wir gemeinsam gehen und auf dem wir herausfinden, wer wir als Individuum und als Partner sind, und ich freue mich auf noch vieles mehr.

»Deine Mutter und ich würden sie gern irgendwann kennenlernen«, sagt mein Vater.

»Das werdet ihr.«

»Hast du eine Ahnung, wann?«, fragt mein Vater.

»Ich bin absolut dafür, Pepper kennenzulernen«, sagt Seth,

»aber dieser Typ muss sich die Herzen aus seinen Augen wischen und sich auf diesen Vertrag und seine berufliche Zukunft konzentrieren, bevor ihm die Gelegenheit durch die Lappen geht.«

Meine verdammte Zukunft.

Ich weiß, dass ich meinen Kram auf die Reihe kriegen und mir etwas überlegen muss, aber im Moment bin ich mir nur in einer Sache sicher: dass ich Pepper darin haben will.

Neunundzwanzig

Pepper

»Ich glaube, wir haben wirklich eine gute Chance auf den Zuschlag«, sagt Ravi. Es ist Mittwochnachmittag und wir gehen gerade zu seinem Auto zurück, nachdem wir vor den Vertretern von MS Enterprises unser Migräne-Gerät und die Maus-Alternative präsentiert haben.

»Das Gefühl habe ich auch. Sie schienen auch daran interessiert zu sein, etwas über unsere anderen Ideen zu hören.«

Er öffnet mir die Beifahrertür, bevor er auf seiner Seite einsteigt. Ich hole mein Handy hervor.

»Schickst du Dr. Bowry ein Dankeschön?«

»Nein, aber das mache ich später. Ich schreibe Clay. Er war heute Morgen auch so aufgeregt, dass ich ihn wissen lassen will, wie es lief.«

»Guck mal einer an, da schreibst du freudig einem Mann und machst kaum noch Überstunden. Du genießt seine Anwesenheit also doch.«

Ich lege das Handy in meinen Schoß und sehe ihn an. »Was meinst du mit *also doch*? Du weißt genau, dass ich gern mit ihm zusammen bin. Du hast uns neulich Abend beim Essen gesehen. Wir haben uns nicht zurückgehalten, unsere Zuneigung zu zeigen.« Am Montagabend haben wir uns mit Ravi, Chris und Min zu Pizza und Chicken Wings in einer Kneipe getroffen. Anschließend haben wir noch Billard und Darts gespielt, was ich seit dem College nicht mehr gemacht habe, und es hat wirklich Spaß gemacht. Am Sonntag treffen wir sie wieder, um gemeinsam den Super Bowl zu schauen, und selbst darauf freue ich mich.

»Ich weiß auch, dass du dich lange mit Händen und Füßen dagegen gewehrt hast, Miss Wenn-jemand-fragt-ich-hatte-dieses-Wochenende-einen-Notfall-bei-der-Arbeit.«

»Die ganze Zeit über wusste ich nicht, wer er war. Ich dachte, er wäre nur ein eingebildeter Sportler. Jetzt weiß ich, dass er jemand ist, der seine Familie liebt und dem andere Menschen sehr wichtig sind, und außerdem sieht er all das in mir, was mich ausmacht, Ravi. So wie du.«

»Ich kann dir versichern, dass Clay mehr von dir sieht als ich seit sehr langer Zeit.« Er lächelt mich verschmitzt an. »Ich freue mich für dich. Es ist schön, dich lächelnd und nicht immer so gestresst zu sehen. Wie lange bleibt er?«

»Ich habe keine Ahnung, aber ich werde ihn vermissen, wenn er geht. Er fehlt mir schon, wenn er nur ein paar Stunden fort ist. Wir haben so viel Spaß, wenn wir zusammen sind. Weißt du, wozu er mich gebracht hat, nachdem wir neulich Morgen den Sonnenaufgang beobachtet haben?«

»So wie ich euch beide kenne, hattet ihr wilden Sex.«

»Auch, aber erst nachdem er mich überzeugt hat, mit ihm laufen zu gehen. Joggen, Ravi! Ich jogge nicht und das war noch nicht einmal das Schlimmste. Wir waren im See zum Eisbaden.« Flüsternd füge ich hinzu: »Nackt!«

Er lacht laut auf. »Dein Ernst? Im See?«

»Ja. Ist das zu glauben? Ich! Nackt im Park! Er macht mich

zu so einer Draufgängerin und ich bereue es nicht einmal.«

Er lacht. »Ich wusste, dass er dir guttut.«

»Es ist verrückt! Joggen? Nacktbaden? Ehrlich, wenn wir zusammen sind, erkenne ich mich nicht wieder.« Ich überlege, nicht mehr dazu zu sagen, doch es platzt leise aus mir heraus: »Aber irgendwie doch, verstehst du?«

»Natürlich erkennst du dich wieder. Das ist dein altes Ich. Das du versucht hast, nach dem Unfall zu begraben. Ich habe es dir schon gesagt, als du aus Paris wiedergekommen bist und ich gesehen habe, wie du dich an einem einzigen Wochenende verändert hast. Mir war klar, dass er jemand ist, der dein Leben verändern kann. Ach was, der dir wieder die Liebe zum Leben einhauchen kann. Ich bin so froh, dass du ihn nicht abgewiesen hast, als er das erste Mal im Büro aufgetaucht ist.«

»Ich auch. Wir fahren nächstes Wochenende zum Valentine's Day Festival nach Oak Falls. Ich bin etwas nervös deswegen.«

»Warum? Alle wissen über dich und Clay Bescheid und er kennt deine Familie bereits.«

»Genau deshalb. Du weißt doch, wie meine Schwestern sind. Da jetzt alle Bescheid wissen, gibt es keine Tabus mehr. Brindle wird peinliche Fragen stellen und Sable wird die Beschützerin spielen. Ich bin nicht mehr mit einem Mann bei meiner Familie aufgetaucht seit … dir«, sage ich überrascht.

»Tja, du kannst nicht erwarten, dass sie ihn so sehr mögen wie mich. Immerhin … ich bin ich!«

»Du hast zu viel Zeit in Clays Gesellschaft verbracht«, scherze ich. »Ich mach mir keine Sorgen darum, ob sie ihn mögen. Sie mögen ihn schon jetzt. Was ist, wenn sie übertreiben und ihn vergraulen?«

»Er sieht mich ernst an. »Ich bin da, wenn du Unterstützung

brauchst, aber du scheinst richtig verliebt zu sein, wenn du dir deswegen Sorgen machst.«

»Psst«, sage ich leise. »Darüber reden wir nicht.«

»Warum nicht?«

»Weil es mir Angst macht«, flüstere ich.

»Du hast es überlebt, in der Öffentlichkeit als seine Lieblingssorte des Monats betitelt zu werden. Es gibt nichts, was mehr Angst machen könnte.«

Das sage ich mir auch, aber wenn ich daran denke, nicht mit Clay zusammen zu sein, tut es weh.

Wir kommen auf dem Weg zurück nach Charlottesville gut durch, und als wir das Büro erreichen, stehen zwei Männer auf Leitern hinter dem Empfangstresen und hängen ein wunderschönes schwarz-goldenes SYNTECH-Schild an die Wand. »Entschuldigung.«

Die Männer schauen sich fragend nach mir um.

»Hallo. Können Sie mir sagen, wer das Schild in Auftrag gegeben hat?«

Der ältere der beiden Männer sagt: »Äh … Dr. Montgomery, glaube ich.« Er schaut zu dem anderen, der nickend ergänzt: »Ein Typ namens Chris hat unterschrieben, als wir gekommen sind.«

»In Ordnung, danke.« Als sie sich wieder ihrer Arbeit widmen, schaue ich zu Ravi, der wie eine Katze grinst, die den Kanarienvogel auf dem Gewissen hat. »Wusstest du davon?«

Er unterdrückt ein Lachen.

»Oh mein Gott! Ja, du wusstest es! Clay steckt dahinter,

stimmt's?«

Er zuckt mit den Schultern und hebt die Hände.

»Ravi!«, sage ich amüsiert. »Jetzt bist du ihm gegenüber loyaler als mir?«

»Wenn es darum geht, dich zu überraschen, ja.«

Ich verschränke die Arme, kann jedoch mein Lächeln nicht verbergen. »Ich weiß nicht so recht, ob es mir gefällt, wenn ihr beide hinter meinen Rücken gemeinsame Sache macht.«

»Doch, das weißt du.« Er schmunzelt. »Ich bin in meinem Büro. Lass mich wissen, ob ich mich mit Clare oder der anderen Bewerberin unterhalten soll, wenn du mit den Gesprächen fertig bist.«

Ich tippe eine Nachricht an Clay, während ich zu meinem Büro gehe.

Ich: *Wie ich sehe, hat die Schilder-Fee wieder zugeschlagen.*

Clay: *Keine Ahnung, wovon du redest.*

Ich: *Schade, ich hatte mir ein paar leidenschaftliche Dankesgesten überlegt.*

Ich: *Die muss ich dann wohl den Kerlen zugutekommen lassen, die gerade das Schild aufhängen.*

Ein wütendes Emoji poppt auf.

Ich: *Ist das ein Geständnis?*

Jetzt folgen ein Engel-Emoji, ein Geschenk-Emoji und ein Herz.

Ich: *Du bist wirklich unglaublich! Das Schild ist toll! Richtig schön! Danke!* Dann schicke ich noch ein lächelndes Emoji umgeben von Herzen hinterher.

Clay: *Freut mich, dass es dir gefällt! Viel Glück bei den Bewerbungsgesprächen heute.*

Ich: *Danke! Dir viel Spaß mit Ben und seinen Freunden. Ich werde länger arbeiten, um die Zeit von heute Morgen aufzuholen.*

Clay: *Klingt gut. Wir treffen uns auf dem Feld mit gut einem Dutzend Jungs. Lass dir Zeit und schreib mir, wenn du fertig bist. Wir feiern später deine Präsentation.*

Die Arbeit mit diesen Jugendlichen macht ihn so glücklich, dass ich mir vorstellen kann, was für ein guter Vater er eines Tages sein wird. Ich setze mich an den Schreibtisch und stürze mich in die Arbeit, wobei ich die Minuten zähle, bis ich ihn wiedersehe.

Nach einem nicht so tollen Interview mit einer Bewerberin, die sich auf die Anzeige gemeldet und gefragt hat, ob sie Gelegenheiten hätte, »Mr. Perfect« zu treffen, erscheint Clare zehn Minuten zu früh zu ihrem Gespräch. In grauen Hosen, einem cremefarbenen Pullover und Absatzschuhen wirkt sie professionell und gleichzeitig nervös.

»Hallo, Clare. Schön, Sie zu sehen.«

»Ich freue mich auch. Es ist immer etwas seltsam, Kunden außerhalb des Cafés zu sehen. Ich habe das Gefühl, ich hätte Ihnen einen Latte mitbringen sollen.«

»Nicht nötig.« Ich lächle. »Gehen wir doch in mein Büro und unterhalten uns etwas.«

Dort hänge ich ihre Jacke auf, und damit sie sich etwas wohler fühlt, setzen wir uns an den Tisch und nicht gegenüber voneinander an meinen Schreibtisch.

»Ich habe Ihnen meinen Lebenslauf mitgebracht.« Sie öffnet ihre Tasche und holt eine Plastikhülle heraus, die sie mir gibt. »Ich habe mich seit Langem nicht mehr beworben. Ich hoffe, es sieht in Ordnung aus.«

»Ja, absolut.« Ich überfliege ihre bisherigen Positionen. »Sie haben eine Menge Büroerfahrung. Können Sie mir mehr darüber erzählen?«

»Sicher. Ich habe vor sieben Jahren als Kellnerin für Mr. Park, den Besitzer des Cafés, angefangen. Er ist auch Inhaber eines Mini-Markts und eines Nachtclubs, und in jedem seiner Läden gibt es ein Büro. Von Anfang an, wenn er Hilfe in einem seiner Büros brauchte, bin ich eingesprungen, um Telefonate anzunehmen und allgemeine Büroaufgaben zu erledigen. Seine Frau hat sich um die Buchhaltung, die Gehälter und die Lagerbestände gekümmert, aber sie hat mich – ein paar Monate bevor sie ihn verlassen hat – eingearbeitet. Das war vor drei Jahren.«

»Klingt nach einer komplizierten Situation.«

»Das ist noch nett formuliert. Ihre Scheidung lief unschön ab und danach ging alles bergab. Mr. Park ist noch nie sehr gut organisiert gewesen. Er hatte vier Leute, die die Büros führten, und jetzt hat er nur noch mich und eine weitere Person. Leider zahlt er auch nicht gut genug, um das Personal im Café zu halten, weshalb ich auch oft dort bin, wie Sie wissen.«

»Fast täglich, wenn ich mich nicht irre.«

»Ja, aber einiges davon sind Überstunden. Ich arbeite manchmal auch abends in den Büros, um Dinge aufzuholen.« Sie erzählt mir von der Software, die sie benutzt, wie viele Stunden sie macht und wie sehr sie die Arbeit liebt, sowohl im Café als auch in den Büros. Was sie verdient, ist allerdings nicht viel mehr als der Mindestlohn. »Im Café bekomme ich auch Trinkgeld, aber das ist nie sehr viel.«

Ich staune über ihre Widerstandskraft und ihre Loyalität. »Das ist eine ganze Menge, was Sie da schaffen, während sie auch noch ihre Kinder großziehen.«

»Das stimmt, aber ich würde alles für meine Kinder tun.«

»Nach dem, was ich gehört habe, würde zumindest Ben auch für Sie alles tun.«

Ihr Gesicht spiegelt die Zuneigung zu ihren Kindern wider. »Benny ist ein wunderbarer Mensch. Es ist schlimm, dass ich mich auf ihn verlassen muss, um über die Runden zu kommen, aber wir haben nie wirklich eine andere Wahl gehabt. Ich hatte große Pläne, als ich jung war. Ich wollte Krankenschwester werden, doch dann bin ich mit Ben schwanger geworden und mit seinem Vater hergezogen. Mit achtzehn habe ich Ben bekommen. Sechs Monate später verließ sein Vater die Stadt mit einer anderen. In vielerlei Hinsicht sind Ben und ich zusammen erwachsen geworden. Wir hatten viele schwierige Jahre, aber wir haben es geschafft. Später lernte ich den Vater von Sammy und Trina kennen und dachte, alles würde etwas einfacher werden. Doch nach Sammys Geburt fing ihr Vater an, zu trinken, und hat nie wieder aufgehört. Ich musste ihn bitten, zu gehen.«

»Das tut mir leid. Sieht er die Kinder noch?«

»Nein. Bevor er ging, sind ziemlich hässliche Dinge passiert. Ich habe keine Ahnung, wo er ist, und will es auch nicht wissen. Aber die Kinder und ich haben es überstanden und sind dadurch noch stärker geworden.«

»Das sagt viel über Sie aus. Sie scheinen sehr widerstandsfähig zu sein.«

»Musste ich. Gott sei Dank war Ben auch da. Er liebt die Kleinen über alles und ist immer zur Stelle, wenn ich mit ihnen Hilfe brauche. Als er sechzehn war, fing er an zu arbeiten, damit wir die Rechnungen bezahlen konnten. Ich habe ihn nicht darum gebeten. Er hat es einfach getan. Was für ein Glück! Wenn man Kinder hat, gibt es immer irgendetwas, das mehr kostet, als man geplant hat. Haben Sie Kinder?«

»Nein, aber ich komme aus einer großen Familie. Ich weiß, wie teuer Kinder sein können.«

»Die unerwarteten Ausgaben machen einem zu schaffen, und manche, die nicht zwingend notwendig sind, wie die Liebe meiner Jungs zum Football. Ich kann Ihnen sagen, das ist kein billiger Sport, selbst wenn sie noch klein sind. Wahrscheinlich sieht das nach leichtfertigen Ausgaben aus, doch ich bin entschlossen, dafür zu sorgen, dass sie das bestmögliche Leben führen können.«

»Ich finde nicht, dass es leichtfertig ist, die Liebe Ihres Kindes zu was auch immer zu unterstützen, und es zahlt sich aus, zumindest für Ben.«

»Ja, das tut es, und er hat es verdient. Er ist der Erste in meiner Familie, der aufs College geht, und ich bin so stolz auf ihn.« Ihre strahlenden braunen Augen verraten, wie stolz sie ist. »Dann sind da die Ausgaben, die nicht so freiwillig sind, wie nach einer medizinischen Diagnose, die einem den Boden unter den Füßen wegzieht.«

»Sprechen Sie von sich? Sind Sie krank?« *Wie viel kann eine einzige Frau aushalten?*

»Ich wünschte, es ginge um mich. Trina hatte vor ein paar Monaten im Bad einen Anfall. Noch nie in meinem Leben habe ich eine solche Angst ausgestanden. Damals haben wir erfahren, dass sie unter Epilepsie leidet.«

»Das tut mir leid. Meine jüngere Schwester Amber hat auch Epilepsie. Sie war acht, als sie die Diagnose bekam, und es hat uns allen Angst gemacht. Wie kommen Trina und Ihre Jungs damit klar?«

»Trina ist es schwergefallen, es zu akzeptieren. Kein Kind möchte anders sein als ihre Freunde. Aber sie ist ein starkes

Mädchen und mittlerweile kommt sie damit zurecht. Ihre Brüder machen sich natürlich Sorgen um sie, doch wir versuchen wirklich, sie nicht anders zu behandeln.«

»Das haben unsere Eltern uns auch so beigebracht. Leicht war es nicht. Wir alle wollten Amber beschützen, aber ich bin mir sicher, dass es für unsere Eltern noch schwieriger war.«

»Schwierig beschreibt es nicht einmal annähernd. Ich möchte Trina am liebsten in Watte packen und sie mit mir herumschleppen.« Clare lächelt. »Doch das würde meine Tochter sich niemals gefallen lassen. Sie haben ja gesehen, was sie davon gehalten hat, nicht mit ihrem Bruder bei seinem Freund übernachten zu dürfen.«

»Sie scheint ein richtiges Energiebündel zu sein. Bekommen die Ärzte ihre Anfälle mit Medikamenten unter Kontrolle?«

»Das dachten wir, allerdings hat sie zwei Anfälle gehabt, seit sie die Medikamente nimmt. Im Moment werden sie gerade angepasst.«

»Das ist nicht ungewöhnlich. Das nennt man Durchbruchkrämpfe.«

»Ja, so wurde es uns gesagt. Wir hoffen, dass es nur das ist. Der Arzt sagte, es gibt auch eine Art von Epilepsie, die medikamentenresistent ist, was mir noch mehr Angst macht. Das Leben ist schon hart genug. Ich möchte nicht, dass meine Kleine sich damit abgeben muss.«

»Hoffentlich wirken die Medikamente. Wissen Sie, woran wir hier arbeiten?«

»Zum Teil. Ich habe gelesen, dass Sie Forschung und Entwicklung zu medizinischen Geräten betreiben.«

»Ganz genau, und eines unserer gegenwärtigen Projekte ist ein Gerät, das Menschen mit medikamentenresistenter Epilepsie helfen soll. Es wird einige Zeit dauern, bis es für Tests und den

Markt zur Verfügung steht. Doch es gibt andere Behandlungsmöglichkeiten, sollte es bei ihrer Tochter dazu kommen. Ich bin mir sicher, ihr Arzt wird die mit Ihnen durchsprechen.«

»Ja, das hat er erwähnt. Aber ... wenn das kein Schicksal ist, dann weiß ich es auch nicht.«

Bevor Clay und ich zusammengekommen sind, hätte ich bei einer solchen Bemerkung vielleicht die Augen verdreht, doch im letzten Monat hat sich so viel verändert, dass ich allmählich anfange, an das Schicksal zu glauben. »Es kommt einem tatsächlich so vor, oder?«

Sie legt die Hand auf die Brust und atmet zittrig durch. »Es tut mir leid. Ich war so nervös wegen des Bewerbungsgesprächs, und jetzt wird mir gerade klar, dass ich die ganze Zeit über die Probleme meiner Familie geredet habe. So bin ich sicher die Letzte, die Sie einstellen wollen, aber Sie sollen wissen, dass ich akzeptiert habe, einen schrecklichen Männergeschmack zu haben, und mit dem Kapitel vollkommen abgeschlossen habe.«

»Sie sind keineswegs die Letzte, die ich einstellen will, und gehen Sie nicht zu streng mit sich ins Gericht. Wir haben alle Fehler gemacht und mal den falschen Partner ausgewählt.«

»Scheint, als hätten Sie einen großartigen Mann erwischt.«

»Clay ist wunderbar«, sage ich aufrichtig. »Aber auch ich hatte einige Frösche zu küssen.«

»Tja, damit bin ich durch, ich küsse keine Frösche mehr.« Sie betont ihre Erklärung mit einer ausladenden Handbewegung. »Ich bin glücklich alleinstehend und habe mehr als genug um die Ohren, um mich zu beschäftigen und glücklich zu bleiben.«

Das dachte ich auch von mir. »Ich verstehe Sie, doch man kann nie wissen, ob nicht einmal ein bemerkenswerter Mensch einfach so bei Ihnen zur Tür hereinschneit. So wie Sie bei mir.«

Bei dem Lächeln, das sie mir schenkt, wird mir ganz warm ums Herz. »Was wünschen Sie sich in einer Anstellung? Was ist Ihnen wichtig?«

»Stabilität und die Zusammenarbeit mit ehrlichen Menschen, die meine Leistung zu schätzen wissen. Es wäre nett, wenn ich mein Hirn benutzen und vielleicht nebenbei auch noch etwas lernen könnte. Überstunden machen mir nichts aus, aber ich würde wirklich gern abends bei meinen Kindern sein und genug Geld verdienen, sodass Ben sich auf sein Leben konzentrieren kann und nicht auf unseres. Ich weiß, das ist viel verlangt, doch wenn Sie mir eine Chance geben, verspreche ich, dass ich eine engagierte und fleißige Mitarbeiterin sein werde. Probleme lösen kann ich auch sehr gut, und wenn ich es irgendwie einrichten kann, werde ich Sie nie im Regen stehen lassen.«

»Bei allem, was Sie bisher geschafft haben, bezweifle ich nicht, dass Sie eine engagierte Mitarbeiterin wären. Ich werde Ihnen etwas über die Position erzählen, und dann sehen wir, ob Sie immer noch interessiert sind.« Ich erkläre ihr, wonach wir suchen, und wir reden über die Bereiche, in denen sie im Laufe der Zeit mehr Verantwortlichkeiten übernehmen könnte. Clare stellt intelligente Fragen und wir verstehen uns gut. Ich erläutere ihr unsere Zusatzleistungen und das Gehalt, was ihr jetziges Einkommen bei Weitem übersteigt. »Klingt das nach etwas, an dem Sie interessiert wären?«

»Unbedingt. Es klingt nach einem Traumjob. Ich liebe die Büroarbeit, die ich für Mr. Park erledige, und ich bin gut darin. Ich bin sehr detailorientiert und ich übersehe nie etwas. Sie können die Referenzen anrufen, die ich auf dem Lebenslauf angeführt habe. Es handelt sich um Melanie Park, das ist die Ex-Frau, und die anderen Angestellten, die die Firma verlassen haben, und sie alle haben zugestimmt, Ihnen weitere Auskünfte zu geben.«

»Das ist wunderbar. Ich werde sie anrufen. Hätten Sie noch Zeit, die anderen Mitarbeiter kennenzulernen?«

»Ja, das wäre mir sehr lieb.«

Clay

Die Sonne geht gerade unter, als Ben und seine Freunde sich zu einem neuen Spiel aufstellen. Diese Jungs funktionieren zusammen wie eine gut geölte Maschine. Sie sind trainingshungrig und noch erfolgshungriger. Ich habe jeden einzelnen von ihnen in der vergangenen Woche hart rangenommen und liebe ihre Energie und ihren Enthusiasmus.

Kent, der Quarterback der Uni-Mannschaft, fängt den Snap, und die kleine Gruppe von Zuschauern feuert ihn von der Seitenlinie aus an, während Ben mit zwei Verteidigern im Nacken über das Feld stürmt.

»Genau, Jeremiah! Bleib an ihm dran!«, brülle ich, als Kent den Ball wirft.

»Hol ihn dir, Ben!«, ruft eine Gruppe Mädchen von der Seitenlinie.

Ben springt in die Luft und greift nach dem Ball. Jeremiah springt vor ihm hoch, doch Ben fängt den Ball kurz vor Jeremiahs Fingerspitzen ab, landet auf den Füßen und sprintet Richtung Endzone. Jeremiah und Zack, ein weiterer Verteidiger, sind ihm dicht auf den Fersen. Die Leute an der Seitenlinie spielen verrückt, johlen und pfeifen.

»Rein mit dir, Ben!«, rufe ich, während das Herz mir bis zum Hals schlägt.

Ben wirft sich in die Endzone, die Verteidiger stürzen sich auf ihn. Sie landen in einem Gewirr aus Gliedmaßen auf dem Boden und die Menge hält die Luft an. Jeremiah und Zack steigen von Ben herunter, und kurz herrscht Stille, bevor Ben brüllt: »Er ist drin!« Dann springt er auf, während seine Kumpels laut rufen: »Touchdown!«

»Ja!«, brülle ich gemeinsam mit der Menge, als Ben und die Jungs sich umarmen.

Die anderen rennen übers Feld, jubeln und rufen, während Ben, Jeremiah und Zack ihnen entgegenlaufen. Sie prallen ineinander, bauen sich gegenseitig auf und feuern einander an. Ich lache, als sie auf mich zukommen, und weiß genau, wie belebend diese Kameradschaft ist.

»Großartig gespielt!«, rufe ich.

»Yippieh! Gut gemacht!«

Ich drehe mich um, als die Stimme meiner Lady in dem Getöse erschallt, und entdecke Pepper, die in meinem Trikot über einem Kapuzenpullover und einer Jeans wie ein wahrgewordener feuchter Traum aussieht. Sie ist zusammen mit Clare gekommen und beide tragen mehrere Pizzaschachteln. Sammy und Trina kommen auf uns zugerannt und rufen nach Ben.

»Ey, Leute, guckt euch mal das Liefermädchen an«, sagt einer der Jungs.

»Ihr könnt die Pizza haben, ich nehm sie«, sagt Jeremiah.

»Hey, du redest hoffentlich nicht von meiner Mom«, schnauzt Ben ihn an.

»Nee, Mann«, sagt Jeremiah. »Ich will das heiße Mädchen mit dem Trikot. Die ist nicht schlecht.«

Ich drehe mich um. »Pass auf, Jeremiah. Das ist meine

Lady, die du da anschmachtest.«

Alle Jungs lachen.

»Sorry, Mann«, sagt Jeremiah. »Aber, verdammt, da ist es ja kein Wunder, dass du in Charlottesville bist.«

Ich schüttele den Kopf. »Helft den Damen mal, okay?«

Trina schlingt die Arme um Ben, er hebt sie hoch, schwingt sie über den Kopf, und sie kichert, während Sammy die Jungs abklatscht, die zu Pepper und Clare gehen, um ihnen die Pizzaschachteln abzunehmen.

»Hey, Jungs«, rufe ich ihnen hinterher, als sie mit dem Essen davongehen wollen. »Was sagt man?«

Ein einstimmiges »Danke« erfolgt.

»Versucht, nicht wie die Tiere zu essen«, ermahne ich sie, als sie die Schachteln aufreißen und sich auf die Pizzen stürzen. »Hallo, Clare, hallo, Pepper! Was für eine schöne Überraschung. Ich dachte, du arbeitest länger.« Ich schaue Pepper an und möchte sie in meine Arme ziehen, halte mich jedoch zurück, um sie nicht in Verlegenheit zu bringen.

»Wollte ich auch, aber ich habe gelernt, dass einige Dinge warten können und andere nicht. Zum Beispiel müssen wir die Einstellung meiner wunderbaren neuen Assistentin Clare feiern.«

Clare strahlt übers ganze Gesicht.

»Sie haben den Job! Glückwunsch!« Ich umarme Clare und sehe, dass Ben zu uns kommt.

»Ich kann Ihnen gar nicht genug dafür danken, dass Sie uns zusammengebracht haben«, sagt Clare.

»Ich freue mich, dass es geklappt hat.«

»Mom, hast du den Job?«, fragt Ben aufgeregt.

»J–« Clare bekommt kaum das eine Wort heraus, da schlingt Ben auch schon die Arme um sie, wirbelt sie herum und ruft: »Meine Mom hat den Job bekommen!«

Bens Freunde scharen sich um sie und jubeln.

Ich nehme Peppers Hand, ziehe sie beiseite und in meine Arme. »Guck dir an, wie glücklich sie sind. Du hast ihr Leben gerade zum Besseren verändert.«

»Sie ist wunderbar, Clay, und ich glaube, sie wird eine richtige Bereicherung für unser Büro. Wusstest du, dass Trina Epilepsie hat?«

Ich schaue zu Trina, die aufgeregt mit allen plappert, und mein Herz geht auf. Während ich beobachte, wie Bens Freunde mit ihr scherzen, wird mir noch etwas anderes bewusst. Trina hat eine Menge Leute, die auf sie aufpassen. Sie hat etwas, von dem ich nicht wusste, dass es mir fehlte. Eine Gemeinschaft. Meine Teamkollegen sind meine Kameraden, aber in Jersey habe ich keine Gemeinschaft. Die finde ich hier bei Pepper, und ich bin froh, dass Ben und seine Familie ein Teil davon sind.

»Das wusste ich nicht. Geht es ihr gut?«

»Ja. Es muss aber noch einiges abgeklärt werden. Ich habe Amber geschrieben und sie mit Clare bekannt gemacht, damit sie ihr Fragen stellen und ein Gefühl dafür bekommen kann, wie es für Amber war, mit Epilepsie aufzuwachsen.«

»Das ist großartig, Liebling. Ich bin mir sicher, Clare ist dir sehr dankbar dafür.«

»Sie ist für alles dankbar. Sie ist im Moment lächerlich unterbezahlt. Mir gefällt der Gedanke, dass sie bald das verdient, was sie wert ist.« Pepper schaut zu mir auf und ihre Augen glänzen. »Du bist derjenige, der ihr Leben verändert hat. Was ich letzte Woche gesagt habe, meine ich ernst. Wenn du nicht gewesen wärst, hätte ich nie mit ihr über die Stelle geredet. Du bringst mir bei, den Kopf auch mal aus dem Büro herauszustrecken und meine Augen für die Menschen und die schöne Welt um mich herum zu öffnen.«

»Und ich hätte sie oder Ben nie getroffen, wenn du nicht gewesen wärst. Wir geben ein gutes Team ab, Montgomery.«

Als ich meine Lippen auf ihre lege, brandet Jubel auf und Ben brüllt: »Geh ran, Coach!«

»Benjamin!«, ermahnt Clare ihn.

Ich schaue in Peppers lächelnde Augen und hebe eine Augenbraue. »Wir sollten ihnen wohl keine Zugabe geben und ihnen nicht zeigen, wie verrückt ich nach dir bin.«

»Wahrscheinlich nicht, aber ich höre es gern.« Sie küsst mich auf die Brust und so, dass nur ich es hören kann, sagt sie: »Ich bin auch irgendwie verrückt nach dir.«

»Irgendwie?« Ich ziehe sie fest an mich. »Da muss ich mich wohl noch etwas mehr ins Zeug legen.«

Dreißig

Pepper

Ich wache mit Clays warmen Lippen an meinem Hals auf. »Morgen«, sage ich verschlafen.

»Es ist noch nicht Morgen.« Er knabbert an meiner Unterlippe und ich merke, dass es draußen dunkel ist. »Ich konnte nur nicht eine Sekunde länger warten, um dich zu kosten.«

Ein Schauer durchströmt mich, als hätten wir nicht erst gestern Abend früher das Kino verlassen, um gierig über uns herzufallen. Wir haben es kaum ins Haus geschafft, bevor wir uns die Kleider vom Leib gerissen und uns mit dem Seidentuch, das er mir in Paris gekauft hat, vergnügt haben. Kaum zu glauben, dass es erst wenig mehr als einen Monat her ist. Die Zeit vergeht wirklich wie im Fluge, wenn wir zusammen sind. Wir haben so viel unternommen, seit ich Clare vor anderthalb Wochen eingestellt habe, dass es mir viel länger vorkommt. Clay arbeitet daran, seine Stiftung auf den Weg zu bringen, und trainiert mit Ben und den anderen Jungs. Ich habe meinen ersten Super Bowl gesehen, Clay nach allen Regeln in seinem Videospiel geschlagen, und auch wenn ich mir nicht die Finanzierung für das Migräne-Gerät sichern konnte, zieht MS Enterprises doch noch in Erwägung, die Maus-Alternative zu unterstützen. Das Leben ist *schön*, und während mir bewusst ist, dass meine Arbeit ein eigenständiger Teil davon ist, so weiß ich auch, dass der unglaubliche Mann, der mich in diesem Moment voller Emotionen anschaut, die sich fast nach Liebe anfühlen, der Grund dafür ist, dass das Leben so wundervoll ist.

»Dann lass dich von mir nicht aufhalten«, sage ich frech. »Mach nur weiter.«

Er gibt einen knurrenden, wohligen Laut von sich und tut genau das. Ich genieße seine heißen Hände auf meinen Brüsten, seinen Mund, der gekonnt an ihren Ansätzen knabbert und sie küsst. Er legt seine Lippen auf einen Nippel, rollt den anderen zwischen Zeigefinger und Daumen und ich recke mich ihm entgegen. »Clay …«

Er lächelt an meiner Haut, macht es dann noch einmal und entlockt mir ein lautes Stöhnen. Ich schiebe die Hände in seine Haare, während er mit seinen Bartstoppeln über diese sensible Haut streicht und lustvolle Schauer über meine Brüste und meine Gliedmaßen entlang bis hin zu meinen Fingern und Zehen jagt. Seine Hände gleiten über meine Rippen, während sein Mund einen glühenden Pfad nach unten brennt und mir die Fähigkeit raubt, an irgendetwas anderes zu denken als an das Begehren, das mit jeder der Berührungen seiner Lippen heißer brennt.

Er reizt mich, küsst mich auf die Innenseiten meiner Schenkel und um meine Mitte herum, bis ich feucht vor Lust bin, mich winde und nach mehr bettele. Als er endlich den Mund dort seine Wunder vollbringen lässt, wo ich ihn am meisten brauche, lässt mich sein erster Zungenschlag fast zerbersten. Doch er ist ein Meister darin geworden, mich *wollen* zu lassen, mich am Rand des Wahnsinns zu halten, bis mein ganzer Körper vor Begierde pulsiert. Er schiebt meine Beine weiter auseinander und fährt mit der köstlichen Tortur fort. Ich stemme die Fersen in die Matratze, bohre die Fingernägel in seine Schultern. »Clay, bitte …«

Er nimmt meine Perle zwischen die Zähne und dringt mit den Fingern in mich ein, um gekonnt den versteckten Punkt zu finden, der mich elektrisiert und meinen Atem stocken lässt. Er macht etwas Unglaubliches mit den Fingern und jagt die Stromschläge durch mich hindurch. Meine Hüften lösen sich von der Matratze, als die Lust in mir explodiert wie ein Schnellfeuer. Ich schreie auf, und er hält meine Hüften fest, um sich an mir zu laben, während unzusammenhängende Laute aus mir herausplatzen. Ich bin mir ziemlich sicher, dass ich nur Unverständliches rede, aber als ich mich der Lust hingebe, die mich vollkommen mitreißt, ist es mir egal.

Wie so oft bleibt er bei mir, bis ich auf die Matratze zurücksinke, und dann küsst er sich an mir nach oben. Jede Berührung seiner Lippen löst ein scharfes, lustvolles Keuchen bei mir aus. »Brauch dich«, wimmere ich und greife nach ihm, als unsere Körper sich aneinanderschmiegen. Sein Gewicht ist wunderbar vertraut, und seine harte Länge an meiner Mitte zu spüren, lässt mich die Beine weiter spreizen. Diese liebevollen blauen Augen blicken tief in meine Seele und ein *Ich liebe dich* hallt flüsternd durch meinen Kopf. Es schockiert mich nicht. Ich habe gespürt, wie es sich seit Wochen aufgebaut hat. Doch das heißt nicht, dass es mir keine Angst macht.

»Meine schöne, brillante Lady«, flüstert er, und seine Grübchen zeigen sich verspielt. »Wie konnte ich nur so ein Glück haben, dich in meinem Leben begrüßen zu dürfen?«

»Du hast dich mit deinem Charme eingeschlichen und mir keine Wahl gelassen.«

»Ich würde es genau so wieder tun.«

Sein Mund legt sich verlockend auf meinen und er stößt in mich hinein, vergräbt sich tief. Lust erfüllt mich, und ein »Oh Gott« entweicht mir mit einem langen Atemzug, während er flucht: »Verdammt! Wie kann es nur jedes Mal besser werden?« Er wartet nicht auf eine Antwort, sondern erobert meinen Mund wieder mit einem gnadenlosen Kuss, und das ist gut so, denn ich könnte beim besten Willen kein Wort herausbringen.

Wir stoßen und reiben, klammern und krallen uns aneinander, während unser Stöhnen und Gemurmel den Raum erfüllen. Er hebt meine Beine an den Knien an, dringt noch tiefer und härter in mich ein. »Ja! Hör nicht auf!«, flehe ich, und er gibt einen tiefen, kehligen Laut von sich, als er in mich stößt. Ich spüre jeden himmlischen Zentimeter von ihm an diesem geheimen Punkt, während unsere Münder sich in wilden, drängenden Küssen vereinen. Mein Körper bebt vor Begierde, die so brennend heiß ist. Ich klammere mich an seinem Rücken fest und er krallt die Hände in meine Haare, sodass schmerz- und lustvolle Blitze durch mich hindurchfahren und einen Sturm purer, explosiver Ekstase freisetzen. »Clay!«

Er ist bei mir, zischt meinen Namen, während unsere Körper beben und pulsieren und uns etwas so Wahres und Ungeheures wie die taumelnde Welt um uns herum verbindet. Ich schwebe auf einer Wolke des Glücks und treibe langsam aus meinen höchsten Sphären herab.

Er küsst mich zärtlich und streicht mit seinen Lippen über meine. »Alles Gute zum Valentinstag, meine Schöne.«

»Mhm, dir auch.«

»Bist du immer noch nervös wegen der Fahrt nach Hause?« Gleich nach dem Frühstück wollen wir los nach Oak Falls, wo wir meine Familie auf dem Fest treffen.

»Später mit Sicherheit, aber es ist schwer, wegen irgendetwas nervös zu sein, wenn ich gerade so einen Rausch überstanden habe.«

Er lächelt, wir liegen Nase an Nase beieinander, ineinander verschlungen wie sich paarende Schlangen, flüstern und küssen uns, während seine Hand beruhigend über meinen Rücken gleitet. »Wenn du Lust hast, können wir es uns unter Decken auf der Terrasse gemütlich machen und den Sonnenaufgang beobachten.«

Wir haben so viele Nächte in diesem Haus verbracht, dass es sich schon fast so sehr wie ein Zuhause anfühlt wie mein eigenes Haus, was es nicht sollte, da es Clay ja nicht einmal gehört. Doch im Moment ist es ein Zuhause. Ich habe Kleidung im Schrank und in den Schubladen und er hat sogar eine Latte-Maschine gekauft. Ich komm gern nach der Arbeit hierher, sehe seine Kapuzenpullover und Schuhe herumliegen und verbringe Zeit im Whirlpool und auf der Terrasse. Er hat mich einige Male dazu gebracht, mit ihm im Fitnessraum zu trainieren, doch wir bevorzugen das horizontale Training.

»Sehr gern«, sage ich. »Aber ich brauche eine Minute, um mich frisch zu machen.«

»Lass mich nur gerade die Zähne putzen, und dann kannst du hinein.« Er küsst mich noch einmal und geht dann ins Badezimmer.

Ich liege noch immer im Bett, als er herauskommt. Er zieht Boxershorts an, kommt ans Bett und sieht einfach zum Anbeißen umwerfend aus.

»Was hat dieses Grinsen zu bedeuten, du Verführerin?«

»Ich sehe dich gern an.«

»Und ich verschlinge dich gern.« Er beugt sich hinunter, um mich zu küssen, bevor er zur Kommode geht, um sich Jogging-hosen und einen Hoodie anzuziehen. »Lass dir Zeit. Wir haben noch etwa zwanzig Minuten, bevor die Sonne aufgeht. Ich hol die Decken und mache dir einen Latte. Wir sehen uns unten.«

Glücklich und zufrieden liege ich da und denke daran, wie viel sich verändert hat. Es ist Wochen her, seit ich den Druck verspürt habe, in meiner Freizeit E-Mails zu checken und etwas für die Firma aufzuarbeiten. Das macht mir etwas Angst, doch es hat sich nicht negativ auf meine Arbeit ausgewirkt. Wenn überhaupt, war ich in letzter Zeit sogar produktiver. Wir haben den Entwurf für den sensorischen Handschuh fertiggestellt und holen ihn diese Woche von Kenji ab, um einen Test durchzuführen. Ich hatte keine Ahnung, dass ich durch das Glück, das ich empfinde, in der Zeit im Büro konzentrierter arbeiten und alles für den Tag erledigen kann, um die Abende und Wochenenden mit Clay zu verbringen.

Der Mann ist in so vielerlei Hinsicht gut für mich, dass ich gar nicht mehr mitzählen kann.

Ich stehe auf und gehe ins Badezimmer. Mein Herz macht einen Sprung, als ich einen Umschlag mit meinem Namen in seiner kantigen Handschrift auf der Ablage entdecke. Ich öffne ihn und nehme eine Karte heraus, auf der rote Herzen um eine Nachricht verteilt sind:

ROSEN SIND ROT

VEILCHEN SIND BLAU

ICH WILL NOCH VIEL MIT DIR ANSTELLEN

DU WEIßT ES GENAU

Ich öffne die Karte und darin sind mehrere Bilder von Teddybären in unanständigen Positionen. Das männliche Plüschtier hat Herzaugen und das weibliche hat lange Wimpern und rote Lippen. Auf einem Bild ist die Bärin auf allen Vieren und der

Bär nimmt sie von hinten, auf einem anderen reitet sie ihn, und das nächste zeigt sie auf Knien vor ihm. Auf einem liegt sie auf dem Rücken mit seinem Kopf zwischen ihren Beinen und auf einem weiteren hängt sie an einem Kronleuchter und er liegt unter ihr hingestreckt. Unter die Bilder hat Clay geschrieben: *Alles Liebe zum Valentinstag, Draufgängerin. Es gibt niemanden, den ich lieber meinen Valentinsschatz nennen möchte als dich.* Darunter hat er ein schiefes Herz gemalt und unterschrieben.

Ich lese es noch einmal, schäume über vor Glück und schaue in den Spiegel. Ich lächle. In letzter Zeit lächle ich nur noch. Clays Stimme flüstert in meinem Kopf: *Nichts ist so beeindruckend wie dein unbezwingbares Lächeln.* Ich weiß noch, wie sehr seine Worte mich in Paris berührt haben, aber das ist nichts im Vergleich zu dem, wie sie mich jetzt berühren. Ich betrachte mich einen Moment lang.

Meine Haare sind zerzaust, und ich sehe etwas müde aus, doch die Freude, die mich aus meinen Augen anblickt, ist unübersehbar. Als ich aus Paris zurückkehrte, dachte ich, ich würde anders aussehen, als hätte ich einen Teil von mir dort gelassen. Jetzt sehe ich eine andere Veränderung, und ich weiß, was fehlte. Bevor ich nach Paris gereist bin, dachte ich, ich wäre glücklich. Doch jetzt weiß ich, dass ich nur glücklich *genug* war – genug, um zu überleben und zufrieden zu sein. Ich hatte nicht nur einen Teil von mir in Paris gelassen, als ich Clay verlassen habe. In der kurzen Zeit, die wir zusammen waren, hatte ich wahres Glück gefunden, und auch das hatte ich zurückgelassen.

Jetzt sehe ich wieder aus wie ich, nur besser. Und dieser Mann da unten ist der Grund dafür.

Ich muss einen Weg finden, es ihn wissen zu lassen.

Nachdem ich mir die Zähne geputzt und mich frisch gemacht habe, ziehe ich Leggings, dicke Flauschsocken und einen von Clays Kapuzenpullovern an und verlasse das Schlafzimmer. Mein Herz rast, als ich eine Spur von roten Rosenblättern entdecke, die die Treppe hinunter und ins Wohnzimmer führt. Mir stockt der Atem beim Anblick von Dutzenden Sträußen aus wunderschönen roten und pinken Rosen auf jeder Fläche, und da, mitten im Zimmer, steht Clay mit einem Kaffeebecher in einer Hand und einem liebevollen Lächeln im Gesicht.

»Alles Gute zum Valentinstag, meine Schöne.« Er stellt den Kaffeebecher auf den Couchtisch und tritt beiseite, um zum Sofa zu zeigen, vor dem er gerade stand.

Mein Blick wandert über mehrere große Fotos meiner Lieblingsdinge mit einer großen roten Schleife an der Ecke jedes einzelnen Bilderrahmens. Die Rahmen können nur von Morgyn verziert worden sein. Ich erkenne ihre typische Mischung aus bunten Elementen und recycelten Metallteilen, die ebenso ausgefallen wie schön sind. Tränen steigen mir in die Augen, und ich zeige auf ein Foto, das meine Mutter in der Küche zeigt – mit einem so warmherzigen Lächeln. »Wie hast du …?« Mir bricht die Stimme weg.

»Ich habe Hawk engagiert, die Fotos zu machen.« Er nimmt meine Hand und führt mich an die Bilder heran. »Das Lächeln deiner Mutter, weil es dich immer glücklich macht, wenn du ihre Küche betrittst und es siehst.« Er deutet auf das Foto von meinem Vater bei der Scheune, auf dem er die Hand ausstreckt, als hielte er sie mir hin. »Die Hand deines Vaters, weil sie dir das Gefühl von Sicherheit gibt.«

Die Tränen laufen mir über die Wangen, als er auf jedes einzelne Foto zeigt, auf dem das abgebildet ist, was ich ihm vor Wochen erzählt habe.

»Der See in der Nähe von deinem Elternhaus, auf dem du

und dein Dad die Boote fahren gelassen habt, die ihr gebaut habt.« Die Sonne glitzert auf dem Wasser, und neben dem See sind die Boote zu sehen, die mein Vater und ich gemeinsam entworfen haben. »Dein Vater hat all eure Werke aufbewahrt.«

Ich lache leise und noch mehr Tränen fließen.

Als Nächstes zeigt er auf das Foto von meinem Labor in der Scheune. »Ich habe ihn gefragt, warum er das Labor all die Jahre über behalten hat, und er hat geantwortet: *Damit meine Prinzessin sich dorthin verziehen kann, wann immer ihr danach ist.*«

»Einige Male war das Leben einfach überwältigend«, gebe ich zu und wische ein paar Tränen fort.

Mit einer Kopfbewegung deutet er auf das Bild vom Stardust Café mit seinem altmodischen Schild und dem großen Panoramafenster. »Weil du so viele schöne Erinnerungen damit verbindest.« Das nächste Bild zeigt einen Sonnenuntergang über dem Bach. Sables alte Gitarre lehnt an den Steinen, auf denen wir immer gesessen haben. »Der schöne Bach, an dem du und Sable immer spazieren gegangen seid.«

»Und sie Gitarre gespielt hat«, sage ich und kann die Tränen nicht aufhalten.

»Und dir all ihre Geheimnisse verraten hat. Wo du dich ihr am nächsten gefühlt hast.« Er deutet auf das nächste Foto. »Und das ist der Baum neben der alten Kirche im Ort, wo du dich so gefühlt hast wie in Paris.«

»Wo ich einfach ich selbst sein konnte. In dem Moment sein konnte«, flüstere ich fast.

»Ganz genau, Baby.« Er führt mich vor die letzten beiden Fotos vom Eiffelturm und von dem Karussell, auf dem wir in Paris gefahren sind, die beide im dämmrigen Morgenlicht ohne eine Menschenseele in der Nähe aufgenommen wurden. »Ich dachte mir, die würden dir vielleicht fürs Büro gefallen, auch wenn sie nicht auf deiner Liste waren.«

»Ich möchte sie unbedingt dort haben. Sie alle sind wunderschön.« Ich drehe mich zu ihm um, um ihn zu umarmen, doch er hebt die Hände.

»Wir sind noch nicht fertig.« Er geht hinter das Sofa und holt zwei weitere Bilderrahmen hervor. »Ich dachte mir, die hättest du vielleicht gern für dein Haus.«

Er dreht sie herum und mir bleibt fast das Herz stehen. Das eine ist ein Foto von uns auf der Spitze des Eiffelturms beim Sonnenuntergang. Er hat den Arm um mich gelegt und wir schauen uns an. Die Zuneigung in unseren Blicken ist so greifbar und real wie die Emotionen, die mir jetzt die Kehle zuschnüren. Das zweite Foto zeigt uns beide Hand in Hand und lachend auf dem Karussell.

Der Kloß in meinem Hals löst sich gar nicht mehr. »Wer hat die gemacht?«

»Ich kann meine Quellen nicht preisgeben.« Er stellt die Rahmen vor das Sofa.

»Ich kann einfach nicht glauben, dass du das alles gemacht und dich an alles erinnert hast, was ich gesagt habe. Danke!« Ich schlinge die Arme um ihn und halte ihn ganz fest.

»Ich bin froh, dass sie dir gefallen.«

»Ich liebe sie und ich liebe die Karte.« *Und ich liebe dich.*

Er schaut mir in die Augen, und er wirkt so ernst, dass ich das Gefühl habe, er will etwas Wichtiges sagen. Doch die Ernsthaftigkeit schwindet und seine Grübchen tauchen auf. »Ich wünschte, ich hätte die Fotos selbst machen können.« Er küsst mich sanft. »Bereit für den Sonnenaufgang? Ich habe die Decken schon nach draußen gebracht.«

»Ja. Ich habe auch ein Geschenk für dich, aber das kann ich

dir erst in Oak Falls geben.«

»Das macht mich neugierig.« Er gibt mir meinen Latte, und als wir hinaus auf die Terrasse gehen, sagt er: »Willst du dein Labor oben in der Scheune einweihen?«

Ich schüttele den Kopf und lache leise.

»Den Ort aufsuchen, an dem du deine Jungfräulichkeit verloren hast, um diese Erinnerung durch eine bessere auszulöschen?«

Himmel, er liebt es, mich zum Lachen zu bringen, und das liebe ich an ihm. »Du bist unmöglich.«

Er legt die Arme um mich und küsst mich. »Und du bist meine Draufgängerin, und das bedeutet, dass alles möglich ist.«

Einunddreißig

Pepper

In Oak Falls gibt es Pferdefarmen, Cafés und gemütliche Restaurants, in denen Kunden wie Familienmitglieder begrüßt und wie wertgeschätzte Gäste behandelt werden – unabhängig davon, ob sie aus der Gegend kommen oder nicht. Das gehört zu den Dingen, die ich an meiner Heimatstadt am liebsten mag. Die Menschen sind vielleicht neugierig und verbreiten Tratsch in Windeseile, doch während wir durch den Ort fahren, in dem ich mich von einem wissbegierigen Kind zu einem vorsichtigen Teenager und schließlich zu der Frau entwickelt habe, die ich heute bin, geschieht etwas Seltsames. Mir wird bewusst, dass ich die Frau, die ich heute bin, nicht in Oak Falls geworden bin. Ich habe sie in Paris mit Clay gefunden und sie hat mit ihm in Charlottesville Wurzeln geschlagen.

Als wir uns dem Festgelände nähern, verwandelt sich meine Nervosität angesichts des Treffens meiner Familie mit uns als frischem Paar in etwas anderes. Ich bin stolz darauf, mit einem Mann zusammen zu sein, der mich als den Menschen wertschätzt, der ich bin, mit all meiner Akribie und Grübelei. Einem Mann, der mir gezeigt hat, dass es so viel mehr gibt im Leben, als der Welt zu beweisen, dass ich mehr als nur eine kluge Frau oder Wissenschaftlerin bin. Einem Mann, der mir geholfen hat, meine Ängste und Unsicherheiten zu überwinden. Dennoch hält diese Erkenntnis die Schmetterlinge nicht davon ab, in meinem Bauch herumzutoben, als wir das brechend volle Festgelände erreichen.

Wir haben einen sonnigen Tag mit fast fünfzehn Grad erwischt, und es sieht so aus, als wäre die ganze Stadt hier, um ihn zu genießen. Menschenmengen flanieren über den Rasen und schauen sich in rosa und rot dekorierten Zelten um, in denen Kunsthandwerk, Schmuck, Kleidung und andere Sachen verkauft werden. Der Duft von Gegrilltem und Popcorn liegt in der Luft. Klingel- und Glockentöne hallen aus einiger Entfernung von Kirmesbuden herüber und an Zelten und Tischen festgebundene herzförmige rote Ballons mit dem Aufdruck #TEAMPLAY auf einer Seite und #LOVE auf der anderen Seite tanzen über allem.

Während wir durch die Menge gehen, beobachten wir Eltern, die hinter Kindern mit klebrigen Gesichtern und Zuckerwatte oder einem Eis in der Hand hinterherlaufen. Paare sitzen auf Decken auf dem Boden und hören Sables Band zu, die gerade auf der Bühne steht. Surge ist für einen letzten Auftritt in der Heimatstadt zusammengekommen, bevor Tuck und die anderen Bandmitglieder nach Los Angeles abreisen. Pärchen gehen Hand in Hand übers Gelände und machen Fotos unter einer riesigen Eiche, deren Stamm mit roten Luftschlangen umwickelt ist. Von den ausladenden Ästen hängen große rote Herzen herab, auf denen in Weiß LIEBLING, LOVE, KÜSS MICH, ICH LIEBE DICH, FÜR IMMER MEIN und andere romantische Sprüche geschrieben stehen.

Ich weiß, dass meine Mutter und Amber einen Stand für das Assistenzhunde-Unternehmen meiner Mutter haben, und

Morgyn hat einen Stand für ihre außergewöhnlichen upgecycelten Artikel von Schmuck über Kleidung bis hin zu Möbeln. Ich schaue mich in der Menge nach anderen Familienmitgliedern um und bemerke, dass Leute uns verstohlene Blicke zuwerfen und uns erkennen.

Clay hebt unsere verschränkten Hände an und küsst mich auf den Handrücken. Wie immer gilt seine ganze Aufmerksamkeit mir. »Das erinnert mich an zu Hause. In Ridgeport findet zu allen Feiertagen ein Fest statt.«

»In Charlottesville gibt es zwar auch ein paar, aber ich versuche, für die Feste nach Hause zu kommen, wann immer es möglich ist.«

»Fehlt es dir manchmal, hier zu wohnen?«

Ich kräusele die Nase.

Er schmunzelt. »Also nicht so unbedingt?«

»Mir fehlt meine Familie, aber ein oder zwei Tage gelegentlich ist genug. Ich könnte niemals hierher zurückziehen, so wie Grace es getan hat. Sie hat als Theaterautorin in New York gearbeitet, und nachdem sie und Reed ihre zweite Chance auf die Liebe ergriffen haben, ist sie wieder hergezogen, er hat das Theater hier renoviert, und jetzt macht sie das, was sie liebt, mit dem Mann, den sie liebt. Aber ich brauche eine größere Stadt, nur zu groß soll sie nicht sein, das wäre mir zu anstrengend. Vermisst du Ridgeport?«

»Ich habe nie darüber nachgedacht. Es geht mir wie dir. Mir fehlt meine Familie, und es hat etwas Wohliges, wenn ich nach Hause zu meinen Eltern fahre. Aber normalerweise werde ich unruhig, wenn ich zu lange an einem Ort bin.«

»Oh! In Charlottesville bist du schon eine Weile. Hast du das Bedürfnis, bald aufzubrechen?«

»Noch nicht.« Er bleibt stehen, zieht mich in seine Arme

und sieht mich mit verspielt funkelnden Augen an. »Hast du bald die Nase voll von mir, Draufgängerin?«

»Nicht im Geringsten. Und du?«

»Ich habe nie die Nase voll von mir. Ich bin ein toller Typ.«

Ich verdrehe die Augen.

»Ich habe es nicht eilig, von dir wegzukommen, Baby.«

Er küsst mich und wir laufen weiter. Ich entdecke meinen Vater, der mit einem gut gefüllten Teller Schmalzgebäck von einem Stand kommt. Nun sieht er uns auch und ein Lächeln breitet sich auf seinem attraktiven Gesicht aus. Mein Vater ist der beständigste Mann, den ich kenne, und diese Eigenschaft erstreckt sich auf jeden Bereich seines Lebens, von der Art, wie er seine hellen kurzen Haare mit einem Seitenscheitel trägt bis hin zu seinen Khakihosen und dem blauen Pullover.

»Na, hungrig, Dad?«, frage ich.

»Das ist für deine Mutter. Du weißt doch, wie sehr sie Schmalzgebäck mag.« Er drückt mich mit seinem freien Arm. »Hab dich vermisst, Prinzessin.«

»Schön, Sie wiederzusehen, Mr. Montgomery.« Clay streckt ihm die Hand entgegen.

»Dich auch, Clay.« Mein Vater blickt auf seine Hand, schüttelt den Kopf und zieht ihn kurzerhand auch in eine Umarmung. »Ich denke, du hast es dir verdient, mich Cade zu nennen.«

»In Ordnung, also Cade. Hier ist ja ziemlich viel los.«

»Die Sonne lockt alle hervor. Wie war eure Fahrt?«, fragt mein Vater.

»Nicht schlecht. Auf den Straßen war nicht viel los«, sage ich, als gerade ein Kind in einem roten Sweatshirt mit der Aufschrift #TEAMPLAY vorbeirennt. »Was hat das mit diesem Teamplay auf sich?«

»Ach, das ist eine Aktion der Stadt, um die Leute zu ermutigen, als Team zu denken und sich gegenseitig zu unterstützen«, erklärt mein Vater.

»Das ist super«, sage ich. »Wo sind die anderen? Konnte Axsel kommen?«

»Er hat es nicht geschafft, aber Grace und Reed und auch Brindle und Trace sind hier irgendwo. Morgyn und Graham und Amber und deine Mutter sind an ihren Ständen, und Dash leitet dieses Jahr das Football-Wurf-Spiel, mit dem Geld für die Jugendliga gesammelt werden soll. Alle freuen sich darauf, euch beide zu sehen. Clay, da du nun meine Tochter datest, freue ich mich darauf, dich besser kennenzulernen.«

»Vielleicht können wir uns irgendwann einmal bei einer Bootsbau-Lektion unterhalten«, schlägt Clay vor. »Ich könnte ein paar Tipps gut gebrauchen. Pepper und ich haben vor einiger Zeit einen kleinen Wettstreit im Bootsbau gemacht und die Machwerke auf dem See um die Wette fahren lassen. Sie hat haushoch gewonnen.«

Mein Vater sieht mich überrascht an. »Du hast dir die Zeit genommen, ein Boot zu bauen und ein Wettrennen damit zu veranstalten?«

»Ja.« Ich schaue zu Clay. »Dieser Kerl hat mich in letzter Zeit dazu gebracht, einiges zu unternehmen.«

»Das klingt wie Musik in meinen Ohren.« Mein Vater beäugt Clay. »Du musst ziemlich besonders sein. Sie nimmt sich nur für die Menschen Zeit, die ihr sehr wichtig sind.«

»Dad, ich stehe direkt neben euch«, erinnere ich ihn.

»Keine Sorge«, sagt Clay zu meinem Vater. »Ich weiß, was für ein unglaubliches Glück ich habe, dass deine Tochter Zeit mit mir verbringt.«

»Hey, Braden!«

Wir schauen alle hinüber zu den Spielebuden, um zu sehen, wer Clay gerufen hat, und durch die Menge entdecke ich Dash, der ihn zu sich winkt. Clay nickt ihm zu und hebt den Zeigefinger.

»Schon gut, geh ruhig«, sage ich. »Ich komm in ein paar Minuten nach.«

»In Ordnung.« Er küsst mich auf die Wange und wendet sich an meinen Vater. »Das mit der Bootsbau-Lektion war ernst gemeint. Ich kann nicht zulassen, dass sie mich zu lange übertrumpft, sonst steigt ihr das noch zu Kopf.«

Mein Vater lacht. »Sie hat wahrscheinlich nicht erwähnt, dass sie am Ende ihrer Highschoolzeit meine Boote mit ihren um Längen abgehängt hat.«

»Tja, was soll's, da bin ich wohl verrückt nach einer Frau, die mich immer in irgendetwas schlagen wird.«

Clay zwinkert mir zu, und ich schaue ihm hinterher, als er über den Rasen zu Dash geht.

»Mir gefällt dieser verzauberte Ausdruck in deinen Augen, Prinzessin.«

Ich atme tief durch. »Ist es so offensichtlich?«

»Kleines, ich konnte den Unterschied an dir aus meterweiter Entfernung spüren.« Er hält mir den Teller mit dem Schmalzgebäck hin und ich nehme ein Stück. »Es ist ein paar Wochen her, seit die Neuigkeit über euch beide an die Öffentlichkeit gelangt ist. Wie war die Zeit? Besucht er dich oft?«

Warum rast mein Herz so? Ich breche mir ein Stück von dem Gebäck ab. »Tatsächlich war er die ganze Zeit über in Charlottesville.« Ich stecke mir die süße Leckerei in den Mund.

Überrascht hebt er eine Augenbraue. »Als Clay angerufen hat, um zu fragen, ob Hawk kommen könnte, um uns zu fotografieren, dachten wir uns schon, dass es gut zwischen euch läuft, aber wir hatten keine Ahnung, dass er bei dir ist. Wie läuft das? Du hast doch normalerweise gern deinen Freiraum?«

Mir gefällt mein Freiraum besser, wenn er darin ist, liegt mir auf der Zunge, doch eine vorsichtige Stimme flüstert mir zu, es dort zu belassen. »Kann ich dich etwas fragen?«

»Immer, Kleines.«

Nervös wische ich mir den Puderzucker von den Fingern. »Woher wusstest du, dass Mom die Richtige war?«

»Das ist eine große Frage. Hat Tante Roxie dir kürzlich Körperlotion geschickt?«

Die Schwester meiner Mutter, Roxie Dalton, lebt in Upstate New York, und ist berühmt für ihre Produkte, die sie mit Liebespräparaten versetzt. »Nein. Ich habe sie schon immer benutzt, aber nicht, weil ich an ihre geheimen Kräfte glaube.«

»Da bin ich mir nicht so sicher.«

»Dad, es ist so schon schwierig genug, darüber zu reden. Kannst du bitte einfach die Frage beantworten?« Ich esse noch etwas Gebäck und versuche, einen Blick auf Clay zu erhaschen, aber es laufen zu viele Menschen vorbei, sodass ich nur kurz seinen Hinterkopf sehe, während er sich mit Dash unterhält.

»Sofort. Warum ist es so schwer, darüber zu reden?«

»Weil es irgendwie groß, neu und beängstigend ist, und alles geht so schnell, was ja, wie du weißt, nicht meine übliche Art ist.«

»Ja, aber Liebe soll groß sein, und für viele von uns muss sie beängstigend sein.«

»Warum? Warum kann es nicht einfach leicht sein und mein Herz nicht so zum Rasen bringen, während mein Kopf versucht, da mitzuhalten?«

»Weil einige von uns zu beschäftigt sind, um das zu sehen, was direkt vor uns ist. Wenn es nicht beängstigend wäre und sich größer anfühlen würde als alles, was wir bisher erlebt hätten, dann würde es uns nicht bis ins Mark erschüttern und uns die Aufmerksamkeit abverlangen, die es verdient hat.«

Ravis Stimme rattert durch meinen Kopf. *Jeder Typ, der dich dazu bringt, die Arbeit sausen zu lassen, und der die unerschütterliche Dr. Montgomery aus der Fassung bringt, muss deine Welt auf den Kopf gestellt haben.*

»Das ist eine große Veränderung für das Mädchen, das so viel Zeit damit verbracht hat, vor ihm wegzulaufen«, sagt mein Vater und holt mich in die Gegenwart zurück.

»Ich bin nicht vor Clay weggelaufen.«

Er sieht mich streng an. »Willst du behaupten, dass ich meine Tochter nicht kenne? Denn jedes Mal, wenn er aufgetaucht ist, hatte es den Anschein, dass du schneller die Stadt verlässt, als Jerry vor Tom weglaufen kann.«

Ich stecke mir noch ein Stück von dem Schmalzgebäck in den Mund. »Ja, okay, vielleicht hat er meine Welt tatsächlich ein wenig auf den Kopf gestellt.«

»Das ist gut, mein Schatz, und vielleicht geht es so schnell, weil dein Herz genau das will.«

Ich grübele darüber nach und esse nervös weiter, während wir hinüber zu Clay gehen. Wir kämpfen uns durch die Menge hin zu Dashs Stand, an dem es vor Kindern nur so wimmelt. Ich entdecke meine Mutter, Grace und Reed, die sich mit Clay unterhalten, der Emma Lou auf dem Arm hat. Ich bin mir ziemlich sicher, dass mein Körper gerade eine Überdosis Hormone ausschüttet, als ich meine kleine Nichte auf seinem Arm sehe.

»Das ist ein Anblick, oder?«, sagt mein Vater.

Mir wird bewusst, dass ich stehengeblieben bin, und jammere innerlich auf. »Oh ja.«

»Er sieht gut aus mit einem Baby auf dem Arm.«

»Ja, das tut er.« Ich schaue meinen Vater an, und plötzlich ist es mir wichtig, dass er die Wahrheit von mir hört. »Dad, mir gefällt mein *Freiraum* besser mit Clay darin.«

Er drückt meine Hand. »Das weiß ich, Prinzessin. Sonst wäre er nicht hier. Und nur damit du es weißt: Wir mögen ihn alle auch sehr.«

Ich nicke und bin erleichtert, dass meine Familie hinter uns steht. »Du hast mir aber immer noch nicht erzählt, wie du erkannt hast, dass Mom dein Ein und Alles sein würde.«

Er schaut mit dem Ausdruck tiefer Liebe zu meiner Mutter, die ich immer schon in seinen Augen gesehen habe, und wendet sich daraufhin mir mit diesem liebevollen Blick zu. »Mir gefiel mein Freiraum mit ihr darin auch besser.«

Es schnürt mir die Kehle zu.

»Gampa!«, ruft Emma Lou und durchbricht den Moment. Sie strahlt uns mit den roten Herzen, die ihr jemand auf die Wangen gemalt hat, an. »Tante Peppa! Clay is da!« Sie befreit sich aus Clays Armen und kommt in ihren süßen rot-weiß gestreiften Leggings und dem weißen Sweatshirt mit einem großen roten Herzen vorne drauf auf uns zugerannt.

Ich hebe sie hoch und umarme sie. »Hallo, meine Süße. Hast du einen tollen Tag?«

Sie nickt energisch, legt ihre Händchen an meine Wangen und drückt ihre kleinen Lippen auf meine. »Hab dich lieb!«

»Ich dich auch.« Ich bemerke, dass Clay uns mit einem Gesichtsausdruck beobachtet, den ich bei ihm noch nie gesehen habe. Der Blick ist warmherzig und verführerisch, aber auf eine andere Art, und er gefällt mir.

Emma Lou lehnt sich mit ausgestreckten Armen zu meinem Vater hinüber. »Gampa!«

»Warte, ich nehme dir den Teller ab«, sagt Clay schnell, und ich übergebe Emma Lou an ihren Großvater.

»Pepper, mein Schatz. Ich freue mich so, dich zu sehen.« In ihrem bordeauxroten Pullover mit V-Ausschnitt und den Jeans sieht meine Mutter richtig hübsch aus. Sie umarmt mich, wobei ihre braunen Haare an meinen Wangen kitzeln und ihr vertrauter Duft mich umgibt.

»Tut mir leid, ich hab dein Schmalzgebäck gegessen.«

Sie winkt ab. »Davon soll es noch mehr geben. Clay hat uns gerade erzählt, wie du ihm bei der Idee für seine neue Stiftung geholfen hast, dass du eine neue Mitarbeiterin eingestellt hast und dass du kurz davor stehst, die Finanzierung für ein weiteres Projekt zu bekommen. Schatz, das hört sich an, als hättest du gerade richtig viel Energie.«

»Es ist viel los gewesen.« Verwundert, weil er so viel über mich erzählt hat, schaue ich Clay an.

»Ich habe nur berichtet, wie fleißig du warst«, sagt Clay.

»*Angegeben* ist wohl der bessere Ausdruck dafür«, scherzt Grace, die sich die vollen braunen Haare über die Schulter wirft, um mich dann zu umarmen. »Schön, dich zu sehen.« Flüsternd ergänzt sie: »Der vergöttert dich.«

»Ich ihn auch«, flüstere ich zurück, und es fühlt sich so gut an, es nicht zurückzuhalten. Ich trete einen Schritt zurück und betrachte ihre rosigen Wangen und die strahlenden Augen. »Du siehst so schön aus, Grace. Wie geht es dir?«

»Wunderbar, und der Arzt sagt, dass alles gut verläuft.« Sie hält die gekreuzten Finger in die Höhe.

»Ich freue mich so.« Ich umarme sie noch einmal.

»Trotzdem wird sie es jetzt gemütlich angehen«, sagt ihr breitschultriger attraktiver Renovierungsexperte und Ehemann Reed mit ausgebreiteten Armen. »Komm her, Pep.«

Ich umarme ihn. »Danke, dass du dich so gut um sie kümmerst.«

Reed legt einen Arm um Graces Schulter. »Gracie ist meine Welt.«

»Diese Montgomery-Ladys üben einen ganz besonderen Zauber aus, oder?« Clay nimmt meine Hand, zieht mich an seine Seite und küsst mich auf die Schläfe.

»Das kannst du laut sagen«, ruft Dash hinter Clay zu uns herüber.

»Brauchst du jetzt meine Hilfe?«, fragt Clay ihn.

»Nein, das geht schon. Wir brauchen dich nur gleich für den Fototermin«, sagt Dash. »Hey, Pep. Willst du mal werfen?«

»Ich denke, die Peinlichkeit erspare ich mir. Danke, Dash.«

Clay hebt eine Augenbraue. »Du willst es nicht einmal versuchen?«

»Nein, und außerdem ist da gerade eine Horde Kinder auf dem Weg zu ihm.« Ich deute auf eine Gruppe Teenager, die zu Dashs Stand eilen.

»Glaub mir, sie macht das Richtige«, sagt Grace.

»Er weiß, dass ich keine Sportskanone bin«, sage ich. »Aber im Bowling habe ich ihn an die Wand gespielt.«

»Du bist eine herausragende Bowling-Spielerin«, sagt meine Mutter. »Cade, weißt du noch, als wir Pepper und Sable für Fußball angemeldet haben?«

Ich stöhne auf. »Müssen wir das wirklich aufwärmen?«

»Unbedingt!«, sagt Clay.

»Ihr beide wart so süß«, sagt mein Vater mit Emma Lou auf dem Arm. »Wenn Pepper den Ball bekam, ist Sable immer über das Feld gestürmt und hat alle Kinder aus dem Weg geräumt, damit ihre Schwester das Tor schießen konnte.«

»Das nenne ich mal Loyalität«, sagt Clay.

»Sable ist wirklich loyal, aber unsere liebe, kluge Pepper ist über das ganze Feld gerannt und am Ende einfach stehengeblieben!«, erklärt meine Mutter. »Dann stand sie immer da und hat überlegt, aus welchem Winkel sie wohl am besten den Ball ins Tor schießt.«

Clay drückt mich. »Meine Lady wollte es auf die bestmögliche Weise machen.«

»Ja, aber so haben die anderen Kinder immer versucht, mir den Ball wegzunehmen, und Sable hat sie weggeschubst. Wegen mir wurde sie aus dem Team geworfen.« Ich schaue zu Clay auf. »Sie war meine persönliche Verteidigerin.«

»Ist sie immer noch«, sagt Grace. »Wenn es sich nicht gerade um Bowling handelt, hat Pepper überhaupt kein Händchen für alles, was mit Bällen zu tun hat.«

Die Männer unterdrücken ihr Lachen.

»Was redet ihr da über meine Schwester und ihren Umgang mit Bällen?« Sable kommt gerade mit Kane zu uns herüber und löst damit noch mehr Gelächter aus. »Hey, Schwesterherz, setzt Braden dir wegen irgendetwas zu? Denn dann werde ich ihm mal die Meinung sagen.«

»Nein, macht er nicht.«

Sable zeigt auf Clay. »Du und ich, wir müssen uns noch etwas besser kennenlernen.«

»Jetzt geht's los.« Mein Vater schüttelt den Kopf.

»Sable!«, warne ich sie.

»Schon gut, Baby«, beruhigt Clay mich. »Sable, du solltest uns mit Kane mal in Charlottesville besuchen. Dann kannst du mit uns Eisbaden gehen.«

Der schockierte Gesichtsausdruck auf allen Gesichtern bringt mich zum Lachen und *uns besuchen* lässt mich ganz schwach werden.

Sable winkt ab. »Ja, klar. Pepper war noch nie Eisbaden.«

»Jetzt schon«, sage ich und muss grinsen, als mein Zwilling mich mit offenem Mund anstarrt. »Clay öffnet mir die Augen für viele Dinge, die ich noch nie getan habe.«

»Darauf wette ich«, erwidert sie mit einem verschmitzten Lächeln.

Die Stunden vergehen mit Lachen, gestohlenen Küssen und viel Spaß mit Freunden und Familie. Clay und ich amüsieren uns an den Spielbuden, und wir treffen Ravi und seine Familie, die mit uns zu Mittag essen. Wir schauen uns an jedem Stand um und Clay kauft seiner Mutter eine Halskette von Morgyn. Er macht Fotos mit aufgeregten Fans und gibt Autogramme, wenn er darum gebeten wird. Überrascht stelle ich fest, dass mir diese Aufmerksamkeit nicht mehr unangenehm ist. Es ist ein gutes Gefühl, mitzuerleben, dass er für seine harte Arbeit Anerkennung bekommt.

Wir haben so viel Spaß und ich bin so aufgedreht, dass ich es am Nachmittag keine Minute mehr abwarten kann, ihm sein Geschenk zu geben. »Bist du bereit für dein Valentinsgeschenk?«

Er setzt einen verführerischen Blick auf. »Ich bin immer bereit, Baby.«

»*Das* ist es nicht. Komm mit.« Ich nehme seine Hand und eile Richtung Ausgang.

»Wohin gehen wir?«

»Das wirst du schon noch sehen.«

Schon bald rennen und lachen wir, küssen uns zwischendurch, und ich erdulde einen Klaps auf den Hintern, der mich zum Kreischen bringt und noch schneller laufen lässt. Als wir die Main Street erreichen, bin ich aus der Puste. Wir gehen weiter und erfreuen uns an dem Schriftband, das über der Straße hängt und das Festival ankündigt, und an den großen roten Schleifen, die die altmodischen Laternen schmücken. Die Schaufenster sind rot und rosa dekoriert und mit Schildern versehen, auf denen OAK FALLS UNTERSTÜTZT #TEAMPLAY steht.

»Behaupte nie wieder, dass du nicht sportlich bist.« Clay zieht mich zu einem Kuss an sich. »Wenn du willst, kannst du ganz schön die Hufe schwingen. Wohin geht's?«

Wieder toben die Schmetterlinge in meinem Bauch. Ich kann selbst kaum glauben, was ich vorhabe, aber ich weigere mich, jetzt einen Rückzieher zu machen. Ich ziehe die Tür zum Stardust Café auf und winke ihn hinein.

»Pepper Montgomery!«, ruft mir Winona Hanson, ein rothaariges Energiebündel, vom Tresen aus entgegen, was die Aufmerksamkeit einiger Kunden erregt, die auf roten Hockern sitzen. Auch ein Paar, das in einer Ecke sitzt, schaut auf. »Ich habe mich schon gefragt, ob ich dich an diesem Wochenende wohl mit deinem berühmten Schatz sehen würde.«

»Hallo, Win.« Ich schlinge meinen Arm um den von Clay. »Darf ich vorstellen? Das ist Clay Braden. Clay, das ist Winona Hanson, sie führt das Café.«

»Freut mich!«, sagt Clay. »Ich wette, du bekommst hier allen möglichen pikanten Klatsch mit.«

»Nicht umsonst ist *Tratschzentrale* unser zweiter Name.« Sie nimmt einen Teller vom Tresen und hält uns Kekse in Herzform hin, auf denen in roter Zuckerschrift #TEAMPLAY steht. »Keks gefällig? Geht heute aufs Haus.«

»Danke.« Clay und ich nehmen uns beide einen und er sagt: »Es ist schön, wie sehr sich hier alle für die Gemeinschaft einsetzen.«

Ein Typ am Ende des Tresens ruft herüber: »Gemeinsam für Teamplay!«

»Oak Falls hält immer zusammen«, sagt Winona. »Wollt ihr euch setzen? Dann komme ich gleich zu euch.«

»Danke, aber wir sind nicht zum Essen hier«, sage ich. »Ich wollte Clay nur die ›Lass es raus‹-Wand zeigen.«

»Die muss man gesehen haben«, bestätigt sie. »Sagt Bescheid, wenn ihr etwas braucht.«

Ich nehme Clays Hand und führe ihn in den hinteren Bereich des Cafés.

»Heißt das, ich werde sehen, was du darauf geschrieben hast?«

»Ganz genau.« Vor der Wand bleiben wir stehen und er betrachtet sie eingehend. »Dieses Café ist Kult. Fast alle Jugendlichen, die je in Oak Falls gelebt haben, haben hier irgendwann einmal eine Zeit lang gejobbt, und jeder, der in der Gegend gewohnt hat, hat sich wahrscheinlich auf der Wand verewigt.«

»Hast du hier mal gearbeitet?«

»Ja, einen Sommer lang. Es hat Spaß gemacht, aber es war ziemlich schwierig, alles auf die Reihe zu kriegen. Hast du jemals gekellnert?«

»Nein, aber ich habe mal einen Sommer lang in einem Sportgeschäft gejobbt. Die Kunden haben mich in den Wahnsinn getrieben, aber es war super, um Mädchen kennenzulernen. Wenn du in den Laden gekommen wärst, hätte ich dich sicher um ein Date gebeten.«

»Dazu wäre es niemals gekommen«, sage ich belustigt.

»Wie kommst du darauf? Natürlich hätte ich dich gefragt.«

»Das bezweifle ich, doch das meinte ich nicht. Ich wäre niemals in ein Sportgeschäft gegangen.«

Er grinst mich an. »Doch, wenn du gewusst hättest, dass ich da arbeite. Du hättest mir nicht widerstehen können.«

Er zieht mich zu einem Kuss an sich und ich muss ihn einfach ärgern.

»Ich glaube, ich weiß jetzt, warum deine Schulter wehtut. Dir ist eine Menge zu Kopf gestiegen und der ist jetzt viel zu schwer.«

Er lacht. »Du magst meinen Schädel, gib's zu. Und jetzt hör auf, mich abzulenken, damit ich herausfinden kann, wer so besonders war, dass du dich hier mit ihm verewigt hast.« Er geht an der Wand entlang und liest minutenlang die verschiedenen Inschriften, bevor er in der oberen linken Ecke auf ein Herz mit zum Teil verdeckten Namen darin zeigt. »Sind das deine Eltern?«

»Du hast ja Adleraugen.«

»Anscheinend nicht, denn ich finde weder deinen Namen noch deine Initialen.«

»Such weiter.«

Während er die Wand unter die Lupe nimmt, wringe ich die Hände und nehme all meinen Mut zusammen, um meine Unsicherheit loszuwerden und das Bedürfnis zu überwinden, mich weiterhin hinter der emotionalen Mauer zu verkriechen, die mich so lang beschützt hat. Mein Herz pocht, und ich habe das Gefühl, mich übergeben zu müssen, doch ich will ihm das hier so sehr schenken, wie ich noch nie etwas wollte. Ich nehme mir einen Permanentmarker, ziehe einen Stuhl zur Wand heran und klettere mit zittrigen Beinen hinauf.

»Pass auf!« Clay kommt eilig hinter mich und legt die Hände an meine Beine, damit ich nicht falle. »Was machst du da?«

Ich kann nicht antworten. Meine ganze Konzentration liegt darauf, meine Hände nicht allzu sehr zittern zu lassen, damit ich ein großes Herz zeichnen und DRAUFGÄNGERIN LIEBT MR. NICHT GANZ SO PERFECT hineinschreiben kann. Ich weiß, dass er es von dort, wo er steht, nicht sehen kann, und als er mir vom Stuhl herunterhilft, berühre ich seine Wange, damit er seine Aufmerksamkeit auf mich richtet. »Der Grund dafür, dass du meinen Namen nicht findest, liegt darin, dass ich noch nie etwas an die Wand geschrieben habe.«

»Nicht einmal über dich und Ravi?«

Ich schüttele den Kopf.

»Warum nicht?«

»Keine Ahnung«, sage ich ehrlich. »Mir war nie so richtig klar, warum ich nicht wie alle anderen etwas an die Wand geschrieben habe. Ich wollte es einfach nie. Aber jetzt glaube ich, es lag daran, dass mein Herz auf dich gewartet hat.« Der letzte Teil des Satzes kommt zittrig und leise heraus und klingt ebenso nervös, wie ich mich fühle.

Er schaut mir einen langen Moment in die Augen, bevor er einen Schritt zurücktritt und an der Wand hinaufschaut. Ich kann kaum atmen, während er sie betrachtet und sich mit ernstem Blick wieder mir zuwendet.

»Du musst es nicht sagen«, bringe ich hastig hervor. »Ich wollte nur, dass du es weißt, bevor du zurück in dein wahres Leben gehst, wann immer das auch ist.«

»Mein *wahres* Leben?«, fragt er leise und etwas schroff.

»Du weißt schon, was ich meine. Wenn du trainierst oder in der Saison bist oder wie du das auch nennst.«

Seine Kiefermuskeln zucken und ein Schweigen breitet sich zwischen uns aus. Gerade als meine Unsicherheit mich überwältigen will, tritt er näher an mich heran und lässt die Finger über meine Wange gleiten. »Draufgängerin«, sagt er ernst, und seine Augen blicken tief in meine, während ein unglaublich warmes, so liebevolles Lächeln in sein Gesicht tritt. »*Du* bist mein wahres Leben. Weißt du denn nicht, dass ich mich vom ersten Tag an immer mehr in dich verliebt habe?«

Erleichterung durchflutet mich und die Tränen sind nicht weit weg. »Wirklich?«

»Wie sollte ich nicht? Du weißt, wie sehr ich Herausforderungen liebe.«

Der scherzhafte Ton in seiner Stimme wird überlagert von all den Emotionen, die zwischen uns pulsieren, und er legt seine Lippen zu einem so liebevoll zärtlichen Kuss auf meine, dass er sich noch tiefer in meinem Herzen verankert.

Zweiunddreißig

Pepper

Nachdem wir das Café verlassen haben, sagt Clay, dass er die Stadt mit meinen Augen sehen möchte, und schon liebe ich ihn gleich noch mehr. Ich liebe alles an uns, aber wie wir so Hand in Hand gehen und uns ganz entspannt unterhalten, ohne unangenehmes Schweigen oder die Notwendigkeit, unterhaltsam sein zu müssen, gehört zu meinen Lieblingsseiten an uns. Gelegentlich schaue ich ihn an und frage mich, wie wir hier gelandet sind. Manchmal schauen wir uns ungläubig an, als könnten wir nicht glauben, dass wir uns ineinander verliebt haben. Wir sagen kein Wort. Er zieht mich einfach zu einem Kuss an sich oder wir lachen beide. Auch das mag ich an uns.

Er weckt die verspielte Seite meines immer auf Hochtouren laufenden Hirns, und ich kann aufhören, alles zu zerpflücken.

Ich gehe mit ihm an den Ort meines ersten Kusses, und mein ehrgeiziger Freund versucht, diese Erinnerungen fortzuküssen. Als ich ihm den Baum auf dem Hügel bei der alten Kirche zeige, macht er ein Foto von uns beiden dort. Ich erinnere mich noch, wie erstaunt ich war, als er das erste Foto von uns vor dem Buchladen gemacht hat. Niemals hätte ich gedacht, dass wir einmal hier stehen würden, und jetzt kann ich mir mein Leben ohne ihn nicht mehr vorstellen.

Wir hören, wie Surge gerade auf der Bühne das Lied »Do I Make You Wanna?« spielt, als wir zum Festgelände kommen. Clay geht rückwärts weiter, zieht mich zu dem Bereich vor der Bühne, wo die Leute tanzen, und singt mit, fragt mich, ob ich all die Dinge tun will, von denen im Lied die Rede ist. Doch er ändert den Text – *Willst du aufbleiben, um den Sonnenaufgang zu sehen? Mich im Mondschein lieben? Am Morgen kuscheln?* – und eine Reihe von anderen Dingen, die ich ohne jeden Zweifel wegen ihm und mit ihm tun will.

Wir tanzen durch die Menge hindurch, er wirbelt mich herum und singt meist schief mit. Der nächste Song ist »Lose Control« und Clay zieht mich in seine Arme. »Sie spielen unser Lied, Draufgängerin.«

Seine blauen Augen lassen mich, wie so oft, nicht los. »Daran erinnerst du dich noch?«

»An jede einzelne Sekunde, die wir zusammen waren.«

Innerlich versehe ich das mit einer Schleife und verstaue es tief in mir, um mich jederzeit wieder daran erfreuen zu können. Unsere Körper bewegen sich harmonisch miteinander und die Hitze zwischen uns steigt so rasch wie immer. Ich versuche, mich nicht darin zu verlieren, und genieße einfach das Gefühl, das er mir stets gibt.

Als würde er das Gleiche denken, erscheint auf seinem schönen Gesicht ein anzügliches Grinsen. »Meinst du, alle Leute können es sehen, dass ich gerade daran denke, dir die Jeans herunterzuziehen und vor dir auf die Knie zu gehen?«

Meine Gedanken geraten ins Stolpern, und das Funkeln in seinen Augen verrät mir, dass er genau das damit erreichen wollte. »Was, wenn ich Ja sage?«

»Dann würde ich sagen, wir sollten ihnen diese Show liefern.«

»Das wagst du nicht.«

Er legt seine Wange an meine. »Nein, aber das hole ich heute Abend nach.«

Ein heißer Schauer läuft mir über den Rücken. »Ist das ein Versprechen?«

»Das weißt du doch.«

Das Lied geht zu Ende und er hält mich weiter in seinen Armen. Ich halte den Atem an und warte auf seinen Kuss, doch als sein Mund sich meinem nähert, wirbelt er mich plötzlich herum. Er lacht laut und fröhlich und zieht mich wieder an sich.

»Himmel, Baby, dieses Lächeln haut mich jedes Mal aufs Neue um«, sagt er mit rauer Stimme, legt seine Lippen auf meine und raubt mir den Atem mit einem Kuss.

Während die Band »My Person« spielt, tanzen wir langsam und aneinandergeschmiegt, während Clay jedes Wort mitsingt, einige davon aber austauscht, so wie *Mai Tai* anstatt *Mojito*, und dann singt er davon, dass wir nie im Bett bleiben, um Kaffee zu trinken, und wie sehr es ihm gefällt, wenn ich mir einen seiner Hoodies stibitze. Ich tue es ihm gleich und erfinde auch meinen eigenen Text. Ich singe davon, dass er beim Tanzen mein Herz zum Rasen bringt und dass ich im Bett bleiben will, aber nicht um einen Kaffee zu trinken. Das quittiert er mit einem heiseren Lachen.

»Ich bin verrückt nach dir, Draufgängerin.«

Mein Herz fühlt sich an, als würde es jeden Augenblick aus mir heraus und auf ihn zu stürmen. »Ich bin auch verrückt nach dir.«

Er beugt sich herunter, um mich zu küssen, hält jedoch inne, um mit zusammengezogenen Augenbrauen über meine Schulter hinwegzuschauen. »Äh, Pepper. Das solltest du dir vielleicht anschauen.«

Ich folge seinem Blick und merke, dass wir die einzigen vor der Bühne sind und alle anderen ein rotes Sweatshirt mit der Aufschrift #TEAMPLAY tragen.

Applaus und Jubel brandet auf und gleichzeitig brüllt die Menge immer wieder »Teamplay, Teamplay!«

Ich schaue mich um und erwarte, eine Kindermannschaft oder sonst irgendetwas zu entdecken. Ich flüstere: »Vielleicht sollten wir lieber mal von der Bühne weggehen.« In dem Versuch, zu verstehen, was vor sich geht, schaue ich zu Sable hoch. Sie und ihre Bandkollegen streifen sich ebenfalls diese roten Sweatshirts über.

Sable tritt ans Mikrofon und die Menge wird still, als sie verkündet: »Ladys und Gentlemen, darf ich vorstellen: Team Play!«

Wieder dreht die Menge auf. Clay und ich klatschen ebenfalls und gehen rückwärts zur Seite, um dem Team Platz zu machen.

»Das seid ihr, Pep!«, ruft Brindle, die mit Morgyn und Amber aus der Menge heraustritt.

Ich erstarre.

»Du und Clay habt jetzt euren eigenen Hashtag!« Morgyn gibt uns beiden ein Sweatshirt. »Brindle hat es sich ausgedacht.«

»Team *Play!*«, ruft Amber. »*P* für Pepper und *lay* für Clay!«

Die Leute um uns herum johlen und einer ruft: »Das hat Mr. Montgomery hoffentlich nicht gehört!« Die Menge bricht angesichts der anzüglichen Anspielung auf Clays Ruf in schallendes Gelächter aus.

Clay lacht und zieht mich an seine Seite. »Unser eigener Hashtag, Baby! Das ist genial!«

»*Omeingott*, Brindle!« Meine Wangen glühen. »Du hast den

ganzen Ort da mit reingezogen?«

»Guck mich nicht so an«, beschwert Brindle sich, während die Menge leiser wird. »Wenn wir euch nicht verkuppelt hätten, würdest du noch immer vor Clay davonlaufen.«

»Wovon redest du? Du hattest doch nichts damit zu tun, dass wir zusammengekommen sind.«

»Ich allein nicht.« Brindle dreht sich zu der Menge um und ruft: »Kuppler, vereinigt euch!«

Verblüfft und wortlos verfolge ich, wie meine Eltern, Grace, Dash und Ravi hervortreten und auch Sable von der Bühne herunterkommt und sich zu ihnen stellt.

»Wa… ihr alle … Grace? Ravi?«

Ravi hält die Hände ergeben in die Höhe. »Jemand musste ja dafür sorgen, dass du nicht wegen der Arbeit den Paristrip absagst.«

In diesem Moment fällt mir ein, dass Grace mich anfangs davon überzeugt hat, nach Paris zu reisen, als ich noch un-schlüssig war.

»Ich würde ja sagen, es tut mir leid«, sagt Grace, »aber das stimmt nicht.«

»Wir mussten etwas unternehmen, damit du nicht mehr vor Clay weglaufen kannst«, fügt Morgyn hinzu.

»Und Clay brauchte dich«, ergänzt Amber. »Er hatte gerade die Playoffs verloren.«

»Wir wussten, dass du der einzige Mensch warst, der ihn vom Sport ablenken konnte«, sagt Dash.

»Danke, Leute!«, sagt Clay und ich blicke ihn wütend an. »Was ist? Ich hab meine Lady bekommen. Ich bin glücklich.«

»Ich bin auch glücklich«, bekräftige ich. »Aber ich fasse es nicht, dass hinter unserem Rücken so eine Intrige abgelaufen ist. Mom? Du und Dad … ihr wusstet davon?«

»Schatz, es war so offensichtlich, dass du dich zu Clay hingezogen gefühlt hast, doch du hast dir selbst im Weg gestanden«, sagt meine Mutter. »Wir haben nicht viel mehr gemacht, als uns im vergangenen Jahr ein paar Gründe einfallen zu lassen, ihn einzuladen.«

»Dad!«

Mein Vater deutet mit dem Daumen auf meine Mutter. »Das war ihre Idee.«

Die Menge lacht.

»Was regst du dich so auf?« Sable tritt einen Schritt vor. »Du hast den Typen bekommen, den du schon die ganze Zeit angeschmachtet hast. Jetzt halt den Mund und küss ihn endlich!«

Die Menge jubelt und Clay zieht mich in seine Arme. »Was meinst du, Draufgängerin? Sollen wir ihnen zeigen, wie recht sie hatten?«

Ich weiß, dass neben allem, was ich je getan habe und jemals tun werde, dieser Moment der einzige sein wird, den ganz Oak Falls mit mir in Verbindung bringen wird. Mein Vernunfthirn rät mir, mich zurückzuhalten, doch mein liebendes Herz sagt: *Was soll's!* »Küss mich, als würdest du nie aufhören wollen, oder lass es ganz sei…«

Pfiffe und Gejohle branden auf, als meine Worte von seinen köstlichen Lippen geschluckt werden. Clay drückt mich fest an sich, und ich erwidere den Kuss vehement und besitzergreifend, denn alle sollen wissen, dass er zu mir gehört und ich zu ihm gehöre. Er wird ungestümer, und ich gehe auf die Zehenspitzen, während er mich mit seinen muskulösen Armen so fest hält, dass ich kaum atmen kann. Doch das brauche ich auch nicht, denn er atmet für mich. Seine Hand gleitet in meine Haare, meine Gedanken lösen sich auf, der Lärm der Menge wird zu einem weißen Rauschen, und ein Gefühl der Freiheit erfasst mich, das ich bisher nicht kannte.

Unsere Lippen lösen sich nach einer Reihe von sanften Küssen schließlich voneinander, und als ich den Jubel wieder höre, kann die vernünftige Frau in mir gar nicht fassen, dass ich das gerade getan habe.

Aber die Draufgängerin lächelt übers ganze Gesicht, als sich meine Familie um uns drängt, uns umarmt und peinliche Kommentare von sich gibt, die mich erröten lassen. Ich beschwere mich bei meinen Geschwistern wegen ihrer Aktion, doch ich verzeihe ihnen auch gleich wieder. Dash sagt, dass es ihm nicht leidtut und dass er und Amber schon bei ihrer Hochzeit wussten, dass wir zusammengehörten.

Als sich der Tumult langsam legt und die Menge sich zerstreut, machen sich Sable und ihre Band wieder auf den Weg zur Bühne und mein Vater kommt zu mir. »Entschuldige, dass wir dich ausgetrickst haben, Prinzessin.«

»Du kannst von Glück sagen, dass ich ihn mag, sonst wärst du auf meiner schwarzen Liste gelandet.« Wir lachen beide. »Tut mir leid, dass wir uns gerade so haben gehen lassen. Ich weiß, das war etwas zu viel des Guten.«

»Es sollte dir niemals leidtun, der Welt dein Herz zu offenbaren.«

Das Geräusch eines Hubschraubers dröhnt in unseren Ohren und Sable verkündet: »Team Play, euer Taxi ist da!«

Ich drehe mich zur Bühne um. »Was?« Clay kommt zu uns herübergelaufen.

»Tut mir leid, Cade, aber wir müssen los. Komm mit, Pep.« Er nimmt meine Hand und zieht mich in Richtung des Platzes, auf dem der Hubschrauber gerade landet.

»Viel Spaß«, ruft mein Vater. »Dash und ich bringen euer

Auto nach Hause!«

Meine Familie und die Freunde winken uns hinterher.

»Wohin gehen wir? Und warum wissen alle außer mir davon?«, frage ich und muss mich anstrengen, um mit Clay mitzuhalten. »Wessen Hubschrauber ist das?«

»Seths. Er steuert ihn.«

»Dein Bruder ist Pilot?«

»Unsere Familie besteht nur aus Strebern. Wir treffen sie alle in Ridgeport.«

Ich bleibe stehen. Mein Herz hämmert. »Wir treffen deine Familie? Warum hast du mir das nicht gesagt? Ich sehe unmöglich aus.«

Der Wind vom Hubschrauber weht mir die Haare ums Gesicht. Er legt die Hände um meine Wangen und sieht mich mit seinen glücklich leuchtenden blauen Augen an. »Du bist immer wunderschön«, sagt er über den Lärm hinweg. »Meine Familie wird dich so irrsinnig lieb haben wie ich, und außerdem sind unsere Taschen und Jacken im Hubschrauber. Es ist wirklich schwer, unsere Familie an einem Ort zusammen zu bekommen, und heute Abend läuft der Pilotfilm von Flynns und Suttons Dokumentarreihe *Heart Stories*. Ich möchte, dass du bei mir bist, wenn wir sie überraschen. Es tut mir leid, dass ich dir nichts davon erzählt habe. Ich wollte einfach nicht, dass du vor Nervosität durchdrehst.«

»Hat ja super geklappt! Ich drehe durch!« Meine Gedanken rasen, doch mein Herz droht zu platzen. »Ich bin froh, dass du mit mir dort sein möchtest, aber wenn das nächste Mal etwas so Großes ansteht, kannst du mir dann bitte vorher Bescheid sagen?«

»Versprochen! Und jetzt komm.«

Wir rennen zum Hubschrauber, der irre laut ist. Clay hilft

mir hinein und gibt mir Kopfhörer. Wir setzen sie auf, und als wir unsere Plätze einnehmen und uns anschnallen, dreht Seth sich zu uns um, um uns zu begrüßen. Er hat volle dunkle Haare, trägt eine Brille und ein verdammtes rotes #TEAMPLAY-Sweatshirt. »Willkommen an Bord, Team Play«, sagt er über das Headset.

»Du auch?«, rufe ich und sehe Clay mit großen Augen an.

»Du brauchst mich gar nicht so anzuschauen«, sagt Clay.

Seth lacht. »Dash hat alle und alles in Bewegung gesetzt. Schön, dich zu sehen, Pepper. Jetzt lasst uns mal schauen, ob wir diesen Vogel zum Zwitschern kriegen.«

Ich kralle mich an Clays Hand, als der Hubschrauber hochsteigt. »Bist du sicher, dass er weiß, wie er dieses Teil fliegen soll?«

»Das hoffe ich doch!«, sagt Seth über das Headset.

»Oh, du meine Güte. Das hast du gehört? Ich wollte damit nicht sag…«

Clay rettet mich, indem er mit seinen Lippen meinen Mund verschließt, und die tiefe Stimme seines Bruders dröhnt durch die Kopfhörer: »Wenn da hinten die Klamotten fallen, drücke ich auf den Knopf für die Schleudersitze.«

Dreiunddreißig

Clay

»Wieder ein Flug ohne Absturz«, scherzt Seth, als wir vom Flugfeld zum Parkplatz gehen. »Damit sind es schon zwei.«

Pepper reißt die Augen auf. »Du bist das Teil erst zwei Mal geflogen?« Entsetzt schaut sie mich an. Ich finde sie mit ihrer Cabanjacke und dem grüngoldenen Tuch, das ich ihr geschenkt habe, einfach zu verflixt hübsch.

»War nur ein Witz.« Ich nehme unsere Tasche in die andere Hand und lege den Arm um sie. »Ich würde dich niemals in Gefahr bringen.«

»Das ist gelogen«, sagt Seth. »Du bist dabei, sie einem Löwen zum Fraß vorzuwerfen.« Er deutet auf Noah, der neben einem glänzenden schwarzen Luxus-SUV steht und sich mit unseren Großeltern unterhält. Victory tigert in einigen Metern Entfernung telefonierend auf und ab.

Noah schaut herüber und zeigt sein jungenhaftes Lächeln, das die Herzen – und Slips – der Frauen zum Schmelzen bringt. »Da sind sie ja!« Er kommt uns in Jeans und einer schwarzen Ballonjacke entgegen. Wie üblich funkeln seine Augen verschmitzt. Seine sandblonden Haare sind an den Seiten kurz geschnitten, das Deckhaar ist länger und ebenso vom Wind zerzaust wie Seths Frisur. »Clay, das ist aber nett von dir, dass du mir so ein wunderschönes Date mitbringst.«

Seth lacht. »Hab ich doch gesagt.«

Ich schüttele den Kopf und mein Großvater schmunzelt. Victory beendet ihr Gespräch und kommt zielstrebig zu uns herüber, wobei ihr die dunklen Haare über die Schultern ihres schicken braunen Mantels fallen.

»Hallo«, sagt Pepper. »Du gehörst wohl zur Familie und musst Noah sein.«

»Und du gehörst mir für die Nacht«, antwortet Noah mit einem Songzitat und zieht sie zu einer Umarmung an sich.

»Hey, etwas Respekt, bitte«, sage ich.

»Spricht da etwa jemand, der im Glashaus sitzt?«, fragt Victory.

»Ich denke ja«, sagt Seth.

Ich lege eine Hand auf Peppers Rücken. »Hör nicht auf die. Die wollen nur Unruhe stiften.«

»Ich habe das Gefühl, davon wird es an diesem Wochenende einige geben«, sagt meine geistreiche, mollige Großmutter, die uns liebevoll ansieht. »Pepper, Kleines. Ich bin Lara, Clays Großmutter, und das hier ist mein Mann Bradshaw.« Sie berührt meinen Großvater am Arm. »Es ist so ein Vergnügen, dich kennenzulernen.«

Sie umarmt Pepper, die lächelnd erwidert: »Ich freue mich auch. Ich habe viel über euch alle gehört.«

»Glaub ihm kein Wort«, mischt Victory sich ein, noch bevor mein Großvater sie begrüßen kann. »Ich bin Victory, und ich bin so froh, dass du hier bist.« Sie umarmt Pepper. »Ich brauche dringend eine Frau an meiner Seite, die mir hilft, dem Testosteron hier die Stirn zu bieten.«

»So, das reicht dann jetzt mal mit der weiblichen Verbundenheit«, sagt mein Großvater. Er hat sich im Laufe der Jahre kaum verändert. Seine Stimme ist noch so reibeisern und gleichzeitig so wohlig warm wie ein Sommertag. Er hat noch immer eine breite Brust und trägt die mittlerweile eher schnee- als sandfarbenen Haare bis zum Kragen und einen gestutzten Bart. »Ihr Frauen seid klüger als wir, und das macht es gefährlich, wenn ihr euch zusammentut. Pepper, nachdem wir uns monatelang von diesem Kerl anhören mussten, dass du ihn nicht beachtest, verstehe ich nun endlich warum. Du bist doppelt so hübsch wie er.«

»Das will viel sagen. Danke«, sagt sie, als er sie umarmt.

Ich begrüße alle ebenfalls mit einer Umarmung und verfrachte unsere Tasche in den Kofferraum. »Also gut, Leute. Wir müssen einen Plan schmieden, bevor wir aufbrechen. Kommt her.« Ich breite die Arme aus und warte darauf, dass alle die Köpfe zusammenstecken. »Wir haben nicht oft Gelegenheit, Flynn und Sutton zu überraschen, also lasst uns das richtig angehen«, raune ich allen zu.

»Wir müssen sie kalt erwischen«, sagt Victory.

»Warum redet ihr so leise?«, fragt mein Großvater.

»Warum drängen wir uns so eng aneinander?«, fragt Seth.

»Keine Ahnung, aber es gefällt mir.« Noahs Arm liegt um Peppers Schulter und er zeigt ihr wieder dieses verdammte Lächeln. »Bleib ganz dicht bei mir, Pep. Wir überlegen uns unsere ganz eigene Überraschung.«

»Den Teufel wirst du tun.« Ich packe Noah hinten an seiner Jacke und ziehe ihn von ihr weg, woraufhin alle lachen.

Victory stellt sich neben Pepper: »Ich würde ja sagen, dass sie sonst nicht so sind, weil Clay nie Frauen mit nach Hause bringt, damit wir sie kennenlernen können, aber die benehmen sich ständig so. Ich würde es dir nicht verübeln, wenn du den nächsten Flieger zurück nimmst.«

»Wir kommen gerade von einer Veranstaltung, auf der meine hinterhältige Familie die ganze Stadt – von den Kindern bis hin zu den Großeltern – dazu gebracht hat, Sweatshirts mit dem Hashtag TEAMPLAY zu tragen. *P* für Pepper und *lay* für Clay.«

Seht öffnet seine Jacke, und alle lachen, als sie das Sweatshirt sehen.

»Ballons und Kekse gab es auch damit«, sagt Pepper. »Es war der Wahnsinn.«

»Hört sich so an, als wärst du einiges gewohnt«, sagt Victory.

»Ja, aber das ist nicht der Grund dafür, dass ich bleibe.« Pepper schenkt mir einen liebevollen Blick. »Wenn ich allein nach Hause komme, müssen sie all die Sweatshirts in Team *lay* abändern, und diese Anspielung auf Clays Ruf ist für Kinder nicht angemessen.«

Wieder lachen alle.

»Dann wird sie dich wohl nicht mehr los, Clay«, sagt mein Großvater. »Wie wär's, wenn wir uns jetzt mal auf den Weg machen, damit wir nicht zu spät zum Essen kommen?«

Während die anderen ins Auto steigen, nehme ich Pepper in den Arm und küsse sie. »Du bleibst also nur wegen der Sweatshirts?«

»Deswegen und wegen deiner süßen Brüder«, scherzt sie und setzt sich ins Auto neben Noah, der sofort den Arm um sie legt.

»Du machst mich fertig, Draufgängerin.«

Ich atme die salzige Luft ein, als wir aus dem Auto aussteigen, und schaue zu dem ausladenden zweistöckigen Haus meiner Eltern mit Blick auf die malerische Küste auf. Schöne Erinnerungen an Nachmittage draußen mit Freunden, an spielerisches Gerangel mit meinen Brüdern im Garten und abendliche Lagerfeuer mit meiner Familie kommen auf.

»Es ist wunderschön hier«, sagt Pepper. »Habt ihr hier gelebt, nachdem ihr nicht mehr herumgereist seid?«

»Ja.«

Sie betrachtet das Haus voller Bewunderung. »Drinnen ist es mit Sicherheit auch schön.«

»Es ist alles sehr offen gestaltet. Es gibt zwei Treppen und eine riesige Küche mit einer Insel, an der sechs Leute sitzen können und von der aus man den großen Raum überblickt, der den ganzen hinteren Teil des Hauses einnimmt. Du wirst es lieben. Durch die großen Panoramafenster schaut man hinaus aufs Meer, und draußen ist eine große Terrasse mit einer Feuerstelle.«

»Vielleicht reise ich überhaupt nicht mehr ab. Kein Wunder, dass du dir so ein edles Haus gemietet hast.«

»Ich dachte, dir gefällt das angemietete Haus.«

»Es gefällt mir auch, aber trotzdem ist es edel.«

»Das Haus hier sieht von außen auch edel aus, aber glaub mir, die Möbel sind angenehm gebraucht und weisen die Spuren unserer wilden Teenagerjahre auf.«

»Es gefällt mir, dass sie seitdem nicht ausgetauscht wurden.«

»Und du gefällst mir.« Ich küsse sie.

Als wir zum Haus gehen, sagt Noah: »Lasst uns erst mal ausspähen, wo sie stecken, damit wir sie überraschen können.« Er hockt sich unter eines der Fenster und winkt uns herüber.

Wir schleichen um das Haus herum, und Victory sagt: »Ich

komme mir vor wie eine Einbrecherin.«

»Macht ihr so etwas oft?«, fragt Pepper.

»Im Herzen sind wir immer noch Kinder«, antworte ich.

»Psst!« Noah legt einen Finger auf die Lippen, stellt sich neben das Fenster zum großen Raum und deutet uns, zurückzubleiben.

Wir stellen uns mit dem Rücken an die Hauswand. Meine Großeltern beobachten uns Hand in Hand aus einigen Metern Entfernung.

Noah zeigt mit zwei Fingern auf seine Augen und dann auf das Fenster. Er späht kurz in den großen Raum und drückt sich schnell wieder an die Wand. Flüsternd berichtet er: »Wir haben zwei in der Küche und zwei im großen Raum.«

»Und zwei, die durch den Eingang hineingehen«, grummelt mein Großvater, woraufhin er und meine Großmutter sich auf den Weg machen.

»Haltet ihn auf!«, zischt Noah und wir alle eilen hinter ihnen her.

Schon marschiert mein Großvater durch die Tür und brüllt: »Wo bist du, Junge?«

Wir stürmen nach ihm hinein, und in dem folgenden Tumult aus Schreck und Überraschung, gefolgt von Umarmungen und herzlichen Begrüßungen, stelle ich Pepper meinen Eltern, Flynn und Sutton vor. Anschließend decken wir alle gemeinsam den Tisch, und beim Essen wird lebhaft gescherzt, es finden interessante Unterhaltungen statt und wir necken uns wie üblich. Es ist schön, wie meine Familie Pepper aufnimmt, sich nach ihrer Arbeit und ihrer Familie erkundigt. Sie redet mit Seth und Victory über die Herausforderungen als Unternehmerin, und ich freue mich ungemein, als sie ihnen erzählt, dass sie nie gedacht hätte, Zeit für eine Beziehung zu haben, aber froh darüber ist, dass sie sich die Zeit nun nimmt und ihre Firma nicht unter den freien Abenden und Wochenenden gelitten hat.

Nachdem wir den Tisch abgedeckt und alles aufgeräumt haben, nehmen alle ihre Getränke mit in den großen Raum. Ich lege den Arm um Peppers Taille, als wir den anderen folgen. »Und? Wie kommst du zurecht?«

»Mir geht es gut. Deine Familie ist wunderbar.«

Sutton und Victory unterhalten sich auf dem Sofa mit meiner Großmutter, Flynn und Seth gehen hinüber zu meinen Eltern am Kamin, und mein Großvater und Noah schauen während ihres Gesprächs aufs Meer hinaus. Pepper richtet ihre Aufmerksamkeit wieder auf meine Eltern und betrachtet meine Mutter. Meine Mutter trägt nur selten Make-up und heute Abend ist sie vollkommen ungeschminkt. Sie ist groß und schlank, jedoch nicht dünn. Innerlich und äußerlich ist sie stark, und ihre blond-grauen Haare trägt sie offen bis zur Mitte des Rückens. Ich habe sie immer als natürliche Schönheit gesehen, und in den Jeans und dem cremefarbenen T-Shirt mit der waldgrünen Strickjacke wirkt sie ungezwungen. Ich frage mich, was Pepper sieht.

Ich drücke Pepper an meine Seite und gebe ihr einen Kuss auf die Wange. »Was denkst du gerade?«

»Wie sehr deine Familie mich an meine eigene erinnert. Deine Mom hat so ein unbeschwertes Lächeln und scheint sich durch nichts aus der Ruhe bringen zu lassen. Ich glaube, Mütter in großen Familien müssen so sein, und dein Dad ist wie meiner ein wenig ernst. Victory erinnert mich an Sable und Grace zusammen. Sie ist so stark. Nicht nur, weil sie den Tod ihres Mannes verkraften musste, sondern auch, weil sie ihr Unternehmen leitet. Noah erinnert mich an Axsel und an Brindle, als sie noch Single war. Seth ähnelt Grace, ist ernst, aber witzig, und deine Großeltern erinnern mich daran, wie meine waren, bevor sie gestorben sind.«

»Du drehst also nicht mehr vor Nervosität durch?«

Sie schüttelt den Kopf. »Nein. Es fühlt sich gut an, hier zu sein.«

»Gut.«

Als ich mich zu einem Kuss zu ihr beuge, sagt Noah: »Hey, Flynn, hast du Seth und Clay schon erzählt, dass ich dein Trauzeuge sein werde?«

»Er ist dein Trauzeuge?«, fragt Seth ungläubig.

»Jeder weiß, dass er mich nimmt«, sage ich.

»Nee«, widerspricht Noah. »Sag's ihnen, Flynn.«

»Netter Versuch, Noah«, sagt Flynn. »Ich kann das nicht entscheiden, also machen wir eine Art *Wilderness-Warrior-Wettstreit* daraus. Wir setzen euch drei irgendwo in der Wildnis aus, und wer zuerst zurückfindet, kann Trauzeuge sein.«

»Bin dabei«, rufe ich aus.

»Junge, du hast doch Angst, dich dreckig zu machen«, sagt Noah.

»Da sprichst du von Seth, nicht von mir.«

Seth hebt eine Augenbraue. »Sagt der Kerl, der nicht mit mir Klettern geht.«

»Weil du einfach zu lange brauchst«, erinnere ich ihn. »Ich bin schon halb oben, wenn du erst anfängst. Außerdem, Noah, bist du an Land zu nichts nutze. Du bist nur im Wasser gut.«

»Klingt wie etwas, das deine Eroberungen sagen«, wirft Flynn ein, und alle lachen.

»Ihr alle spinnt, wenn ihr glaubt, dass er nicht mich nimmt. Stimmt's, Junge?«, sagt mein Großvater.

»Auf keinen Fall, alter Herr«, widerspreche ich. »Er will auf seinen Hochzeitsfotos neben diesem Gesicht abgelichtet werden.« Ich zeige auf mich.

»Clay!«, schimpft Pepper.

»Schon gut, Pepper«, sagt mein Großvater. »Lass den Jungen ruhig weiterträumen.«

Während wir uns darüber kabbeln, wer Flynns Trauzeuge sein wird, kommen meine Mutter und Victory zu uns herübergeschlendert. »Schatz«, sagt meine Mom, »können wir Pepper mal einen Moment lang entführen?«

Noch bevor ich antworten kann, sagt Victory: »Wir wollen ihr diesen Quatsch hier ersparen. Komm mit, Pep.« Sie zieht Pepper mit sich.

»Glaub ihnen kein Wort«, rufe ich ihnen hinterher.

Pepper schaut über die Schulter zurück und lächelt.

Ich beobachte, wie sie sich mit Pepper in der Mitte aufs Sofa setzen. Meine Großmutter und Sutton gesellen sich dazu und nehmen auf dem Zweiersofa Platz. Sie unterhalten sich angeregt, und Pepper lacht über etwas, das sie sagen. Ich habe zwar erwartet, dass meine Familie sie so sehr lieben wird wie ich, aber es mit eigenen Augen zu beobachten, ist absolut unglaublich.

Mein Vater stellt sich zu mir. »Sie ist wirklich etwas Besonderes, mein Junge.«

»Ja, das ist sie. Ich bin ein Glückspilz.«

»Wie läuft es mit diesem Handschuh, den du erwähnt hast? Hilft das?«

»Wir holen ihn erst diese Woche ab. Dann werden wir es wohl sehen.«

»Und deine Schulter? Glaubst du, die macht noch eine Saison oder zwei mit?«

Ich winke ab. »Natürlich. Aber ich will heute Abend nicht über Football reden.«

Er schaut zu Pepper inmitten der anderen. »Das verstehe ich.«

Meine Mutter berührt Peps Schulter und lässt ihre Hand dort einen Augenblick ruhen. Pepper lächelt und nickt. Mit diesem leicht verlegenen Blick sieht sie auf ihren Schoß hinab, bis Victory etwas sagt, das sie alle laut auflachen lässt. Pepper schaut herüber, strahlend vor Glück, und unsere Blicke begegnen sich mit der gleichen elektrischen Spannung, die mit jedem Tag stärker wird. Die unbändige Liebe, die sich einen Weg zwischen uns bahnt, bewirkt, dass ich am liebsten sofort zu ihr gehen und sie in den Arm nehmen würde.

»Diesen Ausdruck in deinem Gesicht habe ich das letzte Mal gesehen, als du fünf Jahre alt warst und das erste Football-spiel im Fernsehen am Flughafen gesehen hast.«

Die Worte meines Vaters spiegeln genau das wider, was ich die ganze Zeit über gefühlt habe, und reißen mich aus meinen Gedanken.

»Denkst du das wirklich?«

»Da muss man nicht denken, mein Junge. Ob du glücklich, wütend, skeptisch oder begeistert warst, konnte man dir immer schon ansehen. Aber du hast dein Leben mit Scheuklappen verbracht, hast dich so viele Jahre lang einzig und allein auf den Sport konzentriert, dass ich mich gefragt habe, ob du deinem Herzen jemals für etwas anderes eine Chance gibst.« Er klopft mir auf die Schulter, so wie er es schon mein Leben lang immer getan hat, nur dass die Art, mit der er mich jetzt anschaut, anders ist. Seine Geste fühlt sich anders an, größer, als würde er mich in irgendeinen exklusiven Club aufnehmen. »Die Liebe steht dir gut, mein Junge.«

Ich schaue wieder zu Pepper, die bei den Menschen sitzt, die mir am wichtigsten sind, und mein Herz geht auf, als ich verstehe. Zu lieben *ist* anders und größer. Bis man nicht selbst knietief darin versunken und bereit ist, darin zu ertrinken, kann man gar nicht begreifen, wie es wirklich ist.

Ich erwidere den ernsten Blick meines Vaters. »Es fühlt sich auch gut an, Dad.«

»Zeit für *Heart Stories!*«, ruft Flynn.

»Alle runter ins Fernsehzimmer«, sagt mein Vater und löst ein emsiges Treiben aus, als wir uns alle auf den Weg zur Treppe machen.

Und ich mache mich auf den Weg zu der einzigen Frau, mit der ich meine Herzensgeschichte schreiben will.

Vierunddreißig

Pepper

Ich wache vor Sonnenaufgang auf – in der gleichen Lieblingsposition, in der ich auch eingeschlafen bin. Mit dem Rücken an Clays Brust. Sein Arm liegt schwer auf mir, seine große Hand hält meine Brust. Am Hintern spüre ich seine Erektion und seine kräftigen Schenkel schmiegen sich an meine. Regungslos liege ich da, genieße den sanften Hauch seines warmen Atems auf meiner Schulter und meinem Hals und wie mit jedem Einatmen seine Brust und sein Bauch gegen mich drücken. Ich möchte mich an ihn schmiegen und für immer in seinen Armen liegen. Doch die Zeit vergeht schnell und schon bald wird er wieder bei seinem Team antreten müssen. Ich versuche immer noch, zu begreifen, was das für uns bedeuten wird. Ich habe mich noch nie als bedürftig angesehen, aber ich habe mich daran gewöhnt, so viel Zeit mit ihm zu verbringen, dass mir die Vorstellung, getrennt voneinander zu sein, verhasst ist. Und seine Familie? Ich habe sie ebenso schnell ins Herz geschlossen wie Clay. Sie sind warmherzig, liebevoll und nett, und sie schätzen die Dinge, die auch mir am wichtigsten sind – Familie, Menschen helfen, Gemeinschaft.

Gestern Abend, als wir Heart Stories geschaut haben – eine

wahrhaft unglaubliche Dokumentation über unseren geschundenen Planeten –, habe ich einen noblen Multimediaraum erwartet. Denn wer hat schon ein extra Fernsehzimmer? Doch es war einfach nur ein großes Zimmer, in dem man über einen Beamer Fernsehen schauen konnte, mit einigen eingesessenen Ledersofas, über deren Rückenlehnen Decken lagen, und Kissen, auf die mit Markern die Namen der Kinder geschrieben waren. An den Wänden hingen lauter Fotos von Clay und seiner Familie, die im Laufe vieler Jahre entstanden waren, aber keine zeigten sie als Erwachsene. Es gab Bilder von ihm als kleinem Jungen hoch oben auf einem Baum oder Arm in Arm mit seinen Geschwistern, allesamt von Matsch bedeckt. Oder Clay zusammen mit dunkelhäutigen Kindern auf einem Rasen mit einem Football, oder mit seiner Familie um ein Lagerfeuer herum oder an langen Tafeln mit Dutzenden Menschen unterschiedlicher Nationalität. Mir ist aufgefallen, dass es nirgends im Haus Fotos von Clay als Profi-Sportler gibt und auch nicht von seinen Geschwistern in ihrem beruflichen Umfeld, und ich habe seine Eltern gefragt, warum das so ist. Seine Mutter hat geantwortet: *Weil wir zu Hause keine Produzenten sind, kein Football-Champion und auch keine Frau, die eine große Agentur leitet. Wir sind eine Familie und lassen alles Getöse außen vor.*

Da kommt mir sofort die Mauer der Liebe in den Sinn. Dieses Haus besteht aus solchen Mauern.

Clay regt sich hinter mir und umarmt mich fester. »Dein Herz schlägt so schnell.«

»Du liegst nackt hinter mir. Was erwartest du?«

Er küsst mich auf die Schulter, gleitet mit der Hand über meinen Bauch und zwischen meine Beine. Ich atme stockend ein, denn seine Berührung setzt in mir alles in Flammen. »Bist du sicher, dass meine Lady nicht zu viel denkt?«

Er kennt mich mittlerweile so gut. Das ist Segen und Fluch zugleich. Aber ich will mich nicht in irgendwelche Fragen hineinsteigern, wenn wir doch so ein wunderschönes Wochenende genießen können. »Nur darüber, wie sehr ich dich in mir spüren möchte.«

Er küsst mich auf den Hals. »Glaubst du, dass du leise sein kannst?«

»Ich kann es versuchen.«

Er knabbert an meiner Schulter, und ich rutsche etwas höher, während er seine Härte an meine Pforte führt und in mich stößt. Ich stöhne auf. »Sch, Baby.« Er stößt noch einmal, jagt Funkenstrahlen durch mich hindurch, und ich unterdrücke ein Stöhnen, während sich meine inneren Muskeln um ihn herum zusammenziehen. Ein heiseres Knurren entweicht ihm. »Du bist so eng und voller Begierde.«

Er zieht seine Hand zwischen meinen Beinen hervor und führt meine Hand dorthin. »Berühre dich selbst, während ich dich vögele.« Er weiß, dass sein Fordern mich noch heißer macht, und schiebt dann zwei Finger in meinen Mund. »Saug, als wäre es mein Schwanz.« Mein gesamter Körper steht in Flammen, und abwechselnd sauge ich und lasse die Zunge um seine Finger kreisen, während er sie immer wieder in meinen Mund gleiten lässt und wieder herauszieht. Seine Hüften stoßen fester und schneller zu und ich übernehme seinen Rhythmus. Den Mund legt er in meine Halsbeuge, um dort zu lecken, küssen und zu saugen. Prickelnde Schauer erfassen mich und erfüllen mich mit Begehren. Es pulsiert in mir und brennt unter meiner Haut, bis mein gesamter Körper vor Sehnsucht nach Erlösung schmerzt und pocht. Ich wimmere um seine Finger. Er liest mich perfekt, stößt fester zu, beißt mich in die Schulter und jagt mich in einen Strudel der Ekstase. Mit dem nächsten Stoß folgt er mir, sodass sich sein gedämpftes Stöhnen mit meinen unterdrückten Schreien vereint.

Wir schweben aus unseren Sphären herab, er dreht mich in seinen Armen um und flüstert: »Meine Liebe.« Dann küsst er mich und hält mich, als wäre ich zu wertvoll, um mich je wieder loszulassen.

Einige Zeit später machen wir uns frisch und ziehen unsere #TEAMPLAY-Sweatshirts an, um den Sonnenaufgang zu beobachten. Ich schlüpfe noch in Leggings und er in eine Jogginghose.

»Bist du sicher, dass das in Ordnung ist?«, frage ich, als wir uns Decken mitnehmen.

»Absolut.«

Leise schleichen wir nach unten und durch die Glastüren hinaus auf die Terrasse. Die kalte Brise vom Meer und der Duft eines Lagerfeuers begrüßen uns, als wir auch seine Großeltern in Decken gekuschelt auf dem kreisrunden Sofa an der Feuerstelle entdecken.

Seine Großmutter hebt den Kopf von der Schulter seines Großvaters. »Wir haben uns schon gefragt, ob ihr Turteltäubchen wohl so früh aufsteht.«

»Was dagegen, wenn wir uns zu euch setzen?«, fragt Clay.

»Ganz und gar nicht«, antwortet sein Großvater mit seiner liebenswerten Reibeisenstimme. »Macht es euch bequem und sorg dafür, dass deinem Mädel warm ist. Wir haben noch etwa eine halbe Stunde, bis die Sonne uns mit ihrer Schönheit beehrt.«

Wir richten uns auf dem Sofa ein, kuscheln uns unter den Decken aneinander und lassen uns vom Feuer wärmen. Gerade als Clay den Arm um mich legt und mich fest an sich zieht, kommen seine Eltern durch die Glastür heraus. Sie tragen dicke Pullover über Rollkragenpullis und haben ebenfalls ihre Decken dabei. Es macht mich glücklich, noch mehr Zeit mit ihnen verbringen zu können.

»Scheint, als wären wir nicht die einzigen mit einer guten Idee gewesen«, sagt sein Vater. »Guten Morgen, alle zusammen.«

Wir alle begrüßen sie gleichzeitig.

Clays Mutter gibt ihm einen Kuss auf den Kopf. »Guten Morgen, mein Schatz.«

»Morgen, Mom«, sagt Clay.

Sie legt eine Hand auf meine Schulter und drückt mich sanft. »Guten Morgen, Liebes.«

»Guten Morgen«, begrüße ich sie auch, als sie um das Sofa herumkommen.

Sie nehmen zwischen seinen Großeltern und uns Platz, und sein Vater legt sich und seiner Frau eine Decke um den Rücken und breitet eine weitere auf ihrem Schoß aus. Dann legt er den Arm um Clays Mutter, zieht sie fest an sich und gibt ihr einen Kuss auf die Schläfe, ganz genau so wie Clay es bei mir gemacht hat. Ich bemerke, dass seine Großeltern einen liebevollen Blick austauschen. Kein Wunder, dass Clay seine Zuneigung so zeigen kann.

»Was für eine schöne Art, den Tag zu begrüßen«, sagt seine Mutter.

»Ja, die beste.« *Gleich nach dem Liebesspiel mit deinem Sohn.*

»Ich habe im letzten Monat mehr Sonnenaufgangsfotos von

Clay bekommen als je zuvor«, sagt sein Großvater.

»Nicht der Sonnenaufgang ist so besonders, Gramps«, sagt Clay. »Sondern der Mensch, mit dem man ihn beobachten darf.«

Mein Herz macht einen Sprung.

»Das ist so wahr«, sagt seine Großmutter. »Ich bin froh, dass du das mit Pepper erleben darfst. Ich habe noch gar nicht gehört, wie ihr zwei zusammengekommen seid.«

»Du weißt ja, dass ich ihr ein Jahr lang hinterherlaufen musste, Gram«, sagt Clay. »Sie war nicht an mir interessiert. Kannst du dir das vorstellen?«

Ich verdrehe die Augen. »Das stimmt nicht so ganz, und ich wollte auch nie, dass du mir hinterherläufst.«

»Doch, wollte sie«, sagt Clay. »Sie wusste es nur nicht.«

»Okay, ich geb's zu. Du hast nicht unrecht.«

Seine Großmutter betrachtet uns voller Zuneigung. »Was hat dich davon abgehalten, mit ihm auszugehen?«

»Ich dachte, ich wüsste, wer er ist. Dabei bin ich von seinem Ruf ausgegangen, und so habe ich ihm gar keine Chance gegeben. Dann konnte ich ihn in Paris kennenlernen und habe gemerkt, wie sehr ich mich geirrt hatte.«

»Sie hat versucht, mir das Herz zu brechen, als sie aus Paris abgereist ist. Also bin ich ihr bis nach Virginia hinterhergereist und habe mich geweigert, wieder zu gehen, bis sie zugibt, dass wir zusammengehören.« Clay grinst frech. »Stimmt's, Pep?«

»Du warst fest entschlossen.«

»Es war die einzige Möglichkeit, deine Mauern einzurei-ßen.«

»Klingt ganz nach jemandem, den ich kenne«, sagt sein Großvater und schielt zu seiner Frau. »Bei der hier musste ich mir auch ein Bein ausreißen, damit sie irgendwann zugab, was ich schon vom allerersten Moment an wusste.«

»Ach, Bradshaw. Du hast doch dein Mädchen bekommen. Lass gut sein.« Seine Großmutter streichelt ihm über die Wange. »Du weißt ja, dass ich dich liebe.«

»Ich weiß, dass du mich erträgst.« Er küsst sie und wir alle schmunzeln.

»Wenn ich eines über den Braden-Clan gelernt habe, dann dass sie alle unglaublich loyal und unerbittlich entschlossen sind«, sagt Clays Mutter.

»Wenn eine oder ein Braden die wahre Liebe findet, hält sie oder ihn nichts davon ab, diesen Menschen zu erobern«, fügt sein Vater hinzu. »Schaut euch nur Victory an.«

»Das glaube ich«, sage ich. »Meine Schwester Morgyn ist mit Graham verheiratet und er ist vom ersten Tag an mit ganzem Herzen dabei.«

»Na ja, nicht alle sind vom ersten Tag mit ganzem Herzen dabei«, sagt seine Mutter. »Flynn war wegen seiner Gefühle für Sutton so durch den Wind, dass er versucht hat, sie feuern zu lassen. Manche Bradens brauchen doch mehr Zeit als andere, um ihre Gefühle zu verarbeiten und zu verstehen.«

»Manche Montgomerys auch«, sagt Clay und küsst mich.

»Dein Vater hat erzählt, dass er sich mit Seth an deiner neuen Stiftung beteiligt«, sagt sein Großvater. »Wie ich gehört habe, war das Peppers Idee.«

»Nein, das war es nicht«, sage ich schnell. »Wir sind zusammen darauf gekommen.«

»Dann seid ihr wohl beide so gefühlsduselig«, scherzt sein Großvater.

»Du sagst es so, als träfe das nicht auf dich zu«, sagt seine Großmutter.

Sein Großvater winkt ab.

»Ich bin stolz darauf, gefühlsduselig zu sein«, sage ich. »Und ich bin froh, dass Clay anderen hilft. Das ist einer der vielen Gründe dafür, dass ich mit ihm zusammen bin.«

»Behalte die anderen Gründe lieber für dich, Baby. Es wäre unangemessen, sie jetzt aufzuführen«, witzelt Clay.

Wieder geht die Tür auf und wir alle drehen uns um. Sutton, eingewickelt in eine Decke und mit Flauschpantoffeln, sowie Flynn und Seth in Kapuzenpullovern und Jogginghosen kommen aus dem Haus. »Hey, seht mal, wer da noch alles kommt«, begrüßt sein Vater sie begeistert.

»Lasst ihr hier eine Party ohne uns steigen?«, beschwert Seth sich scherzhaft.

»Wahrscheinlich reden sie über uns«, mutmaßt Flynn, als sie sich alle auf das Sofa quetschen.

Die Terrassentür geht wieder auf und Noah kommt in Shorts, mit Hoodie und verstrubbelten Haaren heraus. »Wir machen das hier jetzt also tatsächlich? So früh am Morgen?«

»Niemand hat dich gezwungen, aufzustehen«, sagt Sutton.

Noah geht um das Sofa herum. »Ich hab gehört, wie ihr über den Flur gegangen seid, und dachte, ich verpass etwas.« Er zwängt sich zwischen mich und seine Mutter – nicht ohne mir ein liebenswürdiges Lächeln zuzuwerfen, die Decke von meinem Schoß anzuheben und an mich heranzurutschen, um es sich auch darunter gemütlich zu machen.

»Junge, sieh zu, dass du die Hände bei dir behältst«, warnt Clay ihn.

»Über seine Hände würde ich mir keine Sorgen machen«, sagt Seth.

Noah grinst. Clay sieht ihn finster an und seine Brüder brechen in Gelächter aus.

Schon öffnet sich die Tür wieder und Victory kommt mit

Decke, Mütze und Flauschesocken heraus. »Ich hatte schon Angst, ich würde den Sonnenaufgang verpassen.« Sie stellt sich hinter mich und stupst Noah an der Schulter an. »Rutsch mal rüber.«

»Wenn du das sagst.« Noah rutscht noch näher an mich heran.

Victory verpasst ihm einen Klaps auf die Schulter. »Zur anderen Seite, du Dumpfbacke.« Er flucht leise und rückt von mir weg. Victory klettert über die Rückenlehne des Sofas und zwängt sich zwischen uns. Sie zeigt auf Clay. »Bist mir was schuldig.«

Alle lachen.

»Es ist schön, euch alle zu Hause zu haben, um Flynns und Suttons großes Ereignis zu feiern«, sagt sein Vater.

»Es geht los: Dad hält eine Rede!«, scherzt Seth.

»Nur eine kurze«, verspricht sein Vater. »Eure Mutter und ich sind auf euch alle stolz, und zwar nicht nur, weil ihr alle ehrgeiziger und erfolgreicher seid, als wir es je waren, und es an die Spitze in eurem jeweiligen Bereich gebracht habt.«

Clay und seine Geschwister schauen sich ungläubig an.

»Hat unser Vater gerade gesagt, dass er und Mom nicht ehrgeizig und erfolgreich sind?«, fragt Clay.

»Ja. Was ist das denn für ein Quatsch, Dad?«, fragt Flynn.

»Was glaubst du, von wem wir gelernt haben?«, will Seth wissen. »Ihr habt uns über den ganzen Planeten geschleppt, um neue Tierarten zu entdecken und prämierte Fotos zu schießen.«

»Das ist eine andere Art von Erfolg«, sagt er. »Wir haben nicht in der Öffentlichkeit gestanden und uns an die Spitze der weltbesten Athleten gekämpft, uns gegen andere milliardenschwere Unternehmer durchgesetzt oder Dokumentarfilme produziert, die vom Publikum auseinandergenommen werden.

Ihr jungen Leute habt die Art von Mut, die uns jeden Tag aufs Neue umhaut. Und ihr alle habt euren Erfolg genutzt, um anderen zu helfen. Darauf sind wir am meisten stolz.«

»Auch das habt ihr uns beigebracht«, sagt Victory. »Auf unseren Reisen ist kein einziger Tag vergangen, an dem wir nicht etwas für eine andere Familie, für Tiere oder für die Gemeinschaft getan haben.«

»Das stimmt, mein Schatz«, sagt Clays Mutter. »Ich glaube, was euer Vater damit sagen will, ist, dass wir als Eltern mit gutem Beispiel vorangehen können, doch wie sich die Kinder entwickeln ist reine Glückssache, und wir haben Glück gehabt. Wir sind stolz auf euch und das, was aus euch geworden ist.«

Clay legt den Arm noch etwas fester um mich, und ich spüre, wie viel das Lob seines Vaters ihm bedeutet. Als ich mich am Lagerfeuer umsehe, kann ich erkennen, wie viel es auch seinen Geschwistern bedeutet. Diese Unterstützung zu haben, jemanden, der immer in deiner Ecke steht, bedeutet alles. Ich weiß, wie sich das anfühlt, denn mein Vater ist dieser Mensch für mich gewesen. Doch jetzt ist es Clay.

Nachdem wir den Sonnenaufgang beobachtet haben, gehe ich nach oben, um zu duschen, während Clay seiner Familie dabei hilft, das Frühstück vorzubereiten. Ich trockne mir die Haare und ziehe meine Lieblingsleggings und einen bequemen Oversize-Pullover mit Zopfmuster an, den Clay für mich eingepackt hat. Ich fasse es immer noch nicht, wie hinterhältig er das alles hier eingefädelt hat und wie unglaublich dieses Wochenende bisher war. Dabei habe ich noch keine Ahnung, wie wir nach Hause kommen.

Ich gehe nach unten und frage mich, ob wir noch einen Hubschrauberflug vor uns haben. Die Stimmen seiner Familie dringen zu mir hinauf, und auf einmal höre ich Clay und Seth in einer hitzigen Debatte, sodass ich noch vor der letzten Treppenstufe stehenbleibe.

»Was zum Teufel hast du denn die ganze Zeit gemacht?«, fragt Seth ernst. »Dich mit ihr abgelenkt, um keine Entscheidung treffen zu müssen?«

Meine Brust zieht sich zusammen. *Was für eine Entscheidung?*

»Vergiss es«, schnaubt Clay. »Das geht dich nichts an.«

»Clay!«, drängt Seth.

»Meine Güte, Seth. Vielleicht habe ich sie als Ablenkung benutzt. Wen interessiert's, verdammt?«

Das Blut rauscht in meinen Ohren, mir wird schlecht. Auf wackeligen Beinen renne ich nach oben. Tränen nehmen mir die Sicht, während die Erinnerung an meinen Liebeskummer am College über mich hereinbricht. Ich kann nicht denken, kann nichts außer meinem hämmernden Herzen hören. Ich muss hier weg. Ich bestelle ein Taxi zum Flughafen. Das Auto ist sieben Minuten entfernt. *Gott sei Dank!* Mit zittrigen Händen werfe ich meine Sachen in unsere Tasche und eile ins Badezimmer, um meine Kosmetiksachen zu holen, die ich auch in die Tasche stopfe. Ich dachte, das hier wäre echt. Ich habe ihm vertraut. Clays Stimme dröhnt in meinem Kopf. *Vielleicht habe ich sie als Ablenkung benutzt. Wen interessiert's, verdammt?* Ich ziehe den Reißverschluss zu und habe das Gefühl, mich gleich zu übergeben.

Ich stürme die vordere Treppe hinunter und greife nach dem Knauf der Eingangstür. Doch ich halte inne. Ich werde das nicht noch einmal machen. Ich werde nicht weglaufen und mich verstecken. Nie habe ich den Kerl für das bezahlen lassen, was er mir am College angetan hat. Ich werde nicht noch einmal dieses verängstigte Mädchen sein.

Ich lasse die Tasche fallen, hebe das Kinn und mit bis zum Hals klopfendem Herzen marschiere ich in die Küche. Clay tigert auf und ab und seine Familie sitzt locker plaudernd am Tisch. Das versetzt mir einen so tiefen Stich. Sie haben jedes Wort von ihm gehört. Es ist wieder genau wie am College.

»Entschuldigt.« Meine Stimme klingt erstickt.

Clay dreht sich ruckartig herum. In seinem Gesicht spiegelt sich die Sorge. »Draufgängerin? Was ist los?«

Er eilt zu mir, doch ich hebe die Hand, um ihn auf Abstand zu halten. Ich schaue zu seiner Familie und es bricht mir aufs Neue das Herz. »Vielen Dank für die schöne Zeit, aber ich muss gehen.«

»Gehen? Wohin?«, fragt Clay, während sich die anderen am Tisch erheben und verwirrt zu mir schauen.

»Ach, Kleines, das tut uns leid, dass du gehen musst. Ist alles in Ordnung?«, fragt seine Mutter.

Nichts ist in Ordnung! Ich muss all meine Stärke aufbringen, um nicht die Fassung zu verlieren. »Ich muss nach Hause. Ein Taxi habe ich schon gerufen.« Ich eile aus der Küche, direkt auf die Haustür zu.

»Pepper, warte!« Clay folgt mir hinaus. »Was ist los?«

Ich drehe mich zu ihm um, mein Herz zerfetzt in meiner Brust, während seine Familie sich an der Haustür versammelt und jetzt auch noch das bestellte Taxi vorfährt. Das ist alles zu viel. Die Tränen sind nicht mehr aufzuhalten und die Wahrheit bricht hastig und scharf aus mir heraus. »Ich habe dir vertraut! Du hast mich glauben lassen, dass das hier *echt* war!«

Er tritt mit ausgebreiteten Armen auf mich zu. »Wovon redest du?«

»Ich weiß nicht, was für eine Entscheidung du treffen musst, aber ich bin für niemanden eine Ablenkung!« Ich gehe zum Auto.

»Oh, Mist«, sagt einer seiner Brüder.

»Pepper, bleib stehen!« Clay rennt hinter mir her. »Jungs, versperrt dem Auto den Weg!«

Seine Brüder stürmen an mir vorbei und Noah wirft sich auf die Motorhaube. Der Fahrer steigt aus und schreit ihn an. Flynn und Seth eilen Noah zu Hilfe und ihre Worte werden zu einem weißen Rauschen.

»Tu mir das jetzt nicht an, Clay«, warne ich ihn. »Ehrlichkeit war das Einzige, was ich jemals verlangt habe. Ich habe gehört, wie du zu Seth gesagt hast, dass du mich als Ablenkung benutzt hast, und ich habe gehört, wie du gesagt hast *Wen interessiert's, verdammt?* Das ist keine Liebe. Das ist ...« Ich wende mich ab und halte mir die Hand vors Gesicht, als die Schluchzer mir die Stimme rauben.

»Du hast recht, das habe ich gesagt.« Clay stellt sich vor mich und nimmt meine Hand von meinem Gesicht, um mir mit flehendem Blick in die Augen zu sehen.

Ich muss die Zähne aufeinanderpressen, damit sie nicht klappern.

»Aber du hast nicht gehört, was ich danach gesagt habe. Ich habe gesagt, *vielleicht* habe ich dich in Paris als Ablenkung benutzt, weil es am Anfang wahrscheinlich zutraf. Ich hatte gerade eine miese Niederlage hinter mir, und mein Vertrag läuft aus, daher muss ich entscheiden, ob ich weiter Football spielen will. Mit meiner Schulter, die mir zu schaffen macht, und einem anderen Typen, der auf meine Position scharf ist, konnte ich keinen klaren Gedanken fassen. Ich *brauchte* eine Ablenkung. Als Dash vorgeschlagen hat, ich könnte ihn in Paris treffen, habe ich abgelehnt. Dann hat er gesagt, dass du auch kommen würdest.« Die Muskeln in seinem Kiefer zucken, er blickt mich ernst an. »Das Einzige, das meinen Kopf aus diesem ganzen Schlamassel herausholen konnte, war der Gedanke, dich sehen zu können. Und der Grund dafür, dass ich gesagt habe, es interessiert doch niemanden, liegt darin, dass es nicht bei der Ablenkung blieb. Vielleicht hat es so angefangen, aber meine Liebe zu dir war ein einziger Homerun. Ich habe dir erzählt, dass ich mich vom ersten Tag an in dich verliebt habe, und das meinte ich auch so. Wir *sind* echt, Baby! Wenn ich mir etwas vorwerfen muss, dann dass ich dir nichts von der Vertragsverlängerung erzählt habe, aber ich habe nicht gelogen. Meine Liebe zu dir ist so echt wie der Boden, auf dem wir stehen.«

»Das ist wahr«, ruft Seth herüber. »Er hat mir erzählt, dass er wahnsinnig verliebt in dich ist.«

»Das hat er«, sagt sein Großvater. »Der Junge ist ein hoffnungsloser Fall.«

Ich schlucke gegen den Kloß in meiner Kehle an und wische mir die Tränen weg. »Ich verstehe das nicht«, bringe ich hervor. »Warum hast du nicht einfach mit mir darüber geredet?«

»Weil ich Schiss habe, die falsche Entscheidung zu treffen«, sagt er verzweifelt. »Das egoistische Arschloch in mir will die Oberhand behalten und noch eine Saison spielen. Ich hoffe, dass der Handschuh, den du machst, funktioniert, aber ich habe Angst, meine Schulter auf Dauer zu verletzen oder miserabel zu spielen und alle zu enttäuschen. Doch ich habe auch diesen ganzen Mist mit der Öffentlichkeit satt, der mit dem Sport einhergeht und der nicht nur mich betrifft. Sondern auch dich. Außerdem war Football so lange mein Leben, dass ich Angst habe, aufzuhören und nicht zu wissen, wer ich ohne das Ganze bin. Aber vor allem habe ich Angst, dich zu verlieren.«

Der herzzerreißende Schmerz in seiner Stimme und die überwältigende Liebe in seinen Augen lassen meine Tränen wieder fließen. »Das sind ziemlich viele zu bewältigende Fragen für einen einzigen Menschen. Warum hast du geglaubt, du würdest mich verlieren?«

»Weil du deutlich gemacht hast, dass du keine Fernbeziehung willst, und wenn ich mich dafür entscheide, weiterzuspielen, würden wir in Jersey trainieren. Über die Hälfte der Zeit wäre ich fort.«

»Weißt du denn nicht, dass sich das geändert hat? Du bist mir hinterhergelaufen. Ich glaube, da kann ich auch ein wenig laufen. Ich liebe dich, Clay! Ich liebe uns und das Leben, das wir gemeinsam aufbauen. Ich respektiere deinen Beruf, und noch viel wichtiger ist, dass ich dich glücklich sehen will. Wenn das bedeutet, dass du noch ein Jahr oder zehn weiterspielst, dann unterstütze ich das und nehme mir die Zeit, an den Wochenenden bei dir zu sein.«

»Ja!«, zischt einer seiner Brüder, und »Oohs« sind von Sutton und den anderen Frauen zu hören.

»Falls ich spiele, wird der Terminkalender grauenvoll sein«, sagt er.

»Wo ein Wille ist …«

Er lächelt, zieht gleich darauf jedoch wieder die Augenbrauen zusammen. »Ich kann dir nicht versprechen, dass es keine Schlagzeilen mehr geben wird. Vor allem, wenn ich auf dem Spielfeld eine miese Leistung zeige. Dann werden sie versuchen, dir und unserer Beziehung die Schuld zu geben.«

»Ich habe es überlebt, deine Lieblingssorte des Monats zu sein und vor allen Leuten, mit denen ich aufgewachsen bin, in

Verlegenheit gebracht zu werden, da glaube ich, dass ich jetzt so ziemlich für alles gewappnet bin.« Ich atme tief und stockend durch. »Du und ich, wir sind beide lange allein gewesen. Ich hatte keine Ahnung, wer ich jenseits meiner Arbeit war. Du hast mir gezeigt, dass es in Ordnung ist, im Laufe der Zeit herauszufinden, was funktioniert. Football ist nicht das, was du bist. Es ist das, was du tust. Ich weiß, wer du bist, und deine Familie auch. Du bist ein liebevoller, kluger, großzügiger, ehrgeiziger Mann, und du hast das Recht, unsicher zu sein, wenn es um eine große Veränderung geht. Liebe muss beängstigend sein, und Football war deine erste und längste Liebe. Es wird beängstigend sein, egal, wann du es tust, aber du wirst es nicht allein tun. Ob du dich morgen, nächstes Jahr oder in fünf Jahren aus dem aktiven Sport zurückziehst, ich werde da sein und dir beim nächsten Schritt helfen.«

»Himmel, ich liebe dich.« Er zieht mich in seine Arme, und als er seine Lippen auf meine legt, branden Jubel und Pfiffe um uns herum auf.

»So viel zu meinen Chancen bei Pepper«, scherzt Noah, und seine Familie ringt sich um uns.

»Entschuldigt meinen Gefühlsausbruch«, sage ich zu seiner Mutter, die mich umarmt.

»Du musst dich nicht entschuldigen, Liebes«, sagt sie. »Wahre Liebe erfordert viel Arbeit. Du hast uns allen gerade noch ein Stück unseres Herzens gestohlen.«

Wir werden von einem zum anderen weitergereicht und umarmt. Als ich schließlich wieder in Clays liebevollen Armen lande und diese blauen Augen tief in meine schauen, fügen sich die Teile meines zersprungenen Herzens wieder zusammen, und ich weiß, dass – egal wie Clay sich entscheidet – wir im selben Team sind.

Fünfunddreißig

Pepper

Die warme Luft knistert beim Charity Bowl in Las Vegas vor Spannung. Siebzehn Sekunden sind im vierten Viertel noch zu spielen und Clays Mannschaft liegt drei Punkte zurück. Das ganze Spiel über saß ich aufgeregt auf der Zuschauerbank in der ersten Reihe. Ich will diesen Sieg unbedingt für Clay. Der sensorische Handschuh hat ihm dabei geholfen, einen neuen Loslass-Punkt zu finden, doch seine Schulter macht nach wie vor Probleme. Trotzdem hat er beschlossen, eine weitere Saison zu spielen, denn mein ehrgeiziger, loyaler Freund will weder seine Fans noch sich selbst enttäuschen. Heute Nachmittag nach dem Spiel will er seine Entscheidung verkünden, und seine Fans warten gespannt darauf, zu erfahren, ob ihr Mr. Perfect unterschreibt oder geht. Es war ein qualvoller Prozess für Clay, und ich könnte nicht stolzer auf ihn sein, weil er seinem Herzen gefolgt ist.

Als Clays Team in Position geht, nimmt sich die gegnerische Mannschaft eine Auszeit. Ich wende mich zu Sable, Kane und Seth um, die ebenfalls gekommen sind, um Clay zu unterstützen. »Ich hätte nie gedacht, dass Football so nervenaufreibend sein kann. Keine Ahnung, wie die Spieler damit zurechtkommen.«

»Ich denke, die gewöhnen sich daran«, sagt Seth.

»Es sollte verboten sein, wie Gorecky ständig Clay angeht«, sagt Sable.

»Für das Tackle nach dem Wurf hat er zumindest eine Strafe bekommen«, sagt Kane.

»Er kassiert jedes Mal Strafen, wenn er gegen Clay spielt«, sagt Seth. »Clay hat ihn beim Fremdgehen erwischt, als sie beide noch bei den Giants gespielt haben, und dafür hat er ihn zur Schnecke gemacht. Seitdem hat Gorecky es auf ihn abgesehen.«

»Ich hätte Jason Gorecky eine verpassen sollen, als ich die Gelegenheit dazu hatte«, sagte Sable.

Seth hebt eine Augenbraue. »Hattest du eine Auseinandersetzung mit ihm?«

Sable schaut mit zusammengepressten Zähnen zu mir und gibt mir die Gelegenheit zu antworten.

Clay und ich hatten gestern Abend mit einigen der Spieler ein Essen, bei dem ich erfahren habe, dass Jason im Charity Bowl mitspielt. Ich habe ihn wie die Pest gemieden, und ich bin froh, dass ich Clay nicht offenbart habe, dass Jason es war, der mir am College wehgetan hat. Er macht sich genug Sorgen wegen seiner Schulter. Er sollte sich nicht auch noch darum Gedanken machen, ob ich mich unwohl fühle.

»Ich kannte Jason am College«, sage ich. »Schon damals war er ein Arschloch.«

»Solche Typen ändern sich nie«, sagt Seth, als die Auszeit zu Ende ist.

Die Menge jubelt, als die Spieler in Position gehen.

»Siebzehn Sekunden noch und sie stehen auf ihrer eigenen 42-Yard-Linie«, sagt Kane. »Da braucht Clay einen guten letzten Wurf.«

Die Fans fangen an, zu rufen: »Auf geht's, Clay! Auf geht's, Clay!« Wir alle stimmen mit ein. Ich rufe so laut ich kann, während mein Herz vor Liebe zu ihm überläuft.

Clay bekommt den Snap und sucht das Feld nach seinem Ziel ab, während die Defense-Line losstürmt. Mit bis zum Hals klopfendem Herz beobachte ich, wie die Männer aufeinanderprallen, wie Clay einem Verteidiger ausweicht und die Uhr weiter herunterläuft. *Dreizehn Sekunden. Zwölf, elf …*

Ihr bester Wide Receiver rennt mit zwei Verteidigern auf den Fersen in die Feldmitte. Clay feuert den Ball wie eine Rakete ab. Ich halte den Atem an, als der Ball mit absoluter Präzision durch die Luft schneidet. Der Receiver springt mit ausgestreckten Armen in die Endzone, und der Ball landet in seinen Händen, bevor er auf dem Boden aufprallt. Die Menge explodiert, wir hüpfen herum, umarmen uns und jubeln Clay zu. Clay schaut zu mir, die Arme in die Luft gereckt, und ich schreie: »Super gemacht, Baby!«, als die anderen Spieler ihn jubelnd zu Boden reißen.

»Super gemacht, Bruderherz!«, brüllt Seth.

Die Zeit vergeht wie in einem nervenaufreibenden Nebel, während alle für den Extrapunkt in Position gehen und der Kicker den Ball sicher durch die Stangen tritt. Wieder dreht die Menge durch und alle Spieler rennen aufs Feld. Ich bin so glücklich, dass ich Tränen in den Augen habe.

»Los, hol ihn dir, Pep!«, schreit Sable.

In der nächsten Sekunde heben Seth und Kane mich schon über das Geländer. Ich habe gar keine Zeit, zu überlegen, als Clay auf mich zusprintet und seinen Helm zu Boden wirft. Dann liege ich in seinen Armen, wir küssen uns und lachen, und er wirbelt mich herum. Die Kameras sind auf uns gerichtet und die Reporter rufen, um Clays Aufmerksamkeit zu gewinnen. Überall sind Spieler, die Menge johlt, und Clay sieht mich an, als sähe er nur mich. »Das war für dich, Draufgängerin. Nur für dich!«

»Und das hier ist für dich!« Ich drücke meine Lippen auf seine, damit die ganze Welt es sieht.

»Ich liebe dich, Baby!«

Als er mich absetzt, sehe ich Jason hinter ihm näherkommen.

Clay

Pepper wird kreidebleich und stolpert nach hinten. Ich kann sie gerade noch festhalten, als Gorecky neben mir auftaucht, und sie noch einen Schritt zurückweicht. Ein Blick auf die Erniedrigung und Wut in ihren Augen und Goreckys widerliches Grinsen reicht, und wie ein Schlag trifft mich die Erkenntnis. Ich beiße die Zähne zusammen, balle die Fäuste. Überall sind Kameras, die Reporter rufen mir etwas über meinen letzten Wurf zu, doch ich sehe nur rot.

Gorecky hebt sein Kinn in Peppers Richtung. »Siehst gut aus, Pepper.«

»Wage es nicht, sie anzusehen, verdammt«, zische ich.

Er zeigt sein arrogantes Grinsen, wendet den Kameras den Rücken zu und sagt: »Genießt du meinen kalten Kaffee, Brad–«

Ein Krachen ist zu hören, als meine Faust auf seinen Kiefer trifft und er nach hinten stolpert. Blind vor Wut platziere ich noch einen Schlag, bevor er sich mit blutüberströmtem Gesicht auf mich stürzt. Die Fäuste fliegen, doch irgendwelche Kerle reißen uns voneinander los.

»Pass auf, Braden!«, ruft Gorecky. »Ich mach dich in dieser Saison fertig.«

Kameras werden mir vors Gesicht gehalten und Leute rufen mir etwas zu. Ich befreie mich aus dem Griff meiner Teamkollegen und suche die Menge nach Pepper ab. An der Seitenlinie sehe ich Seth und Kane wie Bodyguards vor ihr stehen. Sable hat den Arm um sie gelegt, und meiner Lady, meiner Liebe steht die Angst in ihr wunderschönes Gesicht geschrieben.

»Clay!«, ruft ein Reporter. »Warum sind Sie auf Gorecky losgegangen?«

Ich schaue in die Kamera. »Weil er ein Arschloch ist.«

»Machen Sie sich wegen seiner Drohung Sorgen um die nächste Saison?«, fragt der Reporter.

»Kein bisschen. Allerdings wird er zu mir kommen müssen, denn ich bin fertig. Ich höre auf.«

Ein Durcheinander an Rufen und Raunen umgibt mich, als ich auf Pepper zugehe, die ebenso schockiert aussieht wie alle anderen.

Der Reporter hält mit mir Schritt. »Was steht als Nächstes für Mr. Perfect an?« Er hält mir ein Mikrofon vors Gesicht.

»Hoffentlich die Hochzeit mit der Liebe meines Lebens.«

Pepper reißt die Augen auf, und mit offenem Mund sieht sie mich an, als Seth und Kane beiseitetreten und ich vor ihr stehe.

»Clay, was machst du denn?«, fragt sie mit einem nervösen Lachen. »Geht es dir gut? Hat er dich am Kopf getroffen? Ich dachte, du wolltest die Verlängerung unterschreiben.«

»Ich folge meinem Herzen. Das Einzige, was ich unterschreiben will, ist die Heiratsurkunde, die dich zu meiner Frau macht.«

Tränen steigen ihr in die Augen. »Was?«

»Baby, nachdem ich diesen letzten Pass zu unserem Sieg geworfen habe, wollte ich nur noch zu dir. Ich bin fertig mit Mr. Perfect und damit, mein Leben für alle anderen zu leben. Ich will für uns leben. Ich will dir dabei helfen, deine Träume wahr werden zu lassen, denn wenn du mich heiratest, haben sich all meine Träume erfüllt. Ich will dir das Mittagessen vorbeibringen und unser Leben damit verbringen, gemeinsam Hobbys zu finden, Eisbaden zu gehen und im Whirlpool zu sitzen. Ich will auf Parkplätzen mit der Frau herummachen, die ich liebe, und mich einen Dreck darum scheren, wer es sieht. Ich möchte, dass du mit mir die Draufgängerin bist und ich mit dir nicht ganz so perfekt sein kann. Was meinst du, Baby? Sollen wir heute in Las Vegas den Bund fürs Leben schließen?«

Sie lacht und die Tränen laufen ihr über die Wangen. »Habe ich überhaupt eine Wahl? Ich meine … guck dir doch nur diese Grübchen an.« Um uns herum wird gelacht.

»Ist das ein Ja?«, frage ich.

»Ja! Ich heirate dich, du verrückter Kerl.«

Das Stadion explodiert mit Freudenschreien und Jubel und ich drücke meinen Mund auf ihren. »Ich liebe dich, Baby«, sage ich zwischen Küssen, und sie sagt es auch, während ihre salzigen Tränen zwischen unsere Lippen laufen.

Es herrscht ein irrer Tumult, in dem ich mit der Presse rede, meine Mannschaftskameraden mich beglückwünschen und mir Sprüche reindrücken, weil ich aufhöre. Aber ich weiß, dass ich das Richtige mache.

Als wir schließlich in dem Chaos etwas Platz für uns finden, sagt Sable: »Dann machen wir uns wohl mal auf den Weg zur *Chapel of Love.*«

Kane sieht mich an. »Was würdest du davon halten, wenn

wir eine Doppelhochzeit daraus machen?«

»Was?«, sagt Sable. »Wir können doch ihre Hochzeit nicht crashen.«

»Doch, könnt ihr!«, ruft Pepper aus. »Wir haben unser Leben gemeinsam begonnen. Da ist es doch nur richtig, wenn wir unsere Ehen gemeinsam beginnen! Stimmt's, Clay? Würde es dir etwas ausmachen?«

»Überhaupt nicht, Baby.«

Pepper kreischt und umarmt Sable.

»Mom wird uns umbringen«, sagt Sable.

»Das ist schon in Ordnung. Unsere Mom wird Clay auch umbringen«, sagt Seth. »Wir schicken ihnen Fotos.«

Ich drehe mich zu dem Bruder um, der mich immer unterstützt hat, und lege eine Hand auf seine Schulter. »Gesprochen wie ein wahrer Trauzeuge. Was meinst du, Bruderherz?«

»Du willst doch nur einen Komplizen«, scherzt Seth und alle lachen.

Ich ziehe Pepper in meine Arme. »Bereit für den Juwelier, Baby?«

Ihr Lächeln bringt die Sonne in den Nachmittag. »Ich bin für alles mit dir bereit.«

»Das ist meine Lady«, sage ich und lege die Lippen auf die meiner Liebe, meines Lebens, meiner zukünftigen Frau.

Sechsunddreißig

Clay

Als die Sonne vor der Küste von Silver Island untergeht, nehme ich einen Schluck von meinem Drink und lausche dem Geplauder auf dem Innenhof des Weinguts der Familie Steele. Dabei kann ich den Blick keine Sekunde von meiner wunderschönen Frau in ihrem blumigen Meerjungfrauenkleid, das ihre Kurven eng umschmiegt, abwenden. Ich weiß, dass sie unter diesem Kleid keinen Slip trägt. Die heimliche Verführerin hat das kleine Stück Stoff auf unserem Weg zur Trauung ausgezogen. Sie tanzt mit Victory und Sutton, die in ihrem Hochzeitskleid bezaubernd aussieht, und einer Reihe von anderen Frauen. Kein Auge ist trockengeblieben, als Flynn und Sutton sich das Jawort gegeben haben. So perfekt ihre Trauung war und so elegant dieser Empfang mit all den funkelnden Lichtern und Dutzenden Blumengestecken ist, so hätte ich doch nichts an unserer Hochzeit geändert.

Meine Gedanken wandern zurück zu diesem turbulenten Tag vor dreieinhalb Monaten.

Wir haben einen umwerfenden dreikarätigen Verlobungsring mit einem Princess-Diamanten umgeben von runden Diamanten besorgt, dazu einen passenden Ehering, in der

Kapelle einen Schleier. Dort wurden wir von einem Elvis-Imitator getraut. Nie werde ich die Liebe in Peppers Augen vergessen, als sie *Ja, ich will* gesagt hat, und auch nicht das Gefühl von Vollkommenheit, als ich ihr meine Liebe geschworen habe. Unsere Eltern waren traurig, dass sie die Hochzeit verpasst haben, aber wir haben Fotos geschickt. Außerdem habe ich das Haus gekauft, das ich in Charlottesville gemietet hatte, um Pepper damit nach unserer Rückkehr nach Virginia zu überraschen. Vor zwei Monaten sind wir eingezogen und haben eine kleine Hochzeitsfeier im Garten organisiert, an der unsere Familien und Freunde teilhaben konnten. Wir genießen es, die Wände mit Fotos der Familie und all unseren Lieblingsorten zu füllen.

Tiffany war nicht begeistert darüber, dass ich meine aktive Karriere beende, aber sie hat sich für mich persönlich gefreut, wofür ich ihr sehr dankbar bin. Sie hat schon gewusst, dass mein Herz eine neue Richtung eingeschlagen hatte, als ich die Unterschrift unter der Verlängerung herausgezögert habe. Es hat etwas gedauert, bis ich mich daran gewöhnt hatte, nicht nach einem Trainingsplan zu leben, und vieles musste neu organisiert werden. Aber ich bereue absolut nichts. Ich genieße es, mit Ben und seinen Freunden zu trainieren, und die *Fielding Futures Foundation* hat die Arbeit aufgenommen und nimmt die Bewerbungen für die ersten Stipendien entgegen, die im nächsten Monat vergeben werden. Pepper ist überglücklich damit, wie gut Clare sich in ihrem Büro eingearbeitet hat, und MS Enterprises hat die Finanzierung ihrer Maus-Alternative zugesichert. Obwohl sie meine Bekanntheit nicht nutzen wollte, um für ihr Unternehmen zu werben, habe ich sie überrascht und ein paar Beziehungen spielen lassen, um ihr ein Treffen mit Johnson & Johnson zu ermöglichen. Dort hat sie das Migräne-

Gerät präsentiert, und gerade erst haben sie einen Vertrag unterschrieben, um das Projekt zu finanzieren.

Seth hebt sein Glas und ich wende ihm meine Aufmerksamkeit zu. »Auf den nächsten Braden, der nicht mehr auf dem Markt ist. Glückwunsch, Flynn. Wir freuen uns alle für dich.«

»Weniger Konkurrenz für uns«, sagt Noah, als wir anstoßen.

Einer der Vorzüge davon, kein aktiver Spieler mehr zu sein, ist, dass ich mehr Zeit mit der Familie verbringen kann. Ich freue mich darauf, im nächsten Monat das Sommer-Football-Camp für Noahs *Real DEAL* in Colorado zu leiten und mit ihm Sachen zu unternehmen. Pepper wird sich ein paar Tage freinehmen, wir werden meine Verwandten dort besuchen, und in ein paar Wochen sind wir zum Sommerfest in Oak Falls. Außerdem freuen wir uns darauf, im August unsere Flitterwochen in Griechenland zu verbringen, wenn es in Peppers Firma mal etwas ruhiger zugeht.

»Ihr Leute wisst gar nicht, was ihr verpasst. Die Ehe ist grandios. Stimmt's, Flynn?« Ich grinse ihn an. »Oh, warte, du hast ja gerade erst geheiratet. Das kannst du ja noch gar nicht sagen.«

»Idiot«, flachst Flynn. »Du bist so verdammt ehrgeizig, du musstest unbedingt der Erste vorm Traualtar sein.«

»Clay hatte Angst, Pepper könnte merken, dass sie zu gut für ihn ist, und stattdessen in meine Arme laufen«, sagt Noah.

»Hör auf, an meine Frau zu denken. Du bist intellektuell nicht auf ihrer Höhe«, sage ich lachend.

»Ich bin immer auf der Höhe, aber nicht intellektuell«, erwidert Noah grinsend. »Ihr könnt das mit dem heiligen Hafen ohnehin für euch behalten. Mir gefällt es, die Lieblingssorte des Monats für verschiedene sexy Ladys zu sein.«

»Mein Gott, Noah.« Seth schüttelt den Kopf.

»Ach, hör doch auf. Als wenn es dir anders ginge«, sagt Noah.

Seth nimmt einen Schluck, ohne zu antworten, doch sein Lächeln spricht Bände.

»Wenn Seth schon drei Jahre braucht, um ein Flugzeug auszusuchen, könnt ihr euch da vorstellen, wie er sich eine Frau aussuchen soll?«, frage ich lachend.

Seth ignoriert meine Bemerkung und lässt den Blick über die Weinberge gleiten. »Mir gefällt diese Insel, Flynn. Vielleicht sollte ich Taylor mal eine Reise hierher als Bonus schenken.«

»Ich bin mir sicher, dass er für eine Auszeit von deinen Bedürfnissen dankbar wäre.« Flynn deutet zur Tanzfläche. »Guckt euch das mal an.« Wells Silver versucht, sich durch die Menge zu schieben und mit Victory zu tanzen, doch die anderen Frauen scheuchen ihn weg.

Suttons Großmutter Lenore kommt auf uns zu. »Amüsiert ihr Jungs euch gut?« Mit ihrem blonden Pixie Cut, dem pfirsichfarbenen Kleid und einer kurzen engen Jacke sieht sie sehr schick aus.

»Ja«, antworten wir alle gleichzeitig.

»Es gibt da so einige alleinstehende Ladys, die ein Auge auf euch geworfen haben«, sagt sie zu Noah und Seth. »Ich würde sie euch gern vorstellen.«

»Das ist eine wunderbare Idee.« Noah nimmt ihren Arm. »Kommst du mit, Seth?«

»Jemand muss ja auf ihn aufpassen«, flüstert Seth mir und Flynn zu. Lauter sagt er dann: »Bin dabei.«

Als er ihnen folgt, gebe ich Flynn einen Klaps auf den Rücken. »Ich freue mich für dich, Bruderherz, aber wenn ich nicht bald meine Frau im Arm habe, drehe ich durch.«

»Dann sind die Flitterwochen wohl noch nicht vorbei.«

»Sie ist mit mir verheiratet. Die Flitterwochen werden nie vorbei sein.«

Ich gehe in Richtung meiner Frau, und ich könnte schwören, dass sie über einen Clay-Radar verfügt, denn sie dreht sich um und unsere Blicke begegnen sich. Auf ihre Lippen tritt ein süßes Lächeln, doch die Hitze in ihren Augen verrät mir, dass sie es ebenso wenig erwarten kann, in meinen Armen zu liegen. Das sollte sie auch, denn ich habe ihr den ganzen Abend über zugeflüstert, was für unanständige Dinge ich gern mit ihr anstellen möchte.

»Entschuldigt, meine Damen, aber ich würde gern mit meiner Frau tanzen.« Suttons Freundinnen beobachten aufmerksam, wie ich Pepper in meine Arme ziehe und wir anfangen zu tanzen. »Wie geht es meiner Lady?«

»Jetzt besser.«

»Hab ich dir schon gesagt, wie schön du heute Abend aussiehst?«

Ihre Augen funkeln im Mondschein. »Nur etwa ein Dutzend Mal.«

»Das ist nicht annähernd genug.« Ich küsse sie sanft, während wir uns langsam zur Musik bewegen. »Amüsierst du dich?«

»Mhm. Alle sind unglaublich nett. Es ist schön, Suttons Familie und ihre Freunde kennenzulernen.«

»Bereust du, keine große Hochzeit gehabt zu haben?«

»Auf keinen Fall. Unsere Hochzeit war perfekt, genau wie wir.«

»Du bist perfekt, Baby, aber wir beide wissen, dass ich nicht ganz so perfekt bin.«

Sie lässt ihre Finger über meinen Nacken gleiten. »Deine Nicht-ganz-so-Perfektheit ist absolut perfekt für mich.«

»Ah, wie ich dich liebe!«

Sie kommt mir auf halbem Weg zu einem zärtlichen Kuss entgegen und wir tanzen noch zu einem weiteren Lied. Ich sehe, dass meine Großeltern und Eltern auch auf die Tanzfläche kommen. »Erinnerst du dich noch daran, dass ich gesagt habe, ich will das haben, was sie haben?«

»Ja, und du bekommst immer, was du willst.«

»Ich habe noch etwas viel Besseres bekommen. Ich habe dich bekommen.« Ich küsse sie erneut, jetzt intensiver, sinnlicher.

Als sich unsere Lippen voneinander lösen, flüstert sie: »Mach einen Spaziergang mit mir.«

»Meldet sich da meine Verführerin zu Wort?«

Sie tritt einen Schritt zurück und nimmt meine Hand. »Das wirst du wohl herausfinden müssen.«

Als wir eilig den Innenhof und die Lichter des Fests hinter uns lassen, danke ich dem Schicksal dafür, dass ich aufhören kann, den Mr. Perfect zu spielen, und nun ein Leben mit einer ganz besonderen Frau verbringen kann, die den nicht ganz so perfekten Mann in mir liebt.

**Mach dich bereit, dich Hals über Kopf in Seth Braden
zu verlieben**

Komm mit auf ein spannendes, prickelndes Abenteuer, in dem
ein milliardenschwerer gewiefter Geschäftsmann mit Sinn fürs
Vergnügen den Schock seines Lebens verarbeiten muss: Sein
überaus effizienter virtueller Assistent ist nicht der Mann, für
den er ihn gehalten hat, sondern eine wunderschöne Geschäfts-
frau, die viele seiner Geheimnisse kennt und selbst auch einige
hat.

Bestellen Sie *Hochachtungsvoll, Mr. Braden* bei Ihrem Online-
Buchhändler.

Wer die Geschichten von Peppers Geschwistern lesen möchte,
startet am besten mit *Von der Liebe umarmt*, dem ersten Buch in
der Reihe *Die Bradens und Montgomerys (Pleasant Hill —
Oak Falls)*.

Neu bei »Love in Bloom – Herzen im Aufbruch«?

Ich hoffe, Sie hatten genauso viel Spaß mit den Bradens wie ich! Falls dieser Band Ihr erstes Buch aus der Reihe »Love in Bloom – Herzen im Aufbruch« ist, warten noch jede Menge Geschichten über unsere sexy, selbstbewussten und loyalen Heldinnen und Helden auf Sie.

Die Bradens in Ridgeport ist nur eine der Serien aus meiner großen Sammlung von Liebesromanen mit Tiefgang, Humor und Happy-End-Garantie. In allen Büchern finden Sie eine abgeschlossene Geschichte, die auch für sich allein gelesen werden kann. Figuren aus den einzelnen Serien und Büchern der weitverzweigten »Love in Bloom – Herzen im Aufbruch«-Familien tauchen immer wieder auch in den anderen Bänden auf. So verpassen Sie nie eine Verlobung, eine Hochzeit oder eine Geburt. Wenn Sie mögen, lernen Sie doch auch die anderen Serien der Reihe kennen! Eine vollständige Liste aller auf Deutsch erschienenen und geplanten Bücher gibt es am Ende des Buches und unter dem folgenden Link finden Sie weitere Informationen:

www.MelissaFoster.com/Herzen-im-Aufbruch

Danksagung

Ich hoffe, Sie haben die Zeit mit den Bradens und Montgomerys so sehr genossen wie ich. Ein Buch zu schreiben, ist kein leichter Prozess. Es gibt Höhen, Tiefen und Aha-Momente. Ich danke meinen Freunden und meiner Familie für ihre Geduld und ihre Unterstützung an den guten und an den schwierigeren Tagen. Ich möchte mich bei der Autorin MJ Rose dafür bedanken, dass sie ihr Wissen über Paris mit mir geteilt hat, und bei der Autorin Elise Sax für ihren Humor. Wenn Sie die fiktionalen Welten dieser beiden Schriftstellerinnen bisher nicht kennen, möchte ich sie Ihnen wärmstens empfehlen. Vielen Dank an Becca Mysoor für die Hilfe beim Plotten, und wie immer gilt meine Dankbarkeit für täglichen Austausch und stets eine Schulter zum Anlehnen meinen Schwestern im Herzen Sharon Martin, Lisa Filipe, Amy Manemann, Natasha Brown und Sue Pettazoni.

Mich mit meinen Lesern auszutauschen, von denen viele in meinem Fanclub sind, inspiriert mich immer wieder aufs Neue. Wer noch nicht dabei ist, ist herzlich eingeladen, beizutreten. Wir haben dort jede Menge Spaß miteinander, unterhalten uns über die Charaktere und die Bücher, die ich aktuell schreibe. Und man weiß nie, wer den Funken für eine Geschichte oder eine Figur liefert und womöglich in einem meiner Bücher landet, wie einige Mitglieder schon selbst erfahren haben.

www.Facebook.com/groups/MelissaFosterFans

Wer über Neuerscheinungen, besondere Angebote und alles, was in der Welt unserer fiktiven Freunde so passiert, auf dem Laufenden darüber bleiben möchte, folgt mir auf Social Media und abonniert meinen Newsletter: www.MelissaFoster.com/Newsletter_German

Wie immer schulde ich meinem aufmerksamen, talentierten Redaktionsteam riesigen Dank: Kristen Weber, Penina Lopez, Elaini Caruso, Juliette Hill, Lynn Mullan, Justinn Harrison sowie auf deutscher Seite Janet König, Stephanie Schottenhamel und Judith Zimmer. Danke, dass ihr meine Bücher glänzen lasst. Ich schätze jede Einzelne von euch sehr.

Die Bradens (Peaceful Harbor)

Geheilte Herzen
Voller Einsatz für die Liebe
Liebe gegen den Strom
Vereinte Herzen
Melodie der Liebe
Sieg für die Liebe
Endlich Liebe – ein Braden-Flirt

Die Bradens & Montgomerys (Pleasant Hill – Oak Falls)

Von der Liebe umarmt
Alles für die Liebe
Pfade der Liebe
Wilde Herzen
Schenk mir dein Herz
Der Liebe auf der Spur
Verrückt nach Liebe
Liebe süß und sündig
Und dann kam die Liebe
Eine unerwartete Liebe
Verliebt in Mr. Bad

Die Bradens (Ridgeport)

Gut gespielt, Mr. Perfect
Hochachtungsvoll, Mr. Braden

Die Remingtons

Spiel der Herzen

Im Dschungel der Liebe
Herzen in Flammen
Herzen im Schnee
Liebe zwischen den Zeilen
Von der Liebe berührt

Die Ryders

Von der Liebe bestimmt
Von der Liebe erobert
Von der Liebe verführt
Von der Liebe gerettet
Von der Liebe gefunden

Seaside Summers

Träume in Seaside
Herzen in Seaside
Hoffnung in Seaside
Geheimnisse in Seaside
Nächte in Seaside
Herzklopfen in Seaside
Sehnsucht in Seaside
Geflüster in Seaside
Sternenhimmel über Seaside

Bayside Summers

Sommernächte in Bayside
Verführung in Bayside
Sommerhitze in Bayside
Neuanfang in Bayside
Mondschein in Bayside
Versuchung in Bayside

Die Steeles auf Silver Island

Herzen in Versuchung
Meine wahre Liebe
Erobert von der Liebe
Immer mit dir

Die Whiskeys: Dark Knights aus Peaceful Harbor

Tru Blue – Im Herzen stark
Truly, Madly, Whiskey – Für immer und ganz
Driving Whiskey Wild – Herz über Kopf
Wicked Whiskey Love – Ganz und gar Liebe
Mad About Moon – Verrückt nach dir
Taming My Whiskey – Im Herzen wild
The Gritty Truth – Kein Blick zurück
In For A Penny – Süßes Glück
Running on Diesel – Harte Zeiten für die Liebe

Die Whiskeys: Dark Knights von der Redemption Ranch

Immer Ärger mit Whiskey
Sullys Befreiung
Um Whiskeys willen
Der Geschmack von Whiskey
Liebe, Lügen und Whiskey

...

Entdecken Sie Melissa Fosters Bücher auch auf:
www.MelissaFoster.com/Herzen-im-Aufbruch